김동인 단편 전집 2

김동인 단편 전집 2

초판 1쇄 펴낸 날 _ 2006. 2. 15

지은이_김동인
엮은이_김종년
펴낸이_이광식
편 집_편집회사 월인재   영 업_박원용·조경자
펴낸곳_도서출판 가람기획   등 록_제13-241(1990. 3. 24)
주 소_(121-130)서울시 마포구 구수동 68-8 진영빌딩 4층
전 화_(02)3275-2915~7   팩 스_(02)3275-2918
전자우편_garam815@chollian.net
홈페이지_www.garambooks.co.kr

ISBN 89-8435-239-X (04810)
ISBN 89-8435-237-3 (세트)
ⓒ 가람기획, 2006

• 값은 뒤표지에 있습니다.
• 잘못된 책은 구입한 서점에서 바꿔드립니다.

서점에서 책을 살 수 없는 독자들을 위해 우편판매를 하고 있습니다.
수 협   093-62-112061(예금주:이광식)
농 협   374-02-045616(예금주:이광식)
국민은행 822-21-0090-623(예금주:이광식)

다시 읽는 우리 문학 ❺
김동인 단편 전집 2

일러두기

1. 작품 배열은 발표 연대 순으로 했다.
2. 오늘날 맞춤법과 띄어쓰기 규정에 어긋나는 것은 바로잡되, 작가가 의도적으로 표현한 것은 잘못되었더라도 그대로 두었다.
3. 표기는 대체로 원문을 존중하였으나, 한자는 한글로 고치고 의미상 필요하다고 판단되는 경우에만 한글과 병기하는 방식으로 처리했다. 아울러 원문 자체가 교정 및 인쇄 과정의 실수로 명백하게 잘못 쓰인 것은 바로잡았으며, 이미 사라진 말이나 근거를 찾을 수 없는 말들도 문맥에 맞도록 고쳤다.
4. 속어, 방언, 구어체는 원문을 그대로 살렸다.
5. 주석 및 뜻을 파악하기 힘든 어휘는 미주尾註로 처리했다. 아울러 부록에 따로 '어휘 풀이'를 덧붙여서 본문에 나오는 어려운 어휘는 쉽게 찾아볼 수 있도록 했다.
6. 띄어쓰기와 맞춤법은 국립국어원에서 펴낸 『표준국어대사전』을 기준으로 삼았다.
7. 김동인의 단편소설 중 미완성 작품과 일련의 역사 단편소설은 본 전집에서 제외시켰다.

| 차례 | 김동인 단편 전집 ❷

발가락이 닮았다 _ 9
사기사 _ 33
사진과 편지 _ 51
최 선생 _ 87
광화사 _ 115
가신 어머님 _ 155
김연실전 _ 197
집주릅 _ 270
아부용 _ 322
석방 _ 356
김덕수 _ 383
망국인기 _ 414
주춧돌 _ 450

붉은 산 _ 24
소설 급고 _ 41
대동강은 속삭인다 _ 64
어떤 날 밤 _ 104
가두 _ 140
대탕지 아주머니 _ 174
선구녀 _ 252
어머니 _ 295
송 첨지 _ 341
학병 수첩 _ 369
반역자 _ 400
속 망국인기 _ 433
환가 _ 464

부록

어휘 풀이 _ 473
참고 서지 _ 496

작품 연보 _ 484
작가 연보 _ 513

| 차례 | 김동인 단편 전집 ❶

작가 앨범
해설 | 김동인의 삶과 문학 / 이동하
일러두기

목숨
유성기
폭군
배따라기
태형
이 잔을
피고
감자
명문
○씨
시골 황 서방
명화 리디아
딸의 업을 이으려
눈보라
K 박사의 연구
송동이
구두
포플러
광염 소나타
순정
벗기운 대금업자
수정 비둘기
소녀의 노래
수녀
화환
죽음
무능자의 아내
약혼자에게
증거
죄와 벌
여인담
거지
결혼식

단편소설

발가락이 닮았다

노총각 M이 혼약을 하였다.

우리들은 이 소식을 들을 때에 뜻하지 않게 서로 얼굴을 마주보았습니다.

M은 서른두 살이었습니다. 세태가 갑자기 변하면서 혹은 경제 문제 때문에, 혹은 적당한 배우자가 발견되지 않았기 때문에, 혹은 단지 조혼이라 하는 데 대한 반항심 때문에, 늦도록 총각으로 지내는 사람이 많아가기는 하지만, 서른두 살의 총각은 아무리 생각하여도 좀 너무 늦은 감이 없지 않았습니다. 그래서 그의 친구들은 아직껏 기회가 있을 때마다 그에게 채근 비슷이, 결혼에 대한 주의를 하고 하였습니다. 그러나 M은 언제나 그런 의론을 받을 때마다(속으로는 매우 흥미를 가진 것이 분명한데) 겉으로는 고소로써 친구들의 말을 거절하고 하였습니다. 그러던 M이 우리의 모르는 틈에 어느덧 혼약을 한 것이외다.

M은 가난하였습니다. 매우 불안정한 어떤 회사의 월급쟁이였습니다. 이 뿌리 약한 그의 경제 상태가 그로 하여금 늙도록 총각으로 지내게 한 듯도 합니다. 그리고 이 때문에 친구들은 M의 총각 생활을 애석히 생각하여 장가들기를 권하는 것이었습니다.

그러나 나만은 M이 장가를 가지 않는 데 다른 종류의 해석을 내리고 있었습니다. 의사라는 나의 직업이 발견한 M의 육체적 결함…… 이것 때문에 M은 서른이 넘도록 총각으로 지낸다, 나는 이렇게 믿고 있었습니다.

M은 학생 시대부터 대단한 방탕 생활을 하였습니다. 방탕이래야 금전상의 여유가 부족한 그는, 가장 하류에 속하는 방탕을 하였습니다. 50전 혹은 1원만 생기면 즉시로 우동집이나 유곽으로 달려가던 그였습니다. 체질상 성욕이 강한 그는, 그 불붙는 성욕을 끄기 위하여 눈앞에 닥치는 기회는 한 번도 놓치지 않았습니다. 친구들을 만날지라도, 음식을 한턱하라기보다 유곽을 한턱하라는 그였습니다.

"질로는 모르지만, 양으로는 세계의 누구에게든 그다지 지지 않을 테다."

관계한 여인의 수효에 대하여 이렇게 발언하기를 주저하지 않으리만치, 그는 선택이라는 도정을 밟지 않고 '집어세었'습니다. 스물서너 살에 벌써 200명은 넘으리라는 것을 발표하였습니다. 서른 살 때는 벌써 괴승 신돈이를 멀리 눈 아래로 굽어보았을 것입니다. 그런지라, 온갖 성병을 경험하지 못한 것이 없었습니다. 더구나 술이 억배요, 그 위에 유달리 성욕이 강한 그는, 성병에 걸린 동안도 결코 삼가지를 않았습니다. 1년 360여 일 그에게서 성병이 떠나본 적은 없었습니다. 늘 농이 흐르고, 한 달 건너큼 고환염으로써, 걸음걸이도 거북스러운 꼴을 해가지고 나한테 주사를 맞으러 오고 하였습니다. 그러는 동안에도 50전 혹은 1원만 생기면 또한 성행위를 합니다. 이런지라 물론 그는 생식 능력이 없어진 사람이었습니다.

이 일을 잘 아는 나는, M이 결혼을 안 하는 이유를 여기다가 연결시켜가지고, 그의 도덕심(?)에 동정까지 하고 있었습니다. 일생을 빈곤한 가운데서 보내고, 늙은 뒤에도 슬하도 없이 쓸쓸하게 지낼 그, 더구나 자기를 봉양할 슬하가 없기 때문에, 백발이 되도록 제 손으로 이 고해를 헤엄쳐나갈 그는, 과연 한 가련한 존재이겠습니다.

이렇던 M이 어느덧 우리의 모르는 틈에 우물쭈물 혼약을 한 것이외다.

하기는 며칠 전에 이런 일이 있었습니다. 그날 저녁을 먹은 뒤에, 혼자서 신간 치료 보고서를 읽고 있을 때에 M이 찾아왔습니다. 그리고 비교적 어두운 얼굴로서, 내가 묻는 이야기에도 그다지 시원찮은 듯이 입술엣대답을 억지로 하고 있다가, 이런 질문을 나에게 던졌습니다.

"남자가 매독을 앓으면 생식을 못하나?"

"괜찮겠지."

"임질은?"

"글쎄, 고환을 오카사레루(침범당하다)하지 않으면 괜찮어."

"고환은…… 내 친구 가운데 고환염을 앓은 사람이 있는데, 인제는 생식을 못하겠다고 비관이 여간이 아니야. 고환을 오카사레루하면 절대 불가능인가? 양쪽 다 앓았다는데……."

"그것도 경하게 앓았으면 영향 없겠지."

"가령 그 경하다 치면, 내가 앓은 게 그게 경한 편일까, 중한 편일까?"

나는 뜻하지 않게 그의 얼굴을 보았습니다. 중하기도 그만치 중하게 앓은 뒤에, 지금 그게 경한 게냐 중한 게냐 묻는 것이 농담으로밖에는 들리지 않았으므로…… M의 얼굴은 역시 무겁고 어두웠습니다. 무슨 중대한 선고를 기다리는 사람과 같이 눈을 푹 내리뜨고 나의 대답을 기다리고 있었습니다. 잠시 그의 얼굴을 바라본 뒤에, 나는 어이가 없어서,

"아주 경한 편이지."

이렇게 대답해버렸습니다.

"경한 편?"

"그럼."

이리하여 작별을 하였는데, 지금에 이르러 생각하면 그 저녁의 그 문답이 오늘날의 그의 혼약을 이루게 하지 않았는가 합니다.

M이 혼약을 하였다는 기보奇報를 가지고 온 것은 T라는 친구였습니다. 그때는 마침 (다 M을 아는) 친구가 너덧 사람 모여 있을 때였습니다.

"골동 국보 하나 없어졌다."

누가 이런 비평을 가하였습니다. 나는 T에게 이렇게 물었습니다.

"그래 연애로 혼약이 된 셈인가요?"

"연애? 연애가 다 무에요. 갈보 나카이[1]밖에는 여자라는 걸 모르는 녀석이, 어디서 연애의 대상을 구하겠소?"

"그럼 지참금이라도 있답디까?"

"지참금이란 뉘 집 애 이름이오?"

나는 여기서 이 혼약에 대하여 가장 불유쾌한 한 면을 보았습니다. 서른이 넘도록 총각으로 지낸 그로서, 연애라 하는 기묘한 정사 때문에 그 절節을 굽혔다면, 그것은 도리어 축하할 일이지 책할 일이 아니외다. 지참금을 바라고 혼약을 하였다 하여도, 지금의 세상에 살아가는 우리로서 (더구나 그의 빈곤을 잘 아는 처지인지라) 크게 욕할 수가 없는 일이외다. 그러나 연애도 아니요, 금전 문제도 아닌 이 혼약에서는, 가장 불유쾌한 한 가지의 결론밖에는 얻을 수가 없습니다.

"그럼……."

나는 가장 불유쾌한 어조로 이렇게 말하였습니다.

"유곽에 다닐 비용을 경제하기 위하여 마누라를 얻는 셈이구려."

이 혹평에 대하여는 T는 마땅찮다는 듯이 나를 보았습니다.

"그렇게 혹언할 것도 아니겠지요. M도 벌써 서른두 살이던가 세 살이던가, 좌우간 그만하면 차차로 자식도 무릎에 앉혀보고 싶을 게고, 그렇다고 마땅한 마누라를 선택할 길이나 방법은 없고……."

"자식? 고환염을 그만침이나 심히 앓은 녀석에게 자식? 자식은……."

불유쾌하기 때문에 경솔히도 직업적 비밀을 입 밖에 낸 나는 하던 말을 중도에 끊어버렸습니다. 그러나 이미 한 말까지는 도로 삼킬 수가 없었습니다.

"네? 그게 무슨 말씀이오?"

M의 생식 능력에 대하여 사면에서 질문이 들어왔습니다. 이미 한 말에 대하여 책임을 지지 않을 수 없는 나는, 그 말을 돌려 꾸미기에

발가락이 닮았다 _ 13

한참 애를 썼습니다. 단언할 수는 없지만 혹은 M은 생식 능력이 없을지도 모른다. 그러나 진찰을 안 해본 바이니까, 혹은 또한 생식 능력이 있을지도 모른다. M이 너무도 싱거운 혼약을 한 데 대하여 불유쾌하여 그런 혹언은 하였지만 그 말은 취소한다. 이러한 뜻으로 꾸며댔습니다. 그리고 그 좌석에 있던 스무 살쯤 난 젊은이가,

"외려 일생을 자식 없이 지내면 편찮아요?"

이러한 의견을 내는 데 대하여, '젊은이로서는 도저히 이해할 수 없는 혈속의 애정'이라는 문제와, 그 문제를 너무도 무시하는 이즈음의 풍조에 대한 논평으로 말머리를 돌려버리고 말았습니다.

M은 몰래 결혼식까지 하였습니다. 그의 친구들로서 M의 결혼식의 날짜를 미리 안 사람은 한 사람도 없었습니다. 뿐만 아니라, 지금 모두들 제각기 하는 소위 신식 혼례식을 하지 않고, 제 집에서 구식으로 하였습니다. 모 여고보 출신인 신부는 구식 결혼식이 싫다고 하였지만, M이 억지로 한 것이라 합니다.

이리하여 유곽에서는 한 부지런한 손님을 잃어버렸습니다.

"독점이라 하는 건 참 유쾌하거든."

결혼한 뒤에 M은 어떤 친구에게 이런 말을 하였다 합니다. 비록 연애로써 성립된 결혼은 아니지만, 그다지 실패의 결혼은 아닌 듯하였습니다. 50전 혹은 1원의 돈을 내던지고 순간적 성욕의 만족을 사던 이 노총각이, 꿈에도 생각지 못할 독점을 하였으매, 그의 긍지가 작지 않았을 것이외다. 연애결혼은 아니었지만 결혼한 뒤에 연애가 생긴 듯하였습니다. 언제든 음침한 기분이 떠돌던 그의 얼굴이, 그럴싸해서 그런지 좀 밝아진 듯하였습니다.

"복받거라."

우리들, 더구나 나는 그들의 결혼을 심축하였습니다. 처음에는 한낱 M의 성행위의 기구로 M과 결합하게 된 커다란 희생물인 그의 젊은 아내를 위하여, 이것이 행복된 결혼이 되기를 축수하였습니다. 동기는 여하튼 결과에 있어서 아름다운 열매를 맺어라. 너의 아내로서, 한 개 '희생물'이 되지 않게 하여라. 어머니로서의 즐거움을 맛볼 기회가 없는 너의 아내에게, 그 대신 아내로서는 남에게 곱되는 즐거움을 맛보게 하여라. M의 일을 생각할 때마다 진심으로 이렇게 축수하였습니다.

신혼의 며칠이 지난 뒤부터는 M이 자기의 젊은 아내를 학대한다는 소문이 조금씩 들렸습니다. 완력을 사용한다는 말까지 조금씩 들렸습니다. 그러나 나는 이 문제는 그다지 크게 생각지 않았습니다. 이런 소문이 귀에 들어올 때마다, 나는 「아라비안 나이트」의 마신魔神의 이야기를 머릿속에서 되풀이해보고 하였습니다.

어떤 어부가 그물질을 하고 있었습니다. 그런데 한번 그물을 끌어올리니까 거기에는 고기는 없고, 그 대신 병이 하나 걸려 있었습니다. 병은 마개가 닫혀 있고, 그 위에 납으로 굳게 봉함까지 되어 있었습니다. 어부는 잠시 주저한 뒤에 그 병의 봉함을 뜯고 마개를 뽑아보았습니다. 즉, 병에서는 한 줄기 검은 연기가 하늘로 올라갔습니다. 그리고 하늘로 올라간 그 연기는 차차 뭉쳐서 거기는 커다란 마신이 나타났습니다.

"나를 이 병 속에 감금한 것은 선지자 솔로몬이다. 이 병 속에 갇혀 있는 동안 나는 스스로 맹세하였다. 100년 안에 나를 구해주는 사람이 있으면, 나는 그 사람에게 거대한 부富를 주겠다고. 그리고

100년을 기다렸지만 아무도 나를 구해주는 사람이 없었다. 그래서 나는 다시 맹세했다. 인제 다시 100년 안으로 나를 구해주는 사람이 있으면 나는 그 사람에게 이 세상에 있는 보배를 다 주겠다고. 그리고 헛되이 100년을 더 기다린 뒤에, 100년을 더 연기해서 그 100년 안에 나를 구해주는 사람이 있으면, 그 사람에게 이 세상에서 가장 큰 권세와 영화를 주겠다고…… 그러나 그 100년이 다 지나도 역시 구해주는 사람은 없었다. 그래서 나는 마지막으로 다시 맹세했다. 인제 누구든지 나를 구해주는 놈이 있거든 당장에 그놈을 죽여서 그사이 갇혀 있던 그 분풀이를 하겠다고.”

이것이 병 속에서 나온 마신의 이야기였습니다. M이 자기의 젊은 아내를 학대한다는 소문이 들릴 때에, 나는 이 이야기를 생각지 않을 수가 없었습니다. 서른이 지나도록 총각으로 지낸 그 고통과 고적함에 대한 분풀이를 제 아내에게 하는 것이라 했습니다. 그리고 실컷 학대해라 실컷 학대해라, 더욱 축수하였습니다.

M이 결혼한 지 1년이 거의 된 어떤 날 저녁이었습니다. 그와 나는 어떤 곳에서 저녁을 같이하고 있었습니다.

그의 얼굴은 이날 유난히 어둡고 무거웠습니다. 그는 음식에는 거의 손을 대지 않고 술만 들이켜고 있었습니다. 본시 말이 많지 않은 그가 이날은 더욱 입이 무거웠습니다.

몹시 취하여 더 술을 먹지 못하리만치 되어서, 그는 처음으로 자발적으로 입을 열었습니다. 충혈이 된 그의 눈은 무시무시하게 번득였습니다.

“여보게, 여보게, 속이지 말구 진정으로 말해주게. 내게 생식 능력이 있겠나?"

"글쎄, 검사를 해봐야지."

나는 이만치 하여 넘기려 하였습니다.

"그럼 한번 진찰해봐주게."

"왜 갑자기……."

그는 곧 대답하려 하였습니다. 그러나 나오려던 말을 삼켰습니다. 그리고 다시 술을 한 잔 먹은 뒤에 눈을 푹 내리뜨며 말했습니다.

"아니, 다른 게 아니라, 내게 만약 생식 능력이 없다면 저 사람(자기의 아내)이 불쌍하지 않나. 그래서, 없는 게 판명되면, 아직 젊었을 때에 헤어져서 저 사람이 제 운명을 다시 개척할 '때'를 줘야 하지 않겠나? 그래서 말일세."

"진찰해봐야지."

"그럼 언제 해보세."

그 며칠 뒤에 나는 M의 아내가 임신했다는 소문을 듣고 깜짝 놀랐습니다. 검사해볼 필요도 없습니다. M은 그 능력이 없을 것입니다. 그런데 M의 아내는 임신했습니다.

그리고 며칠 전에 M이 검사하겠다던 마음을 짐작했습니다. 그것은 결코 그날의 제 말마따나 '아내의 장래를 위하여' 하려는 것이 아니고, 아내에 대한 의혹 때문에 해보려는 것일 것이외다. 자기도 온전히 모르는 바는 아니로되, 십중팔구 자기는 생식불능자일 텐데 자기의 아내는 임신을 한 것이외다.

생각하면 재미있는 연극이외다. 생식 능력이 없는 M은, 그런 기색도 보이지 않고 결혼을 하였습니다. 그리하여 M에게로 시집을 온

새 아내는 임신을 하였습니다. 제 남편이 생식불능자인 줄을 모르는 아내는, 버젓이 자기의 가진 죄의 씨를 M에게 자랑하고 있을 것이외다. 일찍이 자기가 생식불능자인지도 모르겠다는 점을 밝혀주지 않은 M은, 지금 이 의혹의 구렁텅이에서도 제 아내를 책할 권리가 없을 것이외다. 그가 검사를 하겠다 하나, 검사를 하여서 자기가 불구자인 것이 판명된 뒤에는 어떤 수단을 취할는지 짐작도 할 수가 없습니다. 아내의 음행을 책하자면, 자기의 사기적 행위를 폭로시키지 않을 수가 없을 것이외다. 그것을 감추자면, 제 번민만 더욱 크게 할 것이외다.

어떤 날, 그는 검사를 하자고 왔습니다. 그때 마침 환자가 몇 사람 밀려 있던 관계상, 나는 그를 내 사실에 가서 좀 기다리라 하고, 환자 처리를 다 하고 내려갔습니다. 그랬더니 그는 나를 기다리지 않고 돌아가버렸습니다.

이튿날 그는 다시 왔습니다. 그러나 그는 또 돌아가버렸습니다.

나도 사실 어찌하여야 할지 똑똑히 마음을 작정하지 못했던 것이외다. 검사한 뒤에 당연히 사멸해 있을 생식 능력을, 살아 있다고 하자니 그것은 나의 과학적 양심이 허락지 않는 바외다. 그러나 또한 사멸하였다고 하자니 이것은 한 사람의 일생을 망쳐버리는 무서운 선고에 다름없습니다. M이라 하는 정당한 남편을 두고도 불의의 쾌락을 취하는 M의 아내는 분명히 책받을 여인이겠지요. 그러나 또한 다른 편으로 이 사건을 관찰할 때에, 내가 눈을 꾹 감고 그릇된 검안을 내린다면 그로 인하여, 절대로 불가능하던 M이 슬하에 사랑스러운 자식(?)을 두고 거기서 노후의 위안도 얻을 수 있을 것이요, 만사가 원만히 해결될 것이외다.

내가 자유로 선택할 수 있는 두 가지의 갈림길에 서서, 나는 어느 편 길을 취하여야 할지 판단을 주저하고 있었습니다.

이 문제가 사오 일 뒤에 저절로 해결이 되었습니다. 그날도 역시 침울한 얼굴로 찾아온 M에 대하여 나는 의리상,

"오늘 검사해보자나?"

하니깐 그는 간단히 대답하였습니다.

"벌써 했네."

"응? 어디서?"

"P병원에서."

"그래서 결과는?"

"살았다데."

"?"

나는 뜻하지 않게 그의 얼굴을 보았습니다. 그것은 의외의 대답을 들은 때문이라기보다 오히려 '살았다데' 하는 그의 음성이 너무 침통하기 때문에…….

이렇게 대답하는 동안 나는 내가 하마터면 질 뻔한 괴로운 임무에서 벗어난 안심을 느끼는 동시에, P병원에서의 검안의 의외에 눈을 크게 뜨지 않을 수가 없었습니다.

내 눈을 만난 M의 눈은 낭패한 듯이 이리저리 돌아다녔습니다. 그리고 나는 그 눈으로 그가 방금 한 말이 거짓말이었음을 알았습니다.

그럼 그는 왜 거짓말을 하였나. 자기의 아내의 명예를 보호하기 위하여? 세상과 제 마음을 속여가면서라도 자식을 슬하에 두어보기 위하여? 나는 그의 마음을 알 수가 없었습니다.

그가 입을 열었습니다. 무겁고 침울한 음성이었습니다.

"여보게, 자네 이런 기모치(기분) 알겠나?"

"어떤?"

그는 잠시 쉬어서 말을 시작했습니다.

"월급쟁이가 월급을 받았네. 받은 즉시로 나와서 먹고 쓰고 사고, 실컷 마음대로 돈을 썼네. 막상 집으로 돌아가는 길일세. 지갑 속에 돈이 몇 푼 안 남아 있을 것은 분명해. 그렇지만 지갑을 못 열어봐. 열어보기 전에는 혹은 아직은 꽤 많이 남아 있겠거니 하는 요행심도 붙일 수 있겠지만, 급기야 열어보면 몇 푼 안 남은 게 사실로 나타나지 않겠나? 그게 무서워서 아직 있거니, 스스로 속이네그려. 쌀도 사야지. 나무도 사야지. 열어보면 그걸 살 돈이 없는 게 사실로 나타날 테란 말이지. 그래서 할 수 있는 대로 지갑에서 손을 멀리하고 제 집으로 돌아오네. 그 기모치 알겠나?"

나는 머리를 끄덕였습니다.

"알겠네."

그는 다시 입을 봉하였습니다. 그러나 그때에 나는 알았습니다. M은 검사도 해보지 않은 것이외다. 그는 무서워합니다. 그는 검사를 피합니다. 자기의 아내가 임신을 하였습니다. 그것은 상식으로 판단하여 물론 남편의 아이일 것이외다. 거기에 대하여 의심을 품을 자는 하나도 없을 것이외다. 의심을 품을 필요도 없는 것이외다. 왜? 여인이 남편을 맞으면 원칙상 임신을 하는 것이 당연한 일이니깐.

이 의심할 필요가 없는 일을 의심하다가 향기롭지 못한 결과가 나타나면 이것은 자작지얼自作之孼[2]로서 원망을 할 곳이 없을 것이외다. 벌의 둥지를 건드리는 것은 어리석은 짓이외다. 십중팔구는 향기롭지 못한 결과가 나타날 '검사'를 M은 회피한 것이외다. 절망을 스스로 사지 않으려, 그리고 번민 가운데서도 끝끝내 일루의 희망을 붙여두려 M은 온전히 '검사'라는 위험한 벌의 둥지를 건드리지 않기로 한 것이외다. 그리고 상식으로 판단할 수 있는 (제 아내의 뱃속에 있는) 자식에게 대하여, 억지로 애정을 가져보려 결심한 것이외다. 검사를 하여서 정충이 살아 있다면 다행한 일이지만, 사멸하였다면 시재 제 아내와의 사이에 생길 비극과 분노와 절망은 둘째 두고라도, 일생을 슬하에 혈육이 없이 보내고, 노후에 의탁할 곳을 가질 가능성조차 없는 절망의 지위에 빠지지 않을 수가 없을 것이외다.

이것은 무서운 일이외다. 상식으로 판단할 수 있는 일을 거부하고까지 이런 모험 행위를 할 필요가 없을 것이외다.

이리하여 그는 검사는 단념했지만, 마음에 있는 의혹만은 온전히 끄지를 못한 모양이었습니다. 그 뒤에 어떤 날, 그는 이런 이야기 저런 이야기 하다가 이런 말을 했습니다.

"자식은 꼭 제 애비를 닮는다면 좋겠구먼······."

거기 대하여 나는 닮는 예를 여러 가지로 들어서 말해주었습니다.

그는 한숨을 쉬었습니다.

"여인이 애를 배면 걱정일 테야. 아버지나 친할아비를 닮는다면 문제가 없겠지만, 외편[3]을 닮거나, 그렇지 않으면, 아무도 닮지 않으면 걱정이 아니겠나. 그저 애비를 닮아야 제일이야, 하하하."

나는 대답하였습니다.

"글쎄 말이지, 내 전문이 아니니깐 이름은 기억 못하지만, 독일 소설에 이런 게 있지 않나. 「아버지」라나 하는 희곡 말일세. 자식을 낳았는데 제 자식인지 아닌지 몰라서 번민하는 그런 이야기가 있지? 그것도 아버지만 닮으면 문제가 없겠지."

"아, 아, 다 구찮어."

M의 아내가 아들을 낳았습니다.
그 아이가 반년쯤 자랐습니다.
어떤 날, M은 그 아이를 몸소 안고 병을 보이러 나한테 왔습니다. 기관지가 조금 상하였습니다.
약을 받아가지고도 그냥 좀 앉아 있던 M은 묻지도 않는 말을 이런 말을 하였습니다.
"이놈이 꼭 제 증조부님을 닮았다거든."
"그래?"

나는 그의 말에 적지 않은 흥미를 느끼면서 이렇게 응했습니다. 내 눈으로 보자면, 그 어린애와 M과는 아무런 관련도 없는 바인데, 그 애가 M의 할아버지를 닮았다는 것은 기이하므로…… 어린애의 친편과 외편의 근친에서 아무도 비슷한 사람을 찾아내지 못한 M의 친척은, 하릴없이 예전의 죽은 조상을 들추어낸 모양이었습니다. 그리고 그 어린애에게, 커다란 의혹과 그보다 더 커다란 희망(의혹이 오해였던 것을 바라는)은 M으로 하여금 손쉽게 그 말을 믿게 한 모양이었습니다. 적어도 신뢰하려고 마음먹게 한 모양이었습니다.
내가 자기의 말에 흥미를 가지는 것을 본 M은, 잠시 주저하다가 그가 예비하였던 둘쨋말을 마침내 꺼냈습니다.

"게다가 날 닮은 데도 있어."

"어디?"

"이보게."

M은 어린애를 왼편 팔로 가만히 옮겨서 붙안으면서, 오른손으로는 제 양말을 벗었습니다.

"내 발가락 보게. 내 발가락은 남의 발가락과 달라서 가운데 발가락이 그중 길어. 쉽지 않은 발가락이야. 한데……"

M은 강보를 들치고 어린애의 발을 가만히 꺼내놓았습니다.

"이놈의 발가락 보게. 꼭 내 발가락 아닌가? 닮았거든……"

M은 열심으로, 찬성을 구하는 듯이 내 얼굴을 바라보았습니다. 얼마나 닮은 곳을 찾아보았기에 발가락 닮은 것을 찾아냈겠습니까.

나는 M의 마음과 노력에 눈물겨워졌습니다. 커다란 의혹 가운데서, 그 의혹을 어떻게 해서든 삭여보려는 M의 노력은 인생의 가장 요절할 비극이었습니다. M이 보라고 내놓은 어린애의 발가락은 안 보고 오히려 얼굴만 한참 들여다보고 있다가, 나는 마침내 이렇게 말하였습니다.

"발가락뿐 아니라, 얼굴도 닮은 데가 있네."

그리고 나의 얼굴로 날아오는 (의혹과 희망이 섞인) 그의 눈을 피하면서 돌아앉았습니다.

── 주

1) 나카이 : '접대부'라는 뜻의 일어.
2) 자작지얼自作之孼 : 자기가 저지른 일 때문에 생긴 재앙.
3) 외편外便 : 어머니 쪽의 일가. 외족.

붉은 산
―어떤 의사의 수기

 그것은 여가 만주를 여행할 때의 일이었다. 만주의 풍속도 좀 살필 겸 아직껏 문명의 세례를 받지 못한 그들 사이에 퍼져 있는 병을 좀 조사할 겸 해서 1년의 기한을 예산해가지고 만주를 시시콜콜히 다 돌아온 적이 있었다. 그때에 ○○촌이라 하는 조그마한 촌에서 본 일을 여기에 적고자 한다.

 ○○촌은 조선 사람 소작인만 사는 한 20여 호 되는 작은 촌이었다. 사면을 둘러보아도 한 개의 산도 볼 수가 없는 광막한 만주의 벌판 가운데 놓여 있는 이름도 없는 작은 촌이었다.
 몽고 사람 종자從者를 하나 데리고 노새를 타고 만주의 촌촌을 돌아다니던 여가 그 ○○촌에 이른 때는 가을도 다 가고 어느덧 광포한 북국의 겨울이 만주를 찾아온 때였다.
 만주의 어느 곳이라 조선 사람이 없는 곳은 없지만 이러한 오지에서 한 동리가 죄 조선 사람뿐으로 되어 있는 곳을 만나니 반가웠다. 더구나 그 동리는 비록 모두가 중국인의 소작인이라 하나 사람들이 비교적 온량하고 정직하며, 장성한 이들은 그래도 모두 『천자문』 한 권쯤은 읽은 사람들이었다. 살풍경한 만주…… 그 가운데서 살풍경한 살림을 하는 중국인이며 조선 사람의 동리를 근 1년이나 돌아다니다가 비교적 평화스러운 이런 동리를 만나면 그것이 비록 외국인의 동리라 하여도 반갑겠거든 하물며 우리 같은 동족의 동리임에랴. 여는 그 동리에서 한 10여 일 이상을 일없이 매일 호별 방문을 하며 그들과 이야기로 날을 보내며 오래간만에 맛보는 평화적 기분을 향락하고 있었다.

'삵'이라는 별명을 가지고 있는 정익호라는 인물을 본 곳이 여기서이다.

익호라는 인물의 고향이 어디인지는 ○○촌의 아무도 아는 사람이 없었다. 사투리로 보아서 경기 사투리인 듯하지만 빠른 말로 죄죄거리는 때에는 영남 사투리가 보일 때도 있고, 싸움이라도 할 때에는 서북 사투리가 보일 때도 있었다. 그런지라 사투리로써 그의 고향을 짐작할 수가 없었다. 쉬운 일본말도 알고 한문 글자도 좀 알고 중국말은 물론 꽤 하고 쉬운 러시아 말도 할 줄 아는 점 등등 이곳저곳 숱하게 주워먹은 것은 짐작이 가지만 그의 경력을 똑똑히 아는 사람은 없었다.

그는 여가 ○○촌에 가기 1년 전쯤 빈손으로 이웃이라도 오듯 후덕덕 ○○촌에 나타났다 한다. 생김생김으로 보아서 얼굴이 쥐와 같고 날카로운 이빨이 있으며 눈에는 교활함과 독한 기운이 늘 나타나 있으며 바룩한 코에는 코털이 밖으로까지 보이도록 길게 났고 몸집은 작으나 민첩하게 되었고 나이는 스물다섯에서 마흔까지 임의로 볼 수가 있으며 그 몸이나 얼굴 생김이 어디로 보든 남에게 미움을 사고 근접하지 못할 놈이라는 느낌을 갖게 한다.

그의 장기는 투전이 일쑤며 싸움 잘하고 트집 잘 잡고 칼부림 잘하고 색시들에게 덤벼들기 잘하는 것이라 한다.

생김생김이 벌써 남에게 미움을 사게 되었고 게다가 하는 행동조차 변변하지 못한 일만이라, ○○촌에서도 아무도 그를 대척[1]하는 사람이 없었다. 사람들은 모두 그를 피하였다. 집이 없는 그였으나 뉘 집에 잠이라도 자러 가면 그 집 주인은 두말없이 다른 방으로 피하고 이부자리를 준비해주고 하였다. 그러면 그는 이튿날 해가 낮이 되도록 실컷 잔 뒤에 마치 제 집에서 일어나듯 느직이 일어나서 조반을 청하여 먹고는 한마디의 사례도 없이 나가버린다.

그리고 만약 누구든 그의 이 청구에 응하지 않으면 그는 그것을 트집으로 싸움을 시작하고 싸움을 하면 반드시 칼부림을 하였다.

동리의 처녀들이며 젊은 색시들은 익호가 이 동리에 들어온 뒤로부터는 마음 놓고 나다니지를 못하였다. 철없이 나갔다가 봉변을 한 사람도 몇이 있었다.

'삵.'

이 별명은 누가 지었는지 모르지만 어느덧 ○○촌에서는 익호를 익호라 부르지 않고 삵이라고 부르게 되었다.

"삵이 뉘 집에서 묵었나?"

"김 서방네 집에서."

"다른 봉변은 없었다나?"

"요행히 없었다데."

그들은 아침에 깨면 서로 인사 대신으로 삵의 거취를 알아보고 하였다.

삵은 이 동리에는 커다란 암종이었다. 삵 때문에 아무리 농사에 사람이 부족한 때라도 젊고 튼튼한 몇 사람은 동리의 젊은 부녀를 지키기 위하여 동리 안에 머물러 있지 않을 수가 없었다. 삵 때문에 부녀와 아이들은 아무리 더운 여름 저녁이라도 길에 나서서 마음 놓고 바람을 쏘여보지를 못하였다. 삵 때문에 동리에서는 닭의 가리[2]며 돼지우리를 지키기 위하여 밤을 새우지 않을 수가 없었다.

동리의 노인이며 젊은이들은 몇 번을 모여서 삵을 이 동리에서 내쫓기를 의논하였다. 물론 합의는 되었다. 그러나 내쫓는 데 선착 先着할 사람이 없었다.

"첨지가 선착하면 뒤는 내 담당하마."

"뒤는 걱정 말고 형님 먼저 말해보시오."

제각기 삵에게 먼저 달려들기를 피하였다.

이리하여 동리에서는 합의는 되었으나 삵은 그냥 태연히 이 동리에 묵어 있게 되었다.

"며늘 년들이 조반이나 지었나?"

"손주 놈들이 잠자리나 준비했나?"

마치 그 동리의 모두가 자기의 집안인 것같이 삵은 마음대로 이 집 저집을 드나들었다.

○○촌에서는 사람이라도 죽으면 반드시 조상 대신으로,

"삵이나 죽지 않고."

하는 한마디의 말을 잊지 않고 하였다.
누가 병이라도 나면,
"에익, 이놈의 병! 삵한테로 가거라."
고 하였다.
암종…… 누구든 삵을 동정하거나 사랑하는 사람이 없었다.

삵도 남의 동정이나 사랑은 벌써 단념한 사람이었다. 누가 자기에게 아무런 대접을 하든 탓하지 않았다. 보이는 데에서 보이는 푸대접을 하면 그 트집으로 반드시 칼부림까지 하는 그였지만 뒤에서 아무런 말을 할지라도, 그리고 그것이 삵의 귀에까지 갈지라도 탄하지 않았다.
"흥……."
이 한마디는 그의 가장 커다란 처세 철학이었다.
흔히 곁 동리 중국인들의 투전판에 가서 투전을 하였다. 때때로 두들겨 맞고 피투성이가 되어 돌아오는 일도 있었다. 그러나 그 하소연을 하는 일이 없었다. 한다 할지라도 들을 사람도 없거니와, 아무리 무섭게 두들겨 맞은 뒤라도 하루만 샘물에 상처를 씻고 절룩절룩 한 뒤에는 또 그 이튿날은 천연히 나다녔다.

여가 ○○촌을 떠나기 전날이었다.
송 첨지라는 노인이 그해 소출을 나귀에 실어가지고 중국인 지주가 있는 촌으로 갔다. 그러나 돌아올 때는 그는 송장이 되었다. 소출이 좋지 못하다고 두들겨 맞아서 부러져 꺾어진 송 첨지는 나귀 등에 몸이 결박되어서 겨우 ○○촌으로 돌아왔다. 그리고 놀란 친척들이 나귀에서 몸을 내릴 때에 절명되었다.

○○촌에서는 왁작³⁾하였다.

"원수를 갚자!"

명 아닌 목숨을 끊은 송 첨지를 위하여 동리의 젊은이며 늙은이는 모두 흥분되었다. 제각기 이제라도 들고일어설 듯하였다.

그러나 그뿐이었다. 누구든 앞장을 서려는 사람이 없었다. 만약 이때에 누구든 앞장을 서는 사람만 있었다면 그들은 곧 그 지주에게로 달려갔을지 모른다. 그러나 제가 앞장을 서겠노라고 나서는 사람은 없었다. 제각기 곁사람을 돌아보았다.

발을 굴렀다. 부르짖었다. 학대받는 인종의 고통을 호소하며 울었다. 그러나 그뿐이었다. 남의 일로 지주에게 반항하여 제 밥자리까지 떼이기를 꺼림인지 어쩐지는 여로는 모를 바로되 용감히 앞서서 나가는 사람은 없었다.

의사라는 여의 직업상 송 첨지의 시체를 검분을 한 뒤에 돌아오는 길에 여는 삵을 만났다.

키가 작은 삵을 여는 내려다보았다. 삵은 여를 쳐다보았다.

'가련한 인생아. 인종의 거머리야. 가치 없는 생명아. 밥버러지야. 기생충아.'

여는 삵에게 말하였다.

"송 첨지가 죽은 줄 아우?"

여의 말에 아직껏 여를 쳐다보고 있던 삵의 눈이 아래로 떨어졌다. 그리고 여가 발을 떼려는 순간, 얼핏 삵의 얼굴에 나타난 비창한 표정을 여는 넘길 수가 없었다.

고향을 떠난 만리 밖에서 학대받는 인종의 가엾음을 생각하고 그 밤은 여도 잠을 못 이루었다.

그 억분함을 호소할 곳도 못 가진 우리의 처지를 생각하고 여도 눈물을 금하지를 못하였다.

이튿날 아침이었다.

여를 깨우러 달려오는 사람의 소리에 여는 반사적으로 일어났다. 삵이 동구 밖에서 피투성이가 되어 죽어 있다는 것이었다.

여는 삵이라는 말에 눈살을 찌푸렸다. 그러나 의사라는 직업상 곧 가방을 수습해가지고 삵이 넘어진 데까지 달려갔다. 송 첨지의 장례 때문에 모였던 사람 몇은 여의 뒤로 따라왔다.

여는 보았다. 삵이 허리가 기역자로 뒤로 부러져서 밭고랑 위에 넘어져 있는 것을……. 여는 달려가보았다. 아직 약간의 온기는 있었다.

"익호! 익호!"

그러나 그는 정신을 못 차렸다. 여는 응급 수단을 하였다. 그의 사지는 무섭게 경련되었다.

이윽고 그가 눈을 번쩍 떴다.

"익호! 정신 드나?"

그는 여의 얼굴을 보았다. 끝이 없이 한참을 쳐다보았다.

그의 동자가 움직였다. 겨우 의의意義를 깨달은 모양이었다.

"선생님, 저는 갔었습니다."

"어디를?"

"그놈, 지주 놈의 집에."

무얼? 여는 눈물 나오려는 눈을 힘 있게 닫았다. 그리고 덥석 그의 벌써 식어가는 손을 잡았다. 잠시의 침묵이 계속되었다. 그의 사지에서는 무서운 경련이 끊임없이 일었다. 그것은 죽음의 경련이었다.

듣기 힘든 작은 그의 소리가 또 그의 입에서 나왔다.

"선생님."

"왜?"

"보구 싶어요. 전 보구 시······."

"뭐이?"

그는 입을 움직였다. 그러나 말이 안 나왔다. 기운이 부족한 모양이었다. 잠시 뒤, 그는 또다시 입을 움직였다. 무슨 소리가 그의 입에서 나왔다.

"무얼?"

"보구 싶어요. 붉은 산이······ 그리구 흰옷이!"

아아, 죽음에 임하여 그는 고국과 동포가 생각난 것이었다. 여는 힘 있게 감았던 눈을 고즈넉이 떴다. 그때에 삵의 눈도 번쩍 띄었다. 그는 손을 들려 하였다. 그러나 이미 부러진 그의 손은 들리지 않았다. 그는 머리를 돌이키려 하였다. 그러나 그 힘이 없었다.

그의 마지막 힘을 혀끝에 모아가지고 그는 다시 입을 열었다.

"선생님!"

"왜?"

"저것······ 저것······."

"무얼?"

"저기 붉은 산이, 그리고 흰옷이······ 선생님, 저게 뭐예요?"

여는 돌아보았다. 그러나 거기는 황막한 만주의 벌판이 전개되어 있을 뿐이다.

"선생님, 창가 불러주세요. 마지막 소원…… 창가를 해주세요. 동해물과 백두산이 마르고 닳도록……."

여는 머리를 끄덕이고 눈을 감았다. 그리고 입을 열었다. 여의 입에서는 창가가 흘러나왔다.

여는 고즈넉이 불렀다.

"동해물과……."

고즈넉이 부르는 여의 창가 소리에 뒤에 둘러섰던 다른 사람의 입에서도 숭엄한 코러스는 울려 나왔다.

"무궁화 삼천리 화려 강산……."

광막한 겨울의 만주벌 한편 구석에서는 밥버러지 익호의 죽음을 조상하는 숭엄한 노래가 차차 크게 엄숙하게 울렸다. 그 가운데서 익호의 몸은 점점 식었다.

___주___
1) 대척 : 말대꾸.
2) 가리 : '어리' 의 방언. 병아리 따위를 가두어 기르는 물건.
3) 왁작 : 여럿이 매우 어수선하게 떠들거나 웃는 소리. 또는 그 모양.

사기사

　서울로 이사를 와서 행촌동에 자그마한 집을 하나 마련한 이삼 일 뒤의 일이다. 그날 나는 딸 옥환이를 학교에 입학시키기 위하여 잠시 문안에 들어갔다가 나왔다. 그동안 집은 아내 혼자서 지키고 있었던 것이다.
　집으로 돌아와서 보매 집 대문간에 웬 자그마한 새 쓰레기통이 하나 놓여 있었다. 그래서 웬 거냐고 아내에게 물으매, 그의 대답은 경성부청 관리가 출장 와서 사라 하므로 샀노라 하면서 값은 2원인데 시재 1원 70전밖에 없어서 그것만 주고 저녁 5시에 나머지를 받으러 오라 하였다 한다.
　나는 의아히 여겼다.
　첫째로 경성부청에서 쓰레기통 행상을 한다는 것부터가 이상하였고, 둘째로 비록 행상을 한다 할지라도 이런 엉뚱한 값(그것은 1원 내외의 값밖에는 못 갈 것이다)으로 폭리를 취한다는 것도 이상하였고, 셋째로 대체 관청의 일이란 이편에서 신입[1]을 하고 재촉을 하고 하여도 여러 날이 걸리는데 당일로 들고 와서 현금을 딱 받아가며 더구나 30전의 외상까지 놓았다는 것이 이상하였다.

그래서 아내에게 캐물으매, 아내에게는 더욱 기괴한 대답이 나왔다. 즉, 아까 10시쯤 웬 양복쟁이가 하나 와서 자기는 경성부 위생계 관리인데 쓰레기통을 해놓으라 하였다. 그래서 아내는 주인이 지금 없어서 모르겠노라고 하니까, 그는 주인의 돌아올 시간을 재차 물으므로 아내는 5시 내외면 넉넉히 돌아오리라고 하매 그때쯤 그는 다시 오마 하고 그냥 돌아갔다. 그로부터 한 시간쯤 지나서 그자가 다시 왔다. 웬 인부에게 작다란 쓰레기통을 하나 손에 들리워가지고. 그리고 그자의 하는 말은 대략 이러하였다.

쓰레기통은 경성부의 위생을 위하여 부민이 반드시 해놓아야 할 것이며, 이것이 주인의 의사로써 하고 안 하고 할 것이 아니라 관청의 명령으로써 시키는 것이다. 부에서 온공[2]히 시킬 때에 하지 않았다가 경찰서에서 먼저 말을 내게 되면 과료에 처한다. 이것은 주인의 유무로 결정될 문제가 아니라 관청의 명령이니 곧 사놓아야 한다…… 그러면서 그는 쓰레기통의 값으로 2원을 청구하였다 한다.

아내는 어리둥절하였다. 아직 세상 물정을 잘 모르는 아내는 관청의 명령이라는 데 질겁을 해서 돈을 주려고 보매, 불행히 1원 70전밖에는 시재가 없었다. 그래서 그 관리(?)에게 시재 2원이 없으니 저녁때 주인이 돌아온 뒤에 다시 돈을 받으러 오라 하였다. 그러매 그자는 그럼 있는 것만 미리 받고 나머지는 저녁때 또 받으러 오겠다 하므로 있는 1원 70전을 내주고 30전은 외상을 졌다 하는 것이다.

이것은 사기가 분명했다. 그래서 아내의 세상 물정 모르는 것을 꾸짖었다.

경성부청에서 부민에게 폭리를 취하여 쓰레기통을 팔아먹을 리는 없고, 더구나 위협을 해가며 억지로 팔 리도 만무하며, 마지막으로 주인이 저녁에야 돌아온다는 말을 듣고 오전 중에 재차 쓰레기통을 들고 와서 돈을 받아간 점의 괴상함을 설명하고 어리석게도 이런 사기에 걸렸느냐고 하였다.

아내는 사기에 걸렸다는 말을 듣고 분해서 펄펄 뛰었다. 저녁때 나머지 30전을 받으러 올 터인데 그러면 그때 잡아서 경찰에 보낸다고 펄펄 뛰었다. 그러나 나는 그자가 다시 오리라고는 생각지 않았다. 그런데 내 예상에 반하여 저녁때 30전을 받으러 웬 자가 왔다.

"노형, 경성부에서 왔소?"

"네, 위생계에서."

이 한마디의 응답뿐. 나는 오른손을 들어서 그의 멱살을 잡았다.

"명함을 내놓우."

"명함…… 없…… 없습니다."

"없어? 무슨 어림없는 소리야. 그래……."

이 통에 아내가 뛰어나갔다. 그리고 아내의 말은 이자는 아침에 왔던 자는 아니라 하는 것이다. 즉 대리를 보낸 것이다.

대리라도 좋다. 그 일당인 이상에는 이런 사기꾼들은 없애야 한다.

"그래, 경성부에서 쓰레기통 행상을…… 더구나 오시우리(강매)를 하며 이 20전짜리도 되지 못할 물건을 부민에게 2원에 판단 말이야? 시비는 여기서 가릴 것이 아니라 경찰서로……."

그러매 그자가 깜짝 놀랐다.

"2원이라뇨?"

"2원이기에 1원 70전을 받고 30전을 또 받으러 왔지……."

"아니올시다. 그런 고약한 놈. 이 쓰레기통은 1원 20전이올시다. 아까 90전만 받았노라고 30전을 더 받아 오라기에 왔습니다. 엑, 고약한 놈. 잠깐 기다리세요. 제가 그놈을 잡아가지고 오리다."

이 깜빡수에 나는 속았다. 그래서 빨리 잡아오라고 그자를 놓아주었다.

놓아준 지 1분 내외에 속은 것을 안 나는 그자를 찾으려고 길로 뛰쳐나가보았다. 그러나 그자의 행방은 벌써 모르게 되었다. 그 근처를 샅샅이 뒤져보았지만 하늘로 솟았는지 땅으로 스몄는지 그자의 거처는 보이지 않았다.

행촌동은 신개지이다.

신개지니만치 쓰레기통 장사도 흔하였다. 그들은 모두 근엄한 얼굴로 손에는 수첩을 들고 부리府吏의 행세를 하며 쓰레기통을 사라고 호령하며 다녔다.

이런 자들을 볼 때마다 나는 아내를 불러내어 그자의 얼굴을 감정시키고 하였다. 아내도 평생에 처음 걸려본 사기인지라 그자를 꼭 잡아내지 못하면 꺼림칙하다고 늘 잡아내려고 애를 쓰고 있었다.

두 달이 지났다.

봄은 여름이 되었다.

어떤 날, 앞집에서 무슨 둥둥 하는 소리가 들렸다. 그 가운데에는 부청이란 말이 있었다. 쓰레기통이란 말이 있었다. 그 소리에 귀가 번쩍한 나는 앞집을 내다볼 수가 있는 구멍으로 가서 내다보았다. 앞집에는 웬 양복쟁이가 하나 와서 주부만 있는 그 집에 쓰레기통 흥정을 하고 있는 것이었다. 나는 아내를 불렀다. 그리고 예에 의지하여 그자를 감정시켰다. 그랬더니 아내는 그자를 내다보더니 얼굴이 빨갛게 되며 내게는 아무 말도 없이 거기 있는 대臺에 올라서서 앞집을 넘겨다보며 흥분된 말씨로,

"당신이 전에 우리 집에 쓰레기통 판 사람이지요?"

한다. 나도 뒤따라 올라섰다.

앞집 대문 안에는 웬 양복쟁이가 하나 서 있었다. 그는 우리들이 넘겨다보는 바람에 당황하여 연하여 '아니올시다', '모릅니다'를 부르짖는다.

그러나 아내는 내게 향하여 분명히 그 사람이라고 밝혀준다. 여기서 나는 곧 뛰어내려서 대문으로 뛰어나가서 길을 휘돌아서 앞집으로 달려갔다.

"?"

이삼 분 전까지도 그 집 대문 안에 있던 사람이 내가 달려간 때에는 벌써 없어졌다. 앞집 사람에게 물으매, 오후 2시에 쓰레기통을 가져오마 하고 달아났다 한다. 그래서 산으로 길로 달아난 그를 잡으려고 한참 헤매다가 잡지 못하고 하릴없이 앞집에 오후에 오거든 좀 알려달라고 부탁을 한 뒤에 집으로 돌아왔다.

오후 2시, 4시, 앞집에서는 아무 소식도 없었다. 없는 줄 짐작도 하였다. 그자가 아까 혼이 나서 달아난 이상에는 이젠 다시 안 오거나 온다 할지라도 밤에나 몰래 올 것이다.

6시도 지났다. 밤 7시도 지났다. 사면은 캄캄해졌다.

그때 앞집에서 무슨 숭얼숭얼하는 소리가 들렸다. 동시에 우리 집으로 향한 담벽을 두드리는 소리가 들렸다.

"왔다!"

나는 아내를 재촉해가지고 앞집으로 돌아 나갔다.

그러나 그 사람은 지극히도 귀 밝은 사람이었다. 그는 우리가 돌아오는 기색을 어느덧 살피고 쓰레기통을 내버린 채 또 달아났다.

또 잃었다. 우리는 할 수 없이 앞집에 다시 부탁해 쓰레기통을 대문 안에 들여놓고 대문을 잠그게 하였다. 그가 몰래 다시 와서 쓰레기통을 가지고 돌아감을 막기 위해서다.

밤도 10시가 지났다. 우리도 이젠 하릴없이 잘 준비를 하려 하였다. 그때였다. 앞집에서 또다시 사람의 소리가 들렸다. 소리를 낮추어서 주인을 찾는 소리가 들렸다. 소리를 낮추어서 주인을 찾는 소리로서 그것은 정녕 쓰레기통 장수의 소리였다.

그를 잡았다. 앞집에서 쓰레기통 값을 내주는 것을 받으려 할 때에 잡은 것이다.

"당신이 뒷집에 쓰레기통을 판 사람이지?"

"그런 일이 없습니다."

그는 딱 잡아뗐다.

"몰라? 여보……."

나는 뒤따라 나온 아내에게로 돌아섰다.

"분명히 이 사람이지?"

"……그 사람 같아요."

그 사람이 너무도 딱 잡아떼므로 아내도 어리둥절한 모양이었다.

"내가 언제 당신의 집에 갔더란 말요? 나는 이 동리에는 처음으로 온 사람이오."

아내가 어리둥절해하는 것을 보고 그도 펄펄 날뛰었다. 그러나 낮에 두 번이나 도망을 한 일이 있기 때문에 웬만한 자신을 얻은 나는 그의 팔을 내 옆에 꽉 꼈다.

"여기서 시비를 가릴 거 없이 요 앞 파출소까지 잠시 갑시다."

그리고 나는 그를 끌고 언덕길을 내려가기 시작하였다. 언덕길을 절반쯤 내려와서다. 그가 나를 찾았다.

"여보십쇼."

"왜?"

"이 팔을 놔주십시오."

"못 놓겠소."

"그럼 잠깐 저기 들어서서 한 말씀만 여쭙겠습니다."

"못 들어서겠소."

"그럼 여기서라도 여쭙겠습니다."

"그럼 여쭈우."

"저…… 그…… 그때는 잠, 잠깐 속였습니다."

"?"

"미안합니다. 잠깐 속였습니다."

"속여?"

"네. 그…… 영업상 거짓말을 조금 했습니다."

"거짓말을 해?"

"네. 용서해주십시오."

이전에 차에서 사기꾼을 잡은 일이 있었다. 내 뒷주머니에 사람의 촉감을 느끼고 빨리 그리로 손을 돌리매, 웬 사람의 손이 하나 붙잡혔다. 그때 그 손의 주인이 애원하는 듯이 나를 쳐다보는 눈을 보고 나도 말없이 눈으로 한번 꾸짖은 뒤에 슬쩍 놓아주었다.

오래 잡기를 벼르던 인물이로되 급기야 잡고 그의 애원을 들으매 경찰까지 끌고 갈 용기가 안 생겼다.

그래서 나는 몇 마디 설유說諭를 하였다. 영업상 값을 속이는 것은 혹은 용서할 수가 있으되, 부리의 행세를 하면서 부녀자나 무식한 사람들만 있는 데를 골라 다니며 억지로 팔아먹는 것은 용서하지 못할 일이니, 이 뒤에는 아예 그런 행사는 하지 말라고…….

그날 밤, 아내는 나에게 이런 말을 하였다.

"잡는 맛이 여간이 아니외다. 잡는 맛이 그만하다면 또 한번 속아보았으면……."

─주
1) 신입申込 : 특정한 내용의 계약을 체결시킬 것을 목적으로 하는 의사 표시. '신청', '청약' 으로 순화됨.
2) 온공溫恭 : 성격, 태도 따위가 온화하고 공손함.

소설 급고*

*제목에서 '급고急告'는 작품 내용으로 볼 때 '급조急造'의 오식으로 보이나, 원래 발표한 제목으로 알려져 있으므로 그대로 둠.

K가 S잡지 3월호의 단편소설 한 편을 부탁받은 것은 정월 초순이었다.
"정월 그믐날까지 꼭 한 편 써주시오."
이런 부탁에 대하여 그럽시다고 쾌락하였다.

S잡지는 가정잡지였다.
'어떤 테마를 붙드나?'
그 부탁을 받은 뒤부터 틈이 있을 때마다 K는 이렇게 스스로 문답하였다.
쓰기는 써야겠다. 반드시 써야겠다. 약속도 약속이려니와 원고료 때문에라도 반드시 써야겠다.
양력 정월이라도 달은 음력 섣달을 낀 달이다. 음력 섣달이란 달은 모든 셈을 하는 달이다. 몰리는 경제 문제 때문에라도 반드시 써

소설 급고 _ 41

야겠다.

그러나 S잡지는 제한된 잡지였다. 제일에 페이지 수에 제한이 있었다. 둘째로 잡지가 가정잡지요 독자가 독특하니만치 그 내용에도 저절로 제한이 없을 수가 없었다. 방분한 붓을 자유로이 놀려서 쓰고 싶은 소리를 쓰기에는 너무도 좁다란 잡지였다.

'무슨 소리를 쓰나?'

S잡지에 대한 약속이 떠오를 때마다 K는 이렇게 자문하고 하였다.

정월 초순이 중순이 되었다. 중순이 그믐이 되었다.

K는 그동안 단속적으로 늘 S잡지와의 약속 때문에 머리를 흔들고 하였다. 쓸 만한 적당한 제재가 생각나지 않았다. 붓도 들기가 싫었다.

신문의 3면 기사를 뒤적였다. 일본 어떤 종류의 신문의 '인사 상담란'을 뒤적였다. 무슨 소설이 될 만한 사건이 없나 하여 틈 있을 때마다 자기의 머리를 뒤채어서 과거 30여 년의 기억에서 가정잡지의 소설에 적합할 만한 재료가 없나고 생각하고 하였다.

'괴로운 의무로다.'

스스로 고소는 꽤 여러 번 하였다.

그러나 신문의 기사, 과거의 기억 가운데 페이지 수 내용 모든 점이 S잡지에 적합한 것은 좀체 찾아낼 수가 없었다. 그럴듯한 제재가 있으면 페이지 수가 약속보다 훨씬 넘칠 것이다. 페이지 수가 맞을 만한 것은 가정잡지에 적합하지 않을 것이었다.

"오비니와미지카시 다스키니와나가시(띠로는 짧고 멜빵으로는 길다)…… 현대 저널리즘, 저주받을 것이로다."
 그러나 그 저널리즘을 저주하면서도 거기서 밥을 뜯어먹지 않을 수가 없는지라 또한 거기 머리를 숙이지 않을 수가 없는 자기의 처지에 그는 고소하지 않으려야 않을 수가 없었다.
 약속한 그믐이 되기까지 그는 붓을 들지를 못하였다. 끝끝내 정당한 제재를 발견하지를 못했기 때문이다.

 그믐날이었다.
 그는 원고료를 받으러 신문사에 갔다. O신문사에서 나오는 매달 90원이라는 원고료는 그의 살림의 거의 전부를 지배하는 금액이었다.
 O신문사에서 그는 두 군데 잡지사에 전화를 걸었다. 하나는 O잡지사, 또 하나는 S잡지사, 두 군데에다 약속했던 원고를 못 썼노라는 전화였다. 경제 문제에는 몰리기도 하였지만 움직이지 않는 붓을 놀릴 수가 없었던 것이다.
 '신문에는 신문소설.'
 '잡지에는 자기의 소설.'
 이것이 K의 모토였다. 매달의 정시 수입을 위하여 신문에 소설을 싣는다. 그러나 그것은 자기의 소설이 아니었다. 신문이 주문하는 대로 베껴나가는 한 기사에 지나지 못하였다. 신문의 경제 기자가 봉급을 위하여 쓰는 경제 기사와 마찬가지로 그는 신문에 있어서는 소설 기자로 자임하였다. 봉급을 위하여 쓰는 글이지 자기의 소설이 아니라 공언하여 문제를 일으킨 일까지 있었다.
 그러나 그는 잡지의 소설에 있어서까지 그런 태도를 취하고 싶지 않았다. 잡지에 있어서는 그렇게 하지 않았다. 잡지에 따라서 얼마간의 제한이 없는 바는 아니었으나 그래도 그 제한 안에서 자유로이 붓을 놀리려 하였다. 그렇기 때문에 잡지에는 붓을 용이하게 들지를 못하였다. 경제 문제에는 곤란을 받았으나, 그리고 붓을 잡기만 하면 그래도 어름어름 남의 눈을 넉넉히 속여 넘길 만한 것을 급조할 자신은 있었으나, 약속하였던 두 잡지에 모두 다 붓을 들지를 못한 것이었다.

그래서 두 잡지사에 전화를 걸었더니 두 잡지사에서는 모두들 한결같이 이삼 일간을 연기를 할 테니 꼭 써달라는 재번[1]의 부탁이었다.

K는 호인이었다. 누구에게 간절한 부탁을 받으면 거절하지를 못하는 인물이었다. K는 전화를 하며 머리로 생각해보았다.

그날이 그믐날이었다. 초하룻날 S잡지의 것을 쓰고 이튿날 O잡지의 것을 쓰면 안 될 것이 없을 듯이 보였다. 아직껏도 끊임없이 S잡지의 소설에 대하여 생각은 해보았지만 붓대를 잡고 절실히 생각해본 적이 없었다. 막연히 때때로 지나가는 생각으로 해본 데 지나지 못하였다. 붓대를 잡고 원고지를 향하여 막상 쓰려면 무슨 그럴듯한 제재가(국한된 단계 안에서라도) 나올 듯하였다. 십오륙 년을 붓대로 살아온 그에게는 또 그만한 자신도 없는 바가 아니었다. 게다가 앞에 막힌 경제 문제가 있었다. 간절한 부탁이 있었다.

여기서 전화통을 들고 말을 하면서 생각한 결과로 K는 다시, 그럼 모레와 글피 안으로 그 두 잡지사에 모두 한 편씩을 써주기로 하였다.

이윽고 O사에서의 원고료가 나왔다. 본시는 90원이 나와야 할 것이었다. 그러나 과세²⁾와 과동의 물품을 준비하기 위하여 미리 찾아 쓴 것이 많으므로 겨우 40원의 돈이 나올 뿐이었다.

'40원······.'

이 가운데서도 당연히 갚아야 할 빚이 약 20원 있다. 그것을 갚으면 20원 내외가 남을 뿐이다. 그 20원이라는 돈이 이제 한 달의 그의 일가족의 생활비가 되어야 할 것이다.

'부족한걸······.'

잡지에 쓰자. 내일 하루를 생각해 모레는 S잡지에 쓰고 글피는 O잡지에 쓰자. 생활비 때문에 반드시 써야겠다.

남은 40원 중에서 20원은 먼저 떼어서 집으로 사람을 시켜 보냈다. 그리고 남은 20원을 주머니에 넣은 채로 K는 ○사를 나오려 하였다.

그때에 누구에게선가 K에게 전화가 왔다. 받아보니 P라는 K의 친구에게서 온 것이었다.

"마장³⁾하러 안 가겠소!"

이런 의견이었다.

K는 주저하였다. 도박 운이 지극히도 약한 자기였다. 화투, 경마, 마작, 골패, 무엇이든 하면 반드시 손해 보는 자기였다. 도박성이 심하여 하기는 좋아하되, 하면 반드시 손해를 보는 자기였다.

지금 주머니에 남아 있는 20원의 운명이 위태로웠다. 전화통을 귀에 댄 채 그는 주저하고 주저하였다.

그러나 그의 마음의 한편 구석에 잠재해 있는 맹렬한 도박성이 이 P의 말 때문에 차차 머리를 들기 비롯하였다. 하면 반드시 손해를 보라는 법은 없을 것이다. 딸 때도 있을 것이다. 다만 1원, 2원이라도 따면 횡재가 아니냐. 이달의 생활비가 꼭 막혔으니 마작을 하여 거기서 돈원이라도 생기면 그만치 좋지 않겠느냐. 이런 의견이 그의 마음에서 차차 머리를 들기 시작하였다.

A에게 갚을 4원, B에게 갚을 3원, C에게 갚을 5원, 모두 하루만 연기하여 내일 주기로 하자. 금년의 운을 한번 시험해보자. 이런 의견조차 나오기 시작하였다. 전화통을 들고 잠시 주저한 뒤에 K는 드디어 쾌히 응낙하였다.

그날 밤 K는 집에 돌아오지 않았다. 재작년에 결혼한 그의 새 아내와 전처의 두 소생이 목을 길게 하고 기다렸지만 K는 돌아오지 않았다. 이튿날 아침에도 돌아오지 않았다.

마작 구락부에서 K는 처음에 2원을 잃었다.

조금이라도 더 붙여보려던 노릇이 잃었는지라 그는 조금 등이 달았다. 게다가 도박성보다도 금전욕이 조금 더 세게 된 K는 두 번째 달려들었다. 본전만 되면 일어서서 집으로 돌아가려고 속으로 맹세를 하면서 두 번째 달려든 것이었다. 두 번째는 다행히 3원을 따서 본전은 넘었다. 그러나 K는 일어나지 않았다. 1원만 소득하여 무얼 하느냐. 한 번만 더 해서 하다못해 A에게 갚을 것이라도 오늘 얻어 가지고 가자. 이리하여 다시 세 번째 판으로 들어섰다.

이렇게 몇 번을 거듭한 결과, 그 밤 2시쯤은 그가 가지고 온 밑천의 절반이 되는 10원을 잃어버렸다.

'인젠 집으로 가야 할 텐데! 야단일세.'

가뜩이나 몰리는 이날의 생활비에서 도박으로 10원이라는 돈을 잃었다는 것은 그의 순진한 아내에게는 커다란 경악일 것이다. 이

전에 도박으로 수천 원까지 잃어본 K에게 있어서 10원쯤은 그다지 문제가 될 것이 없었으나 무엇보다도 아내의 가슴을 쓰리게 하는 것이 괴로웠다.

"또 합시다. 밤을 새웁시다. 좀더 높입시다."

이런 말이 그의 입에서 나올 때에는 그의 등은 꽤 단 때였다.

드디어 밤을 새웠다. 밤을 새운 이튿날 아침에는 그의 주머니에 겨우 칠팔십 전밖에는 남지를 않았다. 그와 함께 왔던 P도 40여 원을 홀짝 잃었다.

겨울 이른 아침이었다. 밤을 새워서 마작을 하여 잃고 그 집에서 나올 때에, 추운 겨울 아침임에도 불구하고 그의 이마에는 땀이 내배었다.

'자, 어디로 가나?'

집으로 돌아가기 어려웠다. 무엇보다도 아내에게 빈 지갑을 내보이기가 어려웠다. 밤을 새운 변명은 거짓말로라도 꾸며댈 수가 있지만 당연히 있어야 할 돈이 없는 데 대한 변명은 할 만한 것이 없었다. 술을 먹어서 없앴다는 것은 그의 아내에게 있어서는 도박을 하여 잃었다는 것보다도 더 큰 아픔일 것이다.

아침에 거리로 나온 K는 곤한 몸을 좀 쉬기 위하여 어떤 친구가 하숙하고 있는 여관으로 찾아갔다. 그러나 그 친구는 음력 정초라 시골 내려가고 없었다.

갑甲의 집을 찾았다. 을乙의 집을 찾았다. 병丙의 집을 찾았다. 그러나 불행히도 한 군데도 좀 들어가서 몸을 쉴 곳이 없었다. 혹은 외출을 하였거나 그렇지 않으면 손님이 있거나 하여서 몸을 눕혀서 쉴 만한 곳이 없었다.

'어찌할까.'

거리거리를 헤매면서 그는 식은땀을 뻘뻘 흘렸다. 허리를 구부리고 앉아서 밤을 새웠기 때문에 허리가 끊어지는 듯이 아팠다. 그 허리를 끌고 이리저리 돌아다녔다. 아내에게 얼굴을 대할 낯이 없어서 차마 집으로 돌아갈 용기가 생기지 않았다.

'S잡지의 원고를 쓰자. 그래서 내일 단 얼마라도 돈을 만들자. 그리고 그 돈을 만들어가지고 집으로 돌아가자.'

그러나 그것을 쓰자면 피곤한 몸을 한잠 잘 자야 할 것이다. 자자면 잘 만한 곳이 생각나지 않았다. 두세 군데 있기는 하였지만 그곳에 몸을 쉬다가는 아내가 그 집으로 찾아올 염려가 있다. 아내가 모름 직한 곳은 가서 쉴 만한 곳이 없었다.

오후 4시까지 K는 피곤한 허리를 끌고 이리저리 헤맸다. 무엇보다도 돈을 얻기 위해서는 원고를 써야겠고, 원고를 쓰기 위해서는 몸을 쉬어야겠는데 쉴 만한 곳이 발견되지를 않기 때문에 집에서는 더욱 근심할 것이로되, 아내에게 대하여 할 말이 없으므로 돌아가지도 못하고 방황하는 동안 그는 한 가지의 죄를 범하기 때문에 더욱 새 죄를 연하여 범하는 상습죄 '악한' 의 심리를 동정하였다.

오후 4시도 지났다. 겨울 해는 더욱 붉게 되었다.

이때까지 거리를 돌아다니던 K는 드디어 집으로 돌아가기로 결심하였다. 그사이의 경과를 실토를 하고 아내에게 사죄를 하고 속상해하는 아내를 위로하기로 결심을 하였다.

이리하여 저녁때에야 어슬렁어슬렁 그는 집으로 돌아왔다.

착한 그의 아내는 그의 사죄에 두어 마디 나무람을 한 뒤에 그 문제는 집어치워버렸다.

저녁도 안 먹고 K는 자리에 들어가 자버렸다.
이튿날도 9시가 되어서야 깨었다.
깨는 참[4] 그는 붓을 들었다. O신문에 연재 중인 소설 한 회분을 쓰기 위해서였다.
O신문 소설 한 회분 30분, 그 뒤 30분은 쉬며 S잡지의 소설을 생각해 12시까지로 써내기…… 이런 급템포의 설계로서 붓을 잡은 것이었다.
O신문의 소설은 9시 반까지로 끝이 났다. 그 뒤 30분간에 가정잡지에 적합한 소설을 반드시 하나 생각해내야 할 것이었다.
10분이 지났다. 20분이 지났다. 30분도 지났다. K는 붓과 종이를 잡았다. 그러나 입때껏 아무 생각도 나지 않은 것이었다.
K는 붓대를 잡은 뒤에 담배를 붙여 물었다. 그리고 다시 생각하였다.
드디어 그의 붓은 잉크를 찍으러 갔다. 한 가지의 소설이 생각이 난 것이었다. 그것은 가정잡지에는 적합하지 않을 종류의 소설이었다. 그러나 이 급박한 시간 안에 다른 소설을 만들어낼 수가 없었던 것이다.
약속하였던 바와는 엄청나게 다른 소설을 쓰게 된 그 경과를 소설화하여 쓰기로 한 것이었다. 이 막다른 골에서 유유히 다른 소설을 복안할 수가 없어서 이런 소설을 급조하기로 한 것이었다.
그의 붓은 종이 위에서 뛰놀았다. 이리하여 그가 계획하였던 12

시까지 급조한 한 편의 소설이 씌어졌다.
 그것을 다 쓰고 붓을 내던지며 그는 기다랗게 탄식하였다.
 '버리는 신이 있으면 거두는 신도 있거니.'
 '궁하면 통하느니.'
 '내일의 일을 위하여 근심하지 말라.'
 '문을 두드려라. 그러면 열리리라.'

___주
1) 재번再番 : 재차.
2) 과세過歲 : 설을 쇰.
3) 마장 : '마작麻雀'의 방언. 중국의 실내 오락. 네 사람의 경기자가 글씨나 숫자가 새겨진 136개의 패를 가지고 짝을 맞추며 진행한다.
4) 참 : (주로 어미 '-은', '-던' 뒤에 쓰여) 무엇을 하는 경우나 때.

사진과 편지

오늘도 또 보았다.
같은 자리에 같은 모양으로 누구를 기다리는 듯이…….
어떤 해수욕장…….
어제도 그저께도 같은 자리에 같은 모양으로 누구를 기다리는 듯이 망연히 앉아 있는 여인…… 나이는 스물대여섯, 어느 모로 뜯어보아도 처녀는 아닌 듯한 여인…….
해수욕장에 왔으면 당연히 물에 들어가 놀아야 할 터인데, 그러지도 않고 매일 같은 자리에 같은 모양으로 바다만 바라보고 앉아 있는 여인…….
이 여인에 대하여 호기심을 일으킨 L군은 자기도 일없이 그 여인의 앞을 수없이 왕래하였다.

"참 명랑한 일기올시다."

드디어 말을 걸어보았다.

"네, 참 좋은 일기올시다."

붉은 입술 아래서 나부끼는 여인의 이빨…… 그것은 하얗다기보다 오히려 투명한 듯한 이빨이었다.

"해수욕을 하러 오셨습니까?"

"네, 휴양차로……."

이리하여 L군과 그 여인과의 사이에는 교제의 문이 열렸다.

"산보 안 가세요?"

"가지요."

"점심이나 같이 나누고 가실까요?"

"좋도록 하세요."

두 사람의 사이는 좀더 가까워졌다. 그렇게 된 어떤 날 L군은 그 여인(이름은 혜경이라 하는)의 방에 걸려 있는 어떤 남자의 사진을 발견하였다.

"이이가 누구세요?"

그 사진을 가리키며 혜경에게 묻는 L군의 구조口調[1]에는 얼마간의 적개심이 나타나 있었다.

"제 주인 되는 양반이올시다."

"그렇습니까? 훌륭한 분이올시다."

이렇게 대꾸는 하였다. 그러나 그날 밤 L군은 잠을 자지 못하였다. 아까 낮에 혜경의 방에서 본 사진이 연하여 L군의 눈앞에 어릿거렸다.

미남자, 호남자, 풍채 좋은 남자…… 세상에서 보통 풍채 좋은 남자를 가리켜 부르는 명사가 꽤 많이 있지만, L군은 아직껏 아까 본 그 사진의 주인과 같은 호남아를 본 일이 없었다.

얼굴이 계집같이 이쁘게 생겼다기보다 남자답고 고귀하게 생긴 그 사진의 주인은, 옛날 희랍 조각에는 혹시 있을지 모르나 현세에 생존하는 인물로는 있을 수가 없을 만치 절세의 풍채 좋은 인물이었다.

L군 자기도 자타가 허하는 미남자였다. 그 어디에 내놓을지라도 손색이 없을 만한 자기의 풍채는 스스로도 믿는 바였다.

그러나 아까 그 사진의 주인과 자기를 비교해볼 때에 L군은 제 가슴을 두드리지 않을 수가 없었다. 말하자면 자기는 세상에서 보통 말하는 바 양복집 스타일 견본화나 혹은 모자 광고화에 그려진 그림의 미남자쯤밖에는 지나지 못하는 사람이었다. 고아한 풍채의 소유자는 못 되었다. 그 사진의 주인과 자기를 비교하자면 그야말로 태양과 자라를 비교하는 것과 마찬가지로 비교도 되지 않았다.

'그러한 훌륭한 남편을 두고 왜 나 같은 사람에게 호의를 가지나?'

의문이었다.

그러나 그런 의문이 있다고 단념할 것이 아니다. 분명히 혜경이가 자기에게 호의를 갖고 있는 이상에는 의문은 의문대로 남겨두고 정사情事는 정사대로 계속하지 않으면 안 될 것이다.

이튿날, 혜경을 방문하기 위하여 L군은 머리에 빗질을 30분은 하고 면도를 네 번이나 다시 하고 넥타이를 10여 차 고쳐 매도록 자기의 몸치장에 노력하였다. 집에 즉시로 전보를 쳐서 자기의 옷 전부를 이 해수욕장으로 가져왔다. 매일 오전 낮과 오후에 각각 다른 옷을 바꾸어 입어서 인공으로라도 자기의 풍채를 좀더 돋우어보려는 L의 고심이었다.

그 뒤로부터 L군은 그 사진의 주인과 맹렬한 경쟁을 하였다. 풍채를 조금이라도 더 좋게 하기 위해서는 어떤 수단을 물론하고 취하였다.
이 덕에(그렇지 않아도 미남자의 소문이 높은) L군의 풍채는 나날이 더 좋아졌다. 그리고 동시에 혜경 여사와의 정사도 점점 더 깊어갔다.

해수욕의 시절은 다 갔다.
여름의 한철을 즐기기 위하여 해수욕으로 몰려갔던 도회인들은 모두 도회로 돌아왔다.
혜경도 돌아왔다.
L군도 돌아왔다.
도회로 돌아와서도 L군과 혜경의 정사는 그냥 계속되었다.

"혜경 씨!"
"네?"
"그이는 어디 계셔요?"
"이태리 여행 중이에요."
"돌아오시거든 제게 소개해주세요."
"참, L씨는 왜 귀찮게 늘 그런 말씀을 하세요? 그이가 돌아오시기만 하면 저는 그이 품으로 돌아가야지요. 그렇지 않아요. 실례올시다만 L씨야 그이 안 계실 동안 임시로 제 말벗이 되어…….”

무얼? 강렬한 반항심…… 내가 그 사진의 주인보다 더 훌륭한 사람이 돼서 그 사진의 주인이 돌아올지라도 이 여인으로 하여금 내 품에서 떠나지 않게 하여야겠다.

이리하여 L군의 몸치장은 그칠 바를 모르고 나날이 더해갔다.

그것은 무엇이라 말할 수 없는 불안이었다.

현재로서는 분명히 자기는 혜경의 애정을 독점하고 있다. 그러나 혜경이는 언제 제 본남편에게로 돌아갈는지 예측도 할 수 없는 노릇이었다. 종로로 본정으로 혜경과 어깨를 나란히 하고 산보를 다니면서 때때로 진열창에 비친 자기의 양자를 보고는 혜경과 동반하여 다니기에 결코 부족함이 없는 호남자라는 자신을 새롭게 하기는 하지만, 그 어떤 날 해수욕장 혜경의 방에서 본 혜경의 남편의 사진은 L군의 마음을 늘 불안하게 하였다.

보통으로 내놓으면 자기도 제일류의 미남자이지만 그 사진의 주인과 비교하자면 자기 따위는 발꿈치에도 미치지 못할 것이다. 그 사진의 주인이 혜경이와 팔을 겯고 길을 가는 양을 상상으로 머리에 그려보고는 질투에 타오르는 주먹을 휘두른 적도 여러 번 있었다.

'그 사진의 주인에게 져서는 안 된다. 어떤 수단을 써서든 이겨야 하겠다.'

이런 결심 아래 L군은 더욱 풍채에 주의하였다.

가을이 지났다.

겨울도 지났다.

이듬해 봄, 이태리에 여행 중이라는 혜경이의 남편은 그냥 돌아오지 않고, L군과 혜경이의 정사는 그냥 계속되었다.

그 어떤 봄날 혜경이가 L군을 찾아왔다. 저녁까지 놀다가 갔다.

혜경이가 돌아간 뒤에 L군은 혜경이가 앉았던 자리 아래 무슨 종이가 한 장 떨어져 있는 것을 발견하였다.

집어보니 편지였다. 혜경이가 실수하여 떨어뜨리고 간 것이었다.

L군은 그 편지를 펴보았다. 혜경이의 어떤 동무에게서 혜경이에게 한 편지로서 사연은 이러하였다.

구라파에 여행 중이시던 그 지아버님이 돌아오셨다니 얼마나 반갑겠습니까? 모레 저녁에 동반하셔서 ○○극장에 와주세요. 관극을 끝낸 뒤에 오래간만에 같이 밤참이라도 나누어봅시다. 꼭 와주세요. 믿습니다.

"마침내 왔구나!"

가슴이 덜컥하였다. 그 사진의 주인이 돌아왔으면 혜경이는 물론 (이전 어느 때 혜경 자신이 선언한 바와 같이) 자기를 떠나서 남편의 품으로 돌아갈 것이다.

이즈음 혜경이의 태도가 이전보다 더 냉담해진 듯한 것도 이에 설명되었다. 그 사진의 주인만 돌아올 것 같으면 자기는 헌신짝과 같이 버려질 것이다.

그 사진의 주인인 고아한 한 공자와 혜경이가 나란히 하여 앉아서 관극을 할 일을 생각할 때에 L군은 치를 부들부들 떨었다.

모레 저녁 되는 날 L군도 ○○극장에 갔다. 무슨 필요로 갔는지는 스스로도 알 수가 없었으나 꼭 가보아야 될 의무를 느끼고 간 것이었다.

혜경이는 즉시로 눈에 띄었다. 그러나 혜경이의 남편은? 이전 어느 때 해수욕장 어느 여관방에서 사진으로 본 그 고아한 공자인 혜경이의 남편은? L군은 극장 안을 두루두루 살폈다. 혜경이의 남편을 찾아내기 위하여 구석구석을 모두 살폈다.

그러나 그때 사진으로 본 그 남자와 비슷한 사람도 발견할 수가 없었다.

그 대신 혜경이의 곁에는 혜경이의 아버지로 인정되는 한 노인이 같이 앉아서 연극을 구경하고 있었다. 사나이는 한 50쯤…… 얼굴 전면에 짐승에게 비기리만치 털이 나고 눈은 그 존재조차 알아보기 힘들도록 작고 코허리가 잘룩한, 천하에 드문 추남자가 혜경이와 같이 앉아서 일심불란히 연극을 관상하고 있는 것이었다.

"?"

L군은 어안이 벙벙하였다. 혜경이와 같은 미인의 아버지로는 너무도 추하게 생긴 꼴에…….

그러나 조금 뒤에 어떤 지인에게 물어본 결과 그 흉악한 추물이 혜경이의 아버지가 아니요 남편이라는 것을 안 때에 L군의 경악은 얼마나 컸을까?

처음에 L군은 그 말을 곧이듣지 않았다. 곧이들을 수가 없었다. 그러나 극장이 끝나고 돌아갈 임시에 L군이 우연히 그들의 앞을 지나노라니까, 그 추물의 말로 혜경에게 향하여,

"변변찮은 연극 구경에 허리만 아프군. 어서 ○○씨 부처와 밤참

이나 같이 먹고 집으로 갑시다."
하는 것을 듣고는 믿지 않을 수가 없었다.

사랑도 식어버렸다.
혜경이가 그 추물의 가슴에 안겨서 해해거릴 꼴을 생각하매 혜경이의 남편은 그 사진의 주인인 줄 믿었기에 거기에 대한 반항심으로 경쟁을 해보려고 몸치장도 열심히 하였지, 그런 털투성이의 추물이 혜경이의 남편이라 할진대 L군 자기는 비록 10년을 목간을 안 하고 3년을 이발을 안 하고 한 달을 면도를 안 할지라도 그 추물에 비하면 천만 배나 승한 것이다.
이리하여 L군은 몸치장을 중지하였다. 하루에 세 번을 면도를 하지 않으면 얼굴이 근지럽다고 하던 L군이 코 아래가 시커멓게 된 채로 천연히 거리에 나다니게 되었다.

마지막 오후.
혜경과 L군은 지나간 한때의 정사를 청산하고 마지막 이별을 고하기 위해서 어떤 조용한 곳에서 만났다.
"L씨!"
"네?"
"자, 이것이 그사이 L씨에게서 제게 보낸 편지입니다. 전부 도로 받으세요."
여인이 내주는 뭉치를 L군은 말없이 받았다.
"그럼…… 자, 안녕히 가세요. L씨는 왼편 길로 가세요, 저는 오른편으로 갈 테니……."

"혜경 씨!"

여인이 돌아서려 할 때에야 L군은 비로소 정신이 든 듯이 여인을 찾았다.

"네?"

"마지막에 한 가지 물어봅시다."

"무얼 말씀이에요?"

"어느 때 어느 해수욕장에서 혜경 씨가 내게 보여준 사진이 있지요? 이이가 내 주인입니다고 하시면서……."

여인은 미소하였다.

"네, 그런 법하외다."

"그 사진은 대체 뉘 사진이오니까?"

"호호호호, 그건 왜 물으세요? 저도 뉘 사진인지 몰라요. 상해 어느 사진관에서 두 냥인가 얼만가 주고 산 건데, 아마 중국 어느 배우던가 누구라는 귀족의 사진이겠지요."

"상해서? 두 냥? 그럼 그, 그……."

"그 사진을 왜 L씨에게 제 지아버지라고 속였느냐 말이지요?"

"네."

"아직 모르세요? 그 사진을 L씨에게 이이가 제 남편 되는 이외다 하고 보여드렸기에 L씨가 그 뒤에 얼마나 더 좋아 지냈는지 스스로도 아시겠구먼요. 저도 같이 친구를 사귀는 이상에는 좀더 풍채 좋은 양반과 사귀고 싶어서 그런 수단을 쓴 겁니다. 악의가 아니에요. 용서하세요. L씨도 사실대로 말씀하지만, 그 사진을 보여드렸기에 그 뒤에는 삼사 할이나 더 풍채가 좋은 신사가 되셨습니다."

L군은 말이 막혔다. 한참을 입만 움질움질하였다. 그런 뒤에야 비

로소 말을 하였다.

"그럼, 말하자면 귀부인들이 자기가 끌고 다니는 개를 비누로 목간시키고 향수를 뿌려주는 것과 같은 뜻이시구먼요?"

"그렇게 극단으로 해석하실 게야 있습니까? 호호호……"

"그건 그렇다 합시다. 그 수단은 용합니다. 그렇지만 결말이 왜 그렇게 싱겁습니까? 첫번 궁리하신 그만한 지혜를 왜 끝까지 쓰시지 못했습니까?"

"무슨 말씀인지 좀 구체적으로 말씀해주세요."

"말하구말구요. 어떤 날 혜경 씨가 우리 집에 놀러 오셨다가 가셨습니다. 그런데 가실 때에 편지 한 장을 떨어뜨리고 가셨습니다. 그 편지 때문에 나는 혜경 씨의 주인 되시는 양반을 보았어요. 그 털투성이…… 용서하세요…… 털투성이 괴물을 보았습니다. 그 괴물……"

"조금만 말씀을 주의해 하세요."

"그럼, 그 괴물이 혜경 씨의 주인이 아니란 말씀입니까?"

"왜요, 우리 주인 되시는 분이지요."

"거 보세요. 그 괴물을 보았기 때문에 우리 사이가 서로 벌어지지 않았습니까? 이전에 소위 그 두 냥짜리 사진만 본 때는 나도 좀더 풍채 좋은 사내가 되어보려고 별 애를 다 썼습니다만, 털투성이…… 용서하세요…… 그 털투성이 괴물을 본 뒤부터는 그만 그런 생각이 없어졌습니다. 그 털투성이에 비기자면 나는 1년을 면도를 안 해도 천만 배나 우승한 미남자예요. 말하자면 혜경 씨는 편지 한 장을 잘 간수하지 못했기 때문에 실패를 보신 셈이 아닙니까?"

혜경이는 L군을 우러러보았다. 보면서 웃었다.

"L씨."

"네?"

"제 말씀을 들으세요. 들어보니깐 L씨도 웬만하신 숫보기시구려?"

"왜요?"

"그래, 본남편을 두고 다른 남자와 교제를 하는 여편네가 편지 한 장 간수를 하지 못해서 여기저기 흘리고 다니겠습니까?"

"그럼 편지를 흘리신 일이 없단 말씀이외까?"

"아니, 없는 건 아닙니다."

"그럼 무슨 말씀이세요?"

"편지는 분명히 떨어뜨렸습니다. 떨어뜨렸지만 실수해서 떨어뜨린 것이 아니고 부러 떨어뜨렸습니다. L씨에게 보여드리기 위해서 부러 떨어뜨리고 갔습니다."

"그게 무슨 말씀이세요? 부러 그 편지를 떨어뜨려서 그 때문에 내가 극장에 달려가게 되고, 극장에 갔기 때문에 그 괴물…… 용서하세요…… 괴물을 나한테 발견을 시켰단 말씀이세요?"

"그렇구말구요."

"그렇다면…… 그 괴물을 발견했기 때문에 나는 몸치장도 중지해 버리고 그뿐더러 혜경 씨와의 사이도 벌어졌으니 그게 모두 부러 하셨단 말씀이에요?"

"L씨, 흥분하지 마시고 들으세요. 그게 전부 제가 계획적으로 한 일이올시다."

"계획적이란 무슨 까닭으로?"

"참, 사내어른이란 왜 그렇게 머리의 동작이 뜨신지…… 간단히 말씀하자면, 전에 어느 해수욕장에서 L씨에게 보여드렸던 그 사진을 이번에 또 다른 분에게 보여드렸습니다그려. 그러니깐 말하자면 L씨는 이제는 아무리 몸치장을 안 하시더라도 제게는 아무 관계가 없이 되었어요. 아시겠습니까?"

"……"

"L씨, 명심해서 들으세요. 사내어른이란 편지 한 장과 사진 한 장만 가지면 아무든 놀릴 수가 있는 것이에요. 우연히 떨어뜨린 듯한 편지 한 장이나 우연히 보여드리는 듯한 사진 한 장을 이 뒤에는 결코 그대로 믿지 마세요. 다 트릭입니다…… 아이구, 왜 그렇게 눈을 무섭게 뜨세요? 최후의 이별 장소, 웃음으로 서로 작별하고 이 뒤에도 친구로 그냥 교제해주세요. 자, 그러면 아까 말씀대로 L씨는 왼편으로 가세요, 저는 오른편으로 가겠습니다. 상해에서 산 그 두 냥짜리 사진을 보여드린 분과 약속한 시간도 거진 돼서 저는 좀 바쁩니다. 그럼 안녕히 가세요."

황혼의 거리.
가벼운 걸음을 콧노래를 부르면서 여인은 오른편 길로…….
여인에게 왼편 길로 가라는 지시를 받은 L군이지만 그는 그 자리에서 발을 떼지를 못하고, 마치 정신 잃은 사람 모양으로 여인의 뒷모양을 바라보고 있었다.

황혼의 거리.
적적한 거리.

(부언 : 이것은 몰나르[2]의 「마지막 오후」에서 상상을 취했음을 말해 둔다.)

__주
1) 구조口調 : '어조語調'의 방언.
2) 몰나르(Ferenc Molnár, 1878~1952) : 헝가리의 극작가·소설가. 부다페스트 사교계를 다룬 희곡과 감동적인 단편소설로 유명함.

대동강은 속삭인다

▪ 대동강

그대는 길신의 지팡이를 끌고 여행에 피곤한 다리를 평양에 쉬어 본 일이 있는지?

그대로서 만약 길신의 발을 평양에 들여놓을 기회가 있으면 그대는 피곤한 몸을 잠시 여사에서 쉬고 지팡이를 끌고서 강변의 큰길로써 모란봉에 올라가보라.

한 걸음 두 걸음, 그대의 발이 구시가의 중앙에까지 이르면 그때에 문득 그대의 오른손 쪽에는 고색이 창연한 대동문이 나타나리다. 그리고 그 대동문 안에서는 서로 알고 모르는 허다한 사람이 가슴을 제껴 헤치고 부채로 땀을 날리며 세상의 온갖 군잡스럽고 시끄러운 문제를 잊은 듯이 한가히 앉아서 태고적 이야기에 세월 가는 줄을 모르고 있는 것을 발견하리라.

그것을 지나서 그냥 지팡이를 끌고 몇 걸음 더 가면 그대의 앞에는 문득 연광정이 솟아오르리니 옛날부터 많은 시인가객들이 수없는 시와 노래를 얻은 것이 이 정자다.

그리고 그 연광정 앞에는 이 세상의 온갖 계급 관념을 무시하듯이 점잖은 사람이며 상사람이며 늙은이며 젊은이가 서로 어깨를 겯고 앉아서 말없이 저편 아래로 흐르는 대동강 물만 내려다보고 있으리라.

그들의 눈을 따라서 그대가 눈을 옮겨서 그 사람들이 내려다보는 대동강을 굽어보면…… 그대들은 조그마한 어선을 발견하겠지. 혹은 기다란 수상선도 발견하겠지. 그러나 그 밖에는 장청류長淸流의 대동강이 있을 따름이리라.

거기 기이奇異를 느낀 그대가 그들에게,

"그대들은 무엇을 보는가?"

고 질문을 던질 것 같으면, 그들은 머리를 돌리지도 않고 시끄러운 듯이 한마디로 대답하리라.

"물을!"

물을?

"물은 그대들의 집의 부엌에라도 얼마든지 있지 않은가? 물이 그렇게도 재미있는가?"

그대가 만약 두 번째 질문을 던지면 그들은 비로소 처음으로 머리를 그대에게로 돌리리라. 그러고는 가장 경멸하는 눈초리를 잠시 그대의 위에 부었다가 다시 머리를 물 쪽으로 돌리리라.

그곳에 커다란 호기심을 남겨두고 그대가 다시 지팡이를 끌고 오른손 쪽으로 대동강을 굽어보면서 청류벽을 끼고 부벽루까지 올라가서, 거기에서 다시 모란봉으로…… 또 돌아서면서는 을밀대로,

을밀대에서 기자묘 솔밭으로 현무문으로…… 우리의 지나간 조상을 위하여 옷깃을 눈물로 적시며 혹은 회고의 염에 한숨을 지으며, '왕손王孫은 거불귀去不歸' 라는 옛날 노래를 통절히 느끼면서 돌아본 뒤에 다시 시가로 향해 내려온다 하자. 그때에 그대가 다시 호기심으로 연광정 앞, 아까의 그곳까지 발을 들여놓으면 그대는 거기에서 아까의 그 사람들이 아직도 돌아가지 않고 자리의 한 걸음의 변동도 없이 아까의 그 모양대로 앉아서 역시 뜻 없이 장청류의 대동강을 내려다보고 있는 것을 발견하겠지.

그들은 집이 없나?
그들은 점심은 먹었나?
그들은 처자도 없나?
그리고 그들은 그 평범한 '물의 흐름'에 왜 그다지도 흥미를 가졌나?

여기에 평양인의 심경이 있다.
여기에서 평양인의 정서는 뛰놀고, 여기에서 평양인의 공상은 비약하고, 여기에서 평양인의 환몽은 약동하고, 여기에서 평양인의 시가가 생겨나고 평양인의 노래가 읊어지는 것이다.

그대가 만약 이런 사정만 알 것 같으면 그 경중 없이 장청류의 대동강만 내려다보고 집안도 잊고 처자도 잊고 앉아 있는 허다한 무리를 관대한 마음으로 용서하기는커녕 일종의 존경의 염까지 생기겠지.

■ 무지개

 평양 사람인 여는 수천 년래로 우리의 조상의 하던 일을 본받아서 그 장청류의 대동강을 내려다보면서 한 가지의 공상을 날려 볼까.

 행복은 무지개와 같은 것이다.

 비가 갰다.
 동시에 저편 벌 건너 숲 위에는 둥그렇게 무지개가 뻗쳤다. 오묘한 조물주의 재간을 자랑하듯이 칠색이 영롱한 무지개가 커다랗게 숲 이편 끝에서 저편 끝으로 걸쳐 있었다.
 소년은 마루에 걸터앉아서 그것을 바라보고 있었다.
 소년의 마음은 차차 뛰놀기 시작하였다. 찬란히 빛나는 무지개는 마치 소년을 부르는 듯이 그의 아름다운 자태를 소년의 앞에 커다랗게 벌리고 있었다.
 한나절을 황홀히 그 무지개를 바라보고 있던 소년은 마음속에 커다란 결심을 하였다.
 '그 무지개를 잡아다가 뜰에 갖다 놓으면 얼마나 훌륭하고 아름다울 것인가.'
 소년은 방 안에 있는 어머니를 찾았다.
 "어머니!"
 "왜?"
 어머니는 바느질하던 손을 멈추고 사랑하는 아들을 내다보았다.
 "어머니, 나 저 무지개 잡으러 가겠어요. 네?"

어머니는 일감을 놓았다. 그리고 뚫어질 듯이 아들의 얼굴을 보았다.

"네?"

"얘야, 무지개는 못 잡는단다. 멀리 하늘 끝닿는 데 있어서 도저히 잡지 못한단다."

"아니에요. 저 벌 건너 숲 위에 걸려 있는데……."

"아니다. 보기에는 그렇지만 네 어머니도 50년 동안을 그것을 잡으려면서도 아직도 못 잡았구나."

"그래도 난 잡아요. 네? 내 얼른 가서 잡아올게."

어머니는 다시 일감을 들었다. 그러나 어머니의 눈에는 수심이 가득 찼다.

"네? 가요."

찬란히 빛나는 무지개의 유혹은 이 소년에게는 무엇보다도 강한 것이었다. 어머니의 사랑의 품보다도 따뜻한 가정보다도 맛있는 국밥보다도 무지개의 유혹만이 이 소년의 마음을 누르고 지배하였다. 네 번 다섯 번 소년은 어머니에게 간청하였다.

어머니도 마침내 소년의 바람은 꺾을 수가 없도록 강한 것을 알았다. 그리고 뜻에 없는 허락을 하였다.

"정 그럴 것 같으면 가보기는 해라. 그러나 벌 건너 숲까지 가보고, 거기서 잡지 못하거든 꼭 곧 돌아와야 한다."

그런 뒤에 어머니는 아들을 위하여 든든히 차림을 차려서 떠나보냈다.

"그럼 어머니, 내 얼른 가서 잡아올게 기다려주세요."

그리고 커다란 희망으로써 떠나는 아들을 어머니는 눈물로써 보냈다.

 소년은 걸음을 다하고 힘을 다하여 벌을 건너갔다. 그리고 목적했던 숲에까지 이르렀다.
 그러나 이상했다. 무지개는 벌써 그곳에 있지 아니하였다. 찬란히 빛나는 무지개는 더 저편으로 썩 물러서서 그래도 소년을 이끄는 듯한 아름다운 자태를 커다랗게 벌리고 있었다.
 '가깝기는 가까웠다. 그러나 좀더 가야겠구나.'
 소년은 또다시 무지개를 바라고 갔다.
 소년의 몸은 좀 피곤해졌다. 그러나 눈앞에 찬란히 빛나는 무지개를 바라볼 때 소년은 용기를 다시 내어서 무지개를 향하여 걸었다.
 얼마만치 가서 이만했으면 되었으려니 하고 소년은 눈을 들어서 보았다. 그러나 찬란히 빛나는 무지개는 역시 같은 거리에서 소년을 오라고 유혹하고 있었다.

 소년은 높은 뫼도 어느덧 하나 넘었다. 넓은 강도 어느덧 하나 건넜다. 그러나 무지개는 좀체 잡을 수가 없었다.
 그러나! 그 무지개의 찬란한 광채는 끊임없이 소년을 오라는 듯이 유혹하였다. 잡힐 듯 잡힐 듯 하면서도 잡혀주지 않는 그 무지개는 소년에게는 커다란 유혹이었다.
 소년은 용기를 냈다. 그리고 무지개를 향하여 또 달음박질하였다.
 무지개를 잡으려는 오로지 한길 마음으로 피곤함도 잊고 아픔도 잊고 뛰어가는 소년은 어떤 산마루까지 이르러서 마침내 쓰러졌다. 인제는 한 걸음도 더 걸을 용기와 기운이 없었다.

소년은 그곳에 쓰러지면서 피곤한 잠에 잠기고 말았다.

어지럽고 사나운 꿈! 그 가운데서도 소년에게는 끊임없이 무지개의 찬란한 빛깔이 어릿거렸다. 그리고 그 무지개의 아름다움과 어울리는 향기로운 음악이 끊임없이 들렸다.

많은 소년들과 많은 소녀들이 꽃으로 온몸을 장식하고 팔을 서로 맞잡고 노래하며 돌아가고 있었다. 그리고 그 소년 소녀의 동그라미 속에는 칠색이 영롱한 무지개가 마치 자기의 주위에 있는 많은 소년 소녀를 애호하듯이 커다랗게 벌리고 있었다.

즐거움은…… 행복은…… 뉘 것?

누릴 자…… 누구?

소년과 소녀들의 노랫소리는 부드럽고 아름답게 울려온다.

얼마를 이런 꿈에 잠겨 있던 소년은 그 꿈에서 펄떡 깨면서 눈을 떴다.

즉, 역시 이 소년이 오기를 기다리는 듯이 아름다운 광채를 내며 벌리고 있었다.

'조금 더, 이제 한 걸음!'

소년은 후덕덕 일어섰다. 쏘는 다리 저린 오금! 피곤으로 말미암아 하마터면 소년은 넘어질 뻔하였다. 소년은 다리에 힘을 주었다. 온몸에 없는 힘을 다 주었다. 눈 아래서 황홀히 빛나는 무지개는 그로 하여금 없는 힘을 다시 내게 한 것이었다. 그리고 그는 무지개를 향하여 달음박질하였다.

그러나 산 중턱에 걸린 줄 알고 뛰어내려오던 소년은 중턱에서 만나지 못하고 맨 아래까지 그냥 내려왔지만 무지개는 역시 멀리 물러서서 마치 소년의 어리석음을 비웃는 듯이 빛나고 있었다.

'아아 곤하다.'

소년은 맥이 나서 다시 털썩 주저앉았다.

소년은 뒤숭숭한 소리에 놀라서 깼다. 그는 피곤함을 못 이겨서 어느덧 잠이 들었던 것이었다. 깨어서 보니까 그 근처에는 어느 틈엔가 많은 소년이 모여 있었다. 그리고 그들은 무엇을 다투고 있었다. 무엇을 다투는가고 자세히 들으니 그들은 무지개가 있는 방향을 서로 이쪽이니 저쪽이니 다투고 있는 것이었다.

"무지개는 이편 쪽에 있다."

어떤 소년은 동쪽을 가리키며 이렇게 일렀다.

"정신없는 소리 말아라. 무지개는 저쪽에 있다."

다른 소년은 반대하였다.

"너희들은 눈이 있느냐 없느냐, 무지개는 저쪽에 있지 않냐? 아직껏 너희들에게 속아서 너희들만 따라왔지만 무지개는 역시 내 생각대로 저쪽에 있다."

또 다른 소년은 또 다른 데를 가리킨다.

그러나 그 많은 소년들이 가리키는 곳이 한 곳도 정확한 곳이 없었다. 모두 엉뚱한 곳만 가리키며 서로 다투고 있는 것이었다.

우리의 소년도 마침내 일어섰다. 그리고 점잖은 웃음으로 그들을 찾았다.

"여보세요, 당신네들도 무지개를 잡으러 떠난 분들이오?"

"그렇소."

"당신네들의 말을 들으니까 무지개는 이쪽에 있다 저쪽에 있다 다투는 모양이지만, 무지개는 우리 눈앞 요 바투 있지 않소?"

소년은 무지개를 손가락으로 가리켰다. 다른 소년들은 가리키는 방향을 보았다. 그러나 무지개는 보지 못한 모양이었다. 역시 다툼은 계속되었다.

그리고 한참 서로 다투던 소년들은 의견이 모두 맞지 않아서 그곳에서 제각기 제가 생각하는 곳을 찾아서 아름다운 무지개를 잡으러 서로 손을 나누어서 떠나기로 하였다.

그것을 눈이 멀거니 바라보고 있던 우리의 소년도 마침내 일어섰다. 그리고 그는 자기의 신념대로 또 한 무지개를 잡으러 피곤한 다리를 옮겼다.

무지개는 역시 소년의 눈앞 몇 걸음 밖에서 찬란한 빛깔을 보이고 있었다.

'이번에는 꼭!'

눈앞에 커다랗게 보이는 무지개에 소년의 용기는 다시 솟았다.

어떤 곳에서 소년은 또 다른 소년의 무리를 보았다. 그들은 모두 튼튼한 길신가리를 차리고 있었다. 소년은 그들에게 가까이 가서 말을 붙여보았다.

"노형네는 어디를 가시오?"

"가는 게 아니라 갔다가 오는 길이외다."

뭇 소년은 이구동성으로 대답하였다. 그들은 모두 매우 피곤한 듯이 눈에는 정기가 없고 몸은 쇠약으로 말미암아 떨고 있었다.

"어디를 갔다 오시오?"

"무지개를 잡으러……."

"네? 그래 잡았소?"
"여보 말 마오. 그것에 속아서 괜히 좋은 세월을 헛되이 보냈소."
"집을 떠난 것은 언제쯤이오?"
"모르겠소, 갑갑하니까."
"그래 인젠 그만두겠소?"
"그만두잖고. 눈앞에 보이는 것 같기에 그것에 속아서 이제나 이제나 하고 왔지만 인젠 무지개라는 것은 도저히 못 잡을 것인 줄 깨달았소."
"그래도 요 앞에 있지 않소?"
"하하하하, 그러기에 말이오. 눈앞 몇 걸음 앞에 있는 것 같기에 그것에 속아서 아직껏 세월만 허송했소."

소년은 낙담하였다. 그리고 자기도 돌아가버릴까 하였다.

그러나 이상했다. 그때에 그 무지개는 쑥 더 소년에게 가까이 오며 그 광채며 빛깔이 더욱 영롱해져서 단념하려는 소년으로 하여금 또다시 단념하지 못하게 하였다.

'아아⋯⋯.'

소년은 커다란 한숨과 함께 다시 용기를 냈다. 소년은 다른 소년들에게 동행을 청해보았다. 그러나 그들은 끝끝내 듣지 않았다.

몇 번을 권해본 뒤에 소년은 그들의 마음을 돌이키지 못할 것을 알았다. 그래서 그들과 작별을 한 뒤에 자기는 역시 그 찬란한 무지개를 향하여 길을 떠났다.

어떤 곳에서 그는 두 다른 소년을 만났다. 그 두 소년은 무엇이 기쁜지 몹시 만족한 듯이 벙글벙글 웃고 있었다. 소년은 그들에게 물었다.

"여보, 말 좀 물읍시다."

"무슨 말이오?"

"좀 이상한 말을 묻는 듯하나, 노형네들 무지개를 못 보았소?"

사실 소년은 그때에 무지개를 잃어버린 것이었다. 어디로 갔나? 아직껏 찬란히 눈앞에 보이던 그 무지개는 하늘로 솟았는지 땅으로 새었는지 홀연히 앞에서 그 아름다운 자태를 감춘 것이었다.

두 소년은 벙글 웃었다.

"무지개 말씀이오? 무지개는 우리가 벌써 잡았소."

소년은 낙담하였다. 그리고 낙담에서 절망으로 절망에서 비분으로 걷잡을 새 없이 소년의 마음이 떨어져 돌아갈 때에, 이상하거니와 홀연히 역시 그의 앞에는 칠색이 찬란한 무지개가 솟아올랐다. 그 광채는 아까의 무지개보다도 더 찬란하였다. 그 빛깔은 아까의 무지개보다도 더 훌륭하였다.

소년의 마음은 절망에서 한숨에 희망으로 뛰어올랐다.

"여보, 봅시다! 봅시다!"

"무에요?"

"그 노형네가 잡았다는 무지개를!"

두 소년은 장한 듯이 자기네의 품에서 자기네의 자랑감을 꺼내 보였다.

소년은 받아보았다. 하마터면 웃을 뻔하였다. 그것은 평범하고 변변찮은 기왓장에 지나지 못하였다. 두 소년은 기왓장을 하나씩 얻어가지고 기뻐하는 것이었다.

"이게 무지개요? 이건 기왓장이로구려."

두 소년은 각기 자기네의 보물을 다시금 살폈다. 그리고 한 소년은 부르짖었다.

"오오, 무지개 무지개! 나는 무지개를 잡았다. 이게 무지개가 아니고 무에란 말이오?"

그러나 한 소년은 신이 없이 한참을 자기의 보물을 들여다보다가 커다란 한숨과 함께 그것을 내던졌다. 그리고 절망의 부르짖음을 발하였다.

"아니로구나, 아니야. 이건 무지개가 아니야! 아직껏 무지개로 알고 기뻐했던 것은 한낱 기왓장에 지나지 못하누나."

그리고 우리의 소년의 손을 힘 있게 잡았다.

"우리 같이 갑시다. 나는 무지개를 꼭 잡고야 말겠소."

여기서 서로 뜻이 맞은 두 소년은 만족해하는 한 소년을 남겨두고 또한 그 찬란한 무지개를 잡으러 길을 떠났다.

두 소년은 험한 산을 넘었다. 물결 센 강을 건넜다. 가시덤불을 헤쳤다. 돌밭을 지나갔다. 그들은 오로지 무지개를 잡으려는 열정으로 온갖 간난을 참으며 앞으로 앞으로 갔다.

그들은 가는 길에서 수많은 소년을 보았다. 어떤 사람은 그 무지개를 잡으려다가 잡지 못하고 낙망하여 집으로 돌아가는 것이었다. 어떤 사람은 변변찮은 기왓장을 얻어가지고 기뻐하는 것이었다. 그리고 그 가운데 가장 많은 수효를 점령한 사람들은 무지개를 잡으려다가 종내 잡지 못하고 심신이 피곤하여 쓰러져 넘어진 사람들이었다. 벌써 저세상으로 간 사람도 많이 있었다.

이런 광경을 볼 때에 두 소년의 용기는 꺾어졌다. 자기네들도 이 여행을 중지할까고 몇 번을 주저하였다. 아아, 그러나 그럴 때마다 그들의 눈앞에는 더욱 빛나고 더욱 훌륭한 무지개가 나타나서 그들의 용기 적음을 비웃는 듯하였다. 여기서 다시 용기를 얻은 두 소년은 험한 길을 무지개를 향하여 앞으로 앞으로 가는 것이었다.

어떤 험한 산골짜기까지 와서 동행 소년은 마침내 쓰러졌다.
"여보, 난 인젠 더 못 가겠소. 무지개는 도저히 잡지 못할 것임을 인제야 겨우 깨달았소."
소년은 동행하던 친구를 흔들었다.
"정신 차려요. 예까지 와서 이제 넘어진다니 웬 말이오."
그러나 동행 친구는 움직이지 않았다. 그는 벌써 피곤에 못 이겨 차디찬 몸으로 변한 것이다.
소년은 거기서 통곡하였다. 두 소년의 결심도 흔들렸다. 무지개는 도저히 잡지 못할 것인가 하는 의심이 강렬히 일어났다.
그러나…… 그러나 그때에 그의 눈 곧 앞에는 다시금 찬란히 빛나는 무지개가 소년을 쓸어안으려는 듯이 팔을 벌렸다.
소년은 다시 일어났다. 또다시 용기를 냈다.
위태로운 산길, 험한 골짜기, 가파로운 묏길, 깊은 물, 온갖 곤란은 또한 그를 괴롭게 하였다. 그러나 소년은 더욱 용기를 내가지고 무지개로 무지개로 가까이 갔다.
그러나 얼마를 가다가 소년도 마침내 쓰러졌다. 인젠 한 걸음도 더 걸을 수가 없었다. 거기서 그는 무지개는 도저히 잡을 수 없음을 비로소 깨달았다.
'아아, 무지개란 사람의 손으로는 기어이 잡을 수가 없는 물건인

가.'

　아직껏 그와 같은 길을 걸은 수만의 소년이 부르짖은 그 부르짖음을 이 소년도 여기서 부르짖었다. 그야말로 단념하기로 결심을 하였다.

　그때 이상했다. 아직껏 검던 그의 머리는 하얗게 되고, 그의 얼굴 전면에 수없는 주름살이 잡혔다.

■ 산 너머

　여는 그 무지개를 잡으려던 소년의 애처로운 결말을 조상하는 뜻으로 아직껏 물고 있던, 벌써 불이 꺼진 담배를 저 아래 대동강을 향하여 내던졌다. 그러고는 기다랗게 한숨을 쉬었다.

　이때에 여는 둘째 공상의 나라에 들어섰다.

　어떤 해변…….

　그것은 동녘으로 향한 어떤 해변이었다. 앞으로는 넓으나 넓은 바다가 있고, 뒤로는 가파로운 산비탈을 등졌으며, 그 바다와 산비탈은 거의 맞붙어서 사이에는 겨우 서너 간의 거리가 있을 뿐이었다.

　바다에는 갈매기, 산에는 진달래와 온갖 꽃, 때때로 먼 곳에 돛단배……. 이런 꿈과 같은 아름다운 마을, 게다가 울음 치는 물결 소리가 있고 때때로는 노루 새끼의 우는 소리 들리는 그림과 같은 이쁜 곳이었다.

　그곳에 외따로 한 오막살이가 있었다. 그리고 거기에는 홀아버지와 두 딸이 살고 있었다. 아버지는 벌써 육순이 지났으며, 맏딸은 열여덟, 작은딸은 열네 살이었다.
 맏딸의 이름은 연연이, 작은딸은 애애.

 동네에서 멀리 떠난 외딴곳에서 홀아버지를 모시고 형은 동생을 동생은 형을 사랑하여 열정과 정숙이 잘 조화된 아름다운 살림을 하고 있었다.
 두 처녀는 바위 위에 걸터앉아서 바다에 넘나드는 갈매기 떼며 물 위를 올라뛰는 고기 무리를 바라보면서 처녀의 온 정열과 온 공상을 거기다 붙이고 지냈다.
 해변에서 조개껍질을 줍는 두 처녀, 갈매기 떼를 바라보며 미나리[1]를 부르는 두 처녀, 진달래며 그 밖 뫼꽃들을 따며 노는 두 처녀…….

 어떤 날 두 처녀는 바다를 향한 낭떠러지 바위 위에 나란히 하여 걸터앉아 있었다.
 휙! 휙! 갈매기들은 바다를 두고 기운차게 이리저리 날아다닌다. 무엇이 기꺼운지 연방 갸갸갸 지껄이면서…….
 애애가 연연이를 찾았다.
 "언니."
 "왜?"
 "저 갈매기들은 어디서 와?"
 "저 산 너머에서."
 "산 너머 어디?"
 "좋은 곳에서."

"거기두 바다가 있수?"

"그럼 있구말구."

"그리구 갈매기두 있구? 진달래두 있구? 메꽃두 있구?"

"그럼, 다 있지. 게다가 이쁜 사내도 있구."

동생은 형의 얼굴을 쳐다보았다. 그러나 형의 말뜻은 알지 못하였다.

"이쁜 사내? 언니같이 이쁜!"

형은 대답하지 않았다. 그 대신 기다랗게 한숨을 쉬었다.

동생도 무슨 까닭인지는 모르지만 갑자기 폭우같이 외로움이 그의 마음을 습격하는 것을 깨달았다.

동생은 눈을 들어서 언니의 얼굴을 보았다. 꿈꾸는 듯 앞만 바라보고 있는 언니의 눈에는 눈물까지 고여 있었다.

겨울이었다.

천하는 눈에 덮였다. 깨끗하고 하얀 천하…… 거기에서 애애는 눈을 굴려서 눈사람 하나를 만들었다. 이쁘다란 눈사람. 거기에는 눈과 코가 만들어졌다. 입도 만들어졌다. 그리고 마지막에 애애는 집 안에 들어가서 기다란 바를 내다가 머리를 만들었다. 그런 뒤에 그것을 자랑하려 언니를 찾았다.

"언니! 언니!"

"왜?"

"이것 좀 나와서 봐요."

언니는 나왔다. 그리고 자랑스러운 듯이 동생이 가리키는, 눈으로 만든 처녀 인형을 한참 들여다보다가 뒤에 늘어진 머리를 떼어서 위에다가 상투를 만들어놓았다. 그리고 그것을 들여다보며 적적히 웃었다.

"이게 좋지 않느냐?"

동생은 샛노란 소리를 냈다.

"언니두 망측해. 그건 새서방이 아뉴? 그게 뭐이 좋아."

그러나 언니는 겁지 않고 그것을 들여다보고 있었다. 한참 그것을 들여다보고 있다가 혼잣말같이 중얼거렸다.

"애애야, 저 산 너머는 이쁜 사람이 많이 산단다."

동생은 그 뜻을 몰랐다. 그러나 언니의 적적한 마음만은 그에게도 전염되었다. 동생도 그만 한숨을 쉬었다.

봄이 되었다.

애애는 산에 올라가서 꽃을 땄다. 붉고 노랗고 흰 많은 꽃을 엮어서 꽃다발을 만들었다.

동생은 그것을 언니에게 보였다. 자랑스레…….

"언니 곱지?"

언니는 꽃다발을 받았다.

"언니 드릴까?"

"응."

언니는 시원찮은 듯이 대답하였다. 그런 뒤에, 그것을 제 머리 위에 올려놓아보았다.

"언니, 그걸 쓰니까 선녀 같아. 참, 이뿌……."

동생은 제가 만든 꽃다발이 언니의 머리 위에서 언니의 이쁨을 더욱 장식하는 것을 보고 춤추듯 날뛰었다. 그러나 언니는 곧 도로 그것을 벗어서 코에 갖다 대고 그 향내를 맡아보았다. 그윽히 들어오는 그 향내는 과연 연연이를 취하게 한 모양이었다. 연연이는 적적히 한숨을 쉬었다.

"애애야."

"네?"

"꽃도 이쁘거니와!"

그런 뒤에는 한참 잠자코 있다가 문득 고민하는 듯이 몸을 떨었다. 눈에는 눈물이 고였다.

여름이 되었다.

두 형제는 갈매기들과 벗하여 바다에서 뛰놀았다.

언니는 때때로 고민하듯이 몸을 떨면서 동생의 벗은 몸을 쓸어안는 것이었다. 그러고는 하소연하는 듯이 이렇게 말하는 것이었다.

"애애야, 네 살은 왜 이다지도 보동보동하냐?"

그러면 동생은 늘 이렇게 대답하는 것이었다.

"내 살보다 언니 살이 더 보동보동하지. 그렇지 않우?"

"내 살도 보동보동하지. 그렇지만……."

언니는 이렇게 대답하고는 한참 말을 끊었다가,

"그러나 주인이 없구나."

하고는 기다랗게 한숨을 쉬는 것이었다.

주인? 동생은 그 말귀를 몰랐다. 그러나 왜 그런지 언니가 자기에게서 차차 떠나려는 것 같은 무서운 예감 때문에, 동생은 그득히 눈물 머금은 눈으로 한참 언니의 얼굴을 쳐다보는 것이었다. 그런 뒤에는,

"언니, 어디로 갈래?"

하고 근심스레 묻는 것이었다. 그러면 언니는,

"가기는 어디로 가겠냐. 애애야, 아무 걱정 말고 아버지 모시고 잘살자."

한 뒤에는 또 한숨을 쉬는 것이었다.

가을이 되었다.

형제는 흔히 집 뒤 뫼 중턱에 있는 바위에 가서 걸터앉아 있었다.

어떤 가을 달이 몹시 밝은 밤, 형제는 역시 가지런히 바위 위에 걸터앉아 있었다.

푸르른 달빛은 세상의 온갖 것을 모두 창백하게 물들여놓았다. 그리고 바다에서 반짝이는 물결의 진주는 그 창백한 달과 경쟁을 하자는 듯 하였다.

애애의 마음은 몹시 적적하였다. 이즈음 왜 그런지 제 가장 가깝고 사랑하던 언니가 차차 제게서 멀어가는 것 같아서 애애의 마음은 더욱 답답하였다. 창백한 달빛은 애애의 마음의 울적함을 더욱 돋우어주었다. 헤어졌다 모였다 하는 바다의 달은 애애의 마음을 더욱 적적하게 하였다. 애애는 말없이 달빛에 잠든 천하만 바라보고 있었다.

언니가 먼저 입을 열었다.

"애애야."

"네?"

"너 한숨은 왜 쉬느냐?"

"내가 언제? 언니가 쉬지."

연연이는 적적히 웃었다. 그리고 갑자기 애애에게 달려들면서 애애를 쓸어안았다. 연연이의 몸은 마치 사시나무와 같이 떨었다. 그는 열병 들린 사람의 헛소리와 같이 동생에게 향하여,

"애애야, 아이고 달도 밝기도 밝구나. 저놈의 달은 왜 저다지도 밝은구."

하고는 정신 나간 사람같이 한참 제 뺨을 애애의 뺨에 부비다가, 미친듯이,

"저 산 너머는…… 저 산 너머는……."

몇 번 외어보고는 얼빠진 듯이 동생의 몸을 놓았다.

애애도 왜 그런지 슬퍼졌다. 애애는 한참을 눈이 멀거니 달빛 때문에 창백한 언니의 얼굴을 바라보다가 문득 언니의 가슴에 얼굴을 묻으며 홀쩍홀쩍 울기 시작하였다.

"언니, 저 산 너머에는 누구가 있수?"

"좋은 사람이 있지."

"좋은 사람이 누구야?"

"너는 아직 모른다."

그런 뒤에는 귀여운 듯이 자기의 가슴에 묻힌 동생의 기다란 머리를 쓸어주었다.

그다음 달 어떤 달 밝은 밤, 연연이는 마침내 종적이 없어졌다. 그 전날 밤을 동생을 붙안고 울어 새운 그는, 새벽에 아직 아버지와 동생이 잠자는 틈을 타서 제 집을 빠져나간 것이었다.

애애야, 언제 다시 만날 기약이 없구나.

나는 간다, 산 너머로……. 지금은 너는 내가 가는 뜻을 모르겠지만, 얼마를 안 지나서 너도 알 날이 있으리라.
늙으신 아버님 모시고 내내 평안히 있거라.

이런 글이 남아 있었다.
늙은 아버지는 한숨을 쉴 뿐이었다. 나무람이며 불평의 한마디도 없었다.
"종내 갔구나."
이 한마디뿐, 그 뒤에는 허연 수염을 쓰다듬을 따름이었다.
그러나 애애에게 있어서는 그렇지 못하였다. 애애에게는 천하가 그의 앞에서 모두 없어진 듯하였다. 세상이 아득한 것이 광명과 즐거움이 모두 언니와 함께 사라진 듯하였다.

여기까지 밀려오던 여의 공상의 날개는 문득 멈췄다.
자, 인젠 글을 맺어야겠는데 어떻게 그 끝을 맺나……. 두 가지의 생각이 여의 머리를 스치고 지나갔다. 가장 사랑하던 언니를 잃어버린 애애는 그 뒤부터는 언니 그리는 마음에 살아서도 죽은 목숨이었다. 달 밝은 가을, 녹음의 여름, 눈 오는 겨울, 혹은 꽃피는 봄…… 보는 것, 듣는 것, 어느 것 한 가지도 언니를 생각나게 하지 않는 것이 없었다.
'산 너머로! 산 너머로!'
한숨과 눈물 가운데서 맨날 돌아오지 않는 언니의 돌아오기를 기다리던 애애는 마침내 1년 뒤에 자기가 몸소 형을 찾아보려 어떤 날 밤 몰래 봇짐을 꾸려가지고 늙은 아버지를 홀로 버려두고 집을 빠져나왔다. 산 너머에서 애애는 형 연연이를 보았다. 그러나 그때의 연연이는 벌써 어떤 농군의 아내가 되고, 어린애의 어머니가 되어서 장작 연기에 눈물을 흘리면서 저녁 조밥을 짓고 있는 것이었다.

거기서 하룻밤을 묵은 애애는 이튿날 형의 손을 뿌리치고 갈매기와 진달래의 나라인 제 늙은 아버지의 품으로 돌아왔다.

……이런 결말은 어떨까?

혹은 그 결말을 이렇게 지으면 어떨까.

……애애는 언니 생각에 눈물 마를 날이 없었다. 바라보는 곳, 발을 들여놓는 곳에서마다 그는 언니의 냄새를 맡았다. 언니의 생각을 하였다. 그리고 눈물을 흘렸다. 언니의 뒤를 따를까 하였다.

그러나 그는 늙은 아버지를 혼자 두고 차마 떠나지를 못하였다. 적적하고 울울한 날은 오고 또 갔다. 이리하여 외롭고 쓸쓸하고 눈물겨운 4년이 지났다.

그때부터였다. 애애의 마음에도 이상히 '산 너머로'라는 생각이 차차 강해가기 시작하였다. 산 너머로, 알지 못할 나라로. 거기는 알지 못할 이쁜 사내들이 있을 것이다. 그리고 알지 못할 행복이 있을 것이다…….

이 생각이 차차 강해가기 시작한 애애에게는 어느덧 그 생각밖에 다른 세상사는 모두 귀찮게만 보이기 시작하였다.

봄날 꽃? 가을날 달? 이곳에서 보는 꽃이 무엇이 아름다우랴. 이곳에서 보는 달이 무엇이 아름다우랴. 산 너머로! 산 너머로!

이리하여 그도 자기의 형을 본받아서, 인젠 자유로 몸도 못 쓰는 늙은 아버지를 버려놓고, 어떤 날 밤 지향 없는 길을 떠났다.

■다시 대동강

여는 한숨을 쉬었다. 그리고 마치 애애를 찾듯 두어 번 휘파람을 불어본 뒤에 일어섰다. 여의 곁에 앉아 있는 뭇 평양인들은 그래도 끊임없이 뜻 없이 장청류의 대동강만 굽어보고 있다.

'아, 아!'

여는 커다랗게 기지개를 하였다.

대동강의 물은 몇 만 년 전과 같이 그냥 끊임없이 아래로 아래로 흘러간다. 그 물은 또한 몇 만 년 뒤에까지라도 역시 끊임없이 아래로 아래로 흐르겠지. 그리고 그 푸르른 정기와 아름다운 정서로써 장래 영구히 자기를 굽어보는 몇 만의 시인에게 몇 만 편의 시를 주겠지.

장청류의 대동강은 그냥 아래로 아래로 흐른다.

___주

1) 미나리 : 농부들이 논에서 일을 하며 부르는 농부가의 한 가지(=메나리).

최 선생

　최일이가 그의 제자 이준식의 아내와 관계를 맺게 된 것은 이상한 찬스에서였다.

　일이는 어떤 보통학교의 훈도였다. 준식이는 그 보통학교 출신이었다. 사람됨이 고지식하고 고지식하니만치 또한 인정 깊은 일은 준식이가 재학 시부터 준식이를 퍽 사랑하였다.
　그 사랑하는 까닭은 공부를 잘한다든가 재주가 있다든가 하는 것이 아니요, 준식이는 천애의 고아로서 돌보아줄 사람이 없으니 자기가 사랑한다 하는 것이었다. 준식이는 이 스승의 아래에서 보통학교를 끝냈다. 고등보통도 일이의 원조로써 3학년까지 다녔다.
　그러다가 차차 자기 철이 들면서, 공부보다도 취직이 더 큰일임을 이해하게 되자 어떤 인쇄회사의 직공의 자리를 얻으면서 공부를 중지하였다. 전매국의 여공으로 있던 지금 아내와 눈이 맞아서 부부가 되었다.

　이리하여 준식이는 가정생활을 하면서는 직접으로는 일이의 원조를 벗어났다 하나 역시 일이는 게으르지 않고 준식이의 생활을 돌보아주며 틈틈이 물질상의 원조도 해주었다. 그러다가 얼마 전에 준식이가 그 인쇄공장에서 해직이 된 이래로는 생활비의 대부분은 일이에게서 나왔다. 준식이가 청하는 바가 아니로되 일이는 기회를 보아서 늘 원조하고 하였다. 원조할 의무가 있는 것같이 생각되어서였다.

　말하자면 일이와 준식이는 사제의 관계라기보다도 서로 감춤 없는 가까운 친구 혹은 친척의 관계와 같았다. 따라서 준식이의 아내는 일이의 눈으로는 딸이나 조카며느리쯤으로 보이는 사랑스러운 여인이었다. 자기의 앞에서 응석을 부리고 어리광을 부릴지라도 관대한 웃음으로써 그것을 굽어보아야 할 자기의 지위였다.

　그러던 것이 어찌어찌하여 일이와 준식의 아내 사이에 기괴한 육체적 결합까지 맺어지게 되었다.

　그것은 어떤 여름날이었다.

　집이라는 명사를 붙이기에는 너무도 참혹한 준식이의 오막살이를 일이가 찾아간 것은 무더운 여름날 공기가 온 천지를 녹여낼 듯이 삶아내는 오후 4시쯤이었다. 일이는 문밖에서 한번,

　"있나?"

　하고 의례상 찾아보고는 서슴지 않고 문고리를 잡아챘다.

　그러나 최일이를 맞은 것은 일이의 예기했던 바와 같이 이준식이가 아니요,

"아이구, 선생님 오시네."

하면서 문을 맞받아 연 것은 준식이의 젊은 아내였다.

일이는 주춤하였다. 그 주춤한 일이의 앞에 어두컴컴한 방 안에서 준식이의 아내의 흰 얼굴이 불끈 솟아 나왔다.

"준식 군 어디 갔어요?"

"네, 곧 돌아오실 텐데 잠깐 들어와 기다리시지요."

"괜찮습니다. 어린애는?"

준식이의 어린애가 탈이 났다 해서 그 병문안 겸 왔던 것이었다.

"좀 그렁그렁해요."

"네……."

여인 교제에 능하지 못한 일이는 어색하여 어름어름하면서 병 앓는 어린애를 위하여 사 온 과자 봉지를 내주면서,

"이거 어린애 군것질이라두 하라구 주십쇼. 준식 군 오거든 내가 다녀갔다구 좀……."

하고 그냥 돌아서버리려 하였다.

"아이구, 이런 건 왜 사오세요. 곧 돌아오실 텐데 잠깐 들어오시지요."

유난히도 고음高音의 주인인 이 여인의 목소리는 일이의 귀에 쨍쨍 울렸다.

"뭐 또 오지요."

시야의 한편 끝으로 준식이의 아내의 흰 얼굴을 곁핏 보면서 일이는 황황히 돌아섰다.

길모퉁이를 돌아설 때 일이가 뜻 없이 돌아볼 때 준식이의 아내의 흰 얼굴이 그냥 오막살이 문에서 자기를 바래주고 있었다.

아직껏 무관심하게 보아오던 준식이의 아내였다. 그만했으면 이 쁘거니 애교도 있거니 그러나 내 생활 감정과는 아무 관련이 없는 사람이거니 이만치 보아오던 여인이었다.

그러나 이날의 이 우연한 대면은 일이의 머리에 꽤 깊이 새겨졌다.

어두컴컴한 방 안에서 쑥 솟아 나오던 준식이의 아내의 흰 얼굴이 성가시게도 눈앞에 어릿거려서 일이는 그날 밤 자리에서 몇 번을 스스로 혀를 찼다. 사랑하는 친구요 후배인 준식이의 아내면 자기에게도 당연히 며느리나 혹은 조카딸과 같이 사랑스러울 사람이다. 그러나 그보다는 좀 다른 기괴한 감정의 움직임 때문에 비교적 도덕률이 강한 일이는 자기의 마음에 채찍을 가하고 하였다.

나이로 보아도 자기는 벌써 마흔이 지난 중년이요 준식이의 내외는 스물 안팎 되는 젊은이며 관계로 볼지라도 스승과 제자의 사이, 어느 모로 뜯어보더라도 별다른 감정을 품어서는 되지 않을 처지임에도 불구하고 그때 어두운 방 안에서 불끈 솟아 나오던 젊은 여인의 얼굴의 인상만은 지우려야 지워지지를 않았다.

이 불륜의 죄라도 범한 듯한 기괴한 감정 때문에 그 뒤에는 일이는 준식이를 찾지 못하였다.

실직을 하고 그 위에 몸까지 약하며 그들의 어린애도 백일해에 걸려서 신고하고 있는 줄을 번히 알며 부족하나마 좀 생활상의 조력이라도 해주고 싶은 생각도 간절하나 기괴한 양심의 가책 때문에 일이는 준식이를 찾아보지를 못하였다. 지금 한 푼의 수입도 없는 준식이의 살림이 얼마나 고달플지 그 점을 생각할 때는 준식이를 찾아서 위로며 격려도 해주고 싶고 자기의 힘 자라는껏 생활의 조력도 해주고도 싶지만 죄 아닌 죄 때문에 이 고지식한 일이는 준식이를 찾아보지를 못하였다.

한번은 언젠가 길에서 마주 오는 준식이를 보고 자기 편에서 질겁을 해서 길을 비켜선 일까지 있었다.

그러면서도…… 준식이에 대해서 미안한 생각이 더하면 더할수록 일이의 눈에는 번번이 그 어떤 여름날 어두운 방 안에서 쑥 밝은 곳으로 솟아 나오던 젊은 여인의 얼굴이 어릿거렸다. 잊어버리려면 더욱 어릿거렸다. 생각 안 하려면 더욱 생각나서 그를 괴롭게 하였다.

그 여름을 일이는 다시 준식이를 찾지 않았다. 준식이도 웬일인지 일이를 찾아오지 않았다. 준식이가 자기를 찾아오지 않는지라 일이는 더욱 마음이 무거웠다. 이치로 캐보자면 결코 그런 일이 있을 까닭도 없겠지만, 일이에게는 준식이가 자기의 마음을 꿰뚫어보고 그 때문에 찾아보지 않는 것같이만 생각했다.

이리하여 기괴한 자책지념 때문에 준식이와 만날 기회를 피해오던 중에 그 여름도 다 가고 초가을 어떤 날 일이는 부득이 준식이의 집에 가보지 않을 수가 없게 되었다.

백일해로 앓던 준식이의 어린애가 기관지염이 병발하고 폐렴으로 되어서 죽었다는 기별이 왔으므로 인제는 어찌할 수 없이 준식이의 집에 가보지 않을 수가 없었다.

그사이 한동안을 오지 않았기 때문에 더욱이나 서먹서먹하여 찾기가 힘든 것을 찾아서 문밖에서 두어 마디 위로를 한 뒤에 함께 방

안으로 들어갔다.

어린애는 어제 낮에 죽어서 엊저녁으로 매장을 하였다는 것이었다.

준식이의 아내는 속이 상해서인지 아랫목에 자리를 쓰고 누워 있다가 일이가 들어오는 바람에 벌떡 일어났다.

벌떡 일어날 때에 이불에서 난 바람이 홱 일이의 얼굴에 끼쳤다. 바람과 함께 무슨 그다지 향기롭지 못한 냄새까지 일이의 코로 몰려들어왔다.

일이는 눈이 아찔하였다. 젊은 여인의 몸에서 나는 냄새…….

"참, 이런 변이……."

머리를 외면을 한 채로 몇 마디 중얼중얼 위문은 하였지만, 일이는 자기로도 무슨 말을 하는지 의식하지 못하였다.

머리를 다른 데로 향하였다. 하나 일이의 마음의 눈은 연하여 아랫목으로 내려갔다. 자리에서 일어난 사람이며 혹은 그의 흰 허리든가 배가 치마 틈으로 보이지나 않나. 그것이 마음에 느껴져서 안정할 수가 없었다.

"왜 그사이 한 번도 안 오셨어요?"

이전에는 심상히 듣던 애교 있는 음성이었지만, 그 고음이 일이의 신경을 쿡쿡 찔렀다.

"글쎄, 이럴 줄 알았더면 와보았을 걸 말이외다."

준식이의 집에 한 30여 분 앉아 있었다. 그러나 일이는 자기의 마음이 너무도 어지럽기 때문에 당연히 할 위문조차 변변히 하지 못하였다. 좁은 방 안, 젊은 여인이 두르고 앉아 있는 이불 틈에서 무슨 냄새가 나는 듯하여 그것 때문에 일이의 신경은 다른 데로 갈 틈이 없었다.

 한 30분 앉아 있다가 자기 사관[1]으로 돌아가려고 일어날 때에 일이는 분명히 보았다……고 생각하였다. 몸을 일으키는 기회에 한순간 걸핏 눈을 준식이의 아내에게 던졌던 일이는 그 순간 준식이의 아내의 허리 혹은 배쯤에서 유백색의 피부를 분명히 보았다……고 생각하였다.

 그날 밤 일이는 몹시 흥분하였다. 맹렬히 일어나는 성적 충동 때문에 머리까지 어지러웠다. 준식이에게 대해서는 무어라 말할 수 없이 미안하지만 일이는 그 젊은 여인의 유백색의 피부에 향하여 ○○○○○ ○○○○○.

 고지식한 최일이는 이튿날 학교에서 아이들을 가르치다가도 엊저녁의 일을 회상하고는 스스로 혀를 차고 하였다.
 "에익."
 소리까지 하여서 자기를 책망도 하였다. 교수에는 정신이 안 들고 연방 어젯밤의 기괴망측한 자기의 행동만 생각되어 뚱딴짓소리를 군소리같이 하다가는 학생들을 웃기고 하였다.
 아직도 독신인 최일이라 성적 자위행동은 없을 바가 아니었다. 거리에서 본 에로틱한 광경이며 혹은 신문 기사의 간통 사건들을 회상하며 상상의 날개를 펴가면서 흥분을 더욱 돋우고, 흥분이 극도에 달할 때에 자위행동을 한 일은 결코 두세 번뿐이 아니었다.
 그러나 어젯밤의 사건은 상대자가 자기의 딸이라 하여도 좋을 만한 준식이의 아내라는 점에서 그의 마음을 괴롭게 하였고 그의 양심을 아프게 하였다. 진실로 용서할 수 없는 불륜의 죄를 범한 것같이 생각되어 그리로만 마음이 쏠려서 학과에는 정신을 둘 수가 없었다.

'배나 허리나 넓적다리가 뵐 까닭이 없다. 옷을 입고 이불까지 둘렀는데 어떻게 그런 곳이 뵐까. 헛눈이다, 악희로다!'

배나 허리나 혹은 그보다 더한 곳을 보았더라도 거기다가 흥분을 느낀 자기의 죄악을 무엇으로 벌하랴!

불쾌한 하루.

다시 이제 준식이의 아내를 만날 기회가 있거든 마치 딸과 같이 흠 없이 대접해주리라. 준식이는 아들로 알리라. 다시는 결코 준식이의 아내를 '여인'으로 보지는 않으리라. 일이는 이런 결심을 단단히 하였다.

아이가 죽은 것을 기회로 준식이는 틈틈이 일이를 찾았다. 가뜩이나 고단한 살림에 아이의 병까지 과하여 찾지를 못하였던 것이다.

일이는 준식이가 오면 할 수 있는 대로 쾌활한 양을 보여주고 하였다. 자기의 죄악을 감추기 위하여 그리고 겸해서 준식이와의 사이를 더욱 흠 없이 하게 하기 위하여…….

"여보게."

"네?"

"자네 부인, 잘 계신가?"

"네."

이 말이 처음에는 듣기가 매우 거북하였다. 그러나 일이는 준식이가 오면 애써 이 말을 묻고 하였다. 어느 때에는 두 번 세 번 물은 일까지 있었다. 준식이에게 이 말을 물어서 자기가 준식이의 아내를 단지 사랑하는 며느리같이 안다는 것을 나타내려고 꽤 애를 썼다.

"음식 잘 자시나?"
"또 어린애 없나?"
"매우 쓸쓸해 하시겠군그려."

필요 이상 이런 말을 횡설수설해서 자기가 별다른 생각을 품지 않았다는 점을 애써 나타내려 하였다. 준식이가 자기의 아내까지 데리고 일이의 사관을 찾아오는 때도 있었다. 그런 때에도 일이는 무관심한 태도로 대했다.

준식이의 아내가 아무 흠도 없는 윗사람으로 대접해주는 것이 좀 쓸쓸하면서도 기뻤다. 자기의 괴악한 죄악이 자기 한 사람밖에는 아는 사람이 없다고 생각할 때에 적이 안심이 되었다. 준식이의 아내가 올 때는 할 수 있는 대로 눈은 그편으로 돌리지 않도록 하였다.

'온갖 죄악은 눈에서 생기느니.'

다시 잘 보지만 않으면 이전과 같은 불륜한 생각은 다시 생기지 않으려니 이렇게 믿었다.

그러는 동안에 그해 가을에 준식이는 다른 어떤 인쇄회사에 직공으로 취직이 되었다. 취직이 되면서는 놀 때와 같이 빈번히 일이를 찾지를 못하였다. 아침 8시부터 저녁 6시까지 공장에서 일을 해야 하는 준식이는 일이를 찾을 시간이 없었다.

결국 이것이 일이에게는 무지에서 해방을 당한 것같이 시원하였다. 준식이가 오면 아무리 흠 없이 놀다 간다 할지라도 고지식한 일이에게는 양심상 얼마간 괴로웠다. 준식이가 아내까지 데리고 오면 일이는 자기의 허심을 보이느라고 무척 애를 쓰지 않으면 안 된다. 이런 귀찮은 의무에서 인제는 해방이 된 것이었다.

때때로 신문 사회면이나 지방면에서 몹시 성적으로 자격시키는 기사를 보고 그 때문에 흥분되어 기괴한 행동을 시작하다가도 문득 준식이의 아내의 일이 생각나면 즉시로 성욕이 죽어버리는 것이었다. 그리고 그런 행동을 시작하려 할 때마다 물건에 따르는 그림자와 같이 준식이의 아내의 일이 생각나고 하는 것이었다.

'준식이의 아내를 엄숙히 보자. 나의 딸과 같이 엄숙히 보자.'

이렇게 생각도 하고 이렇게 보려고 애도 꽤 썼다. 그러나 엄숙히 보려는 한편에는 엄숙하지 못한 생각이 반드시 따라서 그를 성가시게 하고 그의 얼굴을 붉어지게 하였다.

여인 교제라는 것을 할 줄을 모르기 때문에 여인 친구가 없는 이 일이에게는 준식이의 아내는 유일의 '아는 여인'이었다. 더구나(스스로 그렇지 않기를 바랐지만) 성적으로 그를 충동한 유일의 여인이었다. 일이가 다른 일로 다른 여인의 생각을 하다가라도 그의 생각이 조금이라도 성적 방면으로 뻗으면 반드시 준식이의 아내가 그의 마음에 불끈 솟아오르는 것이었다. 그럴 때마다 스스로 자기의 마음의 따귀를 갈기고 하지만 그가 이 생각을 피하려면 더욱 그를 성가시게 하고 하였다.

성적 방면의 생각을 온전히 끊어버리면 혹은 다시는 그런 불쾌한 생각이 아니 날까 하여 그런 생각도 해보았지만 마흔이 넘은 건장한 이 독신자는 기회 있을 때마다 머리에 뛰쳐나오는 이 방면의 생각은 금할 수가 없었다.

준식이의 아내의 존재라 하는 것은 일이에게 있어서는 꽤 불쾌한 일이었다. 도리어 어떤 처녀, 그렇지 않으면 알지 못하는 사람의 아내에게 이런 관념을 가졌더라면 그는 아무 양심상 가책이 없이 자유로이 온갖 공상을 다 날렸겠거늘…….

그해 가을도 가고 어느덧 겨울이 이르렀다. 준식이는 취직을 한 이래로는 꽤 바쁜지 한 번도 일이를 찾아오지 않았다. 일이는 자기의 기괴한 비밀상 그의 집을 찾지를 않았다.

그런데 양력 연말이 다 된 어떤 날 이른 아침에 준식이가 허덕허덕 일이를 찾아왔다.

겨울방학 때라 좀 편안히 지내느라고 아직도 번히 자리에 누워 있노라는데 준식이가 허덕거리며 밖에서 문을 열었다. 그리고 자기는 들어오지도 않고 그냥 밖에 선 채로,

"선생님, 주무세요?"

시근거리며 일이를 찾았다.

일이는 몸을 이불로 얼싸매며 반만큼 일어났다.

"어…… 준식인가?"

"선생님, 미안하지만 저희 집에 좀 가봐주세요."

"어…… 왜 그러는가? 좌우간 들어오게나."

"아니, 공장에 가는 길이야요. 한데 그 사람(제 아내)이 감기루 좀 지금 중해요. 열이 39도에서 40도로 내왕하도록 중해요. 그런데 출근은 해야겠고 누구 집에도 한 사람 보아주는 이가 있어야겠고 참 탈났습니다. 그래서 집 일은 선생님께 좀 부탁을 할랴고 그럽니다. 좀 가봐주세요."

"어……."

이 순간 일이의 머리는 천 갈래 만 갈래로 흩어졌다. 불현듯 가고 싶은 생각도 났다. 가기가 겁도 났다. 가기 싫기도 하였다. 병실의 광경, 간호하는 광경, 거절할 생각…… 천 가지 만 가지의 생각이 일어나서 그는 입을 멍하니 벌리고 눈만 껌벅껌벅하고 있었다.

준식이의 말을 듣건대 아내는 혼자 있기를 매우 겁을 내며 최일 선생님이라도 좀 폐를 끼치도록 해달라고 당부를 하므로 선생님을 청하러 이리로 왔다는 것이었다. 양력 섣달그믐께라 인쇄소는 일이 여간 많지 않아서 임시로도 직공을 채용하는데 원직공인 자기가 '사보루(게으름 피우다)' 하면 이 뒤의 성적 문제에 관계되므로 자기는 집에 머무를 수가 없다는 것이었다.

"선생님, 믿습니다. 제 아버지로 알고 이런 염치없는 떼를 씁니다. 믿고 저는 갑니다."

일이가 대답도 하기 전에 준식이는 이렇게 말하고 자기의 소속된 인쇄공장으로 달려갔다.

아버지로 알고? 그러면 자기는 준식이를 자식으로 알고 그의 아내를 며느리로 알고 가서 보아주어야겠다.

뒤이어 일어나는 모든 과거의 불쾌한 기억이며 장래 일에 대한 경멸할 만한 순간적 공상을 모두 물리치며 일이는 자기의 커다란 의협심의 발로를 보이고자 자리에서 용감히 일어났다.

열기 때문에 벌겋게 된 얼굴…… 그 가운데 또한 열기 때문에 미칠 듯이 번득이는 눈…….

"아이구, 선생님. 아유, 아유, 아유……."

일이가 들어서는 순간 준식이의 아내는 몹시도 기다렸던 듯이 윗목으로 윗목으로 몸을 돌이켜 누우며 인사와 신음을 겸하여 하였다.

그가 돌아누울 때에 너울 속에서는 뜨거운 김이 홱하니 일이의 얼굴로 몰려왔다. 거기에서 지난 가을 맡은, 그 기막힌 냄새를 다시 맡은 일이는 아득해지려는 정신을 수습하며 방바닥을 내려다보면서,

"어떠시오?"

하고 인사를 하였다.

"아이구, 선생님. 미안합니다."

열에 들뜬 얼굴에 미소를 나타내며 여인은 이렇게 말하며 이불 속에 있던 팔을 꺼내 제 이마에 얹었다.

그때였다. 일이는 보지 못할 것, 보아서는 안 될 것을 보았다. 이불이 펄떡 하는 순간 그 틈으로(저고리와 치마만 입은 듯한) 젊은 여인의 흰 젖가슴과 흰 허리와 흰 배의 일부분을 보았다. 냄새는 또 한번 홱 일이의 얼굴에 얹혔다.

모든 일이 일이에게 있어서는 너무도 고약하고 기막힌 희롱이었다.

"저……."

무슨 말을 하려 하였지만 목소리가 떨려서 나오지를 않았다. 성욕의 흥분이 놀랍게도 일어나서 그를 괴롭게 하였다. 하반신에서는 육체상의 아픔까지 느꼈다. 딸과 같이 보고 친절히 간호해주려던 의협심은 어디론가 사라져 없어지고 강렬히 일어나는 성욕과 그 때문에 생기는 양심의 가책 때문에 일이는 어쩔 줄을 모르고 희번덕거렸다. 큰일이로다, 어쩌나 어쩌나, 이런 생각만 연하여 일어났다.

엉거주춤하고 앉아서 눈은 할 수 있는 대로 뒤로 치뜨고 머리를 좀 안돈[2]시키려고 애를 썼다.

"선생님."

"어? 아니, 네?"

"미안합니다."

"좋습니다."

"이 열 좀 보세요."

눈은 감은 채 미소 비슷한 기색을 얼굴에 나타내고 하는 말이었다.

"네. 열이…… 방 안까지 화끈화끈 다는걸요."

"제 이마를 좀 짚어보세요."

"……."

"네? 여기를……."

짚어볼 자리까지 지적하였다. 체모 없는 일을 잘하는 준식이의 아내의 이 체모 없는 청구에 일이는 혼돈된 머리로 잠깐 생각한 뒤에 드디어 용기를 냈다. 마음에 타오르는 성욕의 불길은 감추고 하다못해 표면으로라도 딸로 여기고 친절히 간호를 해주어야 할 것이다. 적어도 그렇게 보이기라도 하여야 할 것이다.

일이는 앉은걸음으로 한 걸음 나아갔다.

"자, 여기요."

가리키는 이마에 손을 갖다 대어보았다.

한순간 대어보고는 곧 떼려던 노릇이었다. 그러나 일이의 손이 이마에 닿자 여인은 제 두 손으로 일이의 손을 덮어 눌러버렸다.

여인의 양손에 손을 잡힌 채 일이는 허리를 구부리고 움찍[3] 않고 가만있었다. 손을 뽑으려 하지 않았다. 공포와 전율과 쾌감에 어려서 차차 그의 몸까지 떨리기 시작하였다. 허리를 구부렸기 때문에 이불 가까이로 간 일이의 코로는 여인의 기괴한 냄새가 몰려들어 왔다.

만약 20분만 이대로 있으면 일이는 과도한 성적 흥분 때문에 반드시 기절을 했을 것이다.

"11시쯤…… 오전 말씀이야요. 11시쯤 되면 열기가 올라요. 어제는 정신까지 잃었는데 오늘은 어쩔랴는지……."

이 말을 기회 삼아 여인은 일이의 손을 놓아주었다.

"정신까지 잃으세요?"

필요 이상의 과장된 표정으로 이런 감탄사를 던진 뒤에 일이는 여인이 놓은 제 손을 아까운 듯이 끌어올렸다.

여인은 잠이 들었다.

열기 때문에 힘없는 신음성을 연하여 발하며 잠이 들었다.

11시 거의 되어 여인은 눈을 번쩍 떴다. 희번덕희번덕 주위를 살폈다. 그런 뒤에는 무엇을 찾는 듯이 손을 내어 휘저었다. 그리고 발로는 이불을 차던졌다.

'아아…….'

일이는 뛰어내려가서 여인의 벗어버린 이불을 씌워주었다. 눈을 꽉 감고 숨을 헐떡이며 그때에 중얼중얼 여인이 무슨 말을 하였다.

"네?"

"마코[4] 갑은 이렇게 붙여요."

"네?"

"이렇게……."

여인은 일이의 손을 꽉 잡았다. 그리고 능란한 솜씨로 마코 갑을 붙이는 시늉을 하였다.

헛소리를 하는 것이었다. 열기가 놀랍게 오른 것이 분명하였다.

"정신 차리시오. 정신을……."

"작년 여름에는 이렇게는 안 덥더니."

"정신을 차려요!"

여인은 두 팔을 높이 들었다. 들었다가 그 팔로 갑자기 일이의 목을 얼싸안았다. 그런 뒤에는 연하여 알지 못할 소리를 하며 팔을 차차 당겼다.

일이는 몸을 와들와들 떨면서 여인의 팔에 끌려 여인의 이불 안으로 들어갔다.

일이가 제 이성을 회복한 때에 일이는 이불 곁에 웅크리고 앉아 있었고 여인은 과도한 열기와 피로 때문에 곤히 잠이 든 때였다.

일이는 어쩔 바를 몰랐다. 인제는 삼십육계 줄행랑밖에는 수가 없다 하고 여인이 잠든 것을 다행히 여기고 모자를 쓰고 문을 소리 안 나게 열고 그 집을 피해 나왔다.

그 집을 피해 나온 일이는 그 뒤를 어디서 어떻게 돌아다녔는지 자기로도 알지 못하였다.

어디를 돌아다녔는지는 모르지만 잠시도 머물지 않고 돌아다닌 것은 스스로도 안다. 그리고 그의 머리에 깊이 박혀서 그로 하여금 한순간도 안접[5]하지를 못하게 한 한 가지의 생각은, 자기는 천륜에 벗어난 짓을 한 놈이라는 생각이었다. 하늘이나 땅에 용납될 곳이 없는 자기는 무서운 죄인이라는 생각이 그의 온몸과 온 마음과 온 신경을 누르고 위협하였다.

그로부터 얼마 뒤 놀랍게도 초췌한 최일이의 모양이 자그마한 보따리를 하나 들고 영남 어떤 절간에 나타났다.
그 기괴한 사건이 있은 뒤 한때는 자살을 해보려고도 하고 한때는 경찰에 자수를 해보려고도 하다가 두 가지 다 못하고 드디어 자기의 죄지은 몸의 피신처를 절간에 구하러 온 것이었다. 자기의 지은 바 죄를 씻기 겸하여 또한 움직이기 쉬운 자기의 마음을 굳게 잡아보기 위하여 인간 고행의 길을 떠나고자…….
이 인간 고행의 길을 떠난 최일이가 장차 그의 예기하였던 바의 목적을 달할는지 어떨지는 '세월'이라는 거인만이 증명을 할 것이다.

(부언: 연전 어떤 곳을 여행할 때에 어떤 절간에서 들은 이야기를 골자로 쓴 것이다.)

__주
1) 사관舍館: 하숙.
2) 안돈安頓: 마음이나 생각 따위를 정리하여 안정되게 함.
3) 움찍: 몸이나 몸의 일부를 한 번 움직이는 모양.
4) 마코: 일제 강점기 때 담배 이름.
5) 안접安接: 편안히 마음을 먹고 머물러 삶.

어떤 날 밤

여보게.

창피창피 한대야 나 같은 창피를 당해본 사람이 있겠나.

지금 생각해도 우습고도 부끄러울세. 그렇지만 또 어떻게 생각하면 그런 창피는 다시 한번 당해보고 싶기도 하거든.

이야기할게. 들어보게.

5년 전…… 6년 전…… 7년 전인가. 어느 해인지는 분명하지 않지만 혈기 하늘을 찌를 듯하던 젊은 시절일세그려. 지금은 벌써 내 나이 삼사십. 얼굴에는 드문드문 주름 자리까지 잡혔지만 이 주름 자리도 없던 젊은 시절.

절기는 봄날. 우이동 창경원에 벚꽃 만개하고 사내 계집 할 것 없이 한창 바람나기 좋은 절기일세그려. 얌전하던 도련님 색시들도 바람나기 쉬운 봄철에 그때 장안 오입쟁이로 자임하고 있던 이 대감이 가만있겠나.

비교적 수입도 좋것다. 허우대, 풍신, 언변, 남한테 빠지지 않고 시조 한 마디 가야금 한 곡조도 뽑아낼 줄 알고 경우에 의해서는 호령 마디도 제법 할 줄 알고…… 장안 오입쟁이로는 그다지 축가는 데가 없던 대감일세그려. 그 위에 여관 생활하는 자유로운 몸이것다. 친구 놈들도 모두 제법 한몫씩은 보는 놈들이것다.

이런 이 대감께서 말일세. 그 어떤 와류생심하고…… 아니 이러다가는 교외 정조가 나겠네.

도회 풍경으로 사쿠라 만개하고 창경원에 야앵[1] 구경의 바람쟁이들이 몰려가는 날 몇몇 친구를 짝해서 한바탕 어디서 답청踏靑을 잘했다고 하세.

돌아오는 길일세.

친구 놈들은 제각기 기생집으로 갈 놈은 기생집으로 가고 여편네 궁둥이를 찾아갈 놈은 제 집으로 가고 대감은 기생집도 그날따라 갈 생각도 없고 해서 여관으로 향했네. 밤도 자정은 지난 때. 야앵 구경 갔던 연놈들도 모두 음란한 자리 속으로 바야흐로 들어갈 시간에 이 대감께서는 아주 호젓한 마음으로 지팡이를 휘두르며 여관으로 한 걸음 한 걸음 옥보를 옮기고 있지 않았겠나. 어떤 어둡지도 않고 밝지도 않은 길모퉁이를 돌아설 때일세그려. 웬 계집애와 탁 마주쳤네그려.

물론 예의를 차리는 이 대감이 사과를 했지. 고멘나사이(용서하십시오), 하고. 그러고는 그냥 지났지. 지나고 생각했네. 여기는 북촌이다. 북촌의 대로도 아니요 골목이다. 이 북촌 골목에 웬 남촌 계집애가 단 혼자서, 그것도 자정이 지난 이때에 방황하고 있느냐고.

연구라고까지는 할 수가 없지만 이렇게 생각하고 다시 생각해보매 문득 호기심이 벌떡 일어났네그려. 휙 돌아보았지. 그 계집애는 만약 그냥 길을 걸었다 하면 당연히 모퉁이를 돌아가서 보이지 않을 것인데, 계집애는 나허구 마주친 그 자리에 그냥 서 있다. 몸까지 이리로 돌리고 있는 듯하다.

거기에는 한창 혈기의 오입쟁이의 자만심도 있지. 하하, 이 대감께 마음이 있는 모양이구나. 어두워서 똑똑히는 못 보았지만 그만했으면 하룻밤쯤은 쓸 만도 해. 혼자서 만족히 여기면서, 또 다음 모퉁이를 돌아섰지. 그 모퉁이를 돌아서 세 걸음인가 네 걸음인가 더 가다가 발을 멈추었겠지. 그러고는 발길을 돌렸것다그려.

왜 웃나? 웃지 말고 들어.

돌아서서는 이번에는 고양이 걸음으로 살짝살짝 다시 모퉁이까지 갔지. 가서 목만 길게 뽑아가지고 계집애 있던 곳을 엿보았다.

아니나 다를까. 계집애가 도로 이리로 향해 오네그려. 마음을 똑똑히 잡지 못한 듯이 걸음걸이가 매우 거북스러워.

하하하, 오누나. 그러면 그렇지. 이 자긍심 많은 대감의 거동을 보게. 대감은 얼른 다시 돌아섰네그려. 그리고 구두끈이 풀어진 듯이 허리를 구부리고 구두끈을 풀었다 맸다 하기 시작했다.

그 동작을 얼마나 오래 했는지 좌우간 허리가 아프도록 굽히고 서서 구두끈 장난만 하고 있네.

계집애도 걸음이 매우 내쳐지지 않은 모양으로 꽤 오래 오데. 굽히고 서서 다리 틈으로 계집애가 모퉁이를 돌아오는지 안 오는지를 엿보면서 허리가 거의 끊어지리만치 기다리니까 그제야 모퉁이를 돌아서겠지.

거기 내가 굽히고 서 있는 것을 보더니 계집애가 몸을 흠칫해. 흠칫하고는 주저해. 그러더니 다시 걸어서 내 곁으로 빠져서 내 앞을 서서 가네.

나도 비로소 일어섰지. 일어서서 천천히 따르기 시작했지. 계집애는 나보다 대여섯 걸음 앞서서 가네그려. 호젓하고 침침하고 고요한 골목에서 계집애의 뒤를 밟으며 혼자 고소했네그려. 오입쟁이로는 자처했지만 계집애의 엉덩이를 쫓아다니는 불량자는 아니었던 이 대감이 우연한 기회에 불량자 노릇을 하면서 에라, 돌아서버릴까까지 생각하면서 한 걸음 한 걸음 쫓아갔지.

이렇게 따라가니까 계집애도 거북한지 더욱 걸음을 늦추어. 하릴없지. 나는 더 늦출 수는 없어서 그냥 그 걸음대로 가니까 세 걸음 거리가 두 걸음 되고 한 걸음 되고 나란히 하게 되고 앞서게 됐지. 그 앞서게 되려는 순간일세그려.

"아노(저)······."

계집애가 문득 입을 열어. 그래서 앞서려던 걸음을 멈추고 돌아섰지.

"좃도 우카가이마스카(좀 여쭤보겠는데)······."

"네."

"저······ 인천서 야앵 구경을 왔다가 기차를 놓쳤는데 이 근처에 조용한 여관이 하나 없겠습니까?"

장안 오입쟁이, 기생 이외의 계집에게 눈떠보아서는 안 될 당당한 신분일세그려. 그렇지만 남아의 의기가 그런가?

"그것 곤란하시겠습니다. 여관이야 있구말구요."

"미안하지만 그럼 한 군데······."

"어렵잖습니다."

이리해서 대감의 호텔로 데리구 왔다.

불행인지 행인지 나 묵어 있는 여관은 그날따라 시골에서 꽃구경꾼이 많이 와서 방이 없다. 어찌겠나. 이 의협 남아가 초면의 계집애더러 내 방에 같이 묵읍시다고야 체면이 허락하지 않는 일. 서로 슬금슬금 눈치만 보네.

"고마리마시타나(곤란하게 되었군요)."

"아타쿠시코소 고메이와쿠 가케마시테(저야말로 폐를 끼쳐서)……."

"도모(대단히)……."

쓸데없는 소리만 서로 중언부언.

드디어 이 오입쟁이 대장부가 졸장부가 됐네그려. 한마디 슬쩍 던졌지.

"내 방이 넓기는 넓지만 마사카(설마) 부인네 혼자를 묵으랄 수도 없고……."

여기 걸려들었네그려.

"저는 괜찮습니다만 당신께……."

"나는 괜찮습니다. 당신만 좋으시다면……."

"저는 그렇게 해주시면 참 어떻다 말씀드릴 길이 없습니다."

……야, 보이야! 깨끗한 이부자리 한 벌 더 가져오너라. 이분은 기차를 놓친 분으로서 여사여사 약차약차하게 되신 분이니, 에헴.

이리해서 궐[2]은 내 방에서 하룻밤을 지내게 되었다.

자, 이 뒷장면을 어떻게 진행시키나. 자기 말로는 기차를 놓쳤다 한다. 사실일까. 사실이면 왜 하필 조선 거리에서 방황하고 있었나. 전등 앞에서 보니 나이는 스물너덧. 그 옷차림으로 보아서 허튼 계집은 아닌 모양. 얼굴도 십인지상은 되겠고 가진 물건으로 보아서도 상당한 집 딸이 아니면 아내.

이런 점으로 보아서는 막차를 놓쳐서 갈 곳이 없어 헤맸노라는 말이 그럴듯도 하지만, 또 한편으로는 상당한 집 계집 같으면 왜 혼자서 서울까지 구경을 왔으며 왔거든 막차를 놓치지 않도록 주의를 할 것이지 창경원 닫힌 지도 벌써 세 시간이나 된 입때껏 어디를 무엇하러 배회하고 있었나.

호기심이 무럭무럭 일어나지. 게다가 또 한 가지…… 남아의 의협심을 최절정까지 발휘시켜 이 계집을 곱다랗게 하룻밤 묵어 보내나, 그렇지 않으면 무슨 사건을 꾸며보나?

장안의 오입쟁이로 자처하는 이 대감이 길 잃은 계집을 여관으로 끌어들여 희롱했다 하면 말대까지의 치욕이라. 그럼 곱다랗게 재워 보내나?

그러나 아까울세그려. 기생과의 장난은 그다지 축에 빠지는 편이 아니지만 기생 아닌 계집은 접해본 일이 없었더니만치 이 희식希食을 그냥 놓기도 아까워.

오입쟁이의 체면을 지키나 혹은 눈 딱 감고 본능이 시키는 대로 하나.

에라, 오입쟁이 기권해라.

"참, 저녁 어떻게 했습니까?"

"먹었습니다."

"잡수셨대야 지금이 벌써 자정이 지났으니까 시장하시겠지요."

"괜찮습니다."

눈을 슬쩍 굴려서 이 용안을 보네. 사양은 하지만 싫지는 않은 모양.

　청요리를 시켰지. 약주도 좀 받고 기생이나 응대하자면 손익은 일이지만, 내 평생 처음 대해보는 영양인지 영부인이라 주장군酒將軍의 조건이 없이는 좀 곤란하단 말이지.

　"한 잔…… 꼭 한 잔만 드세요."

　"약주는……."

　"그러기에 한 잔만."

　"미안합니다."

　궐의 눈가에 슬쩍 미소가 보이네. 자긍심 많은 이 대감 미소에 됐다 했네그려.

　'꼭 한 잔', '꼭 한 잔'이 거듭되고 대감도 취하시고 궐도 취하고…….

　봄날. 청춘. 술기운. 좁은 방…… 운우지정雲雨之情에 이러구저러구…… 차간일행략야此間一行略也³⁾라.

　자, 그런데 오입쟁이의 근성이 이런 때에는 더러워. 궐은 곤한지 좀 있다가 잠들어버리고 혼자 잠 못 든 견우⁴⁾ 대감.

　생각했네. 자, 내일 저 계집을 해우채⁵⁾라도 주어야 하나. 하다못해 기차비라도 주어야 하나. 계집을 보았으면 반드시 돈을 주어야 된다는 관념이 있기 때문에 이런 연구를 했네그려. 딱한 견우성이지.

　주었다가 도리어 비웃기나 하지 않을까. 혹은 주어야 할까 어쩌나. 좌우간 천병만마지간을 다 다닌 맹장의 경험으로 분명히 직업적 계집은 아닌데 그런 경우에도 해우채는 주는 법인가, 안 주는 법인가. 이런 것은 불량 소년의 영분이지 오입쟁이의 영분은 아닐세그려.

그런 연구를 하다가 나도 그만 잠이 들어버렸다.

이튿날 아침에 깨보니까 계집이 없다. 제 자리도 벌써 개켜놓고.

방 안을 둘러보니 계집의 핸드백 등도 없고. 간 것이 분명한데 그려.

먼저 내 시계와 지갑을 보니 그냥 있어. 그래서 이 점에는 안심을 하고 보이를 불러서 물어보니까, 계집은 이른 새벽에 깨어서 갔는데 자기의 하룻밤 숙박비는 치르고 그 위에 어젯밤의 청요리 값까지 치르고 갔다네그려.

입을 딱 벌렸지.

생각해야 무슨 일인지를 모르겠단 말이지.

분명한 시로도(풋내기)인데, 시로도의 일로서는 너무 대담하고 아무런 점으로 보아도 구로도(기생)는 아니고 무슨 일인지를 모르겠네그려.

모를 일을 모를 대로 그냥 의문에 붙여두고…… 그 뒤부터는 이 선악과를 맛본 아담은 때때로 그 생각을 했네그려. 무슨 영문인지 그 까닭을 알아보고 싶다기보다 '구로도' 아닌 계집의 은근한 맛이 잊히지를 않아.

이런 꿈과 같은 일을 겪은 뒤에 사건은 이것으로 끝이 난 줄 알았지. 그 후일담이 생기리라고는 뜻도 안 했지. 후일담이 있을 성질의 사건도 아니지 않은가. 그런데 이 일에는 후일담이 있네그려.

한데 후일담이 있어.

사건이 있은 지 1년 뒤…… 그때 나는 벌써 그 사건을 사건으로 기억할 때가 아니오 지나간 꿈으로 기억하고, 생각날 때에는 뜻 안 하고 미소와 고소를 겸발하게쯤 된 때일세그려.

인천에 군함이 왔것다. 별로 군함을 보고 싶은 생각은 없었지만 기생 년들이 구경 가자고 너무 졸라대서 에라, 그래라 하고 기생 몇 명을 모시고 인천으로 거동을 하시지 않았겠나.

거기서 뜻 안 한 궐녀를 보았네그려. 군함에서 말일세. 군함 사령탑에 올라가는 층계에설세.

나는 기생 몇 명을 달고 올라가거니 궐은 내려오거니 하다가 딱 마주쳤지. 몬츠키[6]를 입었데. 궐도 귀부인 같거니와 귀부인인 듯한 여인 몇 명과 동반을 했어.

딱 마주치니까 자기도 깜짝 놀라. 대감도 오입쟁이답지 않게 눈이 아뜩하데그려. 그렇지만 궐녀가 시치미를 뚝 떼기에 대감도 같이 떼었지.

한데 그때 여를 배종[7]했던 사람 가운데 인천 관변의 유력자가 한 명 있었는데, 그 사람이 궐녀와 서로 인사를 주고받거든. 그래서 하문해보았지.

"그 색시가 누군가?"

"그 색시? ○○씨의 마누라."

"○○씨?"

신문 지상에서 간간 보던 인천 명망가. 그렇지만…….

"○○씨란 60 노인이 아닌가?"

"그렇지."

"그럼 첩인가?"

"첩은 왜? 본댁이지, 후실……."

근본은 알았다. 알고 보니 그때 그 밤의 사건이 더 수상하단 말이지.

듣고 보니 희식도 너무 드문 희식.

"영감의 마누라면 간간 오입이라도 하겠네그려."

던져보았다.

"아니. 그렇진 않은 모양이야. 그래도 좀 적적하긴 한 모양이야. 극장이라 무슨 구경거리에는 빠지지를 않아. 그렇지만 늙은이의 마누라로는 참 정숙하다는 평판이 높은걸."

"정숙하다?"

짐작이 갔네.

때는 봄날일세그려.

늙은이의 마누랄세그려.

모험도 하고 싶겠지.

봄날 젊은 피가 끓어오르지만 인천 바닥에서는 정숙하다는 평판이 높은 만치 끓어오르는 모험심을 이 좁은 고장에서 어떻게 만족시키겠나.

경성까지 모험을 찾으러 출장 여행.

주저…… 반성…… 모험 추구심…… 이렇게 바재고[8] 바재는 동안 덜컥 막차 시간도 지나고.

인제부터는 본격적으로 모험의 무대에 올라가야 할 터인데, 남촌에서는 그래도 혹은 어떤 일이 생길까 해서 북촌 거리에서 공포와 기대와 주저로써 배회하고 있을 때에 대감께서 그 모험 무대의 피해자로 나타난 셈일세그려.

말하자면 궐녀도 인생 비극의 한 여주인공이지.

이렇게 대감은 뜻 안 한 오입을, 더구나 돈 안 들인 오입을 하기는 했지만 생각해보면 이것은 필경 내가 오입을 한 게 아니고 오입을 당한 겔세그려.

　장안 오입쟁이가 오입을 하지를 못하고 당했대서야 이런 창피한 일이 어디 있겠나. 체면 똥칠했네.

　그렇지만 이런 창피는 또 당해보고 싶은 생각도 없지 않아.

　말하자면 희극이 아니요 비극…… 궐녀도 가련한 인생일세.

── 주
1) 야앵夜櫻 : 밤 벚꽃.
2) 궐厥 : '그'를 낮잡아 이르는 말(=궐자厥者).
3) 차간일행략야此間一行略也 : '다음 칸 1행은 생략한다'는 뜻.
4) 견우牽牛 : 견우직녀 설화에 나오는 남자 주인공.
5) 해우채 : 기생, 창기 따위와 관계를 가지고 그 대가로 주는 돈(=해웃값). '해의채解衣債(치마를 벗음)'에서 비롯되었다고 한다.
6) 몬츠키 : 가문家紋을 넣은 일본식 예복.
7) 배종陪從 : 임금이나 높은 사람을 모시고 따라가는 일.
8) 바재고 : '바장이고'의 방언. 마음에 걸리는 것이 있어서 자꾸 머뭇머뭇 거리고.

광화사

인왕仁王.

바위 위에 잔솔이 서고 아래는 이끼가 빛을 자랑한다.

굽어보니 바위 아래는 몇 포기 난초가 노란 꽃을 벌리고 있다. 바위에 부딪치는 잔바람에 너울거리는 난초잎.

여는 허리를 굽히고 스틱으로 아래를 휘저어보았다. 그러나 아직 난초에서는 사오 척의 거리가 있다. 눈을 옮기면 계곡.

전면이 소나무의 잎으로 덮인 계곡이다. 틈틈이는 철색鐵色의 바위도 보이기도 하나 나무 밑의 땅은 볼 길이 없다. 만약 그 자리에 한번 넘어지면 소나무의 잎 위로 굴러서 저편 어딘지 모를 골짜기까지 떨어질 듯하다.

여의 등 뒤에도 23장이 넘는 바위다. 그 바위에 올라서면 무학재로 통한 커다란 골짜기가 나타날 것이다. 여의 발 아래도 장여丈餘의 바위다.

아래는 몇 포기 난초, 또 그 아래는 두세 그루의 잔솔, 잔솔 넘어서는 또 바위, 바위 위에는 도라지꽃. 그 바위 아래로부터는 가파른 계곡이다.

그 계곡이 끝나는 곳에는 소나무 위로 비로소 경성 시가의 한편 모퉁이가 보인다. 길에는 자동차의 왕래도 가막하게 보이기는 한다. 여전한 분요와 소란의 세계는 그곳에 역시 전개되어 있기는 할 것이다.

그러나 여가 지금 서 있는 곳은 심산이다. 심산이 가져야 할 온갖 조건을 구비하였다.

바람이 있고 암굴이 있고 산초 산화가 있고 계곡이 있고 생물이 있고 절벽이 있고 난송亂松이 있고…… 말하자면 심산이 가져야 할 유수미幽邃味를 다 구비하였다.

본시는 이 도회는 심산 중의 한 계곡이었다. 그것을 500년간을 닦고 갈고 지어서 오늘날의 경성부를 이룬 것이다.

이러한 협곡에 국도國都를 창건한 이태조의 본의가 어디 있었는지는 알 길이 없다. 그러나 오늘날의 한 산보객의 자리에서 보자면 서울은 세계에 유례가 없는 미도美都일 것이다.

도회에 거주하며 식후의 산보로서 풀대님[1] 채로 이러한 유수한 심산에 들어갈 수 있다는 점으로 보아서 서울에 비길 도회가 세계에 어디 다시 있으랴.

회흑색의 지붕 아래 고요히 누워 있는 500년의 도시를 눈 아래 굽어보는 여의 사위에는 온갖 고산식물이 난성하고, 계곡에 흐르는 물소리와 눈 아래 날아드는 기조奇鳥들은 완연히 여로 하여금 등산객의 정취를 느끼게 한다.

여는 스틱을 바위틈에 꽂아놓았다. 그리고 굴러 떨어지기를 면하기 위하여 바위와 잔솔의 사이에 자리 잡고 비스듬히 앉았다. 담배를 피우고 싶었으나 잠시의 산보로 여기고 담배도 안 가지고 나온 발이 더듬더듬 여기까지 미쳤으므로 담배도 없다.

시야의 한편에는 이삼 장의 바위, 다른 한편에는 푸르른 하늘, 그 끝으로는 솔잎이 서너 개 어렴풋이 보인다. 그윽이 코로 몰려 들어오는 송진 냄새. 소나무에 불리는 바람 소리.

유수하기 짝이 없다. 여가 지금 앉아 있는 자리는 개벽 이래로 과연 몇 사람이나 밟아보았을까. 이 바위 생긴 이래로 혹은 여가 맨 처음 발 대어본 것이 아닐까. 아까 바위를 기어서 이곳까지 올라오느라고 애쓰던 그런 맹랑한 노력을 해본 바보가 여 이외에 몇 사람이나 있었을까. 그런 모험을 맛보기 위하여 심산을 찾는 용사는 많을 것이로되 결사적 인왕 등산을 한 사람은 그리 많으리라고 생각되지 않는다.

등 뒤 바위에는 암굴[2]이 있다.

뱀이라도 있을까 무서워서 들어가보지는 않았지만 스틱으로 휘저어본 결과로 두세 사람은 넉넉히 들어가 앉아 있음 직하다.

이 암굴은 무엇에 이용할 수가 없을까.

음모의 도시 한양은 그새 500년간 별별 음흉한 사건이 연출되었다. 시가 끝에서 반 시간 미만에 넉넉히 올 수 있는 이런 가까운 거리에 뚫린 암굴은, 있는 줄 알기만 하였으면 혹은 음모에 이용되지 않았을까.

공상!

유수한 맛에 젖어 있던 여는 이 암굴 때문에 차차 불쾌한 공상에 빠지기 시작하려 한다.

온갖 음모, 그 뒤를 잇는 살육, 모함, 방축[3], 이조 500년간의 추악한 모양이 여로 하여금 불쾌한 공상에 빠지게 하려 한다.

여는 황망히 이런 불쾌한 공상에서 벗어나려고 또 주머니에 담배를 뒤적였다. 그러나 담배는 여전히 있을 까닭이 없었다.

다시 눈을 들어서 안하를 굽어보면 일면에 깔린 송초松梢[4]!

반짝!

보매 한 줄기의 샘이다. 소나무 틈으로 보이는 그 샘은 아마 바위틈을 흐르는 샘물인 듯. 똘똘똘똘 들리는 것은 아마 바람 소리겠지. 저렇듯 멀리 아래 있는 샘의 소리가 이곳까지 들릴 리가 없다.

샘물!

저 샘물을 두고 한 개 이야기를 꾸며볼 수가 없을까. 흐르는 모양도 아름답거니와 흐르는 소리도 아름답고 그 맛도 아름다운 샘물을 두고 한 개 재미있는 이야기가 여의 머리에 생겨나지 않을까. 암굴을 두고 생겨나려던 음모 살육의 불쾌한 공상보다 좀더 아름다운 다른 이야기가 꾸며지지 않을까.

여는 바위틈에 꽂았던 스틱을 도로 뽑았다. 그 스틱으로써 여의 발아래 바위를 가볍게 두드리면서 한 개 이야기를 꾸며보았다.

한 화공畵工이 있다.

화공의 이름은? 지어내기가 귀찮으니 신라 때의 화성畵聖의 이름을 차용하여 솔거라 해두자.

시대는?

시대는 이 안하에 보이는 도시가 가장 활기 있고 아름답던 시절인 세종 성주의 대쯤으로 해둘까.

백악이 흘러내리다가 맺힌 곳. 거기는 한양의 정기를 한 몸에 지닌 경복궁 대궐이 있다. 이 대궐의 북문인 신무문 밖 우거진 뽕밭 사이에 한 중로의 사나이가 오뇌스러운 얼굴을 하고 숨어 있다.

화공 솔거였다.

무르익은 여름 뜨거운 볕은 뽕잎이 가리워준다 하나 훈훈한 기운은 머리 위 뽕잎과 땅에서 우러나서 꽤 무더운 이 뽕밭 속에 숨어 있는 화공. 자그마한 보따리에는 점심까지 싸가지고 온 것으로 보아서 저녁까지 이곳에 있을 셈인 모양이다.

그러나 무얼 하는지. 단지 땀을 펑펑 흘리며 오뇌스러운 얼굴로 앉아 있을 뿐이다.

왕후친잠王后親蠶[5)]에 쓰이는 이 뽕밭은 잡인들이 다니지 못할 곳이다. 하루 종일을 사람의 그림자 하나 얼씬하지 않는다.

때때로 바람이 우수수하니 통나무 위로 불기는 하나 솔거가 숨어 있는 곳에는 한 점의 바람도 들어오지 않는다. 이 무더운 속에 솔거는 바람이 불 적마다 몸을 흠칫흠칫 놀라며 그러면서도 무엇을 기다리는 듯이 뽕나무 그루 아래로 저편 앞을 주시하곤 한다.

이슥히 석양이 무악을 넘고 이 도시도 황혼이 들었다.

날이 어둡기를 기다려서 이 화공은 몸을 숨겨가지고 거기서 나왔다.

'오늘은 헛길. 내일이나 다시 볼까.'

한숨을 쉬면서 제 오막살이를 찾아 돌아가는 화공. 날이 벌써 꽤 어두웠지만 그래도 아직 저녁 빛이 약간 남은 곳에 내놓은 이 화공은 세상에 보기 드문 추악한 얼굴의 주인이었다. 코가 질병[6] 자루 같다. 눈이 통방울[7] 같다. 귀가 박죽[8] 같다. 입이 나발통 같다. 얼굴이 두꺼비 같다. 소위 추한 얼굴을 형용하는 온갖 형용사를 한 얼굴에 지닌 흉한 얼굴의 주인으로서 그 얼굴이 또한 굉장히도 커서 멀리서 볼지라도 그 존재가 완연하리만 하다.

이 얼굴을 가지고는 백주에는 나다니기가 스스로 부끄러울 것이다.

아닌 게 아니라 솔거는 철이 든 아래 아직껏 백주에 사람 틈에 나다닌 일이 없었다.

일찍이 열여섯 살에 스승의 중매로써 어떤 양가 처녀와 결혼을 하였지만 그 처녀는 솔거의 얼굴을 보고 기절을 하고 기절에서 깨어나서는 그냥 집으로 도망쳐버리고, 그다음에 또 한번 장가를 들어보았지만 그 색시 역시 첫날밤만 정신 모르고 치른 뒤에는 이튿날은 무서워서 죽어도 같이 못 살겠노라고 부모에게 떼를 써서 두 번째의 비극을 겪고…….

이러한 두 가지의 사변을 겪고 난 뒤에는 솔거는 차차 여인이라는 것을 보기를 피해오다가 그 괴벽이 점점 자라서 나중에는 일체로 사람이란 것의 얼굴을 대하기가 싫어졌다.

사람을 피하기 위하여, 그리고 또한 일방으로는 화도畵道에 정진하기 위하여 인가를 떠나서 백악의 숲 속에 조그마한 오막살이를 하나 틀고 거기 숨은 지 근 30년, 생활에 필요한 물건 혹은 그림에 필요한 물건을 구하기 위하여 부득이 거리에 나가야 할 필요가 있을 때에는 반드시 밤을 택하였다. 피할 수 없이 낮에 나갈 때에는 방립을 쓰고 그 위에 얼굴을 베로 가렸다.

화도에 발을 들여놓은 지 근 40년, 부득이한 금욕 생활 부득이한 은둔 생활을 경영한 지 30년, 여인에게로 소모되지 못한 정력은 머리로 모이고 머리로 모인 정력은 손끝으로 뻗어서 종이에 비단에 갈겨 던진 그림이 벌써 수천 점. 처음에는 그 그림에 대하여 아무 불만도 느껴보지 않았다.

하늘에서 타고난 천분과 스승에게서 얻은 훈련과 저축된 정력의 소산인 한 장의 그림이 생겨날 때마다 그것을 보면서 스스로 만족히 여기고 스스로 자랑스레 여기던 그였다.

그러나 그런 과정을 밟기 20년에 차차 그의 마음에 움 돋은 불만, 그것은 어떻게 보자면 화도에는 이단적인 생각일는지도 모를 것이다.

좀 다른 것은 그릴 수가 없는가.

산이다. 바다다. 나무다. 시내다. 지팡이 잡은 노인이다. 다리다. 혹은 돛단배다. 꽃이다. 과즉[9] 달이다. 소다. 목동이다.

이 밖에 그가 아직 그려본 것이 무엇이었던가.

유원한 맛, 단 한 가지밖에 없는 전통적 그림보다 좀더 다른 것을 그려보고 싶다. 아직껏 스승에게 배운 바의 백발백념[10]의 노옹이나 피리 부는 목동 이외에 좀더 얼굴에 움직임이 있는 사람을 그려보고 싶다. 표정이 있는 얼굴을 그려보고 싶다.

이리하여 재래의 수법을 아낌없이 내던진 솔거는 그로부터 10년간을 사람의 표정을 그리느라고 세월을 보냈다.

　그러나 사람의 세상을 멀리 떠나서 따로이 사는 이 화공에게는 사람의 표정이 기억에 가맣다.

　상인들의 간특한 얼굴, 행인들의 덜 무표정한 얼굴, 새꾼[11]들의 싱거운 얼굴. 그새 보고 지금도 대할 수 있는 얼굴은 이런 따위뿐이다. 좀더 색채 다른 표정은 없느냐.

　색채 다른 표정!
　색채 다른 표정!
　이 욕망이 화공의 마음에 익고 커가는 동안 화공의 머리에 솟아오르는 몽롱한 기억이 있다.

　이 화공의 어머니의 표정이다.

　지금은 거의 그의 기억에서 사라졌지만 어린 시절에 자기를 품에 안고 눈물 글썽글썽한 눈으로 굽어보던 어머니의 표정이 가끔 한순간씩 그의 기억의 표면까지 뛰어올랐다.

　그의 어머니는 희세의 미녀였다. 대대로 이후의 자손의 미까지 모두 미리 빼앗았던지 세상에 드문 미인이었다.

　화공은 이 미녀의 유복자였다.

　아비 없는 자식을 가슴에 붙안고 눈물 머금은 눈으로 굽어보던 표정.

　철이 든 이래로 자기를 보는 얼굴에서는 모두 경악과 공포밖에는 발견하지 못한 이 화공에게는 40여 년 전의 어머니의 사랑의 아름다운 얼굴이 때때로 몸서리치도록 그리웠다.

　그것을 그려보고 싶었다.

커다란 눈에 그득히 담긴 눈물. 그러면서도 동경과 애무로서 빛나던 눈. 입가에 떠오르던 미소.

번개와 같이 순간적으로 심안心眼에 나타났다가는 사라지는 이 환영을 화공은 그려보고 싶었다.

세상을 피하고 세상에서 숨어 살기 때문에 차차 비뚤어진 이 화공의 괴벽한 마음에는 세상을 그리는 정열이 또한 그만치 컸다. 그리고 그것이 크면 크니만치 마음속으로 늘 울분과 분만[12]이 차 있었다.

지금도 세상에서는 한창 계집 사내들이 서로 부둥켜안고 좋다고 야단할 것을 생각하고는 음울한 얼굴로 화필을 뿌리는 화공.

이러한 가운데서 나날이 괴벽해가는 이 화공은 한 개 미녀상을 그려보고자 노심하였다.

처음에는 단지 아름다운 표정을 가진 미녀를 그려보고자 하였다.

그러나 미녀를 가까이 본 일이 없는 이 화공이 마음대로 되지 않는 붓끝에 역정을 내며 애쓰는 동안 차차 어느덧 미녀상에 대한 관념이 달라갔다.

자기의 아내로서의 미녀상을 그려보고 싶어졌다.

세상은 자기에게 아내를 주지 않는다.

보면 한 마리의 곤충 한 마리의 날짐승도 각기 짝을 찾아 즐기고 짝을 찾아 좋아하거늘 만물의 영장인 사람이 짝 없이 50년을 보냈다 하는 데 대한 분만이 일어났다.

세상 놈들은 자기에게 한 짝을 주지 않고 세상 계집들은 자기에게 오려는 자가 없이 홀몸으로 일생을 보내다가 언제 죽는지도 모르게 이 산골에서 죽어버릴 생각을 하면 한심하기보다 도리어 이렇듯 박정한 사람의 세상이 미웠다.

세상이 주지 않는 아내를 자기는 자기의 붓끝으로 만들어서 세상을 비웃어주리라.

이 세상에 존재한 가장 아름다운 계집보다도 더 아름다운 계집을 자기 붓끝으로 그려서 못나고도 아름다운 체하는 세상 계집들을 웃어주리라.

덜난 계집을 아내로 맞아가지고 천하의 절색이라 믿고 있는 사내놈들도 깔보아주리라.

사오 명의 처첩을 거느리고 좋다구나고 춤추는 헌 놈들도 굽어보아주리라.

미녀! 미녀!

눈을 감고 생각하고 눈을 뜨고 생각하고 머리를 움켜쥐고 생각해 보나 미녀의 얼굴이 어떤 것인지 알 수가 없었다.

물론 얼굴에 철요[13]가 없고 이목구비가 제대로 놓였으면 세상 보통의 미인이라 한다. 그런 얼굴에 연지나 그리고 눈에 미소나 그려 놓으면 더 아름다워지기는 할 것이다. 이만한 것은 상상의 눈으로도 볼 수가 있는 것이며 붓끝으로 그릴 수도 없는 바가 아니다.

그러나 까만 어린 시절의 어머니의 얼굴을 순영적瞬影的[14]으로나마 기억하는 이 화공으로서는 그런 미녀로는 만족할 수가 없었다.

오뇌와 분만 중에서 흐르는 세월은 1년 또 1년 무위하게 흘러간다.

미녀의 아랫도리는 그려진 지 벌써 수년. 그 아랫도리 위에 올려놓일 얼굴은 어떻게 하여야 할지 짐작도 가지 않았다.

　화공의 오막살이 방 안에 들어서면 맞은편에 걸려 있는 한 폭 그림은 언제든 어서 목과 얼굴을 그려주기를 기다리듯이 화공을 힐책한다.

　화공은 이것을 보기가 거북하였다.

　특별한 일이라도 있기 전에는 낮에 거리에 다니지를 않던 이 화공이 흔히 얼굴을 싸매고 장안을 돌아다녔다.

　행여나 길에서라도 미녀를 만날까 하는 요행심으로였다. 길에서 순간적으로라도 마음에 드는 미녀를 볼 수만 있으면 그것을 머리에 똑똑히 캐치하여 그 기억으로써 화상을 그릴까 하는 요행심으로……

　그러나 내외법[15]이 심한 이 도회에서 대낮에 양가의 부녀가 얼굴을 내놓고 길을 다니지 않았다. 계집이라는 것은 하인배나 하류배뿐이었다.

　하인배 하류배에도 때때로 미녀라 일컬을 자가 있기는 있었다. 그러나 아무리 산뜻한 미를 갖기는 했다 하나 얼굴에 흐르는 표정이 더럽고 비열하여 캐치할 만한 자가 없었다.

　얼굴을 싸매고 거리로 방황하며 혹은 계집들이 많이 모이는 우물가며 저자를 비슬비슬 방황하며 어찌어찌하여 약간 이쁜 듯한 계집이라도 보이면 따라가면서 얼굴을 연구해보고 했으나 마음에 드는 미녀를 지금껏 얻어내지를 못하였다.

　혹은 심규深閨[16]에는 마음에 드는 계집이라도 있을까. 심규! 심규! 한번 심규의 계집들을 모조리 눈앞에 벌여 세우고 얼굴 검사를 해 보았으면…….

초조하고 성가신 가운데서 날을 보내고 날을 맞으면서 미녀를 구하던 화공은 마지막 수단으로 친잠 상원桑園에 들어가서 채상採桑하는 궁녀의 얼굴을 얻어보려 하였다. 그러나 불행히도 화공의 모험도 헛길로 돌아가고 그날은 채상을 하러 오지도 않았다.

그러나 때 바야흐로 누에 시절이라 길만성[17] 있게 기다리노라면 궁녀가 오는 날도 있을 것이다. 미녀―아내의 얼굴을 그리려는 욕망에 열이 오르고 독이 난 이 화공은 그 이튿날도 또 뽕밭에 들어가 숨었다. 숨어 기다리지 않을 수가 없었다.

그로부터 한 달, 화공은 나날이 점심을 싸가지고 상원으로 갔다. 그러나 저녁때 제 오막살이로 돌아올 때는 언제든 그의 입에서는 기다란 탄식성이 나왔다.

궁녀를 못 본 바가 아니었다.

마치 여기 숨어 있는 화공에게 선보이려는 듯이 나날이 궁녀들은 번갈아 왔다. 한 떼씩 밀려와서는 옷소매 치맛자락을 펄럭이며 뽕을 따 갔다. 한 달 동안에 합계 사오십 명의 궁녀를 보았다.

모두 일률로 미녀들이었다. 그리고 길가 우물가에서 허투루 볼 수 있는 미녀들보다 고아한 얼굴에는 틀림이 없었다.

그러나 그 눈. 화공의 보는 바는 눈이었다.

그 눈에 나타난 애무와 동경이었다. 철철 넘쳐흐르는 사랑이었다. 그것이 궁녀에게는 없었다. 말하자면 세상 보통의 미녀였다.

자기에게 계집을 주지 않는 고약한 세상에게 보복하는 의미로 절세의 미녀를 차지하고자 하는 이 화공의 커다란 야심으로서는 그만 따위의 미녀로 만족할 수가 없었다.

오막살이로 돌아올 때마다 그의 입에서 나오는 기다란 한숨, 이런 한숨을 쉬기 한 달…… 그는 다시 상원에 가지 않았다.

가을 하늘 맑고 푸르른 어떤 날이었다.

마음속에 분만과 동경을 가득히 담은 이 화공은 저녁 쌀을 씻으러 소쿠리를 옆에 끼고 시내로 더듬어 갔다.

가다가 문득 발을 멈추었다.

우거진 소나무 틈으로 보이는 시냇가 바위 위에 웬 처녀가 하나 앉아 있다. 솔가지 틈으로 내리비치는 얼럭[18] 지는 석양을 받고 망연히 앉아서 흐르는 시냇물을 내려다보고 있다.

웬 처녀일까.

인가에서 꽤 떨어진 이곳. 사람의 동리보다 꽤 높은 이곳. 길도 없는 이곳…… 아직껏 30년간을 때때로 초부나 목동의 방문은 받아본 일이 있지만 다른 사람의 자취를 받아보지 못한 이곳에 웬 처녀일까.

화공도 망연히 서서 바라보았다. 바라볼 동안 가슴에 차차 무거운 긴장을 느꼈다.

한 걸음 두 걸음 화공은 발소리를 감추고 나아갔다. 차차 그 상거[19]가 가까워감에 따라서 분명해가는 처녀의 얼굴.

화공의 얼굴에는 피가 떠올랐다.

세상에 드문 미녀였다. 나이는 열일고여덟. 그 얼굴 생김이 아름답다기보다 얼굴 전면에 나타난 표정이 놀랄 만치 아름다웠다.

흐르는 시내에 눈을 부었는지 귀을 기울였는지 하여간 처녀의 온

주의력은 시내에 모여 있다. 커다랗게 뜨인 눈은 깜박일 줄도 잊은 듯이 황홀한 눈으로 시내를 굽어보고 있다.

남벽藍碧의 시냇물에는 용궁龍宮이 보이는가. 소나무 그루에 부딪쳐서 튀어나는 바람에 앞머리를 약간 날리면서 처녀가 굽어보고 있는 것은 무엇인가.

처녀의 공상과 정열과 환희가 한꺼번에 모인 절묘한 미소를 눈과 입에 띠고 일심불란히 처녀가 굽어보는 것은 무엇인가.

아아.

화공은 드디어 발견하였다. 그새 10년간을 여항의 길거리에서 혹은 우물가에서 내지는 친잠 상원에서 발견해보려고 애쓰다가 종내 달하지 못한 놀랄 만한 아름다운 표정을 화공은 뜻 안 한 여기서 발견하였다.

화공은 걸음을 빨리하였다. 자기의 얼굴이 얼마나 더럽게 생겼는지 이 처녀가 자기를 쳐다보면 얼마나 놀랄지 이 점을 온전히 잊고 걸음을 빨리하여 처녀의 쪽으로 갔다.

처녀는 화공의 발소리에 머리를 번쩍 들었다. 화공을 바라보았다. 그 무한히 먼 곳을 바라보는 듯한 기묘한 눈을 들어서.

'아.'

가슴이 뭉클하여 무슨 말을 하여야 할지 망설이며 화공이 반벙어리 같은 소리를 할 때에 처녀가 먼저 입을 열었다.

"여기가 어디오니까?"

여기가 어디?

"여기는 인왕 산록 이름도 없는 곳이지만 너는 웬 색시냐?"

"네……."

문득 떠오르는 적적한 표정.

"더듬더듬 시내를 따라 왔습니다."

화공은 머리를 기울였다. 몸을 움직여보았다. 무한히 먼 곳을 바라보는 듯한 처녀의 눈은 그냥 움직임 없이 커다랗게 뜨여 있기는 하지만 어디를 보는지 무엇을 보는지 알 수가 없다. 드디어 화공은 부르짖었다.

"너 앞이 보이느냐?"

"소경이올시다."

소경이었다. 눈물 머금은 소리로 하는 이 대답을 듣고 화공은 좀 더 가까이 갔다.

"앞도 못 보면서 어떻게 무얼 하러 예까지 왔느냐?"

처녀는 머리를 푹 수그렸다. 무슨 대답을 하는 듯하였으나 화공은 알아듣지 못하였다. 그러나 화공으로 하여금 적이 호기심을 잃게 한 것은 처녀의 얼굴에 아까와 같은 놀라운 매력 있는 표정이 없어진 것이었다.

그만하면 보기 드문 미인임에는 틀림이 없다. 그러나 아까 화공이 그렇듯 놀란 것은 단지 미인인 탓이 아니었다. 그 얼굴에 나타난 놀라운 매력에 끌린 것이었다.

"불쌍도 허지. 저녁도 가까워오는데 어둡기 전에 집으로 내려가거라."

이만치 하여 화공은 처녀를 포기하려 하였다. 이 말에 처녀가 응하였다.

"어두운 것은 탓하지 않습니다만 황혼이 매우 아름답다지요?"

"그럼, 아름답구말구."

"어떻게 아름답습니까?"

"황금빛이 서산에서 줄기줄기 비치는구나. 거기 새빨갛게 물든 천하…… 푸르른 소나무도 남빛 바위도 검붉은 나무그루[20]도 모두 황금빛에 잠겨서……."

"황금빛은 어떤 것이고 새빨간 빛과 붉은빛이며 남빛은 모두 어떤 빛이오니까? 밝은 세상이라지만 밝은 빛과 붉은빛이 어떻게 다릅니까? 이 산 경치가 아름답다는 소문을 듣고 더듬어 왔습니다만 바람 소리, 돌물[21] 소리, 귀로 들리는 소리밖에는 어디가 아름다운지 알 수가 없습니다."

차차 다시 나타나는 미묘한 표정. 커다랗게 뜨인 눈에 비치는 동경의 물결. 일단 사라졌던 아름다운 표정은 다시 생기기 비롯하였다.

화공은 드디어 처녀의 맞은편에 가 앉았다.

"이 샘 줄기를 따라 내려가면 바다가 있구 바다 속에는 용궁이 있구나. 칠색 비단을 감은 기둥과 비취를 아로새긴 댓돌이며 황금으로 만든 풍경. 진주로 꾸민 문설주……."

마주 앉아서 엮어 내리는 이 화공의 이야기에 각일각 더욱 황홀해가는 처녀의 눈이었다. 화공은 드디어 이 처녀를 자기의 오막살이로 데리고 돌아갈 궁리를 하였다.

"내 용궁 이야기를 들려주마. 너희 집에서 걱정만 안 하실 것 같으면……."

화공이 이렇게 꼬일 때에 처녀는 그의 커다란 눈을 들어서 유원히 하늘을 우러러보면서 자기네 부모는 병신 딸 따위는 없어져도 근심을 안 한다고 쾌히 화공의 뒤를 따랐다.

일사천리로 여기까지 밀려오던 여의 공상은 문득 중단되었다.
이야기를 어떻게 진전시키나?
잡념이 일어난다. 동시에 여의 귀에 들려오는 한 절의 유행가.
여는 머리를 들었다. 저편 뒤 어디 잡인들이 온 모양이다. 그 분요가 무의식중에 귀로 들어와서 여의 집중되었던 머리를 헤쳐놓는다.
귀찮은 가사歌師들이여. 저주받을 가사들이여.
이 저주받을 가사들 때문에 중단된 이야기는 좀체 다시 모이지 않았다.
그러나 결말 없는 이야기가 어디 있으랴. 되었던 결말은 지어야 할 것이 아닌가.
그러면 그 화공은 처녀를 데리고 제 오막살이로 돌아와서 용궁 이야기를 들려주면서 그동안에 처녀의 얼굴을 그대로 그려서 10년래의 숙망을 성취하였다는 결말로 맺어버릴까?
그러나 이런 싱거운 결말이 어디 있으랴? 결말이 되기는 되었지만 이따위 결말을 짓기 위하여 그런 서두는 무의미한 것이다.
그러면?
그럼 다르게 결말을 맺어볼까?
화공은 처녀를 제 오막살이로 데리고 돌아왔다. 그리고 처녀에게 용궁 이야기를 들려주었다. 그러나 아까 용궁 이야기로 초벌 들은 처녀는 이번은 그렇듯 큰 감흥도 느끼지 않는 모양으로 그다지 신통한 표정도 보이지 않았다. 화공의 계획은 수포로 돌아갔다. 화공은 그 그림을 영 미완품 채로 남기지 않을 수 없었다.

역시 마음에 들지 않는 결말이다.

그럼 또다시…….

화공은 처녀를 데리고 돌아왔다. 돌아와서 처녀를 보면 볼수록 탐스러워서 그림은 집어던지고 처녀를 아내로 삼아버렸다. 앞을 못 보는 처녀는 이 추하게 생긴 화공에게도 아무 불만이 없이 일생을 즐겁게 보냈다. 그림으로나 아내를 얻으려던 화공은 절세의 미녀를 아내로 얻게 되었다.

역시 불만이다.

귀찮고 성가시다. 저주받을 유행 가사여.

여는 일어났다. 감흥을 잃은 이 자리에 그냥 앉아 있기가 싫었다. 그냥 들리는 유행가. 그것이 안 들리는 곳으로 자리를 옮기자.

굽어보매 저 멀리 소나무 틈으로 한 줄기 번득이는 것은 아까의 샘물이다.

그 샘물로, 가장 이 이야기의 원천이 된 그 샘으로 내려가자.

벼랑을 내려가기는 올라가기보다 더 힘들었다. 올라가는 것은 올라가다가 실수하여 떨어지면 과즉 제자리에 내린다. 그러나 내려가다가 발을 실수하면 어디까지 굴러갈지 예측할 길이 없다. 잘못하다가는 청운동 어구까지 굴러 가는지도 모를 일이다. 게다가 올라갈 때에는 도움이 되던 스틱조차 내려갈 때에는 귀찮기 짝이 없다.

반 각이나 걸려서 여는 드디어 그 샘가에 도달하였다.

샘가에는 과연 한 개의 바위가 사람 하나 앉기 좋을 만한 자리가 있다. 이 바위가 화공이 쌀 씻던 바위일까. 처녀가 앉아서 공상하던 바위일까. 그 아래를 깊은 남벽으로 알았더니 겨우 한 뼘 미만의 얕은 물로서 바위 위를 기운 없이 뚤뚤 흐르고 있다.

그러나 이 골짜기는 고요하기 짝이 없었다. 바람 소리도 멀리 위에서만 들린다. 그리고 소나무와 바위에 둘러싸여서 꽤 음침한 이 골짜기는 옛날 세상을 피한 화공이 즐겨하였음 직하다.

자, 그러면 이 골짜기에서 아까 그 이야기의 꼬리를 마저 지을까.

화공은 처녀를 데리고 오막살이로 돌아왔다.

그의 마음은 너무도 긴장되고 또한 기뻐서 저녁도 짓기 싫었다. 들어와 보매 벌써 여러 해를 머리 달리기를 기다리는 족자의 여인의 몸집조차 흔연히 화공을 맞는 듯하였다.

"자, 거기 앉아라."

수년간 화공을 힐책하던 머리 없는 그림이 화공의 앞에 펴졌다. 단청도 준비되었다.

터질 듯 울렁거리는 마음으로 폭 앞에 자리를 잡은 화공은 빛이 비치도록 남향하여 처녀를 앉히고 손으로는 붓을 적시며 이야기를 꺼냈다.

벌써 황혼은 인제 얼마 남지 않은 오늘 해로써 숙망을 달하려 하는 것이었다. 10년간을 벼르기만 하면서 착수를 못했기 때문에 저축되었던 화공의 힘은 손으로 모였다.

"그러구…… 알겠지?"

눈으로는 처녀의 얼굴을 보며 입으로는 용궁 이야기를 하며 손은 번개같이 붓을 둘렀다.

"용궁에는 여의주라는 구슬이 있구나. 이 여의주라는 구슬은 마음에 있는 바는 다 달할 수 있는 보물로서 그 구슬을 네 눈 위에 한 번 굴리면 너도 광명한 일월을 보게 된다."

"네? 그런 구슬이 있습니까?"

"있구말구. 네가 내 말을 잘 듣고 있기만 하면 수일 내로 너를 데리고 용궁에 가서 여의주를 빌려서 네 눈도 고쳐주마."

"그러면 저도 광명한 일월을 볼 수가 있겠습니까?"

"그럼. 광명한 일월, 무지개라는 칠색이 영롱한 기묘한 것, 아름다운 수풀, 유수한 골짜기, 무엇인들 못 보랴."

"아이구, 어서 그 여의주를 구해서……."

아아, 놀라운 아름다운 표정이었다. 화공은 처녀의 얼굴에 나타나 넘치는 이 놀라운 표정을 하나도 잃지 않고 화폭 위에 옮겼다.

황혼은 어느덧 밤으로 변하였다. 이때는 그림의 여인에게는 단지 눈동자가 그려지지 않을 뿐 그 밖의 것은 죄 완성이 되었다.

동자까지 그리고 싶었다. 그러나 이 그림의 생명을 좌우할 눈동자를 그리기에는 날은 너무도 어두웠다.

눈동자 하나쯤이야 밝은 날로 남겨둔들 어떠랴. 하여간 10년 숙망을 겨우 달한 화공의 심사는 무엇에 비기지 못하도록 기뻤다.

"아, 아."

이 탄성은 오래 벼르던 일이 끝난 때에 나는 기쁨의 소리였다.

이 일단의 안심과 함께 화공의 마음에는 또 다른 긴장과 정열이 솟아올랐다.

꽤 어두운 가운데서 처녀의 얼굴을 유심히 보기 위하여 화공이 잡은 자리는 처녀의 무릎과 서로 닿을 만치 가까웠다. 그림에 대한 일단의 안심과 함께 화공의 코로 몰려 들어오는 강렬한 처녀의 체취와 전신으로 느끼는 처녀의 접근 때문에 화공의 신경은 거의 마비될 듯싶었다. 차차 각일각[22] 몸까지 떨리기 시작하였다. 어둠 가운데서 황홀하게 빛나는 처녀의 커다란 눈과 정열로 들먹거리는 입술은 화공의 정신까지 혼미하게 하였다.

밝는 날 함께 자리에서 일어난 화공과 소경 처녀의 두 사람은 벌써 남이 아니었다.

'오늘은 동자를 완성시키리라.'

30년의 독신 생활을 벗어버린 화공은 30년간을 혼자 먹던 조반을 소경 처녀와 같이 먹고 다시 그림 폭 앞에 앉았다.

"용궁은?"

기쁨으로 빛나는 처녀의 눈.

그러나 화공의 심미안에 비친 그 눈은 어제의 눈이 아니었다.

아름답기는 다시없는 아름다운 눈이었다. 그러나 그 눈은 사내의 사랑을 구하는 '여인의 눈'이었다. 병신이라 수모받던 전생을 벗어버리고 어젯밤 처음으로 인생의 봄을 맛본 처녀는 인제는 한 개의 그 지어미의 눈이요 한 개의 애욕의 눈이었다.

"용궁은?"

"용궁에 어서 가서 여의주를 얻어서 제 눈을 틔여주세요. 밝은 천지도 천지려니와 당신을 어서 눈뜨고 보고 싶어……."

어젯밤 잠자리에서 자기는 스물네 살 난 풍신 좋은 사내라고 자랑한 화공의 말을 그대로 믿는 소경 처녀였다.

"응, 얻어주지. 그 칠색이 영롱한!"

"그 칠색도 어서 보고 싶어요."

"그래그래, 좌우간 지금 머리로 생각해보란 말이야."

"네, 참 어서 보고 싶어서……."

굽어보면 무릎 앞의 그림은 어서 한 점 동자를 찍어주기를 기다리고 있다.

그러나 소경의 눈에 나타난 것은 아름답기는 아름다우나 그것은 애욕의 표정에 지나지 못하였다. 그런 눈을 그리려고 10년을 고심한 것이 아니었다.

"자, 용궁을 생각해봐!"

"생각이나 하면 뭘 합니까? 어서 이 눈으로 보아야지."

"생각이라도 해보란 말이야."

"짐작이 가야 생각도 하지요."

"어제 생각하던 대로 생각을 해봐!"

"네……."

화공은 드디어 역정을 냈다.

"자, 용궁! 용궁!"

"네……."

"용궁을 생각해봐! 그래 용궁이 어때?"

"칠색이 영롱하구요."

"그래 또?"

"또 황금 기둥, 아니 비단으로 싼 기둥이 있구요. 또 푸른 진주가!"

"푸른 진주가 아냐! 푸른 비취지."

"비취 추녀던가 문이던가."

"에익! 바보!"

화공은 커다란 양손으로 칵 소경의 어깨를 잡았다. 잡고 흔들었다.

"자, 다시 곰곰이…… 용궁은?"

"용궁은 바다 속에……."

겁에 질려서 어릿거리는 소경의 양에 화공은 손으로 소경의 따귀를 갈기지 않을 수가 없었다.

"바보!"

이런 바보가 어디 있으랴. 보매 그 병신 눈은 깜박일 줄도 모르고 허공을 바라보고 있다. 그 천치 같은 눈을 보매 화공의 노염은 더욱 커졌다. 화공은 양손으로 소경의 멱을 잡았다.

"에이, 바보야! 천치야! 병신아!"

생각나는 저주의 말을 연하여 퍼부으면서 소경의 멱을 잡고 흔들었다. 그리고 병신처럼 멀겋게 뜨인 눈자위에 원망의 빛깔이 나타나는 것을 보고 더욱 힘 있게 흔들었다.

흔들다가 화공은 탁 그 손을 놓았다. 소경의 몸이 너무도 무거워졌으므로.

화공의 손에서 놓인 소경의 몸은 손을 뒤솟은 채 번뜻 나가넘어졌다. 넘어지는 서슬에 벼루가 전복되었다. 뒤집어진 벼루에서 튀어난 먹 방울이 소경의 얼굴에 덮였다.

깜짝 놀라서 흔들어보매 소경은 벌써 이 세상의 사람이 아니었다.

화공은 어찌할 줄을 몰랐다. 망지소조[23]하여 허둥거리던 화공은 눈을 뜻 없이 자기의 그림 위에 던지다가 소리를 내며 자빠졌다.

그 그림의 얼굴에는 어느덧 동자가 찍혔다. 자빠졌던 화공이 좀 정신을 가다듬어가지고 몸을 겨우 일으켜서 다시 그림을 보매 두 눈에는 완연히 동자가 그려진 것이었다.

그 동자의 모양이 또한 화공으로 하여금 다시 털썩 엉덩이를 붙이게 하였다. 아까 소경 처녀가 화공에게 멱을 잡혔을 때에 그의 얼굴에 나타났던 원망의 눈! 그림의 동자는 완연히 그것이었다.

소경이 넘어지는 서슬에 벼루를 엎는다는 것은 기이할 것도 없고 벼루가 엎어질 때에 먹 방울이 튄다는 것도 기이하달 수도 없지만 그 먹 방울이 어떻게 그렇게도 기묘하게 떨어졌을까? 먹이 떨어진 동자로부터 먹물이 번진 홍채에 이르기까지 어찌도 그렇게 기묘하게 되었을까?

한편에는 송장, 한편에는 송장의 화상을 놓고 망연히 앉아 있는 화공의 몸은 스스로 멈출 수 없이 와들와들 떨렸다.

수일 후부터 한양성 내에는 괴상한 여인의 화상을 들고 음울한 얼굴로 돌아다니는 늙은 광인 하나가 생겼다.

그의 내력을 아는 사람이 없었고 그의 근본을 아는 사람이 없었다. 그 괴상한 화상을 너무도 소중히 여기므로 사람들이 보고자 하면 그는 기를 써서 보이지 않고 도망해버리고 한다.

이렇게 수년간을 방황하다가 어떤 눈보라 치는 날 돌베개를 베고 그의 일생을 마감하였다. 죽을 때도 그는 그 족자는 깊이 품에 품고 죽었다.

늙은 화공이여. 그대의 쓸쓸한 일생을 여는 조상하노라.

여는 지팡이로써 물을 두어 번 저어보고 고즈녁이 몸을 일으켰다.

우러러보매 여름의 석양은 벌써 백악 위에서 춤추고, 이 천고의 계곡을 산새가 남북으로 건넌다.

— 주
1) 풀대님 : 한복 바지를 입고 대님을 매지 않은 채 그대로 터놓는 일.
2) 암굴暗窟 : 바위에 뚫린 굴.
3) 방축放逐 : 자리에서 쫓아냄.
4) 송초松梢 : 소나무 가지.
5) 왕후친잠王后親蠶 : 양잠을 장려하기 위하여 왕비가 몸소 누에를 치던 일.
6) 질병 : 질흙으로 만든 병.
7) 퉁방울 : 품질이 낮은 놋쇠로 만든 방울.
8) 박죽 : '밥주걱' 의 방언.
9) 과즉過則 : 기껏해야.
10) 백발백염白髮白髥 : 흰 머리 흰 수염.
11) 새군 : '나무꾼' 의 방언.
12) 분만憤懣 : 분하고 답답함.
13) 철요凸凹 : 오목함과 볼록함. 여기서는 곰보를 뜻함.
14) 순영적瞬影的 : 짧은 그림자로서.
15) 내외법內外法 : 남녀 사이에 서로 얼굴을 마주 대하지 않고 피하는 것.
16) 심규深閨 : 여자가 거처하는, 깊이 들어앉은 집이나 방.
17) 길만성 : '참을성' 의 방언.
18) 얼룩 : 본바탕에 다른 빛깔의 점이나 줄 따위가 섞인 모양.
19) 상거相距 : 떨어져 있는 두 곳의 거리.
20) 나무그루 : 나무의 밑동이나 그루터기.
21) 돌물 : 소용돌이치는 물의 흐름.
22) 각일각刻一刻 : 시간이 지나감.
23) 망지소조罔知所措 : 너무 당황하거나 급하여 어찌할 줄을 모르고 갈팡질 팡함.

가두

5년 전 이맘때였다. 김장을 겨우 끝낸 뒤쯤이니까…….

우리 집에는 우리 가족이 사용하는 큰방과 건넌방 밖에, 비워둔 뜰아랫방이 하나 있다.

도대체 사글세를 주면 귀찮고 시끄럽고 집 더러워지는 위에 만약 불행히 술 먹는 사람이라도 들게 되면 그야말로 집안이 꼴이 되지 않을뿐더러 자라나는 아이들에게도 영향이 되겠는지라, 우리는 빈 방이 있을지라도 사글세를 놓지를 않았다. 한 달에 단 몇 원과 바꿀 수 없는 무형적 손해가 많기 때문에…….

그랬는데 그해따라 웬 까닭인지 아내도 사글세를 놓아볼 생각이 났었고, 나도 또한 그다지 깊이 생각하지 않고 그것을 승낙을 한 것이었다.

집주릅[1]은 연방 사글세 후보자를 데려왔다. 그러나 그 후보자들이 방을 이렇다 저렇다 평하기 전에 도리어 우리 쪽에서 후보자의 인물 선택을 엄히 하여 들게 되는 사람이 쉽사리 나서지 않았다. 가족이 많으니 안 되었다, 애들이 여럿이 달렸으니 안 되었다, 사람이 보기에 더럽게 생겼으니 안 되었다, 술을 먹는다니 안 되었다, 다변多辯할 듯이 생겼으니 안 되었다…… 별의별 구실을 다 잡아가지고 그것은 마치 방을 세를 놓으려 한다는 것보다 안 놓기 위한 선택과 비슷하였다.

그 어떤 날, 또 한 후보자가 왔다. 후보자의 선택이며 응대는 일체로 아내에게 맡겼는지라 아내가 또 나갔다.

이번에 온 후보자라는 것은, 십육칠 세쯤 난 처녀 단 혼자였다. 뉘와 함께 왔는가 하였더니, 함께 온 사람이 없었다.

나는 마음에 퀘스천마크를 붙이고 유리창으로 내다보았다.

검정 세루2) 치마에 초콜릿빛 구두를 신은 것으로 보아서는 학생 같았다. 그러나 머리가 너무도 길었다. 대체 지금의 여학생은 단발을 하거나 그렇지 않으면 머리끝 단 한 치라도 자르는 법이다. 난 대로 내버려두는 사람은 전혀 없다. 그렇거늘 이 처녀는 머리에 가위가 닿아본 일이 분명히 없었다.

얼굴은(입이 약간 넓었으나) 중쯤은 되는 편이었다. 키는 후리후리 컸다. 목소리는 가늘고 작고 느릿느릿하였다.

도대체 정체를 알 수가 없었다. 학생인가 하면 그렇지도 않았다. 학생에게는 분명히 학생의 티가 있어서, 첫눈으로 학생이라 알아볼 수 있는 법이다.

점원인가 하면 점원도 아니었다. 다른 점은 그만두고라도 어느 점원이 지금 시대에 있어서 머리를 단 한 치라도 자르지 않고 그냥 기르는 자가 있으랴.

그 얼굴은 아직 성性을 모르는 여인이었다. 체격도 이성을 맛보지 못한 여인이었다.

십육칠 세로 이성을 모르는 여인…… 그러매 카페 여급으로도 볼 수가 없었다. 나카이로도 볼 수가 없었다. 기생의 알[卵]로도 볼 수가 없었다.

말하자면 무엇이라 판단을 내릴 수 없는 종류의 여인이었다.

아내는 '혼자 있겠는가, 동거자가 있느냐' 물어보고 자기 혼자만 이라는 대답을 들은 뒤에, 나한테로 들어왔다. 둘지 안 둘지를 결정하고자…….

우리는 협의한 결과, 방문객(더욱이 남자 방문객)이 적어야 할 것, 저녁 후에는 대문을 걸으니까 밤 출입이 없어야 할 것, 떠들지 말아야 할 것, 깨끗하여야 할 것…… 등등의 조건을 내어 그 승낙을 받은 뒤에 두기로 하였다.

두고 보매 매우 순진한 여성이었다.

차차 그 정체도 알았다.

그의 본집은 애오개 어디 있다 한다.

부모도 있었다. 그러나 기괴한 부모였다.

어머니는 홀어머니였다. 아버지는 홀어머니의 훗남편이었다. 그런지라 전혀 혈족적 관계는 없었다.

이러한 부모 아닌 부모 아래서 길러나다가 금년 봄에 누구의 소개로 마산 어떤 카페에 여급으로 갔다.

거기서 어떤 젊은이를 알게 되었다. 어느 부잣집 소실의 아들이었다. 그 소년은 이 처녀(이름은 우정자라 한다)에게 연애를 하자 청하였다. 이런 사회에서의 연애라 하는 것은 물론 성적 교섭을 뜻함이다.

정자는 성격이 비교적 견실하였다.

그 위에 그의 생장이 생장이니만치, '자기 보호'의 비술을 체득한 사람이었다. 남의 말은 절대로 그대로 믿어서는 안 된다는 점을 체득한 사람이었다. 게다가 아직 연애가 무엇인지 알 만한 나이에 도달하지 못하였다.

그는 그 소년(청년이라는 편이 옳겠지)에게 연애 연기를 청하였다. 약혼을 하고 그 뒤 결혼을 하고 그 뒤에 비로소 연애(육적 교섭)를 하자고 연기를 하였다.

그 청년은 그 근처에서는 비교적 이름난 전형적 방탕아였던 모양이었다. 부잣집 아들. 더욱이 소실의 아들이니만치 버릇없이 길러 났고, 돈에 부자유가 없이 놀아나니만치 '금전의 위력'이라는 것을 알았고, 그의 놀아난 무대가 비교적 작은 무대(마산)였더니만치 기고만장을 지나서 기고백만장은 되었을 것이고……. 이런 성격의 사람으로서 그가 놀아나는 무대인 마산의 매녀賣女라는 매녀는 하나도 빼놓지 않고 집어세어오던 그가, 여기서 뜻밖에, 한 개 암초에 걸린 것이었다. 그 위에 그가 아직껏 교섭 있는 여인들은 모두 이런 사회의 여인이라 따라서 비처녀였는데 지금 교섭하는 자는 진정한 처녀였다.

자기 손에 걸려든 진정한 처녀…… 이 점에 이 방탕아의 호기심이 부쩍 도수가 높아지지 않을 리가 없었다.

교섭은 진행되었다.

그럼 결혼하자. 결혼하는 이상에야 구태여 이 시골 마산에서 하랴. 서울 올라가 있거라. 생활비는 내가 달라는 대로 보내주마. 그리고 얼마 뒤 자기도 서울 올라가서 성대한 결혼식을 거행하자. 이리하여 정자는 상경하여…… 상경하여서도 자기 집으로 가지 않고 사글셋방을 얻노라는 것이 우리 집에 들게 된 것이다.

아직 성에는 눈 못 뜨고, 연애라는 것도 모르는 소녀였다.

따라서 사내가 상경하는 것도 기다리는 듯싶지 않았다. 그러나 편지는 무척이도 기다렸다. 편지에는 가와세(爲替)[3]가 있을 것이니까…….

그다지 나다니는 일도 없었고 찾아오는 사람도 없었다. 몇 번 그의 아버지(?)가 돈을 달래러 찾아온 뿐이었다.

아내는 가끔 그 방에 건너가서 말동무로 몇 시간씩을 보냈다. 카페의 여급으로 얼마 있었다 하지만 그런 티가 조금도 보이지 않았는지라, 나도 아내가 건너가 노는 것을 마음 놓고 버려두었다.

우리 집에 있는 동안 아내의 의견으로 머리를 틀게 하였다. 머리를 틀고 수수하게 세루 치마를 입은 꼴은 영락없는 학생이었다. 머리를 길게 땋아 늘이고 다니면 정체 모를 계집으로서 우리 집 대문으로 출입하는 것이 체면상에도 관계되었다.

사람됨이 그만치 조용하고 천스럽지 않고 침중하니만치 아내도 퍽 귀엽게 여겨, 간혹 저녁때 미처 그가 못 들어오면 그 방에 불도 때어주며, 들어올지라도 춥지 않도록 해주고, 내가 없을 때에는 우리 방에 불러들여 놀고 하였다. 나를 퍽 무서워하여, 내가 집에 있는 동안은 웃음소리 한번 크게 못 내고 중문 출입에도 문 여닫는 소리도 안 나게 조심조심히 지냈다.

겨울…… 음력 연말이 되어, 사내 되는 사람이 상경하였다.
나는 퍽 호기심을 갖고 인제 전개될 장면을 관찰하려 하였다.
정자는 사내를 위하여 저녁을 짓고 스키야키를 만들고 하였다. 그 태도를 나는 관찰한 것이었다.
그 태도는, 반가운 사람을 맞아서 대접한다기보다, 반가워해야 할 사람을 맞아서 반가워해야 할 의무를 가지고 대접하는 것이 분명하였다. 마음에 없는 역한 일을 하는 것이 아니었다. 그렇다고 또한 진심으로 반가워하는 것도 아니었다. 그러나 또한 반가워하는 듯하기는 하였다.
이러한 저녁이 끝난 뒤 밤이 이르렀다. 이 밤이야말로, 나는 커다란 호기심으로 보려는 바였다.
초저녁에는 소곤소곤 이야기를 하고 있었다. 간간 들리는 눈치로, 그새 지낸 이야기들을 서로 주고받는 모양이었다. 이러는 동안 밤도 차차 깊어서 자정이 가까웠다. 우리 집안 식구들은 모두 잠이 들었다. 그러나 나는 불면증이 있어서 약을 쓰지를 않으면 못 드는 사람으로서, 이 밤은 부러 최면약을 안 먹었는지라 잠에 들지 못하였다.
나는 비록 아직 안 자고 있다 하나, 보통 상식으로 보아서 시간이 잠잘 때요, 사면이 고요하게 되었으니까, 그들은 물론 안방에서는 다 잠든 줄 알았을 것이다.
차차 사내는 그것을 조르는 것이 분명하였다. 여인은 그것을 거절하는 것이 분명하였다.
간간 위협하는 듯한 소리도 들렸다. 완력을 쓰려는지 때때로 쿠덩쿠덩하는 소리도 들렸다. 그러나 넓지 않은 뜰을 건너서 큰방이 있는지라, 위협도 크게 못하고 완력도 마음껏 못하는 모양이었다. 거기 대하여 여인은 끝끝내 거절하는 것이 분명하였다.
 이러하기를 두세 시간…… 그 뒤에는 그 방에서도 고요해졌다.
 그 방이 고요해진 때로 비롯하여 겨울의 긴 밤이 밝기까지, 짧지 않은 동안을 나는 생각하였다. 이 고요해진 것은 성공을 뜻함일까, 실패를 뜻함일까……고.
 그러나 날이 밝자 알았다. 실패한 것이었다.
 날이 밝기가 무섭게 사내는 외투를 입고 모자를 쓰고 뛰쳐나왔다. 여인은 따라 나오면서, 못 가리라고 말린다. 그러나, 그러나 안방에서들 모두 아직 자고 있는지라 힘 있게 붙들지도 못하고 종내 사내를 놓아버렸다.

 그날 낮, 여인은 종일 방에서 나오지 않았다. 내 아내는 꽤 좀 건너가보고 싶은 모양이었고, 나도 건너보내보고 싶었지만, 가보기도 이상하여서 그냥 버려두었다. 우리 집에 있는 동안 아직껏 유행가를 입 밖에 내어본 적이 없는 그가, 이날은 작은 소리로 진일을 부르고 있었다. 그러나 그것은 마음이 기뻐서 부르는 것이 아니라, 언짢아서 부르는 것이었다.
 사내는 진일을 오지 않았다.
 이날은 바람이 몹시 불어서, 대문이 좀 있다가는 찌그적하고 또 좀 있다가는 찌그적하고 하였다.
 그 대문 소리가 날 때마다 아랫방에서 나는 유행가 소리가 뚝 끊어지고 하는 것을 보니, 마음으로는 사내가 오기를 얼마나 기다리고 있는지 알 수 있다.

사내는 밤에도 안 왔다. 진일을 굶고 저녁에 불도 안 때므로 내 아내가 불을 때어주었지만 내다보지도 않고, 점심 들여보낸 것도 밤까지도 안 먹고 그냥 두었다.

사내는 어디로 갔는지 종내 오지 않았다.

이튿날 날이 밝자, 여인은 집을 뛰쳐나갔다.

어디서 어떻게 붙들었는지, 종내 사내를 붙들어가지고, 오후 서너 시쯤 집으로 왔다.

작은 소리로나마 언쟁이 시작되었다. 작은 소리로 하는 언쟁이라 들을 수는 없지만, 간간 들리는 말을 종합해보건데, 사내는 어제 모 카페에서 놀고 무슨 '코' 라는 여급을 데리고 종로 모 여관에서 자고 오늘 밤도 또 그렇게 할 것이고 수일간을 그렇게 지내다가 결혼식을 거행할 것이고, 결혼식을 거행한 뒤에는 서울에다가 문화주택을 하나 장만하고 함께 살 터이고…… 이리하여 연애결혼 생활이 시작될 것이라 하는 것이다.

거기 대하여 여인은, 그럼 자기와의 약속은 어떻게 하겠느냐고 항의를 제출하였다.

사내의 답변은…… 대체 너는 나를 사랑하지 않으니 약속은 무효라, 사랑하지 않는 증거로는 그젯밤의 지낸 일이 가장 똑똑하다는 것이었다. 즉 구체적으로 말하자면, 육체를 제공하는 것이 연애의 증거이고, 사랑 없는 결혼은 무의미한 일이니, 어찌 너와 결혼을 하겠느냐 하는 것이었다.

이러한 언쟁이 잠시 계속된 뒤에 사내는 또 연애하는 여자를 찾아가야겠다고 일어서려는 모양이었다. 그러나 내심은 이편 방에 있는 나로서도 번히 알 수가 있었다. 여인이 붙들기를 기대하고 일어서려는 것이었다.

그 밤, 소위 사내의 말하는 바 연애는 성취가 되었다.
생각해보면 여러 가지 이해하지 못할 일이 많다.
첫째로, 카페에 단 몇 달 동안이라도 있었던 여인이 그렇듯 성이라는 것에 대한 지식이 없는 것도 좀 상식 이상의 일이다.
둘째로, 그러한 부모 아래서 자라난 그가 어떻게 대체 '정조는 지켜야 할 것이라. 함부로 내던져서는 안 되는 것이라'는 관념을 갖게 되었는가.
그 여인이 그 사내와 결혼을 하겠다는 생각을 갖게 된 것은 결코 사랑에서 나온 것이 아니었다. 아직 사랑이라든가 그런 문제를 이해할 만한 능력은 분명히 부족하였다. 그가 그 사내를 붙든 유일의 이유는, 생활 문제 해결이었다. 그의 자라난 환경이 환경이니만치 '자활책을 강구하여야겠다'는 관념은 비교적 일찍부터 들어 있었다. 그리고 '여인이 자활하기 위해서는 생활이 안정된 그 지아비를 얻는 것이 가장 경편하고 안전한 방식'이라는 판단이 그의 마음에 박혀 있었던 것이었다. 이 때문에 부잣집 아들을 하나 골라낸 것이었다.
이러한 사회의 여인들의 보통 가지는 관념이란 것은, '만나는 저녁은 부부요 이튿날 아침은 남남끼리라', '이 사내에게서 5원 저 사내에게서 7원, 내일 일은 생각할 바가 아니라', 이러한 종류의 것으로서, 말하자면 '자기'라 하는 한 개의 아내가 있고, '연애'라는 수레를 타고 그 '아내'를 통과하는 부지기수의 남편이 있다. 법률상으로든 도덕상으로든 습관상으로든 남편은 아내를 부양할 의무가 있는 것이니, '자기'라는 아내를 부양할 의무를 가진 남편의 부양으로 자기는 생활을 유지해나갈 것이다…… 이만한 것이다.

그런데 이 여인이 가진 관념은 그와 달랐다.

'연애'는 '부처'라는 뜻이다. 자기가 아내가 되려면, 즉 자기가 연애를 하려면 그 상대자가 한 사람(단 한 사람)이 있어야 한다. 그 남편은 자기를 늙도록 거느려주어야 하고 자기 한 사람을 거느려야 한다. 말하자면 조선의 전통적 부처관 혹은 결혼관이었다.

이러한 한 개의 여인과 이날 밤 여기서 성적 교섭을 결행한 사내라는 사람은 또한 가장 전형적인 방탕아였다.

자기와 성적 교섭이 있는 여인의 수효를 자랑하며, 가령 여행을 간다 하면 하차하는 지방 혹은 숙박하는 지방에는 반드시 한 계집과의 교섭을 남겨놓아야 하지 그렇지 못하면 불명예로 생각하며, 한 계집과 여러 날을 두고 좋게 지낸다는 것을 유치하다 보며……. 이러한 이 사내가 이 여인에게 대해서는 좀 관심이 컸다 하는 그 이유는 이 여인이 아직 처녀라 하는 점이었다.

그가 지금껏 통과해온 여인사를 돌아보면 모두 돈으로 살 수 있는 종류의 여인이었더니만치, 진정한 처녀가 없었다. 그런데 여기, 저기 조금 사술詐術을 희롱하고 약간 돈을 쓰면 꺾을 수 있는 처녀가 그의 앞에 나타난 것이었다. 왼편에 앉은 여인에게 추파를 던져보아서 곧 응낙이 안 되면 즉시로 오른편에 앉은 여인에게로 추파를 옮길 만한 융통성을 가진 그가, 부러 마산에서 서울까지 쫓아다니며 야단한 그 유일의 이유가 처녀라 하는 점에 있었다.

이날 밤 그는 이 처녀를 드디어 꺾었다.

날이 밝았다.

집주인이 집주인이니만치 사내도 좀 쑥스러운 모양이었다. 좀체 얼굴을 보이지 않았다.

여인은 부끄러워 죽겠는 모양이었다. 조반을 지으러 부득이 나왔다. 그러나 얼굴은 이쪽으로 돌려본 일이 없었다. 그 뒤에도 부득이 뜰에 나올 일이 있으면 외투를 입고, 에리[4]를 세워 얼굴을 감추고, 그리고도 부족하여 꼭 저쪽으로 얼굴을 향하고 다니는 것이었다.

이러기를 사오 일…… 우리도 그가 너무 부끄러워하므로 할 수 있는껏 못 본 체 모르는 체하고 있었다.

그러는 동안에도 나는 내심 늘 생각하고 있었다. 장차 어떻게 전개되려는가고.

여인은 인제는 정조까지 제공하였는지라 저 사람은 자기의 남편이거니 든든히 믿고 있는 모양이었지만, 물론 그러한 경사스러운 결과는 안 생겨날 것으로, 그때 이 여인의 실망과 비통이 어떠할까. 실망과 비통이라는 무형無形 상태가 어떠한 유형有形 상태로 나타날까? 자살? 발광? 적어도 수일간 울고 부르짖고…… 소란스러운 비극은 생겨날 것이다.

그 점을 생각하면 근심스럽고 민망하였다. 아늑하고 평화로워 낙원과 같던 우리 집에 그런 소란이 생겨나면 귀찮기도 하였다.

사오 일 뒤 사내는 오래간만에 외출하였다. 밤이 깊어서야 돌아왔다. 술에 잔뜩 취한 모양이었다.

사내가 돌아오기까지 여인은 꽤 초조히 기다리는 것이 분명하였다. 아내는 좀 건너가서 이야기라도 해보고 싶은 모양이나, 사내가 언제 돌아올지 알 수 없고 그 위에 여인이 너무도 부끄러워하여 건너가지 않았다.

밤새도록 옥신각신 다투는 소리가 들렸다.

이튿날 오후에 사내가 또 외출을 하는데 이번은 여인도 함께 나갔다.

그러나 밤 8시쯤 여인이 혼자서 돌아왔다. 화신백화점에서 사내를 잃었다 하는 것이었다.

밤 12시가 지나도 사내는 안 돌아왔다. 1시…… 2시…… 사내는 그냥 안 돌아왔다.

여인은 드디어 참지 못하여, 소리를 감추어가지고 몰래 집을 나갔다.

날이 밝도록 사내도 여인도 안 들어왔다.

드디어 비극은 개막이 되었다.

저녁때가 거진 되어서, 여인은 어디서 사내를 잡았는지 종내 잡아가지고 돌아왔다.

싸움은 시작되었다.

싸움이라 하나, 여인 혼자의 싸움이었다. 사내는 코웃음만 치고 있었다.

어서 결혼을 하자 하면 사내의 대답은 일전에 하지 않았느냐 하는 것이었다.

결혼을 하였으면 마산으로 부모님께 뵈러 가자 하면 사내의 대답은 부모가 받을 듯싶으냐 하는 것이었다.

그럼 서울의 살림을 하자 하면 '그렇게 할 만한 큰돈이 시하[5]에 있는 몸으로 있을 듯싶으냐' 하는 것이었다.

셋방 살림이라도 좋다.

그것도 안 되면, 몇 해 기다리라면 기다리기라도 하겠다.
싸움에서 시작하여 타협 조건으로 마지막에는 애원으로…… 차차 숙어들어가는 여인에 대하여 사내는 시종일관 냉담한 코웃음으로 대하였다.
그날 밤 사내는 자기 가방을 가지고 우리 집을 나가서 종로 어떤 여관으로 갔다.
사내는 그 뒤 며칠을 더 여관에 묵으면서 카페 여급 몇 명과 결혼을 몇 번 더 하고 마산으로 내려갔다.
그동안 여인은 방에 꾹 박혀서 나오지 않았다. 끼니도 전혀 짓지 않으므로 내 아내가 민망하여 끼니를 들여보내주고 하지만, (간간 몇 술씩 먹는 때도 있기는 하였지만) 전혀 굶는 모양이었다.

사오 일이 지났다.
오래간만에 그 방에서 무엇이 부시럭부시럭 데걱데걱 하는 소리가 한참 나더니, 아내를 찾는다.
아내가 내려가보니, 오늘 집을 나가겠노라고 방세를 셈 치르는 것이었다. 벌써 짐은 죄 정리되어 있었다.
어디로 나가느냐. 나가서 어떻게 할 작정이냐. 이렇게 묻는 데 대하여, 자기 본집(그의 의붓어머니와 의붓어머니의 홋남편이 사는 집)으로 가며, 장차 어떻게 지내리라고는 아직 아무 복안도 없다는 것이었다.
나는 생각하였다. 만약 내 누이나 내 딸이 이런 딱한 일을 당하였다 하면 그는 자살을 하거나 발광을 하거나 할 것이었다.
만약 전형적 카페 여급이 이런 일을 당하였다 하면 다시 인사상

담소人事相談所를 찾아가서 다른 취직처를 구할 것이었다.

혹은 경찰로 달려가서 호소한 종류의 여인도 있을 것이었다.

혹은 끝끝내 사내에게 매달려서 하다못해 몇 백 원의 돈이라도 따내고야 말 종류의 여인도 있을 것이었다.

그도 이도 다 버리고, (자기와는 호적부 이외에는 아무 관계도 없는) 부모의 집으로 돌아가며, 그 돌아간다는 것이 얻어먹기를 위함이 아니요 단지 생활 방침을 새로 세우기까지 집세 안 내고 있을 장소를 택한 것이라는 점을 생각할 때에, 일종의 여장부를 본 듯한 느낌을 받았다.

'여인'이라는 점과 '미모'라는 점이 생활의 커다란 무기가 된다는 점을 아직 이해하지 못하리만치 단순하면서도 또한 사람의 살림살이라는 것이 얼마나 어렵고 고달픈지는 넉넉히 아는 그가, 자기의 생활을 재출발함에 있어서 아무 복안도 가지지 못하고도 또한 아무 공포도 없이 감연히 나서려 하는 것은 내게는 적지 않은 경이였다.

사람이란 생장한 환경에 따라서는 '생활'이라는 데 대하여 이렇듯 대담 혹은 무관심하게 되는 것인가.

이미 이성을 안 그인지라, 장차 얼마 지나지 않아서 자기의 생활의 거대한 두 가지 무기(여인이라는 점과 미모라는 점)를 알게야 되겠지. 그때까지 그는 자기 입에 무엇으로써 풀칠을 해가려나.

짐꾼을 불러서 많지 않은 짐을 지워 앞세우고 우리 집을 나가는 그의 뒷모양을 나는 유리창을 건너 내다보며 위와 같은 생각을 하고 있었다.

 (부언 : 사실소설事實小說이라 하면 흔히 사실 그대로 일점의 가감도 없는 듯이 생각한다. 이 소설도 얼거리는 비슷한 사실이 있지만, 내용은 사실과 전혀 다르다. 오해하지 마시기를 바란다.)

__주
1) 집주릅 : 집 흥정을 붙이는 일을 직업으로 가진 사람.
2) 세루 : serge. 모직물의 한 가지.
3) 가와세(爲替) : '환換'을 뜻하는 일어. 멀리 있는 사람에게 현금 대신에 어음, 수표, 증서 따위를 보내어 결제하는 방식. 우편환 · 은행환 · 전신환 · 내국환 · 외국환 따위가 있다.
4) 에리 : '옷깃'을 뜻하는 일어.
5) 시하侍下 : 부모나 조부모를 모시고 있는 처지. 또는 그런 처지의 사람.

가신 어머님

나의 집안이 서울로 이사를 한 것은 지금으로부터 만 6년 전이다. 그 전해 가을부터 심한 신경쇠약에 불면증을 겸하여 고생하던 나는 가족을 평양에 남겨두고 혼자서 서울로 올라와서 치료를 하고 있었다. 나의 가족이라는 것은 나의 아내와 아들 하나와 딸 둘(아들과 큰딸은 전처의 소생이다)이었다. 그 가족들을 평양에 남겨두었는데, 그들 위에는 늙은 어머님이 계셨고, 아직 시집가지 않은 누이동생이 하나 있었다.

지금껏 평양 있을 동안의 생활방식이라는 것은 어머님의 약간의 토지에서 수입되는 나락과, 미약한 나의 원고료 수입에 의지하여 지탱해왔다. 그러던 것이 내가 서울로 올라와서 병치료를 하고 있게 되매 나의 원고료 수입이 치료비에도 도리어 부족이 될 형편이라 일이 딱하게 되었다.

생각하고 생각한 끝에 맏형을 찾아갔다. 그리고 맏형께 내가 서울에서 치료를 하는 동안 어머님을 비롯하여 내 가족들의 생활을 돌보아주기를 부탁하였다.

그해, 진실로 적적한 과세를 하였다. 잠 못 드는 긴 밤을 외로운 여사에서 새우고…… 흥분되는 일과 음식 등을 의사에게 금지당하였는지라, 이웃집 곁방 등에서 술 먹고 윷 놀고 화투하고 좋아하고 야단들 하는 이 신구세新舊歲 교환 절기를 나는 자리에 누워서 눈이 꺼벅꺼벅 밤을 새우고 하였다.

길고 지리한 밤을 새운 뒤에 들창에 훤히 새벽 동이 트면 그렇게 기쁜 일이 다시 없었다. 인젠 낮이로다. 나다닐 수도 있고 사람의 얼굴을 볼 수도 있고 이야기할 수도 있는 낮이로다. 길고 지루하던 밤도 이제는 갔구나.

낮이 차차 기울어오면 인제 장차 이를 밤이 진실로 무서웠다. 이 길고 지리한 밤을 또한 천장을 바라보며 새울 생각을 하면 괴롭기 짝이 없었다. 의사는 늘 잠 못 자는 것을 걱정 말라고 권고를 한다. 에디슨은 하루에 네 시간씩밖에 안 잤다. 누구는 몇 시간씩밖에 안 잤다. 고금의 온갖 예를 들어가면서 '잠이라는 것은 한낱 습관에 지나지 못하지 자지 않을지라도 괜찮다'는 설명을 가하여 안심을 주려 한다. 그러나 과거 30년간을 하루에 여덟 시간 이상을 잔 경력을 가지고 있는 이 까다로운 인생은 의사의 그런 말을 귓등으로도 듣지 않았다.

불면증이란 것은 괴상한 것으로서, 밤에는 정신이 똑똑한 대신 낮에는 늘 머리가 몽롱하다. 그러나 과거 30년간을 일은 낮에 하고 밤에는 잠을 잘 것이라는 습관을 가지고 있는 나는, 머리가 몽롱한 낮에 원고를 쓰고 머리가 똑똑해진 밤에는 오지 않는 졸음을 오라고 청을 하고 있다.

불면증은 체험해본 사람이 아니고는 그 고통의 100분의 1도 상상을 못한다.

K박사의 지도하에 불면증 치료 3개월, 불면증은 인제는 웬만치 완화가 되었다. 자며 깨며…… 숙수[1]는 못하나마 과한 고통은 면하리만치 되었다.

이렇게 되매 나는 나의 가족을 서울로 불러올려서 서울에서 살기로 계획을 정하였다.

원고료 생활을 하려면 서울에서 살림하는 것이 편리하다, 표면으로는 이러하였다. 그러나 이면으로는 델리케이트한 문제가 나의 가슴 깊이 있는 것이었다.

본시 우리는 3형제로서 내가 가운데요, 3형제의 아래로 막내로 누이가 하나 있었다.

내가 열일곱 살 적에 아버님이 세상을 떠나셨다. 3형제에게는 각각 적당히 분재分財해주셨다. 그러나 누이의 몫은 없었다.

맏형은 장발하였는지라 따로이 살고, 나와 나의 동생과 누이를 어머님이 거느리고 사셨다. 그러는 동안 어머님이 재산을 관할하시며 재산 수입에서 생활비에 충당하고 남는 것으로 약간의 토지를 마련하였다. 물론 그것을 마련한 당시의 어머님의 심산으로서는 그것을 딸에게 주려 하였음일 것이다.

그 뒤에 우리 형제는 방탕을 하였다. 홀짝 다 없이하였다. 이렇게 되매 어머님의 마음은 다시 변하셨다. 어머님은 몇 자녀 중에 나를 가장 사랑하셨다. 내가 한 푼 없이 파산을 하매 어머님은 그 약간의 토지를 나에게 주시려고 본시의 예정을 돌이켰다. 그리고 그 토지에 걸리는 입비(세비, 수리조합비, 기타 관할비) 등등을 내게 부담을 시키시고, 감독 등등도 내게 늘 명하셨다. 본시 입이 무거우신 이라, 그 땅을 장차 뉘게 주신다는 말씀은 입 밖에 낸 일이 없으나, 암시는 충분히 하시고 하였다. 언젠가 변변찮은 일로 딸과 다투신 때 같은 때에는 등기와 도장을 내게 맡기시고 집을 나가신다고까지 한 일이 있었다.

그러나 나는 그 땅을 원하지 않았다. 아버님께 풍부히 물려받았던 재산을 탕진한 몸으로서 무슨 염치에 그것을 곁눈질이라도 하랴. 그것이 거대한 재산으로서 욕심날 만한 거액이면 모르지만 그것을 가지고도 '생활을 위한 원고'를 쓰지 않고는 먹지 못할 이상에는 그만 것을 가져 무엇하랴.

이러한 생각을 가지고 있었다.

누이도 그때 스물을 지난 처녀로서 재산이란 것이 무엇인지 넉넉히 눈치를 알 처지였다. 누이의 심경도 내게는 번히 들여다보였다. 그 땅이란 본시 자기에게 올 것이었는데, 오빠가 방탕을 하여 재산을 탕진한 탓에 빼앗기는구나…… 이러한 눈치가 늘 역연히 보였다.

어렸을 적부터 내가 매우 사랑해왔고 자기도 나를 퍽 따라서, 어떠한 고집을 부리다가라도 내 말이 떨어지면 즉시로 승복하리만치 나를 따르던 누이인데, 이 눈치를 알자부터 차차 내게 반항을 하며 공연히 앙심을 품는 것이 분명하였다.

집안에는 늘 암운이 떠돌고 있었다. 어머님이 단 한 번이라도 정면으로 '그 땅은 장차 너 가져라' 하시면 나는 단박에 거절하여 이 암운도 흩어지겠지만 말씀 안 내는 일을 먼저 내가 거절한다면 도리어 그 반대편으로 보이기가 쉬운 일이라, 먼저 거절할 수도 없고 하여 단지 이 집안에 떠도는 암운에 홀로 혀를 차고 있었다.

그러다가 이번 기회에 내 처자만 서울로 이사를 하게 하여 자연 간단히 내 뜻을 나타내기로 한 것이었다.

과연 아내가 서울로 이사 오라는 내 편지를 받고 그 뜻을 어머님께 여쭈매 곁에 있던 누이가,

"옳다, 그 땅도 이젠 내 것이로다."

고 농담조로 말하더라고, 대체 그 땅이란 어찌된 땅이냐고 아내는 서울 이사 온 뒤에 내게 물은 일이 있었다.

내 가족이 서울로 이사 오면 평양의 어머님과 누이는 어머님의 땅의 수입과 누이의 모 유치원 보모로서의 월급으로 여유 있게 지낼 수가 있는 것이었다.

그러나 어머님은 내 이 행동을 매우 좋지 않게 보신 모양이었다.

첫째로는 가장 사랑하시던 아들을 슬하에 그냥 두고 싶으셨던 것이었다. 그랬는데 그 아들이 자기의 처자만 서울로 끌고갔다는 점이 매우 불쾌하셨다.

둘째로는, 제아무리 서울로 이사를 갔댔자 벌어먹지 못할 것으로 보셨다. 몇 달간 공연히 고생들만 하다가 도로 모두 울레줄레 평양으로 내려올 것으로 믿으셨다.

그런 위에 어머님 소유의 땅 가운데 하나는 평양부 발전에 따라서 가까운 장래에 적지 않은 금액의 것이 다시 회복하시리란 마음이 있었더니만치, 내가 내 처자만 데리고 서울로 간다는 것을 싫어하셨다.

어차피 서울 가서 자리를 못 잡고 도로 내려오리라고 굳게 믿으셨더니만치 이삿짐이 진실로 박하였다.

아내가 자기의 친정에서 해가지고 온 물건 밖에 낡은 것(원래가 대갓집이었더니만치 다른 것은 그만두고 유기 그릇만 하여도 큰 뒤주로 몇 뒤주가 되었다)이라고는 내 전실 아내의 것조차 안 주시고, 단지 빅터 유성기와 레코드와 싱거 재봉틀 하나뿐으로서, 좌우간 이사 온 날 저녁밥 담아 먹을 그릇조차 없어 사다가 담아 먹었다면 짐작이 갈 것이다.

그러나 내 계획이란, 어머님의 예상하신 바와 딴판이었다. 좌우간 무턱하고 집을 한 채 월부로 사기로 하였다. 집도 그만하면 정 부끄러운 집도 아니었다. 그리고 여기서 차차 내 생활이 자리가 잡히는 동안 누이동생도 출가를 하게 되겠고 출가를 하게 되면 어머님의 땅도 누이에게 완전히 건너가게 될 것이고, 그때쯤이면 내 생활도 자리가 잡혀서 어머님을 모셔다가 안온한 여생을 보내시게 하겠다…… 내 생각은 이러하였다.

사실 나는 어머님과 마주 앉을 적마다 죄송하였다. 부귀를 겸전한 가운데서 나서서 자라셔서 청년 중년 다 부귀 중에 지내신 어머님을 나의 과도한 방탕 때문에 늙마에 고생하시게 하는 것이 늘 죄송하였다. 언제 어서 생활의 안정을 얻어서 어머님을 다시 평안히 지내시게 할까. 얼마…… 남은 수壽도 그리 많지 못하실 어머님…… 어머님 생전에 다시 근심 없는 살림을 회복하여야겠다. 이것이 나의 제일 초조되는 바요 근심되는 바였다.

그런데 어머님의 생각은 또한 그와 반대였다. 저것(즉 나)이 넉넉한 데서 나서 자라서 지금 재정에 몰려 쩔쩔매며 돌아가는 것이 도리어 민망하신 모양이었다. 이 중년의 아들을 간간 어린애들 몰래 즐겨하는 과일 같은 것을 사다주시는 것을 받을 때마다 도리어 캭 울고 싶었다.

10년 미만에 10여 만 원의 재산과 그 재산에서 나는 수입까지 탕진하였으며 상당히 질탕히 놀았다. 그런지라 어떠한 고난을 겪을지라도 자작지얼로 원망할 곳이 없을뿐더러 '과거에 그만큼 놀았으면……' 하는 단념까지 생기는 나이려니와, 어머님이야 무슨 탓으로 늙마에 저렇듯 마음과 몸의 고생을 하실까.

늘 이 죄 많은 아들을 민망히 보시고 맛나는 음식이라도 생기면 당신은 안 잡숫고 반드시 아들에게 주시며, 부족한 주머니를 털어서 아들의 입을 즐겁게 하시며, 사람 된 의무로서 가족의 의식을 구하기 위하여 하는 당연한 노력을 애처롭게 보시는 그 어머님께 대하여 나는 황송히 생각하지 않을 수가 없었다.

서울로 이사를 와서 월부로 정갈한 집을 한 채 산 뒤에, 우리 가족의 생활은 그야말로 '긴장' 한 마디로 끝이 날 종류의 것이었다. 집을 한 채 사느라고 어머님께 편지를 하였더니 어머님에게서는 그러면 여름방학 때 딸과 함께 서울로 놀러 오시마 하셨다.

우리의 산 집은 아주 새 집이었다. 이 새 집을 사람 사는 집같이 꾸미려면 상당히 손이 걸린다.

나는 시계와 같이 잠시도 쉼 없이 원고를 쓰고 아내는 끊임없이 항아리 나부랭이며 찬장, 그릇 등속을 사들이며…… 어머님이 서울 오시겠다는 여름방학이 불과 석 달, 그동안에 집을 사람 사람 사는 집처럼 꾸미느라고 전력을 다하였다.

그 여름 약속에 의지하여 상경하실 때에 어머님은 몸소 가지고 올 수 있는 최대 한도의 짐을 가지고 오셨다. 그러나 일껏 가지고 와서 보매, 그런 것들은 벌써 다 구비되어 있는 것이었다.

"쓸데없는 것을 가지구 왔구나."

아아, 이 한마디가 얼마나 나를 기쁘게 하였을까. 어머님도 또한 헛노력이 된 것을 도리어 기뻐하시는 것이었다.

그해 가을 어머님은 사위맞이를 하셨다.

딸이 스물을 썩 넘도록 정당한 배우자를 맞지 못하여 근심하시던 그 근심도 인제는 없어졌다.

아들들도 맏아들은 평양 실업계의 거두로 뒤를 근심할 바 없고, 둘째 아들도 서울로 올라가서 차차 살림이 펴는 모양이요, 셋째 아들도 생활은 이렁저렁 해나가는 모양이요, 단 한 가지 남았던 '딸의 처치'도 되었으매 전혀 전전해 등에 비기면 노후도 펴나가는 모양이었다.

이러한 가운데서 나는 어서 이 집의 매수를 끝낸 뒤에 어머님을 모셔오고자 잉크와 종이를 연하여 소비하고 있었다.

서울 이사 온 지 3년째 되는 봄이었다.

그 봄 나는 조선 원고료 생활자에게는 좀 거액이라 할 만한 600원이라는 돈을 횡액으로 잃어버렸다. 집값의 최후 잔액을 치르려던 돈이었다. 그것을 잃었는지라, 다시 반년간 더 지내지 않으면 집값을 완제할 수가 없게 되었다.

그와 전후하여 평양 누이가 맏아들을 낳았다는 희보…… 또 그와 전후하여 놀라운 소식이 뛰어들었다.

어머님이 중풍으로 위험하다 하는 것이었다. 그러나 이 소식이 전보가 아니라 편지로 온 것을 보매 위급하지는 않은 모양이었다. 그때 마침 쓰던 원고가 있어서 양일간 더 써야 끝이 나겠으므로 그것을 빨리 마감하고 내려가보려 하였는데, 뒤이어 염려 없이 되었다는 기별과 의사의 말이 '춘추 칠순에 가까운 분으로 그런 위험한 병에서 이렇듯 속히 회복되는 것은 희귀한 일이라' 하더라는 말까지 있었다.

그래서 어머님의 병환에는 푹 안심하고 있었는데, 얼마 지나지 않아서 중풍 재발이라는 통지가 역시 전보가 아니요 편지로 왔다. 뒤에 상세한 전말을 알아보니 이러하였다.

누이는 그때 해산 직후의 산모라 신경이 엔간히 날카롭게 된 사람이었다. 그런 터라 어떤 날 식모가 좀 마음에 거슬리는 일을 하였다고 당장에 내쫓았다. 내쫓았으면 즉시로 대신을 구하여 들였어야 할 것인데 경향을 물론하고 문제 거리인 식모난 때문에 미리 식모를 구하지 못하였다.

어머님이 부엌에 나서지 않을 수가 없게 되었다. 40년, 50년 전 며느리 시절에 부엌에 나서 보신 뿐 부엌에 서투르신 어머님이었다. 게다가 중풍에 넘어지셨다가 겨우 지금은 지팡이 짚고 변소 출입이나 하게 된 병인이었다. 그 위에 산모에게는 하루에 칠팔 회를 국을 끓여주어야 할 것이었다.

"아궁이 앞에서 불을 때노라면 자꾸 아궁이로 끌려들어가는 것 같두나."

이것이 뒷날 어머님의 회상담이었다.

나뭇단을 부엌에 끌어들이고 수도(대문 안에 있어서 부엌에서 꽤 멀다)에서 물을 길어들이고 하루에 칠팔 회를 부엌에 나서야 하니, 칠순 노체에 병환이 없을지라도 견디지 못할 것이었다. 병환 재발된 것이 당연한 일이었다.

그러나 어머님의 체력은 경탄을 지나쳐서 경악할 만하였다. 중풍이란 대체 초발에도 난병이거니와 재발이면 생명을 보장할 수 없고, 어떻게 생명이 유지된다 할지라도 전신불수…… 적어도 반신불수는 될 것이었다.

그러나 어머님의 경악할 만한 체력은 그 모든 과정을 모두 건너뛰어 일삭쯤 뒤에는 다시 약간의 부축만 있으면 변소 출입은 가능하도록 되었다. 잘 요양만 하시면 이 병환에서는 온전히 벗어나서 천수를 다할 수 있다고 의사도 드디어 항복을 하였다.

그러나 성격이나 언행이나 온갖 방면이 돌변하였다.

여장부라 하여도 좋을 만치 강한 성격의 소유자이시던 어머님이 심약한 분으로 변하셨다. 식모에게 물 한 그릇 떠오라는 일이 있어도 명하지를 못하고 탄원하는 형식으로 하신다. 그리고 온갖 일에 나무람이 많고 눈물을 자주 흘리시고 음식을 잡숫는 데에도 귀찮으면 수저 다 내버리고 그냥 손으로 집어 잡숫는 등 전연 다른 분같이 되었다.

"금년에는 서울을 못 오시겠구나."

금년 여름에 집에 오시기로 되어 있더니만치 매우 섭섭하였다. 아이들이나 평양으로 보내서 병석의 할머님을 귀찮고 기쁘시게 하리라 하였다.

그 여름 이 신문 저 잡지 할 것 없이 모두 돌아가면서 원고료 전차[2)]

를 하여 집값의 최후 잔액을 갚았다.

인제는 이 집은 완전히 내 것으로 되었다.

인제부터는 이 전차한 문채文債를 갚기까지는 생활을 극도로 절약을 하여야 하게 되었다.

나는 손꼽아 기다렸다. 생활을 극도 절약에서 통상 시대로 옮기자면 이삼 개월은 걸려야 할 것이다.

그동안에는 어머님의 건강도 썩 회복될 것이다.

그사이 집값으로 뽑혀 나가던 돈이 인제는 떠오르게 되었으며, 어머님을 모셔다가 어머님 보양비로 그것을 전환시키면 될 것이다. 이삼 개월만 더 참자. 호강은 못하시나마 곤궁이야 면하게 해드릴 수 있겠지.

그 어떤 날 평양 누이에게서 편지가 왔다.

'내일 밤 경성 도착하는 차로 어머님을 모시고 상경합니다.'

이런 뜻의 편지였다.

반갑기는 반가웠으나 너무도 의외의 일이라 깜짝 놀랐다.

변소 출입까지도 부축하는 사람이 없이는 못하시던 어머님이 서울까지 어떻게 오시며 무엇하러 오시나. 좀더 안정하여야 할 것이어늘……

게다가 또한 당황하였다.

어머님께는 생활이 곤란하다는 점을 절대로 보이기 싫었다. 그런데 지금 (될 수 있는) 최대 한도의 원고료 전차를 하였는지라 자그마한 잡지 몇 개에서 들어오는 약소한 금전으로 생활을 극도로 절약하여 지내려는 이 판에 어머님이 올라오시면 큰 탈이다. 곤핍을 안 보이자니 불가능한 일이요 보이면 또한 더욱이나 병중이신 마음에 얼마나 걱정스러우시랴.

그 저녁 정거장에서 어머님을 뵈니 펑펑 눈물만 쏟아지려 하였다. 재작년 상경 때에는 그렇게 원기 좋게 기차에서 내리시던 어머님이 이번은 다른 사람 다 내리기를 기다려서 마지막에야, 그것도 우리 부처와 누이의 부처 네 사람의 부축을 받으시고야 내리셨다. 택시에 오르기까지 시간이 30여 분이 걸렸다.

상경하신 이유는 간단하고 평범하였다. 나의 매부 되는 사람의 본집은 전라남도 완도였다. 취처 이래 아들까지 낳은 아직껏 본집에 가본 일이 없었다. 유치원 방학을 이용하여 처음으로 아들과 며느리가 시부모를 뵈러 가는 길이었다. 어머님을 빈집에 혼자 둘 수가 없어서 서울까지 모시고 온 것이었다.

내외는 이튿날 저녁 완도로 향하여 떠났다.

딸과 사위가 완도를 다녀올 동안의 약 1주일간 어머님은 장 눈물이었다. 그의 어린 손주들이 무슨 심부름으로 밖에 나갈지라도 애처로워 눈물이었다. 내가 무슨 볼일이 있어서 종로 방면으로 가서 서너 시간만 걸려도 눈물이었다.

또한 성격이 놀랍게도 변하였다.

참외 수박 같은 것을 사다드리면 당신이 값을 내시겠다 한다. 경제에 좀 몰리는 관계상 진짓상 같은 데 반찬이 어머님께는 좀 후하고 애들에게는 좀 박하면 또한 눈물이었다. 뜰아랫방은 쓰지 않던 방이고 건넌방(아이들이 거처하는)에는 빈대가 많고 하여 큰방을 비워드리고 우리는 대청에서 잤더니 밤새도록 당신이 대청으로 나갈 터이니 우리들을 들어오라고 하시다 못하여 이튿날은 저녁이 끝나자마자 그 부자유한 몸으로 당신 이부자리를 어느 틈에 내다가 대청에 펴놓으신다. 변소에라도 가실 적에 부축해드리려면 미안해하는 기색이 분명하였다.

그 어느 날, 갑자기 당신 주머니에서 돈 5원을 꺼내주시며 한약으로 지금 당신 병환에 맞는 약을 지어다 달라신다. 이것은 과연 나의 실책이었다.

평양에서 올라오실 때에도 아무 약도 없기에 이 병환은 그저 안정 일로밖에는 없나보다쯤으로 여겨두었던 것이었다. 병환 중에 계신 어머님께 약 채근을 받는다는 것은 자식 된 도리에 희한한 일일 것이다. 나는 어머님이 내신 5원을 도로 드리고 한방 의사를 알 만한 친구들을 찾아다니며 수소문하여 박모 씨를 알아내어 톡톡히 비싼 약을 지어왔다.

그 약을 잡수어보았지만 어지럼증만 더하지 차도가 없다고 하시면서도 달여드리는 것이라 잡숫기는 잡수었으나 평양 내려가서는 다시 안 잡수신 모양이었다.

이 병 저 병 겹치는 중에 또 조그마한 부스럼 하나가 목 뒤에 생겼다. 가렵다고 긁으시더니 그것이 저녁에는 벌겋게 되었다. 그래서 고약을 붙여드렸으나 가렵다고 연방 떼버리고 그냥 긁으시는 바람에 이튿날은 더 범위가 넓어지며 뜬뜬하게 되었다.

그러나 고약만 잘 붙이면 도로 삭을 종류의 것이라 이튿날은 나의 아들을 할머니 뒤에 지키게 하여 떼버리면 다시 붙여드리고 떼버리면 또다시 붙여드리고…… 이러한 역할을 하게 하였다.

부스럼이 난 지 사흘 만에 완도 갔던 내외가 왔다. 와서 그 밤을 우리 집에서 지내고 이튿날은 어머님을 모시고 평양으로 내려갔다.

일행이 평양으로 내려간 뒤에 나도 무슨 볼일이 있어서 삼사 일간 어디 갔었다.

돌아와보매 아직 이른 새벽임에도 불구하고 대문이 열려 있고 집 안에는 아이들만이 있고 아내는 나를 찾으러 어젯밤 나갔다가 밤 깊어 돌아오고 방금 또 나갔다는 것이었다. 그리고 나 없는 동안에 평양에서 편지 한 장과 전보 두 장이 와 있었다.

먼저 전보부터 보았다. 첫 전보는 그저께 친 것으로 어머님을 대수술을 하니 즉시 오라는 것이요 둘째 전보는 어제 친 것으로 왜 안 오느냐, 위독하다는 것이었다.

편지는 '평양 내려와서 목 뒤의 종처를 수술하셨다는데 수술한 자리가 성가시다고 붕대를 풀고 심지를 뽑고 하여 잘못하다가는 큰 탈이 생길 듯싶다' 는 뜻이었다.

정신이 아득하였다. 어찌할 바를 몰랐다. 무슨 일을 어떻게 하여야 할지 순서를 따질 수가 없었다. 기차 시간표를 보니 7시 반에 떠나는 북행이 있었다. 기차는 있기는 하고 아직 5시 반에 지나지 못하니 시간은 넉넉하다.

주머니에는 꼭 기차삯뿐 점심 사먹을 돈도 없었다. 좌우간 정거장으로 나간다고 아이들한테 말해두고 '포수클로랄' 이라는 강렬한 최면제 한 병을 갖고 그 달음으로 정거장으로 나갔다. 먼저 정거장에 나간다 한들 기차가 먼저 가줄 리 없건만.

마치 우리 안의 사자와 같이 정거장에서도 잠시를 앉지도 못하였다. 다른 때 기차를 탈 때에는 생각해보지도 않던 일―지금 이 정거장 안에서 기차를 타려고 기다리는 무리 중에 친척의 위독 혹은 사망 전보를 받고 황황히 달려가려니. 태반이 그런 사람이 아닐까.

기차 안에서는 강렬한 최면제를 먹고 차장에게 평양에서 깨워주기를 부탁하고 내내 자면서 갔다. 깨면 마음이 지향할 바를 몰라서……

평양에서 내려서 병원으로 달려가보매 아직 떠나지 않았다.

후두부의 가죽을 죄 뜯어내고 지금 저 붕대 아래는 두개골이 노출되어 있다 한다. 머리와 목 전체를 붕대로 싼 거대한 육체가 답답한 듯이 한 초도 쉬지 않고 오른편으로 왼편으로 몸을 뒤채는 것이었다.

저렇듯 뒤채는 것이 되려 피곤하시지 않을까. 그러나 피곤을 모르시는 모양이었다. 잠든 때 이외에는 저렇듯 몸을 한 초도 쉬지 않고 이쪽으로 저쪽으로 뒤채신다 한다. 침대에서 떨어지기를 방지하기 위하여 침대의 한쪽은 담벽에 붙여놓고 이쪽으로는 침대 하나를 더 놓았다.

나는 내가 온 것을 알리기 위하여 어머님의 눈이 향하기 가장 편한 쪽에 가 서서 어머님을 찾았다. 어머님은 나를 보셨다. 그러나 그것은 마치 맞은편에 무엇이 보이니 그냥 눈을 그리로 붓고 있는 따름이었다. 표정에 아무 움직임도 없었다.

그로부터 10여 일, 나는 죽음과 고투하시는 어머님을 지켰다. 불면증이라는 특수한 신체 조직을 가지고 있는 나는 병인을 지키기에는 가장 적당한 사람이었다. 한번은 며칠째 되는 날인지, 하도 보기에 민망하였던지 누이가 자기 남편과 한밤을 지킬 터이니 집에 가서 하루 편히 자라고 한다. 그래서 밤들어 누이의 집에 가서 한밤을 자고 이튿날 새벽에 병원으로 가서 누이 내외를 돌려보냈더니 내가 평양으로 내려온 지 여러 날 만에 처음으로 듣는 어머님의 의사 표시가 있었다.

즉 나더러 밤을 지켜달라는 것이었다. 목이 말라서 물을 달라 해도 모르고 자고, 서늘해 무엇을 쓰고 싶으나 아무리 불러도 깨지를 않아 하룻밤을 매우 곤란히 지내셨다는 것이었다. 그 뒤로부터 밤을 남에게 맡겨보지를 않았다.

밤에는 자는 것이 당연하다. 아무리 정성이 있단들 생리적으로 오는 졸음을 어이하랴. 나 같은 불구자가 아닌 이상에는 거의 불가능한 일이다.

나는 이 반드시 다시 일어나지 못하실 어머님을 지키면서, 여기서 때때로 '인생'이라는 것의 전면을 보곤 하였다.

일찍이 효도를 해보지 못한 나는 여기서 이 침대에서 다시 생명 있는 신체로는 내리실 길이 없는 어머님께 나의 최초요 최후의 효도를 하였다. 그러면서 아아, 이것을 어머님이 알아주실까. 이런 쓸데없는 기대를 해보고 하였다. 그럴 때마다 직후로 몰려 나오는 생각은 다른 것이 아니라 '아신다 하면 무얼 하느냐' 하는 것이었다.

이것이 인생이었다.

아시면 무얼 하느냐. 아시면 도리어 이전 평상시와 같이 민망히 생각하실지도 모른다. 그렇지 않고 기쁘다 생각하시면 무얼 하느냐. 무엇이니 무엇이니 하여도 최후에 남는 것은 역시 '죽음'이라는 것이다. 어머님이 이 최후의 봉양을 기꺼이 생각하셔서 지부[3]에 가셔서 나를 부귀하게 해주시리라고 이 간병을 하는 것이 아니었다. 어머님 자신에게 대하여서는 아무 통양[4]도 없는 바였다. 하루저녁에 얼마씩이라는 돈만 주면 나보다 손익고 나보다 더 충실히 간병할 전문 간병자가 얼마든 있지 않은가.

  이 나의 간병이란 것을 정확히 숫자적으로 해석하자면, 첫째로는 전문 간병인보다 서투른지라 손이 도리어 어머님을 불편하게 하였을는지도 알 수 없는 일이요, 둘째로는 일껏 회복되어가던 나의 건강을 다시 꺾어놓은 데 지나지 못하고, 셋째로는 형으로 하여금 전문 간병인을 두었더라면 지불했어야 할 수당금을 경제하게 하였으며, 넷째로는 전문 간병인의 돈벌이 방해를 한 것…… 이런 것 등등에 지나지 못한다.

  다만 내 마음이 행하고 싶은 일을 행한 따름으로서, 어머님이 청한 바도 아니요 희망한 바도 아니었다.

  이 계통 병원의 불친절하고 무지한 것은 조선에서 다 아는 바다.

  당시의 어머님의 몸에는 여러 가지의 병이 한꺼번에 밀려 있었다. 제일 급한 것이 이번 수술한 후두부 봉창이요, 그다음으로 급한 것이 중풍이요, 그다음으로 중한 것이 당뇨병이었다.

  당뇨병에 쓰는 인슐린이라는 주사약은 보통 건강체의 사람에게도 주사를 놓고는 즉시 포도당으로 중화를 시키지 않으면 심장마비가 일기 쉽다. 다른 중한 병을 겸한 환자에게는 좀체 놓기 힘든 약이다.

  그럼에도 불구하고 이 병원에서는 어머님의 몸에 당뇨병이 있는 것을 발견해가지고 인슐린 주사를 놓았다.

  그러나 어머님의 놀라운 체력은 이 제1회의 인슐린까지 이겨서, 일단 사선을 넘어섰다가 다시 소생하셨다. 그러나 이튿날(내가 엄중히 감시하고 있었는데도 불구하고) 또 인슐린 주사를 놓았다. 그리고 숟가락으로 입에 따라 넣어드리는 포도당액의 마지막 숟갈을 채 못 삼키시고 마지막 숨을 쉬셨다.

한때는 이 무지한 치료 방식에 대하여 친척들 사이에 말썽도 많았으나, 그것 역시 지나고 보면 우스운 일이었다.

혹은 그 때문에 이삼 일간 더 생명이 단축이 되셨는지는 모른다. 그러나 만약 어머님이 이삼 일간 더 살아 계셨다 하면 무엇 할까. 이삼 일간 더 사셨다면 이삼 일간 더 고통을 겪으실 뿐이었다.

양미간을 늘 커다랗게 찌푸리고 계시던 어머님에게 최후의 호흡과 함께 그 주름살이 없어졌다. 어머님이 고통을 호소할 때마다, 나는 당직 의사를 불러서 모르핀 주사를 놓게 하였다. 모르핀 주사가 혹은 몸에 해로울지는 모르나, 어차피 이 침상에서 다시 산 사람으로 내리시지 못할 이상에는 단 몇 시간이라도 고통을 모르고 지내시면 그 이상 더한 일이 어디 있으랴.

어머님 떠나신 지 만 3년 반…… 지금은 아마 뼈밖에는 남아 있는 것이 없겠지. 그때 수일간 더 살아 계셨거나 말았거나, 오늘에는 그것은 문젯거리도 되지 않는다.

단지 내 마음에 그냥 죄송히 남아 있는 생각은 부귀 중에서 생장하시고 늙으신 어머님을 늙마에 내 탓으로 수년간 빈곤을 맛보시게 하였고, 그러고도 이 못난 아들을 도리어 생각하시고 측은히 여기시던 그 어머님께 푹 안심을 드리기 전에 어머님을 잃은 점이다. 효도를 드려야 한다는 의무감에서 나온 바도 아니요 효성이 없으면 미물과 같다는 위협 때문에 생긴 마음도 아니다.

안심을 하신 뒤에 세상을 떠나셨다 하여도 역시 마찬가지요 더욱 불안을 느끼시면서 떠나셨다 하여도 또한 마찬가지로서 일단 떠난 뒤에는 그저 다 '허무'로 끝막음할 것이니 나의 '생각'은 어머님이 살아 계신 때거나 떠나신 뒤거나 단지 내 욕심 채우기를 위함이지, 어머님을 위함이 아니다.

    어머님을 땅에 묻은 뒤에 나는 다시 무덤을 찾아본 일이 없었다. 살아 계신 어머니이니 내가 범한 죄를 씻고자 성심성의 안심을 드리고자 한 것이지, 떠나신 뒤에 빈 무덤을 찾아 무엇하랴.
    불효한 자식이라고 세상이 욕을 할지라도, 그 칭호를 잠잠히 받을밖에는 도리가 없다.

___
주

1) 숙수熟睡 : 잠이 깊이 듦. 또는 그 잠.
2) 전차前借 : 뒷날에 받을 돈을 기일 전에 당겨 씀.
3) 지부地府 : 저승.
4) 통양痛痒 : 자신에게 직접 미치는 이해관계를 비유적으로 이르는 말.

대탕지 아주머니

태양은 매일 떴다가는 지고 졌다가는 다시 뜨고 같은 일을 또 하고 한다. 우리의 사는 땅덩어리도 역시 마찬가지로 몇 억만 년 전부터 매일 돌고 구르고 하여서 오늘까지 왔으며 장차 또한 언제까지 같은 일을 또 하고 또 하고 할는지 예측도 할 수 없다.

진실로 놀라운 참을성이며 경탄할 인내다.

이와 같은 땅덩어리에 태어난 인간이거니, 인간사회라 하는 것이 역시 무의미하고 싱거운 일을 또다시 거듭하고 또 거듭하고 하는 것을 과히 조롱할 바가 아닌가 한다. 아무리 옛날 성현이 전철이라는 숙어까지 발명해가지고 사람들이 경계하나, 도대체 사람이라는 것이 생활을 경영하는 땅덩어리가 그러고 보니 사람인들 어찌 '전철'을 보고 주의하랴.

대관절 남의 일인 듯이 초연한 방관적 태도로 이런 소리를 쓰고 있는 나부터가 역시 지구에 사는 한 개 범인의 예에 벗어나지 못하여, 소위 소설이라고 쓰는 것이 20년 전 것이나 10년 전 것이나 지금 것이나 모두 다 비슷비슷한 소리를 소설에 나오는 인물들의 이름만 다르게 해가지고 좋다고 스스로 코를 버룩거리니 이것은 모두 우리의 숙명이라 어찌할 수가 없는가 보다.

하여간 기위[1] 잡은 붓이니, 비슷비슷한 소리건 어쩌건 쓰려는 이야기를 하나 써보자. 같은 소리밖에 내지 못하는 레코드를 틀어놓고도 매일 그만치 좋다고 덤벼대는 이 세상에서 소설쟁이라고 꼭 매번 색다른 이야기만을 쓰라는 법도 없겠지.

카페의 여급, 술집의 나카이들은 그 이름 끝에 '코' 자를 붙이는 것을 원칙으로 한다. 하나코, 유키코, 사다코, 심지어는 메리코, 보비코까지도 있는 세상이다.

그 예에 벗어나지 못하여, 내가 지금 쓰려는 이야기의 주인공은 '다부코'라는 이름을 가졌다.

다부코라는 이름에 관하여 특별한 로맨스라든가 이유라든가 하는 것은 없다. 그가 어렸을 적에(젖 먹을 때 전후) 무슨 기쁜 일이든가 좋은 일을 만나면,

"다부다부……."

하며 엉덩춤을 추고 하였다는 이야기가 전해오므로 그가 '나카이'로 출세함에 임하여 이 경사스러운 말에 '코' 하나를 더 붙여서 자기의 이름으로 삼은 것이었다.

그가 나카이로 출세를 한 뒤부터 놀랍게도 살이 쪘다. 천성이 지방질로서 근심 걱정에 대한 감각이 둔한 데다가 손님들이 먹다가 남긴 음식일망정 아직껏 먹어보지 못한 기름기 있는 음식이 연일

배에 들어간 탓으로 보기에 더럽도록 살이 쪘다.
　살이 너무도 더럽게 쪄서 다부다부하므로 '다부코'라 하나 여기는 손님도 많았다.
　다부코를 거꾸로 불러서 부다코라 하는 손님도 있었다. 조선말 밖에는 외마디도 모르는 다부코는 손님들이 부다코라 부를 때에도 단지 하이칼라로 그렇게 부르는 것이어니 하고 '하아이이'를 길게 뽑고 술병을 들고는 총총걸음(이라고 하고 싶지만, 뚱깃걸음[2]이다)으로 손님방으로 들어가고 하였다. 얼마 뒤에 그도 종내 '부다'라는 것은 '돼지'라는 뜻이라고 알기는 알았지만 그의 신경은 그런 것을 꺼릴 만치 약하지 않았다. 얼른 생각하기에는 술집의 나카이로 갔으니 얼굴도 하다못해 하지상이야 되겠고 몸이 뚱뚱하니 부잣집 며느리 같은가고 생각할 사람도 있겠지만 그렇게 생각하면 큰 망발이다.
　얼굴은 밉고 더럽게 살찐 데다가 이마에까지 살이 툭툭 쪄서 '부다'와 신통히도 같은 위에 양미간에는 살진 주름살이 잔뜩 잡혀서 추한 얼굴을 더욱 추하게 하며 눈껍질과 입술은 '왜 저다지도 두꺼운가'고 머리를 기울이지 않는 사람이 없도록 흉없다.
　게다가 가슴 허리로 내려오면서는 좌우보다 전후가 더 굵어서 마치 둥그런 통과 비슷하다.
　허리까지 굽었다.
　이 모로 뜯어보건 저 모로 뜯어보건 과연 사람보다 짐승에 가깝고 짐승 중에도 '부다'에 가까웠다.
　이름이 다부코, 별명이 부다코, 만약 복선생[3]과 돼지가 결혼할 수 있다면 그 가운데서 난 자식이야말로 우리의 다부코와 흡사하게 될 것이다.

　평안남도 순천군에 속한 어떤 농촌 가난한 농가의 5남 8녀 합계 13남매 중에 제10째로 태어난 것이 다부코였다. 그의 아래로는 사내만 셋이요 그의 위로는 사내가 둘이요 계집애(어른도 있다)가 일곱이었다. 수모와 미움은 받을 대로 받고 살 대로 사고 자랐다. 물론 숫밥[4]이라고는 먹어본 적도 없거니와 숫밥, 남은 밥이나마 배에 차도록 먹어본 적이 없었다. 윗동생들이 많으니 낡은 옷은 충분하였으리라 생각하기도 쉬우나 첫째의 것이 낡으면 둘째가 입고 그다음은 셋째로…… 이렇게 내려오는 동안은 어느덧 해져서 아랫동생은 윗동생 여럿의 해진 옷을 모아 만든 합작물이라, 왼 소매는 붉고 오른 소매는 퍼렇고 가슴은 누렇고 등은 검은…… 이런 옷으로 유년 시기와 소녀 시기를 보냈다.

　이러한 소녀 시기를 보낸 뒤에 그는 우연히 나카이라는 직업여성이 되었다. 그가 나카이가 된 것은 그 자신의 창안도 아니요 그의 부모의 창안도 아니요 또는 유혹에 빠지거나 남에게 속거나 한 것도 아니었다.

　그의 동무 가운데 고을에서 나카이 노릇을 하는 사람이 있었다. 집에 있어야 구박만 받고 참견하는 윗사람도 없는 그는 멀지 않은 고을에 자주 드나들고, 고을에 가면 나카이 친구를 찾게 되고, 찾아가면 거기서 맛있는 음식 부스러기나 얻어먹는 재미에 동무의 권고에 술상 앞에도 나가보고…… 이렁저렁 하다가 사내라는 것도 알고 그러다가 어름어름 나카이가 되어버렸다.

　부모도 참견하지 않았다. 그런 딸이 있었는지 어떤지 모르는지도 알 수 없다. 입치기에 골몰한 그들이라 혹은 자기네가 자식을 몇 명이나 낳았는지 모르기도 쉽다. 이리하여 나카이가 된 그, 이름은 위에도 말한 바와 같이 '다부코' 라 하였다.

순천은 평양에서 동북쪽. 기차가 평양을 떠나서 순천까지 와서 북으로 올라가면 강계요 동으로 벋어가면 양덕으로서 그 갈림길이다. 강계는 지금 만포선 철도 공사에 분망한 한낱 토목공사의 장소이지만, 양덕은 온천 지대로서 양덕군 내만 하여도 대탕지·소탕지·돌탕지 등 세 군데나 온천이 있고, 그중에도 대탕지大湯地는 양덕 온천을 대표하는 것으로서 평양 원산 등지는 물론이요 멀리는 호남 방면에서도 오는 사람이 많다.

조선의 온천은 여관의 자탕自湯이 쉽지 않고 여관은 밥장사만 하고 손님은 공동탕으로 가는 것이 보통이다. 그런지라 따라서 겨울에는 여관에서 공동탕까지 왕래가(춥기 때문에) 불편하여 조선 습속은 봄과 가을을 온천 절기로 친다.

그러나 양덕은 그렇지 않다. 워낙 고지대이니만치 기후가 서늘해서 피서지로 적당하다. 피서지에 온천이 겸하였으니 더욱 나무랄 데가 없다.

여름은 음란한 시절이다.

첫째로 의복의 무장이 엄중하지 못하여 샐 틈이 많다.

둘째로 녹음이 남의 눈을 가려주어서 숨을 곳이 많다.

셋째로 아무 데서 아무렇게 하고 놀지라도 고뿔 들릴 근심 없다.

양덕은 피서지인 위에 또한 온천이다. 온천이란 곳은 사람들이 예법과 체면을 집어치우고 겨우 가장 비밀한 곳 한 군데만을 감춘 뒤에는 남녀노소가 태연히 거리를 다니는 곳이다.

여름, 피서지, 온천장…… 이 세 가지를 한꺼번에 갖춘 때의 양덕은 장관이라는 한마디로 끝이 날 것이다.

평양 오입쟁이, 원산 오입쟁이, 장거리 오입쟁이, 본바닥 오입쟁이…… 천하의 오입쟁이는 여름의 단 하루라도 양덕을 가지 못하면 면목이 서지 못한다는 듯이 꼬리를 이어서 양덕으로 모여든다.

숫오입쟁이가 모여들면 또한 암오입쟁이가 모여들지 않을 수가 없다. 숫오입쟁이의 목적하는 바는 계집이요 암오입쟁이가 목적하는 바는 돈이다. 암오입쟁이들은 이 여관 저 여관에 거미줄을 치고 장차 무엇이 와서 걸려주기를 기다리고 있다. 한 해 여름을 잘 벌면 매일 1원 50전의 숙박료며 잡비를 쓰고도 가을에는 돈 100원이나 차고 가는 수단가도 적지 않다. 여름 한산기에 공짜로 피서하고 재미보고 돈 잡고…… 여자 된 자 한번 해볼 만한 사업이다.

나카이로 나선 지 3년. 다부코로보다도 부다코로 알려지고 몸집 뚱뚱하기로 소문나고 웃을 때에도 우는 표정으로 웃기로 소문나고 얼굴 못생기기로 소문나고 사람 덜나기로 소문나고 노래 못하기로 소문나고 술병을 두 손으로 들기로(외손으로 들었다가는 반드시 내려뜨리므로) 소문나고 앉았다가 일어서려면 굳은 힘 오륙 회 이상 쓰기로 소문난 '다부코'도 이 돈벌이 시원찮은 여름 한철을 피서 겸 돈벌이 겸 놀기 겸 양덕에서 보내기로 하였다.

그가 그사이 모으고 또 모았던 돈 8원 60여 전과 동무 나카이에게서 6원 각수를 취하고 주인어머니에게 또 5원 각수를 꾸어, 합계 20원이라는 대금을 품에 품고 커다란 희망을 갖고 양덕으로 떠났다.

그의 방에도 (약간 얼룩은 있지만) 거울이 있거늘 왜 거울에게라도 의논을 하지 않고 자기 혼자의 뜻으로 떠났는지 이것은 알 수 없는 일이다. 만약 그가 신용할 만한 거울에게 의논만 하였더라면 거울은 그에게 향하여 피서 중지를 충고하였을 것이다.

성격이 비교적 단순한 다부코는 생각도 또한 단순하였다.
순천에서 나카이로 있을 때에 매일 술꾼이 있었고 남자들이 있었던지라 양덕을 가도 또한 그와 마찬가지쯤으로 여겼다.
그러나 양덕에서 급기야 여관(조선 사람의 여관 중에는 가장 큰 집에 들었다)에 들고 보니 모든 것이 예상과 달랐다.
술집에서 남자를 보던 것은 나카이의 처지로 객을 보는 것이다. 그러나 이곳 여관에 들고 보니 남자도 객이려니와 자기도 역시 객이다. 술집에서는 객이 나카이를 부르고, 설사 부르지 않는다 할지라도 나카이 스스로 객의 앞에 나아가는 것이 흠이 되지 않는다.
그러나 여관에서는 그렇지 못하니 저쪽이 객이면 자기도 객이라 저쪽에서 자기를 호령하여 부르지 못할 것이고 자기 또한 남의 방에 불고염치하고 들어갈 수도 없는 노릇이다.
게다가 또한 그의 예상 외의 일은 이곳 객이 다부코가 예상하였던 바와는 종류가 좀 다른 것이었다.
병인이 가장 많았다. 자기 몸 건사조차 귀찮아하는 병인이 계집에게 곁눈질할 리가 없었다.
병인이 아닌 사람은 대개 제 짝을 제가 데리고 왔다. 쌍쌍이 밀려 다녔다. 그 위에 도대체 이 온천장에는 사내보다도 여인이 더 많았다.
모두가 다부코의 예상과는 달랐다. 하이칼라 청년들이 많이 와서 여인이 지나가면 슬슬 곁눈으로 보며 간간 뒤도 밟으며 말도 걸며…… 이런 것을 예상하였던 다부코에게는 의외였다. 도대체 다부코가 듣기에는 남자들이 많고 낚시질만 잘하면 상당한 수확이 있다더니 그것이 전혀 헛말인가 보다.

다부코는 차차 등이 달았다.

하루에 1원 50전씩이다. 가만있노라면 어느덧 1원 50전씩이 획획 없어져나간다.

나카이 3년간에 간신히 8원 각수를 모았거늘, 여기서는 하루에 1원 50전씩(점심은 굶고)이 저절로 없어져나가니 3년 벌이가 며칠 동안에 날아간다.

이리저리 변통해가지고 온 돈이 20원인데, 오는 차비 2원 장차 갈 차비 2원을 제하면 16원이다. 점심 굶고 담배 굶고 탕에도 못 들어가고 열흘 밥값이다. 좋은 봉을 첫날로 물지 못하고 '첫날로야 쉬우랴' 고 자위하며 이튿날 기다리고 또 그 이튿날을 기다리고 이렇게 기다리기를 벌써 엿새, 밥값으로 9원, 자기의 3년간 번 돈보다도 엿새 동안의 밥값이 더 크게 되었다.

이제 나흘 안으로 봉을 하나 물지 못하면 20원은 비상천[5]이로다. 이런 데 나와서 보니 20원이라는 돈은 우스운 액수지만 자기가 그간 3년간을 번 생각을 하고, 또한 주인어머니와 동무에게 12원 각수라는 돈을 장차 갚을 생각을 하니 꿈에나 어떻게 될지 그전에는 어쩔 도리가 없다.

밥값이 이제 나흘분밖에 남지 않았으니 그 나흘 동안에 무슨 변통을 대지 않으면 안 될 것이다.

여름 한철에 100원? 꿈에도 생각지 않을 일이다. 기위 밥값과 내왕 차비가 13원이나 소모되었으니 그것이라도 누구 적선해주지 않나. 순천 땅에 다시 내려서 자기 주머니에 12원이 그대로 있도록…… 그것이나마 누구 당해주지 않는가.

내왕 차비까지라도 희생하고 하다못해 밥값만이라도 담당해주는 적선가는 없는가.

자고 깨면 이레…… 밥값만 벌써 10원에 꼬리가 달린다.

이레째 되는 날 낮에 다부코는 종내 여관 주인 마누라의 방을 찾아갔다.

"피서 오는 손님이 금년에는 얼마 안 됩니다그려."

다부코가 주인 마누라에게 한 말의 안목은 이것이었다.

눈치 빠른 주막쟁이[6]는 다부코가 입 밖에 내지 않은 말을 다 알아들었다.

"왜요? 상게 방학 때가 안 됐기에 이렇게 방학 때만 되면 많이 와요. 데 아래 ○○여관(가장 더러운 여관)꺼정두 만원이 되구 하는데……."

"방학은 언제나요?"

"아, 양력 스무하룻날, 이제 니레 남았쉐다."

방학을 기다려서 오는 손님이란 것은 가족 동반이거나 그렇지 않으면 학생이다. 여관 주인에게는 달가운 손님일지나 다부코에게는 쓸데없는 손님이다. 그러나 단순한 다부코는 방학 뒤 손님의 종류 여하를 고려하지 않고 '방학 뒤'에 요행심을 두었다.

그러나 방학은 아직 이레요, 다부코의 주머니에는 인제 사흘 밥값 외에는 남지 않았다. 방학을 기다리랴 혹은 단 몇 원이라도 남아 있는 동안에 고향으로 달아나랴. 그렇지 않으면 돈 다할 때까지 버티고 기다리랴.

오늘로 달아날까고 생각하면 한편으로는 오늘 밤으로라도 어떤 봉이 하나 걸려들 것같이 생각되어 그냥 갈 수가 없었다. 그러나 또 한편으로 돈 다하는 날까지 기다리려 하면 그날까지 실컷 기다리다가 동전 한 푼 맛보지 못하고 뼈를 갈아낸 듯한 20원을 홀짝 다 쓰고 빈손으로 고향에 들어서기가 원통하였다.

아아, 어찌할까? 망설이며 주저하는 동안 하루가 가고 또 하루 가고 또 하루 가니, 인제 밥값을 셈 치르면 겨우 고향까지 돌아갈 기찻삯만이 남게 되었다.

장마가 졌다.
어제도 비가 왔다. 오늘도 온다.
그 못생긴 얼굴을 잔뜩 찌푸리고 하늘을 쳐다보고 있는 다부코.
주인에게 오늘 셈을 치렀다. 치르고 나니까 2원 13전…… 기차삯, 노리아이[7] 삯, 그리고 약간 남는다.
셈을 치를 적에 주인은 다부코에게,
"왜? 방학 때까지나 기다려보지요."
탁 터놓고 하는 말이었다. 다부코도 탁 텄다.
"밥값이 인젠 없어요."
"밥값이야 있으믄서 벌디."
여기 대하여 다부코는 씩 웃을 뿐이었다. 그러나 마음으로는 꽤 유혹되지 않는 바가 아니었다.
비가 그냥 온다. 노리아이는 11시 조금 지나서 여기까지 와서 손님을 내리고 새 손님을 태우고는 곧 다시 떠난다.

장맛비는 그냥 온다. 11시…….

"에라, 비 와서 못 떠나겠다. 오후 노리아이로 가자."

오후 4시 반에 또 노리아이가 있다. 그것으로 가겠다는 생각이다. 펑계는 비에 있다. 그러나 다부코의 진정 내심을 진맥하자면 비 온다고 못 떠날 바가 아니다. 11시에서 4시 반까지 약 다섯 시간 동안, 그사이에라도 행여 좋은 봉이 하나 안 걸려주나. 20원을 갖고 100원을 만들어가지고 돌아가려고 왔다가 100원은커녕 미끼까지 잘리고 빈손으로 돌아가기가 면목도 없을뿐더러 절통하였다.

다섯 시간 내외에라도 봉이 걸리지 말라는 법은 없을 것이다. 아아, 비를 싫다고 노리아이까지 안 탄 다부코가 장맛비를 맞으면서 이 여관 앞 저 여관 앞으로 배회하였다. 그 얼굴은커녕 몸집, 팔, 다리, 어느 곳 한 군데 미라는 것이 혜택을 받지 못한 꼴이로되 '여인'이라는 명색 하나를 무기 삼아가지고 행여 100원은 그만두고 이미 없어진 20원의 벌충이나마 할 봉이 없는가 하여……. 그러나 무정한 남자들은 다부코의 이 쓰라린 심정을 몰라보고 웬 댄서 비슷한 계집의 뒤꽁무니만 따르느라고 야단이었다.

4시 반 노리아이.

인제는 하릴없이 다부코는 짐을 들고 나왔다.

장맛비는 그냥 줄줄 내린다. 자동차 정류소 앞 어떤 여관 추녀 아래 짐을 부둥켜안고 선 다부코는 얼빠진 사람같이 노리아이를 바라보고 있었다.

비를 적게 맞으려고 덤비며 자동차에 오르는 손님들. 노리아이는 거진 만원이 되었다.

'만원이 됩시사. 됩시사.'

만원이 되어가는 데도 불구하고 다부코는 못생긴 얼굴을 잔뜩 찌푸리고 노리아이를 보기만 하면서 탈 생각도 않았다.

드디어 노리아이는 만원이 되었다. 만원이 되면서 뿌- 소리 한 마디를 남기고 달아나버렸다.

다부코는 가슴이 철렁하였다.

'인제부터는 빚이로구나.'

매일 1원 50전씩 늘어나갈 빚이었다. 언제까지 계속될지 모르는 (매일 늘어나갈) 빚에 대하여 커다란 공포심과 자포적 기분을 내던지며 다부코는 어슬렁어슬렁 다시 여관으로 돌아왔다.

다부코의 비통한 생활은 이날부터 시작되었다.

돈은 비록 떨어졌으나 그래도 여관에서 사먹는 밥이지 동냥밥은 아니어늘 여관에서 벌써 푸대접이 시작되었다. 다른 손님들이 다 먹고 난 뒤에 남은 음식을 모은 것이 다부코의 상이었다. 다부코가 있던 방은 다른 손님이 쓰겠단다고 다부코는 뒷간 곁방으로 옮기지 않을 수가 없었다.

그러나 마음이 오직 용한 다부코는 어떤 일을 겪든 간에 그 못생긴 얼굴에 못난 웃음을 한번씩 웃고는 그냥 맹종하는 것뿐이었다.

세월이 흐른다 하는 것은 각 사람에게 각각 다른 결과를 주는 것으로서 다부코에게는 세월이 흐르는 것은 매일 1원 50전의 빚을 늘여가는 것일 따름이었다. 더욱이 이곳의 여관업자는 모두가 그 당자 혹은 아버지의 대에는 화전민이라는 특수한 생활을 하던 사람들이니만치 아침밥이 놀랍게 이르고 저녁밥이 놀랍게 늦었다. 조반과 저녁과의 중간 열네 시간이라는 적지 않은 시간을 주림을 면하기 위해서는 손님들은 금전이라는 무기를 이용하여 이 먹을 것 없는 동리에서 별별 수단을 다 강구하지 않으면 안 된다. 그러나 다부코는 주머니가 벌써 빈 몸이라, 점심은 먹을 염도 못 내고, 그의 다식성인 위를 움켜쥐고 길고 긴 낮을 하늘이나 쳐다보며 지낼밖에는 도리가 없었다.

이러는 동안에 각 여관의 주인들이 무척이도 기다리던 여름방학이 이르렀다. 여름방학이 이르면 어떻게 좋은지는 잘 모르지만 여관 주인들이 하도 기다리므로 혹은 부잣집 철없는 도령들이라도 많이 오는가고 다부코도 적지 않게 기다렸다.

7월 21일.

하늘의 심술이 곱지 못하여 전부터 계속되던 장맛비가 이날도 새벽부터 쏟아졌다. 여관 주인들의 얼굴은 음침해졌다. 그러면서도 11시 반 노리아이 때는 사환애들을 모두 자동차 정류소로 내보냈다. 다부코도 슬며시 뒷길로 나와서 집 모퉁이에 서서 자동차의 도착을 기다렸다.

그러나 노리아이는 고을에서 모깡하러 오는 손님을 두세 명 싣고 온 뿐이었다. 오후부터는 날이 개었지만, 오후 4시 반 노리아이도 빈 차로 다녀간 뿐이었다.

장마는 여관 주인들에게 실망의 예고를 주며 스무하룻날로 걷어치우고 스무이튿날부터는 맥빠진 해가 장마에 젖은 세상을 말려보려 비추기 시작하였다.

그러나 시국의 커다란 그림자는 이런 산촌이라고 그저 넘기지 않았다. 작년까지의 경험으로는 청춘 남녀들이 우글우글 끓어들어서 한동안씩 질탕히 놀고 돌아가고 하였으므로 여관 주인들은 금년도 그러려니 하고 기다렸는데, 일지사변[8]이라는 거대한 영향과 거기 뒤따르는 보도연맹의 번득이는 눈은 이런 곳까지도 넘기지 않아서 스무이튿날부터 몇 명 왔다는 학생(전문학교)은 그사이 1년간의 공부 때문에 건강을 상하여 할 수 없어서 온 몇 명뿐이었다.

그 밖에는 어린 자식들의 건강을 회복하기 위하여 가족 전부가 밀려와서 여관의 방을 두셋씩 차지하고는 밥은 겨우 두 상이나 세 상밖에는 안 사는 여관 주인에게도 질색이거니와 다부코 같은 사람에게는 더욱이 쓸데없는 손님뿐이었다. 그 밖에도 돈냥이나 있는 집 딸이 자기 어머니와 함께 온 것도 한둘 있으나 다부코에게 쓰임직한 손님은 하나도 보이지 않았다. 중학생들은 봉사노동에 얽매여 몸을 떼지도 못하였다.

인제는 어쩌나.

기다리고 기다리던 여름방학은 여관 주인들에게는 실망을 주었거니와 다부코에게는 절망을 주었다.

그날 밥값의 셈을 치른 날 짐까지 꾸려가지고 자동차 정류소까지 나갔거늘 무슨 미련으로 다시 여관으로 돌아왔던가. 그날 떠나버렸더면 손해는 20원에 지나지 못하지만, 지금은 어쩔 수 없이 빚에 얽혀 몸을 움직일 수가 없게 되었다.

다부코와 비슷한 목적을 가지고 온 듯한 여인들이 이 여관 저 여관에 거미줄을 늘이고들 있다. 그들은 혹은 다부코 자신보다 홍정이 있는지. 다부코는 거기에 대해서도 무척 관심을 갖고 관찰해보왔다. 불경기의 바람은 이런 사회 전체에 미친 모양으로 깊은 밤 이른 새벽 어느 때나 홀로이 자고 홀로이 일어나는 여인의 떼뿐이었다. 그러나 그들이 다부코와 같이 '밥값 없기' 때문에 수모를 받지 않고 그냥 태연자약히 지내는 것은? 밥값을 그렇듯 충분히 준비해 가지고 왔음인가 혹은 빈 주머니를 감추고 시치미를 떼고 있음인가. 하여간 다부코는 자기의 입으로 밥값 떨어진 것을 주인에게 알렸으므로, 주인에게서는 (맞돈은 아니지만 거저 먹이는 밥도 아니건만) 다부코에게 마치 식객과 같이 수모를 퍼부었다.

"다부코 상, 심심한데 아이나 업고 개천가에나 나가보지."

주인 마누라는 조금만 바쁘면 마치 다부코를 아이보개[9]인 듯이 애를 업혀 내보내고 하였다.

"다부코 상, 5호실 손님들이 맥주를 잡숫는데 좀 들어가 따라드리구려."

주인은 마치 자기 집 여급인 듯이 부려먹었다. 이런 때마다 다부코는 내가 공밥을 먹는가고 내심 화도 내보았지만, 겉으로는 두꺼운 얼굴 가죽에 미소를 띠고 시키는 대로 하지 않을 수가 없을 만치 발목 잡힌 몸이었다.

물론 다부코가 이 온천 지대에 와서 봉을 기다리는 짧지 않은 동안에 순전한 과부로 지낸 바도 아니었다. 몇 명의 사내를 관계하였다. 그러나 다부코의 얼굴이 워낙 그 꼴인 위에 그의 환경이 지금은 한 개 유명한 이야기로 이 온천 지대에 퍼진 만치, 다부코를 찾는 손님들은 공짜라는 선입관과 더러운 호기심으로 찾는 것이라 충분한 인사는 염도 안 두는 바요, 잘해야 일이 원, 못하면 먹던 담뱃갑이나 남겨두고 뺑소니치고 하였다. 이런 박약한 벌이로 어떻게 1원 지폐 장이라도 손에 들어오면 다부코는 자기도 돈이 있다는 것을 남에게 알리기 위하여 가게로 나가서 캐러멜을 사먹고 사이다를 사먹고, 담배를 사고, 탕에 들어가고 하여 당일로 다 써버리고 하였다.

그것은 순전한 자포자기의 생활이었다. 간간 걸어서 자기 고향 순천까지 도망질을 할까고도 생각해보았지만 그의 육둔[10]하고 거대한 몸집은 이 무더운 여름날 단 10리를 갈 자신이 없었다. 나날이 1원 60전씩의 빚은 저절로 늘어가고 갚을 도리나 가망은 전혀 없고 동서남북 사면이 막힌 가운데서 주인집 아이나 업고 뜰 혹은 마루로 배회하며 못생긴 얼굴을 잔뜩 찌푸리고 간간 다른 객실들을 엿보는 그의 꼴은 과연 가련하였다.

진퇴유곡의 경에 빠진 그는 그의 총명하지 못한 머리가 안출할 수 있는 온갖 전술을 다 써보았다. 일변 가고 일변 오는 많은 손님 중에 옷이나 깨끗이 입은 손님이 여관에 들게 되면 다부코는 염치주머니를 꽉 봉해버리고 그 방 앞마루에 가 앉아서 그 청아(?)한 음성으로 유행가도 불러보고 혹은 방 안을 돌아보며 말도 건네보았다. 그러나 워낙 생김생김이 하도 못생긴 위에 더욱이 다부코의 목적을 방해하는 것은 다부코가 너무도 유명하기 때문이었다. 생김생김은 비록 못생겼으나 객지의 심심소일로 호기심을 일으켰던 손님도 일단 탕에 들어가기만 하면 탕 안에서 너무도 유명한 화제의 주인인 다부코의 소문을 들으면, 자기까지 이야깃거리가 될까 봐 겁이 나서 손을 떼고 하는 것이었다.

'대탕지 아주머니.'

인제는 다부코도 아니요 부다코도 아니요, 여기서 새로 얻은 이름이 이것이었다. 사실에 있어서 이 대탕지에서 본지방인 이외의 손님으로서는 다부코가 가장 원로였다. 다부코보다 먼저 왔던 손님은 물론 다 가고 뒤에 왔던 손님도 다 가고, 다부코가 가장 오랜 손님이었다. 말하자면 대탕지 아주머니였다.

이 대탕지 아주머니인 다부코가 얼굴(가뜩이나 두꺼운)에 소가죽을 뒤집어쓰고 남성군에게 돌진 또 돌진을 개시한 이래 이 전술에 걸려든 남성이 두 사람이 있었다. 이 두 남성과의 문제의 덕으로 다부코의 이름은 더욱 높아져서 인제는 대탕지뿐 아니라 양덕 신읍에까지 알려져, 대탕지를 찾아오는 손님은 먼저 양덕 정거장에서 대탕지로 오는 노리아이에서 운전수에게 그의 성화를 들으리만치 되었다.

하나는 이 대탕지에서 '넙적이'라는 별명으로 알려져 있는 어떤 광업자와의 관계였다.

어떤 날 넙적이가 다른 두어 동무와 화투를 하고 있을 때에, 봉(봉이 안 걸리면 하다못해 담뱃값이라도 벌 닭이나마)을 물색하던 다부코는, 이 화투판 등 뒤로 돌아가서 구경을 하고 있었다.

"아주머니두 합시다그려."

"글쎄요."

이것이 인연이었다. 주머니에 동전 한 닢도 없는 다부코로되 시치미를 떼고 돈내기 화투를 시작하였다.

결국에 있어서 다부코는 18전을 땄다. 다른 사람은 본전이요, 넙적이가 18전을 잃었다. 다부코는 넙적이의 돈 18전을 딴 셈이었다.

"아주머니, 그래 내 돈이 곱게 삭을 것 같소?"

"글쎄요."

"18전…… 십○돈이야. 그 돈은 그저 못 먹어."

"몰라요."

이리하여 인연은 맺어졌다. 광업가이니 돈 잘 쓰렷다, 얼굴이 넓적하니 마음도 너그러울 것이렷다, 이만한 기대를 가지고 넓적이를 맞았지만, 다부코가 넓적이에게서 얻은 소득이라고는 그 음흡이 설명하는 바 단 18전(화투에 딴)뿐이었다.

다부코로 보자면 넙적이의 마음은 당초에 알 수가 없었다. 넙적이는 숨김없이 제 동무들에게도,

"난 저 아주머니하구 결혼했다네."

하며 다부코에게는,

"마누라, 여보 마누라."

라 불렀다. 그러나 밤에 찾아오라는 군호[11]는 그 뒤에는 좀체 없었다. 웬일인지 다부코는 넙적이에게 마음까지도 약간 끌린 듯하였다. 마누라라 불러주는 것이 은근히 기뻤다. 그 반대로 넙적이는 낮에는 다부코를 마누라라 부르고 술을 먹을 때는 따르라 명하고 하였지만 밤에는 다시 다부코를 찾지 않았다. 아마 다부코의 기름때로 미끄러운 몸에 진저리가 난 모양이었다.

그러나 마음으로든 또는 다른 요행심으로든 그렇듯 무관심할 수가 없는 다부코는 기다려보아 만나지 못하고 이번은 자기 편에서 찾아가보았다.

두 번 세 번, 밤 깊어서 이층 넙적이의 방을 찾아가보았으나 그 매번을, 잠에 취한 체하고 다부코를 쫓아버리고 하였다. 이런 일을 두세 번 겪은 뒤에 한번은 다부코는 염치를 불구하고 네마키[12]까지 벗어버리고 넙적이의 자리(잠자는 체하는) 속에 들어갔다. 동시에 다부

코는 부르짖는 사내의 함성과 동시에 넓적다리에 무서운 아픔을 느끼며 자리에서 뛰쳐나왔다.

"이 동리에는 남의 자리에 들어오는 예편네들이 많다더니 옳은 말이로군. 이 집게는 그런 예편네를 집는 집게라나."

사내의 억센 손으로 넓적다리를 힘껏 꼬집힌 다부코는 비명을 내며 네마키도 집을 겨를이 없이, 문밖으로 뛰쳐나와 층층대를 굴러 떨어지며 아래로 도망해왔다.

이 사건의 덕택으로 다부코는 일층 더 유명해지고, 넙적이는 '집게장사'라는 별명을 하나 더 얻게 되었다. 다부코가 음침한 얼굴로 나다니면 여기저기서 집게 집게 하며 수군거리는 소리가 들렸다.

이 집게 사건이 있은 이틀 만에 제2 사건의 실마리가 열리기 시작하였다. 그날 오후 4시 반 노리아이로 얼굴이 곱살히 생긴 양복쟁이 청년 하나가 이 여관 다부코의 곁방에 들었다.

시골 술집 나카이 다부코는 그 양복이 고급품인지 저급품인지 소지품이 어떤 것인지 전혀 구별할 줄을 몰랐다. 단지 양복쟁이인 위에 얼굴이 곱살하니 돈냥이나 있는 집 젊은이거니 하였다. 그의 유혹 전술은 즉시로 이 청년에게 향해졌다. 그의 숙련되지 못한 전술로도 비교적 손쉽게 청년은 함락이 되었다. 그날 밤 다부코의 방에는 사람 둘이 자고, 청년의 방에는 빈 이부자리가 쓸쓸히 밤을 지냈다.

이튿날은 이 새로운 원앙은 득의양양히 탕에 들어가고, 간스메[13] 장사에게 간스메를 사먹고 개천가를 거닐고 하였다. 사람들이 바라보는 경이의 눈…… 이전 같으면 다부코는 스스로 쑥스러웠을 것이지만, 하도 벼르던 일이라 쑥스러운 줄도 모르고 자랑하는 얼굴로 부러 광고하러 돌아다녔다.

 또 그날 밤 한방에서 지냈다. 그 밝는 새벽이었다. 두선두선[14] 뜰에서 무엇을 힐난하는 듯한 소리에 다부코가 곤한 잠에서 깨매, 사내는 어느덧 일어나서 황황히 옷을 입는 중이었다. 동시에 문이 벼락같이 열리더니 웬 아이 업은 여인 하나가 쑥 들어섰다.

 "여보, 이게 뭐요."

 고을 본마누라가 달려온 것이었다. 와지끈 툭탁 한바탕의 부부 싸움은 물론 일어났다. 그리고 고래로 부부 싸움은 칼로 물베기라 하거니와, 이 부부도 한바탕 싸우고 나서는 화의가 성립되었다.

 "온 김에 조반이나 먹구 탕에나 들어갔다가 갑시다그려."

 남편의 이 제의에 대하여 아내도 승낙을 하였다.

 "얘."

 조반상을 받음에 임하여 큰어머니(?)가 다부코를 부르는 말씨였다.

 "조반 먹을 동안 이 아이나 업구 개천에 나가서 기저귀나 빨아 오너라."

 또 아이보개가…… 내심 역하고 분도 났지만 마음이 오직 착한, 착하다기보다 덜난 다부코는, 눈살을 찡그려 미소하고 아이를 받아 업고, 기저귀를 받아들고 들썩들썩하며 개천으로 향하여 내려갔다.

 "그건 또 웬 아이요?"

 다부코가 묵고 있는 여관 주인은 이곳 본토박이로 일가친척이 적지 않았다. 그 집들이 모두 아이 볼 일이 있으면 다부코를 꾸어다가 보도록 하였다. 그래서 다부코의 등에 올라본 아이는 꽤 많았다. 그런데 웬 또 낯선 아이를 업고 나오므로 동리 여인들이 농 삼아 묻는

말이었다. 거기 대하여 다부코는,

"우리 일갓집 아이야요."

기저귀를 두르며 내려갔다.

곱살한 양복쟁이는 자기 본마누라에게 끌려가면서도, 다부코에게 몰래 일간 또 오마는 약속을 잊지 않았다. 그의 본마누라의 의복이 허술하고 어린애의 옷이며 기저귀가 더럽던 점을 모두 잊고 '곱살한 양복쟁이니 돈냥이나 있으려니' 하는 선입견에 지배되는 다부코는 일간 또 오마는 약속을 가만히 기다리고 있었다. 인제는 벌써 밀린 밥값이 오륙십 원…… 웬만한 잔돈으로는 생각도 못 낼 큰 빚을 등에 지고 있는 다부코였다.

일지사변의 예비적 부분인 방공연습은 이 산촌에도 실시되었다. 4일간의 등화관제.

이 등화관제를 감독하고 감시하기 위하여 고을에서 순사 한 명과 소방수 세 명이 대탕지에 왔다. 저녁 8시쯤 경계관제가 시작되어 30분쯤 뒤에 공습관제, 11시쯤 해제, 그리고는 순사며 소방수는 11시 반 노리아이로 고을로 돌아가는 것이었다.

그 첫날 캄캄한 세상이 11시쯤까지 계속되고 관제는 해제되었다. 다시 광명한 세상이 나타났다.

그 캄캄할 동안,

"좀 쉬어서 갈까."

하면서 다부코의 방으로 들어온 사람이 있었다. 소방수였다. 소방수인 동시에 일전 다녀간 곱살한 양복쟁이였다. 돈냥이나 있을 곱살한 양복쟁이라고 내심 적지 않게 기다리던 사람의 정체는, 박봉 생활자의 한 사람인 소방수였다.

그의 품에 안겨서 눕기는 누웠지만, 다부코는 이 곱살한 양복쟁이가 왁살스러운 소방수로 홀변한 현실에 대하여 마음으로 한없이 한없이 울었다.

"소방수 부인."

더구나 다부코가 어떤 날 성냥을 잘못 그어 통째 불을 일으키고 올라 뛰며 내려 뛰어 그 불을 끌 때에 뭇 사내들은 이 새 별명을 부르며 웃어주었다.

이런 괴변들을 겪고 난 뒤에는 다부코는 다시는 남성에게로의 돌진을 중지하고, 매일 개천가에 쭈그리고 앉아서 두꺼운 얼굴 가죽을 잔뜩 찡그리고 흐르는 물만 굽어보고 있다. 혹은 그 물이 흐르고 흘러서 자기의 고향 순천의 앞도 지나갈 것을 부러워서 굽어보고 있음인지.

상한 건강을 쉬기 위하여 대탕지에서 달포를 지낸 뒤에 나(작자)는 그곳을 떠날 때에, 이 대형 노리아이가 사람을 만재하고 우렁찬 소리를 내며 바야흐로 떠나려 할 때 저편 여관 모퉁이에 그의 두꺼운 얼굴을 찡그리고 부러운 듯이 노리아이를 바라보고 있는 다부코를 보았다.

그 뒤에 그가 어찌되었는지는 알 바 없지만, 엔간한 자선가가 나타나서 그의 밥값을 갚든지, 그렇지 않으면 여관에서 밥값을 탕감해주고 차비까지 주어서 돌려보내든지 하지 않는 이상은 다부코가 아무리 '여인'이라는 보배로운 무기를 가졌다 하나 거기 어울리는 체격과 얼굴을 못 가진 이상은 지금껏 매일 1원 60전씩의 빚을 늘여가면서 동리 아이보개 노릇이나 하며 개천가에 쭈그리고 앉아서 흐르는 물이나 굽어보고 있을 것이다.

주

1) 기위旣爲 : 이미.
2) 뚱깃걸음 : 뚱기적거리며 걷는 걸음.
3) 복선생 : '복어'를 가리킴.
4) 숫밥 : 손대지 않은 깨끗한 밥.
5) 비상천飛上天 : 하늘로 날아 올라감.
6) 주막쟁이 : 주막을 경영하는 사람을 낮잡아 이르는 말.
7) 노리아이 : '합승 버스'란 뜻의 일어.
8) 일지사변日支事變 : 만주사변을 가리킴. 1931년 류탸오후(柳條湖) 사건을 계기로 시작한 일본군의 중국 둥베이 지방에 대한 침략 전쟁. 중일전쟁의 발단이 되었다.
9) 아이보개 : '애보개'의 본말. 아이를 돌보는 일을 맡아 하는 사람.
10) 육둔肉鈍 : 덩어리가 크고 둔함.
11) 군호軍號 : 서로 눈짓이나 말 따위로 몰래 연락함. 또는 그런 신호.
12) 네마키 : '잠옷'을 뜻하는 일어.
13) 간스메 : '통조림'을 뜻하는 일어.
14) 두선두선 : 겨우 알아들을 수 있는 낮은 목소리로 계속 말을 주고받는 소리. 또는 그 모양.

김연실전*

*이 작품 「김연실전」과 이어지는 「선구녀」,
「집주름」은 일종의 연작소설이다.

1

연실이의 고향은 평양이었다.

연실이의 아버지는 옛날 감영의 이속吏屬이었다. 양반 없는 평양에서는 영리營吏들이 가장 행세하였다. 연실이의 집안도 평양에서는 한때 자기로라고 뽐내던 집안이었다.

연실이는 부계로 보아서 이 집의 맏딸이었다. 그보다 석 달 뒤에 난 그의 오라비동생이 그 집안의 맏상제였다. 이만한 설명이면 벌써 짐작할 수 있을 것이지만, 연실이는 김영찰의 소실(퇴기)의 소생이었다.

김영찰의 딸이 웬심인지 최 이방을 닮았다는 말썽도 어려서는 적지 않게 들었지만, 연실이의 생모와 김영찰의 사이의 정이 유난히 두터웠던 까닭인지, 소문은 소문대로 젖혀놓고 연실이는 김영찰의 딸로 김영찰에게 인정이 되었다.

조선에도 민적법이 시행될 때는 그때 생모를 여읜 연실이는 김영찰의 정실의 맏딸로 민적에 오르고 연실이보다 석 달 뒤에 난 맏아들은 민적상 연실이보다 1년 뒤에 난 한 부모의 자식으로 오르게 되었다.

조선의 개명은 예수교라는 물결을 타고 서북으로 먼저 들어왔다. 이 다분의 혁명적 사상과 평민사상을 띤 종교는 양반의 생산지인 중앙 조선이며 남조선으로 잘 받지 않는 동안, 홍경래를 산출한 서북에 먼저 들어왔다. 들어오면서는 놀라운 세력으로 퍼지기 시작하였다.

때 바야흐로 한토漢土에서는 애신각라愛新覺羅[1] 씨가 이룩한 청나라의 300년 기업도 흔들림을 보고 원세개라 여원홍이라 손일선이라 하는 이름들이 조선 사람의 입으로도 수군거리는 시절에 예수교라는 새로운 도덕학과 그 예수교에 뒤따라 조선에 들어온 개명사상이 조선에서 제일 먼저 부인한 것은 양반 상놈의 계급, 적서의 구별, 도덕만을 숭상하는 구학문 등이었다.

이런 사상의 당연한 결과로서 조선 온갖 곳에 신학문의 사립학교가 설립되었다.

평양에도 청산학교라는 소학교가 설립되었다.

> 학도야 학도야
> 저기 청산 바라보게.
> 고목은 썩어지고
> 영목은 소생하네.

이 학교의 교가 삼아 지은 이 창가는, 삽시간에 권학가로 온 조선에 퍼졌다.

청산학교 창립의 뒤를 이어, 벌써 평양에 몇 군데 생긴 예배당에 부속 소학교가 설립되었다.

그 곧 뒤를 이어서 진명여학교라 하는 여자 교육의 소학교까지 설립이 되었다.

진명학교는 설립되면서 어느덧 평양 시민에게 '기생학교'라는 부름을 들었다. 장래의 기생을 만들어낸다는 뜻이 아니었다. 현재 재학생 중에 기생이 많다는 뜻도 아니었다. 아직도 옛 사상에서 벗어나지 못한 평양 시민들은 자기네의 딸을 학교에 보내기를 꺼린 것이었다. 더욱이 그때의 학령學齡이라는 것은 열 살 이상 열다섯 내지 열일고여덟이었으매 그런 과년한 딸을 백주에 길에 내놓으며 더욱이 새파란 남자 선생한테 글을 배운다든가 하는 일은 가문을 더럽히는 일이며, 잘못하다가는 딸에게 학문을 가르치려다가 다른 일을 가르치게 될 것을 염려하여 진명여학교의 설립을 무시해버렸다.

그 대신 '내외'를 그다시 엄히 지킬 필요를 느끼지 않는 기생의 딸 혹은 소실의 딸들이 이 학교에 모여들었다. 이렇게 되었기 때문에 더욱이 염집의 딸들은 이 학교를 천시하고, 드디어 그 칭호까지도 진명학교라 부르지 않고 기생학교라 부르게까지 된 것이다.

연실이는 진명학교가 창립된 지 석 달 만에 이 학교에 입학하였다.

연실이가 이 학교에 입학한 것은 단지 소실의 딸이라는 자유로운 신분 때문만이 아니었다.

첫째로는 신학문의 취미를 보았기 때문이었다. 물론 기역 니은은 언제 배웠는지 모르는 틈에 배웠지만, 그 밖에 무엇보다도 연실이에게 호기심을 일으키게 한 것은 산술이었다. 그 전해에 소학교에 입학한 오라비동생의 학과 복습을 보살펴주다가 저절로 아라비아 숫자를 알게 되고 알게 되면서 어느덧 오라비보다 앞서게 되어, 오라비는 학교에서 가감을 배우는 동안 연실이는 승승乘과 제除도 넘어서서 분수分數까지 올라가게나 되었다. 이것이 그로 하여금 신학문에 취미를 갖게 한 첫째 원인이었다.

둘째로 그가 학교에 가고 싶게 된 동기는 그의 가정 사정이었다.

연실이의 아버지가 과거의 영문 이속이라 하나 다른 이속들보다 지체가 훨씬 떨어졌다. 다른 이속들은 대대로 이속 집안이든가 혹은 서북 선비의 집안 후손으로, 여러 대째 내려오는 근본 있는 집안이었지만, 연실이의 아버지는 그렇지 못하였다. 연실이의 할아버지는 군정軍丁이었다. 군정 노릇을 하며 상관의 비위를 맞추어서 돈냥이나 장만하였다.

그 장만한 돈으로 아들을 위하여 영리의 자리를 사주었다. 얼마 전만 하여도 군정의 자식이 아무리 돈이란들 영리 자리를 살 수 있으랴만 그때 마침 유명한 M감사가 평안감사로 내려온 때라, M감사에게 돈만 바치면 아무것이라도 할 수 있는 시대였더니만치, 감히 바라도 보지 못할 자리를 점령한 것이었다.

목적은 치부에 있었다. 몇 해 잘 어름거려서 호방戶房 자리만 하나 얻으면 몇 십만 냥을 모으기는 여반장인 시대라 호방을 목표로 영리의 자리를 샀었다. 그런데 불행히도 김영찰이 호방에 오르기 전에 일청전쟁이 일어나고, 일청전쟁의 뒤에는 관제 변혁으로 김영찰 평생의 꿈이 헛데로 돌아갔다.

이렇게 되매 김영찰의 입장은 딱하게 되었다. 평양에서는 그래도 지벌[2]을 자랑하는 가문에서는 김영찰을 군정의 자식이라 하여 천시하였다. 그러나 김영찰로 보자면 자기의 아버지는 여하튼 간에 자기는 관속이었더니만치 아버지 시대의 동료들과는 사귀기를 피하였다. 개밥의 도토리와 같이 비어져 나왔다.
　만약 이런 때에 김영찰로서 조금만 눈을 넓게 뜨고 보았더라면, 자기의 장래를 상로商路든가 혹은 다른 방면에서 발견하였을 것이다. 그러나 그의 선조 대대로 군정 노릇을 하였고 그 자신은 관리로까지 출세를 하였다가 관리로서 충분히 자리도 잡아보기 전에 다시 앞길을 잃어버린 사람이라, 관료적 심정과 권력에 대한 동경심이 마음에 불타 올라서 다른 방면을 돌볼 여유가 없었다. 여기서 김영찰은 새로운 정세 아래서의 관리 자리를 얻어보려고 동분서주하였다.
　이런 계급과 이런 사상의 사람의 예상사로 김영찰은 첩살림을 하였다. 더욱이 몇 해 전만 하여도 기생들은 김영찰을 영문 이속이라 차마 괄시는 못하였지만 지체 있는 기생들은 김영찰을 군정의 자식이라 하여 속으로 멸시를 하였는데, 이즈음은 그런 관념이 타파된 위에 기생으로 볼지라도 예전과 달라 행랑집 딸, 술집 계집애들이 〈수심가〉깨나 하게 되면 함부로 기생이 되어, 기생의 지위가 떨어졌기 때문에 누구를 괄시하든가 할 수는 없이 되어, 김영찰 같은 사람은 이런 사회에서,
　"어이, 내가 M판서 대감이 평안감사로 내려오셨을 적에⋯⋯ 어머⋯⋯."
　하며 호기를 뽑을 수 있는 고귀한 손님쯤으로 되어서, 화류계의

중심 인물쯤 되었다.

이런 가장에게 매달린 그의 가정은 냉락한 가정이었다.

이 가정 안에서 연실이를 사랑할 수 있고 또한 사랑할 의무를 가진 사람은 오직 그의 아버지뿐이어늘 아버지라는 사람이 집에 들어오는 일조차 쉽지 않으니 연실이는 사랑을 받지 못하고 자랄 수밖에 없었다.

연실이의 적모(민적상으로는 생모)는 군정의 며느리로 온 사람이니만치 교양 없이 길러난 사람이었다. 그런 사람이 시집을 왔으면 남편에게라도 교양을 받았어야 할 것인데 남편 역시 그렇고 그런 사람이라, 아내를 가르친다든가 할 만한 사람이 못 되었다.

군정의 며느리로 시집온 것이 운수 좋아서 영찰의 아내가 되었다고 교앙만 잔뜩 가지게 된 사람이었다. 이런 사람의 특색으로 자기의 과거는 생각지 않고 남을 수모하기는 여지없는 종류의 사람이었다.

사사에 연실이를 꾸짖었다. 잘못한 일은 둘째 두고 잘한 일이라도 꾸짖었다. 꾸짖는 때는 반드시,

"제 에미 년을 닮아서."

"쌍것의 새끼는 할 수 없어."

하는 말 끼우기를 잊지 않았다.

자기의 소생 자식들을 책망할 때도,

"쌍것의 새끼하구 늘 놀아서 그 꼴이란 말이냐?"

고 연실이를 끌어댔다.

이런 어머니의 교육 아래서 자라는 연실이의 이복동생(사내 둘과 계집애 하나)들이라, 동생들이 제 누나 혹은 언니에게 대해서 처하는

태도도 자기네는 양반이요 연실이는 상것이라는 관념 아래서 출발한 것이었다.

이런 가정 안에서 이런 환경 아래서 자라나는 연실이는, 어린 마음에도 온갖 사물에 대한 반항심만 성장되었다.

아무 애정도 가질 수 없는 아버지는 단지 무시무시한 존재일 뿐이었다. 게다가 적모에게 흔히 듣는 바 '그 낯살에 계집이라면 정신을 못 차리는 더러운 녀석' 일 뿐이었다.

적모며 적모 소생의 이복동생들에게 대해서 애정이나 존경심을 못 갖는 것은 거듭 말할 필요도 없었다.

그뿐 아니라, 자기가 갓 났을 때 저세상으로 간 자기의 생모에게조차 호의를 가질 수가 없었다. 이런 환경의 소녀로서 가슴에 원한이 사무칠 때마다 생각나는 것은 자기의 생모이겠거늘, 표독하게도 비꼬여진 연실이의 마음은,

'왜 그것이 화냥질을 해서 나까지 이 수모를 받게 하는가.'

하는 원망이 앞서서, 도저히 호의를 가질 수가 없었다. 부계로 보아 양반(?)의 자식이라는 자긍심을 가지고 싶은데 그것을 방해하는 모계가 저주하고 싶었다.

이렇게 가정적으로 정 가는 데도 없고 사랑 붙일 데도 없는 연실이는 어떤 날 자기 이모(노기老妓)의 집에 놀러 갔다가 진명학교라는 계집애 학교가 있단 소식을 듣고, 열 살 난 소녀로서 부모의 승낙도 없이 입학 수속을 해버린 것이다. 물론 부모에게 알리면 한번 단단한 경을 칠 줄은 번히 알았지만, 경에 단련된 연실이는 그것이 그다지 무섭지도 않았거니와 두고두고 그 집에 박혀 있느니보다는 한번 경을 치고라도 학교에 다닐 수만 있었으면 다행이었다.

그랬는데 요행히도,

"제 에미를 닮아서 간도 큰 계집애로군. 사내로 태어났드믄 역적 도모 하겠네."

하는 독 있는 욕을 먹은 뒤에 비교적 순순히 승낙이 되었다. 아마 어머니로서도, 집안에서 만날 보기 싫은 상년을 보느니보다는 낮만이라도 학교로 정배를 보내는 것이 속이 시원하였던 모양이었다.

그러나 진명여학교도 창립한 다음다음 해에는 도로 문을 닫혀버리지 않을 수가 없게 되었다.

그 학교의 창립자는 당시 이름 높던 청년 지사였다. 그 창립자가 바야흐로 개화의 물결에 타고 오르려는 서북 조선 각 지방을 돌아다니면서 유세하여 구하여 들인 기금이 차차 학교 경영의 기초를 든든히 할 가망이 보였으나 사위 사정의 급변화는 이 청년 지사로 하여금 자기의 사업에 정진하지 못하게 하여, 그는 자기의 나고 자라고 한 땅을 등지고 멀리 해외로 망명을 하였다.

그가 외국으로 달아날 때에 고국에 남기고 간 '간다 간다 나는 간다. 너를 두고 나는 간다' 의 노래가 온 조선 방방곡곡에 퍼지게 된 때쯤은, 진명여학교는 창립자의 후계자인 어떤 여사가 애써 유지해 보려고 노력하였음에도 불구하고 드디어 문을 닫지 않을 수가 없게 되었다.

이리하여 쓸쓸한 가정에서 한때 자유로운 학원에 몸을 피하였던 연실이는 다시 가정에 들어박히지 않을 수가 없게 되었다.

그때 연실이는 열두 살이었다.

2

　단 2년의 진명학교 생활은 결코 기다란 세월이랄 수는 없다. 그러나 이 2년이라는 날짜가 연실이에게 일으킨 변화는 적지 않았다.
　학교에서 배운 바의 지식이라는 것은 보잘것없었다. 『회도몽학繪圖蒙學』을 제2권까지 떼어서 쉬운 한문 글자를 배우고, 산술은 일찍이 집에서 자습한 분수에까지 다시 이르고, 지금껏 뜻은 모르고,
　"당기위구 삼천리에 도엽지로세."
　하며 부르던 노래가 사실은,
　"단기위고 삼천년의 도읍지로세."
　하는 것으로 단군, 기자, 위만, 고구려의 3,000년간의 도읍지라는 〈평양가〉의 일절이라는 것을 알고,
　"지금까지는 우리 조선에서는 여자라는 것은 노예로 알았거니와 결코 그렇지 않습니다. 개명한 세상에서는 여자도 사회에 나서서 일해야 됩니다. 그러기 위해서는 교육을 받아야 합니다."
　고 사자후하던 진명학교 창립 선생의 말로써 노예(뜻은 모른다)이던 여자가 교육받게 된 것이라는 것을 알고…… 등등, 학교에서 직접 얻은 지식보다도 그의 학교 생활 때문에 생겨난 성격의 변화와 인식의 변화가 더욱 컸다. 규칙 없이 순서 없이 너무도 급급히 수입한 자유사상 아래서 교육받으며 진명학교 학우들 틈에서 자라는 2년간에 연실이의 마음에 가장 커다랗게 돋아난 싹은 반항심이었다. 학우들이 대개가 기생의 자식이라 가정적 훈련과 교육을 받지 못하고 자유로이 자라난 이 처녀들은 부모를 고마워할 줄을 모르고 부모를 공경할 줄을 몰랐다. 이 처녀들의 어머니가 자기네의 집안에서 하는 행동하며 말이며 버릇은 결코 자식에게 존경을 받을 만한

바가 못 되었다. 이런 가정 아래서 부모를 공경할 의무를 모르고 자란 이 처녀들은, 따라서 부모(부모라기보다 아비는 없고 어미만이 대개였다)를 무서워할 줄을 몰랐다.

어려서부터 부모 사랑은 몰랐지만 부모 무서운 줄은 알면서 자란 연실이에게 그것은 처음은 의외였다. 그러나 2년간을 그 처녀들과 함께 지내며 가정이 재미없으니만치 하학한 뒤에도 동무들의 집에 놀러 가서 온 낮을 보내고 하는 동안 어느 틈에 언제 배웠는지는 모르지만 연실이도 부모에 대한 공포심을 잃고 그 대신 경멸심을 배웠다.

관념과 인식상의 이런 변화가 드디어 행동으로 나타나는 날이 이르렀다.

한 2년간 학교에 다닐 동안 연실이는 어머니와 얼굴을 대할 기회가 몇 번 되지 못하였다. 그전만 같으면 얼굴 보이기만 하면 무슨 트집으로든 반드시 꾸중을 하고 하였는데 한 2년간을 학교에 다니면서 밤 이외에는 거진 집에 있을 기회가 없었던 연실이는 따라서 어머니에게 꾸중 들을 기회도 없었다. 2년 동안을 꾸중 안 듣고 지내서 열두 살이라는 나이가 되니, (아직 줄곧 대놓고 꾸중을 하면서 지내왔으면 그러하지도 않았겠지만) 어머니도 인제는 꾸중만 하기가 좀 안 되었던지, 전보다 꾸중의 도수가 적어졌다. 단지 서로 차디찬 눈으로 대하고 하는 뿐이었다.

그런데 어떤 날(그것은 연실이가 학교를 그만둔 지 만 1년쯤 뒤였다) 연실이는 학교 때 동무이던 어떤 계집애의 집에 놀러 갔다가 그곳에서 불쾌한 일을 보았다. 불쾌한 일이라야 계집애들 특유의 일종의 시기일 따름이었다. 그때 마침 그 동무 계집애는 자기의 동무와 무슨 이야기를 하다가 연실이가 오는 것을 보고 입을 비죽거리며 이야기를 멈추어버렸다.

이 기수를 챈 연실이는 불쾌한 낯색으로 한참을 앉아 있다가 드디어 제 동무에게 따져보았다. 따지다가 종내 충돌되었다. 이 엠나이 저 엠나이 하면서 맞잡고 싸우기까지 하였다. 그리고 잔뜩 독이 올라서 제 집으로 돌아왔다.

그날이 마침 연실이의 집의 청결날이었다. 머리에 수건을 동이고 청결을 보살피고 있던 어머니가 연실이 돌아오는 것을 보고 핀잔 주었다.

"넌 옛날 같으문 시집가게 된 년이 밤낮 어델 떠돌아다니니. 이런 날은 좀 집에 붙어서 일이나 하디. 대테 어데 갔댔니?"

여느 때 같으면 이런 꾸중이 있을지라도 연실이는 못 들은 체하고 방으로 들어가버릴 것이다. 그러나 이날은 독이 오를 대로 올라서 집에 들어선 참이라, 어머니에게 대꾸를 하였다.

"그러기에 일즉 왔디요."

독 있는 눈초리와 독 있는 말투였다. 어머니가 벌꺽 성을 냈다.

"요놈의 엠나이, 말대답질?"

"물어보는 거 대답 안 할까."

흥 한번 코웃음 치고 연실이는 방 안으로 들어가려 하였다. 그러나 그 순간 연실이의 꼬리는 어머니에게 붙잡혔다. 동시에 주먹이 한번 그의 머리 위에 내렸다.

눈에서 푸른 불길이 이는 것 같은 느낌을 느끼면서 연실이는 핵 돌아서서 어머니를 쳐다보았다. 눈물 한 방울 안 고였다. 단지 서리가 돋칠 듯 매서운 눈이었다.

"요년, 그래 터다보문 어떡할 테가?"
"죽이소 죽에요. 여러 번에 맞아 죽느니 오늘루 죽이라우요."
"못 죽이랴."
또 내리는 주먹 아래서 연실이는 어머니의 치마를 잡고 늘어졌다. 주먹, 발길, 수없이 그의 몸에 내리는 것을 감각하였지만 악이 받친 그는 죽에라 죽에라 소리만 연하여 하며 치맛자락에서 떨어지지 않기만 위주하였다.
한참을 두들겨 맞았다. 매섭게 독이 오른 이 계집애는 사실 생사를 가릴 수 없도록 광란 상태에 빠진 것을 알고 어머니가 먼저 무섬증이 생긴 모양이었다.
"놓아라."
치맛자락을 놓으라는 뜻이었다. 뿌리치기도 하였다. 그러나 연실이는 더 매섭게 매달렸다.
"죽에라. 죽기 전엔 못 놓겠구나."
"놓아라."
"내가 도죽질을 했나 홰냥질을 했나? 무슨 죄루 매맞아 죽노."
외누다리를 하면서, 치마에 늘어져서 몸부림치기를 한참을 한 뒤에야, 연실이는 치맛자락을 놓아주었다.
"독하구 매서운 년두 있다."
딸의 악에 얼혼³⁾이 난 어머니는 치마를 놓이면서 저리로 피해버렸다.
연실이도 일어났다. 대성통곡을 하면서 자기의 집을 나왔다.
그러나 길모퉁이를 돌아서서 통곡 소리가 집에 안 들리게쯤 되어서는 울음을 뚝 끊어버렸다. 그런 뒤에는 저고리 고름을 들어서 눈물을 닦고 얼굴에 얼룩진 것을 짐작으로 지우고, 지금껏 울던 태를 깨끗이 씻어버리고 총총걸음으로 그곳에서 발을 뗐다. 향하는 곳은 연실이의 아버지가 첩살림을 하고 있는 집이었다.

연실이는 그 집까지 이르러서 대문 밖에서도 찾지 않고 방문 밖에서도 찾지 않고 큰방으로 덥석 들어갔다. 아버지의 목소리가 들리므로 집에 있는 줄은 문밖에서부터 알았다.

말없이 윗목에 들어와 도사리고 앉은 딸을 김영찰은 첩의 무릎을 베고 누웠다가 머리만 좀 들며 바라보았다.

"너 뭘 하려 왔니?"

여전한 뚝하고[4] 뭉퉁한 소리였다.

"아이구, 너 어떻게 오니?"

그래도 첩은 다정한 티를 보이며 절반만치 몸을 일으키며 김영찰에게는 퇴침을 밀어주었다.

드디어 폭발되었다. 연실이는 왕하니 울기 시작하였다. 아까는 악에 받친 울음이었거니와 이번은 진정한 설움이었다.

"울기는 왜? 왜 울어?"

"쫓겨났어요."

울음 가운데서 연실이는 거짓말을 하였다.

"쫓겨나긴. 민한 소리 말구 집에 가기나 해라."

그러나 연실이는 울음을 멈추지도 않고 더 서러운 소리를 높였다.

쫓겨난 것이 아니라, 단지 어린 가슴이 너무도 아파서 육친인 아버지라도 보고 싶어서 온 것이었다. 다정한 말까지도 바라지 않는다. 그러나 아버지의 눈자위에 나타난 귀찮은 표정은 이런 방면에 몹시도 예민한 연실이에게는 더할 나위 없이 서러웠다. 하다못해 불쌍하다는 표정만이라도 왜 지어줄 줄을 모르는가.

"애기 너 점심 먹었니? 국수 시켜다 줄게 먹을래? 울디 말아. 미워서 내쫓으시겠니? 자, 국수 시켜다 줄게 먹어라."

그러나 연실이는 완강히 머리를 가로저었다.

그날 밤 연실이는 아버지의 작은댁에서 묵었다. 아버지는 가라고 몇 번을 고함질쳤지만 연실이도 일어나지 않았거니와 작은댁도 일껏 아버지를 찾아왔으니 하룻밤 자고 내일 아침 어머님의 노염이 삭은 뒤에 돌아가라고 말렸다.

그날 밤 연실이는 몹시 불쾌한 일을 보았다. 인생의 가장 추악한 한 변을 본 것이었다.

"곤할 텐데 일찍 자거라."

저녁 뒤에 아버지는 이렇게 호령하여 윗목에 자리를 깔고 자게 하였다. 건넌방에는 첩 장인의 내외가 있는 것이다.

연실이는 자리에 들어갔으나 오늘 낮에 겪은 가지가지의 일이 머리에 왕래하여 좀체 잠이 들 수 없었다.

아버지는 딸을 재운 뒤에 소실에게 술상을 불렀다. 그리고 한참을 술을 대작하였다.

그 뒤부터 추악한 장면은 전개되었었다. 이부자리를 펴고도 그 속엔 들지도 않고 불도 끄지 않고 이 벌거숭이의 중년 사나이와 젊은 애첩은 온갖 추태를 다 연출하였다.

"김동아, 아가, 무얼 주련?"

"나 보○."

"너의 본댁으로 가려무나."

"늙은 건 싫어."

여느 때는 제법 점잔을 뽑는 중늙은이가 어린 첩에게 어리광을 부리며 엎치락뒤치락하는 그 꼬락서니는 정시하지 못할 일이었다.

기생의 딸 가운데 동무를 많이 갖고 있고, 그새 3년간을 거진 동무들의 집에서 세월을 보낸 연실이는 성에 대해서도 약간의 이해를 갖고 있는 계집애였다. 자기의 아버지와 그의 젊은 첩이 지금 노는 노릇이 무엇인지도 짐작이 넉넉히 갔다.

연실이는 이불 속에서 스스로 얼굴이 주홍빛으로 물들어 오르는 것을 알 수가 있었다. '낫살이나 든 것이 계집을 보면' 운운하던 적모의 말은 자기의 체험에서 나온 것인지 추측해서 나온 것인지는 알 수 없지만, 아버지가 여인에 대해서 하는 행동은, 제삼자도 얼굴 붉히지 않고는 볼 수가 없는 것이었다.

아버지는 벌써 딸이 잠든 줄 알고 하는 노릇인지는 알 수 없지만, 잠들고 안 들고 간에 자기의 딸을 윗목에 누이고 이런 행동이 취하여질까. 이 천박한 꼴을 무가내하[5] 잠든 체하고 보고 있어야 할 연실이는 어린 마음에도 이 세상이 저주스러웠다. 동무네 집에서 간간 볼 수 있는 바, 동무의 형 혹은 어머니 되는 기생들이 주정꾼이며 오입쟁이들을 상대로 하여 노는 꼴도 아버지와 작은집이 노는 꼴에 비기건대 훨씬 점잖은 편이었다. 설사 무인고도에서 자기네끼리만 놀아난다 해도 자기네 스스로가 부끄러워서 어찌 이다지야 숭하게 굴까.

얼굴이 모닥불을 놓는 것같이 달고 뜨거웠다. 숨을 죽이고 귀를 막았다.

이튿날 새벽 겨우 동틀 녘쯤, 아버지가 소실을 품고 곤히 잠든 때에 연실이는 몰래 그 집을 빠져나왔다. 눈물이 좍좍 그의 눈에서 흘렀다.

3

그로부터 연실이의 심경은 현저히 변했다.
　연실이는 본집으로 돌아왔다. 어머니에게서 무슨 벼락이 또 내리지 않을까 근심도 되었지만 어머니는 연실이의 악에 진저리가 났던지 들어오는 것을 본체만체하였다.
　"천하 맞세지 못할 년."
　그 뒤에도 연실이의 잘못하는 일이 있을 때마다 욕을 하려다가는 스스로 움츠러들고 하는 것을 보면 치맛자락 놀음에 적지 않게 진저리가 난 모양이었다. 이전에는 끼니때에는 어머니와 동생들과 함께 큰방에서 먹었지만 그 일 뒤부터는 막간(행랑) 사람을 시켜서 상을 연실이의 방으로 들여보내고 하였다.
　큰방에서 어머니가 친자식들을 데리고 재미나게 지내는 모양을 보면 당연히 연실이는 부럽기도 할 것이고 어머니 생각도 날 것이로되, 연실이는 어떻게 된 성격의 소녀인지 그런 감상이 일어나는 일이 없었다. 단지 자기와 동갑 되는 커다란 아들을 어린애나 같이 등을 두드리고 머리를 쓸어주는 어머니를 볼 때마다 두드리는 어른이나 두들리는 아이나 다 철부지라 보고 멸시하였다.
　천하만사에 정 가는 곳이 없고 정 붙일 사람이 없는 이 소녀는 혼자서 자기에게 향하여 악을 부리고 자기의 마음을 스스로 학대하며 그날그날을 보냈다. 현실에 대하여 너무도 많은 문제를 가지고 있는 이 소녀는, 이만한 낯살의 소녀가 가질 만한 공상이라는 것도 모르고 지냈다. 장차 어찌 될까 하는 근심이든가 장차 어떻게 하여야 겠다는 목적 등은 전혀 없는 세월을 보내고 있었다.

이 연실이가 자기의 생애의 국면을 타개해보려고 마음먹게 된 것은 진실로 단순한 기회에서였다.

그의 진명학교 때의 동창생 한 사람이 동경으로 유학을 갔다. 때는 바야흐로 일한합병의 직후로서 동경으로 동경으로 유학의 길을 떠나는 청소년이 급격히 는 시절에, 연실이와는 진명학교 때의 동창이던 최명애라는 처녀(연실이보다 3년 위였다)가 동경으로 공부하러 떠났다.

이 우연한 뉴스 한 개에 연실이의 마음도 적지 않게 동하였다.

'동경 유학.'

이 아름다운 칭호에 욕심난 것이 아니었다. 여자로 태어났으면 시집갈 때까지 부득이 친정에 있어야 한다는 막연한 생각으로 집에 그냥 박혀 있던 연실이었다. 결코 집이 그립든가 다른 데 가는 것이 무서워서 가만있은 것이 아니다. 있어야 하는 것으로 알고 있던 것이었다. 그런데 자기의 동창 한 사람이 여자의 몸으로 유학을 떠난다 하는 뉴스에 연실이의 마음도 적잖게 흔들렸다.

'나도 동경 유학을 가리라.'

돈? 앞서는 것은 돈이로되 연실이에게는 돈은 전혀 문제가 아니었다. 자기 생모의 유물로서 금패와 금비녀와 금가락지가 합하여 넉 냥쭝 남짓이 있다. 200환은 될 게다. 게다가 여차하는 날에는 적모의 금붙이도 허수로이 두었으니 도리가 있을 것이다. 그러나 그보다도 더 간단하고 편한 길이 또 있었다. 그의 적모는 지아버지 몰래 돈을 놀리는 것이 있다. 이것이 들고 나고 하여 어떤 때는 사오십

환에서 수백 환, 때때로는 일이천 원의 돈까지 집에 있을 때가 있다. 드나드는 거간의 눈치만 잘 보면 그 기회도 놓치지 않을 것이고, 그것을 손댈 수만 있다면 그 돈은 지아버지 몰래 놀리는 돈이니만치, 속으로 배는 앓아도 내놓고 문제 삼지는 못할 것이다. 서서히 기다리며 이런 좋은 기회를 붙들자면, 수년간의 학비를 한꺼번에 마련할 기회도 생기게 될 것이다.

문제는 어학이었다. 당시에 있어서 일본말이라 하면 '하타라 마타라'니 '하소대시카라' 쯤밖에는 알지 못하는 연실이었다. 이렁저렁 '가나' 50음은 저절로 배워서 '김연실'을 'キムヨンシル'이라고쯤은 쓸 줄을 알았으나 일본음으로 자기 이름조차 알지 못하는 정도였다.

이런 생매기로 '하타라 마타라' 하는 사람들만이 사는 동경 바닥에 들어서서 더구나 '하타라 마타라'로 공부를 하여야겠으니 적어도 여기서 쉬운 말쯤은 배워가지고 가야 할 것이었다.

물론 부모에게 알릴 일이 아니었다. 절대 비밀히 하지 않으면 안 될 것이었다.

그러기 위해서는 연실이의 현재 입장은 비교적 자유로웠다. 아버지가 그런 사람이요 어머니는 치맛자락 사건 이래로는 일체로 연실이와 맞서기를 피해오는지라, 연실이가 나가건 들어오건 간섭하는 사람이 없었다. 그럴 만한 선생과 그럴듯한 장소만 구하면 일부러 집안에 알리기 전에는 자연히 비밀하게 일이 될 것이었다.

화류계에 동무를 많이 가지고 있는 연실이는 선생을 구하는 데도 비교적 힘들이지 않고 성공하였다.

이리하여 그가 열다섯 살 나는 봄부터 어학 공부를 시작하였다.

선생이라는 사람은 연실이의 동무의 동무(기생)의 오라버니로서 토지 세부 측량이 한창인 시절에 측량기사로 돌아먹던 사람이었다. 배우는 장소는 그 선생의 누이의 집 한 방이었다. 선생의 나이는 스물다섯.

4

아직 피지 못하여 얼굴은 깜티티하고 어깨와 엉덩이가 아직 발달되지 못하여 각진 때가 좀 과히 보이기는 하나 열다섯 살의 연실이는 벌써 처녀로서의 자질이 잡혀갔다.

그러나 아직 '여인'으로서는 아주 무지한 편이었다. 그의 생장한 환경이 환경인지라 남녀가 관계한다 하는 것은 어떤 일을 하는 것이며 어떤 것이라는 것을 (모양으로는) 알았지만 의의는 전혀 모르는 '계집애'였다. 사내와 계집은 그런 노릇을 하는 것이거니 이만치 알았지, 어떤 특정한 사내와 특정한 여인이라야 그런 노릇을 하는 것이라는 점이며, 그런 노릇에 대한 의의는 전혀 몰랐다. 말하자면 보통 다른 소녀들이 그 방면에 관해서 가지는 지식의 행로와 꼭 반대로, 도달점의 형식을 미리 알고, 그 도달점까지 이르려면 부끄럼, 사랑, 긴장, 환희 등등의 노순路順을 밟아야 한다는 것을 모르는 소녀였다.

그런지라 그만한 낯살의 다른 소녀 같으면 단 혼자서 젊은 남선생과 대한다는 점에 주저도 할 것이고 흥미도 느낄 것이고 호기심도 가질 것이지만 연실이는 아무런 별다른 생각도 없이 단지 한 개 제자가 선생을 대하는 마음으로 공부하러 다녔다.

"아이우에오 가기구게고 다디두데도……."

썩 후에 동무들에게,

"나는 다, 디, 두, 데, 도라고 배웠소. 하나, 둘을 히도두, 후다두 하고 배웠어요. 하하하하."

하고 웃고 하던 어학 공부는 이리하여 시작이 되었다.

"ガ ギ グ ゲ ゴ."

"ダ ゲ ジ デ ド."

는,

"웅아, 웅이, 웅우, 웅에, 웅오."

"타, 티, 투, 테, 토."

였다.

"두마라나이 모노테수 웅아 토조."

"웅악코오니 이기마수."

"웅아구오(ガクコウ)라고 쓰고 웅악코오라고 읽는 법이어……."

이런 선생 아래서 연실이는 조반을 먹고는 선생의 집을 찾아가고 하였다. 늦으면 저녁때까지도 그 집에서 놀다 배우다 또 놀다 또 배우다 하고 하였다.

5

3월부터 어학공부를 시작한 연실이는 5월쯤은 제법 히라가나로 적은 『심상소학독본』 3권쯤은 읽을 수 있도록 진전되었다. 비교적 기억력이 좋은 연실이요, 그 위에 어서 배워야겠다는 독이 있으니 만치 어학력이 놀랍게 진전되었다. 3권쯤부터는 선생이 벌써 알지 못하여 쩔쩔매는 데가 많이 있었지만 어떤 때는 선생보다 연실이가 뜻을 먼저 알아내고 하였다.

그 어떤 날이었다.

본시의 빛깔도 깜티티하거니와 아직 피지 않았기 때문에 깜티티한 위에 윤택까지 있고 봄을 타기 때문에 더욱 반질하게 검게 된 얼굴을 선생의 가슴 앞에 들이밀고 앞뒤로 저으면서 독본을 읽고 있던 연실이는 문득 선생의 숨소리가 괴상해가는 것을 들었다.

연실이는 눈을 들어 선생의 얼굴을 쳐다보았다. 아까도 선생이 술 먹은 줄은 몰랐는데 지금 그의 눈은 시뻘겋게 충혈되어 있었다.

이 점을 연실이가 이상하게 생각하는 순간에, 선생의 얼굴에는 싱거운 미소가 나타나며 팔을 펴서 연실이의 어깨를 끌었다.

연실이는 선생이 요구하는 것이 무엇인지를 순간에 직각하였다. 끄는 대로 끌렸다.

그날 당한 일이 연실이에게는 정신상으로 아무런 충동도 주지 못하였다. 그것은 연실이가 막연히 아는 바 사내와 여인이 하는 노릇으로, 선생은 사내요 자기는 여인이니 당하게 되면 당하는 것이 당연한 일쯤으로 여겼다.

그때 연실이가 좀 발버둥이를 치며 반항을 한 것은 오로지 육체적으로 고통을 느꼈기 때문이었다. 이런 고통을 받으면서 그 노릇을 하는 것이 여인의 의무라 하는 점이 괴로웠다.

곧 다시 일어나서 아까 하던 공부를 계속하고 있는 양을 사내는 누워서 번번이 바라보고 있었다.

좀 있다가 동무의 동무(이 집 주인 기생)의 방에 건너가서 체경을 보고 그는 비로소 약간 불쾌를 느꼈다. 아침에 물칠하여 곱게 땋아 늘였던 머리의 뒷덜미가 엉켜진 것이었다.

이 사건에 아무런 흥미나 혹은 부끄러움을 느끼지 않은 연실이는 이튿날도 여전히 공부하러 사내를 찾아갔다. 그날 또 사내가 끌어당길 때에 문득 어제 머리 엉켜졌던 것이 생각이 나서,

"가만, 베개 내려다 베구요."

하고 베개를 내려왔다.

그 뒤부터 사내는 생각이 나면 베개를 내려오라고 하고 하였다. 정 귀찮은 때가 아니면 연실이는 대개 베개를 내려왔다. 공부에 피곤하여 좀 쉬고 싶은 때는 스스로 베개를 내려오는 때도 있었다.

그러나 이것은 단지 사내와 여인이 때때로 하는 일이거니쯤으로밖에 여기지 않는 연실이는 염증도 나지 않는 대신 감흥도 얻을 수가 없었다. 처음에 느낀 바 육체적 고통이 덜하게 되었으므로, 직전에 느끼는 공포의 긴장이 덜하게 된 뿐이었다.

연실이에게 말하라면, 사람이 대소변을 보는 것은 저마다 하는 일이지만 남에게 보이기는 부끄러워하는 것과 마찬가지로, 이 일은 좀더 대소변보다도 비밀히 해야 하는 일이지만 저마다 하는 일쯤으로 여겼다. 남에게 보이고 더욱이 언젠가 제 아버지와 소실이 하던 꼴대로 추잡히 노는 것은 더러운 일이지만, 비밀히 하는 것은 대소변쯤으로밖에는 보이지 않았다.

연실이는 연하여 그 선생에게 다녔다. 인제는 더 가르칠 만한 것이 그 선생에게는 없었지만 습관적으로 그냥 다닌 것이었다. 선생은 베개를 내려놓으라는 맛에 그냥 받았다.

그냥 어학을 배우는 한편으로 집에서는 돈 거간의 출입에 늘 주의를 가하고 있던 연실이는, 그해 가을 어떤 날 적지 않은 돈이 어머니의 손으로 들어온 것을 기수챘다.

옷이며 짐은 언제라도 떠날 수 있도록 준비해두었던 연실이는 그

날 밤, 큰방에 들어가서 어름어름하다가 어머니가 변소에 간 틈에 농문 안에 허수로이 둔 돈뭉치를 꺼내어 방망이질하는 가슴을 부둥켜안고 자기 방으로 건너와서, 저녁에 몰래 준비했던 작다란 가방을 보자기에 싸가지고 발소리를 감추어가지고 집을 빠져나왔다.

한 시간쯤 뒤에는 부산으로 가는 직행열차에 연실이의 작다란 몸이 실려 있었다.

아무 애수도 느끼지 않았다. 가정에 대하여 아무 애착도 없던 그는 집을 떠나는 것이 서럽지도 않았으며, 어려서부터 남을 의뢰하는 습관이 없이 자란 그는 낯설고 말 서투른 새 땅에 가는 데에도 일호의 두려움도 느끼지 않았다. 선천적으로 그런 성격이었는지 혹은 그의 환경이 그를 그렇게 만들었는지는 모르지만, 인간만사에 감동과 흥분을 느낄 줄 모르는 연실이는 아무 별다른 감상도 없이 평양 정거장을 떠난 것이었다.

'혹은 이것이 영결일지도 모르겠다.'

가정에 대하여 애착이 없고 장차 사오 년은 넉넉히 지낼 여비를 몸에 지닌 그는, 이번 떠나면 장차 영구히 이 땅에는 다시 올 기회가 없는 듯싶어서 도리어 내심 시원하였을 뿐이었다.

6

"아이구, 퍽 곤하겠구나."

미리 편지도 하였고 하관(연실이는 하관(下關)을 가간(かかん)으로 알았다)에서 전보도 쳐서 알렸던 최명애가 신바시(新橋) 정거장까지 나와서 연실이를 맞아주었다.

연실이는 단지 싱그레 웃었다. 사실 아무런 감상도 없었다. 올 데까지 왔다 하는 생각만이었다. 공상 혹은 상상이라는 세계를 가져 보지 못하고 지금까지 자란 연실이는 현실에 직면하여서야 비로소 현실을 인식하는 사람이지 미리 어떨까 생각해보지도 않는 사람이었다. 동경도 단지 가정에 있기가 싫어서 온 것이지 무슨 큰 희망이 있어서 온 바가 아니라 따라서 동경이 어떤 곳인가 하는 호기심도 없이 덜컥 온 것이었다.

최명애의 인도로 우선 명애의 하숙하고 있는 집에 들었다. 그리고 동경 도착한 지 수일간은 최명애의 앞잡이로 동경 구경도 하며 일변 화복和服[6]도 지으며 장래 방침 토론도 하며 이렇게 보냈다. 그 결과로서 연실이는 금년 겨울은 어학을 더 준비해가지고 명년 새학기에 어느 여학교에 입학을 하기로 대략 결정하였다. 어학을 연습하기에는 마침 명애가 들어 있는 하숙이 예전 사족士族 집 과수 노파 단 혼자의 집이라, 주인 노파를 상대로 연습하기로 하였다.

이해 겨울 연실이는 신체상에 여인으로서의 중대 변환기를 맞았다. 금년 봄부터 철모르고 사내를 보기는 하였지만 아직 소녀를 면하지 못했던 연실이는 이 겨울에야 비로소 여인으로서만이 보는 한 달에 한 번씩의 변화를 보았다.

이 육체상의 변화—발달은 육체상으로 뿐 아니라 정신상으로도 연실이에게 적지 않은 변화를 주었다. 막연한 공포감, 그리움, 애처로움, 꿈 등등 그가 아직 소녀 시기에 느껴보지 못한 이상야릇한 감정 때문에, 복습하던 책도 내던지고 눈이 멍하니 한 시간 두 시간씩을 보내는 일도 간간 있게 되었다.

아직껏 그의 마음에 일어보지 못한 부모며 동생에 대한 그리움도 생전 처음으로 그의 마음에 일었다. 선배요 동무인 명애에게 집에서 연락부절로 이르는 가족사진이며 편지 등등이 부러워서 명애가 학교에 간 틈에 그의 편지를 몰래 꺼내보고, 나도 이렇게 편지를 한 번 받아보았으면 하고 탄식도 해보았다.

오랫동안 불순한 가정에서 길러났기 때문에 한편으로 쫓겨 나가 있던 그의 처녀로서의 감정은 처녀 전환기의 연실이에게 비로소 이르렀다.

이듬해 봄, 그가 명애가 다니는 여학교에 입학을 한 때는 그의 비뚤어진 성격도 적지 않게 교정이 된 때였다.

입학하면서 그는 기숙사에 들어가기로 하였다.

7

학교에 입학을 하고 기숙사에 든 다음에야 연실이는 '조선 여자 유학생 친목회'에 처음 출석해보았다. 이전에도 명애가 몇 번을 끌어보았지만 그런 일에 전혀 흥미가 없는 연실이는 한 번도 출석해보지 않았다. 이번에도 명애가 학교에서,

"오늘 친목회가 있는데 여전히 안 갈래?"

하고 의향을 물을 때에,

"인젠 학교에도 들고 했으니 가볼 테야."

하면서 미소하였다.

"그럼 지금까지는 학생이 못 되노라고 안 갔었나?"

"유학생 친목회에 비학생이 무슨 염치에 가오?"

"준비 학생은 학생이 아닌가?"

"하하하하."

이리하여 그날 저녁 사감의 허락을 받고 연실이는 처음으로 동경

에 와 있는 조선 여학생들과 합석할 기회를 얻었다.

연실이까지 합계 일곱 명이었다. 이 단 일곱 명 가운데, 회장 부회장이 있고 서기가 있고 회계가 있었다. 아무 벼슬도 하지 못한 사람은 명애와 연실이와 황해도 여학생이라는 스무 살가량 난 사람뿐이었다.

이 단 일곱 명의 친목회에서 먼저 서기의 경과 보고가 있고 회계의 회계 보고가 있은 뒤에, 회장의 연설이 있었다.

　　우리는 선각자외다. 조선 2천만 백성 중에 절반을 차지하는 1천만의 여자가 모두 잠자고 현재의 노예 생활에 만족해 있을 때에, 눈을 먼저 뜬 우리들은 그들을 깨쳐주고 그들을 노예 생활에서 건져주기 위해서 고향과 친척, 친지를 등지고 여기까지 와서 고생하는 것이외다. 여성을 자기네의 노예로 하고 있는 현대 포학한 남성의 손에서 1천만 여성을 구해낼 사람은 우리밖에 없습니다. 우리는 남성에게 굴복해서는 안 됩니다. 배웁시다. 그리고 힘을 기릅시다.

대략 이런 뜻의 말을, 책상을 두드리며 부르짖었다.

정신적으로 전혀 불감증인 시대를 벗어나서 감정, 감동 등을 막연히나마 느끼기 시작하던 연실이는, 이 말에 적지 않게 감동하였다.

자기가 동경으로 뛰쳐나오고 지금 학교에까지 들어간 것은, 본시는 무슨 중대한 목적이 있는 바가 아니라 집에 있기가 싫어서 뛰쳐나온 뿐이었다. 그러나 지금 이 회장의 연설을 듣고 보니, 자기의 등에도 무슨 커다란 짐이 지워지는 것 같았다. 조선의 여자가 어떻게 구속되고 어떤 압박을 받고 있는지는 모르지만 이전에 진명학교 창립 선생도 그런 말을 하였고 지금도 또 여기서도 그런 말을 하는 것을 보니, 그것이 사실인 모양이었다.

그것이 사실일진대 그것을 구해낼 사람은 남자가 아니요 여자이어야 할 것이고, 여자 중에도 먼저 선진국에 와서 새 학문을 배운 사람이어야 할 것이다. 자기 이미 여기 와서 배우는 단 일곱 사람의 선각자의 한 사람이니 1천만분의 7이라 하는, 다시 말하자면 150만 명에 한 명이라 하는 귀한 존재이다. 소녀다운 감정으로 회장의 연설을 들으며 속으로는 이런 생각을 할 때, 연실이는 큰 바위에라도 깔린 듯이 가슴이 무거워오는 느낌을 금할 수가 없었다.

"언니, 아까 그 회장 이름이 뭐유?"

회가 끝나고 어두운 길에 나서면서 연실은 이렇게 명애에게 물었다.

"송안나. 왜?"

"이름두 야릇두 해라. 어느 학교에 다니우?"

"사범학교에."

"어디 사람이구?"

"아마 강서인가 함종인가 그 근처 사람이지."

"몇 살이나 났수?"

"왜 이리 끈끈히 묻나? 동성연애할라나 베."

연애라는 말은 인젠 짐작은 가지만 '연애' 위에 무슨 말이 더 붙었으므로 뜻을 똑똑히 못 알아들은 연실이는 눈치로 보아 조롱받은 것 같아서,

"언니두······."

한 뒤에 말을 끊어버렸다.
 그러나 그날 저녁 들은 '선각자' 라 하는 말 한 마디는 이 처녀의 마음에 꽤 단단히 들어박혔다.
 '선각자가 되리라. 우리 조선 여성을 노예의 처지에서 건져내리라. 구습에 젖어서 아직 눈뜨지 못하는 조선 여성을 새로운 세계로 끌어내리라.'
 이런 새로운 감정으로 그는 '감동 때문에 잠 못 드는 밤' 을 생전 처음으로 경험하였다.

8

 어떤 날 연실이가 학교에서 기숙사로 들어와서 책들을 정리하고 있을 때에 그 방 방장으로 있는 4학년생 도가와(戶川)라는 처녀가 연실이의 곁으로 와서 앉았다.
 "긴상."
 "네?"
 "조선말 퍽 어렵지요?"
 "글쎄요, 우린 모르겠어요."
 "영어는?"
 "재미있지만 어려워요."
 "외국어란 어려운 것이야. 참 긴상."
 도가와는 좀 어려운 듯이 미소하며 연실이를 보았다.
 "아까 하나이 선생, 긴상 담임 선생님 말씀이야요. 하나이 선생님이 그러시는데, 긴상 일본어가 아직 숙련되지 못했다구 나더러 틈틈이 좀 함께 이야기라도 하라시더군요."

연실이는 얼굴이 새빨갛게 되었다. 스스로도 모르는 바가 아니었다.

"요로시쿠 오네가이시마스(잘 부탁합니다)."

연실이는 승복하지 않을 수가 없었다.

"천만에, 아니에요. 내가 무슨…… 긴상, 책을 많이 보세요. 책을 보면 저절로 어학력이 늘어요. 내 책을 빌려드릴게 책으로 어학을 연습하세요."

"책이오, 무슨 책?"

도가와는 미리 준비했던 모양인 책을 연실이에게 한 권 주었다. 등에 '젊은 베르테르의 슬픔 - 괴테' 라 씌어 있었다.

"재미있어요. 재미있는 바람에 읽노라면 어학력도 늘고, 일석이조라는 게 이런 거겠지요."

도가와는 깔깔 웃었다.

연실이는 즉시로 읽어보기 시작하였다. 한 페이지, 두 페이지…… 교과서 이외에 평생 처음으로 독서를 해보는 연실이는 처음 얼마는 몹시도 난삽하여 책을 접어버리고 싶었다. 그러나 일껏 자기에게 책을 빌려준 방장의 면도 있고 하여, 세 페이지, 네 페이지, 억지로 내리읽고 있었다.

저녁 끼니 시간이 되었다. 방장에게 독촉받아 식당에 내려간 연실이는 자기의 손에 아직 『젊은 베르테르의 슬픔』이 들려 있고, 식당에 앉아서도 그냥 눈을 책에 붓고 있는 자기를 발견하고 오히려 기이한 느낌을 받았다. 어느덧 그는 책에 열중이 되었던 것이다.

물론 모를 대목도 많이 있었다. 그러나 모를 곳은 모를 대로 그냥 내리읽노라면 의미는 통하는 것이었다.

밤에 불을 끄는 시간까지 연실이는 그 책만 보고 있었다. 이튿날 새벽에 유난히도 일찍이 깬 연실이는 푸르등한 새벽빛에 눈을 부비면서 소설책을 다시 폈다.

아침에 깬 방장이 이 모양을 보고 미소하였다.

"도, 오모시로쿠테(어때요, 재미있어요)?"

방장이 이렇게 물을 때에 연실이는 눈을 책에서 떼지 않고,

"돗테모(지독히)……."

하며 같이 미소하였다.

"모를 곳은 없어요?"

"있지만 뜻은 통하겠어요."

"다 읽어요. 다 읽으면 이번은 더 재미나는 책을 빌려드릴게. 어학 연습에는 무엇보다도 다독이 좋아요."

학교에도 책을 끼고 가서 틈틈이 숨어서 읽고 저녁에 읽고 이튿날…… 이리하여 독서의 속력이 그다지 빠르지 못한 그로도 이튿날 저녁때는 끝까지 다 읽었다.

다 읽은 책을 베개 아래 넣고 자리에 든 연실이는 가슴을 무직이 누르는 알지 못할 감정 때문에 좀체 잠을 이루지 못하였다. 그것은 무슨 감정인지 연실이는 알지 못하였다. 이런 감정과 감동을 평생에 처음 겪는 연실이는 이불 속에서 홀로이 헤적였다.

이틀 동안 수면 부족 때문에 무거운 머리로 이튿날 아침 자리에서 일어나서 다 본 책을 방장에게 돌려주고, 연실이는 그런 재미있는 책을 또 한 권 빌려달라고 간청하였다.

"자, 이걸 보세요. 이번은……."

하면서 방장이 연실이에게 준 책은 꽤 두툼한 책이었다. '앨윈―

워츠 던턴' 이라 하였다.

　그날이 마침 토요일이라 오전만 공부하고 오후부터는 연실이는 책에 달려들었다. 그리하여 토요일에서 일요일로 월, 화, 수, 목, 금, 만 1주일간을 잠시도 정신을 이 책에서 떼지 못하고 지냈다. 화요일, 그 소설의 주인공인 앨윈이 사랑하는 처녀 위니 프렛의 종적을 잃어버리고 스노돈의 산과 골짜기를 헤매다가 위니의 냄새만 걸핏 감각한 대목에서 학교 시간이 되어 그만 책을 접었던 연실이는, 위니의 생각에 안절부절 공부도 어떻게 하였는지 모르고 지냈다.

　"위니 상, 어때요?"

　책을 다 보고 방장 도가와에게 돌려주매 도가와는 또 미소하며 물었다. 그러나 연실이는 한참을 먹먹히 있다가야 대답을 하였다.

　"도가와 상, 꿈 같아요."

　"좋지요?"

　"좋은지 어떤지, 얼떨해요."

　"이 소설을 지은 워츠 던턴이라는 사람은 이 소설 단 한 편으로 영국 문단에 이름을 높였다우. 나도 이 소설을 읽은 뒤 한 반달이나 꿈같이 얼떨하니 지냈어요."

　"그게 웬일일까?"

　"그게 예술의 힘이어요. 예술의 힘이 사람의 혼을 울려놓은 때문이어요."

　"예술?"

　듣던 바 처음이었다.

　"네, 예술. 예술 가운데는 음악, 미술, 문학 등이 있는데, 문학에는 또 시며 희곡이며 소설이 있어요. 다른 학문들은 모두 실제, 실용

상 쓸데 있는 것이지만 예술이란 것은 사람의 혼과 직접 교섭이 있는 존귀한 학문이어요."

문학소녀라는 칭호를 듣는 도가와는 여러 가지의 말로 예술-문학의 자랑을 연실이에게 들려주었다. 그러나 연실이로서는 그의 말을 알아듣지 못하였다. 다만 몹시도 귀하고 중한 학문이 예술이라는 뜻만 막연히 깨달았다. 그리고 단지 책을 읽기 때문에 자기가 이만치 감동되고 취한 것을 보면 예사 보통의 학문이 아니라 생각되었다.

"긴상, 조선에 문학이 있어요?"

도가와는 마지막에 이런 말을 물었다.

대체 예술이라는 말, 문학이라는 말이 금시초문인 위에 연실이의 조선에 대한 지식이라는 것은, 조선말을 할 줄 알고 조선 옷을 입을 줄 아는 것쯤밖에 없는 형편이라, 한순간 주저하였다. 그러나 일찍이 조선은 오랜 역사를 가지고 오랜 문화 생활을 하였다는 이야기를 들은 연실이는,

"있기는 있지만……."

쯤으로 막연히 응해두었다.

"긴상, 조선의 장래 여류 문학가가 되세요. 나는 일본 여류 문학가가 될게. 이 우리 학교는, 하세가와 시구레라는 여류 문학가를 낳아서 문학과 인연 깊은 학교예요. 여기서 또 나하고 긴상하고 다 일본과 조선의 여류 문학가가 됩시다."

문학소녀 도가와는 스스로 감격하여 눈에 광채를 내며 이런 말을 하였다.

연실이는 여류 문학가가 무엇인지 문학이 무엇인지는 전혀 모르

는 숫보기였다. 단 두 권의 소설을 읽어보았을 뿐이었다. 그러나 이즈음 자기는 조선 여자계의 선각자라는 자부심을 품기 시작한 연실이는, 장차 여류 문학가 노릇을 해서 우매한 조선 여성계를 깨쳐주어볼까 하는 희망을 마음 한편 구석에 일으켰다.

단지 선각자라 하여도 무슨 일을 하여 어떻게 조선 여성계를 각성시킬지 전혀 캄캄하던 연실이는, 여기서 비로소 자기의 진로를 발견한 것이 아닌가 하는 생각이 들었다. 그리고 장차 배우고 닦고 하여서 도가와만큼 문학이라는 것을 알고 그것으로서 선각자 노릇을 하리라 막연히나마 이렇게 마음먹었다.

도가와는 다시 연실이에게 스콧의 『아이반호』를 빌려주었다.

그러나 아닌 게 아니라, 『앨윈』에서 받은 감격은 그것을 다 읽은 뒤에도 한동안 그의 머리에 뿌리 깊게 남아 있어서 때때로 정신없이 그 생각을 하다가는 스스로 얼굴을 붉히고 정신을 차리고 하였다.

『아이반호』는 이삼 일간은 당초에 진전이 되지를 않았다. 몇 줄 읽노라면 그의 생각은 어느덧 다시 『앨윈』으로 뒷걸음치고 뒷걸음치고 하는 것이었다.

아무 목표도 없이 동경으로 건너와서 아무 정견도 없이 학교에 들었다가 아무 줏대도 없이 선각자가 되리라는 자부심을 품었던 연실이는 이리하여 도가와의 덕으로 문학소녀로 변해갔다.

여름방학에도 연실이는 제 집에 돌아가지 않았다. 돌아갈 그리운 집이 없기 때문이었다. 기숙사에는 북해도에서 온 학생 하나, 대만에서 온 학생 하나, 연실이, 이렇게 단 세 사람이 남았다. 도가와는 여름방학 동안에 보라고 꽤 여러 권의 책을 남겨두고 갔다. 그러나 인제는 독서 속력도 꽤 는 연실이는 도가와가 남겨둔 책을 보름 동안에 다 보고 그 뒤에는 도서관을 찾기 시작하였다.

그해 가을과 겨울도 지나고 이듬해 봄이 된 때는 연실이는 동경 처음으로 올 때(겨우 1년 반 전이다)와는 전혀 다른 처녀가 되었다.

우선 자부심이 생겼다. 조선 여성계의 선각자라 하는 자부심이었다. 선각자가 될 목표도 섰다. 여류 문학가가 되어 우매한 조선 여성을 깨쳐주리라 하였다. 문학의 정의도 인젠 짐작이 갔노라 하였다. 문학이란 연애와 불가분의 것이었다. 연애를 재미나고 자릿자릿하게 적은 것이 소설이고 연애를 찬송하여 짧게 쓴 글이 시라 하였다.

일방으로 연애라는 도정을 밟지 않고 결혼하여 일생을 보내는 조선 여성을 해방(?)하여 연애할 줄 아는 사람으로 만드는 것이 선각자에게 짊어지운 커다란 사명의 하나라 보았다. 그러기 위해서는 문학을 널리 또 빨리 퍼뜨려야 할 것이라 보았다.

문학상에 표현된 바, 전기가 통하는 것같이 쩌르르하였다는 '연애'와, 재미나는 소설을 읽은 뒤에 한동안 느끼는 감동도 동일한 감정이라 보았다.

즉 연애는 문학이요 문학은 연애요, 그것은 다시 말하자면 인생 전체였다.

'인생의 연애는 예술이요, 남녀간의 예술은 연애니라.'

스스로 창작한 이 금언을 수신책 첫 페이지에 조선글로 커다랗게 써두었다.

이런 심경 아래서 문학의 길을 닦기에 여념이 없는 동안, 연실이는 문학과 함께 연애를 사모하는 마음이 나날이 높아갔다.

소녀 시기의 환경이 환경이었더니만치 연실이는 연애와 성교를 같은 물건으로 여겼다. 소녀 시기에는 연애라는 것은 모르고 성교라는 것이 남녀간에 있는 물건이라고 믿고 있었는데, 지금 연애라는 감정의 존재를 이해하면서부터는, 그의 사상은 일단의 진보를 보여서 '남녀간의 교섭은 연애요, 연애의 현실적 표현은 성교니라' 하는 신념이 들게 되었다.

그런지라, 그가 철모르는 시절에 무의미하게 잃어버린 처녀성에 대해서도 아깝다든가 분하다든가 하는 생각보다도, 그때 연애라는 감정을 자기가 이해하였더라면 훨씬 재미나고 좋았을걸 하는 후회뿐이었다.

회상하여 그때의 그 사내를 생각해보면 그것은 가장 표준형의 기생오라범으로, 게으름과 무지와 비열을 합쳐놓으면 이런 덩어리가 생길까 하는 생각이 들 만한 보잘것없는 사람으로 연실이에게는 손톱만치도 마음 가는 데가 없는 사람이었다. 그러나 문학 즉 연애요, 연애와 성교는 불가분의 것으로 믿는 연실이는 그때 연애 감정이 없이 그 사내를 가까이한 것이 적지 않게 분하였다. 한번 함께 산보(이것이 연애의 초보적 행동이었다)도 못하고 함께 달을 쳐다보며 속살거리지도 못하고…… 이렇듯 어리석고 어리던 자기가 저주스러웠다.

그 봄(열일곱 살이었다)에 연실이는 『동경 유학생』이란 잡지에 시를 한 편 지어서 보냈다.

　　문을 닫아도
　　들어오는 월광.
　　가슴을 닫아도

스며드는 사랑.
사랑은 월광이런가.
월광은 사랑이런가.
아아, 이팔 처녀의
가슴이 떨리도다.

지우고 고치고 다시 쓰고 하여 겨우 이렇게 만들어서 한 벌은 고이고이 적어서 가방에 간수하고, 한 벌은 잡지사에 보냈다.
 봄방학 때쯤 발행된 그 잡지에는 연실이의 시가 6호 활자로나마 게재가 되었다.
 지금 그는 여명기의 조선 여성에게 있어서 한 개 광휘 있는 별이라는 자부심을 넉넉히 갖게 되었다. 그 잡지 10여 권을 사서 자기의 본집과 그 밖 몇몇 동무에게 우편으로 보냈다.
 문학의 실체인 연애를 좀더 잘 알기 위하여 엘렌 케이며 구리가와 박사의 저서도 숙독하였다.
 새 학기에는 기숙사에서도 나왔다. 기숙사에서도 학생들끼리 동성의 사랑이 꽤 농후한 자도 있었지만, 연애라는 것은 이성에게라야 가질 것이라는 생각을 갖고 있는 연실이는 그것을 옳게 볼 수가 없고, 또는 자기가 몸소 나아가서 연애를 실연하기 위해서는 기숙사는 불편하기 때문이었다.
 여자 유학생 친목회에도 자주 나갔다. 작년 입학한 직후 첫 회합에는 단순한 처녀로, 한 얌전한 규수로 참석하였지만, 차차 어느덧 자유연애와 자유결혼(이것이 여성해방이라 보았다)을 가장 맹렬히 주창하는 열렬한 회원으로 변하였다.

이론 방면으로 이만치 진보된 만치 실제로도 또한 연애를 해보려고 기회 도착에 노력하였다. 그러나 아직도 동경 유학생 간에는 남녀가 함께 회집할 수 있는 곳은 예수교 예배당밖에 없고, 남학생과 여학생 간에 교제가 그다지 성행하지 못하는 때라 기회 도착이 쉽게 되지 않았다.

여류 문학자가 되어서 선구자가 되기 위해서는 절대로 연애의 필요를 느끼는 연실이는 이 좀체 도착되지 않는 기회 때문에 초조하게 지냈다.

그러다가 어떤 우연한 기회에 평안도 출생의 농과대학생과 알게 될 기회를 얻었다.

금년에 들어서 무척도 는 조선 여학생 가운데 한 사람을 찾아갔던 연실이는 거기서 그 여학생의 몇 촌 오라버니가 된다는 농학생을 처음으로 본 것이었다. 나이는 스무 살이라 하나 여자들 틈에서는 몹시도 쑥스러워하여 이야기 한마디 변변히 하지를 못하였다.

그날 밤 제 하숙에 돌아와서 연실이는 여러 가지로 생각하였다. 자기가 지금까지 읽은 소설 가운데서 연애하는 남녀가 처음 만난 장면을 모두 끄집어내가지고, 아까 그(이창수라 하였다)가 취한 태도는 어느 것에 해당할까 하고 생각하였다. 그리고 결론으로서는 퍽 내심한 청년이 몹시 연애를 느끼기 때문에 그렇게도 쑥스러워한 것이라 단정하였다.

자기도 그 청년을 보는 순간 퍽 마음에 기뻤다고 생각하고 기쁜 가운데도 속이 떨렸다고 생각하고, 자기가 다른 곳을 볼 때 그 청년이 자기를 바라보면 자기는 몹시 가슴을 뛰놀았다고 생각하고, 자기는 가슴이 이상하여 그를 바로 볼 기회도 없었다고 생각하고, 그와 함께 있는 동안은 감전된 것 같은 쩌르르한 느낌을 받았다고 생각하였다.

요컨대 연실이는 자기가 어제 처음 만나는 순간부터 이창수에게 연애를 느꼈고 이창수 역시 자기에게 연애를 느낀 것이라 굳게 믿었다.

이튿날 하학한 뒤에 연실이는 이창수를 찾아보기로 하였다. 찾아가려고 제 하숙을 나설 때에 발이 썩 나서지는 못하였지만 이것이야말로 연애하는 처녀의 당연하고 공동되는 감정으로 서양 문호들도 모두 이 심리를 묘사한 것을 많이 본 연실이는, 이런 쑥스러운 감정을 극복하고 용감히 나아가는 것이 현대 신여성에게 짊어지워진 커다란 사명이며 더욱이 선각자로서는 마땅히 겪고 극복하여야 할 일로 알았다.

창수는 마침 하숙에 있었다.

연실이는 창수와 함께 산보를 나섰다. 여섯 조의 좁다란 하숙방 안에서 속살거린다는 것은 옛날 연애지, 현대 여성의 연애가 아니었다. 시부야(澁谷) 교외로 나서서 무사시노(武藏野) 숲 위로 떨어지는 낙조를 보면서 그것을 찬송하며 한숨지으며 하여야 할 것이었다.

시부야의 신개지도 지나서 교외로 이 첫사랑하는 남녀는 고요히 고요히 발을 옮겼다. 한 걸음 앞서서 가던 연실이가 머리를 수그린 채 뒤따르는 창수 청년을 보면 창수는 머리를 역시 수그리고 무슨 의무라도 이행하는 듯이 먹먹히 따라오는 것이었다.

남녀는 어떤 언덕마루에 가서 앉았다.

"좀 쉬어요."

하면서 연실이가 두 사람쯤 앉기 좋은 자리에 한편으로 치우쳐 앉으매 창수 청년은 연실이에게서 세 걸음쯤 떨어져 있는 조그만 돌멩이 위에 걸터앉았다.

연실이는 고요히 눈을 들었다. 바라보매 시뻘겋게 불붙는 낙조는 바야흐로 무성한 잡초 위로 떨어지려 하고 있다.

"선생님."

연실이는 매우 부드러운 소리로 창수를 찾았다.

"네?"

"참, 아름답지 않아요? 저 낙조 말씀이에요. 저 낙조를 형용하자면 무엇 같을까요?"

"글쎄올시다."

농학생 이창수에게 있어서 그 낙조는 함지박에 담긴 붉은 호박 같았을는지도 모른다. 그러나 그런 형용도 좀 멋쩍어서 글쎄올시다, 할 뿐 눈이 멀진멀진히 낙조를 바라보고만 있었다.

"방금 떨어질 듯 도로 솟을 듯 영화靈火가 하늘에서 춤을 추는 것 같지 않아요?"

"글쎄올시다."

그날 저녁 연실이는 창수의 방에서 묵었다. 그 하숙에서 저녁을 함께 먹고 역시 연실이는 적극적으로 창수는 소극적으로 이야기를 주고받고 하다가 교외 전차가 끊어졌음을 핑계로 연실이는 거기서 밤을 지내기로 한 것이었다. 여기서 묵겠다는 말을 차마 입 밖에 내기가 힘들었지만, 선각자는 경우에 의지하여서는 온갖 체면이며 예의 등 인습의 산물은 희생하여야 한다는 신념 아래서,

"아이, 전차가 끊어져서 어쩌나? 선생님 안 쓰는 이부자리 없으

세요?"

고 맥을 던져서, 요행 여름철이라 안 쓰는 두터운 이부자리를 얻어서 육조 방에 두 자리를 편 것이었다.

자리에 들어서도, 인생 문제며 문화의 존귀성을 이야기하면서 연실이는 차츰차츰 뒤채고 뒤채는 동안 창수의 이불 아래로 절반만치 들어갔다. '그것' 까지 실행이 되어야 연애의 성립을 인정할 수 있는 연실이었다.

이튿날 아침, 창수가 연실이에게 자기는 고향에 어려서 결혼한 아내가 있노라고 몹시 미안한 듯이 고백할 때에 연실이는 즉시로 그 사상을 깨뜨려주었다.

"그게 무슨 관계가 있어요. 두 사람의 사랑만 굳으면 그만이지, 사랑 없는 본댁이 있으면 어때요."

명랑히 이렇게 대답할 때는 연실이는 자기를 완전히 한 명작소설의 주인공으로 여겼다.

그 하숙에는 창수 밖에도 조선 학생이 두 명이 있었다. 연실이가 돌아간 뒤에 한 하숙의 다른 학생들에게 놀리운 창수는 변명으로 아마,

"뒤집어씌우는 걸 할 수 있나."

이렇게 대답한 모양이었다. 갑자기 유학생에게 연실이의 이름이 놓아지고, 그 위에 뒤집어씌운다 하여 거기서 일전하여 '감투장사' 라는 별명이 며칠 가지 않아서 500명 유학생 간에 쪽 퍼졌다.

그러나 이런 소문은 있건 말건 연실이는 환희와 만족의 절정에 올라섰다.

첫째, 선각자였다.

둘째, 여류 문학가였다.

셋째, 자유연애의 선봉장이었다.

문학가가 되고 선각자가 되기에 아직 일말의 부족감을 느끼고 있던 것이, 자유연애까지 획득해놓으니 인제는 티없는 구슬이었다.

어디를 내놓을지라도, 선진국 서양에 갖다놓을지라도 책잡힐 데가 없는 완전무결한 신여성이요 선각자로다. 연실이는 의심하지 않고 믿었다.

아직도 그래도 좀더 희망을 말하라면 창수가 좀더 적극적이요 정열적이요 '뒤집어씌우는 편'이 아니고 끌어당기는 편이면 하는 것이었다.

이 연애에 승리한 지 얼마 지나지 않아서 연실이는 지금껏 다니던 학교에 퇴학 원서를 제출하였다. 그리고 다른 사립 음악학교에 입학을 하였다. 음악이 예술인 까닭이었다. 그리고 그 학교가 동경에서 유명한 연애 학교(남녀공학)인 까닭이었다.

9

음악학교로 학적을 옮긴 뒤에 연실이는 두 가지로 마음이 매우 기뻤다.

첫째로는 그 학교의 남녀 학생 간에 연애가 매우 많은 점이었다. 연애를 모르는 조선에 태어났기 때문에 연실이는 연애의 형식과 실체(감정이 아니다)를 몰랐다. 그가 읽은 여러 가지의 소설의 달콤한 장면을 보고 연애는 이런 것이거니쯤으로 짐작밖에는 가지 못하였다. 이창수와 몇 번 연애(?)를 해보았지만 창수는 도리어 수동적인 편이라 연실이 자기가 부리는 연애밖에는 구경을 못하였다. 선각자로서 당연히 연애를 알고 또한 실행하여야 할 의무감을 가진 연실이는 자기가 현재 이창수와 연애를 하면서도 일찍이 책에서 읽은 바와 상위되는 점을 늘 미흡히 생각하고 혹은 실제와 소설에는 차이가 있는가 의심하던 차에 이 학교에서는 눈앞에 소설에서 본 바와 같은 연애를 수두룩히 보았는지라 이것이 기뻤다.

둘째로는 전문학생이라는 자기의 지위가 기뻤다. 선각자로 자임하고 어서 선각자로서 조선의 깨지 못한 여성들을 깨치려는 희망은 품었지만 고등여학교의 생도인 때는 전도가 감감한 느낌이 없지 않았다. 그런데 이 학교에 입학을 하고 보니 인제 3년만 지나면 자기는 전문학교 출신으로 어디에 내놓을지라도 버젓한 숙녀였.

보랏빛 치마와 화려한 긴 소매와 뒷덜미에 나비 모양으로 맨 리본과 뾰족한 구두의 이 전문학생은 악보를 싼 커다란 책보를 앞으로 받치고 동경 바닥을 활보하였다.

단지 이 처녀에게 있어서 아직도 불만이 있다 하면 그것은 애인 이창수의 태도가 너무도 소극적인 점이었다. '로미오'인 이창수가 '줄리엣'인 연실 자기의 창 아래 와서 연가는 못 부를지언정 적어도 이 근처에 늘 배회하기는 하여야 할 것이었다. 찾아오기가 바쁘면 하다못해 편지라도 해야 할 것이었다. 적어도 소설에 있는 연애하는 청년은 그러하였다. 그럼에도 불구하고 찾아오기는커녕 이편에서 찾아갈지라도 맞받아 나오면서 쓸어안고 키스를 하고 해주지조차 못하고 싱그레 웃고 마는 것은 연실이의 마음에 적지 않게 불만이었다.

10

그해 크리스마스 방학이었다.

연실이는 오래간만에 최명애를 찾아가보았다. 처음 동경 올 때는 감한 선배로 동정을 그에게 배우려 한 적도 있었지만 인제는 자기는 열여덟(눈앞에 열아홉을 바라본다)이요 그는 스물하나로 옛날 진명학교 시대와 마찬가지인 한낱 동무였다. 그 위에 '그도 연애를 하는가' 하는 의심점이 있기 때문에 잘못하면 자기보다도 약간 세상 철이 부족할지도 모르겠다는 자긍심까지도 품고 있는 연실이었다.

"언니."

여전히 부르기는 이렇게 불렀으나 인제는 선배 후배가 아니요 단지 약간 나이가 더 먹은 동무일 따름이었다.

거진 연애라는 것을 '문명한 인종이 반드시 밟아야 할 과정'이라고쯤 믿고 있는 연실이는 그날 서로 히닥거리며 잡담을 하다가 이런 말을 하였다.

"언니, 참 옛날 여인들은 어떻게 살았겠수?"

"왜?"

"연애두 한 번두 못 해보구."

명애는 여기서 한번 크게 웃었다.

"하하하하. 저리드냐? 재리드냐?"

"아찔아찔합디다."

"그것만?"

"오금이 녹아옵디다."

"예끼, 망할 기집애. 한데 너 뒤집어썼다구 소문이 자자하더구나."

뒤집어씌워? 남녀 학생 간에 소문은 높았던 바지만 연실이의 귀에까지는 아직 오지 않았던 바라 뜻을 알 수가 없었다.
"그게 무슨 말이우?"
"듣기 싫다."
"참말…… 그게 무슨 말이유?"
명애는 의아히 잠깐 연실이의 얼굴을 보았다. 그런 뒤에 설명하였다.
"아, 네가 능동적이란 말이지. 네가 사내를 ○단 말이지."
"언니두!"
연애의 과정으로 당연히 밟은 과정이라는 신념은 가지고 있었지만 이렇듯 지적을 받으매 연실이는 아뜩하였다.
"그런데 얘."
"……."
"내 언제 너 조용히 만나면 이야기할랴구 그랬다마는 청춘 남녀가 연애야 안 하겠니만, 연애를 한대두 신성한 연애를 해라."
순간적 부끄럼 때문에 머리를 수그렸던 연실의 귀에도 이 말은 들어갔다. 소설에서 많이 읽은 바였다. 그러나 어떤 것이 신성한 연애인지는 실체를 아직 연실이는 알지 못하였다. 소설에 그런 대목이 나올 때마다 다시 읽고 다시 읽고 하여 실체를 잡아보려 노력하였지만 대체 어떤 것이 신성한 연애인지 알 수가 없었다.
"청년 남녀 누구나 연애를 안 하겠니만 신성한 연애를 해야 한다."
"언니, 어떤 게 신성한 연애유?"
연실이는 드디어 물었다.

"얘두, 그럼 너 지금껏 뭘 했니? 남녀가 육교를 하지 않고 사랑만 하는 게 신성한 연애지. 말하자면 서루 마음과 마음이 통해서 사랑하구 사랑받구 하는 게 신성한 연애가 아니냐."

이것은 연실이에게는 새로운 지식인 동시에 이해하기 어려운 일이었다. 만약 명애의 말로서 옳다 할진대 이창수와 자기와의 것은 무엇으로 해석을 할 것인가. 마음과 마음이 서로 통한다 하면 자기와 이창수는 전혀 마음은 서로 통하지 못하였다.

소설이며 엘렌 케이와 구리가와 박사의 말에는 그런 뜻이 있었던 듯싶다. 그러나 사람의 사회에 실제로까지 그런 꿈의 나라가 있으리라고는 연실이에게는 믿기지 않았다.

그날 명애는 이런 말도 하였다.

"내 애인은 말이다, 지금 W대학 문과에 다니는 사람이야. 본시 송안나, 너도 알지, 그 여자 친목회 회장 말이다. 그 송안나허구 이러구저러구 하던 사람이란다. 그걸 내가 알았지. 첨에는 송안나, 그 담에는 최○○, 또 그담에는 박○○, 그걸 내가 알았구나. 말하자면 최후의 승리자지."

그리고 그 열변과 엄숙한 표정으로 친목회에서 지도자 노릇을 하던 송안나도 연애 찬미자의 한 사람이라는 것이 기이해서 연실이가 물어볼 때에 그는 이렇게 대답하였다.

"애, 너두 철이 있느냐 없느냐. 이 동경 여자 유학생치구 애인 없는 사람이 어디 있다디. 옛날 구식 여자는 모르겠다만 신여성치구 애인 없이 어떻게 행세를 한단 말이냐."

누구는 누구가 애인이고 누구는 누구가 애인이고 한참을 꼽아내렸다.

연실이는 그러려니 하였다. 이 동경까지 와 있는 선각 여성이 자유연애도 하지 않고 어쩔 것이냐. 사실에 있어서 연실이는 최근엔 단지 이창수뿐만 아니라, 음악학교에 다니는 여러 남학생들과 단 하룻밤씩의 연애를 하고 있었다. 한 사내와만 연애를 한다 하는 것조차 그에게 있어서는 유치한 감이 없지 않은 것이었다.

11

크리스마스 방학도 끝나고 개학이 된 지 며칠 뒤의 일이었다.

그날은 연애할 대상도 구하지 못해서 하학한 뒤에 곧 집으로 돌아오매 그의 책상에는 우편물이 하나 놓여 있었다.

잡지였다. 뜯어보니 동경 유학생의 기관잡지인 ○○○였다.

먼젓 호에 문틈으로 스며드는 달빛을 노래한 시를 이 잡지에 보내어 채택이 된 연실이는 그다음에도 또 한 편 보냈던 것이었다. 그것이 났는지 어떤지를 알아보기 위해서 연실이는 옷도 갈아입지 않고 즉시 봉을 뜯었다.

무식한 그 잡지의 편집인은 이번은 연실이의 시를 몰서[7]해버렸다. 그래서 목록 아래의 이름만 읽어보아 자기의 이름이 없으므로 불쾌감이 일어나서 책을 접으려 할 때에 제목란에 계집녀(女) 자가 걸핏 보이는 듯하므로 다시 주의하여 거기를 보매 거기는,

'여자 유학생에게 경고하노라.'

하는 제목이 있었다.

무슨 이야긴가. 호기심이 났다. 책으로서는 자기의 명작시가 발표되지 않았으므로 불쾌하기 짝이 없는 잡지였지만, 그 제목의 페이지를 뒤적여서 펴보았다.

첫 줄에서 연실이의 얼굴은 검붉게 되었다.
'○○음악학교에 다니는 모양은······.'
운운으로 시작한 그 글은 연실이와 이창수와 사이의 소위 '뒤집어쎄운' 이야기를 폭로시키고 이런 음탕한 여자가 동경에 와 있기 때문에 다른 학생들에게도 물들 뿐 아니라 더욱이 고향에 계신 학부형들은 딸을 동경으로 유학 보내기를 무서워한다는 뜻을 쓰고, 이어서 이런 더러운 학생은 마땅히 매장해버려야 하는 것이 유학생의 의무라고 많은 '!' 며 '!?'를 늘어놓아가지고 두 페이지나 널어놓았다.

읽는 동안 연실이의 얼굴은 검게 되었다 붉게 되었다 찌푸려졌다 찡그려졌다, 별의별 표정이 다 나타났다.

읽으면서 동댕이 치고 싶었다. 그러나 끝까지 다 읽고야 말았다. 다 읽고 나서는 드디어 동댕이쳤다.

무엇이라 형용할 수 없는 감정이었다. 억분하다 할까 노엽다 할까 부끄럽다 할까, 얼굴이며 손발의 근육이 와들와들 떨렸다. 머리로서는 아무것도 생각지를 못하였다.

한 시간? 아마 두 시간도 남아 지났겠지. 집주인 마누라가,
"긴상, 오메시이카가(김 양, 식사 어떡해요)?"
하고 들어올 때에야 연실이는 비로소 자기의 이성을 회복하였다.
이성이라 하나 지극히도 흥분된 이성이었다.
"다쿠산요(필요 없어요)."
저녁이 입에 달지는 않을 것이므로 거절함에 있어서 이런 거절까지 않아도 좋을 것이거늘 연실이는 이런 악의 품은 거절을 한 것이었다.

어떤 노염일까. 욕먹은 데 대한 분함이 물론 가장 강하였다. ○○ 음악학교에 다니는 조선 여학생은 자기밖에 없다. 그런지라 누구든 이 글을 읽기만 하면 거기 쓰인 모양이라는 것은 자기를 지적한 것임을 알 것이다.

처녀 십팔(새해에 열아홉)은 손톱눈만한 일에라도 부끄러워하는 시절이라 하나 연실이는 요행 부끄럼에 대한 감수성은 적게 타고난 사람이었다.

그 대신 분하였다. 글자가 표현할 수 있는 가장 악의로 찬 욕을 퍼부은 것이었다. 이것이 분하였다.

어때? 그래. 이만 뱃심이 없지 않았다. 그 글의 필자는 아직 구사상에 젖은 유치한 녀석이라는 경멸감도 물론 났다. 자유연애를 이해하지 못하고 이렇듯 어리석은 소리를 흥얼거리는 숙맥이라는 우월감(자기에 대한)도 섞여 있었다. 그런지라 욕먹은 내용—사실에 대해서는 연실이는 천상천하 부끄러울 데가 없었다. 이 정정당당하고 가장 새롭고 가장 선각적인 행동을 욕하는 자의 어리석음이 미웠고 그런 것에게 욕먹은 것이 분하였다.

두 시간, 세 시간 동안을 분한 감정 때문에 몸만 떨고 있던 연실이는 밤이 차차 들어감에 따라서 얼마만치 머리도 식어가며 식어가느니만치 대책도 생각났다.

어떻게든 거기 대하여 항의를 하여야 할 것이다.

글로?

말로?

항의문을 그 잡지에 써 보내서 자기를 욕한 필자의 무식을 응징하나.

혹은 그 사람을 찾아가서 도도한 웅변으로 그의 구식 두뇌를 깨쳐주나.

자리에 들어서도 그 생각을 하고 또 하고 한 끝에 연애라 하는 일에 퍽 이해를 가진 최명애를 찾아서 그와 의논하여 어떻게든 결정하리라 하였다.

이튿날 이른 새벽에 연실이는 자리에서 일어났다. 조반도 먹지 않고 하숙집에서 나왔다. 최명애를 찾기 위해서였다.

최명애의 하숙(영업적 하숙이 아니라 사숙이었다)에 들어서서 주인 마누라에게 오하요(안녕하십니까)를 부른 다음에 연실이는 서슴지 않고 명애의 방으로 갔다. 당황히 따라오는 주인 마누라의 눈치도 못 보고.

가라카미(장지문)를 쭉 밀어 열었다.

"?"

연실이는 도로 가라카미를 닫아버렸다. 명애 혼자인 줄 알았던 방에 명애는 웬 남학생과 함께 자고 있다가 이 침입자 때문에 번쩍 눈을 뜨는 것이었다.

"누구?"

방 안에서는 명애가 침입자의 정체를 캐면서 일변으로는,

"긴상, 인전 일어나요. 누구 왔어요."

하며 연애의 상대자를 흔드는 모양이었다.

연실이는 멍하였다. 자기의 취할 거처를 몰랐다. 돌아가자니 싱거웠다. 들어가자니 어려웠다. 이미 이런 일은 처음 당하는 일이 아닌 연실이라 부끄럼이라든가 거기 유사한 감정은 느끼지 않았지만, 일전에도 '신성한 연애'를 운운하던 명애의 자리에서 사내를 발견

하였는지라 잠시 뚱하였다.

"누구야?"

"나."

드디어 대답하였다.

"연실이로구나. 긴상, 어서 일어나요. 연실이, 조금만 있다가 들어와."

그런 뒤에 안에서는 일어나서 옷을 가다듬는 듯한 버석거리는 소리가 들렸다. 그러기를 사오 분이나 하고 나서,

"이와, 오하우이리(좋아요, 들어와요)."

하고 청을 하였다.

연실이는 들어갔다. 내주는 자리에 앉았다.

"새벽에 웬일이야? 응, 소개해야겠군. 이이는 대학에 다니시는 김○○ 씨. 이 애는 늘 말씀드린 연실이."

연실이는 가볍게 머리를 숙였다. 김모라는 학생은 연방 교복 단추를 맞추면서 허리를 굽석하였다.

"헌데 새벽에 웬일이냐? 이상(이창수)네 하숙에서 오는 길이냐?"

"아냐."

연실이는 부인해버렸다. 부인하며 얼핏 김모라는 학생을 보았다. 처음은 송안나의 애인, 그다음은 누구의 애인, 또 그다음은 누구의 애인이라 하여 지금은 최명애의 애인이 된 그 학생은 그의 염복적艶福의 눈을 들어 연실이를 보고 있는 것이었다.

그날 김모는 학교에 가야겠다고 조반 전에 돌아갔다. 사립 여자전문학교에 다니는 두 처녀는 오늘은 학교 집어치기로 하고 김모가 돌아간 뒤에 (세수도 안 하고) 자리에 도로 들어가 누웠다.

연실이가 가지고 온 잡지를 내어 들고 명애에게 자기의 분함을 하소연하고 그 대책을 의논할 때에 명애는 그따위 문제는 애당초 중대시하지도 않았다.

"거기 어디 김연실이라고 이름을 밝히기라도 했니?"

"밝히진 않았어두 ○○음악학교 재학생이라면 20여 명 유학생 중 나밖에 어디 있수?"

"긁어 부스럼이니라. 우습지 않니? 김연실이라구 밝히지두 않았는데 김연실이가 웬 까닭으루 나 욕했소 하구 덤벼드느냐 말이다. 얘, 수가 있느니라. 이렇게 해라."

"어떻게."

"아까 그 긴상 말이야. 긴상두 ○○회(유학생회) 감찰부장이란다. 그 긴상이 말이야, 내가 요전에 ○○학교에 다니는 강상이라는 학생하구 이렇구저렇구 할 때 뭐 유학생계에 풍기를 문란하게 하느니 어쩌니 해가지구 매장을 한다 어떤다 야단이란 말이지. 그래서 그 긴상의 내막을 알아보니 자기도 송안나하고 그 꼴이지. 그래서 말이로다. 만일 긴상이 참말루 샌님 같은 사람이면 할 수 없지만 자기도 그러는 이상에 무슨 낯으루 큰말이냐 말이다. 그래서 이 여왕께서 찾아가주었구나. 한번 부벼대줄 셈이었지. 그랬더니 곤야쿠란 말이지. 흐늘흐늘, 지금 내 애인이 되지 않았니?"

연실이는 멍하니 명애를 보았다. 경이라는 것을 모르는 연실이는 놀랄 줄을 모른다. 감동이라는 것을 모르는 연실이는 감동할 줄도 모른다. 그러나 이야기는 연실이에게는 다만 예사로운 이야기는 아니었다.

"언니, 그럼 나 어떡허면 좋수?"

"너두 나같이 그…… 너 욕한 사람 말이다, 그 학생을 찾아가려무나. 상판대기에 분칠이나 곱게 하구 연지나 찍구 찾아가서 이건 왜 이러우 하구 한마디만 턱 던지구 생긋 웃어만 보려무나. 그러면 나 잘못했소, 여왕님. 하구 네 발 아래 꿇어 엎드리지 않으리."

"그러면?"

"그러면 됐지, 그 뒤가 있을 게 뭐람. 그러면 그 모 도학 청년이 네 애인이 되지."

"이상은 어쩌구."

"차버리려무나. 차버리기가 아까우면 애인 두어 개 두구."

"언니, 남자란 여자를 보면 그렇게두 오금을 못 쓰우?"

"맛이 좋거든."

"맛이 좋단, 어떻게 좋우?"

"그게야 남자가 아니구야 어떻게 알겠니만 여자는 또 남자를 보면 그렇지 않더냐. 아유, 홍홍……."

명애는 무엇을 생각함인 듯이 힘 있게 연실이를 쓸어안고 신음하면서 꺽꺽 힘을 주었다.

"언니, 내 진정으로 말한다면 나는 어디가 좋은지 몰라. 소설에 보면 말도 마음먹은 대로 못하고 고이비도(애인)의 얼굴두 바루 못 본다는 등 별별 신비스러운 이야기가 다 있는데…… 나는 아무리 그렇게 마음먹으려 해두 진정으로는 안 그래, 웬일일까? 그게 거짓말일까?"

"그건 모르겠다만 얘 잠자리 맛이란…… 아유, 홍홍, 아유 죽겠다."

"잠자리 맛이라는 것두 따루 있수?"

"아이 망측해. 우화등선 천하제일감. 네 것두 아직 모르니?"
"몰라."
"그럼 이상허구 뒤집어씌우기는 어떻게 했느냐?"
"그게야 그럭허는 게니 그랬지."
"얘두, 그럼 너 불구자로구나."

단지 사내와 여인―애인끼리는 그런 노릇을 해야 하는 것으로 알고 있는 연실이에게 이 말은 알지 못할 말이요 겸하여 불안스러운 말이었다.

그는 이날 명애에게서 '성'에 대한 여러 가지의 지식을 알았다. 하늘은 종족의 단멸斷滅을 막기 위해서 성교에 특수한 쾌심을 주어 이 쾌감 때문에 종족이 끊기지 않고 그냥 계속된다는 이야기며, 과부가 수절을 못하는 것은 이 쾌감을 잊을 수 없어서 그렇게 된다는 이야기 등을 듣고 그로 미루어 보자면 그것은 상식으로 판단하기 힘들 만치 유쾌로운 일인데 아직 그것도 모르는 자기는 적지 않게 부족된 사람인 듯싶고 이 때문에 마음도 적지 않게 무거웠다.

명애는 연실이에게 대해서 장차 그 남학생(잡지에서 욕한)을 찾아가는 경우에 그와 대응할 책략을 여러 가지로 가르쳤다.

결코 이렇다 저렇다 싸우지 말라 하였다.

"이건 왜 이러세요."

이 한 마디만으로 웃기만 하라 하였다. 손님이 왔으니 과일이라도 사오라고 명령하라 하였다. 그리고 당신과 같은 장차 조선의 지도자 될 사람이 왜 그리 사상이 낡으냐고 산보를 청하고 활동사진 구경을 동반하고, 그리고 마지막에는 네 하숙으로 끌고 들어가라 하였다.

그로부터 수일 후, 연실이는 명애의 지휘가 너무도 정확히 들어맞으므로 도리어 놀랐다. 연실이가 찾아왔다는 하숙 하녀의 보고를 들을 때 그렇게도 울그럭불그럭하였고 서로 대좌하여서도 눈을 퉁방울같이 굴리던 그 남학생이,

"이건 왜 이러세요."

의 한 마디에 멋쩍은 듯이 좀 누그러지고, 그다음에,

"과일이나 부르세요."

할 때에 하녀를 불러서 과일을 사왔고, 그다음에는,

"하나 드십시오."

라는 권고가 그의 입에서 먼저 나왔고, 산보를 청할 때는 얼굴에 희색이 나타났고, 활동사진을 구경한 뒤에 집에까지 바래다달라니까 분명히 흥분까지 되었고, 잠깐 들어오기를 청할 때에 열적은 듯이 따라 들어왔고, 시간이 늦어서 마지막 전차까지 끊어지매 도리어 저쪽에서 기괴한 뜻을 암시하였고…….

이리하여 연실이는 또 한 사람의 애인을 두게 되었다.

새 애인의 이름은 맹호덕이었다.

연실이가 새 애인을 둔 뒤에 이전보다 적이 기쁨을 느낀 것은 맹은 이전의 이창수와 같이 소극적이 아니었다.

역시 ○○회의 회집이 있을 때마다 단상에 올라서서 조선 청년의 갈 길을 부르짖고 학생계의 나약과 타락을 통탄하고 '우리'의 중대한 임무를 사자후하고 하였지만, 그러한 적극성이 있느니만치 연실이에게 대해서도 적극적으로 따라다니고 불러내고 호령하고 명령하고 하였다.

연실이의 마음은 차차 맹에게로 기울지 않을 수가 없었다.

'이것이 진정한 연애로다.'

연실이는 이것으로서 비로소 자기는 진정한 연애를 하는 사람으로 믿었다. 그리고 인제는 온갖 점이 다 구비된 완전한 조선 여성계의 선구자라 하는 신념을 더욱 굳게 하였다.

'갈 길을 몰라서 헤매는 1천만의 조선 여성에게 광명을 보여주기로 단단히 결심하였습니다.'

과거 진명학교 시대의 동무에게 자랑 삼아 한 편지 가운데 이런 구절이 있었다.

(부언 : 이 소설은 이것으로 일단락을 맺는다. 이 갸륵한 선구녀가 장차 어떤 인생 행로를 밟을지 후일담이 물론 있을 것이다. 약속한 지면도 다하고 편집 기일도 지나고 붓도 피곤하여 이 선구녀가 자기의 인격을 완성하는 기회로서 일단락을 맺는 것이다.)

──주

1) 애신각라愛新覺羅 : 청나라 황실을 뜻함.
2) 지벌地閥 : 지체와 문벌을 아울러 이르는 말.
3) 얼혼 : 얼과 혼을 아울러 이르는 말.
4) 뚝하고 : 무뚝뚝하고.
5) 무가내하無可奈何 : 막무가내.
6) 화복和服 : 일본의 전통 옷 '기모노'를 말함.
7) 몰서沒書 : 기고한 글을 싣지 않고 버림.

선구녀
―「김연실전」의 후일담

1

수없는 인명과 수없는 재물과 수없는 인류의 보화를 삼키고 세계 대전쟁이 종식이 되었다.

일본도 이 전쟁에 참가는 하였다 하나 겨우 동양의 한구석 교주만[1] 근처에서 퉁탕거려보고 의리적으로 불란서 전선에 군대를 약간 보내본 뿐이라 재정적으로 손해가 극히 적었다.

그 대신 이 전쟁 때문에 얻은 이익은 지극히 컸다. 지금껏 온갖 약품이며 기계를 독일에서 수입하던 것이 독일과 국교 단절을 한 관계상 자작자급을 하지 않을 수 없게 되어서 과학계의 발달이 놀라웠다. 유럽에서는 전쟁으로 덤비느라고 일용품조차 제 나라에서 만들지 못하는 관계상 미국이며 일본 등에 주문하여다가 쓰게 되니만치 무역상의 이익이 놀랍게 되었다. 해운으로 굴러 들어온 돈도 막대하였다. 위체 관계로 얻은 이익도 막대하였다.

그러나 이런 적지 않은 이익의 반면에는 손해도 또한 없지 않을 수 없었다.
　자유주의의 흥성과 사치—이것이 가장 눈에 뜨이는 악영향이었다.
　서양 문명의 겉물핥기—이삼 년 전까지만 하더라도 도리우치[2]를 쓰는 학생이 없었고 금단추 이외에는 쓰메에리[3]가 쉽지 않았고 학생은 세비로[4]를 안 입던 동경이 갑자기 변하여 십팔구 세만 되면 세비로 한 벌은 장만하고 여학생들은 새빨간 하오리[5]를 휘날리고 여자 양복도 드문드문 보이게 되었다.
　서양 문명의 겉물을 핥은 또 그 겉물을 연실이는 핥았다.
　아무 속살도 모르고 단지 겉만 흉내내면서 어제보다는 오늘, 오늘보다는 내일, 이렇게 나날이 향상되고 있었다. 그러나 그의 속 알맹이는 그 몇 해 전 '베개를 내려오라' 면 내려오던 그 시절에서 한 걸음도 진전된 바 없었다.
　조선 신문화는 대개 동경 유학생의 힘으로 건설되었고 문화의 제일 과정은 자유연애였다.
　연실이가 장차 조선에 돌아가면 건설하려던 조선 신문학은 연실이가 돌아올 때까지 기다리지 못하고 아직 동경 유학할 동안에 싹이 트기 시작하였다. 이고주李古周[6]라는 청년 문학도가 혜성과 같이 나타났다. 이 청년 문학도가 문학이라는 무기를 이용하여 처음 부르짖은 것이 자유연애였다.
　이 현상은 연실이로 하여금 더욱더 연애와 문학은 불가분의 것이라는 신념을 굳게 하였다.
　이러는 동안에 최명애는 연실이보다 1년 앞서서 졸업을 하고 동경을 떠나게 되었다. 송안나는 최명애보다도 1년 전에 귀선하였다.

명애가 귀선할 날짜가 거진 가까운 어느 날 연실이는 명애의 하숙을 찾아갔다. 오래간만이었다. 서로 연애에 골몰한 동안은 동무를 찾을 겨를도 과연 없었다.

"아이, 오래간만이로구나."

"언니 졸업 턱 받으러 왔수."

이런 인사로써 둘은 마주 앉았다.

여자들끼리 만나면 으레 나오는 쓸데없는 이야기가 한참 돈 뒤에 연실이는 이런 말을 물어보았다.

"언니, 돌아가선 무얼 하겠소?"

이 질문에 명애는 눈가에 명랑한 미소를 띠고 잠깐 연실이의 얼굴을 본 뒤에 대답하였다.

"시집가련다."

"시집을?"

"그래, 우스우냐?"

"턱은 대었수?"

"글쎄, 누구한테 갈지 갈팡질팡일세. 돈 있는 작자는 시부모가 있구, 단가살림[7]은 돈이 없구. 너무 잘난 녀석은 휘어잡기 힘들구, 너무 못난 녀석은 셋샤[8] 마음에 안 맞구."

그런 뒤에 명애는 최근 삼사 년간에 졸업하고 귀선한 남학생을 한 오륙 명 꼽아대었다. 그 가운데 세 사람은 명애하고 특별한 관계가 있던 것을 연실이도 안다. 그로 미루어서 나머지들도 다 그렇고 그런 사람들일 것이다.

"어디, 네가 간택을 해봐라. 누가 제일 낫겠니?"

"내가 아우? 아재 간택하는 법두 있수?"

"하하하하. 얘, 너 고창범이라구 알지?"

알기뿐이랴, 연실이도 한두 번 명애 몰래 만나본 일이 있는 W대학 문과 출신의 서울 사람이었다.

"셋샤 마음에는 고창범이가 가장 맞는구나."

싱거운 사내였다. 호인 이상은 보잘 데가 없는 사람이었다.

"고씨가 지금 어디 있수?"

"Y전문학교 문과 교수라네."

"부자인가?"

"저 먹을 게나 있지. 조끔 덜난 편이지만……."

"그 사람 어디가 마음에 드우? 난, 원, 시원찮소."

"그렇기에 내 마음에 들지. 너나 내나 시원한 남편 아래서 살 수 있을 것 같으냐? 안 될 말이지."

"난 귀선해서도 시집은 안 가겠수. 사내라는 건 도대체 한 달만 가까이 지내면 벌써 부려먹으려 덤벼드는 걸 시집까지 가주면 영 종 노릇하게."

"그두 그래 하긴. 그래두 늙으면 자식 생각 난다더라."

"시집 안 가군 새끼 못 낳소?"

"예끼, 화냥년."

그때 연실이는 임신 3개월이었다. 따져보아도 누구의 종자인지는 분명하지 못하였다. 그래서 때때로 이것을 뉘게다 책임을 지울까 생각하고 하던 중이었다.

지금껏 진실한 의미로의 인생을 밟아보지 못한 이 처녀들은 인생의 근심을 몰랐다. 인생의 가장 중대한 일을 가장 가볍게 여기고 웃음과 희롱 가운데서 해결하려는 것이었다.
  그날 낮에 놀러 갔던 연실이는 밤도 깊어서야 제 하숙으로 돌아왔다. 입덧이 나기 때문에 식성이 까다롭게 된 연실이는 제 하숙의 낯익은 음식보다 사루소바[9] 두 그릇을 참 맛있게 먹었다.

2

  그해 여름부터 가을에 걸쳐서 연실이의 아버지에게서 여러 장의 편지가 왔다. 첫 장은 꼬리표가 다섯이나 붙어서 겨우 연실이의 지금 하숙을 찾아온 것이었다.
  수년간을 한 장의 편지도 않던 딸에게 갑자기 뒤따라 편지를 하는 데에는 그럴 만한 곡절이 있었다.
  연실이에게 시집을 가라는 것이었다. 신랑의 나이는 연실이와 동갑, 소실의 자식이나 사람 똑똑하고 한 300석내기 물려받을 것도 있고 중학교를 졸업하였다 하는 것이다.
  그때 배가 남산만하게 되어 학교도 쉬고 하숙도 옮기고 있던 연실이는 첫 편지에는 귀찮아서 자기 주소만 알리고 편지 내용에는 회답도 안 하였다.
  둘째 편지에는 그런 젖비린내 나는 아이에게 시집이 다 뭐냐는 배짱으로 답장도 안 하였다.
  셋째 편지는 방금 연실이가 몸을 푼 이튿날 배달되었다. 여전히 회답도 안 하였다.
  몸을 푼 지 한 달쯤 지나서 외출을 할 수 있게 된 때 연실이는 갓난애(사내애였다)의 아버지 후보자 중의 한 사람인 맹호덕이와 함께 어린애를 붙안고 놀러 나갔다. 나갔던 길에 셋(갓난애까지)의 사진을 찍었다.

며칠 후 사진을 찾아보니, 정녕 내외가 아들과 함께 찍힌 사진이었다.

"어때요? 맹 상."

이 말에 맹은 서슴지 않고 대답하였다.

"오라범, 누이, 누이의 사생아."

"예끼."

"하하하하."

물론 이 사진은 방에 장식하든가 맹과 자기가 나누어가지고 기념하든가 하려는 목적으로 찍은 것이 아닌지라 의리상 맹에게 한 장 주고, 자기가 두 장은 맡아두었다.

공교롭게도 사진을 찾아온 이튿날 고향에서는 또 혼사 의논의 편지가 왔다.

여기 대해서 연실이는 회답 대신으로 사진을 아버지에게 보냈다. 무언의 거절이었다. 저는 벌써 인처요 자식까지 있습니다 하는 뜻이었다.

과연 이 사진을 보낸 다음부터는 다시 편지 왕래가 끊어졌다.

연실이는 제2학기 한 학기를 병을 칭탁하고 쉬었다.

제3학기부터는 애는 유모 주고 다시 학교에 다녔다. 3학기 한 학기로 연실이도 '전문학교 졸업생'이 되는 것이었다.

3

세계대전쟁의 여파가 온 세계에 가지가지로 일어나는 가운데 자유주의의 나라인 미국이 던진 몇 개가 꽤 세계를 소란하게 하였다.

가로되 국제연맹, 가로되 민족자결주의, 가로되 무엇, 가로되 무엇.

이 가운데 민족자결주의라 하는 여파는 조선반도도 한동안 흔들어놓았다.

연실이가 몸을 푼 뒤에 산후도 깨끗하여 3학기부터 학교를 가려고 준비할 때부터 동경 유학생 간에도 적지 않은 동요가 있었다. 제3학기 초부터는 동요도 꽤 커갔다. 경찰로 붙들려 가는 사람도 적지 않았다. 연실이의 애기의 가정假定 아버지 되는 맹호덕이도 이런 일에는 참견하기를 좋아하는 사람이라, 끼리끼리 밤을 새워가면서 수군거리며 돌아갔다.

조선의 신문학도요 겸하여 조선의 연애 교사인 이고주도 동경을 건너왔다가 무슨 글을 하나 지어주고 재빨리 상해로 달아나고, 남은 사람들은 그 글을 유학생 간에 돌리고 모두 사법의 손에 붙들렸다.

그러나 그 일은 연실이의 생활이며 감정이며와는 아무 관련이 없었다. 무슨 일인지도 이해하지 못하였다. 그리고 3학기를 시작하였다.

3학기도 끝나고 내일 모레면 졸업식이라 하는 3월 초하룻날, 온 조선에도 무슨 중대한 일이 폭발된 모양이었다. 그러나 그것이 문학과 관계없고 연애와 관계없는 이상에는 역시 연실이의 아랑곳할 것이 못 되었다.

졸업하고 곧 서울로 돌아가려던 예정이었다(고향인 평양 따위는 벌써 잊은 지 오랜 연실이었다). 그러나 조선 안이 꽤 소란스러운 듯하므로 연실이는 그 음악학교에서 작곡과를 1년간 더 하고 조선이 좀 안

돈된 뒤에 돌아가기로 하였다.

　3월 초하룻날의 소란은 조선에서 꽤 커다란 결과를 주었다. 사내寺內 총독의 무단정치를 그대로 답습한 장곡천長谷川 총독은 경성 시내에 장곡천정長谷川町이라는 정명町名 하나를 남겨두고 갈려가고 재등실齋藤實이 새 총독으로 오게 되었다. 그리고 3월 초하루의 소란은 무단정치에 대한 반항이라 하여 문화정치라는 깃발을 내세웠다.

　그 덕에 지금껏 탄압하던 출판계가 좀 완화되어 신문 잡지 그 밖 서적들이 뒤이어 나타났다. 동시에 신문학의 싹도 차차 완연해갔다.

　이러한 현상을 바라보고 연실이는 그냥 편편히 동경에 있을 수가 없었다. 작곡과 1년간을 황황히 마친 뒤에 연실이는 행장을 가다듬어가지고 다시 조선으로 돌아왔다. 어린애는 사도코[10]로 주었다.

　어서 돌아가서 선각자의 자리를 남에게 앗기지 않아야겠다는 생각 때문에 어린애 같은 것을 달고 다닐 수가 없었다. 온갖 방면으로 조선 선구녀형의 표본인 연실이는 자식에게 가질 모성애라는 것도 결핍된 사람이었다.

　연실이가 서울로 귀환할 때는 조선에도 두어 파의 젊은 문학도들이 생겨 있었다. 이 문학도들의 전기생前期生이요 겸하여 조선 연애교수인 이고주는 아직 상해로 피신해 있는 채 돌아오지 않았다.

4

　"당추고추 맵다더니 시집살이 더 맵구나. 언니, 시집살이 재미가 어떻수?"

연실이가 서울로 와서 찾아든 곳은 명애의 집이었다. 명애는 고창범이와 결혼을 하고 이 도회 서부 어떤 고지대에 선양鮮洋 절충식 문화주택을 짓고 살고 있었다.

명애의 집에 들어 짐을 대강 정리한 뒤에 연실이는 이렇게 물었다.

"야, 미나리 고쳐야겠더라. 청밀사탕 달다더니 시집살이 더 달더라구……."

"그렇게 재미나우?"

"그럼. 밤에는 서방 있것다, 아침엔 구찮은 서방은 학교에 가구 나 혼자 편히 할 노릇 다 하것다. 오후에는…… 야, 오후엔 우리 집 살롱엔 별별 청년들이 다 모여든다."

"무슨 청년들이우?"

"너 좋아하는 문학청년들."

"고 선생……."

"아서라. 네 입에서 웬 갑작스리 고 선생이냐. 고 상이지."

"고 상은 너무하니 아재라 해둡시다. 아재 찾아오오?"

"아재는…… 나 찾아오지."

명애에게서 들은 바에 의지하건대 조선의 새 문학도는 대개 두 파로 나눌 수가 있다. 하나는 『시작』이라는 잡지를 무대로 활약하는 파로 이를 '시작파'라 한다. 나머지 하나는 『퇴폐』라는 잡지를 무대로 활약하는 파로 이를 '퇴폐파'라 한다.

그런데 시작파와 퇴폐파를 손쉽게 구별하자면, 말하자면 기생네 집에 놀러 간다 할지라도 시작파들은 기생방 아랫목에 누워서 기생을 호령하여 술을 부르고 음식을 부르는 데 반하여 퇴폐파는 꽃다

발을 받들고 기생집을 찾아가서 무릎 꿇고 이것을 바치는 사람들이라 하면 짐작이 갈 것이다. 퇴폐파는 그 명칭과 같이 불란서 시인식의 퇴폐적 기분이 꽤 농후하였다.

명애의 살롱을 찾아오는 사람들도 퇴폐파거나 혹은 그들의 친구들이었다.

"와서는 무얼들 하우?"

"입에 거품을 물고 문학이 어떠니 인생이 어떠니 떠들지."

"그럼 언니는 어떻게 허우."

명애는 미소하였다. 그리고 목소리를 낮추었다.

"내놓구 말이지 어디 무슨 소린질 알겠더냐? 그래서 그저 웃고 보고 듣고 있지."

"오늘두 오우?"

"그럼. 나 없어두 저희들끼리 들어와서 한참씩 덤비다가 가니까……."

"나 좀 참가 못할까?"

"왜 못해. 네가 참가하면 모두들 아아, 우리의 새 여왕이시어 하면서 손으루 키스를 보내리라."

"이름은 누구누구요?"

명애는 그들의 이름을 대강 꼽았다. 듣고 보니 신문이나 잡지에서 흔히 듣던 이름이 대부분이었다.

연실이는 매우 흡족하였다. 조선 신문단에서 활약하는 사람의 대부분을 손쉽게 사귈 기회를 얻었다.

2년간을 동경과 서울, 이렇게 만 리를 상격하여 있다가 만난 터라 서로 바꾸는 뉴스는 끝이 없었다. 그 가운데서 연실이가 가장 통쾌하게 들은 것은 송안나에 관한 뉴스였다.

송안나가 동경 유학 당시의 가장 마지막 애인은 I라는 사람이었다. 그리고 I와의 애정이 다른 여러 과거의 애정들보다 가장 깊었다. 그런데 송안나가 아직 졸업하기 전에 I는 먼저 졸업하고 고향에 돌아왔다가 병나서 죽었다.

송안나는 I가 죽은 반년 뒤에 졸업하고 돌아왔다. 돌아올 때는 벌써 약혼자가 하나 생겨서 약혼자와 동반하여 돌아왔다.

돌아와서는 곧 결혼식을 거행하였다. 결혼을 하고 신혼여행으로 간다는 데가 어디냐 하면 죽은 I의 고향이었다. I의 고향에서 송안나는 신혼한 남편과 함께 죽은 애인의 무덤에 절하고(사죄라 하는 편이 옳을지) 새 남편의 주머니에서 돈을 꺼내 I의 무덤에 비석을 해 세워 주었다…… 이런 뉴스였다.

냉정한 이성을 가지고 생각하자면 송안나(뿐 아니라 연실이며 명애며 다 마찬가지다)의 심리며 행동이며는 제정신 가진 사람의 일이라고는 볼 수가 없었다. 그러나 명애는 깔깔대며 이 뉴스를 여성이 남성에 대한 대승리라 하여 연실이에게 알렸고 연실이는 손뼉을 두드리며 찬성하였다.

명애의 소위 살롱이라는 것은 마루방에 유리창을 달고 센터 테이블을 가운데로 값싼 의자가 대여섯 대 둘러 놓여 있고, 센터 테이블에는 재떨이 몇 개와 성냥 몇 갑이 놓여 있을 뿐이었다.

오후 3시쯤 대여섯 명의 무리가 밀려왔다. 머리를 기르고 토이기 土耳其[11] 모자를 비뚜루 쓴 청년, 새빨간 노끈을 넥타이 대신으로 쌍코를 내어 맨 청년, 머리를 통 뒤로 젖히고 칼날 같은 코를 때때로 이태리식으로 쿵쿵 울리는 청년…… 동경에서 사립 음악학교를 다닌 연실이에게도 신기한 느낌을 주는 사람들이었다.

소설이나 시나 한번 활자화되기만 하면 서로 이름쯤은 기억이 될 만한 단순한 시대라, 더욱이 여자인 김연실의 이름은 그들의 기억에도 있던 바였다. 그 위에 이 집 여왕 명애의 입을 통해서도 누차 들은 일이 있는 이름이었다. 그들은 두 손을 들어 환영하였다.

그 청년 가운데 한 사람은 연실이에게도 약간 기억이 있는 사람이었다. 옷은 별다르게 입지 않았으나 가장 유행형이었다. 구주전쟁[12] 때문에 세계적으로 온갖 물자가 결핍하기 때문에 옷 같은 것도 놀랍게 짧고 좁고 팽팽한 것이 유행되어 그 유행이 아직 해소되지 않은 시절이라 옷이 좁고 짧은 것은 흠할 것이 아니지만 이 청년의 것은 유달리 좁고 짧아서 누구가 보든 남의 것을 빌려 입은 것 같았다. 박형薄型 나르단 제製의 금시계와 꽤 커다란 금강석 반지와 밀화[13] 권연[14] 물부리 등으로 부잣집 청년이라는 점이 증명되기에 말이지, 의복만으로 보자면 남의 것을 빌려 입은 듯했다. 김유봉이라는 이름이었다. 동경미술학교 출신이었다. 이 청년을 연실이는 짐작한다.

김유봉은 평양 사람이다. 김유봉의 증조할아버지는 평양의 전설적 치부가였다. 김유봉의 할아버지는 참령參領[15]이었다.

이 김유봉의 할아버지가 참령 시대에 연실이의 할아버지는 군졸이었다. 옛날 같으면 연실이의 할아버지일지라도 김유봉의 앞에 감히 앉을 자격도 없고 가까이 할 자격도 없는 사람이다.

연실이의 아버지도 이속이 되기 전에는 김 강동(강동 군수를 살았다고 김 강동이라 한다) 댁에 하인 비슷이 드나들었다. 연실이의 아버지가 영리가 된 뒤에도 김 강동에게는 늘 하인같이 문안 다니고 하였다.

 이러한 호상 관계가 있는 김유봉과 지금 대등의 자격으로 마주 앉아서 이야기를 할 때에 연실이의 마음에는 일종의 긍지까지 일어나는 것이었다.

 그들의 입에서는 동서고금의 온 예술가들의 이름이 오르내리고 비판과 논란이 오르내렸다.

 지금까지 자기를 여류 문학자로 자임하고 선각자로 자부하던 연실이로 하여금 적지 않게 불안을 느끼게 한 것은 이 청년들이 떠들고 법석하는 이야기를 잘 알아듣기가 힘들뿐더러 그들의 입에 예사로이 오르내리는 서양 문호들의 이름조차도 연실이는 모르는 자가 적지 않은 점이었다. 명애의 말도 '그 작자들의 이야기는 내놓고 말하자면 잘 못 알아듣겠더라' 하더니만 연실이 자기도 그러하였다.

 이런 가운데서도 막연히 느껴지는 바는, 연실이 자기의 학우들이던 그곳 남녀들과 이 청년들이 전혀 마음 가지는 법이 다르다는 것이었다. 그곳 남녀들은 단지 배울 것 배우고 놀 것 놀고 먹을 것 먹는 뿐이었다. 그런데 이 젊은이들의 마음가짐 가운데에는 자기의 배운 것으로 사회를 어떻게 한다 하는 '대사회'라는 것이 있는 듯하였다.

5

 연실이가 명애의 집에 기류하기 시작한 지 며칠이 지나지 않아서 연실이와 명애는 대판 싸움을 한번 하였다. 명애는 자기의 남편 되는 고창범이가 세상에 드문 호인인 것을 다행히 여기고 온갖 행동을 자유로 하였다. 그 소위 '온갖 행동'이라는 데에는 연애도 포함

되어 있었다.

　고창범이도 짐작은 한다. 그러나 성격이 덜났으니만치 호인인 그는 아내와 싸우기가 싫기도 하고 무섭기도 하고 해서 모른 체하는 모양이었다.

　명애의 상대 남자라는 것은 소위 살롱의 문학청년도 있고 남편의 친구도 있고 하여 대중이 없었다. 어느 일요일 날, 이날도 아마 명애는 그 애인 중의 누구를 만나러 나간 모양이었다. 그렇지 않고 놀러 나가려면 연실이를 두고 나갈 까닭이 없었다.

　집에는 창범이와 연실이와 하인밖에 없었다.

　창범이와 연실이는 같은 방에서 창범이는 신문을, 연실이는 소설을 읽고 있었다.

　그 소설에는 마침 '어떤 여자(주인공)가 이전 학생 시대에 자기와 관계 있던 남자의 아내(친구끼리다)에게 놀러 간다. 아내는 지금 찾아온 동무와 제 남편이 과거에 그런 일이 있는 줄은 모른다. 아내는 동무를 위하여 과일이라도 사러 가게에 나간다. 과거에 관계 있던 남녀가 단둘이 남는다. 여자가 눈을 들어 사내를 본다. 사내도 마주 본다. 서로 싱그레 웃는다. 서로 손을 내민다. 서로 쓸어안는다' 이런 대목이 있었다. 이것을 읽다가 연실이는 뜻하지 않게 고창범이를 건너보았다. 그러매 고창범이도 연실이가 자기를 보는 기수에 신문을 내리매 마주 보았다.

　뜻하지 않게 서로 싱그레 웃었다. 수년 전에 마주 서로 보고 싱그레 웃던 일이 생각났다. 연실이가 말을 던져보았다.

　"재미가 꿀 같죠?"

　"세상살기가 귀찮아집니다."

"꽃 같은 부인에……."

"좀 가까이 와서 옛날같이 이야기나 해봅시다."

고창범은 손을 길게 뻗쳤다.

"명애한테 큰일나게."

"이건 왜 이래."

창범이는 연실이의 옷깃을 잡았다. 옷깃에서 팔목으로, 팔목에서 어깨로…… 서로 나란히 하고 그 뒤에는 어깨를 붙안고 뺨을 부비고…… 꼴이 차차 우습게 되어갈 때에 문이 홱 열렸다.

깜짝 놀라서 남녀가 떨어져 앉을 때에 문에 나타난 사람은 이 집의 여왕 명애였다.

명애에게는 너무도 의외인 모양이었다. 잠깐 멍하니 섰다. 서로 떨어진 남녀도 무슨 할 말도 없어서 우두커니 앉아 있었다.

드디어 명애에게서 노염이 폭발되었다.

"흥."

이것이 첫 호령이었다. 다음 순간 화닥닥 뛰쳐들었다. 첫 발길로 남편을 걷어찼다. 다음 발길로 연실이를 차려 하였다. 연실이가 몸만 비키지 않았더라면 물론 차였을 것이다.

연실이는 본능적으로 몸을 비켰다. 그 때문에 허공을 찬 명애는 탁 엉덩이를 주저앉았다.

"이놈의 계집애, 손질까지 하는구나."

악이었다. 달려들면서 연실이의 머리채를 휘어잡았다.

여기서 두 여인은 한참을 서로 악담을 퍼부어가면서 머리채를 맞잡고 싸웠다. 명애의 남편은 어디로 언제 피하였는지 없어져버렸다.

이 집 하인이 들어와서 간신히 떼놓을 때까지 두 여인은 서로 옷을 찢으며 찢기며 머리를 뽑히며 코피를 쏟으며 가장집물을 부수며 격투를 계속하였다.

하인의 중재로 겨우 떨어진 뒤에 연실이는 도둑년이라 부르짖으며 명애는 화냥년이라 부르짖으며 각각 하인에게 이끌려 딴 방으로 갈렸다.

제 방으로 돌아온 연실이는 즉시로 얼굴을 닦고 머리를 매만지고 옷을 갈아입고 행장을 수습해가지고 명애의 집을 나왔다.

인력거에 몸과 짐을 실은 뒤에 연실이가 인력거부에게 가리킨 방향은 패밀리 호텔이었다.

이 패밀리 호텔에는 김유봉이가 묵고 있었다.

6

연실이가 동경으로 처음 떠날 때에 어머니의 주머니에서 훔쳐가지고 떠났던 돈은 그가 공부를 끝내고 돌아와 명애의 집에 기류해 있는 동안 다 썼다.

그러나 당시는 대정大正[16] 팔구 년의 대경기 시대라, 돈이 함부로 굴러다니던 때니만치 금전은 전혀 문제가 안 되었다. 만록총중[17]의 일점홍으로 사천 년래의 제일 첫 사람인 신시인에게 생활 곤란의 문제가 생길 까닭이 없었다.

한 주일에 한 번씩 내야 하는 이 호텔의 방세는 괴상한 복장의 청년들이 경쟁적으로 순서를 다투며 부담하였다. 매 끼니끼니는 이 청년 중의 한 사람 혹은 몇 사람씩이 내고 하였다. 일용품들도 연방 갖다 바쳤다. 직접 금전으로 바쳤다.

그러나 그런 것들이 다 없어진다 할지라도 연실이의 생활은 튼튼히 보장되었다. 김유봉이가 연실이의 패트런이 되었다.

한 호텔에서 한 가지의 취미를 즐기는 젊은 남녀였다. 그 사이가 저절로 그렇게 되었다.

연실이는 연애를 동경한 지 수년, 이 패밀리 호텔에서 비로소 소설에서 읽던 연애를 사실적으로 체험하였다.

가장 유행형인 의복으로 맵시나게 차린 김유봉과 동반하여 혹은 교외를 산책하고 혹은 밤의 거리를 방황하며 호텔의 창에서 갈구리 같은 달을 우러르며 혹은 빗소리에 귀를 기울이며 일찍이 소설에서 읽은 바와 같은 달콤한 속살거림을 서로 주고받았다.

"연실 씨, 연실 씨의 곁에 가까이 앉기만 해도 가슴이 울렁거립니다그려."

"아이 참, 김 선생님. 우리가 왜 좀더 일찍이 만나지 못했을까요?"

"그게 참 큰 한입니다. 아아, 이 달밤에 우리 산보나 같이 나가볼까요?"

"네, 참 그러세요."

그러고는 서로 잡았던 손에 힘을 주고 서로 뺨을 부벼대고 하였다.

싸우고 난 뒤에는 다시 명애를 만나지 않았다. 여자의 친구는 남자일 것이지 여자는 여자의 친구가 되지 못할 것이다. 그날 그 일에 일종의 희망을 붙였는지 명애의 남편인 고창범은 몇 번 연실이에게 전화를 걸었다. 그러나 그날 우연한 찬스에 다시 한번 붙안겨보기는 하였지만 고창범 같은 남자에게는 일호의 흥미도 느낄 수 없는 연실이는 다시 창범을 만나지 않았다.

퇴폐파의 문사며 그 밖 젊은이들도 차차 연실이를 김유봉의 애인으로 인식해주는 사람이 늘어갔다.

___주___

1) 교주만膠州灣 : '자오저우 만'의 잘못. 중국 산둥 반도 남쪽, 황해에 접하여 있는 만. 제1차 세계대전 때에 일본이 점령하였으나, 1922년에 중국에 반환하였다.
2) 도리우치 : '헌팅캡'의 일어. 차양이 아주 짧고 둥글넓적하게 만든 모자.
3) 쓰메에리 : 옷깃을 접지 않고 세운 것 또는 그러한 옷을 가리키는 일어.
4) 세비로 : 신사복. 영국 런던의 고급 양복점 거리 이름인 새빌로(Savile Row)에서 유래된 말.
5) 하오리 : 일본인의 전통 의상 가운데 하나로, 옷 위에 입는 짧은 겉옷.
6) 이고주李古周 : 소설가 춘원 이광수를 가리킴. 그는 '고주孤舟'라는 호도 썼다.
7) 단가살림 : 단가살이. 식구가 적어 단출한 살림.
8) 셋샤 : '졸렬한 사람'이라는 뜻의 일어. 말하는 이가 자기를 낮추어 이르는 1인칭 대명사.
9) 사루소바 : 네모진 어레미나 대발에 담은 면 위에 채 썰은 김을 뿌린 것을 양념국물 소스에 적셔 먹는 메밀국수.
10) 사도코 : '양자養子'를 뜻하는 일어.
11) 토이기土耳其 : '터키'의 음역어.
12) 구주전쟁歐洲戰爭 : 제1차 세계대전을 가리킴.
13) 밀화蜜花 : 밀랍 같은 누런빛이 나고 젖송이 같은 무늬가 있는 호박琥珀.
14) 권연卷煙 : '궐련'의 원말. 얇은 종이로 가늘고 길게 말아놓은 담배.
15) 참령參領 : 대한 제국 때에 둔 영관 계급의 하나. 부령의 아래, 정위의 위이다.
16) 대정大正 : 일본 다이쇼 천황의 연호(1912~1926).
17) 만록총중萬綠叢中 : 여름철의 온갖 숲이 푸른 모양 가운데.

집주름

1

 김연실이가 친구 최명애의 집에 몸을 기탁하고 있다가 하마터면 명애의 남편과 이상한 사이가 될 뻔하고, 그 집에서 뛰쳐나와서 문학청년 김유봉이 묵고 있는 패밀리 호텔을 숙소로 한 다음 한동안은 연실에게 있어서는 과연 즐거운 세월이었다.
 첫째로 김유봉의 연애하는 태도가 격에 맞았다. 아직껏 김연실이라는 한 개 여성을 두고 그 위를 통과한 여러 남성이 첫째로는 열다섯 살 난 해에 그에게 국어를 가르쳐주던 측량쟁이에서 시작하여 농학생 이 모며 그 밖 누구누구 할 것 없이 모두 평범한 연애였다. 연실이가 읽은 많은 소설 가운데 나오는 그런 달콤하고 시적인 연애는 불행이 아직 경험하지 못하였다.
 여류 문학자로 자임하고, 문학과 연애는 불가분의 것으로 믿고 있는 연실이에게는 그런 평범한 연애는 그다지 달갑지 않았다. 문학자인 이상은 연애는 해야하겠고, 다른 신통한 상대자는 나서지 않아서 부득불 불만족하나마 그 연애로 참아온 것이지, 결코 만족할 바가 아니었다.

그 비감이 김유봉으로 비로소 만족하게 해결이 된 것이었다. 달밤의 산보, 꽃 아래서의 속살거림, 공손히 바치는 꽃다발, 무수한 '아아' 와 '어어' 의 감탄사, 그 가운데서 미소로써 그를 굽어보는 자기를 생각할 때는 연실이는 만족감을 금할 수가 없었다.

자기를 에워싸고 모여드는 청년들도 연실이를 만족하게 하였다. 청년들이라 하는 것이 죄다 명애의 집에 드나드는 그 무리였지만, 연실이가 명애의 집에 있을 동안은 명애가 여왕이요, 연실이는 한 배빈에 지나지 못하였는데 호텔에서는 연실이가 유일한 여왕이요 중심 인물이며 뭇 청년은 그를 호위하는 기사였다.

조선으로 돌아올 때에 그가 품었던 커다란 포부—첫째로는 연애를 죄악으로 아는 우매한 조선 사람의 사상을 타파하고(연실이는 이것이 문화의 제일보요, 여성해방의 실체라 믿었다), 둘째로는 연애의 실체문인 문학을 건설하고, 셋째로는 이리하여서 조선 여자의 수준을 세계적으로 끌어올리려는 이 대이상은 착착 진전되는 듯이 믿었다.

이러한 가운데서 때때로 그로 하여금 불안을 느끼게 하고 초조한 생각을 일으키게 하는 것은, 즉, 자기 자신의 지식 정도에 대한 의혹이었다.

뭇 청년들이 입에 거품을 물고 논쟁하는 이야기가 연실이에게는 알아듣지 못할 말이 퍽이나 많았다. 토론의 내용, 토론의 의의, 토론의 주지만 이해하기 어렵다는 것이 아니라…… 아니, 주지, 내용에 대해서는 태반이 모를 것뿐이었지만, 심지어 그들이 토론하는 이야기의 말귀도 알 수 없는 것이 많았다.

그들의 이야기 가운데 어떤 것을 무슨 형용사로 알고 듣고 있노라면 사람의 이름인 수도 있고, 낯선 말을 누구의 이름인 줄 알고 듣고 있노라면 나중에 그것이 무슨 주의의 외국 말인 수도 있고……요컨대 이 나라 말 저 나라 말이며, 학술상의 술어며 고유명사를 막 섞어가면서 토론하는 그들의 이야기는 연실이에게는 거지반이 알아듣기 힘든 것이었다. 같은 선각자로서 더욱이 만록총중의 일점홍으로 이 그룹의 중심이 되는 연실이라, 그 입장으로도 침묵만 지킬 수가 없거니와, 그의 자존심으로 때때로 말을 끼여보고 싶고, 더욱이 뭇 청년들은 연실이에게 듣기기 위하여 더 애써서 토론을 하는지라, 자연히 연실이는 말을 참견하지 않을 수가 없는 경우가 적지 않았다.

그래서 처음 몇 번은 참견을 해보았다. 참견하였다가 덧없이 움추러든 일이 여러 번 있었다. 공연한 맞장구를 치다가 머쓱해진 적도 적지 않았다. 연실이 자신도 무료해서 딴 말로 돌리고 했지만 그들도 민망해서 좌석이 싱겁게 되고 하였다.

그런 일을 누차 겪은 뒤부터 연실이는 퍽 주의해서 그들이 연실이 모르는 토론들을 할 때에는 연실이는 편물을 한다든가 독서를 한다든가 그런 시늉을 해서 개입할 기회를 피하고 하였지만 마음으로는 불안을 느끼지 않을 수가 없었다. 망신스럽다는 일 자체도 불안하거니와 조선의 여류 문학가요 선구자로 자신하고 있는 자기가 그렇듯 모를 일이 많다는 점이 불안스러웠다.

이러한 가운데서 김유봉과의 공동 생활의 1년이 지났다. 1년이 지나고는 김유봉과 갈라지게 되었다.

2

갑자기 생긴 일이 아니었다. 그게 1년간 쌓이고 쌓인 여러 가지의 원인이 합하여서 연실이와 김유봉이 갈라지게 된 것이다.

공동 생활을 시작하여 석 달 넉 달은 그야말로 꿀과 같고 꿈과 같은 살림이 계속되었다. 유봉은 문학청년다운 온갖 재롱과 아첨에 애무를 연실이에게 퍼부었다. 영화에서 본 바, 또는 소설에서 읽은 바 온갖 서양식 연애 재롱과 연애 방법을 다하여 연실이를 애무하였다.

거기 대하여 연실이도 또한 자기 아는 바 온갖 서양식 연애 기술을 다하여 유봉이에게 갚았다. 서양식 걸음걸이와 서양식 몸가짐과 서양식 표정 태도 등을 배우느라고 주의도 많이 하고 애도 퍽 썼다.

"아아, 김 선생님. 보다 더 행복되게 보다 더 아름답게 우리들의 라이프를 전개시키기 위해서 베스트를 다합시다요."

"그렇습니다, 연실 씨. 현재에도 우리는 행복스럽거니와, 더 큰 행복을 향해서 매진합시다."

"아이, 참. 저는 김 선생님을 만난 것이 사막에 헤매던 사람이 오아시스를 만난 것 이상으로 환희의 절정이에요. 암흑에서 길을 잃고 갈 바를 모르던 사람에게 천天의 일각一角에서 한 줄기 성화聖火가 비쳐서 길을 인도하는 것과 같아서 가슴이 환해집니다."

"오오, 하늘에 명멸하는 무수한 별이여. 그대 어찌타 꺼질 줄을 모르나뇨!"

"아아, 김 선생님."

달도 없고 불도 없는 캄캄한 노대에서 주고받는 속살거림은 과시 서양식이고, 서양식인지라 연애다운 연애이고, 연애다운 연애인지라 문학미가 충일된 것이었다.
 이런 생활이 두 달, 석 달, 넉 달이 계속되었다. 그러고는 차차 틈살이 생기기 시작하였다.
 유봉이에게 있어서는 연실이의 무학과 무식이 차차 눈에 뜨이기 시작한 것이었다. 연애에 달뜬 동안은 그런 흠들이 모두 눈에 안 뜨이거나 혹은 뜨일지라도 흠으로 보이지 않거나 했던 것이, 차차 일자가 지나서 냄새가 나기 시작하면서 인제는 현저히 보인 모양이었다. 가장 평범한 이야기 하나 변변히 알아듣지 못하여 동문서답이 태반이어니와, 연실이가 가장 문학적 회화를 하노라고 많은 형용사와 조사와 감탄사를 끼워가지고 아름다운 청과 곡조로 하소연하는 미언여구가 또한 본뜻과는 적지 않게 거리가 있는 것으로서 여류 문학가라는 것은 꿈에도 욕심내지 못할 얕은 정도였다. 연애에 취하였을 때는 눈에 안 뜨이던 이런 흠이 차차 냄새가 나면서 나날이 더 현저하게 눈에 거슬리며, 그뿐더러 심상히 보자면 흠잡지 않을 것까지 흠으로 보이고 수효도 늘어가는 한편 흠의 정도도 크게 보여갔다.
 처음에는 모르고 지내고, 그 뒤는 실수쯤으로 가볍게 보고, 또 그 뒤는 간간 고쳐주었고, 또 그 뒤는 핀잔을 주던 것이, 마지막에는 흠 잡히지 않을 일까지도 흠을 잡아 핀잔을 주고 무식하다 매도하고, 일부러 큰 소리로 웃어주어서 망신을 시키게까지 되었다.
 말하자면 유봉이는 연실이에게 인젠 흥미를 잃었기 때문에 흠이 눈에 뜨이고 대수롭지 않은 흠이 아주 크게 보인 것이었다.
 유봉이의 심경이 이렇게 변함과 같은 보조로 연실이의 심경도 변하였다.

유봉이의 태도가 차차 불학무식한 사람과 같아갔다. 처음에는 아주 귀공자다. 이 단아하고 우미하던 유봉이가 날이 갈수록 차차 조야하고 황포해갔다.

처음 여왕을 보호하는 기사와 같던 태도는 차차 사라져 없어지고 조야한 본성이 드러나면서부터는 그의 도량까지도 자취를 감추어 버렸다. 연실이에게 대해서 문학을 토론하기를 차차 피하였다. 이것은 토론한댔자 연실이가 잘 알아듣지 못하는, 말하자면 연실이의 실력이 발견된 탓도 있겠지만 연실이가 알아들을 만한 이야기도 저희들끼리만 토론하였지 연실이에게 향하는 일이 줄어갔다. 물론 문화적 연애의 가지가지의 재료도 점점 적어지고 시도 없어지고, 달도 몰라가고 별도 몰라가고 꽃도 몰라가고…… 연실이가 '문학적 감동'으로 알고 있는 기분이며 정서는 물에 씻기는 듯이 줄어들었다. 이 비문학적인 유봉이에게 대하여 연실이가 차차 소원하게 되어가는 것은 당연한 일이었다.

석 달, 넉 달이 지나고 반년, 열 달이 지나면서부터는 서로 기괴한 사이가 되어서, 극도의 증오와 극도의 배척심을 품고 서로 대하게 되었다.

물론 한자리에서 잔다. 한 식탁에서 식사를 한다. 그러나 한 번 미소도 없이, 한 가닥의 '자연 찬송사'도 없이 한 마디의 시도 없이 제각기 제 감정 제 꿈으로 날을 보낸다. 그리고 이튿날도 또 같은 프로그램이 반복되는 뿐이었다. 문학으로 서로 얽혀지고 사랑으로 얽혀졌던 그들에게서 문학의 수준의 균형을 잃고 사랑에 공명점을 잃었으니(애당초부터 사랑이란 것은 존재하지도 않았지만) 웃음이 있을 까닭이 없고 기쁨이 있을 까닭이 없었다.

동부인하고 나다니는 일도 없어졌다. 유봉이의 친구들이 모여서 연실이를 중심에 두고 문학론들을 지껄이던 일도 지금은 전과 달라져서 연실이는 따로 젖혀놓고 저희들끼리만 지껄였다. 그렇지 않으면 연실이만 호텔에 남겨두고 저희들끼리 밖으로 나갔다. 연실이가 명애의 집에서 뛰쳐나와 유봉이와 함께 패밀리 호텔에 기류한 처음 한동안은 명애의 살롱에 모이던 그룹이 패밀리 호텔을 집합소로 삼고 거기서들 놀았다. 그러던 것도, 연실이와 유봉이의 사이가 식어갈 때는 차차 다른 곳으로 모였다.

연실이는 차차 문학과 떨어졌다. 선구자라는 긍지에도 꽤 흔들림이 생겼다. 문학을 호흡하고 문학을 음식하려는 것이 연실이의 이상이요 희망이어늘 결과는 그 반대였다.

패밀리 호텔에서 이런 대중 잡지 못한 생활의 1년을 보낸 뒤에 그 생활의 파국이 이르렀다.

파국이랬자 그 이른 방법은 너무도 싱거웠다. 다툼하다 못해 언쟁 한 마디도 없이 사실로는 연실이는 그것이 유봉과의 이별인 줄도 모르고 이 국면을 맞은 것이었다.

어떤 날, 유봉은 갑자기 고향 평양에 잠깐 다녀오겠다고 하였다.

"가면 언제쯤 와요?"

연실이는 이렇게 물었다. 인젠 존경사도 서로 약해버리는 처지였다.

"글쎄…… 한 1주일 걸릴까, 한 반 삭 걸릴까? 혹은 반년이 될지두 모르구……. 혼자 있기 무서운가? 무서우면 장정이나 하나 시침시키지."

농담인지 진정인지도 알 수 없었다. 그리고 요처로 쓰라고 몇 백원 집어주고 짐은 말짱히 꾸려가지고 나갔다.

"곧 다녀오면 무슨 짐이 그리 많소?"

하도 시시콜콜히 제 물건은 다 꺼내어 싸므로 이렇게 연실이가 물으매 그는,

"도로 가져오면 되지."

하곤 하나도 남김 없이 싸가지고 떠났다.

연실이는 거기 무슨 의심을 두지 않았다. 며칠을 다녀오려는지, 그동안 오래간만에 좀 홀로 지내는 자유를 향락하고 싶었다. 정거장에나 나가봐야 할 것이나 유봉이가 한사코 말리므로 그것 좋다 하고 그만두었다.

그랬는데 그로부터 나흘 뒤 오정쯤 J라는 사람이 호텔로 찾아왔다. J는 어느 민간 신문 기자였다. 성격은 좋게 말하자면 호협 남자요 나쁘게 말하자면 뻔뻔한 사람이었다. 현재는 연실이가 유봉이와 남이 아니고 유봉이는 시골 간 줄 알면서 찾아왔으니 미루어 알 것이다.

"김 소사召史[1].”

칭호부터 괴상하였다. 연실이는 영문 몰라 번히 쳐다보았다. J는 모자도 쓴 채로 의자 걸상 다 버리고 침대에 덜컥 가서 앉았다. 그러고는 편안한 듯이 두어 번 들썩들썩 춤을 추어보고는 지팡이로 침대보를 두드리며,

"사숙이구 여관이구 어서 하나 정해야지 않소?"

하며 머리를 기울이고 연실이를 들여다 본다. 여전히 알 수 없었다.

"이 호텔은 하루 방세 4원, 식사까지 하면 칠팔 원 이상이 걸릴 테니 어떻게 방침을 대야지 않겠소?"

여전히 모를 말. J는 비로소 유쾌한 듯이 한번 크게 웃었다.

"여보 긴상, 시바이(연극)는 그만두고, 내 양천대소할 만한 뉴스를 하나 긴상께 알리지. 다른 게 아니라 유봉이가 시골 갔다는 건 일장 시바이구, 녀석 ○○동에다가 오보록하니 신접살림 꾸려놓구 소꿉질 살림에 정신 빠졌답니다."

"재미나겠군요."

연실이는 가볍게 대답하였다. 대포를 잘 놓는 J라 거짓말로 알았다.

연실이가 믿건 말건, J는 여전히 연실이의 얼굴을 들여다보면서 제 말을 계속하였다.

"게다가 이 로맨스 유출유기愈出愈奇[2]해서 미금앙천대소未禁仰天大笑[3]니 소꿉살림의 마담이 누군가 하면 전 Y전문학교 문과 교수 고창범 씨의 영부인 최명애 여사, 어떻습니까?"

"참 재미나는걸요. 신문 기사는커녕 소설 재료도 될걸요."

"자, 산보나 나갑시다. 구더기 나겠소이다."

"오늘은……."

"머리가 아프지요? 두통에는 산보가 제일 약입니다. 자, 어서……."

연실이는 웃지 않을 수가 없었다.

"다리가 아파 못 나가겠는걸."

"그렇지, 종일 누워 있으니 다리도 저리리다. 운동을 해서 펴야지."

서두는 바람에 연실이는 하릴없이 따라나섰다.

J는 연실이를 끌고 걸어서 이리저리 돌아다녔다. 적잖은 길을 걸었다. 그리고 어떤 골목 앞에까지 이르러서 J는 걸음을 느리게 하며

연실이를 돌아보고,

"자, 이 도적놈을 보세요."

하며 지팡이를 들어서 그 앞집의 문패를 가리켰다.

연실이는 지팡이 끝을 따라 눈을 들었다. 새로 이사 온 집인 양하여 거기는 문패 달렸던 자리만 희게 남고 그 대신 명함이 한 장 붙어 있었다. 보니, '김유봉'이었다.

연실이는 거기서 넘어지지도 않고 비틀거리지도 않고 호텔까지 돌아옴에 누구에게 부축받은 기억도 없고, 자동차나 인력거를 탄 기억도 없고, 요컨대 평상과 조금도 다름이 없이 돌아왔다. 그러나 이상한 것은 돌아온 행보며 노순이며 길에서 보고 들은 것에 대해서는 하나도 기억에 남는 것이 없었다. J와 함께 돌아왔는데 그 기억조차 없었다.

3

유봉이를 잃은 것이 아깝지도 않았고 헤어지게 된 것이 서럽지도 않았다. 냉정히 생각하자면 인젠 냄새나던 처지라 도리어 시원한 편이었다. 그러나 너무도 가볍게, 마치 헌신 버리듯 버려진 것이 분하였다. 자기가 헌신같이 버려졌으면 자기는 유봉이를 걸레같이 버렸다 생각하였다.

이튿날 호텔에서 나왔다. 새로 적당한 주인을 잡기까지 며칠을 자기의 주인집에 있으라는 J의 권고를 따라서 짐을 임시 J의 하숙에 부렸다.

정조 관념에는 전연 불감증인 연실이는 J와의 동서同棲 생활도 그저 그렇고 그럴 것이라고 꺼려지지도 않는 대신 달갑지도 않았다.

다만 문학적 생활(연애를 하고 달을 찬송하고 별을 노래하며 꽃을 사랑하는)에서 꽤 멀리 떨어진 것이 매우 섭섭하였다. 다시 그 생활에 들어갈 기회를 포착하기에 마음을 썼다. J는 문학미는 전혀 없는 사람이었다.

4

시대의 물레바퀴는 쉼 없이 돌아간다. 한눈팔기만 하면 한 걸음, 절룩하기만 하면 시대는 그 위를 용서 없이 타고 넘어서 정신 차릴 때는 벌써 까마득한 앞에 달려가 있다.

연실이가 패밀리 호텔에서 유봉이와 연애에 골몰한 1년을 지내고 다시 인간 세계에 나와서 둘러볼 때는(그사이가 단 1년의 짧은 기간이나마) 조선의 사회도 적지 않게 변하였다.

문사의 수효가 놀랍게 많아졌다. 한 10여 일 J의 하숙에 몸을 기탁하고 있다가 성밖 어떤 조용한 늙은 과부의 집에 방 하나를 얻고 자리를 잡자 유명 무명의 문사들이 유숙하여 연실이를 찾았다.

그 어떤 날, 그날도 사오 명의 청년 문학도들이 연실이의 살롱(그들은 이 집 마루를 살롱이라 불렀다)에 모여서 잡담들을 하던 끝에, 그 가운데 안경 쓰고 얼굴 창백한 친구가 연실이를 찾았다.

"미스 연(그들은 이렇게 연실이를 부른다), 여류 문사 친목회를 조직해보시지요?"

"글쎄요."

연실이는 얼굴에 썩 점잖은 미소를 띠고 대답했다. 그 표정은 근일 거울과 의논해가면서 수득한 것이었다.

"누구…… 어디 사람이 있어야지요."

사실 만록총중의 일점홍으로 연실이 자기밖에는 여류 문사가 있다는 것을 모른다. 이 연실이의 의향에 창백한 청년이 반대의 뜻을 보였다.

"왜요? 많진 못하지만 몇 분 되시지요."

"누구누구?"

"저, 최명애 씨라구 모르세요? 전 고창범 씨 부인!"

"네, 알기는 알지요."

알기는 아나 최명애가 문사라는 것은 금시초문이었다. 연실이는 의아하여 반문하지 않을 수가 없었다.

"뭐 쓴 게 있습니까?"

"예. 아마…… 있지요."

그리고 곁의 뚱뚱한 친구를 돌아보았다.

"K군, 최명애 씨가 언젠가 ○○○에 뭘 썼지?"

"그렇지. 아, 아니야, ○○○이 아니구 ○○○ 창간호야."

"그렇던가?"

"분명히 그래. '고향 부로父老들은 삼성三省하라'는 제목으로 아마 서너 페이지 넉넉히 돼."

"응, 나두 생각나는. (다른 청년이 끼여들었다) 조리정연하게 명문이던걸."

"그럼, 선각자구말구. 여자층의 지도자지. 또 친목휠 하자면 또 있습니다. 송안나 씨라구, 글 쓴 건 못 봤지만 아주 웅변가구 활발하지. 또 있습니다. ○○○ 씨, ○○○ 씨…… 대여섯 분은 넉넉히 될걸요. 우선 그 몇 분만으로 조직하구 차차 더 입회시키면 여남은 남게 되리다. 그만했으면 회가 되지 않겠습니까?"

"그러세요. 미스 연이 주창하셔서 여류 문사 친목회를 조직하세요."

연실이는 솔깃하게 들었다. 첫 순간은 최명애 등등에게 작품이 없이 어찌 문사라고 하랴누 생각도 들었으나 그렇게 따지자면 자기도 이렇다 할 작품이 없기는 일반이었다. 자기에게 작품이 없는 것은 그런 시간이나 기회가 없었기 때문이지 결코 문사가 아니기 때문은 아니다. 언제든 찬스만 있으면 작품은 얼마든지 나올 것이다…… 연실이는 이렇게 알고 있다.

따라서 명애며 그 밖의 지금 말썽된 사람들도, 기위 연애를 이해하고 연애를 사랑하고 자유로운 환경과 새로운 지식 가운데서 사는 사람들이니 문사회의 회원 될 자격은 넉넉하리라. 좀 꺼리는 바는 최명애를 만나기가 열적은 점과 그보다도 명애를 만나려면 또한 필연적으로 만나게 될 유봉이를 대하기가 뭣한 점이었다.

"미스 연, 꼭 조직하세요."

"글쎄올시다. 누구가 조직하면 난 회원이나 되지요."

"그게 될 말씀입니까? 가장 화형이 되실 분이 뒤에 숨어서야 됩니까? 꼭 선두에 나서야 합니다."

"글쎄올시다."

이만치 해두었다.

그러나 그 밤은 연실이는 많은 공상 때문에 얼른 잠이 못 들었다. 연실이에게는 쉽잖은 경험이었다. 한창 처녀 시절에도 그다지 공상의 세계를 모르고 지낸 그였지만 이 저녁은 공상이 일어났다. 생활 환경 때문에 한동안 문학계에서 떠나 있다가 다시 그 길로 돌아가렴에 임해서 자기의 전도에 다시금 비치는 찬연한 광휘에 현혹되어 잠이 잘 못 들었다.

그로부터 며칠 뒤에 여류 문사의 친목회가 조직되고, 제1회 회장으로는 송안나가 뽑혔다. 멤버는 전부 과거의 동경 유학생이고 법률이 보호하는 남편이 없는 사람들이었고 환경이 지극히 자유로운 사람들로서 나이는 스물다섯을 전후하였다.

회의 집합 일자며 장소도 특별히 없고 몇 사람이 우연히 모이면 서로 찾아가서 모이게 되고, 모이면 남자 문사들을 찾아가지고 산보를 간다든가 식사를 한다든가 하는 것이 그 회의 행사였고, 이 회원의 단 한 가지의 특징은 서로 의논해가면서 빛깔 같은 옷을 입는 것뿐이었다.

이 회 첫 회합에서 오래간만에 명애를 만난 연실이는 열적은 것을 참고,

"김 선생님(유봉)도 안녕하세요?"

하고 물어보았다. 여기 대하여 명애는,

"너 몹시 보고 싶어하더라."

하고는 픽 웃어버렸다. 그리고 이것으로서, 이 두 여인의 사이에 막혔던 막은 단숨에 없어져버렸다. 둘의 교제는 다시 시작되었다.

5

하늘은 인생이라 하는 것을 커다란 키에 담아가지고 끊임없이 키질을 한다. 그 키질로써 가라지, 죽데기, 껍질, 먼지 등은 날려버리고 알맹이만 따로 추려낸다.

너무도 급격히 수입된 신문화의 선풍과, 그때 때를 같이하여 전개된 대경기의 덕택으로 족하였던 가라지며 죽데기는 이 키질에 모

두 정리되었다. 세계적으로 이르렀던 대경기의 반동으로 전세계는 전고미문의 불경기 시대를 현출하였다. 큰 회사 큰 재벌들이 푹푹 넘어지고 파산자가 온 세상에 충일되었다.

불경기는 자숙을 낳는다. 한때 경기에 생겨났던 부박한 세태와 경표한 풍조는 한꺼번에 쓸려나갔다.

신생 조선문학도 이 영향을 크게 받았다. 금전의 여유가 있어서 자연 출판계가 홍성하였고, 그 덕에 어중이떠중이가 모두 주판을 던지고 마치를 던지고 붓대를 잡았는데, 한풀 꺾인 다음에 그들은 다시 예로 돌아가지 않을 수가 없었다. 백에 하나가 겨우 이 키질에도 자기의 명맥을 보존하였지 나머지의 대부분은 좀 우優하다는 신문기자로, 그에 버금한 자는 광고 문안자로, 또 그 아래로는 과거 대경기 시대에 몇 번 제 이름이 활자화해본 것을 연줄로 억지로 그냥 매달려 있는 사람으로…… 이렇듯 그냥 붓대를 잡는 사람도 있지만 대개는 각기 제 재분에 따라서 새 직업을 찾아갔다.

그런 가운데서 연실이는 '여류 문사'라는 특별한 지위의 덕으로 그냥 문사의 한 사람으로 남아 있기는 하였다. 조선에서 가장 처음의 여류문사로 연실이의 이름은 하도 크게 알려 있었기 때문에 한 개의 작품 행동도 없었음에도 불구하고 이 정리 통에도 그냥 남아 있기는 하였다.

그러나 경제상의 압박은 피할 수가 없었다. 연실이는 아직껏 경제 곤란이라는 것을 전혀 모르고 지냈다. 언제 누구가 어디서 주는지는 자기로도 기억이 흐리지만 언제든 주머니에 여유가 있었다. 주머니에 여유가 있는 외에 또 필요한 물건은 어디서 언제 생기는지, 늘 저절로 부족을 모를 만치 준비되어 있었다. 물질상의 곤란이라는 것이 존재한 줄조차 모르고 살아왔다.

　이러다가 갑자기 생전 처음으로 경제 곤란이라는 것에 직면하니 어찌해야 될지 전혀 도리가 생각나지를 않았다. 온갖 사물에 대해서 지극히 감수성이 둔한 연실이요, 현실의 경제 곤란에 직면해서는 갈팡질팡하였다. 경기 좋은 시절에는 그 살롱에는 늘 청년들이 우글우글하였고 경제 곤란을 모르고 지냈는데, 불경기 선풍이 불자 살롱이 차차 적막해갔고 동시에 연실이의 주머니도 가벼워갔다. 간간 2원, 3원, 5원 등 생기기는 하였지만 요런 부스럭돈으로는 생활비가 되지를 않았다.

　주인집의 하숙비를 한 달은 잊어버린 체하고 그저 넘겼다. 매일 대문을 드나들 때마다 채근받는 것 같아서 간이 조막만하게 되고 하였다.

　한 달이 지나고 두 달 만에 종내 채근을 받았다.

　빚 채근이 평생 처음인 연실이는 저녁때 드리마 하고 그냥 나왔다.

　저녁때라고 돈이 생길 까닭이 없었다. 저녁때까지 이 동무 저 동무네 집에 일도 없이 돌아다니다가, 저녁때도 하숙으로는 돌아가지 못하고 어떤 동무네 집에서 밤을 지내고, 이튿날 아침은 역시 갈 데가 없어서 식전 새벽에 명애네 집을 찾아갔다. 명애는 유봉이와 갈려서 다른 사람과 동서하는 때였다.

　꼭두새벽에 침침한 얼굴로 찾아오는 연실이를 명애는 놀라면서 반갑게 맞았다.

　"웬일인가? 자, 건넌방으로 들어가세."

　겨우 지금 자리에서 일어나는 모양이었다.

　"안녕하세요?"

"응, 안녕할세만 연실이는 진새벽[4]에 웬일이야?"

연실이는 씩 웃었다. 적당한 대답이 없었다.

연실이가 자기의 가슴에 품은 근심을 명애에게 하소연한 것은, 점심때도 거진 되어서 명애의 남편(?)이 외출을 한 뒤였다.

"에이, 바보야."

연실이의 하소연을 듣고 명애는 명랑한 웃음을 한 가닥 웃은 뒤에 이렇게 내던졌다.

"상판대기 빤질하구 나이두 아직 젊었것다, 이 좋은 세상에서 돈 걱정을 한담? 죽어 불여不如라, 이생爾生 하何 쓰리오?"

"그럼 어떡허우?"

"그만 지혜도 안 나나? 녀석들 가운데 그중 어수룩해 보이는 녀석하구 단둘이서 있을 기회를 타서 한번 장태식長太息[5]을 하는 게지. 우리 천사여, 왜 한숨을 짓는 겐가? 아아 선생님, 인간엔 왜 이다지 고초가 많사외까? 무슨 고초외까, 우리 천사여? 말씀드릴 바가 아니외다. 꼭 말씀……. 아니……. 꼭……. 아니……. 두세 번 사양을 하다가 마지못해 한숨의 곡절을 설명하게나. 거기 주머니를 벌리지 않는 녀석은 따귀를 갈길 겔세."

연실이는 탄식하였다.

"그래도 염치에……."

"염치? 뒤집어쓰울 땐 언제구 점잔 뽑을 땐 언젠가? 말이나 말아라, 상놈에 자식 같으니."

남의 감정을 생각지 않고 함부로 내던지는 농담에 저절로 찌푸려지려는 눈살을 감추려고 연실이는 외면을 하였다.

물론 명애에게서 무슨 해결을 얻자고 찾은 바는 아니었다. 갈 곳도 없고 하도 클클해서 왔던 바였다. 왔다가 말말결에(가슴에 뭉쳤던 근이라) 저절로 터져나온 것이었다.

놀랍게 짧은 가을 해가 서편 하늘에 춤을 출 때에 연실이는 명애의 집을 나섰다. 그냥 있을 수가 없어서 나서기는 하였지만 갈 곳이 없었다. 앞이 딱하였다. 다른 단련은 퍽이나 경험했지만 빚 단련은 처음 겪은 것이라 집으로 돌아갈 용기는 나지 않았다. 엊저녁에 갚으마 한 것을 오늘도 빈손으로 들어갔다가 주인 노파에게 채근받으면 뭐라 대답할까. 황혼에서 어둠으로…… 각각으로 변하는 하늘 아래서 연실이는 지향 없이 헤매고 있었다. 또 누구의 집을 찾아가서 이 밤을 보낼까. 혹은 눈 딱 감고 집으로 돌아갈까. 이렇게 해매다가 저편 길모퉁이에, 전당국 간판이 있는 것을 보고, 부끄럼을 무릅쓰고 그 집으로 들어갔다.

팔목에 찼던 시계를 20원에 잡혀서 비로소 길게 숨을 내쉬고 주인집으로 향하였다.

6

시계를 잡혀서 간신히 눈앞의 불은 껐다. 그러나 사람이 삶을 경영하는 동안은 언제까지든 의식의 종 노릇을 해야 하는 것이라, 한 개의 불을 껐다고 문제가 아주 해소되는 것이 아니었다. 연실이의 소유물이 차차 줄어가기 시작하였다.

처음에는 값지고 경편한 물건이 차례로 없어졌다. 그러나 나중에는 물건을 선택할 처지가 못 되었다. 육중하고 값 안 나가는 물건, 내놓기 싫은 기념품까지도 차례로 나갔다.

전당국 출입이 처음에는 부끄럽기도 했고 남의 눈을 피하느라고 돌림길도 해보았지만, 차차 어느덧 비위가 생기고 값을 다루는 재간까지도 체득하였다.

명애는 '녀석의 주머니에서 돈을 따내라' 고 권고하였다. 그리고 명애며 안나며 그 밖 이전 여류 문사회의 멤버 또는 같은 성질의 여인들이 모두 그 수단으로 삶을 경영한다.

그러나 연실이는 그러기가 좀 어려웠다.

차마 용기가 안 났다. 예전 여류 문학자가 되기 위해서는 그렇게도 용감스럽게 그렇게도 비위 좋게 능동적으로 정복적으로 남자에게 접근하였지만 금전과 의식을 위해서는 그럴 용기가 당초에 나지 않았다. 저편 쪽에서 요구해오면 피하거나 사양할 연실이가 아니었지만 이쪽에서 능동적으로 나갈 용기는 없었다.

그런데 저편 쪽에서는 연실이에게 대해서만은 선착수를 피하려는 눈치가 분명하였다. 그 연유는 연실이가 너무도 유명하기 때문이었다. 실정에 있어서는 명애나 안나나 그 무리들의 방종한 행위가 연실이보다 훨씬 더 심했지만, 인간으로서 연실이가 더 유명했기 때문에 소문이 더 널리 퍼지고 많이 퍼지고, 에누리가 붙고 덤이 붙고 하여, 소문으로만으로는 연실이에게 걸려들었다가는 큰코를 다치게 되는 듯이 알려졌으므로 상종하기를 피하는 사람이 적지 않았다.

무서워까지는 않는 사람일지라도 연실이가 하도 유명한 여인이라 그와 사귀었다가는 소문이 높아질 것을 꺼려서 피하였다. 그렇지 않은 사람은 또 '유명한 김연실' 이에게 마음을 두었다가 방을 맞을까 보아 마음도 안 두었다. 이런 관계들로 연실이는 피동적 입장에 서기는 어려운 처지였다.

능동적으로는 자기가 못 나서고 피동적으로는 부르는 사람이 없으니 이 길로는 단념할밖에는 없었다.

어찌어찌해서 만나게 되는 사람도 하루이틀에 끝이지 오래 계속되는 사람이 없었다.

연실이의 생활은 차차 참담해갔다. 전당 잡힐 물건도 인젠 다 잡혀먹고, 어찌어찌하다가 요행 얻어 만나는 이성 친구는 오래 계속되어주는 사람이 없고, 그의 친구들도 모두 옛날 경기 좋은 세월과 달라서 자기네의 경제 문제 해결에도 허덕이는 판이니 거기 덧붙을 수도 없고…… 풀 죽은 치마에 굵은 양말, 검정 고무신, 헝클어진 머리칼…… 전당질 생활 1년 뒤에 그의 모양은 초라하기 짝이 없이 되고, 그 위에 근심과 영양불량으로 안색까지 초췌하고 야위어서 딴 사람같이 되었다. 물론 하숙 생활을 그만두고 밤껍질만한 셋방 하나를 얻고 자취 생활을 한 지도 오래였으며, 주머니의 시재 결핍으로써 굶은 끼니도 적지 않았다.

본시부터도 몽상과 공상을 그다지 모르고 지냈지만 생활고에 부대끼면서부터는 그런 마음의 여유조차 없었다. 요 주머니를 털고는 그 뒤는 무엇으로 먹고 무엇으로 사나…… 딱 눈앞에 닥쳐 있는 이 문제는 다른 생각(근심까지도)을 할 겨를을 주지를 않았다.

문학? 문학을 박차버린 지는 벌써 오래다.

자신을 잃은 것이었다. 옛날 자기를 에워싼 청년들과 자기 자신 사이에 지식의 차이를 인정하면서도 남자와 여자 사이에는 그만한 차이는 있어도 될 것이다…… 이만치 생각하고 불안 가운데서도 스스로 위로하고 안심하고 있었는데, 그것은 순전히 그의 그릇된 생각이었다. 조선 여류 문사 제1기생인 연실이며 최명애, 송안나, 누구, 누구, 이 사람들이 밝은 전철을 경계 삼아 출발한 제2기생의 걸음걸이는 훨씬 견실하였다.

견실한 것이 더 문학적인지 혹은 방종한 것이 더 문학적인지는 잘 모르겠지만, 견실하니만치 더 이지적이요 이지적이니만치 더 현실적이요 굳세고 믿음성 있는 것만은 사실이었다.

제1기생들이 '작품 없는 문학 생활'에 골몰한 동안 제2기생들은 영영 공공 습작에 정력을 기울이고 있는 것이었다.

연애도 잃어버리고 문학도 박차버린 연실이는 굶주림을 면하기 위하여 갖은 애를 썼다.

그러나 잡힐 물건도 인젠 동이 났고, 연애 수입은 몇 푼 되지도 않거니와 대중도 할 수 없고, 장차는 굶거나 동냥을 하거나 둘 가운데 하나의 길밖에는 남지를 않게 되었다.

어느 편을 취하나.

굶을 수도 없다. 동냥도 차마 못하겠다. 남은 길은 둘밖에 없는데 둘 다 취할 수가 없었다. 그 밖에는 인생의 최후의 길, '죽음'이 남아 있을 뿐이었다.

이 막다른 골에서 연실이는 비로소 고향 평양에는 부모와 동생이 있다는 일이 생각났다. 음신[6]조차 끊기기 10년이 가까우면 혹은 그들 중에는 작고한 사람도 있을지도 모를 일이다. 그러나 다야 작고하였으랴. 남보다는 그래도 혈기가 나을 것이다.

며칠 뒤 연실이는 간신히 차비를 마련해가지고 평양으로 내려갔다.

7

연실이는 평양에서 열흘도 못 있고 도로 서울로 올라왔다. 평양에는 아버지, 계모, 다 작고하고, 오라비동생(이복)도 하나만이 아내를 얻어가지고 순사를 다니고 있었다.

연실이가 행색이라도 좀 나았으면 그래도 좀 대접이 달랐을지도 모르나, 간신히 거지나 면한 듯한 꾀죄죄한 꼴로 들어서고 보니 다시 말할 필요도 없었다.

진실로 불쾌하였다. 전혀 모르는 사람이면 도리어 나을 것이다. 제 손아랫사람에게 마치 거지 같은 대접을 받으면서 간신히 열흘을 참다가 도로 서울로 올라왔다. 이튿날로 곧 돌아서고 싶었으나 불행히 차비가 없어서 못 떠나고 있다가 길가에서 옛날 동무를 만나서 염치를 무릅쓰고 동냥하여 차비를 마련해가지고, 떠나노라는 말도 않고 나와버렸다. 평양에 내려갔던 것이 후회막급이었다.

동무에게 10원을 꾸어서 차비를 쓰고 오류 원 남은 것을 신주와 같이 귀중히 품고 경성에 다시 발을 내려놓을 때는 눈앞이 아득하였다.

어찌하랴.

그 옛날 커다란 포부와 희망을 품고 동경에서 이곳으로 돌아올 때는 얼마나 희망과 기쁨으로 가슴이 뛰었던고.

그 뒤 수년간을 조선 유일의 여류 문학자로 이 땅을 활보할 때에 이 땅은 얼마나 아리땁고 향기로웠던고.

겨우 수삼 년의 일이다.

같은 땅, 같은 사람이다. 그렇거늘…….

천만의 발이 활기 있게 걸음을 재촉하는 길바닥을 풀이 없이 걸었다.

안잠[7]이라도 자리라. 밥데기라도 되리라. 동냥만은 결코 안 하리

라. 더욱이 동기네 집의 신세는 안 지리라.

 그사이 열흘 오라비네 집에 있으면서 연실이는 쓴 일 단 일 마다 하지 않고 다하였다. 남의 집에서 그만치 시중해주었으면 치사받기에 겨를이 없을 것이다. 그렇거늘 동생네 집에서는 해준 일에는 공이 없고 받은 신세는 자세[8]가 된다. 그만큼 속을 쓰고 마음을 쓰고 몸을 쓰면 왜 배가 고프고 옷이 남루하랴. 내 배를 내가 채우리라. 내 몸을 내가 장식하리라.

 동생네 집 열흘에서 갖은 수모 다 받은 연실이는 다시 상경해서 하인 자리를 해서라도 독립하여 살고자 굳게 결심하였다.

 우선 셋방 하나를 얻어서 몸 둘 곳을 장만하고, 그 뒤 직업(음악 개인교수나 국어 교수쯤의 좀 고등한 직업에서 안잠자기, 찻집 등의 낮은 직업에 이르기까지 피하지 않고 닥치는 대로)을 구하려고 차표를 역부에게 주고 그 뒤는 오륙 원의 돈과 몸에 걸친 남루 한 벌밖에는 아무것도 없는 조촐한 몸을 백만 장안으로 끼여들었다.

 집세가 헐한 ○○정 근처로 찾아갔다. '복덕방' 이라는 휘장이 바람에 펄럭이는 것을 들치고 들어서면서 주인을 찾았다.

 매달 한 3원짜리 사글셋방 하나를…… 이런 경험이 없기 때문에 몹시 서툴렀다. 복덕방 주인은 쉰 내외쯤 되는 중노인이었다. 그는 이 하이칼라 같기도 하고 초라하기도 한 젊은 여인을 위아래로 훑어보면서 동저고리 바람으로 나섰다.

 연실이는 집주릅의 뒤를 따라서 묵묵히 걸었다. 가면서 생각하였다. 중개인이 몹시 낯익었다. 어디서 많이 본 듯하였다.

 "방은 한 달에 3원이지만 석 달 월세를 깔아야 합니다."

 중개인은 이런 말을 하였다. 그러나 웬 까닭인지 중개인의 뒷모습에 몹시 흥미를 일으키고 그것이 누군지 알아내고야 말겠다는 욕구 때문에 그 말은 듣는 둥 마는 둥 하였다.

방은 보았다. 마음에 드는지 안 드는지도 똑똑히 안 보았다.

그날 밤, 이 초라한 행색을 쉴 곳도 없어서 경성역 대합실에서 밤을 보내다가, 연실이는 문득 아까 그 중개인의 정체를 알아냈다.

지금부터 10여 년 전 연실이에게 국어를 가르치던 측량쟁이, 열다섯 살 나는 소녀 연실이에게 처음 '이성'을 알게 한 사나이…… 그 인물의 10년 후의 모양이었다.

연실이는 미소하였다. 노엽지도 않았다. 그렇다고 반갑지도 않았다. 웬일인지 미소가 저절로 떠오를 뿐이었다.

"두마라나이 모노테수 응아 도우조(별 재미없는 것입니다만 아무튼)……."

그때 그가 가르치던 괴상야릇한 발음을 입속으로 한번 외어보고 작은 소리까지 내어서 웃었다.

이튿날 다시 그 복덕방을 찾아가서 그를 보고,

"나 몰라보세요?"

하고 물어보았다.

"왜 몰라, 김연실이지."

그는 태연히 대답하였다.

"언제 알아보았수?"

"어제 진작 알아봤지."

"그럼 왜 모른 체했어요?"

"아는 체하면 뭘 하오?"

딴은 그렇다.

"그래 벌이는 어떠세요?"

"그저 굶지나 않지."

"댁은 어디세요?"

"홀아비도 집이 있나."

"가엾어라."

"임자는 왜 혼자서 집을 얻소? 소박맞았나요?"

"과부도 소박맞나요?"

"과부라? 가엾어라."

그날도 그만치 해두고 집은 얻는다 안 얻는다 말없이 또 갈렸다.

또 그 이튿날 연실이는 또 갔다. 그날 이런 말이 있었다.

"과부 홀아비…… 한 쌍이로구먼."

"그렇구려."

"아주 한 쌍 되면 어떨까?"

"것두 무방이지요."

이리하여 여기서는 한 쌍의 원앙이 생겨났다.

__주

1) 소사召史 : (성姓을 나타내는 명사 뒤에 쓰여) '과부'의 뜻을 나타내는 말.
2) 유출유기愈出愈奇 : 점점 더 기이함.
3) 미금앙천대소未禁仰天大笑 : 터져 나오는 웃음을 참을 수 없음.
4) 진새벽 : '어둑새벽'의 방언. 날이 밝기 전 어둑어둑한 새벽.
5) 장태식長太息 : 장탄식.
6) 음신音信 : 먼 곳에서 전하는 소식이나 편지.
7) 안잠 : 여자가 남의 집에서 먹고 자며 그 집의 일을 도와주는 일.
8) 자세藉勢 : 어떤 권력이나 세력 또는 특수한 조건을 믿고 세도를 부림.

어머니

통칭 곰네였다.

어버이가 지어준 것으로는 길녀라 하는 이름이 있었다. 박가라 하는 성도 있었다. 정당히 부르자면 박길녀였다.

그러나 길녀라는 이름을 지어준 부모부터가 벌써 정당한 이름을 불러주지를 않았다. 대여섯 살 나는 때부터 벌써 부모에게 '곰네'라 불렸다. 어렸을 때부터 어머니가 어린애를 붙안고 늘 곰네 곰네 하였는지라 그 집에 다니는 어른들도 저절로 곰네라 부르게 되었고, 이 곰네 자신도 자기가 늘 곰네라는 이름으로 불렸는지라 제 이름이 곰네인 줄만 알았지 길녀인 줄은 몰랐다. 좌우간 그가 여덟 살인가 났을 때에 먼 일가 노파가 찾아와서 그를 부름에 길녀야 하였기 때문에 곰네는 누구를 부르는 소린지 몰라서 제 장난만 그냥 하고 있었다. 그러다가 그 사람이 자기 쪽으로 손을 벌리며 그냥 길녀야 길녀야 이리 오너라 하고 연방 부르는 바람에 비로소 자기를 부르는 소린 줄을 알았다. 그리고는 그 사람에게로 가지 않고 제 어미에게로 갔다.

"엄마, 엄마, 데 사람이 나보구 길네라구 그래. 길네가 무어요? 남의 이름두 모르고 우섭구나 야……."

어머니가 곰네를 위하여 변명하였다.

"이 엠나이! 어른보구 그게 뭐야. 엠나이두 하두 곰통같이 굴러서 곰네라구 곤쳤다우. 이 엠나이, 좀 나가 놀알!"

"히! 곱다구 곱네디 곰통 같다구 곰넬까. 곰통 같으믄 곰퉁네디."

"나가 놀알!"

"잉우 찍!"

사실 계집애가 하두 곰같이 완하고 억세기 때문에 '곰'네였다. 얼굴의 가죽이 두껍고 거칠고 손과 팔의 마디가 완장[1]하고 클 뿐 아니라, 가슴이 턱 벙글어지고 왁살스럽고, 그 목소리까지도 거칠고 툭하였다. 머리카락까지도 굵고 뻣뻣하였다. 그에게서 억지로라도 여자다운 점을 찾아내자 하면 그것은 그의 잠꼬대뿐이었다. 잠꼬대에서는 그래도 간간 갸날픈 소리며 애기를 업고 싶어하는 본능이 보였다. 그 밖에는 여자다운 점은 털끝만치도 없었다.

이름이 길녀라 하지만 길하다든가 실하다든가 한 점은 얻어낼 수가 없었다. 곱다는 곱네가 아니요 곰 같다는 곰네야말로 명실[2]이 같은 그의 이름이었다.

젖 떨어지면서부터 농터에 나섰다. 농터라야 빈약한 것으로, 풍년이나 들면 간신히 그의 식구(아버지, 어머니, 곰네, 이렇게 단 세 사람)의 굶주림이나 면할 정도의 것이었다.

곰네가 농터에 나서면서부터는 어머니의 부담이 훨씬 줄었다. 그의 아버지라는 사람은 농꾼답지 않은 게으름뱅이에 기력도 적은 사람이어서 보잘 여지없이 소위 망나니였다. 술이나 얻어먹고 투전판이나 찾아다니고 남의 집 여편네나 담 넘어 엿보러 다니는 사람이었다. 농사 때에는 단 내외의 살림이라 하릴없이 농터에 나서기는 하지만 손에 흙을 대기는 싫어하고, 게다가 기운이 없어서 조금 힘든 일을 하면 숨이 차서 당하지를 못하고 게으름 꾀만 가득 차서 피할 궁리만 공교롭게 하는 사람이었다. 그런지라 아주 쉽고 가벼운 심부름 이상은 하지 않기도 하였거니와 시킨댔자 감당도 못할 위인이었다.

대여섯 살 나서부터 농사에 어머니에게 몸 내놓고 조력한 곰네가 훨씬 도움이 되었다. 힘과 기운으로도 벌써 아버지보다 승하였거니와, 어린애답게 열이 있고 정성이 있었다.

그런지라 팔구 세 때에는 벌써 농군으로서의 한몫을 당해냈고 농사의 눈치도 어른 뜸떠먹으리만치 열렸다.

곰네가 열세 살 난 해에 그의 게으름뱅이 아버지가 죽었다. 이 가장의 죽음도 그 집의 경제상에는 아무 영향도 없었다. 극단적으로 말하자면 한 식구 줄었으니 그만치 심이 폈달 수도 있었다. 살아 있대야 곡식만 소비할 뿐이지 아무 도움도 없던 인물이라 없느니만 못하였다. 그래도 10여 년 살던 정이 그렇지 못하여 곰네의 어머니는 흰 댕기도 드리우고 좀 한심스러운 듯이 망연히 하늘을 우러러볼 때도 있기는 하였으나, 생활 자체에는 아무 영향도 없었다.

눕고 먹고 귀찮게나 굴던 가장이요 가사에는 아무 도움이 없었는지라, 가사도 여전하였거니와 인제는 제 한몫 당하는 곰네가 조력을 하는지라, 어머니로서는 훨씬 노력이 덜하게 되었다. 눈치 있는 곰네가 앞장서서 일하는 것을 어머니는 도리어 보고 있기만 할 때가 많았다.

열다섯 살에 어머니마저 세상을 떠났다.

세상 보통의 처녀로서는 아뜩한 일이었다. 빚은 주는 사람이 없었으니 빚은 없었지만, 남기고 간 것이라는 것은 솥 나부랭이와 부엌 물건 두세 가지, 해진 옷 두세 벌밖에는 아무것도 없는 씻은 듯한 가난한 살림에, 이 집안의 큰 기둥 어머니까지 넘어진 것이다.

그러나 갓 나서부터 여유라는 것을 모르고 지낸 곰네는, 이 점으로는 낭패하지 않았다. 다만 보잘것없는 밭 나부랭이지만, 그래도 그것을 얻어 부치던 것은 어머니의 면의 덕이라, 그것을 떼이게 된 것이 큰일이었다.

가을에 가서 약간의 추수하는 것을 가지고 밭 주인(밭 주인이라야 가난한 자작농이었다)을 찾아갔더니 아니나 다를까,

"아바지 오마니 다 죽었으니 밭 다룰 사람이 없겠구나."

이런 말이 나왔다.

"아버지가 살았으믄 뭘 하댔나요?"

곰네는 반대해보았다.

"아바진 그렇다 해두 오마니가 보디 않았니?"

"오마닌 또 뭘 했나요? 다 내가 했지."

"그래두 체니 아이 혼자서야 농살 하나?"

"해요. 꼬박꼬박 추수 들려 놨으믄 그만이디오. 내 감당해요."

곰네는 지금껏도 자기가 농사를 죄 맡아서 했으니만치 자기가 계속하겠다는 데 대해서 딴 의견이 있을 줄은 뜻도 안 하였다. 그렇기 때문에 거기 대해서는 걱정도 않고 대책도 생각지 않았다. 그러나

한 마디 두 마디 하는 동안 좀 의심스럽게 되었다. 그 밭을 떼려는 눈치를 직각하였다.

여기 협위[3]를 느낀 곰네는 그 땅을 자기가 보겠다고 처음은 간원하였다. 그다음은 탄원하였다. 애걸까지 하였다.

그러나 땅 주인은 곰네의 탄원도 애걸도 모두 일소에 부치고 말았다.

"체니 아이 혼자서두 땅을 보나?"

요컨대 실력 여하를 막론하고 처녀 단 혼잣살림에는 소작을 맡길 수 없다는 것이었다.

그래서 그 땅을 종내 떼이고 말았다.

그러나 곰네는 겁을 내지 않았다.

빈궁한 중에서 나서 빈한 중에서 자란 그는 빈한이라는 것을 무서워할 줄을 모르는 사람이었다.

부모에게 물려받은 단칸 오막살이가 있었다. 거기 거처하였다.

이 조그마한 마을에서는 모두가 서로 아는 사람이었다. 이 집 저 집으로 찾아다녔다.

가을 추수 뒤에는 농가에서는 새끼도 꼬고 가마니도 짜고 한다. 곰네는 돌아다니면서 이런 일의 조력을 하였다. 집에 따라서는 일한 품삯으로 돈푼이나 주는 집도 있었고, 혹은 끼니나 먹이고 마는 집도 있었다.

끼니만 먹이고 말든 혹은 돈푼이나 주든, 곰네는 그 보수에 대해서는 아무 욕구도 없었고 아무 불평도 없었다. 먹여주면 다행이었다. 게다가 돈푼이라도 주면 그런 고마운 일이 없었다. 본시 충직하고 욕심이 없는 데다가 간사한 지혜라는 것을 아직 모르는 곰네는, 남의 일 자기 일 구별할 줄을 몰랐다. 자기가 자기 손으로 착수한 것이면 모두 자기 일이었다. 누가 보건 안 보건 한결같이 열과 성으로 일하였다. 사내들은 담배도 먹고 한담도 하여 헛시간을 보내지만 곰네에게는 그것이 없었다. 아침에 손을 대기 시작하면 점심때도 그냥 일을 하면서 점심 먹고 저녁때도 캄캄하게 되기까지 그냥 일을 계속하고…… 그 위에 알뜰한 가정이 없는 그는 대개는 저녁까지도 그 집 상 귀퉁이에 붙어서 되는 대로 먹고 하였다.

삯 헐하고 일 세차게 할뿐더러 부지런히 하는 그 동리의 귀한 일꾼의 하나였다.

"곰네는 시집갈 밑천 장만하누라구 데리케 돈을 몹겠다."

동리 여인들이 이렇게 놀려대어도 아직 시집 살림이 어떤 것인지 똑똑히 이해하지 못하는 곰네는,

"원! 시!"

하고 웃어버리고 마는 것이었다.

"곰네 너 어드런 새서방 얻어갈래?"

이렇게 농 삼아 물어도 부끄러워할 줄도 모르고 그렇다고 기뻐할 줄도 모르는 곰네였다.

새서방이라든가 시집이라든가 하는 것은 아직 곰네는 상상도 못하는 이상한 물건이었다. 가마니를 짤 때, 새끼를 꼴 때, 사내들과 손이 마주치고, 혹은 잡고 혹은 잡히고 할 때도 옴쳐버리거나, 치워 버릴 줄도 모르고, 마치 사내 사내끼리나 여인 여인끼리와 같은 심정으로 태연히 지나는 그였다.

그 생김생김이며 태도 행동이 모두 하도 사내 같으므로, 함께 일

하는 사내들도 곰네만은 여인같이 생각이 안 가는 모양이었다. 어찌어찌하여 곰네를 붙안아 옮겨놓든가 얼굴을 서로 마주 댈 필요가 생긴 때라도 조금도 주저하지 않고 마치 사내끼린 것과 마찬가지로 행동하였다. 곰네 자신도 역시 그런 심사였다.

처녀 열여덟에 땟국에서도 향내가 난다 한다. 곰네도 사람의 종자라, 열여덟도 나 보였다.
다른 처녀 같으면 몰래 거울도 보고, 손에 물칠하여 머리도 빗어 보고 낯선 사내 소리라도 나면 문틈으로 내다보고 싶기도 할 나이가 되었다.
그러나 곰네에게는 그런 달콤한 시절은 없었다.
그래도 변한 데가 있었다.
남의 집에서 일하다가 밤늦게 혼자 쓸쓸한 제 집으로 돌아오기 싫은 때가 간간 있었다. 남편이 농터에서 농사짓는데 점심때쯤 그 아내가 밥 광주리를 이고 어린애를 등에 달고 농터 찾아오는 것이 부러운 생각도 간간 났다. 누구가 혼사를 하였다, 누구가 상처를 하였다, 하는 소문이 귀에 심상찮게 들리는 때가 잦아졌다.
게다가 동리 여인들이,
"곰네도 시집을 가야디 않나?"
"데리다가는 체니루 늙갔네."
하는 소리며,
"부모가 없으니 누가 혼인을 주장해줄 사람이 있어야디."
"힘세서 새서방 얻어두 일은 세차게 잘할 테야."
이런 소리들이 차차 솔깃하게 들렸다.

더구나 그사이도 간간 소작 땅이라도 얻으러 가면 그 매번을 '처녀 혼잣살림에 땅을 어떻게 부치느냐'는 말을 들었지만, 시재 자기가 처녀 혼잣몸이니 어찌할 수 없는 것이라 단념해두었더니, 지금 다시 생각하면, 남편이라는 것을 얻으면 '처녀 혼잣살림' 이 아니라 남의 땅도 얻어 부칠 수가 있고, 남의 땅을 얻어 부치고 그 위에 틈틈이 새끼며 가마니를 짜면 심도 훨씬 펴서 지금 단지 남의 삯일만 하는 것보다는 천승만승할 것이다.

'서방을 하나 얻을까?'

서방의 자격에 대하여도 아무 희망도 요구도 없었다. 농촌이니 사내로 생겨서 농사지을 것은 당연한 일이다. 학식이라든가 인격이라든가 하는 것은 곰네는 그 가치는커녕 존재도 모르는 바다. 곱게 생기고 밉게 생긴 것도 전혀 모르는 바다. 사내로 서방이라는 명칭이 붙는 자면 그것만으로 넉넉하다. 그 이상, 그 이외의 것은 존재도 모르는 바이어니와 부럽지도 않고 욕심나지도 않았다.

소작 터를 얻기 위하여, 그리고 또 농사에 힘을 아우를 자를 구하기 위하여 서방이 필요하였다.

이리하여 곰네가 열여섯 살 나는 해 가을에 동리 노파의 주선으로 혼인을 정하였다. 서방 역시 곰네와 같이 혈혈단신이요 배운 것도 없고, 나이는 스물다섯이지만 아직 총각이요, 저축도 없는 대신 밭도 없고 어디서 어떻게 굴러먹던 사람인지 삼사 년 전에 단신으로 이 동리에 들어왔고, 이 동리에 들어온 이래로 지금껏 제 집이라고는 없이 이 집 윗목 저 집 윗목으로 굴러다니면서 그 집일을 도와주는 체하면서 끼니를 얻어먹어 연명을 해오던 초라하기 짝이 없는 사람이었다.

"제 집이 없으니 그리케 디냈디, 에미네(여편네) 얻으면 그래두 제 몫이야 안 당하리."

"사나이 대당부라니…… 에미네 굶길까."

중매할 사람 혹은 조혼한 사람이 모두 이렇게 말하였다. 곰네의 생각으로도, 사내 한 사람이 더 있으면 그만치 심이 펼 것으로, 어서 성혼하면 생활이 좀 넉넉해질 것으로 믿었다.

섣달에 품삯을 셈해 받아 옷 한 벌 장만해가지고, 정월에 들어서 길일을 택하여 성례하였다.

신혼 재미는 꿀과 같다 한다.

그러나 곰네에게 있어서는 생활상에고 감정상에고 아무 변화도 없었다.

혼자 자던 방에 혼자 자던 이불 속에 웬 사내 한 사람이 더 들어온 뿐이었다.

신혼 첫날만은 동리 여인들이 와서 저녁을 지어주고 이부자리를 펴주었다. 남이 지은 밥을 먹고 남이 깔아준 이부자리에서 잔다는 것은 곰네의 생전 처음 당하는 경험이었다. 뿐더러 여인들은 한사코 곰네에게 못하게 하고 자기네들이 도맡아 보아주었다.

"새색시두 일하나?"

모두들 곰네를 상전이나 모시듯 서둘렀다.

그러나 그 밤을 지내고 이튿날부터는 곰네의 생활은 옛날대로 돌아갔다.

이튿날 아침, 예에 의지하여 머리에 수건을 얹고 가마니를 짜러 (좀 넓은 방이 있는) 이 서방네 집으로 가서 예대로 부엌에 들어섰더

니 새색시도 이런 데를 오느냐고 단박에 밀렸다. 그래서 어떡하라느냐고 물으매,

"일감을 가지구 너희 집에 가서 알뜰한 서방님하구 마주 앉아서 주거니 받거니 하믄서 일하는 게디, 서방 버려두구 이런 델 와? 그래 조반이나 지어 먹었니?"

한다. 그래서 볏짚을 한 아름 안고 제 집으로 돌아온 것이었다.

그로부터 곰네는 집 안에서 할 수 있는 일은 제 집에서 하였다.

남의 주선으로 조그마한 밭도 하나 얻어 부치게 되었다.

성례한 뒤 한동안은 곰네의 새 남편은 대문 밖에는 나가본 일이 없었다. 대문이라야 수수깡으로 두른 울이지만 그 밖까지 발을 내놓아본 적이 없었다. 뜰에까지도 뒷간 출입밖에는 나가보지 않았다. 꾹 박혀 있었다. 번번 누워서 곰네의 몸만 주무락주무락 어루만지고 있었다. 곰네가 하도 징그럽고 귀찮아서,

"이건 왜 이래."

하며 떼밀면 그는 머쓱하여 손을 떼었다가도 다시 곧 그 동작을 계속하는 것이었다.

어느 날 이 점을 어느 여인에게 하소연하였더니, 그는 씩 웃으며,

"너머 귀해 그르디. 잠자쿠 하자는 대루 하려무나. 싫을 게 있니?"

한다. 과연 차차 지나면서 보니까 그 동작이 처음에는 그렇게도 귀찮고 징그럽던 것이 어느덧 그 생각은 없어지고, 차차 멋이 들고 또 좀 뒤에는 그런 일이 그리워지고, 만약 남편이 그러지 않으면 기다려지고 하게 되었다. 정이 차차 드는 셈이었다.

곰네의 얼굴 생김은 그 이름과 같이 '곰' 같아서 완하고 왁살스

럽고 둘[4]하였다. 여자다운 데는 한 군데도 없었다. 그가 가장 기뻐서 웃을 때도 얼굴만은 성났는지 웃는지 구별을 하기 힘들 지경이었다. 그 얼굴에다가 그래도 남편을 대할 때는 저절로 만족한 웃음이 나타나고 하였는데 그의 웃음이 그의 얼굴에 어울리지 않았다.

"여보."

제법 여보 소리도 배웠다.

"숭늉 줄까, 냉수 줄까."

"아아, 이렇게 갈할 땐 막걸네나 한 잔 있으믄 숙 내려가갔구만."

"그럼 내 좀 얻어오디."

종기종기 나가는 아내.

"에에, 소질이 났는디 기침은 왜 이렇게 나누. 숨이 딱딱 막히네."

"선달네 아조버니네 집에서 송아질 잡았다는데 한몫 들까?"

"글쎄……."

허둥지둥 송아지 추렴에 들려 나가는 아내.

"화기가 났는디 다리가 왜 이리 저려."

"그럼 내 돼지 다리 하나 맡아올게."

반년 전까지는 알지도 못하는 사내에게 곰네는 온 정성을 다 바쳤다. 아버지에게 바치지 못하였던 정성, 어머니에게 바치지 못하였던 정성을 이 길가에서 주워온 사내에게 죄 바쳤다.

이전에는 밭을 주지를 않던 소지주들도 곰네가 서방맞이를 한 뒤에는, 조금은 떼어 맡겼다. 욕심이 적은 곰네는 자기가 감당할 수 있는 이상의 논밭은 생각도 내지 않고, 자기 몫에 돌아온 것만 성심성의로 가꾸었다. 거름도 남보다 후히 주었고 손질도 남보다 부지런히 하였다. 가을 조이삭이 누릿누릿 익어갈 때쯤은 곰네네 밭은 먼

발로 볼지라도 남의 것보다 훨씬 충실히 보였다.

처녀 시절에는 처녀 홀몸이라고 손뼉만한 밭 하나 못 얻어 부쳤는데 남편이랍시고 얻고 보니 그다지 힘들지 않고 밭 하나를 얻어 부치게 되었다. 마음이 오직 직하고 근한 곰네는 이것도 남편의 덕이라 하여 감지덕지하였다.

그렇다고 남편이 밭에 나서서 일을 하든가 하다못해 김이라도 매는 것이 아니었다. 본시 몸이 약질로 농사를 감당하지 못할뿐더러 게으름뱅이로서 농사 같은 일은 하고자 하지도 않았다.

그 위에 곰네는 남편의 몸을 극진히 아꼈다. 저러다가 탈이라도 나면 어찌 하나, 몸이라도 다치면 어찌 하나, 이런 근심으로 조금이라도 힘든 일은 애당초 남편에게 맡기지를 않았다. 게으름뱅이 남편은 맡으려고 하지도 않고 슬근슬근 아내를 돌아보고 하였다. 남편의 하는 일이라고는 과즉, 아내의 손이 미처 돌지 못하여 '데거 좀 이리루 팡가테 주소(저것 좀 이리로 던져주세요)' 혹은 '나 이거 하는 동안, 요 끝을 꼭 누루구 있어요' 하는 등의 지극히 단순한 심부름뿐이었다.

곰네의 얼굴은 못생기고 또 못생겼다. 웬만한 사내 같으면 고급 떨어진다 해서 곁에 오지도 않을 만한 추물이었다.

남편도 코 아래 눈이 두 알이나 박혔으매 아내의 얼굴이 못생긴 것쯤은 넉넉히 알 것이었다.

그러나 그는 이 아내를 버리지 못하였다. 이 아내를 버렸다가는 평생을 홀아비로 지낼 수밖에 다시 아내를 얻을 가망이 없었다. 투전꾼(투전꾼이라 하지만 협기 있고 쾌남아형의 투전꾼이 아니요, 기신기신 투전판을 엿보다가 개평이나 얻어먹는 종류의 투전꾼이었다)이요 위인이 덜난 위에 게으르기 짝이 없는 그의 남편이 25년간 독신 생활(아니, 총각 생활) 끝에 어쩌다가 우연히 얻어 만난 이 처녀(곰네)는 그에게는 하늘이 주신 복이요 다시 구하지 못할 금송아지라, 얼굴 생김을 탓할 처지가 못되었다.

얼굴은 어떻게 생겼든 간에 여인은 여인이요, 옷 지어주고 밥 지어 먹이고 게다가 벌이(농사며 가마니 새끼에 이르기까지)도 혼자 당해내고 남편 되는 사람은 남편이라는 명색 하나만 띠고 지어주는 밥 먹고, 지어주는 옷 입고, 간간 용돈까지도 주며 펴주는 이부자리에서 자고, 여보 소리도 들어보고…… 이런 상팔자는 다시 만나지 못할 것이었다.

몸이 튼튼하매 병나지 않고 얼굴이 못생겼으매 딴 사내 곁눈질할 걱정 없고 천성이 직하매 속기 잘하고…… 나무랄 데가 없는 아내였다. 군색한 데서 자랐으니 곤궁을 싫어할 줄 모르고 성내면 왁왁거리기는 하지만 뒤가 없고, 어려서부터 동리의 인심을 샀으니 부족한 물건은 융통할 수 있고…… 흥부의 박이었다. 배를 가르니 복만 튀어져 나왔다.

혼인한 첫해는 풍년도 들었거니와 아내의 헌신적 노력으로, 오는 해의 계량이 되고도 남았고, 겨울 동안에, 부업이라도 하면 적지 않은 저축도 남길 가망이 있었다.

곰네 내외의 새살림은 무사하고 평온한 가운데서 1년이 지났다.
세상에서 손가락질받던 남편도 1년 동안은 꿈쩍 안 하고 근신하였다. 지어주는 밥 먹고, 지어주는 옷 입고, 시키는 대로 잔말 없이 일하고 술도 곰네가 받아다주는 막걸리만으로 참아왔다.

이 이삼십 호 될까 말까 하는 동리에서는 곰네네 집안은 즐거운 집안으로 꼽혔다.

1년 동안의 근면의 덕으로 돈도 삼사백 냥 앞섰다.

아들도 하나 생겼다.

"사람은 디내 봐야 알 거야."

"에미넬 얻으야 사람 한몫 된단 말이디."

"턴덩배필이 아닝야? 그 망나니가 사람될 줄 알았나? 에미넬 얻더니 노상 서방 구실, 애비 구실 하누라구 썩썩거리믄성 돌아가거든."

"뭐, 에미네 잘 얻은 덕이디. 에미넷 복은 있는 사람이야."

"아니야. 에미네두 그러티. 턴덩배필 아니구야, 그 상판대길 진저리나서두 하루인들 마주 있을라구. 한자리에서 코 마주 대구······. 에, 나 같으믄 무서워서 하루두 못 살겠네. 가채서 보믄 가채서 볼스룩 더 왁살스럽구, 솜털 구멍 하나가 대동문통만큼씩 한 거이, 어 무서워."

"그래두 재미난 나서 사는 걸 어떡허나. 넷말에두 안 있소? 곰보에게 정들이구 보니 얽은 구멍마다 복이 가득가득 찼더라구. 저 보기에 달렸디."

"그렇구말구. 아, 형님네두 그 텁석뿌리 뒤상(구레나룻 영감)하구 30년이나 살디 않았소? 에, 퉤! 수염엔 니 안 끄렸습디까?"

"에이, 요 망할 것. 남의 영감은 왜 들추니?"

"코 풀믄 수염에 매닥질하구, 수염 씻은 건건쩝절한 물을 늘 먹구. 더러워! 퉤! 퉤!"

"듣기 싫다."

"그래두 젊었을 땐 입두 마촤 봤소?"

"요곳!"

동리의 평판이었다.

동리를 더럽히던 안 서방이 여편네를 얻은 뒤부터는 딴사람이 된 듯이 단정해진 것도 평판되었거니와, 못생긴 노처녀 곰네가 서방 맞은 뒤부터는 서방에게 반하여 남의 눈 부끄러운 줄도 모르고 맞붙어 돌아가는 양이 더 평판되었다. 얌전하고 입 무겁던 곰네가 이렇듯 말 많고(남편 자랑이었다) 달떠 돌아갈 줄은 꿈밖이었다. 마치 열칠팔 세의 숫보기 총각 처녀가 모인 것 같았다. 노인네들의 눈에는 망측스럽게 보이리만치, 남의 눈을 기이지를[5] 않았다.

1년이 지났다.

또 반년이 지났다.

정월 중순께였다.

곰네의 남편 안 서방은 그해의 추수를 팔러 읍으로 들어갔다. 금년도 풍년이 들었거니와, 금년은 금년 소득을 죄 팔기로 방침을 세웠다. 곰네가 서둘러 주선하여 밭도 좀더 얻어 부쳐서 소득도 전보다 훨씬 나았거니와, 곡가도 여기와 고을과는 약간의 차이가 있었다. 여기 소득을 전부 고을 갖다가 팔아서, 작년의 남은 것까지 합쳐서 자그마한 것이나마 제 땅을 좀 마련하고, 단경기[6]까지는 새끼와 가마니며 누에를 쳐서 연명을 하면 새해에는 제 땅의 소득도 얼마는 될 것이다. 농사지은 것을 전부 팔고, 다른 방도로 연명을 하자면 한동안은 곤란은 하겠지만, 그 한동안만 지나면 그 뒤는 훨씬 셈이 펴게 될 것이다. 이러한 몇 해만 꿀꺽 참고 지내면 몇 해 뒤에는 지주의 자세받지 않고도 제 것만 가지고도 빈약한 살림은 할 수가 있을 것이다. 그동안에 자식도 자라면, 자작농과 소작농의 두 가지로 노력만 하면 감당할 수가 있을 것이다…… 이런 생각으로 곰네는 남편에게 자기네 몫의 전부를 맡겨서 고을로 보낸 것이었다.

곰네의 꿈은 즐거웠다. 남편이 고을에 갖고 간 곡식을 마음으로 계산해보고, 이즈음 이 근처에 팔려고 내놓은 땅의 값을 비교해보고, 혼자서 웃고 웃고 하였다.

"얘."

아직 아무것도 모르는 갓난애였다.

"우린 이제 밭 산단다. 이담에 너 크믄 다 너 줄거야. 도티? 네 밭에서 네가 농사하구, 네가 추수하구. 어서 커라, 아이구 내 새끼야."

애를 붙안고 쭐레쭐레 춤을 추며 방 안을 이리저리로 돌아다니는 것이었다. 그리고 지금 팔려고 내놓았다는 밭도, 애를 업고 그 근처를 아닌 듯이 누차 배회하였다.

여기서 고을까지가 120리, 이틀 길이었다. 이틀 가고 하루 쉬고 이틀 돌아오노라면 합해서 닷새가 걸릴 것이었다. 어떻게 하여 하루 지체되면 엿새가 걸릴지도 모를 것이었다.

처음의 이틀, 사흘, 나흘은 몹시 초조하게 지냈다. 아직 기한이 아니니 돌아올 바는 아니지만 마음은 한량없이 초조하였다. 혹은 그 사람도 마음이 급하여 달음박질쳐 가서, 하루에 득달[7]하고, 천행 그 밤으로 흥정이 되고 이튿날 새벽에 그곳에서 떠나 당일로 돌아오면…… 이틀이면 될 것이다. 가능성 없는 이런 몽상까지도 품어보았다. 쓸데없는 일인 줄 번히 알면서도, 돌아오는 길 쪽을 20여 리를 찬바람을 안고 갓난애를 업고 마주 나가서 한나절을 기다려보기도 하였다.

　동전 한 푼이 새로운 그는 츨츨 굶으면서 끊어지는 듯이 아픈 등허리를 두드려가면서 한나절을 기다렸다. 돌아올 때는, 그 헛되이 보낸 하루를 단 몇 발이라도 새끼를 꼬았던 편이 훨씬 좋았을 것이라고 후회를 하였지만, 이튿날 하루를 쉬고(쉰대야 역시 집에서 일을 하였지만) 또 그 이튿날은 또 나가보았다. 빨리 오면 이날쯤은 올 듯도 싶었다

　그날도 역시 헛걸음이었다. 또 그 이튿날은 장수로 따지자면 당연히 올 날이라, 곰네는 물론 또 나갔다. 시장해서 돌아올 남편을 위하여, 엿을 반 근이나 사가지고 이른 새벽에 나갔다.

　사람 기다리기같이 어려운 노릇은 없었다. 그사이 며칠은, 안 올 줄 번히 알면서도 진심으로 기다렸다. 이날은 당연히 올 날이므로 더 가슴 답답히 기다렸다.

　"애 아버지가 오늘 온다우."

　물동이를 이고 지나가다가 곰네의 앞에서 동이를 다시 바로 이는 여인에게 곰네는 밑도 끝도 없이 말을 붙였다.

　그 여인은 물동이를 인 채로 곁눈으로 의아한 듯이 곰네를 보면서 대답도 안 하고 지나가버렸다.

　그 근처 어디 우물이 있는 모양으로, 물동이 인 여인들이 연락부절[8]로 그의 앞을 오고 간다. 그 매 사람에게 향하여 곰네는, 제 남편이 오늘 돌아오는 것을 자랑하고 싶었다.

　야속한 해는 중천에서 서쪽으로 차차 기울었다. 기울면서 차차 바람이 일기 시작하였다. 등에 갓난애는 추운지 악을 쓰면서 울어댄다.

"자장 자장 너 용타. 아버진 지금 말고개쯤 왔갔다. 아버지 오믄 사탕두 주구 왜떡9)두 주구. 자장 자장 너 용타."

연하여 등에 아이를 들추며 달래며 왔다 갔다 하였다.

울고 울고 울던 끝에 갓난애는 기진하였는지 울음을 멈추고 잠이 들었다. 그러나 이때는 어린애 대신으로 곰네가 통곡하고 싶었다.

아무리 짧은 해라 하지만 그해도 벌써 산허리에 절반이 넘었다. 어린애를 업고 왔다 갔다 하는 동안, 몸집은 혹은 동편으로 혹은 서편으로 일정하지 않았지만 눈만은 잠시도 북편 쪽 대로에서 떠나본 적이 없었다. 남편이 오려면 반드시 그 길로 해서야 온다. 지름길도 없다. 곁길도 없다. 가장 가까운 단 한 가닥의 길이다. 그 길에서 한때도 헛눈을 판 일이 없거늘 남편은 아직 오지 않는다.

"열 번만 더 갔다 오구."

우물에서 가게까지 한 20여 집 거리 되는 곳을, 몇 백 번 왕복하였는지 모른다. 이즘껏 안 온 사람이면 오늘로는 올 가망이 없다. 집으로 돌아갈밖에는 도리가 없었다.

그러나 돌아가려니 그래도 마음이 남아서 열 번을 더 우물까지 왕복하기로 하였다.

"더가딤10) 열 번만 더."

열 번을 더 왕복하였다. 그리고도 아무 결과도 못 얻은 그는, 통곡하고 싶은 마음을 억제하고, 얼굴을 감추고, 인젠 하릴없이 제 집으로 발을 떼었다.

남편은 이튿날도 안 돌아왔다. 또 그 이튿날도 안 돌아왔다. 나흘 만에야 돌아왔다.

동저고리 바람으로 옷고름이 통 뜯기고, 흙투성이가 되고 참담한 꼴이었다.
"아이구머니, 이게 웬일이오?"
"오다가 아찻고개에서 불한당을 만나서……."
"그래 몸이나 상한 데 없소?"
"몸은 안 상했다만, 돈은 동전 한 닢 없이 홀짝 뺏겼군."
아뜩하였다.
"몸 다틴 데 없으니 다행이디. 그래 언제 그랬소?"
"……그저께로군."
"그럼 그저께까진 어디 있었소?"
"아니, 그그저껜가……."
"그 전날은?"
"그 전날이야 고을 있었디."
"고을은 뭘 하레 사흘 나흘씩 있었소?"
"어, 춥다."
남편은 정면으로 대답하지 않고 자리를 내려 폈다.
"봉변했으믄 왜 곧 집으루 오디 않았소?"
"에, 한잠 자야겠군."
남편은 그냥 옷을 입은 채 자리도 안 펴고 이불 아래로 들어가서 머리까지 푹 썼다.
"배고프디 않소? 찬밥밖에 밥두 없는데……."
남편은 들었는지 못 들었는지, 이불을 뒤집어쓰고 대답도 않는다.
곰네는 기가 막혔다. 보매 상한 데 없는 모양이니 그편은 마음이 놓이지만, 1년간의 정성과 커다란 희망이 물거품으로 돌아간 것이 딱 기가 막혔다. 이불을 뒤집어쓰고 누워 있는 남편의 곁에 갓난애를 업고 앉아서 몸을 앞뒤로 흔들면서 망연히 앉아 있었다.

지금 잃어버린 그만큼을 다시 만들려면 1년 나마를 다시 공을 들여야 하겠고, 그러고도, 풍년이 계속되고 우환이 없고, 다른 아무 고장도 없어야 할 것이다.

그 노력도 노력이어니와 과거에 들인 공과 노력이 그렇게도 맹랑히 꺾어져나가니, 지금 같아서는 눈앞이 아득할 뿐이지, 새 용기가 생길 듯싶지를 않았다.

무심중 한숨만 기다랗게 나오고 하였다.

이 마을에는 이상한 소문 하나가 퍼졌다.

곰네의 남편 안 서방은 아내에게 나락을 맡아가지고 고을로 가서 팔아서 투전을 하여 홀짝 잃어버렸다. 그러고는 집에 돌아갈 면이 없어서 불한당을 만난 듯이 옷을 모두 찢고 험상스러운 꼴을 해가지고 제 집으로 돌아왔다. 며칠을 앓는 시늉까지 하였다…… 이런 소문이었다.

그러나 하도 작고 다른 데로 통한 길이 없는 마을이라 서로 쉬쉬하여, 그 소문은 곰네의 귀에까지는 안 들어갔다 하는 것이었다.

이런 소문은 있건 말건 춘경 경기에는 또 금년의 생활을 위하여, 곰네는 남편을 독촉하여 벌에 나섰다. 금년 봄에는 빈약하나마 자처 약간을 장만하려는 것이 꿈으로 돌아간 것이 기막히기는 하나, 작년의 실패를 금년에 회수할 생각으로 더욱 용기를 돋우어가지고 나선 것이었다.

저 밭을 사리라…… 찬 바람을 무릅쓰고 갓난애를 업고 몇 번을 돌본 그 밭을 먼발로 바라볼 때에 입맛이 썼다. 금년은 꼭 그보다 나은 땅을 장만하고야 말겠다고 스스로 굳은 힘을 썼다.

그러나 이 봄부터 남편의 태도가 좀 다른 데가 보였다.

일터에서 일을 하다가도 틈을 엿보아 몰래 빠져나간다. 빠져나갔다가 한참 있다가 몰래 돌아오는데, 돌아와서는 슬슬 피하지만 가까이서 맡으면 약간 술내가 나고 하였다.

"어디 갔댔소?"

아내가 이렇게 물으면 남편은,

"너머 졸려서 수수밭 고랑에서 한잠 잤군."

하면서 사뭇 졸린다는 듯이 기지개를 하고 하였다.

그런 일이 여러 번 있었다.

남을 의심할 줄 모르는 곰네도 마지막에는 종내 의심을 품지 않을 수가 없었다.

어떤 날, 이날은 꼭 잡으리라 하고 눈치만 엿보고 있었다. 아니나 다를까, 한참 엿보노라니까 슬금슬금 눈치를 보다가 밭이랑 속으로 몸을 감추어버린다.

이랑으로 숨어서 가는 남편을 곰네는 먼발로 뒤를 밟았다. 남편은 밭골을 다 지나서 마을 어귀까지 이르러서 한번 뒤를 돌아본 뒤에 어떤 술집으로 들어가버린다.

곰네는 쫓아갔다. 울 뒤로 돌아가면 뒤뜰이 있다. 곰네는 뒤뜰로 돌아가서 낟가리 뒤에 숨어서 엿들었다. 방 안에서는 상을 갖다 놓는 소리며 술잔 소리도 들렸다. 부어라 먹어라가 시작되는 모양이었다. 그 가운데에는 계집의 소리도 섞였다.

곰네는 좀 나섰다. 안의 소리도 좀 듣고 싶었다. 그때 마침 남자의 소리로,

"떡돌에 눈코 그린 거, 알아 있니?"

계집의 소리로,

"그만두소. 안상 성나겠소."

사내 소리로,

"이 자식아, 거기다가 아일 만들 생각이 나던?"

계집의 소리로,

"방상은 눈 뜨구 잡니까? 눈 감구야 곱구 미운 걸 아나? 눈 감구라두 아이만 만들었으믄 됐디."

곰네는 더 참을 수가 없었다. 직한 사람은 노염도 더 크다. 잠든 애를 짚 위에 가만히 내려놓았다. 양팔을 높이 걷었다. 다음 순간 문을 박차면서 안으로 뛰어들었다.

들어서는 발 아래 계집이 있었다. 계집의 머리채를 왼손으로 움켜잡았다. 그 곁에 남편이 있었다. 오른손으로 남편의 멱을 잡았다. 다른 사내는 문을 차고 도망쳤다.

"이놈의 엠나이, 뭐이 어쩌구 어째!"

계집의 머리채를 움켜잡아가지고 그것으로 남편의 이마를 받았다. 그러고는 남편의 머리를 잡아 계집의 면상을 받았다.

"그래, 떡돌에 맞아봐라."

이름처럼 곰같이 성난 그는 곰같이 좌충우돌하였다. 약골의 남편, 술장사 계집, 모두가 이 성난 곰을 당할 수가 없었다.

"여보 마누라, 마누라······."

"내가 떡돌이디 왜 마누라야."

"내야 언제 그럽디까, 여보 마누라."

여보 마누라라 불리는 것은 곰네의 생전 처음이었다. 성난 가운데 반가웠다.

"내가 떡돌이믄 넌 떡메가?"

"여보, 마누라. 내가 언제 그럽니까. 내가 우리 마누랄 왜 험굴할까?"

"방금 한 건 뭐이구?"

그러나 곰의 울뚝뱉은 벌써 삭은 때였다.

"마누라, 내가 하두 목이 텁텁해서 막걸레라두 한잔 할라구 왔더니 그 망할 놈들이 그런 소릴 하는구만. 나두 분해서 그놈들하구 한판 해볼래는데 마누라 잘 왔소. 어, 내 속이 시원하군."

"흥. 이 엠나이 매 맞은 게 알끈하디."

"그게 무슨 소리라구 그냥 한담. 자, 갑시다. 우리 당손이는 어디 있소?"

이리하여 내외는 그 집에서 나왔다.

그날은 무사히 평온하게 일이 끝장지었다.

그러나 남편의 못된 버릇은 좀체 고쳐지지 않았다. 본시 곰네와 만나기 전부터 깊이 젖었던 버릇이었다. 곰네와 만난 뒤 한동안은 스스로 근신함인지 혹은 새 아내를 맞은 체면상 억지로 참음인지 또는 새 아내가 무서워서 그만둠인지, 한동안은 못된 데 다니는 버릇이 없어졌다. 그렇던 것이 곡식을 팔러 고을에 들어간 때 우연히 또다시 접촉을 하기 시작하여서, 그 뒤에는 집에 돌아와서도 틈틈이 아내의 눈을 기이면서 그 방면으로 다녔다.

한번 술집에서 들켜서 큰 소란을 일으키고 아내를 달래서 집으로 돌아오면서도, 아내를 속여서 자기는 누구 만날 사람이 있어서 잠깐 돌아가겠다고 아내를 돌려보내고 자기는 술집으로 다시 돌아섰던 것이었다. 그 뒤에도 돈만 생기든가, 안 생기면 아내의 주머니를 뒤져서까지라도 틈틈이 그 방면으로 다녔다. 그것으로 아내와 싸우기도 수없이 싸웠고, 기력이 약한 그는 싸울 때마다 아내에게 눌려서 숨을 허덕거리며 다시는 쇠아들[11] 치고 그런 데 안 다니마고 맹세하고 하였지만, 그 맹세를 하면서도 어디 비어져 나갈 기회나 틈새를 생각하는 그였다.

그들의 살림은 나날이 빈약해가고 나날이 영락되어갔다.

못된 곳에 출입하는 도수가 잦아가면서 남편은 일손은 다시 잡지 않았다. 못된 데 출입하는지라 돈 쓸데가 더 많아진 그는, 어떤 때는 아내를 달래고 어떤 때는 속이고 어떤 때는 싸우고 어떤 때는 훔치기까지 해서 제 용을 썼다. 아내는 살을 깎고 뼈를 앓아가면서 일했다. 남편이 다시 일터에 나서지 않는지라 남편의 노력까지 저 혼자서 맡아서 하였다.

푼푼이 돈이 앞설 때도 있었다. 남편만 없으면 좀 앞세워놓고 살아갈 수도 있었다.

그러나 돈에 대한 불가사리 남편이 등 뒤에 달려 있는지라, 어쩔 도리가 없었다.

마음이 왈왈하고도 직한 곰네는 아무리 남편을 밉다 보고 다시는 그의 말을 안 들으리라 굳게 결심하지만 남편이 돌아와서 그의 등을 쓰다듬으며, 양간한[12] 소리로 여보 마누라, 마누라, 하면 그의 굳게 먹었던 결심도 봄날 눈과 같이 사라지고 마는 것이었다. 그리고 깊이 감추었던 주머니를 꺼내 남편 마음대로 쓰라고 내맡기는 것이었다.

"내가 민해……."

남편이 나간 뒤에 텅 빈 주머니를 만져보며 스스로 후회하고 다시는 안 속으리라고 또다시 결심하지만, 그 결심할 때조차 이 결심이 끝끝내 버티어질지 못 질지 스스로 자신이 없었다.

어떤 날, 그는 고을 장에 갔다.

언제든 그는 장에 갈 때는 애초에 집에서 조떡을 만들어가지고 가서 그것으로 요기를 하는 것이었다.

그날도 집에서 남편이 하도 조르므로 돈 2원을 주고 왔다. 주기는 주었지만 장에까지 와서 보니 아까웠다. 자기는 15전어치 떡을 사 먹기가 아까워서 집에서부터 조떡을 만들어가지고 오고, 목이 메는 조떡을 물 한 모금 없이 먹는데 남편은 좋다꾸나 하고 술만 먹고 있을 생각을 하니 자기의 아끼는 것이 어리석고 헛일 같았다.

시장해 보따리를 펴고 조떡을 꺼냈다. 목이 메고 텁텁한 위에 속조차 심란하여 먹기 싫은 것을 장난 삼아 한 입 두 입 먹고 있노라니까, 무엇이 곁에서 종알종알한다. 그쪽으로 돌아보니 여남은 살쯤 난 사내애가 하나 자기더러 무엇을 청구하는 것이었다.

"무얼?"

"나 떡 하나."

조떡을 하나 달라는 것이었다. 곰네는 어차피 자기도 먹기 싫은 위에 그 애가 매우 시장해 보이므로 큼직한 것 두 덩이를 주었다. 그랬더니 그 애는 단숨에 두 개를 다 먹었다.

"또 하나 달란?"

그 애는 머리를 끄덕끄덕하였다. 또 두 개를 내주었다. 그 애는 하나는 단숨에 또 먹었지만, 나머지 한 개는 절반만치 먹고는 더 못 먹겠는지 멈추고 만다.

"더 먹으렴."

"아이, 배불러."

"너 조반 못 먹었니?"

그 애는 머리를 끄덕였다.

"왜? 오마니가 안 해주던?"

"오마닌 죽었어."

"가엾어. 아버지두 없구?"

"아바진 술만 먹다가 어디 갔는지 나가구 말았어. 나 혼자야."

곰네는 가슴이 뭉클하였다. 등에서 쌕쌕 잠자는 아이를 황급히 앞으로 돌려 안았다. 머리를 숙였다. 자기의 머리로 사랑하는 아이의 뺨을 문질렀다.

아버지라는 것은 아이에게는 남이로구나. 술값 1원은 아깝지 않되 어린애 사탕값 1전은 아끼는 자기의 남편…… 내가 살아야겠다. 내가 살아야 이 아이가 산다. 어떤 일이 있든 어떤 곤경이 있든 결단코 넘어져서는 안 된다. 내가 넘어지면 이 아이까지도 아울러 넘어진다!

"야, 당손아. 너 뭘 가지구 싶으니? 뭐 먹구 싶으니? 아무게나 네 마음에 있는 걸 말해라."

잠자는 아이였다. 잠자는 아이를 깨워서 그 뺨을 부벼대며 물었다.

어린애는 깨면서 제 눈 딱 맞은편에 어머니의 얼굴이 있는 것을 보고 안심한 듯이 기다랗게 기지개를 한다.

"얘."

곰네는 거지 아이를 돌아보았다.

"너두 엄마 아빠 다 없으니 오죽 궁진[13]하고 출출하겠니. 나하구 가자. 내 너 먹구픈 거 가지구픈 거 다 사줄게 이리 오나라."

자기의 아들을 앞으로 돌려 안아 그 보드라운 뺨에 자기의 뺨을 부벼대며, 거지 애를 달고 시장 쪽으로 향하여 갔다.

주

1) 완장頑丈 : 견고하고 튼튼함.
2) 명실名實 : 겉에 드러난 이름과 속에 있는 실상.
3) 협위脅威 : 위협.
4) 둘 : 둔하고 미련스러움.
5) 기이지를 : 숨기고 피하지를.
6) 단경기端境期 : '경계의 끝이 되는 시기' 라는 뜻으로, 철이 바뀌어 묵은 쌀이 떨어지고 햅쌀이 나올 무렵을 이르는 말.
7) 득달得達 : 목적한 곳에 도달함. 또는 목적을 이룸.
8) 연락부절連絡不絕 : 왕래가 잦아 소식이 끊이지 아니함.
9) 왜떡 : 밀가루나 쌀가루를 반죽하여 얇게 늘여서 구운 과자.
10) 더가딤 : '덤' 을 뜻하는 방언.
11) 쇠아들 : 은정도 모르고 인정도 없는 미련하고 우둔한 사람을 속되게 이르는 말.
12) 양간한 : 세련되고 맵시가 있는.
13) 궁진窮盡 : 그 이상 더할 나위가 없음.

아부용

1

아침 해가 동녘으로 떠오르고 시가는 새날의 활동을 시작하였다. 물건을 사라고 외치고 고함지르는 이 나라 특유의 번화성은 이 나라를 대표하는 무역 도시인 대광동大廣東의 번창을 자랑하는 듯 세상이 떠나갈 듯 소란스러웠다.

이 활동의 거리 소란의 시가를 뚫고 헤치며 진내련陳柰蓮이는 걸음을 빨리하여 사람들을 헤치며 마구 치며 부딪치며 광주로廣州路를 달음박질하다시피 북쪽으로 갔다.

거진 귀덕문歸德門까지 이르러서 서쪽으로 벋은 약간 좁은 길이 있다. 내련이는 그 길로 들어섰다.

그 길로 들어서서 한 마장가량 갔다. 목적한 집 앞에까지 이르렀다.

아직껏 길 걷기에 바빴기 때문에 좌우를 살피지 못하고 오다가 목적지까지 이르러서 비로소 좌우를 살피며 목적한 집으로 몸을 돌이키려 했다. 그러나 돌이키려다가 다시 앞으로 향하여 그냥 걸었다.

좀더 가면 네 길 어름 길이 있다. 거기서 왼편으로 꺾이면서 곁눈으로 뒤를 돌아보았다.

아직 서 있다. 그가 들어가려던 집 앞에는 순포巡捕 두 명이 서 있다. 순포가 서 있으므로 그 집으로는 못 들어가고 필요 없는 길을 여기까지 온 것이었다. 여기까지 오노라면 순포도 자기의 갈 길을 갈 것이라 알았다. 순포가 그 집(내련이가 목적했던 집) 앞에서 다른 데로 옮기면 내련이는 다시 돌아서서 본시 목적했던 집으로 가려던 것이었다. 그랬는데 지금 돌아보매 순포는 그냥 그 자리에 서 있는 것이었다.

"제길!"

혀를 채며 순포를 저주하였다.

'저 순포는 저 갈 길이나 갈 것이지 무엇하러 망두석같이 우두커니 서 있담. 할 일이 없거든 어디든 자빠져 낮잠이라도 잘 것이지, 싱거운 자식 같으니.'

연해 속으로 저주를 퍼부으며 하릴없이 필요 없는 길을 왼쪽으로 한 20여 집 갔다. 거기서 다시 돌아섰다. 돌아서서는 지금 지나온 길을 다시 더듬었다. 더듬으면서 다시 네 길 어름에서 그 집을 곁눈으로 보았다.

그냥 서 있다.

의심이 문득 갔다. 순포는 일없이 서 있는 것이 아니라 그 집을 지키고 있는 것이 아닌가. 그 네 길 어름을 이번은 남쪽으로 한 20여

집 갔다 거기서 다시 돌아섰다. 북쪽으로 가면서 다시 곁눈질해보았다.

그냥 서 있는 것이었다. 더욱이 그 집을 손가락질하며 저희끼리 무엇이라 이야기하는 것으로 보아서 순포들은 그 집을 감시하고 있는 것이 분명하였다.

기가 막혔다. 숨이 턱에 닿기까지 이 집을 향해 달려왔거늘 이 집을 순포가 지키고 있단 말인가.

마음은 여간 조급하지 않은데 인제 어떻게 해야 할지 거취는 얼른 생각나지 않는다.

연장煙莊을 찾아왔던 것이다. 아편연에 중독이 된 그는 아편연을 먹고 나지 않으면 이날의 사무에 손을 댈 기력이 없는 사람이었다.

이튿날 아침에 쓸 아편은 늘 끊어지지 않고 준비해두고 하였는데, 불행 어젯밤에 친구가 찾아와서 오늘 아침에 쓸 아편을 어젯밤에 그 친구와 함께 죄다 피워버린 것이었다.

오늘 아침에 일찍이 이 연장으로 찾아와서 얼른 몇 대 피우고 돌아가려던 것이었다. 그랬는데 이 집 앞을 순포가 지키고 있다.

아편은 국법으로 판매와 연장 영업이 금지되어 있었다. 그러나 아편에 대한 이익이 굉장하므로 영국인인 아편 무역상과 청국인인 소매업자 및 연장 영업자들은 국법을 무시하고 아편을 굉장히 많이 수입 판매하였다. 그리고 그 이익이 굉장하니만치 관헌에 뇌물도 후히 했고 관리들도 이 마약에 중독된 자가 많으므로 국법이 그다지 유효하게 시행되지 못했다.

그러나 북경의 중앙 정부에서는 첫째로는 국민 보건상, 둘째로는 아편을 사기 위해서 청국 정화正貨가 외국으로 흘러나가는 것을 막기 위해서 지방 관헌에게 아편 취체¹⁾를 엄히 하라는 지령이 나날이 더 급했다. 그 때문에 이즈음은 꽤 취체가 엄하게 되었다. 더욱이 아편 무역의 중심지요 근원지인 광동에 안찰사按察使로 온 진구陳九(내련이의 아버지)는 꽤 아편에 대하여 단호한 수단을 취했기 때문에 광동 시내에서의 아편 판매는 모두 지하 행동으로 되어버리고, 연장도 대개 폐쇄되어서 시내에서의 판매며 연장 경영은 좀 어렵게 되었다. 그 가운데서도 아편 매매는 비밀리에나마 적지 않게 거래 되었지만 연장 경영은 썩 어려웠다. 내련이가 아는 한계 안에서는 이 광동시의 남쪽 끝 귀덕문 안에 있는 집 하나와 북쪽 끝인 용왕묘 龍王廟 근처에 있는 집 서넛뿐이었다. 내련이가 거주하고 있는 안찰 아문按察衙門에서 따져서 귀덕문 안이 용왕묘 근처보다 약간 가까웠다. 한순간이라도 빨리 연장에 들어서기 위해서 내련이는 귀덕문 안으로 달려왔던 것이었다.

이럴 줄 알았다면 애당초에 용왕묘로 향했을 것을 이제 다시 돌아서서 용왕묘까지 갈 일이 아득하였다. 맥이 쑥 빠져서 한 걸음을 걷기가 싫었다. 용왕묘 근처에는 연장이 서너 집이나 있으니 혹 이 집이 감시되어 있으면 저 집으로 다음 집을 구해볼 수도 있을 것이다.

아편 중독자 특유의 기분—아편을 구하려다가 못 구한 때에 느끼는 실망, 낙담, 노염, 불쾌 등을 마음껏 느끼며 내련이는 용왕묘 근처를 목표로 다시 돌아섰다. 더욱이 어서 돌아가서 시치미 뚝 떼고 아버님께 아침 문안을 드리지 않으면 안 될 것이 더욱 마음 급했다.

아버님도 물론 아들이 그것을 가까이 하는 것을 짐작한다. 들키기도 네 번이나 하였다. 처음 두 번은 꾸중으로 끝나고 세 번째는 벌을 받았고 네 번째는 엄벌을 받았다. 그 뒤로는 내련이도 꽤 삼가 비밀히 해서 다시는 들키지는 않았지만 아주 끊었으리라고는 아버님도 안 믿는다. 다시는 들키지 않았으니 무사하지만 인제 들켰다가는 무슨 벌이 내릴지 모른다. 아버님이 기침하시기 전에 얼른 귀덕문 안을 다녀와 시치미 떼고 안찰아문으로 돌아가 아버님께 아침 문안을 드리려던 내련이는 이 홀연히 없어진 연장 때문에 불쾌와 노염이 극에 달하였다.

맥 빠지고 급한 걸음을 돌이켰다. 용왕묘를 향하여…….

맥 없으나 조급한 걸음을 오륙십 보 옮겼을 때였다. 내련이는 무엇에 발이 걸려서 하마터면 넘어질 뻔하였다. 칵 성이 났지만 돌아보기도 귀찮아 그냥 다시 걸음을 떼려 할 때에,

"진 서방님."

작은 소리로 자기를 찾는다. 자기에게 발을 걸어 넘어질 뻔하게 한 그 사람이 자기를 찾는 것이었다. 찾기만 하고는 그냥 모른 체하고 앞으로 간다.

그러나 내련이는 그 뒷모양으로 그가 누군지를 알아보았다. 거렁뱅이 같은 행색을 한 그자는 분명히 연장에 있던 접객자였다.

말없이 가기는 가지만 분명 나를 따라오라는 뜻이었다. 순간 지금껏 울울하고 불쾌하던 내련이의 마음은 확 트여 그의 무겁던 발걸음은 경쾌해졌다.

몇 골목을 돌고 빠지고 하였다. 내련이는(자취 잃지 않으리만치 뒤떨어져서) 따라갔다. 이리하여 몇 골목 지나서 그 사람은 어떤 남루한 집으로 뒤도 안 돌아보고 쑥 들어갔다. 내련이는 그 집 앞을 모른 체하고 몇 집 더 지나서 한번 사면을 살핀 뒤 다시 돌아서서 그 사람

이 들어간 집으로 들어갔다.

쑥 들어서서 보매, 이런 집 첫 방에 으레 있는 더러운 방이었고 그 방에서 두꺼운 장을 늘인 다음 방에 사람들의 소리가 새어 들린다. 내련이는 서슴지 않고 휘장을 들치고 그 안으로 들어섰다. 동시에 구수한 아편 특유의 냄새가 물컥 코를 찔렀다.

반 각경쯤 뒤에 내련이는 그 집에서 나왔다. 매눈같이 밝은 아버님께 눈치 안 채이려고 조금만 피웠다. 한동안 쓸 것까지 애초에 사 가지고 나왔다.

동시에 이즈음 차차 심하게 느껴지는 불쾌감 때문에 그는 낯을 깊이 가슴에 묻었다. 이 망국적 약에 중독되었기 때문에 이 약과 아주 떠나서는 살 수가 없다. 이 약의 기운이 몰릴 때는 온갖 양심 체면 모두 없어지고 오직 마음은 그리로 달려가는 뿐이었다. 그러나 이 약이 몸에 알맞게 들어가서 육체적 고통이 덜해지면 그때부터는 마음의 고통, 양심의 고통이 일어나는 것이었다.

우연히 장난 삼아, 귀한 집 도령으로 일종의 유희 도락으로 시작한 이 노릇이 오늘은 여기 사로잡혀 여기서 벗어나지 못하게까지 되었다.

그러나 대갓집 교양 높은 젊은이로서의 양심은 아직 아주 망하지 않은 그는 이 약을 쓰기 때문에 자기의 장래가 어떻게 될지 뻔히 안다.

오늘날 이 나라 국민의 태반이 이 약에 사로잡혔다. 벌써 아주 망한 자도 부지기수요 절반만치 망한 자 혹은 아직은 채 망하지는 않았지만 사로잡혔기 때문에 분명히 망할 자…… 이 약은 놀랍게 이

나라에 침입되었다. 자기는 아직은 망하지는 않았지만 사로잡혔으니 망한 것이나 일반일 것이다. 인에 몰려서 오금이 마비되어올 때는 양심 염치 다 무시하고 그리로 달려가지만 육체적 고통이 경감되면 양심의 고통은 지극하고 하였다.

이 약을 모를 때는 자기는 명문집 교양 있는 자제로 구만리 같은 전도는 오직 명랑하고 희망으로만 찼더니 지금은 어떠한가.

도대체 너무도 앞길이 암담하기 때문에 장래사라는 것을 생각해볼 용기조차 없다. 그렇게 명랑하고 희망으로 찼던 장래라는 것을 다시는 생각해보기조차 싫다.

무섭고 진저리 나고 원수스러운 그 약이지만 이 원수를 거절할 수 없는 자기의 신세가 민망하다기보다 밉고 저주스러웠다. 자기를 이해하고 자기를 비판할 만한 교양을 가진 자기로서 스스로 이 약의 해독을 생각해보고 끊어보려고 몇 번을 노력해보았지만 그 몇 번을 매번 실패만 거듭한 자기였다. 남보다 곱 되는 자존심을 갖고 자기의 과단성 결단력에 대해서도 충분한 자신을 가진 자기였지만, 이 약에 대해서만은 그 자존심도 과단성도 모두가 쓸데가 없이 굳게 먹었던 결심도(스스로도 꺾이는 줄 모르면서) 꺾어져버리고 하였다.

이 약을 구하기 위해서는 보잘것없는 장사치, 더욱이 자기가 자기의 직권으로 마땅히 처벌해야 할 간상배에게까지 머리를 숙여 약을 간구하는 자기였다. 아버님인 안찰사가 황명을 받잡고 간상배들을 탄압할 때에 자기는 도리어 간상배들이 없어지면 약을 어디서 구할까고 근심까지 하도록 비열하게 되었다.

스스로 돌아보아 가슴 아프기 한량없는 자기의 신세…… 인제는 신체 조직상 병신이 되어 그 약이 생각날 때는 아무 다른 생각 못하고 허덕허덕 달려가지만 그 마약이 몸에 들어가 임시로나마 욕망이 덜해지면 양심의 고통은 막대하였다.

쓰리고 괴로운 마음을 붙안고 안찰아문까지 돌아왔다. 내아로 들어가서 아버님께 아침 문안을 드려야 할 일이 가슴 저렸다. 매눈같이 밝은 아버님께 들키지 않으려고 조금만 쓰기는 썼지만 그래도 송구스러웠다.

내아에 들어서서 아버님께 인사를 드렸다. 아버지는 힐끗 아들을 쳐다보았다.

"어디 갔었느냐?"

"네, 친구들과 조반을 먹기를 약속했어서 잠깐……."

예사롭고 당연한 물음이었지만 내련이에게는 무슨 심문을 받는 것 같았다.

"조반을 먹었거든 외아로 먼저 나가보아라."

"네……."

아버님 아래서 부안찰의 직책을 맡아보는 내련이는 조반도 못 먹은 채 외아로 나왔다. 막하 관원들의 인사를 받으며 제자리에 가 앉았다.

무슨 품청[2]을 하러 뜰아래 기다리고 있는 백성들은 여기 한 패 저기 한 패씩 기다리고 있다. 그 가운데 가장 먼저 눈에 띈 것은 한 외국인의 큰 몸집이었다. 고혼(외국인 관계의 지정 무역상)과 함께 서 있는 그 서양인은 모리손毛利遜[3]이라는 영국 상인으로 이 광동에서 크게 아편 무역을 하는 사람이었다.

영국인 아편 수입상은 고혼을 통하여서 청국인 아편 무역상과만 거래를 할 수 있으므로 아편 수요자에 지나지 못하는 내련이는 개인적으로는 모리손과 면분[4]이 없다. 무슨 품청을 하려 고혼과 함께 안찰아문에 흔히 오고 하므로 자연 알아진 뿐이었다.

처음에는 부안찰인 내련이는 그들을 접견해보고 혹은 그들에 관한 사무도 맡아보았지만 내련이가 아편을 사용하는 것이 드러난 뒤로부터는 아버님께 그들을 응대하는 권한을 금지당하였다. 내련이를 보고 인사드리는 고혼과 모리손을 내련이는 모른 체해버릴밖에는 없었다. 그리고 자기가 처리할 권한이 있는 용무만 차례로 보기 시작하였다.

이윽고 아버님이 나왔다. 좌정하자 하인은 무슨 물품(종이에 싼 것으로 사면 두 치쯤 되는)을 갖다 당상에 바쳤다. 그리고는 고혼 상인과 모리손이 제일 먼저부터 와서 기다린다는 뜻을 아뢰었다.

"그다음은 누구냐?"

아버님은 분명 모리손의 뇌물인 듯한 물품을 탁자의 한편 모퉁이로 밀어 치우며 물었다. 역시 고혼이나 모리손에게 뇌물을 받은 듯한 하인은,

"고혼 상인과 모리손이 가장……."

다시 고혼과 모리손을 앞장세우려 할 때에 안찰사는,

"나는 그다음이 누구냐 물었다."

크지는 않으나 꽤 엄격한 소리로 분부하였다.

여러 품청인들을 차례로 인견하였다. 그러나 고혼과 모리손을 그냥 버려두었다. 고혼은 누차 하인에게 채근을 하는 모양이었지만 안찰사는 그들을 부르지 않았다.

고혼 상인이 안찰아문에 바친 괘종은, 10시를 치고 11시를 쳤다.

아침에 폭주되었던 사무도 좀 뜸하고 마지막에는 고혼과 영인의 단 두 사람이 뜰아래 기다리고 있게 되었다. 인제야 만나줄 테지 하여 그들은 다시 하인에게 인견 재촉을 하는 모양이었으나 안찰사는 못 들은 체하고 이편 하관들에게로 돌아앉아서 한담을 하기 시작하였다.

시절은 겨울이라 하지만 아열대의 폭양 아래 한나절을 기다리고, 그리고도 안찰사를 못 본 모리손은 고혼에게 대하여 강경히 담판하는 모양이었다. 그러나 고혼인들 안찰사가 만나지 않으려는 것을 어찌하랴.

이윽고 오정도 지났다.

그때 안찰사는 비로소 아까 하인이 바친(모리손의 뇌물인 듯한) 물품을 끌어 집었다. 집어서 앞뒤 위아래를 한번 검찰한 뒤에 휙 뜰을 향하여 내던졌다.

"쓸어다버려라."

아연하여 쳐다보는 고혼이며 모리손에게는 얼굴도 향하지 않고 이렇게 분부하였다. 그리고는 몸을 일으켜 내아로 들어가버렸다.

안찰사가 사무를 보는 것은 오전뿐이다. 그다음은 안찰사는 들어가고 하료들이 잔무 처리를 하는 것이었다. 안찰아문의 뜰에는 고혼과 모리손과 내던져진 뇌물이 아열대의 폭양 아래 쬐고 있을 뿐이었다. 고혼과 모리손과의 사이에는 무슨 논쟁까지 시작되는 모양이었다. 그것을 보면서 내련이도 몸을 일으켜 내아로 들어왔다.

시장하기 때문이었다. 두 가지가 시장하였다. 조반도 못 먹은 그 이매 음식의 시장도 느꼈다. 그러나 아편이 더욱 시장하였다. 아버님께 들키지 않기 위하여 부족하게 썼던 아편은 벌써 다 사라져서 아편 욕심은 맹렬하였다.

자취를 감추어가지고 제 방으로 들어온 내련이는 골방 안으로 몸을 감추었다. 좀 뒤에 골방 문틈으로는 아편의 연기가 몰칵몰칵 새어 나왔다.

2

"되련님, 되련님."

흔드는 바람에 내련이는 펄떡 깨었다. 할멈이 와서 흔드는 것이었다.

"되련님, 대방 마님도 벌써 기침하셨는데 이게 무슨 잠이셔요?"

세상에서는 그를 서방님이라 부르나 늙은 할멈은 아직 그냥 도련님이라 부르니만치 사실에 있어서 내련이는 아직 장가를 안 들었다. 지금은 낙향하여 한가한 여생을 보내는 황 한림 댁 소저와 정혼은 했지만, 아직 혼례는 안 했으니 사실에 있어서는 도련님이었다.

내련이는 할멈이 가지고 온 새옷을 갈아입었다. 오늘은 정월 초하루 도광5) 19년(서력 1839년), 일찍 깨어서 몇 군데 세배를 가야 할 것이었는데 어젯밤 친구들과 아편을 좀 지나치게 썼기 때문에 정신없이 늦잠을 잔 것이었다.

"할멈은 나가게."

"어서 의대 차리셔요."

"내, 혼자 차릴게 나가."

"그럼 손숫물6) 곧 가져오리다."

"손숫물은 내가 부를 때 가져와."

"어서 차리셔요."

"알았어. 어서 나가게."

어서 할멈을 쫓아내고 몇 대 피우지 않으면 안 된다. 더욱이 어젯밤 과히 썼기 때문에 두통이 심하고 머리가 몽롱한 것은 어서 그 약으로 돌리지 않으면 안 된다.

할멈을 내쫓고는 곧 골방으로 들어갔다. 대개는 자기가 이 방을 나가기 전에는 누가 들어올 사람은 없겠지만 혹은 아버님이 자기를 감시하려 들어올는지 알 수 없다.

황황히 참기름 불을 켜고 아침을 구웠다. 능란한 솜씨 아래 우지직우지직 아편이 끓을 때에 거기서 나는 냄새는 내련이의 마음을 무한히 끌었다.

얼른얼른, 그야말로 탐흡하였다. 아편 연기가 폐로 들어갈 때마다 각일각 아편의 기운이 퍼지는 것을 느끼면서 양심으로는 여전한 고통을 느꼈다.

쾌감과 불쾌가 아우른 가운데서 네 대를 얼른 피우고 골방을 나와서 골방문을 젖혀놓고 연기를 모두 흩어 없애고 비로소 손숫물을 불렀다.

그날 아버님께 문안드릴 때에 아버님은 이런 말을 하였다.

"금년에는 네 온갖 탈 다 쾌유되거라."

내련이는 가슴이 선뜩하였다.

근년에 자기는 고뿔 한 번 앓은 일 없다. 이런 자기에게 '온갖 탈'이라 하는 아버님의 뜻은 내련이로는 짐작이 갔다. 자기 딴에는 비밀히 하느라고 했을지라도 아버님은 다 알고 계셨던 것이다.

아아, 이 고질에서 어떻게 벗어날 수가 없는가. 아편을 내 나라에 퍼뜨리는 영국인을 절대 입국 금지를 하면 그 해독은 덜해질 것이다. 이 땅에서도 운남, 복건 등지에 앵속[7] 재배가 없는 바가 아니지만 거기서 산출되는 분량으로는 대청국 400주에 약용으로만 쓰기에도 부족할지라, 영국인의 인도 아편 수입만 없으면 오락용 망국적 아편은 없어질 것이다.

국가적으로 보아서는 그것이 필요하고도 또 절실히 희망되는 바이지만 그것이 없어지면 자기는 어떻게 사는가.

그래도 제정신 들고 제 양심 회복되었을 때는 '나 같은 인종은 없어지는 편이 낫다' 고도 생각이 되지만, 그러나 그 약의 생각이 문득 나기만 하면 온갖 의지 양심 한꺼번에 부서지는 그 마약, 저주스러우면서도 거절할 수 없는 마약이었다.

아편이란 것이 뻔히 마약인 줄 알면서도 그것을 오락이라 하여 첫번 발을 들여놓았던 자기가 원망스럽기 한량없었다. 동시에 그런 마약을 이 나라에 갖다 판 영국인의 행사가 괘씸하고 가증하기 이를 데 없었다. 그 살, 피부가 허여멀건 것이 잘 여물지 못한 것 같은 인종이라 덕이며 품성도 발달되지 못한 미개 인종일시 분명하니 그런 인종들에게 도덕을 논하면 무엇하고 품성을 따지면 무엇하랴만, 듣건대 그 인종들도 제 나라에서는 아편을 매매하지 않고 국법으로도 금하는 바라 한다.

국법으로까지 금한 것을 보면 그 인종들도 아편이 해로운 물건 마약이라는 점은 잘 아는 모양이다. 그것을 가져다가 이 나라에 판다는 것은 아무리 상업이라는 권업을 존중하는 미개 인종의 행사라 할지라도 괘씸하기 한량없고 간을 씹어도 시원찮을 일이다. 그러나…….

아무리 저 잘 여물지도 못한 미개 인종들이 비인도적 행사를 할지라도 내 나라에서 사주지 않았으면 무가내하일 것이 아닌가. 남의 비인도적 행사를 원망하느니 자기의 어리석음을 먼저 책하여야 할 것이다. 인제는 발 뗄 수 없이 거기 사로잡힌 내련이는 오직 자기를 원망할밖에 도리가 없었다.

내련이는 집을 나섰다.

우선 아버님의 친구 몇 분께 세배를 돌았다. 그리고는 장래의 장인 되는 황 한림 댁으로 갔다.

장래의 사위, 소년 준재로 이름 높은 내련이의 세배를 기쁜 듯이 받은 황 한림은 세배를 받은 뒤에 한순간 안색이 변하였다. 네 안색이 왜 그리 나쁘냐는 질문이 나오려 하는 것을 차마 정월 초하룻날 그런 질문을 할 수가 없어서 삼가는 모양이었다.

"안에서도 네가 오기를 기다린다. 들어가보아라."

"네."

안으로 들어가매 장모는 반가이 맞았다. 약혼자인 부용이는 얼굴을 약간 붉힐 뿐이었다.

장모의 분부로 젊은 남녀는 후원으로 들어갔다. 화단 앞의 정자에 들어가 마주 앉았다.

건너보면 제 이름처럼 이슬 머금은 부용 같은 이팔의 처녀는 머리를 다소곳이 숙이고, 그러나 눈에는 환희의 빛을 띠고 아래를 굽어보고 있다.

최근 한동안은 만나지도 못하던 사이였다. 차차 마약에 대한 욕구만 늘어감에 따라서 여인에 대한 흥미도 줄어졌거니와, 더욱이 내 몸을 인젠 망친 몸이라는 비통한 단념심을 품고 있는 내련이는 스스로 마음에 가책되어 그다지 약혼자도 찾지 못했던 것이었다.

이슬을 머금은 부용꽃 같은 약혼자를 건너다볼 때에 내련이는 그 탐스러운 양 뺨을 향하여 무한 사죄하였다.

부용이는 제 약혼자인 내련이가 아편쟁이라는 불구자로 변한 것을 모르고 다만 처녀적 공상과 환희만 느낄 것이다. 아아, 내 죄는 과하구나. 저를 아내로 맞아다가 일생을 불쾌하고 적적하게 보내게 하랴. 혹은 파혼해버리랴. 무슨 사물에든 명석하고 분명한 생각을 가지지 못하는 아편 중독자인 내련이는 막연히 그 탐스러운 뺨을 건너다보며 이런 생각을 하고 있었다.

내련이는 조금 의자를 끌어 부용의 가까이 나앉았다. 진실로 탐스러운 무르익은 처녀…… 놓치기도 아까웠으나 지금의 자기의 신상으로 그를 아내로 맞기는 더욱 죄송스러웠다.

"과세나 잘했어요?"

그 탐스러운 뺨을 들여다보다가 내련이는 이렇게 물었다.

부용이의 얼굴에는 홱 미소와 홍조가 스치고 지나갔다.

"과세 인사를 지금 하셔요?"

"아, 참."

그만 하하 웃었다.

요 석 달 전만 해도 그때 새로 혼약한 그들은 이 정자에 마주 앉아서 장차의 행복을 서로 토론하였다. 그때만 해도 내련이는 지금같이 심한 중독이 아니었다. 아직도 장래의 꿈을 생각하고 장래의 행복을 의논할 수가 있었다. 그랬거늘 지금은?

아아, 아아, 속으로 연해 탄식했다.

"신색이 좀 나쁘셔요 어디 편찮으셔요?"

아까 장인은 그에게 차마 못 물었던 말이다. 철없음인지 혹은 장인보다 더 마음 쓰이기 때문인지 부용이는 이렇게 물었다.
"무얼 구미도 좋고 기운도 좋고 아무렇지도 않은걸."
대답은 이렇게 했지만 마음 쓰렸다.
"그래 부용이는 어떻소?"
"저요? 전 저 연못의 잉어같이 펄펄 뛰고 싶어요."
"그거 큰 변이로군. 내가 낚시질을 배워야겠군. 잉어를 잡아 휘려면."
"어제 섣달그믐날 일을 했어요. 작년철 마지막 일로 노동을……."
미소하였다.
"무슨 노동을?"
"땅을 파고 꽃을 심었어요. 어차피 난 못 볼 꽃이지만……."
말하다가 홱 얼굴을 붉히고 말을 끊었다. 저 심은 꽃이 필 시절에 나는 이 집 사람이 아니라…… 즉 당신의 아내라는 말을 무심중 하다가 끊어버렸다.
내련이는 그 끊은 의미를 알았다. 가슴 아팠다. 이 꽃 피기 전에 아내를 맞게 될 것인가. 혹은 그때는 몸도 못 쓰도록 자리에 넘어질 것인가.
"무슨 꽃을 심었소?"
"부용꽃을……."
"오, 한 부용이 없어지매 부모님께 대신 부용을 드리고자 심었구려."
대답 없이 얼굴만 붉혔다.
"작년에도 심었소?"
"네, 작년에 아부용阿芙蓉[8]을……."

내련이는 칵 나오려던 질문을 입속에서 죽여버렸다. 아부용은 앵속을 가리킴이었다. 앵속을 심었으면 그 앵속각을 집에 두었느냐 묻고 싶었다.

마음이 아팠다. 이런 때도 오직 마음은 그리로만 향하는 제 심사가 딱하였다. 저주받을 약이여.

"부용꽃 못 보기가 아까우면 부용꽃 피었다 지기까지 기다립시다그려."

부용이는 힐끗 내련이를 보았다. 누가 부용꽃 못 보는 게 한이랍니까 하는 듯이 변명하였다.

"북경은 지금 눈이 올 터인데 여기선 꽃을 심고…… 우리나라가 크기는 크군."

"섬서엔 얼음이 한 자는 졌을걸요."

아버지를 따라 섬서의 임지에는 가본 일이 있는 부용이었다.

"어디 귀히 살겠나 손금이나 봅시다."

이 말에 부용이는 도리어 손을 뒤로 훔쳐버렸다.

"아, 좀 봅시다그려."

"당신 손 보셔요."

당신 귀히 되면 나도 귀히 됩니다—이 뜻을 머금은 말에 내련이는 머리를 숙이고 말았다. 그리고 숙인 채로 눈을 굴려 화단을 보았다.

부용이가 부용꽃을 심고 그러고도 그 꽃 못 볼 것을 기약하고 있는 이 화단, 이 화단에 지난 여름에는 아부용의 꽃이 만발하였던가.

즉 마약에 대한 욕구가 마음속에 문득 일었다. 이 생각만 일어나면 그 뒤로는 걷잡을 수 없이 마음은 그리로만 내달음을 진맥해보매 텁텁하고 답답해오는 것이 분명했다.

인제는 어서 집으로 돌아가서 참기름 등잔에 불을 켜는밖에는 도리가 없다. 그것을 구울 때에 나는 구수한 냄새가 지극히 그리워졌다.

"아아, ○한림 댁에도 세배를 가야겠군. 내 사랑으로 나가서 아버님께나 인사드리고 곧장 갈 터인데 어머님께는 대신 말씀드려 주."

인제는 장모께 인사드리는 시간조차 아까웠다. 툭툭 무릎을 털며 일어섰다.

부용이도 뒤따라 일어섰다. 너무도 싱거운 회견에 부용이도 맥이 빠지는 모양이었다.

아까 손금을 보잘 때에 손금이라도 보여드릴걸. 아까운 듯이 뒤따라 일어서서 내련이의 뒤를 따랐다.

부용이는 안으로 내련이는 밖으로 서로 작별하였다.

사랑으로 돌아나와보니 사랑 안에는 손님이라도 있는 모양으로 이야기 소리가 새어 나왔다.

이것이 내련이에게는 도리어 다행이었다. 내련이는 하인에게,

'손님이 계신 듯해서 뵙지 못하고 그냥 갑니다.'

는 뜻을 장인께 전하게 하고 다시 불리기를 피하려 황급히 그 댁을 뛰쳐나왔다.

반 각경쯤 뒤에는 그는 자기의 골방 속에 들어가 있는 자기를 발견하였다.

__주
1) 취체取締 : 규칙, 법령, 명령 따위를 지키도록 통제함. '단속'으로 순화.
2) 품청稟請 : 윗사람이나 관청 따위에 여쭈어 청함.
3) 모리손毛利遜 : '모리슨'의 음역어.
4) 면분面分 : 얼굴이나 알 정도로 사귄 교분.
5) 도광道光 : 중국 청나라 선종 때의 연호(1821~1850).
6) 손숫물 : 손을 씻는 물.
7) 앵속罌粟 : 양귀비.
8) 아부용阿芙蓉 : 양귀비.

송 첨 지

 소설 쓰는 사람에게도 각각 다른 버릇이 있어서 예컨대 작품 중에 나오는 어떤 인물의 이름에 있어서도 가령 이러이러한 성격과 환경의 인물을 등장시키려 하면, 그런 사람이면 이런 이름을 붙여야 적당하리라, 혹은 또 이런 이름의 사람은 여사여사한 성격을 가지고 여사여사한 과거, 혹은 환경을 가져야 될 것이다. 이러한 일종의 독특한 취택벽取擇癖이 있다.
 그 예에 벗어나지 못하여 나 이 김동인이는 가령 '송 첨지'라 하는 인물을 소설의 주인공 내지 한 등장인물로 쓰고자 하면, '송 첨지'라는 이름에 따라서 '송 첨지'라는 이름을 가진 사람이면 그 생김생김은 이러하고 나이는 얼마쯤이며 성격은 어떠어떠한 사람이리라. 적어도 그러한 인물이 아니면 맞지 않으리라. 이러한 예정 혹은 코스가 있다.
 그래서 나는 지금 '송 첨지'라는 인물 하나를 붙들어서 그의 생애사의 한 토막을 독자 앞에 공개하고자 하는데, 우선 가령 '송 첨지' 라 하면 얼른 듣기에 '복덕방' 이라는 서양목[1] 휘장 앞에 긴 걸상 놓고 딱선[2] 부채 딱딱거리며 곰방대 물고 눈이 멀찐멀찐 행인들을 바라보고 앉아 있는 중로의 집주릅쯤으로 여기기 쉬울 것이나, 내가 지금 적고자 하는 송 첨지는 학슬[3] 대신 에보나이트 안경을 쓰고 양복 비슷한 옷에 넥타이도 매고 좀 모양은 없으나 단장도 짚고, 일본말은 물론 영어도 제법 하고, 구두도 신고(나이는 쉰 안퐈) 송 첨지라기보다 '송 주사' 라든가 '송 선생' 이라든가 하여야 빨리 인식될, 판에서 벗어난 종류의 사람이다.

송 성을 대표하는 우암 송시열이 몸은 정승까지 지냈으나 생김생김이며 차림차림이며가 끝까지 한 촌부자村夫子연하였던 관계로 후일 '송씨' 라면 얼른 촌부자연한 느낌을 일으키게 하는지 모르지만, 우리의 송 첨지도 그 칭호만 듣는 것과 실제 인물과의 사이에는 꽤 상위점이 있다.

첨지라기보다 '선생' 이라든가 '주사' 라 하여야 좋을 우리의 송 첨지는, 사실 면주사面主事 노릇도 해보았고, 선생 노릇도 해본 사람이다. 그러니까 역시 송 주사라든가 송 선생이라야 옳을 사람이다.

학업은 동양의 학도學都인 일본 동경에 가서 닦았다.

학운은 좋았던 모양으로 열일곱 아직 어머니의 품 그리울 시절에 어떤 고마운 후원자의 덕으로 현해탄을 넘어가서 그때 한창 명치의 건설 시대를 지나서 대정의 난숙 일본의 공기를 호흡하며 꿈 많고 희망 많은 소년기를 이역에서 보낸 것이었다.

미개한 토인들이 사는 열도를 한데 뭉쳐서 한 개의 근대국가를 형성하여 세계 열강의 틈에 끼도록 끌어올린 일대의 영걸 목인睦仁[4]

일본 황제는 마지막으로 대한합병이라는 위업을 끼쳐놓고 조상들의 나라로 떠나고, 그의 아들 가인嘉仁[5]이 당주當主－아비는 벌고 아들은 호사하고 손주 대에는 망한다는 천칙天則에 따라서 표면만은 무르익고 찬란한 대정 동경에 이 고아는 그의 몸을 내던진 것이었다.

합병된 지 불과 사오 년…… 조선 안에는 각 곳에 그냥 의병이 끓고 있고, 사내寺內·장곡천長谷川 두 군인의 군정이 '조선'이라는 순을 줄[鑢]질하는 공황 시대에 송 군은 동경에서 학업을 닦았다.

시대가 시대이니만치 조선 유학생은 대개 정치나 법률에 적을 두었다. 송 군도 정치를 전공하였다.

내년이면 학업도 끝난다는 그 전해에 송 군은 묵고 있던 사숙 주인의 딸과 눈이 어울려 딸자식 하나를 낳는 바람에 부득이 아내로 맞아 이듬해에 조선으로 데리고 돌아왔다.

금의환향이라 하지만 송 군의 환향은 결코 금의가 아니었다. 그의 학비를 대주던 은인도 그가 일본 계집애와 어울린 것을 알자 거래를 끊고 말았다.

금의환향하는 송 군을 위하여 조선에서는 어떤 시골 면서기의 자리가 마련되어 있었다. 송 군은 송 주사가 된 것이었다.

유학 당시의 그의 막연한 희망 내지 목표는 대신大臣에 있었다.

그러나 '나라도 없는 인종'이라는 자기의 현실적 입장과 이상(대신)과를 연결하여 생각할 때에 뚝 떨어지면서 도장관[6], 도장관도 과하니 내무부장, 아니 군수, (또다시) 면장이라도, 이렇듯 숙어들어가는, 면장 한 자리도 얻지 못하고 겨우 면서기로 낙착이 된 것이었다.

면서기 재근 2년, 2년간이나 재근했으면 그래도 약간 지위가 오를 듯싶은데 면서기라는 구실은 오를 데도 없는 양하여 그냥 그 자리에 눌러붙어 있었다.

이 사실이 적지 않게 우울하던 차에 그의 아내가 일본인인 서무주임과 사이가 수상하다는 소문이 쫙 퍼졌다.

본시부터 애정이 있어서 결혼한 바가 아니요, 딸자식이 하나 생겼기 때문에 결혼했던 바라 핑계 좋게 아내와 헤어졌다. 동시에 그 서무주임 아래서 일하기가 싫어서 면서기도 사임하였다.

10년에 한 번씩 큰 전쟁을 해온 일본의 군국주의는 그 기한 10년을 그저 넘길 수가 없어서 이번은 일독전쟁[7]을 치렀다. 독일의 군국주의는 연합군의 무력으로 부수었다. 그리고 강화회의가 파리에서 열리게 되었다.

그 강화회의에 미국 대통령 윌슨은 민족자결주의라 하는 금간판을 내걸었다. 어떤 민족의 운명은 그 민족 자신의 의사대로 결정할 것이라는 주의였다. 즉 예컨대 조선이 일본에 합병되어야 하느냐, 벗어나야 하느냐 하는 것은 조선 민족 자신의 의사로 결정해야 한다는 것이었다.

일본 육군 원수인 조선총독 사내정의寺內正毅의 강압정책에 눌려서 그사이 10년간 찍소리 못하고 있던 조선인의 마음에 이 한 마디는 커다랗게 들어맞았다.

"민족자결!"

"민족자결!"

온 조선의 지하로는 이 한 마디가 홍수와 같이 싸다녔다.

2월 초여드렛날, 동경 유학생의 집단에서는 조선 독립을 선언하였다.
조선 총독부는 온 헌병력과 경찰력을 동원하여 무슨 사고가 일지 못하게 하고자 만전의 책을 다하였다.
그러나 민족의 마음에서 마음으로 흐르는 이 물결은 경찰력 헌병력의 담으로도 어찌할 바 없었다. 게다가 조선총독부는 스스로 믿는 데가 있었다. 그사이 10년간을 그만치 강한 힘으로 눌러놓았으니 조선인의 마음에는 딴생각 품을 여지며 용기가 없으리라고 굳게 믿었다. 설사 한두 명 혹은 불온한 행동을 하는 사람이 있을지라도 그것쯤은 단 한 마디의 호령으로 삭아버리리라. 어디 감히 맞서고 덤벼들 광인이 있을 줄은 꿈에도 안 생각했다.
이러한 철통 같은 총독부의 감시의 틈새틈새로는 민족의 의사가 자유로이 흘러다녀 3월 초하루, 고종 태황제의 인산날 삼천리 강산에는 그야말로 청천의 벽력으로,
"조선 독립 만세."
의 우렁차고 힘 있는 구호는 폭발이 되었다.

아내와도 이별하고 면소도 사직한 송 주사. 약간의 퇴직금으로 사글셋방 하나를 얻어가지고 다시 무슨 직업을 얻으려고 턱을 팔굽에 고이고 엎드려 코털을 뽑고 있을 때에 무슨 아우성(드렁[8]) 장수의 소리도 아닌)이 들려오므로 부시시 일어났다.
들을 지나 길에 나서서 비로소 알았다. 조선 독립이 선언되고 그것이 기쁘다고 온 장안은 그것으로 이 아우성을 한다고.
머리를 들어보매 맞은편에서도 수십 명의 군중이 팔을 두르며 만

세를 부르며 이리로 달려온다.

　송 주사는 칵 가슴에 무슨 덩어리가 뭉쳐오르고, 눈앞이 아득하여 몸을 비슬비슬 가까운 남의 집 담벽에 기대었다.

　송 주사는 무슨 특별한 애국자도 민족주의자도 아니었다.

　독립이 되면 물론 반갑고 기꺼운 일이지만, 안 된다고 큰 불편 부자유도 느껴본 일이 없었다. 일본인 가운데 괘씸한 놈도 많지만 조선 사람이라도 다 달가운 사람도 아닐 것이다.

　아직껏 특별히 독립하고 싶다는 욕망이 생겨본 일도 없었다. 일본 유학할 때 학우회의 웅변회 같은 날, 혈기의 청년들이 책상을 두드리며 망국 한탄을 부르짖는 것을 들으면, 역시 정치과에 적을 둔 망국 청년이니만치 일종의 공명을 안 느낀 바는 아니었지만 그래도 당사자로서의 절실감까지는 느껴본 일이 없었다.

　말하자면 그 방면에는 매우 신경이 둔하던 것이었다. 감각도 둔한 데다가 송 주사로서는 주사 독특의 견해가 있었다. 즉 독립 국민 노릇을 하기에는 조선의 민도는 좀 얕다는 견해였다. 이 민도의 백성에게 갑자기 '독립'이라는 호박이 떨어지면, 감당을 못하리라는 그의 견해였다.

　그런지라 '조선'과 '독립'을 연결해서 생각해본 일이 없었고, '민족자결주의'로 세계의 약소민족이 한결같이 술렁거리고 조선의 지식층들도 적지 않게 이 문제에 관심하여 조용한 골방이나 사랑방을 고를 동안도 송 주사는 오직(면서기 아닌) 새 밥자리를 물색해볼 뿐, 정치과 출신의 젊은이다운 공상과는 멀리 떨어져 살고 있었다.

　그렇던 송 주사의 앞에 오늘 홀연히 '조선 독립'이라는 위대한 소식이 뛰어든 것이다.

이치로 따지자면 '조선 독립'을 지금껏 그다지 신통히 염두에 두어본 적이 없는 송 주사라 오늘의 이 보도에도 비교적 무관심해야 할 것이었다. 그런 송 주사이언만 지금 행길에서 그의 고막을 두드리는,

"조선 독립 만세."

의 한 마디에 획 온몸의 피가 얼며, 그 자리에 못 박힌 듯이 서버렸다.

망두석같이 한참을 서 있다가 송 주사도 그 군중들 틈에 빨려 들어갔다.

"만세에. 만세에. 조선 독립 만세."

군중들의 소리에 화하여 송 주사도 미친 듯이 부르짖으며 동서남북으로 헤맸다.

절실히 말하자면 송 주사는 자기가 무엇을 하는지 무슨 목표로 무슨 뜻으로 하는지 추호도 이해는커녕 인식도 못하였다. 지고한 하늘의 분부에 의지하여 무의식 무인식적으로 행한 노릇이 손을 높이 두르며 조선 독립 만세를 부르짖은 그 행동이었다.

그것은 민족의 의사였다. 그리고 또한 하늘의 의사였다. 송 주사 자신으로는 행하려 한 일도 없었고, 행하여야겠다고 생각한 일도 없었고, 누구의 시킴으로 한 일도 아니요 스스로는 전혀 알지도 못하고 의식도 못하는 가운데서 저절로 행하여진 일이었다. 그리고 평일에 어느 누가 송 주사에게 대하여 그런 일을 해보라고 권고하는 이가 있었더라면, 송 주사는 그 사람을 '광인'으로 단정하기를 결코 주저하지 않았을 것이었다.

저녁때 솜과 같이 피곤하고 하루 종일의 난무로 꼴이 '미치광이'

같이 되어 허덕허덕 내 집으로 돌아왔다.

뜰에 들어서며 보매 주인집 어린 아들(칠팔 세 가량 된)이 뜰에서 놀고 있다.

한 지붕 아래 한 울안에 살면서도 딴나라 사람같이 서로 알은체도 안 하던 사이였지만, 이날따라 송 주사의 마음에는 동포라 하는 새 관념이 생겨 남 같지 않아서 애교의 미소를 띠면서 소년에게 가까이 갔다.

"이 좋은 날 너는 만세두 안 부르구 집에 백여 있었니?"

"왜 안 불러요? 지금 막 돌아오는 길인데요."

"그래? 독립돼서 참 반갑다. 너 올에 몇 살이더라?"

"여덟 살예요."

소년의 이 대답에 송 주사는 오연히 허리를 젖혔다.

"여덟 살이면 너는 왜종이로구나. 그러려니 애처로워라. 이 기쁜 날을 너는 기뻐할 자격이 없어. 열 살 이하의 아이들은 나면서부터 왜종이야. 우리같이 광무光武 연대나 융희隆熙 연대에 태어난 사람이고서야 오늘이 기쁜 날이지 너는 빠지거라."

그는 광무 연대에 난 사람이노라는 우월감이 무럭무럭 일어, 소년에게 한마디의 경계를 남기고 막 자기 방으로 향하려 할 때에, 소년(대정 연대에 난)의 아버지가 싱글싱글하면서 송 주사에게로 향하였다.

"송 주사 나리 선견지명이 참 귀신 같단 말씀이어. 장망지국將亡之國의 벼슬을 버리시자, 새 나라가 생겨납니다그려. 그런데 제 자식더러 '왜종'이라 하시는 것 같은데 거기 대해서 나리께 항의합니다. 부모가 아울러 한국 신민이어든 자식이 어째 왜종입니까? 남의 귀중한 자식에게 왜종이란 대체……."

여기서 누구든 한쪽이 웃어버리면 문제는 끝날 아주 단순한 일이다. 그러나 송 주사의 고집이란 천하 무류[9]인 데다가 집주인은 귀한 아들을(당시에 있어서 가장 큰 욕인) 왜종이란 악구[10]를 받았는지라 좀체 양보의 조짐이 안 보였다.

"한국이 없어진 뒤에 났으니 왜종 아니구 뭐요?"

"부모가 다 한 종인데두?"

"부모 아니라 할아비가 한 종이래두 한국 없을 때 어떻게 한 종이 있겠소?"

"호랑이 새끼가 곰의 굴에서 났다구 곰 됩디까?"

"곰의 새끼지."

논란은 차차 억설로 벌어갔다. 욕설로까지 전개되어갔다.

"어디서 찌께[11] 같은 물건 하나 싸가지고 꼴에 제법 조자룡이나 낳은 듯키……."

"부모네 승강이[12]면 승강이지 남의 집 귀동은 왜 걸거들어가는 게야."

차차 악화되는 논란…….

"저따위가 백성이랍쇼 있으니까 되려던 독립도 틀려나가겠다."

"무얼! 독립에 군소릴 끼어?"

딱– 쳐라! 완력, 폭력으로까지 발전되었다.

이리하여 그 저녁으로 송 주사는 그 집을 떠나서 다른 데 이사하였다.

송 주사가 애국주의자로 변한 것이 이때부터였다.

기미년 3월 초하룻날 온 조선에 걸쳐 폭발된 만세 사건은 표면으로는 십수만 명의 감옥 죄수와 중국 상해에 한국 임시정부를 남긴 뒤에 사라졌다.

감옥의 죄수들은 만기가 되면 출옥할 것이다. 상해의 한국 임시정부는 국제적으로 승인을 못 받고 국내적으로는 조선 내지와도 연락이 미미하여 존재가 아주 미약하였고, 경제적으로도 유지가 곤란한 가운데서 몇몇 지도자의 오직 열성만으로 버티어가는 가운데서 차차 사람의 기억의 표면에서 엷어갔다.

면서기의 자리를 내던진 송 주사는 구복[13] 문제를 해결하기 위하여 교사 노릇을 시작하였다.

주변성이 없는 송 주사—송 선생이라 어느 튼튼한 학교에 교원으로 자리 잡을 기회는 얻지 못하고 이곳저곳 사립학원이나 개인교수 등으로 근근히 기아나 면하며 이리저리 유랑하였다.

애국주의자로 전향한 송 선생. 그 전향이란 것이 임시적 방편이라든가 빵 문제 때문에 한 노릇이 아니고, 그의 마음 깊이 잠재해 있던 동포 관념의 폭발 때문에 한 전향이라 변할 길이 없었다.

그동안 감옥살이 유치장살이도 여러 차례 하였다. 그러나 다시 밝은 세상에 나와서 아이들과 대하여 교편을 잡을 때는 여전히 총독부 당국에서 엄금한 바의 반만년 조선 역사의 거룩한 자태를 가르쳐주고 이 거룩한 국가의 일원이라는 자랑을 아이들의 마음에 배양하였다.

서른 고개, 마흔 고개…… 인생의 가장 가치 있어야 할 고개 고개들을 송 선생은 이 촌에서 저 마을로, 저 마을에서 또 다른 부락으로, 지식의 주머니를 줄줄 흘리면서 그 흘린 지식을 남이 주워가기를 열망하면서 표랑하였다.

치자治者 당국이 의식적으로 말살하고자 하는 '조선학'의 지식은 송 선생의 힘으로 북조선에서 조선의 촌락 촌락에 심어졌다.

그의 꽁한 태도가 송 선생이라기보다도 송 첨지라는 편이 적절하겠으므로 어느 지방에서 시작된 칭호인지 모르지만 어느덧 송 첨지라는 칭호로써 북조선의 촌락 촌락에 그의 이름은 꽤 널리 퍼져나갔다.

그러나 송 첨지가 유명해지면 유명해지느니만치 송 첨지가 흘리고 간 지식 부스러기는 당국의 입장으로는 역한 것이므로 당국의 송 첨지에 대한 탄압도 차차 강화되고 노골화하였다.

마지막에 당국의 탄압이 하도 세밀해지므로 송 첨지는 국경을 넘어서 만주 땅으로 들어갔다.

송 첨지의 나이 그때 서른여덟, 동양의 천지에는 소위 '지나사변[14]'이라는 전쟁이 한창인 때였다. 그리고 중국은 서울을 중경으로 옮겨놓은 때였다. 한국 임시정부—중국 국민정부의 비호 아래 보호되어 있던 한국 임시정부도 중국 국민정부와 함께 중경에 가 있었다.

혁명가도 아니요 정치가도 아니요 다만 한 열렬한 애국자로 교사로 지도자로 만주 일원의 조선인 사회에는 송 첨지의 이름은 꽤 높고 널리 전파되었다.

위엄성 있는 지도자가 아니요 무엇을 강요하는 혁명가도 아니요 일반 대중과 무릎을 결고 마주 앉아서 토론해가면서 애국사상을 배양해주고 동족애의 관념을 길러주는 송 첨지(선생도 아니요 주사도 아니요 단지 윗댁 형님, 아랫댁 아우님이라 부르고 불릴 수 있는 친애한 동무)는 만주 일원의 조선 사람 사회에서는 인제는 없지 못할 지도자였다. 나이도 마흔을 지났으니 경의를 표하기에 남부끄럽지 않고 아무런 홀대를 할지라도 나무라지 않으니 어떤 좌석, 어떤 회합의 틈에라도 섞일 수 있었다.

지나 대륙에서 여러 해 동안을 계속되던 인류의 잔혹한 행동—전쟁은 그 무대가 바뀌면서 태평양 상으로 넘어가서 인종으로는 백인, 홍인, 흑인까지 뒤섞여 유사 이래의 최다량 살인 행위가 벌여져 나갔다. 일본인이 이르는 바 소위 '대동아전쟁' 이다.

스물 소년 시대부터 사반세기간을 조선인의 마음에 민족애가 불일어서 민족적 대동단결을 할 수 있는 우수한 민족으로 향상시켜 이 우수한 민족으로 하여금 일본에게 빼앗겼던 국민을 회복할 기회를 지어보려고 노력해온 송 첨지…….

잃어버릴 때에 아까운 줄 모르고 잃어버리고 잃어버린 처음 몇 해 역시 아깝지도 않고 통분한 줄도 모르겠더니, 나이가 들어감에 따라서 나날이 국권 회복의 야심이 늘어가고 국가 독립의 욕심이 강해감을 통절히 느꼈다.

나이 반 아흔…… 여생이 얼마 남지 않은 오늘에 앉아서, 바라건대 내 생전에 독립 국가의 국민이 되어보기는 가망이 천리다.

지금 한창 강성한 일본의 실력으로 보아 무력적으로 일본이 꺼꾸러질 날을 기다린다는 것은 상상도 할 수 없다. 하늘에서 무슨 기적이 내리기 전에는 내 생전 조선 독립은 다시 볼 수 없는 일이다.

이러한 때에 그사이 중국과 5년간이나 싸워서 기진맥진한 일본이 세계의 부강국 미국과 영국 두 나라에 한꺼번에 싸움을 걸었으니 일본에도 군략가가 있고 정치가가 있는 한에는 이번의 전쟁이 절대로 일본의 패배로 돌아갈 것은 숫자가 넉넉히 증명할 것인데, 스스로 이 망동을 한 것은 자진하여 자멸지책을 취한 것이다. 이는 하늘이 조선에 자주를 주려는 조짐이 아닐까.

만년에 들면서 차차 미신과 운명론에 기우는 자신을 스스로 조소하면서도 이러한 꿈 밖의 꿈을 생각해보려는 자신을 스스로도 어찌할 수가 없었다.

그 뒤에는 어떻게 될지 미지수이지만 적어도 이번 전쟁의 결과로서 조선이 일본의 굴레에서만은 벗어나게 될 것이다.

조금만치라도 내 실력만 있으면 이러한 절호의 기회에 온갖 세력 다 물리치고 조선 혼자서 스스로 설 기회를 지을 수 있으련만.

많은 고생을 한 탓인지 쉰까지는 아직 수년간 남아 있지만, 송 첨지는 어떻게 보면 예순에 가까운 노인같이도 보였다. 그리고 최근 갑자기 체력이 감소되고 원기 없어짐을 스스로도 느낄 수가 있었다.

소위 대동아전쟁은 저편이 잠잘 동안에 내려친 첫 번 일격만은 원기 좋았으나, 그다음부터는 꾸준히 일정한 속도로 쫓겨 돌아온다. 이 속도로 보아서 1945년을 넘기지 못할 것만은 인젠 확정적으로 되었다.

1945년 8월 초순.

송 첨지는 만주의 어떤 시골에서 앓고 있었다. 처음에는 대수롭지 않게 보았는데 날이 경과하자 병세는 더 침중해가는 뿐이었다.

부근의 노인들이 이 소탈한 지도자의 병을 구원하고 있었다.

"첨지, 좀 어떠셔요?"

"네, 고맙소이다. 나는 이제 다시 일어나지 못할 몸이지만 전쟁도 내 보기에는 인젠 한 달을 더 못 계속될 터인데 조선 독립의 보도나 행여 듣고 죽었으면 여한이 없겠는데."

"그렇게 독립이 되리까?"

"됩니다. 꼭 됩니다."

"내일 오정에 무슨 미증유의 중대 방송이 있다는데요."

"네? 미증유의 중대 방송?"

송 첨지는 자리에서 벌떡 일어났다.

"내일 오정에 그 라디오 좀 들어다주세요. 꼭 좀······."

이튿날 오정, 송 첨지의 부탁으로 라디오를 지키던 노인은 일본 유인裕仁[15] 황제의 미증유의 중대 방송의 첫 구절만 듣고 이 미증유의 기꺼운 소식을 속히 지도자 송 첨지에게 알리고자 달려들어왔다.

그때는 송 첨지는 심이心耳로서 그 방송을 알아듣고, 기쁨과 감격을 금하지 못하여, 소리쳐 통곡하다가 거기 엎드러진 채 세상을 떠난 삼사 초 뒤였다.

─주

1) 서양목西洋木 : 두 가닥 이상의 가는 실을 되게 한 가닥으로 꼰 무명실로 나비가 넓고 발이 곱게 짠 피륙. 광목보다 실이 가늘고 하얗다. 서양에서 발달하여 서양목이라고 하는데, 중국을 거쳐 우리나라에 들어왔으므로 당목唐木이라고도 한다.
2) 딱선 : 살이 몇 개 안 되는 쥘부채.
3) 학슬鶴膝 : 가운데를 꺾어 접을 수 있는 안경다리.
4) 목인睦仁 : 일본의 제122대 천황 무츠히토(睦仁)를 말함(재위 1867~1912). 메이지 유신을 거쳐 도쿠가와 막부로부터 정권을 넘겨 받았다.
5) 가인嘉仁 : 일본의 제123대 천황 요시히토(嘉仁)를 말함(재위 1912~1926). 전임자인 메이지 천황과는 달리 어려서부터 병약했기 때문에 실질적인 정무는 담당하지 못했다. 말년에는 정신착란을 일으켜 결국 1921년 아들 히로히토(裕仁) 황태자(뒤에 히로히토 왕)가 섭정으로 임명되었다.
6) 도장관道長官 : 예전에, '도지사'를 이르던 말.
7) 일독전쟁日獨戰爭 : 제1차 세계대전 때, 독일과 일본이 벌인 싸움. 일본은 1914년 8월 23일에 독일에 선전포고를 한 뒤, 남양南洋에서 독일 영토인 모든 섬을 점령하고 중국 산둥 성의 독일 조차지인 칭다오를 함락시켰다.
8) 드렁 : 예전에, 장사치들이 물건을 사라고 외칠 때 물건 이름 뒤에 복수의 뜻으로 붙이던 말.
9) 무류無類 : 뛰어나서 견줄 데가 없음.
10) 악구惡口 : 험구.
11) 찌께 : '회충'의 방언.
12) 승강이 : 서로 자기 주장을 고집하며 옥신각신하는 일.
13) 구복口腹 : 먹고살기 위하여 음식물을 섭취하는 입과 배.
14) 지나사변支那事變 : 일본에서 중일전쟁을 이르던 말.
15) 유인裕仁 : 일본의 제124대 천황 히로히토(裕仁)를 말함(재위 1926~1989). 일본 역사상 가장 오랜 기간 재위한 군주였다.

석방

'미증유의 중대 방송' —정오에 있으리라는 이 중대 방송이 논제의 중심이 되었다.

○○중공업회사 평양 공장이었다.

"아마 소련에 대한 선전포고겠지."

공무과장이 다 알고 있노라는 듯이 이렇게 말했다.

"선전포고쯤이야 우리나라는 10년에 한 번씩은 으레 했고 3년 전에도 미영에 대해서 선전을 포고했으니 '미증유'라는…… 새삼스레 미증유 운운의 어마어마한 형용사까지 붙여서 예고까지 할 게야 없겠지."

영업과장이 공무과장의 말에 반대했다.

"그럼 무에란 말이야?"

"글쎄……."

과장급의 사원들이 둘러앉아서 정오에 있을 중대 방송에 대하여

이런 말들을 주고받을 때에, 한편 귀퉁이에 앉아 있던 급사가 혼잣말로 작은 소리로,

"무조건 항복."

하고는 자기의 말소리가 비교적 컸던 데 스스로 놀라서 목을 어깨 속에 오므렸다.

급사의 말소리가 급사 자신의 예기보다 컸던 관계로 공무과장과 영업과장에게까지 넉넉히 들렸다.

"하하하하, 이건 걸작이로다. 제국의 무조건 항복? 그 말이 옳다 하면, 그야말로 건국 2,600년래로 처음 있는 일이니, 미증유야 미증유지."

이것은 공무과장의 말이었다. 영업과장도 한몫 끼었다.

"요놈, 여기는 네 신분을 아는 사람들뿐이니 무관하지만, 모르는 자리에서 그런 소릴 했다는 뼈도 남아나지 못한다. 요 방정맞은 놈 같으니."

이 엄한 질책에, 급사는 목을 더욱 어깨 틈에 들여 끼며 송구한 태도를 나타냈다.

"20분만 더 있으면 다 알게 될 일일세. 무슨 방송이 있든 간에 우리는 우리의 직무로…… 야 급사, 너는 커피를 끓여. 점심때두 다 됐다. 또 손상은 만업滿業에 보낼 주문서 타이프했소?"

이 공장에 수많은 종업원 가운데 단 한 사람인 조선인 종업원 타이피스트 손숙희에게 하는 말이었다.

"네, 지금 찍는 중이에요."

"수량은 12만 톤."

"네……."

고급 사원은 고급 사원이니만치 전쟁의 운명은 국가에 영향되고, 국가의 운명은 중공업회사에 영향되고, 회사의 운명은 직접 자기네의 사생활에 영향되는 것이므로 오늘 정오에 있을 '미증유의 중대 방송'에 관심하는 바가 컸다.

미증유라 하는 어마어마한 형용사를 붙여서 예고한 방송은 이 전쟁의 운명을 암시하는 큰 열쇠일 것은 의심할 여지가 없는 바이므로.

한 하급 사원인 손숙희의 '중대 방송'에 대한 관심도 다른 일본인 고급 사원들의 관심에 지지 않도록 컸다.

내일 정오에는 미증유의 중대 방송이 있을 테니 1억 국민은 한 사람도 빼지 말고 이 방송을 들으라고 예고한 어제 그 예고의 순간부터 숙희는 직각적으로 이번 방송이 무엇일지를 짐작했다. 유구琉球[1]도 미군의 군화 아래, 그리고 남방의 뭇 점령 지역도 모두 도로 저쪽 손에…… 이것만으로도 인젠 그냥 말라 죽게 된 일본이었다.

소련의 참전, 이것은 '일본이 인젠 다 죽었다'는 증거였다. 소련은 카이로 회담에는 빠졌다가는, 포츠담 회담 막판에야 비로소 참가했다.

포츠담 선언에 한몫 끼고서야 장차 동양 전쟁의 전승국 회의의 발언권을 잡을 수가 있겠으므로 허덕허덕 달려와서 회의에 참가한 것이나, '소련 참가'야말로 인제는 일본이 완전히 졌다는 증거가 되는 것이다.

더구나 실전에 있어서도 동양에서의 전쟁에 소련도 한몫 끼고자 병력을 시베리아로 이동하다가 그 이동을 완료하지도 못한 채로 일본에 군사 행동을 일으킨 것은, '소련의 병력 이동'이 끝나기까지 기다리다가는 일본이 먼저 거꾸러질 형편이었다. 그렇게 되면 '동양 전승국 회의'에는 소련은 발언권을 가질 수 없겠으므로 일본이 채 거꾸러지기 전에 달려든 것이다. 이렇게밖에 해석할 도리가 없으므로 소련의 군사 행동 개시라 하는 것은, 일본은 인젠 결정적으로 패배하였다 볼 수가 있었다. 꼭 이러한 때에 일본에서는 '미증유의 중대 방송' 이었다.

'미증유' 라는 그 말 자체를 엄밀하게 연구하든가, 사위의 정세로 보든가, 오늘의 방송은 무조건 항복을 온 국민에게 알리는 보도에 틀림이 없을 것이다.

사랑하는 남편을 '치안 유지법 위반'이라는 죄명 아래 경성 서대문 형무소에 보내고 네 살 난 어린 아들과 공규[2]를 지키고 있는 숙희, 남편의 형기가 7년이요, 치안 유지법 위반에는 감형 가출옥의 덕택이 봉쇄되어 있는지라 상상할 수 없는 사건이 생기기 전에는 7년이라는 형기는 하루도 깎을 수가 없는 기간이다.

일본의 단죄소가 없어지든가 일본이라는 국가가 무너지든가.

몇 해 전만 할지라도 일본이 무너진다든가 하는 것은 상상도 할 수 없는 일이었지만 일본을 수호하던 가미사마[3]가 망령이 났든가 무슨 착각을 일으켰든가 해서 일본은 자멸지책을 자인하였다. 즉 세계에서 가장 가멸고[4] 실력 있는 국가, 미국과 영국에 일본이 자진해서 선전포고를 한 것이었다.

이 망령(중국 하나를 상대로 하여서도 허덕허덕 감당하기 힘들던 것을 미영에게까지 덤벼든 이 망령), 이것이야말로 일본의 자멸지책이다.

'형기 7년까지 가지 않아도 인제는 되었다.'

일본이 어느 날 굴복하든지 그 굴복하는 날이야말로 정치범은 죄 석방이 되는 날이다.

눈이 감감히 기다리는 때에 이 중대 방송이다. 미증유의 중대 방송이라 하면 지금의 시국 추이상 '전면적 굴복'으로 판단하는 것이 떳떳한 일이거늘, 여기 일본인 과장들은 어쩌면 아직도 그 생각을 하지 못하는가. 아직도 딴꿈을 꾸고 있는가. 가련한 일본인들아.

정오…… 몇 군데 준비해놓은 확성기 앞에 온 종업원들은 모여들었다.

확성기를 통해 들리는 방송…… 그것은 지극히 명료하지 못한 음조에다가 잡음까지 많이 섞여서 마디마디를 똑똑히 알아들을 수는 도저히 없었지만 불명료한 가운데서도 위아래를 따져서 간신히 알아들은 바에 의지하건대, 방송한 사람은 직접 일본 황제 자신이요, 방송 내용, 지금 하릴없이 포츠담 선언을 수락한다는 것이었다. 일본으로 따지자면 예기하였던 바라 새삼스레 큰 감격을 받지 않을 것이지만 그 불명료한 한 마디 한 마디가 쿡쿡 숙희의 가슴에 울려 들었다.

'이제는 조선도 해방이로다.'

내가 일찍이 보지도 못한 나라, 내 남편도 보지도 못한 나라, 우리가 세상에 나오기도 전에 소멸한 나라.

부모님이 그렇게도 사랑하시던 나라. 남편이 그 해방 독립을 위하여 현재 7년이라는 형기로 고역을 하는 나라.

드디어 해방이 되었구나.

일본제국의 신민이라는 명예 있는(?) 지위를 끝끝내 부인하고 나라 없는 사람으로 자처하던 남편은 오늘날 옥중에서 이 소식에 얼마나 기뻐할까.

자, 어서 서울로 달려가서 해방된 나라에 출옥하는 그이를 맞아야겠다. 제 아버지가 입옥한 뒤에 세상에 나서 아직 아버지의 품에 안겨보지도 못한 어린애를 아버지 앞에 자랑해야겠다.

공장장을 비롯하여 한 공원에 이르기까지 방송을 다 들은 뒤에는 뒤죽박죽이었다.

한숨에 전패국으로 떨어진 일본의 한 분자인 이 공장. 그들은 은행이며 각 금융기관에 맡겼던 예금 저금을 모두 찾아내어 분배하려는 모양이었다. 막판에 돈이나 나누어 먹고 꼬여지자는 이 전패 민족의 야비한 꼬락서니를 곁눈으로 보면서 숙희는 자기 집으로 돌아왔다. 어서 시어머님께도 이 기꺼운 소식을 알려드리고, 그리고 자기는 어린 자식을 데리고 출옥하는 그이를 맞으러 경성으로 달려가려는 것이 숙희의 플랜이었다.

이러한 국제상의 위대한 변동 아래서 그 교통기관은 그냥 여전할까, 적지 않은 불안을 품고 숙희가 그의 사랑하는 아들 일남이의 손목을 끌고 평양역까지 이르러보니 좀 혼잡하기는 하나 기차의 운행은 여전하였다.

혼잡한 기차…… 출옥하는 남편을 만나려는 독한 결심이 아니고는 도저히 얻어탈 수 없는 혼잡한 기차에 숙희 모자가 몸을 실은 것은 이튿날 오정경이었다.

근 4년 만에, 인제는 내 나라라는 국가를 얻은 해방의 대중은, 보기에도 씩씩하고 희망에 넘치는 태도와 표정이었다.

국가의 해방과 동시에 마음에서 관대심과 여유가 생긴 모양으로, 숙희의 모자가 기차에 자리를 못 잡아 두리번거릴 때에 숙희 모자를 위하여 세 군데서 다투어 자리를 내주었다.

"반갑습니다."

"참, 반갑습니다."

일찍이 서로 알지도 못하던 사람끼리 주고받는 인사…… 과연 사해동포의 아름다운 풍경이었다.

이 기차에 몸을 실은 수백 수천의 군중, 그들의 목적지는 대개가 서울이었다. 그들의 주고받는 이야기로 미루어 보자면, 그들이 서울로 가는 데에는 무슨 특별한 용무가 있는 바가 아니었다. 해방된 내 나라의 서울…… 일찍이는 '경성'이라는 지명으로 알려 있고 그 이름 아래 다니던 땅이 인제 내 나라의 서울, 내 나라의 정치의 중심지, 문화의 중심지로 변하였으니, 그 내 나라의 수부에 가서 이 격변한 시국하의 내 나라와 서울이 어떻게 움직이는지, 그 풍경을 한번 엿보자는…… 말하자면 한 호기심으로 서울로 서울로 몰려 올라가는 것이었다.

이러한 막연한 목적으로 서울로 올라가는 무리는 나이는 서른 안팎의 청년들, 법률적으로 말하자면 조선 내지 한국이라는 국가는 소멸되고, 일본제국에 합병된 뒤에 출생한 사람들로서, 나면서부터 일본인인 그들이지만 그들의 어버이가 그들에게 물려준 조선인으로서의 혈맥의 탓으로, 오늘날 조선의 해방에 이렇듯 감격과 환희를 느끼는 것이었다. 국체가 어떻게 움직인다 할지라도 그 속에 흐르는 피의 줄기는 언제든 조국을 따르는 것이다. 일찍이 숙희의 남편이 숙희에게 이런 말을 하여 웃은 일이 있다.

"K소좌(일본인)가 이런 말을 한단 말이지. 즉 40세 이상의 조선인…… 일한합병 이전에 출생한 조선인은 다 묶어서 태평양에 집어넣고 합병 이후의 조선인만으로 된 세상이 되어야 내선일체가 실현 되리라구. 합병 이전의 조선인은 완미무쌍해서 아무리 선도해도 황민화하지를 않는다구. 어리석은 녀석!"

합병 이후에 출생했기 때문에 더욱 보지도 못한 조선을 애타게 그리며 사모하며, 그 조국의 복멸[5]을 위하여, 서슬이 하늘 끝에 닿는 일본제국에 항쟁하며 가능성 없는 투쟁(당시로서는 절대로 가능성이 없었다)에 생애를 바치던 남편의 가능성 없는 희망이, 오늘날 돌연히 현실로서 3천만 조선인 앞에 나타난 것이다. 조선의 피를 물려받은 젊은이 ○○ ○○ ○○○ 무엇으로 설명하랴.

기차 안에는 이 귀퉁이 저 귀퉁이 한 무리씩 모여서 어제 정오 일본 황제 유인의 울음 섞인 방송 직후에, 각곳에서 생겨난 일본인들의 광태 추태들을 이야기하며 웃어댔다.

사흘 전만 하여도 이런 소리는 감히 하지도 못하거니와 하려 하면 쉬쉬 사면을 살피고 딴 사람이 들을세라 소곤거렸어야 하던 이야기를 팔도 사람이 다 모인 기차 안에서 큰 소리로 할 수 있게 된 이 자유만 하여도 이것도 벌써 해방의 덕택이었다.

좌우편에서 잡연히 들리는 이야기들에 귀를 기울이고 있다가 숙희는 허리를 굽히며 사랑하는 아들 일남이의 귀에 입을 갖다 대고 작은 소리로 물어보았다.

"우리 지금 어디 가는지?"

"서울."

일남이는 눈을 치뜨며 어머니를 보면서 대답하였다.

"서울은 무엇하러 가는지?"

"아버지 뵈러."

"아버지 뵈면 무에라구 인사할까?"

일남이는 벌떡 일어섰다.

양팔을 높이 쳐들었다. 그리고,

"조선 독립 만세! 하구 인사할 테야."

"옳지, 옳아! 이 인사야말로 아버지가 가장 반겨하실 인사로다."

일남이의 만세 소리에 차 안의 시선이 모두 자기에게로 모이는 것을 깨달으며, 숙희는 일남이를 품 안에 끌어 힘 있게 안았다.

풍년을 약속하는 폭염하의 대지를 기차는 남으로 남으로 닫는다. 일찍이는 많은 실망군失望群을 실어다가 만주의 황야에 쏟아놓은 역할을 하던 이 기차는, 지금은 희망과 환희의 무리를 만재하고 40년 만에 국도로 등장하려는 서울로 서울로 속력을 다하여 닫는다.

기차 안에서부터 느끼기 시작한 불안을 숙희는 독립문 앞에서 종내 부딪쳤다.

"정치범과 경제범 수인은 오늘 벌써 다 석방되었다."

하는 것이었다.

예기는 하였던 바이지만 석방이란 반갑기는 반가웠다. 그러나 석방된 그이는 지금 어느 곳에 그의 피곤한 몸을 눕히고 있을까. 허덕허덕 달려왔지만 몇 시간 늦었다.

평양 가는 기차는 내일 아침이 아니면 없으니 그냥 서울 있기는 할 것이다. 그러나 지금은 밤중이라 이 아닌 밤중에 어디 가서 그이를 찾아내는가.

홀몸도 아니요 네 살 난 어린애를 데린 숙희는 형무소 앞에 망연히 서 있었다.

좀 무리를 하였더라면 어제 밤차라도 탈 수가 있었을걸. 어제 밤차만 탔더라면 오늘 아침에는 서울에 도착하여 형무소에서 석방되어 나오는 남편을 형무소 문간에서 맞을 수가 있었을걸. 어린애가 큰 짐이 되어 어제 밤차를 못 탄 것이다.

어제 밤차를 놓치고 오늘 차로 와보니 남편은 자기네가 오기 전에 벌써 석방되어 어디론가 가버린 것이다.

"너 때문에……."

화가 저절로 어린애에게 미쳤다. 이 어린애를 생전 처음 제 아버지께 대면시키려는 것이 숙희의 큰 목적의 하나였지만, 밤차를 못 탄 데 대한 화는 자연 어린애에게 미쳤다.

사내같이 억센 성격의 숙희였다. 떠오르려는 화, 가슴을 누르는 기막힌 사정을 꾹 눌렀다.

"일남아, 아버지는 벌써 해방되셨구나."

"그럼 독립 만세를 어디서 불러요?"

아버지 뵐 때 아버지께 향하여 독립 만세를 부르려고 벼르고 있던 어린애는 그 부를 대상을 얻지를 못하고 어머니에게 물었다.

"응? 내일 뵙거든 오늘 못 부른 대신 열 번 스무 번 아버지의 귀청이 터지시도록 불러 올려라."

하릴없이 그 밤은 어떤 여관 하나를 잡고 모자는 거기서 묵었다.

이튿날, 숙희는 어린 아들의 손목을 잡고 남편을 찾으러 해방된 서울의 거리에 나섰다.

해방의 색채는 서울의 거리거리 골목골목에 차고 넘쳐 있었다.

종업원들이 마음대로 꺼내어 삯도 받지 않는 전차는 서울 장안을 종횡으로 왔다 갔다 한다.

일찍이 내 세상이라고 어깨를 추어들고 활보하던 일본인들은 죄 어디 박혔는지, 어찌어찌하여 간간 보이는 일본인들도 모두 일본인인 제 본색을 감추고 얼굴을 숙여 감추고 숨어 다닌다.

근 40년 만에 호기 있게 펄럭이는 태극기 아래로 그대로 자기의 존재를 알리는 듯, 시위적으로 횡행하는 패잔 일본 군인을 만재한 화물 자동차도 자기 딴에는 시위 운동인지 모르나, 조선인의 눈으로는 가련하고 비참한 마지막 발악으로 눈에는 보이지 않았다.

전패자의 비참한 꼬락서니는 일찍이 그들의 식민지였던 조선 경성에서 가장 대차적으로 가장 명료히 드러나고 있다.

어제까지 그들의 사업장이었던 모든 회사, 기관, 공장이 모두 태극기 아래 장래의 주인인 조선인의 손으로 운영되는 이 기꺼운 현상.

공수래공수거로 일본인은 40년간에 빈손으로 조선에 건너와서 40년간을 조선을 갈고 닦고 건설하고, 오늘날 그 건설 공사의 낙성을 기회로 다시 빈손으로 제 나라로 돌아가는 것이다. 40년간을 갈고 닦아서 일본인이 살기 좋도록 일본인 본위로 건설해놓은 뒤에, 오늘날 빈손으로 쫓겨 돌아가는 그들이라 어찌 놓고 싶으랴, 아득바득 끝까지 안 가고 견디어 배겨보고자 애쓰는 것이 당연은 하지만 하늘의 뜻에 어찌 거스를 수가 있으랴.

남편을 찾기 겸 해방 풍경을 보기 겸 방향 없이 서울 시가를 헤매는 숙희는 거리에 골목에 넘쳐흐르는 해방 풍경을 마음껏 호흡하였다. 그 사이 없다 없다 하여 조선인에게는 감추어두었던 온갖 물자가 일본인의 가정과 사업장에서 태산같이 쏟아져 나와서 거리로 흘러나온 것도 해방 풍경의 하나였다.

더욱이 숙희가 감격적으로 느낀 바는 '소화 연간'에 출생한 조선 애들이야말로 진정한 황민이라고 일본인들이 크게 기대를 가지고 있던 소학교의 아이들이 가장 열렬히, 가장 활발하게 '조선 독립 만세'를 부르며 태극기를 두르며 돌아다니는 광경이었다. 일본의 40년간의 조선 통치는 완전히 실패하였다는 점이 여기서 가장 명료히 드러났다. 피…… 혈맥은 속일 수가 없었다.

거리거리로 해방 풍경도 구경하며 남편이 갔음 직한 곳을 찾아다니던 숙희는 저녁에야 남편이 있는 곳을 알아냈다.

그로부터 약 20분 뒤에 숙희는 남편 앞에 서게 되었다.

어린 일남이는 형무소 창구에서 본 일이 있는 아버지를 알아보고, 알아보자 양손을 높이 쳐들며 약속대로,

"조선 독립 만세!"

를 부르며 아버지에게로 달려갔다.

"오오, 너로구나, 조선 독립 만세야? 그렇구말구, 만세 만만세로다. 자, 크게 외쳐라. 조선 독립 만세!"

남편은 생전 처음으로 어린 일남이를 붙안았다.

억센 성격의 숙희였으나 이 순간 저절로 눈물이 핑 도는 것을 억제할 수가 없었다.

"엊저녁에 왔어요. 곧 현저정으로 달려갔더니 벌써 출옥하셨다구. 오늘 종일 찾아서……."

밤에 진실로 오래간만에 내외는 아들을 가운데 놓고 오붓하게 마주 앉았다.

"당신의 숙망, 이젠 이루었구려."

하는 아내의 말에, 남편은 단연 머리를 가로저었다.

"아니 이제부터야! 일본의 세력은 조선을 떠났다 하지만 지금 다시 새로운 힘이 조선의 위에 씌워질 게요. 그것 때문에는 더욱 큰 항

쟁이 필요할 게요."

　일생을 투쟁으로 지내온 남편은 지금 새로 전개된 투쟁을 앞에 하고 찬란히 빛나는 눈을 들어 허공을 쳐다보았다.

　고스란히 깊어가는 밤…….

___주__
1) 유구琉球 : 일본 '오키나와' 지방을 가리키는 말.
2) 공규空閨 : 오랫동안 남편이 없이 아내 혼자서 사는 방.
3) 가미사마 : 일어로 '신神'을 높여 부르는 말.
4) 가멸고 : 재산이 넉넉하고.
5) 복멸覆滅 : 어떤 단체나 세력이 뒤집히어 망함. 또는 그렇게 망하게 함.

학병 수첩

이 손이 사람을 죽였다.

이 주판이나 놓고 편지나 쓰고 하던 맵시나고 아름다운 손이 사람을 죽였다!

전쟁 마당에서 한 병정이 적병 몇 백쯤을 죽였다기로서니 무엇이 신기하고 무엇이 이상하랴만 이 맵시나는 손으로 잡은 총검이 적인 호주 출신의 영국군의 가슴에 쿡 들어박혀서 그를 즉사하게 한 것이다.

무슨 은원이 있을 까닭도 없고 무슨 이해관계가 있을 까닭도 없는 생면부지의 사람…… 단지 나는 일본군의 한 사람이고, 저는 영국군의 한 사람이라는 인연으로 오늘 내 칼 아래 가련한 죽음을 한 것이었다. 그리고 내 칼이 만약 10분의 1초만 늦었더라면 그의 칼이 내 가슴에 박혀서 내가 도리어 가련한 죽음을 할 것이 아니었던가.

전쟁이란 이런 것인가. 나는 그를 왜 죽였나. 그는 왜 나를 죽이려

했는가. 이런 소리는 너무도 평범하다. 다만 검티티하고 태산 같은 호주인이 납함吶喊[1]을 하며 우리를 향해 습격해오고, 우리 역시 돌격 호령 아래 적진을 향하여 쇄도할 때에…… 무아무중으로 달려간 뿐이지 이 전쟁 이겨야 하겠다든가 져서는 안 된다든가 그런 생각은 할 여지가 없었다.

적과 우리와의 간격이 열 간으로 다섯 간으로 한 간으로 줄어들어가는 순간순간 다만 들리는 것은 폭포 소리 같은 납함뿐이요, 보이는 것은 태산이 내게 부서져 내리는 듯한 적병의 쇄도뿐이었다.

최후의 순간…… 적과 백병전이 벌어지려는 그 순간 내 옆구리에 힘 있게 낀 총검은 적의 가슴을 향하여…….

깜짝 놀랐다.

사람을 죽인다! 사람이 죽는다!

이런 생각이 번개같이 머리를 스치고 지나가며 나는 본능적으로 내 옆구리에 꼈던 총검의 방향을 획 오른편으로 돌렸다. 그러나 시기는 이미 늦었다. 내가 총검의 겨냥 방향을 돌리는 순간, 손과 팔로는 무슨 육둔한 탄력을 감각하였다.

호주병이 내 칼에 찔린 것이었다.

이것을 의식하면서 내 칼을 낚아당기나 방금 나를 향하여 납함하며 달려오던 호주병은 내 칼에 끌려서 앞으로, 땅으로 쓰러지는 것이었다. 다만 멍하니 서버렸다. 이곳이 전장이라는 것도 잊고 방금 나와 한 적병이 단병 접전을 하여 내가 이겼다는 것도 잊고 다만 망연히 서버렸다. 우군이며 적군이며 연하여 내 곁으로, 혹은 내 앞으로 무엇이라고 부르짖으며 달려간다.

그러나 이 가운데서 역시 한 전투원으로 활약해야 할 나는 망연자실하여 내 앞에 쓰러진, 나의 피해자인 호주병만 굽어보고 있었다. 서른 살 안팎의 젊은이였다.

무사히 개선하기를 부모처자가 얼마나 기다리랴. 전장에 내보낸 아들이요 남편이거니, 혹은 죽을지도 모르리라는 각오야 했겠지. 그러나 사람이란 도대체 욕심꾸러기로서 가망 없는 데서도 무슨 희망점을 찾아내려고 애쓰는 동물이니, 더구나 전쟁에 나가면 꼭 죽는다는 것도 아닌 이상에야 호주병의 친척인들 왜 생환을 꿈꾸지 않았으랴. 그것은 마치 나의 부모가 나의 생환을 기다리는 것과 마찬가지로…….

그렇거늘 그는 여기서 그가 예상도 안 했을 '조선 출신의 학병'인 나의 총검을 받고 즉사하지 않았는가.

호주인인 그는 영국 황제를 위해서 싸웠고, 영국 황제를 위해서 죽은 것이다. 그를 죽인 사람, 나는 일본 황제를 위해서 싸웠고, 지금도 계속해 싸우는 중이다. 목숨이라 하는 것은 무엇으로도 바꿀 수 없는 귀중한 보배거늘 전쟁이라는 것은 무엇이길래 내게 이해관계 없는 일에 목숨을 빼앗으며 빼앗기며 하는 것인가.

일본제국…… 그사이 오륙 년간을 중국과 턱없는 전쟁을 계속하여 이제는 손가락 하나를 더 움직일 수가 없도록 기진맥진한 일본이 세계의 최대 강국 영국과 미국에게 선전을 포고하며 덤벼드는 이 행동은 순전히 일본의 발광적 발작이며 국가적 자살 행동이라는 것은 삼척동자라도 넉넉히 알 일이다.

국가 태평시에는 적은 수효의 우수한 국민으로 국가가 넉넉히 구성되나 국가 비상시에는 국민의 질은 약간 떨어진다 하더라도 국민의 수효가 많아야 한다. 일본도 세계를 상대로 전쟁을 시작하고 보니 국민의 수효가 문제였다. 7천만 국민을 가지고 있는 일본은 지금껏 열등 국민이라 하여 도외시하였던 조선의 2,600만까지 끌어넣어 1억 국민을 자랑하고 아직껏 사반세기 동안 잊어버렸던 명치 황제의 일시동인一視同仁[2]까지 끌어내 조선인을 추어세우고, 1,500년 전에 망한 백제까지 등장시켜 '동근동조'를 부르짖으며, '요보[3]'라고 멸시하던 조선인에게 '반도인'이라는 자랑스러운 벼슬을 주고 일본인과 동등이라는 인식을 밝히기 위하여 창씨 제도를 세우고⋯⋯ 그리고 나서는 일본 신민 된 가장 빛나고 귀한 권리인 병역권을 조선인에게도 뒤집어씌웠다.

우선 '지원병'이라 하여 공장과 농촌의 씩씩한 젊은이들을 끌어내 중국이며 남방지대에 보내어 죽여버렸다.

뒤따라 학병 제도였다.

그 봄에 상과를 나와서 어떤 은행에 취직하고 있던 나는 온갖 방면으로 뜯어보아 학병에 가장 적합한 사람이었다. 그러나 재학 중이 아니요, 벌써 취직할 데 취직해서 내 인생 항로를 스스로 개척하려던 나 같은 사람은 딱 질색이었다. 할 수 있는껏 피하려 했다.

그런데 그때, 신문기자는 왜 그렇게 성화 야단해서 피하려는 사람을 큰 반역자인 듯이 야단했으며, 모교의 직원이며 선배들은 왜 그다지도 시시콜콜 꼬집어내어 한 사람도 피할 수 없도록 야단을 했는지.

나는 그래도 피해보려고 어느 시골에 내려가 박혔다. 그랬는데 신문지며 선배들이 얼마나 야단을 했던지, 늙은 아버님이 그 위협에 겁을 잡숫고 일부러 시골로 찾아 내려오셔서 걱정을 하시는 것이었다.

이번 학병을 교묘히 모피⁴⁾하면 장차 무서운 도덕적 처벌이 있으리라는 둥, 너 한 사람의 도피 때문에 2,600만이 그 품갚음을 받는다는 둥…… 나같이 소심익익⁵⁾하게 인생의 정로만 밟아오던 사람은 견딜 수가 없으리만치 매일매일 신문지의 위협 색채는 농후해갔다.

드디어 나도 지원하였다. 나 자신보다도 노부모의 걱정이 더 보기 어려워서 좌우간 자식을 전쟁 마당에 내보내는 것보다도 신문지의 질책은 더 겪기가 어려웠던 것이 사실이다. 내가 아버님께,

"학병 지원하겠습니다."

고 여쭐 때 아버님은 긴 한숨을 내쉬시면서 '잘 생각 돌렸다. 나도 이제나 마음 놓았다' 하신 것만으로도 신문지며 모교 당국의 뒷채근이 얼마나 혹심했는지 알 수 있을 것이다.

학병!

영예의 학병!

학창에서 군문으로…… 펜 대신에 칼자루를.

학병으로 명예의 입영을 하는 날, 모교의 선배며 동창 사회 유지들의 격려며 찬사에 뒤몰려 정거장 저편 어둑신한 모퉁이에 혼자 초연히 서 계신 늙은 아버님께 하직 인사도 못 드리고 '반자이⁶⁾! 반자이!'에 범벅되어 기차 안에 몸을 실은 나였다.

운 좋으면 혹은 다시 뵈올 기쁨의 날이 있을지도 모르지만, 지금의 이 가혹한 전쟁에서는 생환은 도저히 예기할 수 없는 바라 조용히 하직도 못하고 기차에 몸을 실으매 눈물만 멈출 수 없이 흐를 뿐……

조선인이요, 학병인 우리의 가질 마음보는 좀 색채 다른 것이 아닐 수 없었다. 일본인인 황군은 싸움 마당에서 어떤 실수가 있다 할지라도 그 책임은 한 개인에게 있다.

"비겁한 놈."

"어리석은 놈."

이것으로 문제는 끝이 난다.

그러나 조선 출신의 병정은 그렇지 않다. 무엇을 실수하든가 잘못하면,

"조선인은 저렇다."

"조선인은 할 수 없다."

만사가 그 개인의 행동이 아니고 '조선인' 이라는 민족 배경의 일원으로 잡힌다.

그러니 모든 일은 용의주도하게 하여서 그 욕이 민족 전체에 미치지 않도록 하는 것, 이것이 우리의 책임이다.

꿈을 세우기보다 흠집 안 보이게 트집 안 잡히게…… 우리의 전쟁 방식은 전전긍긍하였다.

싸움의 형세는 불리해가는 것이 분명하였다. 한 지역을 한동안이나마 지탱을 못하고 온 해군 병력은 동남 태평양을 포기하고 서남 태평양과 일본 본토로 압축되어 들어가는 모양이었다.

이번 전쟁 벽두에 점령하였던 이곳 필리핀 군도도 다시 적의 포위권 내에 들어서 그 형세 매우 위태로운 형편이다.

육탄 혹은 인탄人彈이라는 것이 있다. 탄환 대신으로 사람의 몸뚱이를 내놓는 것이다. 자고로 사람의 목숨의 존귀성을 인정하지 않

는 '일본식 무사도'는 이 전쟁에서도 충분히 발휘되어 전쟁 벽두의 진주만 기습이 '사람 어뢰'로 시작된 것을 실마리 삼아 꾸준한 '인 탄'으로 유지되어오는 것이 이 전쟁의 특색이었다. 적은 한 개 사람의 생명을 대신하기 위해서는 몇 천만 몇 억의 재정을 뿌리기를 아끼지 않는 데 반하여 일본군은 한 알의 대포 탄환을 절약하기 위해서 수십 명의 사람의 목숨을 내던지기를 주저하지 않는다. 이 지역 전쟁에서 발령된 소위 특공대가 그 좋은 예다. 젊은 병정들의 목숨을 무더기로 내던져서 겨우 적의 한 척의 배, 한 대의 비행기를 없애버리면 이로써 대성공이라 한다.

이러한 견해와 이러한 사상을 가져야 할 일본 군인의 한 사람으로 되어 현재 나와 있는 나라, 온갖 것이 나의 사상 혹은 주의와 상합되지 않는지라 매우 난처한 때가 많았다.

"저 조선인 하는 노릇 보아라."

"조선인은 저 꼴이다."

나 한 사람의 실수 때문에 애꿎은 동포에게 욕이 돌아간다 하면 이야말로 장차 조상의 영전에 뵈올 면목이 없다.

나는 나의 젊은 넋이 지휘하는 대로 가장 용감스럽게, 가장 대담하게 내 임무를 치러나갔다.

그러나 나는 일본군의 자랑인 기리코미대(돌격대)에는 한 번도 참가해본 일이 없었다. 일찍이 한 백병전에 참가해서 호주 출신의 적병을 내 칼로 직접 찔러 죽이고 그 뒤 항상 그날 손으로 감각한 바의 육둔한 탄력 있는 촉감을 받고 있는 나로서는 다시는 한 사람 대 한 사람의 기리아히(서로 칼로 싸우는 것) 싸움에는 의식적으로 피하였다.

전쟁에서 적병을 죽이는 것은 당연한 일이나 보이지 않는 먼 곳에서 총알로거나 혹은 비행기에서 폭탄으로거나 이러한 무기로 적군을 공격하는 것은 괜찮지만, 내 손으로 직접 적의 가슴을 찔러서 육둔한 탄력성을 내 손으로 감각하는 그 기분은 회상만 하여도 지긋지긋하고 소름이 돋았다. 기리코미대로 나갔다가 돌아온 동료들이 나는 몇 사람 나는 몇 사람을 죽였노라 그 공적을 자랑하며 적의 가슴에 박은 칼을 어떻게 어떻게 하여서 적을 어떻게 어떻게 죽였노라는 등 그 공적을 자랑할 때는 듣기조차 몸에 소름을 금하지 못하였다. 그들의 조상이든가 가업이 도살자가 아니고서야 어떻게 이런 잔학한 행위를 감행할 수 있을까. 그리고 그 사람으로서는 차마 감행하지 못할 잔학 행위를 감행하고 그것을 두고두고 자랑 삼을 수 있으랴.

나는 국적상 일본 사람이요, 병적상 일본 군인이다. 일본군의 승리를 마땅히 기뻐해야 할 것이요 승리하기 심축해야 할 것이다. 그러나 통솔자로서의 아량과 관록을 못 가진 일본인, 장차 그들의 일컫는 바의 대동아 맹주가 되면 그 아이들은 대동아 전역 10억 민중의 고초는 또한 얼마나 클 것인가. 이번 전쟁에서 일본군의 일원으로 동아의 천지를 편력하며 일본군의 정치적 성격이라는 것을 충분히 보았다. 보지 않았을지라도 이만한 것은 알 바지만, 일본인의 통치하에 든 백성같이 가련한 백성은 다시없을 것이다.

조선 사람의 이번 전쟁관은 다 그러하리라. 일본이 전패하여도 다 그러하리라. 일본이 전패하여도 좋고 전승하여도 좋다고. 일본이 만약 전패하여 조선도 전패국의 일부분의 책임을 진다 할지라도 지금 현상보다 더 나쁜 현실은 상상할 수도 없으니까 밑져도 본전은 된다. 만약 일본이 패전하고 조선이 일본과 민족 관계가 다르다 해서 분리되는 경우가 생긴다면 이런 경사는 다시없을 것이다.

만약 일본이 승전을 하면, 상상하기 힘든 꿈 같은 이야기이지만 일본이 천행 승전을 한다 하면 1억 국민의 사반분이 넘는 조선에도 무슨 여경餘慶이 약간이라도 돌아올 것이다.

이번 전쟁에 있어서 조선도 적잖은 희생을 내기는 하였지만, 이 전쟁이 끝만 나면(승전으로 끝나건, 패전으로 끝나건) 우리 조선인에게는 결코 손해나는 전쟁은 아니다.

어느 편이고 한 편이 아주 망하도록 힘껏 싸우기만 하여라.

고래 싸움에 새우 치여 죽는다.

방휼蚌鷸[7]의 싸움에 어부가 이를 본다.

싸움의 결과에 대해서 상반되는 두 가지의 속담말이 있지만 이번 싸움에 있어서의 조선인의 입장은 방휼지전쟁에 어부라, 잘 싸워라 싸워라 축수할 따름이다.

기리코미대의 활동이 나날이 치열해갔다. 잠자는 사람을 몰래 기어들어가 칼로 찔러 죽였다 하는 것이 일본적인 성격에 잘 맞음인지, 혹은 악에 받쳐 이러한 행동으로써야 비로소 약간이나마 보복적 쾌미를 맛보게 되는지, 이 기리코미대에 대해서는 일본 본토의 성원이며 치하도 높았거니와 현지 군인들도 제각기 기리코미대로 나가보기를 지원하였다.

그러나 그 언제 호주 출신의 적병의 가슴에 칼을 박고 육둔한 탄력적 촉감에 몸서리치고 그냥 늘 그때에 받은 그 촉감을 손으로 느끼며 그 위협감에 지긋지긋한 나는 기리코미대에만은 절대로 참가하기를 피하였다. 내가 내 손으로 한 사람을 찔러 죽였다. 이 불쾌한 기억은 영원토록 내 머리에서 사라지지 않을 것이다. 내가 아내를 내 손으로 이끌고…… 아아, 차마 못할 일이로다.

　기괴한 소식이 들린다.
　미국·영국·중국이 카이로에 모여서 이 전쟁에 대한 회담을 하였는데, 그 결과로써 일본에 통고한 통고 가운데 조선을 일본이 놓아주라는 조건이 있었다 한다.
　물론 일본 정부나 일본 군대에서 정식으로 발표한 일은 아니지만 이 마닐라 시에 밀수입되는 영자보에 그런 기사가 있었다 한다.
　사실이라면 진실로 놀랄 만한 일이다. 그러나 사실로 믿기는 어려운 점이 많다.
　대체 저들은 조선과 무슨 특수한 관계가 있었기에 저들의 막대한 물자와 생명을 내던진 이번 전쟁의 승리의 대상으로서 '조선의 해방'을 요구할까. 혹은 저들이 조선을 나누어 먹는다면 모를 일이지만, 이리에서 떼어내어 해방시킨다는 조건은 아무리 해도 믿기 힘들다.
　혹은 일본의 자원인 조선을 일본에서 떼어내어 일본으로 하여금 좀더 큰 고통을 맛보게 하렴인가.
　또는 군국주의 일본과 대륙과의 완충지대로서 조선 독립의 존재가 필요한가.
　좌우간 이것이 사실이라 할진대 이미 세궁역진한 일본은 이 조선을 아주 무시하지는 못할 것이다.
　남의 덕에 혹은 조선이라는 나라가 독립한 행운을 맛보게 될 수가 있을까.

밤에 잠을 못 이루었다. 가끔 문득 떠오르는 기쁨과 불안.

기쁨이란 물론 일본의 굴레에서 벗어나게 될는지도 모르겠으니 그 기쁨이다.

그러나 일변 느끼는 불안.

내 나이 스물세 살…….

구한국 시대도 지나서 일본의 대정 연대도 초기를 지나서 대정 20년에 세상에 나왔다.

어버이는 당당한 조선 신민이라 하나, 나는 조선이며 한국이 소멸하고 일본제국에 병합된 이후에 났으니 엄정한 의미로는 나면서부터 일본인이다.

조선 신국가가 건설이 되면 부모는 진정한 조선인이지만 당자는 나면서부터 일본인인 우리 같은 사람의 처우를 어떻게 해줄는지.

나면서부터 일본인이요 지금껏 자라는 내내를 일본 국가 비상시국을 하고 넘은 관계로 어려서부터 교육의 황도 정신을 머리에 처박아 오늘까지 이른 우리라…… 열렬한 민족주의자인 아버지를 가진 나 같은 사람은 예외이거니와, 30세 이하의 청소년에게는 일본인 성격과 일본인적 사상과 일본 황도에 젖은 사람이 태반이다.

물론 그들의 피가 반만년 정연히 흘러내려온 조선의 피매 한때 일본인 종교 교육을 받았다 할지라도 그만한 것은 조그마한 노력으로 말살되기는 하겠으나, 그래도 덜컥 일본의 굴레에서 벗어나는 순간 '너는 진정한 조선이 못 되느니' 어떠니 하는 말썽이 안 일어날까.

청소년이 없이 국가는 존립하지 못한다. 조선이 일본에 병합된 지 근 40년, 청소년 및 장년의 일부분까지도 조선이라는 나라가 없어진 뒤에 세상에 나온 사람이다. 이 문제가 어떻게 해결될는지. 요행 일본의 굴레를 벗어난다 할지라도…….

8월 보름. 인류가 영원토록 기념하고 자랑할 명예의 날 8월 15일.
  인류 사회를 독毒하던 마지막 봉우리인 일본의 군국주의도 이날 종내 민의民意의 앞에 굴복하였다. 일찍이는 신이라 하여 신생하던 일본 황제가 몸소 마이크 앞에 서서 흐느껴가면서 '카이로 선언'과 '포츠담 선언'을 무조건 따르노라는 포고를 하였다.
  이 포고가 조선 천지에 퍼질 때의 조선의 모양이 어떠하였는지는 조선에서 만 리 밖인 이곳에서는 잘 알 수 없다. 그러나 그 뒤 이곳에 들어온 뉴스를 보자면 그야말로 이취여광 삼천리에 천지가 웃음으로 터져 넘치고 40년간 구박받아 숨어 있던 '동해물과 백두산이'의 애국가는 천지를 진동한다.
  한때 내 어리석은 소견에 근심하였던 바 대정 연대와 소화 연대에 출생한 '일본인인 조선 청소년'들도 노인네들과 손을 맞잡고 미친 듯이 기뻐 뛰논다 한다.
  피가 조선의 피다. 한때 연호로 대정이라 소화라 일본의 연호를 좇았는지 모르지만 그들의 혈관 속에 흐르는 피야 어찌 속일 것인가. 그들…… 아니, 우리들이 세상에 나오기도 전에 소멸된 나라 동방의 군자국, 동방의 은사국은 다시 세계의 표면에 솟아오르려 한다.
  지금에 앉아시 생각해보건대 이 모든 일이 하늘의 섭리였다.
  조선인의 성격이 본시 느리고 대범한 때문에 20세기 찬란한 문화 세상에 조선을 폭로시키면 조선이라는 나라는 국제상 뒤떨어진 나라 노릇을 면하지 못할 것이다. 이 점을 생각하여 하늘은 조선의 지배권을 몇 십 년간 일본에게 맡겼다.

빠랑빠랑하고 조밀한 일본으로 조선을 합병해가지고 단시일 사이에 표면만은 세계 수준에 뒤미칠 만한 시설과 예비를 해놓았다. 조선이 그냥 제 나라를 통치했으면 삼사십 년의 짧은 기간 안에 이만한 시설은 도저히 못하였을 것이다. 빠랑빠랑한 일본인의 성질을 가지고야 비로소 가능한 일이다.

근 40년을 일본의 전력을 기울여서 닦은 결과 조선도 인젠 표면만은 비슷한 국가 체제를 갖추게 되었다.

이제는 조선의 통치권을 조선인에게 돌려주어야 할 차례다. 이러기 위해서 하늘은 일본에게 미·영·중에 향하여 싸움을 걸도록 꾸몄다.

이 미·영·중 대 일본의 전쟁의 결과로서 조선은 가만 앉아서 해방과 자유를 얻게 된 것이었다.

조선의 해방은 미국이 준 바도 아니요, 중국이 준 바도 아니요, 또는 소련이 준 바도 아니요, 하늘의 선물이다.

일본이 조선을 통치한 40년간을 내내 흉년으로 내려온 조선의 땅이 이해도 처음에는 내내 흉년을 예상시키다가 일본이 손을 뗀다고 결정된 8월 상순부터 갑자기 늦더위가 시작되고 근래에 없던 대풍년이 들게 되었다.

모두가 하늘의 뜻이시다.

하늘이 주신 이 해방의 자유!

한 번의 공습도 받아보지 않고 한 푼의 손해도 받아보지 않고 일본이 40년간을 심혈을 기울여 닦고 간 이 금수강산은 이제 완전히 우리의 손으로 돌아오는 것이다.

   일본을 위하여 총을 잡고 싸우던 우리 학병들…… 이제부터는 마음 다시 먹어 내 나라 내 강토를 보호하기 위하여 우리의 젊은 심신을 바칠 날이 왔다.

__주

1) 납함吶喊 : 여러 사람이 다 함께 큰 소리를 지름.
2) 일시동인一視同仁 : 멀고 가까운 사람을 친함에 관계없이 똑같이 대하여 준다는 뜻으로, 성인이 누구나 평등하게 똑같이 사랑함을 이르는 말.
3) 요보 : 일제 강점기 때 일본인들이 한국인을 멸시하여 부른 호칭. '야만인' 내지 '미개인'이라는 뜻.
4) 모피謀避 : 피하려고 꾀를 냄.
5) 소심익익小心翼翼 : 조심스럽고 겸손함.
6) 반자이 : '만세'라는 뜻의 일어.
7) 방휼蚌鷸 : 조개와 도요새.

김덕수

해방 직후였다.

나는 어떤 동업 일본인 변호사의 집을 한 채 양도받아가지고 이 동네로 이사를 왔다.

이사를 와서 대강한 정리도 된 어떤 날 집으로 돌아오니까 아내는,

"김덕수네가 이 동네에 삽디다그려."

하는 보고를 하였다.

"김덕수란? 형사 말이요?"

"네…… 애국반장짜리, 애희의 남편."

"반장도 그럼 함께?"

"네…….''

"녀석도 적산 한 채 얻은 셈인가?"

"아마 그런가봐요. 게다가, 그냥 이 해방된 나라에서도 경관 노릇

을 하는지 금빛이 번쩍번쩍하는 경부 차림을 하고 다니던걸
요……."
 "흠……."

 우리가 적산인 이 집으로 이사오기 전에 ○○동네에 살 때에 덕수네와 서로 이웃해 살았다.
 덕수는 경찰 고등계의 형사였다. 고등계의 형사로 일본인 상전 아래서, 많은 사람을 잡아서, 죄를 만들어서 공로를 세워, 우리 한인 사이에는 상당히 미움과 무서움을 받던 인물이었다.
 그의 아내 애희는 또 그 동네의 애국반장으로…… 남편은 형사, 아내는 반장이라, 그 동네에서는 상당히 세도를 하고 있었다.
 1945년 8월 15일의 위대한 해방이 이르러서 김덕수의 손에 걸려 감옥살이하던 많은 인사들이 갑자기 출옥하자 혹 매 맞아 죽지나 않는가 근심했더니 덕수네는 어느덧 그 동네에서 자취가 없어져서 그저 그만그만 잊어버렸는데, 이 새집으로 이사오고 보니, 덕수네는 우리보다 먼저 이 동네에 와 살고 있다는 것이다.
 전번 동네에서 덕수네와 이웃해 살기를 5년이나 하였다. 그 5년간을 내내 덕수의 아내 애희는 애국반장으로 있었기 때문에 자연 상종이 잦았고, 그런 관계로 나는 덕수라는 인물을 비교적 여러 각도로 볼 수가 있었다.
 더욱이 내 직업이 전 재판소 판사요, 현 직업이 변호사였더니만치 덕수는 자기 독특의 우월감으로써 동네의 다른 사람과는 상대가 되지 않는다 하여 내게 찾아와서, 자기의 심경이며 환경을 하소연하고 하더니만치 그를 비교적 정확히 알았노라고 나는 스스로 자신

한다.

 덕수는 일본의 대정 중엽에 세상에 난 사람으로서 그의 부모는 구멍가게를 경영하는 영세한 시민이었다.

 요행 소학교는 무사히 졸업하고 그러고는 경찰서의 급사로 들어갔다가 본시 영특한 자질이라 어름어름 '끄나풀' 로 다시 형사로까지 승차를 한 것이었다.

 그가 끄나풀에서 형사로까지 오른 그 시절은 한창 일본의 군국주의가 만주를 정복하고 중국을 정복하며 일변 한인의 일본인화(소위 내선일체주의)가 맹렬히 진척되던 시절이라, 본시 민족사상이라는 기초 훈육을 모르고 지낸 덕수는 자기는 한 황국신민으로, 그 점을 자랑으로도 여기고 그래야 할 의무로도 믿었다. 이 사상에 배치되는 행동이거나 운동을 하는 '불령선인' 은 마땅히 배제해야 할 것이며, 그런 역도를 구축 배제하는 책임을 띤 자기의 직업은 아주 신성한 것으로 여겼다.

 그런지라 그는 기를 써서 조선인 가운데 역도를 배제하기에 노력하였으며, 국가의 역적을 없이해서 '반도인' 의 명예를 훼손하지 않기 위해서는 최선의 힘을 아끼지 않았다. 고문 명수, 자백 자아내는 명인이라는 칭호가 어느덧 그네에게 씌워지고, 상관의 신임도 차차 두터워질 때에 그는 이것을 추호도 자책하는 마음이 없이, 자기의 자랑으로 알고 명예로 알고 자기의 천직으로 알았다.

 그는 소위 사회의 명사라고 꺼떡이는 인물들에게는 일종의 반항심과 증오심을 품고, 그런 인물은 골라가며 뒤를 밟고 탐사하고 하였다. 사람이란 죄를 씌우자면 면할 사람이 없는 법이라, 아니꼬운 인물은 잡아다가 두들기고 물 먹이고 잡담 제하고 토사를 강요하면 무슨 토사 간에 나오고, 한 가지의 토사가 나오면 그 연루가 넓게 퍼져서 한 개의 큰 '음모 사건'이 조출되고 하는 것에 일종의 재미와 쾌감까지 느꼈다. 이리하여 덕수가 한번 노리기만 한 사람이면, 반드시 무슨 사건의 주범으로 되어 검사국으로 넘어가고, 검사국에서는 이 사건이 복잡다단하다 하여 예심으로 넘기고 하여, 명형사 김덕수의 이름은 이 방면에는 꽤 컸다.

그의 아내 애희는 어느 여고보 출신이라 한다. 애희가 애국반장이 되고 당시의 민생이 전혀 애국반을 통해 영위되었기 때문에 우리 집과도 상종이 있게 되었는데, 애희는 남편 덕수의 지극한 애국심과 충성(애희는 그렇게 믿었다) 등에 대하여 아주 공명하여 자기보다 학력이 낮은 남편이지만 매우 존경하였다.

애희는 뽐내기를 좋아하고 비교적 욕심은 적으나 명예욕은 센 사람이었다. 사회의 누구누구라는 명사들이 자기 남편의 앞에 굴복하고 자백하고 하는 모양을 꽤 기쁘게 생각하는 모양으로, 우리 집에 와서 흔히 그런 자랑을 하는 일이 있었지만, 물자 배급 같은 것은 비교적 정직하고 공평하게, 더욱이 특수 물자는 제 몫은 빠지고 반원들에게 나누어주고(생색내기 위하여) 하여 비교적 평판이 좋았다. 하기는 그런 배급물 등은 자기네는 받지 않을지라도, 딴 길로 들어오는 물자가 꽤 풍부한 모양으로 다른 '반'에는 나오지 않은 배급을 때때로 소위 '반장 배급'이라 하여 '하도 이런 것은 시가에서는 볼 수 없는 물건이기로, 우리 집에 있던 물건을 여러분께 나누어드립니다'고, 광목 양말 등을 특배하는 일도 있었다.

내가 연구한 바에 의지하건대, 그들은 진정한 일본제국 신민이었다.

　대정 중엽 혹은 말엽에 세상에 나서 가정에서는 무슨 다른 교육이 없이, 학교에서는 황국신민으로서의 교육만 받아왔고, 더욱이 만주사변 이후 중일전쟁 기간은 더욱이 격화된 소위 '황민화' 소위 '내선일체' 소위 '내선 동근동조' 사상의 추진 교육 아래서 지식을 성취한 그들이라. 그들의 부조父祖가 조선인이라는, 일본인과는 별다른 종족이었다는 점은 애초에 알지도 못하고, 다만 '내지'와 '조선'이 서로 말과 풍습이 다른 것은 가운데 현해탄이 끼어서 멀리 격해 있기 때문이지 '내지'의 구주 지방과 동북 지방이 사투리가 다르고 풍습이 다른 것이나 일반으로, 다만, 내지 끼리끼리보다 조선은 거리가 더 멀기 때문에 더 차이가 큰 것이라고쯤 생각하는 모양이었다.

　그런지라, 덕수에게 있어서는, 일본제국에 방해되는 사상을 가진 사람은 역적으로 보이고, 게다가 젊은 혈기와 공명심까지 아울러서, 그의 직권을 이용하고 남용하여 '고문 명인'이라는 칭호까지 듣게 된 것이요, 아내(애국반장) 애희는 동네 여인들의 불평을 사리만치, 방공 연습이며 국방 헌금 저금에 열렬한 것이었다.

　우리 같은, 구 대한제국 시절에 태어나서 고종 황제와 순종 황제를 임금으로 섬긴 늙은 축으로는 이해하기 곤란하리만치, 모든 애국 운동(일본에의)에 지극히 정성스러웠다.

　그러나 우리도 표면은 황국신민인 체를 하지 않을 수 없는 비상시국이었다. 약간만이라도 눈치 달랐다가는 덕수의 눈에 걸릴 것이라, 방공 훈련에 나오라면 하던 빨래를 던지고라도 나가야 했고, 헌금이나 예금 국채 구입을 하라면 주머니를 벌리지 않을 수 없었다.

애희는 꽤 영리한 여인으로서, 공채거나 예금 등에 있어서는 빈부와 수입 등을 참 잘 고려하여 나무람 없도록 배정하고, 더욱이 자기네가 솔선해 가장 많이 책임져서, 다른 사람으로서는 용훼할 여지가 없게 하였다.

이럴 즈음에 1945년 8월 15일의 국가 해방의 날이 온 것이었다.

그 해방의 흥분 가운데서, 서대문 형무소의 문이 열리고 거기서는 많은 사상범이 청천백일의 몸이 되어 해방의 새 나라로 뛰쳐나왔다.

이 일이 덕수 내외에게는 무슨 일인지 모르겠는 모양이었다.

며칠 지나서, 몇 장정이 덕수의 집으로 와서 무슨 힐난을 하다가 덕수를 두들겼다.

또 며칠 지나서는 덕수 내외는 이 동네에서 사라져 없어졌다.

그러나 국가 해방의 흥분의 시절이라, 그런 일에 그다지 마음 두지 않았다. 어디로 뛰거나 혹은 매 맞아 죽었거나 했겠지쯤으로 무심히 보아두었다.

그러는 중 나도 어떤 일본인 동료(변호사)의 집을 한 채 양도받아서, 그리로 이사를 온 것이다.

그랬더니, 얼마 전 종적 사라진 덕수네가 이 동네에 살고 있는 것이었다. 더욱이 덕수는 금빛 찬란한 군정부 경무부의 정복으로서……

대체 군정부는, 미국인의 하는 일이라 우리 민족의 감정 따위는 고려하지 않고, 제멋대로만 해나가는 행정기관이지만 제아무리 경험의 전력자라 할지라도, 민족적 분노를 사고 있는 부류의 사람을 그냥 그 자리에 머물러두는 것은, 좀 과심한 일이겠지만, 덕수 자신으로 보자면 이 해방된 새 나라에 그냥 삶을 유지하려면 '경관'이라는 무장적 보호가 절대로 필요하였을 것이다.

덕수네는 자기의 전력을 아는 이가 또 같은 동네에 살게 된 것이 얼마간 재미없던지, 처음 얼마는 우리를 외면하며 피하는 태도를 취하더니 그 아내 애희가 먼저 내 아내와 아는 척하기 시작하여 다시 서로 왕래가 시작되었는데 그의 뽐내고 생색내기 좋아하는 성질로서 지금의 새 세상에서 경부로 승차한 남편을 내 아내에게 자랑하며, 예나 지금이나 일반인 '전 판사, 현 변호사' 인 우리에게의 일종의 우월감적 태도를 취하려는 기색이 보이더라는 것이었다.

그러나 그들 내외에게 있어서는, 전 일본제국 조선 지방 신민이 왜 8·15 이후에는 조국이요 모국인 일본은 분명 망해 들어가는 꼬락서니인 데도 불구하고, 해방되었노라고 기뻐하는지 그 진정한 속살은 이해하기 힘들어 내심 불안에 갈팡질팡하는 모양이었다.

이에 나는 생각하였다. 일본의 대정이나 소화 연대에 출생한 우리 사람도 수백만이 될 것이다. 가정에서의 특별한 지도가 없는 이상에는 혹은 시대에 영합하기 위하여 혹은 시대에 뒤떨어지지 않기 위하여, 가정에서도 그 자녀를 일본 신민 만들기를 목표로 교육하거나 혹은 그저 방임해두거나 한 아이들은, 소학교에서부터 일본(황국) 신민 되기를 강조하는 교육을 받았는지라, 근본 사상이 애초에 일본 신민으로 되어 있는 사람이 적지 않을 것이다.

어느 날 전차에서 견문한 바이지만, 어떤 노동자가 기껏 일본인을 욕해 말하느라고 '내지 놈, 내지 놈' 하는 것을 보았는데, 그런 축들은 기껏 자기를 '반도인' 으로, 일본인을 '내지인' 으로밖에 인식하지 못하는 인생이다. 그런 축의 자제는 대개 자기는 일본 신민으로밖에는 인식하지 못할 것이다.

이러한 청소년들에게 우리 전래의 조선 혼을 다시 부어넣고 배양하기 위해서는 장차 수십 년의 세월이 걸려야 할 것이다.

국가는 해방되었으나 아직 국권을 못 잡은 우리가…… 아아, 요원하고 지중한 문제로구나.

덕수 내외는, 처음 한동안은 우리 내외에게 좀 회피하는 태도를 취하다가 그 뒤에는 자기는 경부라는 우월감을 품고 예나 지금이나 변동 없는 우리에게 다시 상종을 시작했다. 사실 그들의 눈에는 모든 조선 사람이 혹은 사장이 되고 전무가 되고 중역이 되고, 제각기 출세하는 이 경기 좋은 판국에서, 10년을 하루같이 '전 판사, 현 변호사'라는 움직임 없는 자리에 있는 우리에게 정떨어질 것이었다.

그즈음에 이 서울에는 한 가지 색채 다른 사건이 생겨서, 사람들의 눈을 둥그렇게 하였다.

즉 이전 총독부 시절에 이 땅 사상계의 인물에게 아주 혹독하고 무섭게 굴던 어떤 일본인 경부가 총에 맞아 죽었다.

그 일본인이 경부로 있을 때 그 부하로 있어서, 상관에 못지않은 활약을 한 덕수는 이 사건에 가슴이 서늘해진 모양이었다.

이 새 동네에서는 가장 오래 전부터 면식이 있는 우리 집이 그래도 서로 통사정을 할 수가 있었던지, 덕수의 아내 애희가 지금껏의 생색내고 뽐내는 태도의 대신으로 당황한 기색으로 찾아와서 내 아내에게 그 사정을 호소하였다.

호인이요 남에게 싫은 소리를 하기를 꺼리는 내 아내는 그때 애희에게 대하여 그저 대강 이는 민족적 노염이니 할 수 없는 일이라

하고, 그대네도 이전 매 맞은 일이 있는 것이 모두 그 당시 그대 남편에게 부당한 대접을 받은 사람의 사사로운 원염이 아니고, 민족으로서의 노염이라는 뜻으로 대답해준 모양이었다.

그 수삼 일 뒤, 덕수 자신이 이번은 나를 찾아왔다. 금빛 찬란한 경부의 제복을 입은 채로······.

"영감."

변호사라는 직업에 대한 보통 칭호지만 덕수는 아직껏 내게 불러보지 않은 이 칭호로써 나를 불렀다.

"이런 법이 어디 있습니까? ○○경부(일본인 경부) 사살자인 범인으로 지목되는 자를 발견해서 체포하려 하니까, 상부에서 그냥 버려두랍니다그려. 법치국가에 이런 법이 있겠습니까?"

"김 경부, 김 경부는 그 일에 그저 모른 체해두오. 김 경부도 전일 폭행당한 일이 있지만 '민족의 분노'는 국법이 용인해야 하는 게요."

"그렇지만 살인자 사死는, 하늘의 법률이 아니오니까?"

"살인해서 중심衆心을 쾌하게 하는 자는 하늘이 칭찬할 게요. 대체······."

여기서 나는 그에게, 우리 민족과 일본 민족의 사이에 얽힌 역사적 인연을 자세히 설명해주고, 한일합병과 그 뒤의 일본족의 행패며, 근일 일본이 전쟁에 급하게 되어 내선일체 동근동족이라는 간판을 내세워서 우리를 끌려던 자초지종을 그에게 말해주었다.

나의 이야기하는 동안 미심한 점은 질문을 해가면서 다 들은 덕수는, 비교적 총명한 자질이라, 대개 이해하겠다는 모양이었다. 내 이야기를 다 들은 뒤에 잠시 머리를 숙여 생각한 뒤에 긴 한숨을

쉬며,

"영감, 잘 알았습니다. 듣고 보니 가증한 일본이올시다그려."

하고는 잠깐 말을 끊었다가 이번은 미소를 하며 뒷말을 하였다.

"그렇지만 영감, 비국민적 생각인지는 모르지만 구정은 난망이라, 내겐 일본인이 가끔 그립습니다. 더욱이 ○인의 우월감적 태도를 보면 그야말로 반감이 생기고, 일본인이 동포같이 생각됩니다그려."

"인정이 혹은 그렇겠지. 우리 같은 늙은이는 옛 한국의 백성이라 이번 태평양전쟁 때 같은 때도, 일본이 패망하면 우리 민족은 일본의 식민지로서 어떤 비참한 지경에 떨어질지 모르면서도, 다만 일본에 대한 증오심 적개심으로 일본의 패배를 바랐으니……"

"그 대신 우리 같은 젊은 축은, 그런 사상(일본 패배)을 가진 사람은 참으로 비국민이라고, 밉고 가증해서 경찰에서도 죽어라 하고 때렸습니다그려. 죽은 사람도 적지 않지만……"

"그게 살인자 사死로 처리됐소?"

"아, 왜요? 직권이요 애국 행동인데야……"

"일본 경부 사살 사건도 '살인자'가 아니라 쾌심자니 경찰도 모른 체하는 거요. 김 경부, 한인이 되시오. 내 나라로 돌아오시오."

아아, 그러나 우리나라 안에, 아직 진정하게 조국 사상에 환원하지 못한 젊은이가 진실로 수백만 명이 될 것이다. 이들을 모두 내 나라 내 조국의 백성으로 환원시키려면 과거에 일본인이 우리를 일본화하려던 그만한 노력과 그만한 날짜가 걸려야 할 것이다. 이 문제는 우리 건국에 지대한 과제라 아니할 수 없다.

지난날 일본인이, 조선의 서른 살 이상의 사람은 다 죽은 후에야 조선은 참말로 일본제국의 일부가 될 것이다 하였지만, 사실 해방

이후에 교육받은 아이들이 이 땅의 주인이 된 뒤에야 비로소 이 땅은 진정한 우리 땅이 될 것이다.

그런 일이 있은 뒤부터는 덕수는 흔히 나를 찾아와서 나에게 조선학을 듣고 민족사상을 듣고 하였다. 본시 총명한 사람이라, 제 마음에 남아 있는 일본적 뿌리를 빼버리려는 노력이 분명히 보였다.

나는 이를 흡족하게 보았다. 단 한 사람이라도 조국 정신에 환원시키는 일이 기특한 일이라는 것을 스스로 느끼고, 덕수에게 꽤 호감을 가지게 되었다.

그때에 이 땅에는 또 색채 다른 사건이 하나 생겼다.

즉, 옛날의 재판소 검사요 그 뒤에는 황민화 운동의 무슨 단체의 수령이었던 어떤 일본인이 무슨 사소한 횡령 사건으로 법에 걸려 처단을 받은 사건이었다.

이 땅에서 모두 철퇴하는 일본인이라, 사기며 횡령 등의 사건은 부지기수였지만, 하필 이 사건만은 문제가 되어서, 법의 처단을 받아, 예전에는 제 지배하에 있던 서대문 형무소에 수감이 된 것이었다.

역시 민족의 노염이었다. 쫓겨가는 인종의 사소한 허물을 일일이 들추어 무엇하리오만, 그 일본인(전 검사)에게는 민족의 노염이 부어져 있어서, 한 뭉치 내릴 무슨 핑계만 기다리고 있던 차라, 이 문제되지 않을 문제가 법에 걸린 것이었다. 이 사건에 있어서 김덕수가 비교적 정확한 판단을 내린 것을 보고 나는 기뻐하였다.

"영감, 흠을 잡으려고 노리노라니 그 모 검사나 걸려든 게지요?"

"옳소. 이 처단이 그에게는 되려 다행일 게요. 이렇게 걸리지 않았더면 그도 혹은 총을 맞았을는지도 모를 게요. 우리 민족에게는 총 맞을 죄를 지은 자니까……"

"나도 썩 삼가겠습니다. 과거의 잘못을 사죄하는 뜻으로라도, 썩 잘 처신하겠습니다."

사실 현 군정부의 요직에 있는 사람 가운데에 덕수의 고문 몽치를 겪은 사람이 적지 않았다.

그가 스스로 겁내고 스스로 근신하는 것도 당연한 일이었다. 자칫하면 민족적 노염에 걸려들 자기의 입장을 이해하느니만치, 그는 전전긍긍하는 모양이었다.

더욱이 그의 열혈적 성격이 자기의 한인이라는 점을 알아낸 만치, 스스로 애국심을 자아내려는 모양도 역력히 보였다.

군정 당국이 조선에 대한 방침이 약간 달라져 이전은 같은 연합군이라 하여 칭찬하기만 장려하던 방침이 변경되어, 공산당은 나라를 망치려는 단체라 하여 좌익 계열이며 그들의 조국이라는 소련에 대한 공격 비난이 공인되고 공행되는 세월이 이르렀다.

그 어떤 날 덕수가 나를 찾아왔다.

한참을 이런 이야기 저런 이야기 하다가 문득 이런 말을 하였다.

"참 악질입니다. 좌익 극렬분자들……."

"왜 또 새삼스레?"

"뻔한 증거를 내대고 아무리 문초해도 결코 승인하거나 자백하지 않습니다그려. 증거가 분명한 일도 그냥 모르노라고 고집하고 버티니까 참 가증하고 얄밉지요."

그는 사뭇 얄밉다는 듯이 위를 향하여 담배 연기를 내뿜으며,

"그저 매에 장수 없다고, 두들기고 물 먹이고 해야 비로소 토사가 나옵니다그려. 그러기 전에는 아무리 역연한 증거를 내대어도, 그냥 모르노라고 뻗대니까……."

"여전히 고문을 잘하시오?"

"허허, 안 할 수 없습니다. 가중해서라도 주먹이 저절로 나오거니와, 주먹 아니고는 토사하지 않고, 토사가 없이는 법이 범죄를 인정하지 않으니까요."

"그래도 고문은 피해야지."

"고문 않고는 하나도 자백을 받지 못합니다. 변재辯才가 능해서 교묘하게 피하거나, 정 몰리면 입을 봉해버리거나 해서, 절대로 승인이나 자백을 않습니다."

"그래도 고문에 의지한 자백은 법률이 승인하지를 않지."

"두들겨서라도 자백을 받고 그 자백을 입증하는 물적증거까지 겸하는데도요?"

"글쎄…… 그래도…… 고문은……."

"나도 압니다. 고문은 법률이 금한 게고 인도에 어긋나는 일인 줄은. 그래도 가증한 꼴을 볼 때는 주먹이 저절로 앞서는 걸 어쩝니까? 꼭 자백을 얻기 위한 수단으로보담도 감정적으로, 주먹 행동이 앞서게 되는걸요."

"여전히 고문 찬성론자……."

"암, 고문 대장 고문 선수로 왜정 때부터 이름 높은 김덕수 부장이 아니오니까? 오늘날의 김 경부를 쌓아올린 기초가 고문인데……."

그는 스스로 미소…… 다시 너털웃음까지 웃으면서 이렇게 말하였다.

"그래도 심한 고문은 피하시오."

"안 돼요. 그자들은 무슨 범행을 할 때에 애초에 교묘하게 피할 수 있을 핑계를 다 만들어가지고 행하니까, 말로는 꼭 그들에게 집니다. 매밖에는 장수가 없어요."

"최근에는 매질을 좀 잘한 일이 있소?"

나는 웃으며 물었다.

"이즘이야 부하에게 시켜서 하지 내가 직접 매질하지는 않지만 오늘도 상당히 두들겼습니다."

"지금도 무슨 큰 사건이 있소?"

"그건 좀 비밀이지만, 좌익 극렬분자의 배국背國 행동입니다."

그가 전일 스스로 자기는 일본인이노라고 믿던 시절의 그의 정의감으로 그때의 범인에게 행하던 폭력주의가 연상되어, 지금의 고문을 대개 짐작할 수 있었다.

"그렇지만 김 경부, 인명은 지중한 게요. 피의자의 생명까지 위험한 폭력은 삼가시오. 그들은 우리 동포요. 다만 일시적 유혹에 속은 따름이지 같은 조상의 피를 가진 우리의 동포요. 인도라는 문제보다도, 법률 문제보다도, 동포 동족이라는 문제를 먼저 생각해야 됩니다."

"아, 이 땅을 소련국 조선현으로 여기는 사람도 동포입니까?"

"또 고문에 의지해서 얻은 자백은 공판에서 다시 번복됩니다."

"네. 나도 그 점을 생각합니다. 고문만이 아닐지라도 그 잔악한 극렬분자들은 공판장에서는 교묘한 말로 사건을 번복시키는 게 또 사실입니다. 그러니만치 그들의 죄에 대한 처단을 애초에 경찰에서 폭력으로 응징해두어야 속이 풀리지, 경찰에서까지 인도주의를 써서 우물쭈물해두면 민족적 분노는 그냥 엉킨 채 풀릴 길이 없지 않겠습니까?"
"경찰관에게는 역시 경찰관적 철학이 계시군."
나도 껄껄 웃는 바람에 그도 소리내어 웃었다.
그런데 그다음 다음날 도하의 각 신문은 톱기사로서 커다란 활자를 아낌없이 사용하여 '왜정 시대에 고문 대장으로 이름 높던 형사 김덕수가 이 해방된 세월에도 여전히 경찰 경부로 남아서 그 흉수를 놀린다'는 제목 아래, 덕수가 예전에 누구누구 등 현재의 명사들을 어떻게 난폭하게 고문하였으며 그 덕수가 여전히 경찰계에 더욱이 경부로 승차를 하여, 모 사건 취조에 어떠한 고문을 하여, 무리한 자백을 자아냈다는 기사가 각 지면을 장식하였다.
그로부터 또 며칠 뒤, 신문지는 또 김덕수에 관한 기사를 보도하였다. 그 기사에 의지하건대, '고문 대장 김덕수 경부는 그 잔학한 고문으로 벌써 물론[1]이 높거니와 또 어느 피의자에게서 뇌물로 쌀 서 말을 받아먹은 사실이 검찰 당국에 알린 바 되어서 파면당하고 기소 수감되었다'는 것이었다.
이 기사를 보고 나는 뜻하지 않게 혀를 챘다.
사실 수감되었는지 어떤지는 알아보아야 할 일이지만 이것은 너무 심한 채찍질이 아닐까.
그가 일정 시대에 좀 심한 고문을 하여 적지 않은 사람에게 원염을 산 것은 사실이다.
그러나 자세히 따지자면 그 자신이 받은 교육 때문에 그는 자기 자신을 일본인으로 알고, 일본에 충성되기 위한 행동이었다.
우리처럼 한국의 신민으로 태어나서 중간에 일본으로 변절한 사람은 어떤 채찍을 맞아도 불복하지 못하겠지만, 덕수처럼 어려서부터 한국의 존재를 모르고 나서 자란 사람이 일본을 조국으로 여기는 것은 책할 일이 못 된다.

그가 일본인이라는 자각 아래서, 일본의 반역자에게 좀 잔학한 일을 했다 한들 그것은 그리 욕할 바가 아니다.

현재의 덕수의 행동을 가지고 인도에 벗어난다 하면 모를 일이로되, 지난날의 일을 들추어내어 욕하는 것은 다만 욕하기 위한 욕일 따름이다.

모 일본인 경부의 피살 사건이며 일본인 검사의 피검 사건이며 모두가 민족적 노염이 부어져 있기 때문에, 딴 핑계 잡아내어 그것으로 노염풀이를 하는 것이다.

쌀 서 말의 수회[2]? 몇 백만 원, 몇 천만 원도 껌찍껌찍 삼키고 그러고도 무사한 이 판국에 쌀 단 서 말로, 그것을 무슨 수회라 하랴.

다만 고문이니 인도니 하는 문제보다도 민족적 미움이 부어져 있던 김덕수라, 역시 민족적 정기에 벗어나 좌익 계열에 대한 고문 혹형에는 문제가 안 일어나고, 쌀 서 말에 문제가 생긴 것이었다.

아내를 덕수의 집에 보내서 수감된 여부를 알아보았더니 과연 어제부터 집에 안 들어온다 하며 덕수의 아내 혼자 있더라는 것이다.

덕수와 오래 이웃해 산 정분도 있거니와 덕수의 사건에는 동정할 여지도 있어서 나는 덕수의 사건의 변호를 자청해서 맡고, 어떤 날 그가 수감되어 있는 형무소로 변호사의 자격으로 그를 면회하였다.

면회실에서 그와 대하여, 내가 그대 변호인이 되고자 왔노라고 내 뜻을 말했더니 그는,

"제 아내가 부탁합니까?"

고 묻는다. 그래서 그런 게 아니고, 내가 그대의 심경이며 행위에 어떤 정도까지의 이해가 있어서 자진해 변호하겠노라고 했더니, 그는 잠시 머리를 숙이고 생각하고서 천천히 말을 꺼냈다.

"그건 그만둬주십쇼. 고맙습니다만……."

"왜? 왜 그러오?"

"선생님, 제가 이번 기소된 건 쌀 서 말…… 부끄럽습니다만…… 서 말 문제지만 저를 기소되게까지 한 것은, 말하자면 민족적 증오가 아니오니까? 전 양심에 추호 부끄러운 바 없으니, 민족의 매질을 달게 받겠습니다. 사실을 말씀드리자면 전 늘 괴로웠어요. 모르고서나마 제가 전날 왜경의 일인으로 우리 동포에게 지은 죄가 지대해요. 그 죄의 벌을 받기 전에는 언제까지든 무슨 큰 빚을 진 것 같은 압박감에서 면할 수가 없었어요. 오늘날 사소한 일을 실마리로 민족의 채찍을 받는다 하면 그 받은 이튿날부터는 마음이 가벼워지겠습니다. 그러니까 저는 그저 내리는 채찍을 피하지 않고 고맙게 받겠습니다. 선생님의 호의는 감사합니다만……."

이리하여 전 경부 김덕수는 공판정에서도 아무 딴소리 없이 그의 등에 내리는 민족의 채찍을 고요히 받고, 현재 형무소에 복역 중이다.

─주

1) 물론物論 : 물의物議. 어떤 사람 또는 단체의 처사에 대하여 많은 사람이 이러쿵저러쿵 논평하는 상태.
2) 수회收賄 : 수뢰受賂. 뇌물을 받음.

반역자

 천하에 명색 없는 '평안도 선비'의 집에 태어났다. 아무리 날고 기는 재간이 있을지라도 일생을 진토에 묻혀서 허송하지 않을 수 없는 것이 '평안도 사람'에게 부과된 이 나라의 태도였다.
 그런데, 오이배[1]는 쓸데없는 '날고 기는 재주'를 하늘에서 타고 나서, 근린 일대에는 '신동'이라는 소문이 자자하였다.
 쓸데없는 재주, 먹을 데 없는 재주, 기껏해야 시골 향수 혹은 진사 쯤밖에 출세하지 못하는 재주, 그 재주 너무 부리다가는 도리어 몸에 화가 미치는 재주, 그러나 하늘이 주신 재주이니 떼어버릴 수도 없고 남에게 물려줄 수도 없는 재주였다.
 대대로 선비 노릇을 하였다. 그랬으니만치 시골에서는 도저한 가문이었다. 그러나 산업과 치부 방면에 유의하지 않았으니만치, 재산은 연년이 줄어서 이배의 아버지의 대에는 드디어 파산을 면하지 못하였다.

대대로 부리던 세도가 있느니만치, 그래도 근처에서 존경받는 지위는 간신히 지켜왔지만, 재산 없고 산업을 모르고 그냥 그 '점잖음'을 지키노라니 여간 살림이 이상야릇하지 않았다.

불행한 신동 이배를 시험하심에 하늘은 더 어려운 고초를 내렸다. 이배가 열한 살 잡히는 해에, 신동 이배의 양친이 한꺼번에 세상을 떠났다. 천하를 휩쓴 '쥐통'[2)]에 넘어진 것이었다.

여러 대를 이 동네에 살았지만 자손 번창하지 못하는 집안이라, 여러 대 계속하여 외쪽지로 내려왔으니만치, 일가친척이라는 것이 전연 없었다. 이렇게 외롭게 될 때는 그래도 일가라는 것이 있으면 얼마만치 힘입을 수도 있고, 믿고 의지할 수도 있지만, 일가라는 것이 전연 없는 오씨 집안에서 양친이 한꺼번에 세상 떠났으매, 이 넓은 천하에 이배 단 혼자가 덩그렇게 남았다. 겨우 열한 살 난 코흘리개 소년이.

그래도 대대로 동네의 인심은 잃지 않고 내려왔으니만치, 동네의 동정심은 자연 이배에게 부어졌다. 그러나 인심은 안 잃었다 할지라도, 이쪽은 그래도 선비요 동네 사람은 모두가 이름 없는 농군들이라, 자연 교제가 없었다. 그래서 마음껏 동정을 나타내기도 쑥스러웠다.

동네 사람의 조력을 빌려, 양친을 한꺼번에 장례를 치르기는 하였다.

그러나 상여를 따르는 상제는, 소년 상주 하나뿐 동네 사람 서넛이 함께 묘지까지 가기는 갔지만, 이 쓸쓸한 상여를 모시고 가는 소년 상주의 눈에서는 눈물이 샘솟듯 솟았다.

이 세상에 단 혼자 남은 이배.

부모를 안장하고 집에 돌아오매, 오막살이에서 마주 나오는 것은 개 한 마리뿐이었다.

아버지, 어머니, 이배, 단 셋이서 살던 쓸쓸한 오막살이에, 아버지 어머니조차 영원의 세상으로 보내고 보니, 세상에는 이배 한 사람 밖에 인종人種이 없는 듯, 밖의 길에는 사람들이 지나다니는 기척도 있었지만, 이배에게는 그것이 다 환몽이요 자기 혼자만이 이 너른 세상에 살아 있는 유일인인 듯싶었다.

한심하고 기막혀 한 사나흘은 밥도 짓지 않고, 따라서 먹지도 않고, 집안에 쓰고 누워 있었다.

그 오막살이에 하도 인기척이 없으므로 동네 할머니가 미심질로 들여다보아서, 며칠이나 굶었는지 굶어서 거의 죽게 되어 정신을 못 차리는 이배 소년을 발견하지 않았더라면 이배도 제 부모 가신 나라로 갔을 것이다.

"아이구, 이게 웬일이냐. 무슨 일이냐? 정신 차리거라."

이배는 그 할머니의 성의 있는 간호로써 다시 소생하였다.

소생한 며칠 뒤, 이배는 그 동네에서 150리 상거 되는 곳에 있는 학교를 목적하고 제 고향을 떠났다.

150리 밖에 있는 T라는 학교는, 위치는 산골에 있으나 전 조선에 이름 높은 학교였다.

그 학교의 설립자가 유명한 애국지사였다. 신학문과 아울러 애국 사상을 소년들의 마음에 뿌려주기 위해서 세운 학교였다.

옷 두어 가지를 넣은 보따리 하나를 끼고 학교까지 이르렀다. 그러나 여전히 의지할 데 없고 믿을 데 없는 소년이라, 어떻게 해야 할지 두서를 못 차려서, 학교 문밖에 배회하다가 그 학교 교장에게 발견되었다. 교장이라는 이가 또한 전국에 이름 높은 선각자요 애국지사로서, 설립자의 뜻을 받아 장차 자랄 어린 싹에 좋은 교훈을 하고자 일부러 이런 시골의 학교장으로 와 있는 이였다.

교장은 이배 소년의 슬기로움을 알아보았다. 그래서 이 소년을 장차 나라의 큰 그릇을 만들고자, 자기 집에 데려다두고 잔심부름이나 시키며 교육 일체의 책임을 졌다.

구학문에 있어서 신동이었던 이배는 신학문으로 돌아서서도 그의 천품을 충분히 발휘하였다. 이 학교를 사모하여 전국에서 모여든 수재들 가운데 섞여서도 이배는 가장 빼어난 성적을 보였다.

농촌의 선비 집안에 한 신동으로 태어나서, 동양 전통의 윤리를 닦고, 이것만이 학문이거니 여기고 있던 이배는 이 학교에서 비로소 놀랄 만한 지식 분야에 발을 들여놓았다.

이 세상에는 '청국淸國'이라는, 지금은 호인胡人의 나라가 본시 하우씨의 직계로서 만국을 다스리고 있다—이쯤밖에는 모르던 이배는 여기서 비로소 한국韓國이라는 본시는 조선이라는 나라가 있는 것을 알고, '왜倭'로만 알고 있던 일본이 놀랄 만한 신문화를 흡수해가지고 동양 천지에서 세도하려는 것이며, 그 일본이 현재 한국에 대하여 어떤 야심을 품고 있다는 것이며, 이런 때에 임하여 한국인은 어떤 길을 밟아야 할 것인가 하는 큰 과제 등을 비로소 알고 경악하였다.

교장은 이배 소년의 비상히 영특한 재질을 크게 평가하여, 이런 재질에다가 민족 관념을 옳게 지도하면 나라에 얼마나 유용한 인물이 되라는 기대 아래 소년을 훈육하였다.

　이 학교에 의탁한 지 1년 뒤에 이배는 학문으로는 교사와 어깨를 겨눌 만하게 되었다. 애국사상으로는 모르긴 몰라도, 이 학교에서 교장에 버금가는 사상가로 변하였다.

　학교도 무사히 졸업을 하였다. 졸업하고는 더 높은 학교로 가고자 하였다.

　그러나 그를 유난히 사랑하고 촉망하던 교장이 놓아주지 않았다.

　"그가 더 높은 학교에서 학업을 닦는다는 건, 본시 같으면 되레 내가 권할 일이지만, 지금 우리나라의 형편이 더 높은 학교를 나온 훌륭한 지도자보다도, 이만한 정도의 지도자가 더 필요해. 그리고 급해. 이 학교에 머물러 후배들을 지도하는 교원이 돼다오. 나라를 위해서든, 너 개인을 위해서든 너 같은 총명한 사람이 세계의 우수한 학문을 닦아서 나라에 이바지하면 오죽이나 좋으랴만, 그런 먼 장래보다도 눈앞에 닥쳐 있는 소년 지도의 책무를 감당할 일꾼이 더 급하구나. 그러니까, 좀더 이 학교에 그냥 있어서 교원이 돼다오. 국사가 매우 위태롭게 된 이 판국에, 먼 장래는 더 뒤에 생각하고, 목전의 급한 일부터……."

　과연 시국은 가장 어지럽게 되어 있었다. 일본은 그 마수를 차차 노골적으로 펴서 동학당이라는 당을 손아귀에 넣고, 한국을 삼키려고 공작이 나날이 더 심해갔다.

　반역당파의 동학당은 일본의 농락 아래 들어서, 내 나라를 일본의 마수 안에 넣어주려고 맹렬히 활동하고 있었다. 경향을 물론하고 일본 세력을 배격하려는 국민운동이 요원의 불같이 일어서 퍼져 나갔다.

이런 판국에 국민은 아직 몇 해 전의 이배나 마찬가지로 한국이라는 국가가 무엇인지도 모르는 요순시절의 꿈에 잠겨 있는 무리가 태반이다.

하다못해 '내 나라'가 무엇이며 어떤 의의를 가진 것인지, 이 개념만이라도 온 국민에게 불어넣어주는 것은 여간 급한 일이 아니었다.

그러기 위해서는 장래의 위대한 지도자보다 현재의 대중적 지도자가 더 급하고, 더 긴하다.

내 한 몸 더 훌륭한 학업을 닦고자 은혜 깊은 교장의 슬하를 떠나고자 하던 이배는, 교장의 이 말에 크게 깨달은 바 있어서, 그냥 이 학교에 주저앉아서 장래 국민을 지도하는 대중적 역할을 맡기로 교장 앞에 맹세하고 다시 주저앉았다.

운명의 힘은 막을 수 없다.

한국은 드디어 일본과 보호조약을 체결하지 않을 수 없었다. 한국의 외교권은 동경에 있는 일본 정부가 대행하며 한국의 모든 기관에 일본인을 고문으로 두어서 그 지도를 받는다는 조약이었다.

보호조약에 한국의 상하가 욱적할 동안, 일본은 한 걸음 더 나아가서 한국을 병합해버렸다.

일본은 외국에 선전하기를, 한국 황제가 그 통치권을 일본 천황에게 호의로 넘긴 것으로 무혈 병합이라 했다.

하기는 그렇다. 미리 군대를 해산하고 무기를 걷어올려서 촌철寸鐵을 못 가진 한국인이매 맞싸울 수는 없었다.

그러나 각지에 의병이 궐기하였다. 근처의 열혈 애국자를 수령으로 조직된 의병은, 감추어두었던 낡은 총이며 포수의 엽총들을 무기로 하여, 이 병합에 반대하는 의사를 나타냈다.

다만 끓는 피, 힘주어지는 주먹만을 무기로, 일본의 정예한 군대를 당할 수가 도저히 없었다. 의병 자신들도 그것은 잘 안다. 알기는 아나 참을 수 없는 분격심은 이 당할 수 없는 싸움이나마 하지 않을 수가 없었기 때문이었다. 이것은 민족의 의사였다.

소년 교원 이배는, 자기보다 훨씬 나이 많은 제자들의 위에서, 교장의 뜻을 받아 민족사상을 기르기에 여념이 없었다. 자기 스스로가 교장의 아래서 몇 해 지나는 동안 민족을 알고 '애족사상'을 느낀 뒤에, 자기의 심경의 변화를 돌보아서, 이 제자들로 하여금 내 민족을 사랑할 줄을 알고, 내 민족을 위해서 사는 사람이 되게 해보려고, 자기의 성심을 다하였다.

이 귀중한 사업에 종사하는 동안, 자기의 애족심도 나날이 가속도로 늘어가는 것을 알았다.

지금의 그에게는 다만 민족밖에 아무것도 없었다.

민족 문제가 가장 귀하였다. 민족 문제와 관련이 없는 학문은 존재할 가치도 없었다.

열정적이요 감격적인 그는 느끼느니 민족이요 생각하느니 민족이요, 오직 민족밖에 아무것도 없었다.

순정적으로 애족사상에 잠긴 이배라, 그에게서 흘러나오는 것은 죄 애족사상에 관한 것뿐이었다. '애족광'이란 칭호를 듣도록 오직 민족 문제에 빠져 있었다.

이 정열의 소년 교사의 순정적 교육은, 제자들로 하여금 진정한 애국자로 변하게 하였다. 이 학교의 출신자들이 후일 일본 관헌의 가장 미워하는 '요보'가 되었으며, 무슨 일이 있을 적마다 이 학교의 출신자들은 죄 없이 일본 관헌이 내리는 벌을 받고 한 그 원인은 이때에 씨 뿌려진 것이었다.

전국에 이름난 학교라, 생도들은 전국에서 모여들었다. 그들이 졸업하고는 각각 고향으로 돌아가는지라, 이 학교의 지도 사상은 전국에 널리 퍼졌다. 동시에 소년 교사 오이배의 명성은 전국에 퍼지고, 그 정열과 애국심을 사모하는 숭배자가 전국에 산재되었다.

이 학교의 이름과 이배 선생의 이름은 전국의 애국사상가의 위에 뚜렷한 존재로 되었다.

그런 차라 후일 한국이 일본에게 삼키우자, 이 학교는 곧 폐쇄 명령으로 장구한 명예 있는 전통을 지켜 내려온 이 학교는 폐쇄되어 버렸다.

학교가 폐쇄되자 이배에게는 곧 후원자가 나섰다. 이 후원자의 원조로써, 그는 일본 동경으로 유학의 길을 떠났다. 오랜 숙망이었다. 그러나 제자 양성이 더 급선무이므로 아직껏 달하지 못하고 있던 바였다.

'네 칼로 너를 치리라. 네게서 배워서 너를 둘러엎으리라.'

이러한 포부로 그는 적도敵都 동경으로 길을 떠났다.

그로부터 10년, 이배는 적도에서 적의 칼로 적을 찍을 심산으로 열심으로 공부하였다. 중등학교의 교원이던 그는, 동경에서 중학교에 입학해 코 흘리는 일본 애들과 책상을 나란히 공부하였다. 중학교를 마치고는 어떤 사립대학의 정치과에 적을 두었다.

여전히 마음속에는 불타는 민족애의 사상을 품은 채 학업에 정진하면서 그가 가장 강렬히 느낀 바는 무한한 실망이었다. 실망에 따르는 마음의 고통이었다.

일본은 나날이 자란다. 그런데 조국 조선은 일본의 고약한 정책 교육 아래 나날이 위축되어 들어간다.

조선도 자란다 할지라도 앞서 자란 일본을 따르기 힘들겠거늘, 이렇듯 나날이 위축되어 들어가니, 일본과 조선과의 간격의 차이는 나날이 멀어간다.

조국의 회복? 그것은 지금의 형편으로 보아서는 절대로 희망이 없었다.

이것은 이배에게 있어서는 끝없는 실망일밖에 없었다. 일본이 자진하여 조선을 놓아주기 전에는, 조선은 언제까지든 일본의 더부살이를 면할 날이 없을 것이다.

하숙에서 학과를 복습하다가도 이 생각이 문득 나면 책을 집어 던지고 하였다. 그리고 멍하니 시간 가는 줄을 모르고 앉아 있고 하였다.

세계 제1차 대전이 일었다가 끝났다. 그때 미국 대통령 윌슨이 '민족자결주의'라는 간판을 내걸었다.

스스로의 힘으로 국권을 회복할 수 없고, 일본은 자진하여 조선을 놓아주지 않을 형편에서, 이 윌슨 대통령의 제창 같은 것은 조선 민족에게 있어서는 다시 잡을 수 없는 천래의 호기회다. 온 조선은 이 기회에 일본의 굴레를 벗어보고자, 세계를 향하여 '조선 독립 만세'를 외쳤다.

이배도 꿈밖에 생긴 이 좋은 기회를 이용하고자, 선두에 서서 만세를 외치며 국민을 선동하였다.

그러나 일본의 실력은 너무도 강하였다. 강자의 앞에 인류는 굴복하는 법이다. 약자인 조선이 남의 등쌀에 독립을 해보고자 야단하였지만 강자인 일본이 승낙하지 않으매 이 사건도 흐지부지해버렸다. 전 조선의 감옥만 만세 죄인으로 가득 채워놓고서…….

윌슨 대통령의 선언도 강자 일본에게는 아무 효력을 못 보였다는 이 비통한 현실 앞에 이배는 처음에는 낙담하고 다음에는 생각하였다.

일본은 인제는 세계에서 도저히 어찌할 수 없는 커다란 존재다. 조선 민족은 일본의 굴레를 도저히 벗을 수 없다.

그러면 조선 민족은 언제까지든 일본의 한 식민지 민족으로 참담한 생활을 계속하여야 하는가.

조선 민족을 내 몸같이 사랑하는 이배로서는, 이것은 도저히 견딜 수 없는 노릇이다. 한 민족이 영원히 다른 민족의 종살이를 해? 더구나 내가 가장 사랑하는 우리 민족이…… 이 불행을 벗고 행복된 민족으로 되게 할 무슨 수단은 없을까.

이배는 학업을 끝내고 귀국하였다.

쓰라린 회포를 품고 귀국하는 이배를 온 조선은 환영하여 맞았다.

옛날의 T학교의 출신자가, 조선의 각 부문에 중요한 자리를 차지하고 있으니만치 열혈의 교사 이배를 환영하여 맞은 것은 조선의 각 사회의 각 부문에 걸쳐서였다. 어떤 대신문은 그를 위하여, 부사장 겸 주필의 자리를 비워두고 기다렸다.

이배는 중요한 지도자의 자리에 서게 되었다. 그러나 무엇을 지도하랴. 일본의 굴레는 도저히 벗을 수가 없는 바이며, 일본에 반항하기를 시도하는 것은 공연히 감옥으로 갈 사람을 늘리는 데 지나지 못한다. 이것은 도리어 민족적 불행이다.

조선 안의 민족적 행복을 따기 위해서는, 첫째로는 조선 민족의 문화적 향상을 도모하여야 할 것이다. 물질적으로 인제는 도저히 일본을 뒤따를 수 없다. 그러나 일본인이 물질 문화의 발전에 주력하는 동안 조선인은 문화 향상에 전력을 다하면 문화 방면으로는 일본과 대등의 민족이 될 수도 있을 것이다.

움직일 수 없는 큰 자리를 차지하고 있는 이배의 지도 호령은, 조선 민족의 위에 퍼져나갔다. 존경하는 지도자 이배의 지도에 조선 민족은 고요히 따랐다.

일본은 또 전쟁을 시작하였다. 중국을 상대로 삼아. 일격에 부서질 줄 알았던 중국은 의외에도 완강히 저항하였다. 차차 일본이 육해공의 전부의 병력을 집중하여도 좀체 부서지지 않았다.

우습게 여기고 시작하였던 전쟁이 이렇게까지 되어 일본은 땀을 뻘뻘 흘리면서 싸웠다. 종내 하릴없이 조선에까지 조력을 빌렸다.

이배는 조선 민족의 행복을 위하여 이 기회를 놓치지 않았다. 일본이 이렇듯 악전고투할 때에, 조선에 약간의 무력적 실력만 있더라도 일본에 대항하여 일어서면 일본의 굴레를 벗을 길이 생길는지도 알 수 없었다. 그러나 조선의 현황은 그사이 문화 방면에만 주력했더니만치, 무력적으로는 일본 군인의 고함 한 마디만으로 3천만 조선 민족은 질겁을 할 것이다. 그 대신 또한 그 반대로 조선이 일본에 약간의 협력이라도 하면 승리의 아침에는 여덕이 조선에도 흘러 넘어올 것이다. 조선 민족의 행복을 위하여, 이 기회를 놓치지 말고 일본에 협력하자.

협력의 깃발은 높이 들렸다. 협력의 호령은 크게 외쳐졌다.

조선 민족은 어리둥절하였다. 지금껏 민족주의자로 깊이 믿었던 이배가 일본에게 협력하자고 외칠 줄은 천만뜻밖이므로.

그러나 이 길만이 조선 민족을 행복되게 할 유일의 길이라 깊이 믿은 이배는, 그냥 성의를 다하여 부르짖었다.

일본은 미국과 영국에까지 선전을 포고하였다. 만약 이 전쟁에 이기기만 하면 일본은 세계의 패자가 된다.

조선이 일본에 협력을 하여, 전승자의 하나가 되면 그때 조선의 몫으로 돌아올 보수는 막대할 것이다. 한 빈약한 독립국가로 근근이 생명만 부지하기보다는 일본의 일부로서 승리의 보좌에 나란히 해 앉는 편이 훨씬 크리라.

이배의 협력 운동은 차차 더 급격화하였다. 본시부터 큰 영향력을 가지고 있던 이배라 성의로써 대중에게 부르짖을 때는 그 영향이 적지 않았다. 차차 조선도 성의로써 일본 전쟁에 협력하는 무리가 늘어갔다.

이런 가운데서 이배는 단지 전도前途의 승리만 바라보았다. 반드시 이길 것이라 굳게 믿었다. 그리고 일본이 이기는 날에는, 조선의 몫에도 돌아올 행복을 바라보며 기뻐하였다.

어째서 일본이 이기겠느냐. 거게 대해서도 독자의 대답을 가지고 있었다.

숙명적으로 일본은 패배를 모르는 나라이다. 게다가 또한 숙명적으로 서양은 인젠 쇠운에 들고 동양 발전의 새 세상이 전개될 차례다.

전쟁도 최고도에 달한 때에 적국 세 나라(미·영·중)의 대표자는 카이로에 모여서 한 가지의 선언을 하였다.

이 선언의 내용을 어떤 길로 통하여 안 이배는, 처음은 딱 숨이 막혔다.

일본에 대한 항복 권고, 게다가 조선의 독립까지 그 조건의 하나였다.

딸 수 없는 독립으로 알았길래 일본의 일부분으로서나마 조선 민족의 행복을 구해보려 한 것이다.

그러나 이 카이로 선언을 보매, 일본은 인젠 다 진 것으로 여기는 모양이다. 그리고 거기 조선의 독립이 있었다.

오직 조선 민족의 행복을 위하여 50년간 건투해왔고, 조선 민족의 행복을 위하여 일본에 협력하기를 주장해왔거늘, 아아, 조선 민족의 행복을 위해서면 무엇이든 아끼지 않은 그 노력이 오늘날 모두 반대의 결과로 나타나는가. 만약 이 카이로 선언대로 일본이 항복을 하고 조선이 일본에게서 해방이 된다 하면, 자기는 그날에는 반역자가 될 것이다. 그렇듯 사랑하고 그렇듯 귀히 여기던 조선의…… 내가 반역자?

일찍이 추호도 조선을 반역할 생각을 품어본 일이 없고, 내 생명보다도 귀히 여기던 조국 조선이어늘, 반역이란 웬 말인가.

독립되는 조국에 나는 반역자로 그 기쁨을 함께할 권리도 없는 인생인가.

1945년 8월 보름날 정오에, 일본 천황 유인이 울음 섞인 소리로 온 일본인에게 부득이 항복한다는 포고를 할 때에, 라디오 앞에 이 배도 울면서 그 방송을 듣고 있었다.

__주
1) 오이배 : 소설가 춘원 이광수를 가리킴. 그는 '외배'라는 호를 썼을 뿐만 아니라, 이 소설의 내용 자체가 이광수의 생애와 일치한다.
2) 쥐통 : 콜레라.

망국인기

작년(1945년) 초가을이었소.

소위 '적당한 시기에 한국인에게 독립을 허여한다'는 카이로와 포츠담의 결의의 '적당한 시기'라는 것을 '우리 땅에서의 일본인의 전퇴' 쯤으로 해석하고 '일본의 항복'과 '연합군의 조선 진주'를 진심으로 기뻐하고 환영하던 그 무렵이었소.

전쟁 통에 소위 '소개'라 하여 16년간 살던 집을 없이하고, 공중에 떠 있던 나와 나의 가족들은, 이 기꺼운 시절에, 몸 의탁할 근거(주택)를 마련하느라고 쩔쩔매고 돌아갔었소. 가뜩이나 주택난에 허덕이는 경성 시내에서, 더욱이 독립한 내 나라를 찾아 돌아오는 많은 귀환인이며 전쟁에 밀려서 시골에 내려갔다가 도로 서울로 돌아오는 사람들이며, 독립한 내 나라 수도를 사모하여 몰려드는 무리며 등등으로, 서울의 주택난은 과연 극도에 달하여 있었소.

이러한 비상한 시절에, 집을 구하려 하니 좀체의 일이 아니었소.

돈이나 넉넉하면 그래도 돈의 위력으로 우겨볼 것이요 무슨 다른 튼튼한 배경이라도 가졌으면 배경의 힘으로라도 운동해보련만, 아무 배경이며 힘을 못 가진 가난한 소설가로, 곁눈질도 하지 않고 단 한길을 47년간 걸어온 나는, 손톱눈만한 협력을 바랄 길도 없이, 흥분과 혼란으로 웅성거리는 이 도시에서 주택 한 채를 구해보려고 돌아갔었소.

오늘은 어제보다 내일은 오늘보다 나날이 주택 문제는 긴박의 도수를 더해가며, 집은 좀체 손안에 들어오지 않고, 엄동은 차차 가까워오고⋯⋯ 가족 일곱 명의 가장으로서, 가족의 몸을 눕힐 안주처를 못 마련한 나의 책임은 여간 급하고 무겁지 않았소.

8월 보름에서 9월로 10월로, 11월로 엄동은 목전에 임박했는데, 주택 문제는 해결되지 않고⋯⋯ 과연 딱하고 급하였소. 이제 수일 내로 집 문제를 해결하지 못하면 비상한 수단을 쓰지 않을 수 없게 되었소. 그 비상한 수단이란, 즉 가족의 이산이오. 가정이라는 한 집단체를 헤치고, 나는 나대로, 아내는 아내대로, 아이들을 나누어 맡아가지고, 각각 여관이나 하숙이나 셋방이나를 얻어가지고, 헤어져서 사는 것. 주택이 없으매 가정을 이룩할 수 없고, 가정이 없으매, 이렇게 살 수밖에 없을 것이오.

이렇게 되면 과연 크나큰 비극이오. 나라가 해방되었다고 서울로 돌아와보니, 내 나라 서울은 내 가족 하나를 포용할 수가 없는가.

46년의 전생을 아무 야심도 없이 허심탄회 오직 소설도에만 정진해왔고, 지금 천하가 모두 정치적 야망이거나 매명적 야망이거나 모리적 야망에 뒤끓는 판국에서도 그런 데서는 멀리 떠나서 다만 내 가족이 몸을 쉬고 또는 조용히 앉아서 글 쓸 만한 집 한 채를 구하고자 하는, 말하자면 지극히 담박한 욕망이거늘, 이 욕망 하나도 이루어지지 않는 사정이 진실로 딱하고 한심스러웠소.

시절도 인젠 엄동에 들어섰고, 집은 마련하지 못하고 하릴없이 가족 이산의 비극적 각오를 한 그때였소.

이런 고마울 일이 어디 있으리오. 군정청 광고국장으로 있는 ○씨가, 이내 딱한 사정을 어디서 듣고, 매우 동정해주었소.

"저 김동인이는 내 평소에 가까이 사귄 일도 없고, 나는 문학이라는 것에는 전혀 문외한이다. 그러나 나는 이런 일을 안다. 즉 그 김동인이는 과거 50년간 단 한 가닥의 길(영리 행위가 아닌)만을 걸어왔고, 더욱이 최근 한동안은, 조선어 사수를 위하여 총독부 정보과와 싸우고 싸우고, 8·15 그날까지도 이 일로 싸워온 사람임을, 조선이라는 국가가 있고, 그 국가에서 과거의 공로자에게 어떤 보상을 한다 하면, 마땅히 김동인이에게는 어떤 정도의 보상이 있어야 할 것이다. 지금 해방되었다는 이때, 집 한 칸 없이 가족이 이산하게까지 된다면 이것은 도리가 아니요 대접이 아니다. 광공국鑛工局에서 일본인의 사택을 접수하여서 가지고 있는 것이 100여 채가 있다. 국가 보상으로서 집을 거저 주지는 못하는 우리의 애달픈 처지나마, 그 광공국 접수 사택 중에서나마 마음에 드는 집이 있거든 한 채 골라 가지라자. 집세를 내는 셋집이나마, 집 없을 때는 이것도 '없는 것' 보다는 나을 것이요, 우리의 환경이 현재 이 이상은 할 수가 없으니, 이만한 것으로나마 미의微意를 표하자."

얼마나 고마운 말이었으리오. 일가 이산도 안 하게 되었소. 엄동을 지붕 아래서 지낼 수 있게, 그리고 가족이 함께 오붓하게 지낼 수 있게 되었소 그러나 그런 것보다도 반갑고 고맙고 감격되는 것은 ○씨의 그 대접이었소.

세상에 하고많은 직업 가운데서, 소설 쓰는 것을 직업으로 택해 가지고 이 길에 정진하기를 1918년부터 오늘(1945년)까지 무릇 28년…… 30년에 가까운 세월을, 산업을 모르는지라 어버이에게서 물려받은 유산은 삽시간에 탕진하고, 가난한 살림을, 가난하기 때문에 받는 온갖 고통과 불만과 수모를 받아오며, 그래도 이 길만을 지켜온 나였소. 가난한 데서 생기는 수모, 소설쟁이라는 데서 생기는 수모…… 하도 받았는지라, 인제는 수모도 그다지 역하지도 않도록 면역은 되었지만…… 받았소…… 받았소. 가족에게까지…… 형제에게까지…… 심지어는 내게 돈을 지불해야 할 출판업자에게까지 또는 책 장사에게까지.

이러한 가시의 길을 밟으면서도, 나는 다른 직업으로 전향할 줄을 몰랐소. 명예나 공명을 위해서가 아니었소. 더구나 돈을 위해서도 아니었소.

조선 문학을 건설한다든가, 문학도를 위해서도 아니었소.

그저 하고 싶은 일이니 하였을 뿐, 무슨 다른 욕구라든가 의도 혹은 목표가 있어서 한 바가 아니었소. 그런지라, 수모를 받아도 '할 수 없는 일'이라고 단념했고, 결코 누구에게 찬사를 듣자든가 사례를 받자든가 하여서가 아니니만치, 그저 허심탄회일 뿐이었소. 찬사를 안 바친다고 나무라지도 않았고, 관심 안 해준다고 섭섭하지도 않았고, 해방된 아침에 집 한 칸 안 주는 무정한 국민이라고 불평도 가져보지도 않았었소.

내가 내 과거 30년간의 문학 생활에 대하여 이만치 무관심하였는데, 지금, 문학과는 전혀 인연이 없고 평소에 가까이 사귀지도 않은 ○씨에게서, 나의 과거의 문학과 조선어에 대한 공적의 대상으로, 조선인의 한 사람으로 이런 호의를 보인다 하니, 어찌 눈물나도록 고맙지 않겠소? 더욱이 눈앞에 막혀 있던 큰 문제가 '문학 공적에 대한 사례로'라는 명목으로 무사히 해소가 되었으니…….

1918년…… 장차 많은 수모를 받으려는 의도는 물론 아니요 또는 무슨 매명적 의도도 아니요, 단지 막을 수 없는 영적 욕구 때문에 문학의 길에 손을 붙인 때는 과연 이 땅의 문학에는 '황야'였소. 농부가 화전을 갈려 가래와 삽을 둘러메고, 전인미도의 깊은 산곡에 들어선 것과 마찬가지의 가시밭.

우선 소설을 쓰려면 소설은 '글'로 조성된 것이라, 소설 용어와 용문用文이 있어야 할 것이오.

반만년의 민족 발전사를 가진 우리 민족이매 물론 우리 민족 용어, 즉 조선어는 있었소. 그러나 괴상한 사대주의의 영향으로 이 광휘 있는 '조선어'와 '조선문'도 정상으로 발전되지 못하고 한문에게 압박되어 겨우겨우 그 명맥만을 유지해오던 비참한 현상이라, 많은 어휘를 자유자재로 구사하여서야 비로소 표현할 수 있는 조선 글 소설을 쓰려면, 다시 파고 헤치고 갈고 씻고 하고서야 비로소 될 것이오.

'양주楊州에 부인富人(오방어吳防禦) 거춘풍루측居春風樓側하야 여환담군與宦談君으로 위린爲隣하야 운운…….'

우선 위와 같은 재래의 글투에서 벗어나서 구어체의 문장부터 확립을 해야 할 것이오.

국초 이인직이라는 한 귀재가 생겨나서, 한 껍질 벗겼소.

'압다. 아모 염려 말고 가서 내 말대로 하게. 그리고, 걱정 말게. 자네 내외 두 식구쯤이야 어떻게 못 살겠나…… 그 소리 한 마디에 강 동지가 일변 대답을 하며 밖으로 나가더라. 김 승지가 춘천집이 (필자 주 : 김 승지는 주인이요 춘천집은 그 첩이요 강 승지는 첩 장인이다) 왔다는 말을 들을 때에 겁에 띄운 마음에 제 말만 하느라고 운운…….'

이만한 정도로 구어체 조선어까지는 발전이 되어 있었소.

국초의 뒤에, 춘원 이광수가 나타나서, 「윤광호」, 「무정」, 「개척자」 등의 소설을 연해 써서 발표하여 문장의 구어화며, 조선어에 의지한 새로운 표현 방식이며 구어체의 미화 등에 큰 공적을 세우고 불멸의 탑을 세웠소. 그러나 아직 춘원의 문장에도 그냥 재래의 티가 적지 않게 남아서, '이러라', '이더라', '하더라' 등은 그냥 소설 용어로 썼소. '이러라', '하더라' 등은 구어체로 여겼는지도 모르겠소.

1919년 2월, 우리 몇몇 동지가 문예 잡지(『창조』)를 간행할 때에야 비로소 우리는 '이러라', '하더라', '이라' 등도 문어체의 잔재라 하여 일축하고 '했다', '이다', '이었다' 등이라야 비로소 구어체라 용인했소. 춘원도 처음에는 '이러라' 투를 그냥 많이 써왔는데, 뒤에 그것이 없어지고 구어체로 순화된 것을 보면, 역시 일거에 순구어체화할 용기가 부족하였던 모양이었소.

지금에 앉아서 보자면 혹은 변변찮고 작다란 일이랄지 모르오. 그러나 반만년의 전통을 깨뜨리고 '소설 용어'로는 순구어체만을 용인한다 하는 이 과단은 그리 작은 일이라고 결코 할 수 없을 것이오. 소설을 순구어체화하기 위하여, 2년간을 구어체 문장도文章道의 연구를 쌓았으며, 이런 것은 지금 소설의 길에 나서 있는 사람들이 밟아보지 않은 가시의 길이었소.

또 소설을 쓰는 데 한 큰 문제는 우리말에는 없는 'He', 'She'의 대명사 문제였소. 소설을 씀에 절대로 필요한 여성의 대명사를 어찌하는가. 우리말에는 없는…….

1919년 이전의 춘원의 소설을 보자면 특수한 예외를 제하고는 모두 대명사를 안 쓰고 이름－고유명사를 사용하였소. 도대체 우리나라 말에 적당한 어휘가 없으니 할 수 없는 일일 것이오.

He나 She를 정확히 우리말로 옮기려면 물론 '저 사내', '저 여인' 으로 되어야 할 것이오. 그러나 이런 거추장스러운 어휘로 소설을 쓰려면 소설가의 영원한 고통이 될 것이오. 이 길을 개척하는 사람이 가장 정당하다고 믿는 어휘를 지어내어 후인에게 제시하고 비판을 받아야 할 것이오.

'그' 라는 대명사를 여기 맞추기로 마음먹기까지는 적지 않은 습작과 휴지를 낸 뒤였소. 성적으로 남성과 여성의 구별까지는 보류하고, He나 She를 모두 몰아 '그' 로 하기로…….

지금 글 쓰는 사람 누구가 이러한 대명사 하나에 손톱눈만한 고심이나 주저를 하면서 쓰는 사람이 있으리오. 가장 쉽게 가장 자연스럽게 '그는 여사여사하고', '그는 이러이러했고' 라고 쓰고 있지만, 이 간단한 한 자를 국민 앞에 내놓기까지에는 적지 않은 주저와 고심이 있었던 것이오.

그래도 처음 한동안은 '그' 에 대하여 불만을 품은 사람이 있어 '빙허 현진건' 같은 이는 '궐', '궐녀' 등으로 한동안 썼고, '천원

오천석'은 '저', '저 여인' 등으로 써보았지만 지금은 거진 '그'로 표준이 서고 통일이 된 모양이오.

표현에 있어서, 동사의 과거사화도 어려운 문제의 하나였소.

'김 군은 일어선다. 모자를 쓰고 밖으로 나간다.'

하는 현재사와,

'김 군은 일어섰다. 모자를 쓰고 밖으로 나갔다.'

하는 과거사의 두 가지를 놓고 비교해보자면, 그 실재미에 있어서 어느 편이 더 현실적인지 거듭 말할 필요도 없을 것이오. 그러나 지금도 아직 현재사로 쓰는 작가가 적지 않은 형편이다. 30년 전인 그때는 전혀 뒤죽박죽이었소. 대체 현재사와 과거사가 독자에게 있어서 달리 감수되는지, 이 점을 이해하는 사람조차 적은 형편이었소. 춘원의 「무정」, 「윤광호」 등을 보아도 현재사와 과거사가 꼭 반반으로 씌어 있는 형편이오.

이러한 판국에서, '이었다', '이었었다' 등을 혹은 캐내고 혹은 발명하여 소설 용어로 쓰던 고심.

'깨달았다', '느꼈다' 등의 야릇한 형용사를 처음 써볼 때의 주저와 의혹.

이 고심은 전연 보수 없는 고심이었소. 애초 보수를 바라지도 않았거니와, 누구를 혹은 어느 민족을 위하여 한 노릇이 아니요 자신의 욕구, 자신의 욕망에서 우러나와서 한 노릇이라 무슨 야망이든가 야심은 전혀 없는 일이었소.

그런지라, 그래도 나의 밟은 길이 옳다 인정되어 뒤따르는 사람이 생기고, 이 길에 의지하여 조선 문학이 움돋아 자라는 것을 볼 때에 다만 감격되고 기쁠 뿐이오.

어찌 여상의 것뿐이겠소? 반만년간 덮어두었던 뚜껑을 열어젖히고, 지금의 세태에 맞을 한 개의 길을 터놓는 것이니, 1에서 10까지나 모두 신발명이요 신창안뿐이었소. 국초며 춘원 등의 전인이 얼마만치 첫 가래는 넣어놓았기에 말이지 그나마 없었더라면 어떠하였으리오.

훼방과 멸시와 박해와 방해 가운데서, 가시의 길 30년, 다른 훼방쯤이야 내 신념이 있으니 개의할 바 아니지만, 조선총독부 검열계의 방해만은 진실로 딱하였소. 다른 훼방은 단지 훼방에 그치지만, 총독부의 방해는 '박멸을 목적으로 한 방해' 였으니 게다가 박멸할 권한도 가진 사람의 박해니 가장 아팠소.

이런 가시의 길 30년을 지나서, 지금은 그래도 문장에도 틀이 섰고, 표현 방식에도 틀이 섰고, 내가 개척한 길은 조선 소설도의 한 지표가 되어, 빈약하나마 차차 자라는 광경을 바라보면, 스스로 가슴 무득히 일어나는 기쁨을 금하지 못하오. 그리고 이것으로 나는 충분히 보수를 받았거니 하고 있소.

이리하여 영영공공 남의 비웃음, 멸시를 오불관언의 태도로 걸어 나올 때에, 무서운 강력한 박해가 튀어져 나왔소. 소위 조선총독부 '내선일체 운동 강화' 와 '국어(일본어) 보편화' 와 '조선어 박멸 운동' 이었소.

위정 당국의 지휘가 있고, '체' 하는 젊은이가 꽤 많은 사회 상태라, 이 위정 당국의 방침은 비교적 순순하고 활발하게 진척되었소. 소위 국어화 운동. 관청이며 회사는 물론이요 상점이며 가게의 흥정에, 전차 차장 운전수며 내지 길 가는 사람에게 길을 묻는 데까지 일본말로…… 시골은 모르지만 도회는 일본인의 거리인지 조선인의 거리인지 분간하기 힘들 만치 일본어화한 세상으로 변해갔소.

조선말이 있고서야 조선 문학이다. 조선말 없이 조선 문학, 조선 소설이 어디서 존재할 수 있으리오. 이야말로 그사이 20년간 길러온 조선 소설도의 구할 수 없는 재난이었소.

이 당국의 방침에 따라서, 문자들 가운데도 연해 일본말로 쓰는 사람이 생기고 늘고 일본말로 안 쓰는 사람은 뒤떨어진 사람이라 비웃는 무리까지 생겼소.

당국에서는 혹은 권고로 혹은 명령적으로 '문단 국어화'를 강행하고 진척시켰소.

어떤 이름 있는 작가는, 자기는 일본말에 자신이 없기 때문에 자기가 원작하여, 일본말 잘하는 친구에게 부탁하여 일어로 번역하여 발표하는 등의 구차스러운 비극까지 연출하였소.

당국에서는 내게도 권고…… 마지막에는 위협적 태도로까지 일본말로 쓰기를 육박하였소.

그러나 나는 그냥 조선문을 고집하였소. 이 고집에 대하여 당국은 보복 수단으로 내 글을 덮어놓고 삭제, 압수, 불허가 처분을 내렸소. 오래 글 써온 사람이라는 관록에 대한 체면상 세 편에 한 편쯤이나 허가되었지, 조선문에 의지한 문학 생활은 내게는 봉쇄되었소.

한번은 무슨 소설 한 편을 검열을 넣었더니 며칠 뒤 호출이 왔소. 그래 갔더니 내 원고를 내놓고, '여기에 이렇게 고쳐라', '여기는 이렇게 고쳐라' 등등 주의가 있으므로, 그 작품의 생명에 영향이 없는 한도 안에서, 지시하는 대로 고치고 돌아왔소.

그 뒤 아무리 기다려도 출판 허가 통지가 없으므로 궁금해서 가

보았더니,

"매우 좋은 작품이다. 이런 좋은 작품은 국어(일어)로 번역하여 널리 내지인에게도 읽히도록 다시 번역해서 허가원을 제출하라."

하는 것이었소. 나는 번역할 만한 어학력이 부족하다는 핑계로 거절했더니, 열다섯 살부터 동경에서 공부하고, 중학과 전문학교를 동경에서 마치고서 그만 것을 번역 못한다는 것은 말이 안 된다. 만약 정 못하겠으면 남에게 부탁하여 번역하라는 것이었소.

번역료를 주고라도 번역시키라 하므로, 번역료를 주어서까지 번역하면 나는 무얼 먹고 살라느냐 하였더니, 번역료는 당국에서 보조해주겠다는 것이오.

"나는 일본말을 모르는 조선 사람에게 읽히고자 쓴 작품이니, 그런 구차한 노릇까지 못하겠다."

하고 원고를 도로 찾아가지고 돌아왔지만, 이렇게 차차 '국어화'가 강화되어가면, 밥 먹고야 사는 인생인 나의 경제 생활은 나날이 궁박하게 될 것은 정한 이치오.

궁한 나머지 안출해낸 것이, 매 주일 방송소설 한 편씩 쓰는 것이오. 조선어 방송에 쓰이는 작품이니, 작품의 용어는 조선말로 할 것이나, 그 대신 '국민 사상 선도(?)'를 목표로 하거나 '전력 증강'을 목표로 한 것이라야 될 것이라는 조건이오. 그러나 부여 민족, 단군 자손의 '일본 황민화' 목표로 한 글은 내 손이 부러질지언정 차마 쓰지 못하겠소. 여기서 안출해낸 것이 일본 명치유신의 지사들의 약전略傳을 한 주일에 한 사람씩 써 내려가는 것이었소.

흥이 나지 않는 일이니 일이 될 까닭이 없고, 더욱이 소위 유신지사라는 것은 모두가 비슷비슷한 행로와 말로를 가진 사람들이니 이야기의 내용은 싱겁기 한량없는 것이요, 약간 거짓말을 쓸지라도 따지고 할 사람도 없는 글이라 쓰기는 흥그럽지만[1] 스스로 맥이 빠지는 것이오.

소위 유신지사라 하는 것은 불우의 룸펜들로서, 당년의 집권자인 덕천 막부에 반항하여 이를 타도하고 왕정을 복고하려는 것이 그들의 목표이매 따라서 '집권자 타도' 와 '혁명' 의 이야기라, 총독부 당국으로서는 마땅히 쉬쉬하여 금지하여야 할 것이어늘…… 속으로 고소를 하면서, 매 주일에 한 편씩을 써냈소.

그러나 이것은 간신히 '조선어로 그냥 밥벌이를 하였다' 하는 데 그치지, 우리 성주 세종께오서 창제하옵서 우리에게 내려주신 이래, 400여 년의 세월을 이 역시 숱한 수모와 배척의 가시길을 돌파하여 우리 대에까지 상속된 우리의 거룩한 글을 그냥 폭력의 아래서 살려나가려는 노력에는 아무 도움이 못 될 것이었소.

당국에서도 강행하거니와 민간 측에도 추종자가 나날이 늘어가서, 도회 등지는 거진 '황국화' 하고, 문사들도 마치 자기의 어학 능력을 경쟁하듯이 다투어 일본말 소설을 쓰고…… 이대로 그냥 가다가는 불출 10년에, 조선어는 다만 지방-산골의 토어土語로 떨어져 버릴 형편이었소. 마음 여간 급한 일이 아니었소.

조선어가 없어지면 조선 문학이 어디 있을 것이며, 조선어가 없어지면 조선 민족은 무엇으로서 나는 조선인이오 하고 자기를 증명하겠소?

조선문 소설을 써서 이로써 의식을 하는 나는 또한 조선어는 나와 내 품 안의 가족의 밥줄이었소.

막다른 곳에서, 이 국면을 어떻게 타개할까고 갈팡질팡할 때에 일루의 활로가 까마득히 비쳤소. 즉 춘원 이광수에게 한 패트런이 생겨서, 그 패트런이 '춘원이 무슨 사업을 하려면 50만 원까지는 내놓겠다' 하는 것이었소.

나는 이 예약된 50만 원을 가운데 놓고, 춘원과 여러 날 머리를 모으고 토의하였소. 그리고 그 토의한 결과 총독부로 정보과장 겸 검열과장인 아부달일阿部達一을 찾았소.

지금 우리나라(일본)는 일찍이 겪어보지 못한 큰 국난에 직면해 있다. 1억의 힘을 함께 모아서 이 난국을 돌파하지 않으면 안 되겠다. 이 난국을 돌파하기 위해서는 국민 사상을 건전하고 강건하게 해야겠고, 국민 사상을 건전화하고 강건화하기 위해서는, 절대로 '문학'의 '선전력'과 '선동력'을 빌지 않으면 안 된다. 강건한 문학을 산출하여 국민 사상을 선도하는 것, 이것은 '싸우는 일본'의 최대 급무다.

1억의 사반분의 일이라는 수효를 차지하고 있는 조선인의 움직임은 일본의 운명을 좌우할 수 있는 절대적인 존재다.

공식적인 '만들어라, 보내라, 이겨라' 등의 선전이며, 지금 당국이 장려하는 따위의 시국소설 등은 조선인은 '또 그 소리지' 쯤으로 읽지부터 않는다. 더욱이 국어 일본어로 쓴 소설은 조선 총인구의 절대 다수를 차지하고 있는 농부나 여인이나 노인은 알아보지도 못한다. 즉 무의미한 것이다.

한 개 작가단의 조직을 공인하라. 그리고 언문(한글) 작품 검열을 완화하라. 그 작품 언문의 내용이 건실하여 능히 국민 사상을 강건하게 할 만한 것이면 이를 허가하고 장려하라. 지금 당국에서 종이를 배급 주고 재정적과 정신적으로 보조하고 장려하는 많은 소위 시국소설 등은 무슨 효과를 보이고 있는가. 억지로 떠맡기고 안겨주니 받기는 받지만, 읽지도 않고 그냥 버리는 형편이다.

대중이 신용하는 작가를 동원하여, 대중이 읽을 줄 아는 글(조선어)로서 대중이 흥미 있게 읽을 수 있는 소설을 제작하게 하여, 은연중 대중에게서 나약한 사상을 제거하고 강건한 사상을 가지게 하여, 이 난국을 돌파할 수 있는 강건한 국민이 되게 되도록.

방금 당국에서 박멸하고자 하는 대對 조선어의 방침과는 배치되는 바 있으나, 5,000년의 역사를 가진 조선어가 없어질 것도 아니거니와, 방금 절박한 이 시국에 있어서, 조선어 박멸쯤은 뒤로 밀고라도 국민 사상 강건화를 급속히 하는 것이 급무일 줄 안다.

방금 조선인 현역 작가 가운데 소위 협력 작가와 비협력 작가의 두 가지가 있지 않느냐. 당국에서 '작가단'을 공인해주고, 언문 작품을 용인해준다면 과거의 '비협력 작가'까지도 모두 산하에 품을 수가 있다. 이는 내가 담당하마.

이것이 정보과장에 대한 나의 주장이었소.

때는 바야흐로 전쟁도 최고조에 달하여, B-29는 매일 동경을 폭격하고, 오키나와의 싸움도 일본의 참패로 거진 끝장날 형편인 1945년 7월 말.

조선어 일어 따위의 말초적 문제로 운운할 경황이 못 되는 일본인의 입장이라, 한두 번 더 교섭이 거듭된 뒤에는, 조선문 검열을 완화하겠다는 내락[2]이 났소.

그러나 '작가단' 조직에 대해서는 현재 총독부 직할하에 '조선문인 보국회'라는 것이 있으니, 그 문인 보국회에서 알맹이 작가들만 뽑아내면 '문인 보국회'가 넘어지는 셈이니 '문인 보국회'의 이

사장인 이등伊藤 모의 양해를 얻어오라는 것이었소. 그래서 이등이를 찾았더니, 강원도 방면에 출장 중으로 며칠 뒤에야 돌아온다는 것이었소.

그때의 나의 계획은 예정은 이러하였소. 즉 작가단을 조직하고, (꼽아보니, 한 사람 몫 되었다고 볼 수 있는 작가(소설)가 겨우 20여 명이었소) 춘원의 패트런에게서 나온 50만 원을 이들에게 한 사람 앞 2만 원씩 현금으로 나누어주고, 이로부터 1년 안에 건실한 내용을 가진 소설 한 편씩을 완성시키라는 조건을 붙이고…….

때의 시국 형편은 이 전쟁이 절대로 1년을 더 끌 희망은 붙일 수가 없었소. 2만 원(2만 원은 당시에는 거액이었소)씩을 받은 작가들이 그때 굶주렸던 창자에 자양분을 보급하며 마음에 드는 지방을 찾아가서 천천히 창작에 착수하여 이를 진행시키는 도중에, 전쟁은 '일본의 참패'로서 끝장이 날 것이오.

전쟁이 끝난 뒤, 우리 민족의 운명, 어찌될 것은 예측할 바 없지만, 그사이 여러 해 전쟁을 겪느라고 극도로 곤궁하고, 저축의 여유도 못 가졌던 우리의 작가들이, 갑자기 이런 혼란 시기에 봉착하면 그야말로 어찌할 바를 모를 것이오. 그러한 우리의 작가들이, 2만 원씩만 받아 쥐면 그래도 나라가 정돈되기까지는 무사히 지낼 수가 있을 것이오.

춘원의 패트런도 50만 원을 이렇게 썼다 하면 과히 나무라지도 않을 것이오.

어서 이등 모가 강원도에서 돌아오면 그와 의논하여 양해를 얻어서 작가단을 조직하고…….

그 이등 모는 4월 열나흗날에야 돌아왔소. 그러나 뜻밖에도 그는 작가단에 대하여 절대 반대를 하는 것이었소.

'문인 보국회'의 중심을 이룩하는 소설 작가만 뽑아낸다면 문인 보국회는 무력화하고 유명무실하게 되어 문인 보국회의 이사장의 입장으로는 절대 찬성할 수 없다 하는 것이었소.

이 완고에 도저히 대적할 수가 없어서, 다시 정보과장과 교섭하기로 그날은 그만치 하고, 이튿날 다시 총독부 정보과장실로 아부를 만나러 갔었소.

운명의 8월 보름날. 고관들 중에는 벌써 항복하기로 내정된 것을 암 직한 데도 불구하고 아부는 그날 내색도 비치지 않고 시치미를 딱 떼고,

"이등 이사장이 양해할 수 없다면 총독부 당국으로도 할 수 없다."

는 것이었소. 토론은 차차 격론으로 화하여, '이등, 이 같은 무능한 늙은이의 비위를 거슬리지 않기 위하여 이렇듯 굴하니 이게 무슨 일이냐. 일·소까지 개전되어 일본의 운명이 풍전등화 같은 이 찰나에, 조선 2,600만 인구의 마음에 티끌만한 만족이라도 어서 주어서 조선의 환심을 조금이라도 더 붙들어라. 도대체 긁어 부스럼으로, 가망 없는 조선어 박멸 정책을 써서 조선인의 반격심만 조장해놓은 너희들도 대체 위정가냐' 고 책상을 두드리며 그에게 육박하였소.

사실 지금의 형편으로는 일본이 오늘 항복할지 내일 항복할지, 맨 막판으로서 끝장나기 전에 어서 나 자신을 비롯하여 20여 명이 생활하게 수속을 끝내 놓지 않으면 안 될 형편이라, 여간 뒤가 급한 것이 아니었소.

오늘 오정에 '미증유의 중대한 방송'이 있다 하니, 혹은 그것이 무조건 항복을 온 국민에게 알리는 것인지도 모를 바요, 만약 그렇다 하면 그 뒤는 또한 미증유의 혼란 상태가 현출되어서 아무 물질적 준비가 없는 우리 같은 사람은 그 고비를 어떻게 넘길지 아득하였소.

때는 1945년 8월 15일 오전 10시 정각. 아부에게는 어디서 전화가 걸려왔소. 전화로 보내는 아부의 대답.

"응? 그건…… 두 시간만 더 기다려. 단 두 시간뿐이니 절대로 미리 말할 수 없어. 응, 응, 그러구, 예금이나 저금 있나? 은행에구 우편국에구 간에, 예금이 있거든 홀랑 찾아내게. 방금 곧…… 12시 이전에……."

그냥 아부의 전화는 계속되고 있었지만, 나는 아부를 버려두고 뛰쳐나왔소. 아부의 말눈치로 12시의 중대 방송이란 즉 항복 포고임을 방금 알았기 때문에…….

집으로 달리는 전차를 잡아탔소. 펑펑 쏟아지는 눈물을 감추기 위하여 다른 승객들에게 외면을 하고도 눈을 앓는 체, 연해 눈을 부볐소.

일본이 패배하면 조선의 운명은?

한동안 계속된 혼란 시기를 한 푼의 저축도 없이 어떻게 돌파하는가.

이런 따위는 인젠 근심도 안 되었소. 다만 인제는 자유 국민이노라는 비길 수 없는 기쁨에, 한없이 한없이 운 것이었소.

일어 장려, 조선어 억압의 짧지 않은 기간 동안에, 어떤 잡지에 짧은 수필 한 편을 일문으로 쓴 일이 있소. 만약 이것이 어떤 후배에게, '김동인이도 일어로 글을 쓰니 아마 괜찮은가보다. 그러며 나도 일문으로 글을 쓰리라' ─이런 생각을 품게 하였다 하면 이는 무덤에 가는 날까지 내 마음을 아프게 하는 재료가 될 것이오. 그 밖에는 남에게 부탁하여 내 작품을 일어로 번역하여 발표하든가, 혹은 전연 변성명 혹은 익명으로 남의 눈만을 속인다든가 하는 일은 하지 않았소. 그리고 그래도 조선문의 명맥만이라도 유지해보느라고(그것은 또한 나의 밥줄도 되었소) 세 편 쓰면 한 편쯤이나 허가되는 이 좁은 관문을 목표로 끊임없이 붓을 놀렸소.

이 가여운 노력에도 불구하고 관문은 더욱 좁아가서 8·15의 연합군 승리만 없었던들 어찌 되었을까. 진실로 아슬아슬한 일이었소.

이 모든 것(소설 투의 확립이며 조선어 박멸의 당국 방침과의 사투 등)이 모두 누구의 부탁이거나 의뢰가 있어서 한 바가 아니요 나 자신의 막을 수 없는 욕구에서 우러나와서 한 일이라, 내가 개척한 투를 답습하는 나의 후인들이, '이것'에는 선인의 이러한 고심이 있었다는 것은 알지 못하고, 아마 우리나라에 태고적부터 존재해 내려온 것쯤으로 가볍게 보고, 또는 혹 조선어를 힘 자라는껏 사수해보고, 검열 완화를 위하여 8·15 오전 10시까지도 싸웠다는 점은 모르고 (이것을 자긍한다든가 할 생각도 없었거니와), 여기는 전혀 무관심할 때에, 조선 문학이라든가 조선어라든가 하는 방면과는 아주 교섭이 없을 군정청 광공국장 ○씨가 이 점에 유의하고, '조선인의 한 사람으로 김동인이가 조선 문학과 조선어를 위하여 일본 위정 당국과 30년간 싸운 그 공적을 보아, 국가 해방의 이 기꺼운 아침에 한 채

집을 못 구하여 일가 이산의 비극을 연출하게 한대서야 이는 인사가 아니라' 하여 광공국에서 접수한 일본 큰 회사의 사택 100여 채 가운데서 한 채를 자유 선택하게 한 것이었소.

소설도에 발을 들여놓은 지 30년…… 이 길에 들어선 탓에 많은 멸시와 수모와 위정 당국의 미움과 압박만을 겪어오다가 여기서 처음으로 대접을 받아보았소. 전혀 문외인에게.

그리고 다시금 생각해보니, 내가 선택한 직업은 수모만 받을 직업이 아니라, 도리어 대접을 받을 직업이요 사례를 받을 직업이오.

해방은 과연 기꺼운 것이라 하였소.

그리고 광공국에서 접수한 적지 않은 일본 큰 회사 사택 가운데서, 스미토모 경금속회사(자본금 1억 5천만 원) 사장의 사택을 골라 냈소.

___
__주__
1) 흥그럽지만 : 흥이 나서 마음이 들뜬 상태에 있지만.
2) 내락內諾 : 둘 사이에만 은밀히 약속함.
3) 말눈치 : 말하는 가운데에 은근히 드러나는 어떤 태도.

속 망국인기

　광공국장 ○씨(광공국은 그 뒤에 상무부의 한 국으로 되었고 ○씨는 상무부장으로 되었다)의 그때의 호의는 진실로 고마웠소. 물론 그 집은 ○씨의 사유가 아니요 또한 아주 거저 주는 것이 아니요 '본시 일본인의 집이었던 것을 광공국에서 접수하여 김동인이에게 상당한 집세를 받고 빌려주는 것' 이지만 하마터면 일가 이산할 뻔한 그 찰나에 그런 비극을 겪지 않고도 되게 되었으니 이런 고마운 일이 어디 있겠소? 내 성질이 하도 대범해서 고맙다는 사례의 인사조차 변변히 안 한 듯하지만 내 일생에 겪은 가지가지의 고마운 일 가운데 가장 큰 것의 하나요.

　더욱이 고마운 가운데도 감격되는 바는 '글 쓴 대상' 으로 이런 고마운 대접을 받은 점이었소. '글' 을 업으로 택하고 이 길에 정진하기 무릇 30년, 그동안 일반 대중은 물론이요 친구 친척 형제에게까지 수모와 멸시만을 받아왔거늘 오늘 처음으로 '글쓴 것' 이 '공이라는 대접을 받은 것이었소. 그것도 '글'에 종사한다든가 혹은 다른 문화 사업에 종사하는 이가 아니요, 전연 '글'과는 인연이 먼 이에게서 '글에 대한 대접'을 받은 것이었으니 어찌 감격과 감사가 크지 않겠소? 가슴에 사무치도록.

'아아, 나는 소설가로다. 나는 소설가로다.'

천하에 향하여 내 직업을 큰 소리로 외치고 싶은 충동을 금할 수가 없었소. 지금껏은 누구와 인사를 할 때에도 직업은 어름어름해 버렸고, 여행 때에 여관 숙박계 같은 데도 '회사원' 쯤으로 카무플라주해왔으며, 이리하여서 모멸을 가급적 피해왔지만, 인제부터는 큰 소리로 '나는 소설가로다' 고 할 수 있는 세월이 왔나보다. 30년을 고집해왔더니 이런 세상도 있기는 있었구나. '소설가' 이기 때문에 받는 대접…… 이것은 평생에 처음이요 전연 뜻 안 한 때에 뜻 안 한 이로부터 받았는지라 감사와 감격은 그만치 더 컸었소.

의기양양히 새집으로 이사한 것은 1945년 11월 중순이었소. 일본인 회사 중역들의 사택 100여 채 가운데서 마음대로 골라낸 것이요 1억 몇 천만 원짜리 회사의 사장의 사택이었더니만치 상당히 좋은 집이었소. 더욱이 내가 고른 바의 표준은 '글 쓰기에 적당한 집' 이었더니만치, 집의 방의 배치도 마음에 들었소. 보통 부엌이며 가족실과는 기역자로 꺾여져 멀리 떨어져 조용하고 한적한 방이 있고, 그 방 문을 열면 아리따이 설계된 일본식의 정원이 눈앞에 전개되어서 글 쓰다가 피곤한 머리를 쉴 수도 있고, 정원에는 탑이며 천수[1]며 값진 상록수들이 조화 있게 배치된 위에 노송 몇 그루가 뜰을 보호하고…….

본시 무슨 목표로 어떤 취미로 설계된 집인지는 모르지만 글 쓰는 사람에게는 아주 나무랄 데가 없는 설계이며 사랑과 내실이 멀리 격지되어 있어서 이것은 글 쓰는 데뿐 아니라 조선인 습관 풍속에도 좋게 되었으며, 생활 문화 설비로는 전화, 전등, 전열, 가스, 수도, 모두 구비되었고 우물도 있고, 200평에 가까운 빈 터까지 딸려서 야채 등속을 내 집에 심어 먹을 수 있고, 집 앞에는 아이들의 유원지도 있고, 어느 점으로 뜯어보아도 나무랄 데가 없는 집이었소. 내 마음대로 설계를 하여 신축한다 하여도 내 생활과 직업과 취미 등에 이만치 맞게 짓긴 힘일 것이오.

다만 이사온 처음 한동안은 아직 집에 낯익지 못하고 근처에 낯익지 못하고 집이 좀 크기 때문에 허전하고 무시무시하였소. 더욱이 해방 직후 사면에 강도며 테러가 횡행하고 무경찰 상태의 세상이 현출되었고 이 동네가 도대체 본시 일본인 고관 중역들의 사택촌으로 현재는 모두 새 주인들이 들어서 역시 집에 낯익지 않은 사람들이라 저녁만 되면 겹겹이 문을 잠그고 깊은 방에 들어 잠기고 말므로, 그 일대는 밤만 되면 사람의 그림자 하나 얼씬하지 않고 마치 심산 중의 절간같이 되오. 여기는 서울의 한 귀퉁인가 의심되도록 한적하지요.

게다가 이 동네에서도 두세 집 강도의 방문을 받은 집이 있었으며 우리 집도 이사오는 날 저녁에 절도의 방문을 받았으리만치 어수선한 세상이었으매, 아직 낯익지 않은 넓은 집은 처음 한동안 약간 무시무시하였소.

밤에는 하도 조용한 세상이라 가족들끼리 큰 소리로 웃고 지껄이기를 꺼려서 소근소근 이야기들을 할 때에 저편 멀리서 야경꾼의 딱딱 하는 소리라도 차차 가까워오면 마음이 든든해지고 그 소리가 고맙게 들리는 형편이었소.

이러한 가운데서 나는 어서 이 겨울이 지나고 봄이 오기만 기다렸소. 그동안은 집도 좀더 낯익어지겠고, 날이 다사로워져서 뜰에도 낯익고 정이 들면 이 무시무시한 기분도 삭아질 것이며, 나만 아니라 근처의 사람(모두가 새로 이사온 사람들이오)들도 겨울의 칩거에서 해방되어 한여름만 겪고 나면 이 동네도 좀더 사람 사는 동네같이 될 것이오.

새집에 들기는 들었지만 연료 관계도 있고, 아직 집이 낯선 관계도 있어서 온돌방과 부엌을 중심으로 한 몇 방만 썼지 저편 사랑 쪽은 그냥 굳게 봉한 채로 버려두었으매 아직 그 일대는 내 집같이 생각되지 않았소. 다사로워지면 거기 한 방을 서재로 꾸미고 거기서……

거기서면 좀 나은 글도 쓸 수 있을 것 같았소. 사실 붓을 잡은 지 30년이요 서울로 이사온 지 17년에, 서울에서는 행촌정의(집은 열한 칸이었지만) 단 한 칸의 건넌방을 내 전용으로 침실 겸 응접실 겸 서재 겸으로 그 방에서 붓대와 씨름을 하기를 17년간이었소. 앞집에서 음식 먹는 젓가락 소리며 뒷집에서 빨래 너는 발소리며 내지 건너편 집의 내외 싸움하는 소리까지 빤히 들리는 소란한 주위 가운데서 총독부 검열계의 철저한 제한 아래서 사회대중의 무시와 모멸 속에서 그야말로 불가능한 환경과 정세 가운데서 붓을 잡아온 것이었소.

조선 문학이 오늘만한 형태라도 이루어진 것은 전혀 거기 종사하는 사람들의 무신경(모멸을 모멸로 보지 않는)과 정성의 산물이오. 약간이라도 신경이 있는 사람은 과즉 수삼 년간 붓대를 잡아보다가는 다른 업으로 전향을 해버렸지, 그냥 달려 있는 사람이 없소. 요만한 것이라도 조선 문학이라는 것을 건설해놓은 것은 전혀 우리(문인들)의 지극한 정성의 산물이오.

좀더 우수한 문학을 산출해보겠다는 것은 우리의 끊임없는 욕심인 동시에 불타는 야심이었소.

그러나 창작상의 문구인 연월일같은 것에까지도 명치, 대정, 소화 등의 연호로 쓰지 않으면 안 된다는 국수적 검열 제도 밑에서 우선 첫서리를 맞아야 하고, 그 뒤에 조용히 앉아서 붓을 잡을 만한 집이나 방 하나도 못 가진 옹색한 환경 아래서 무슨 작품이 나오겠소? 나왔다 하면 이는 전혀 기적이었소.

지금 우선 총독부의 검열이라는 관문이 없어졌소. 이 관문 하나가 없어졌으면 붓을 놀릴 범위는 훨씬 넓어진 것이오.

정신적 자유 아래서…… 한 개의 큰 관문이 없어졌으니 여기 조용하고 마음에 드는 장소만 생기면 전보다는 좀 우수한 창작도 산출될 것 같았소.

평소에 늘 생각하는 바(죽기 전에 꼭 쓰고 싶은) 써놓아야 할 것이 둘이 있소.

지금 창작상의 마음의 해방을 얻었고, 그 위에 마음에 드는 방까지 생겼으니 겨울만 지나서 이 집에도 낯익고 서재도 쓰게 되면 거기서 정원의 노송을 바라보며 수십 년째 벼르기만 하면서 붓을 잡을 기회를 못 얻었던 작품을 만들어보고자 새집에 들면서부터 나의 욕심은 움직였소.

죽기 전에 꼭 쓰고 싶은, 그리고 써놓아야 할 두 개의 창작.

그 하나는 일본에게 합병된 이후의 조선의 걸어온 자취요.

이것은 수십 년 전부터 나의 숙망이요 어떤 잡지의 설문에도 그런 대답을 한 일까지 있는 바요. 붉은 산은 푸르게 되고 거친 벌판은 미답으로 변하고, 심심산곡까지 기차가 통하고, 매 고을에 학교가 서고, 전기가 보급되고…… 일본이 조선을 합병한 뒤에 조선은 이렇게 개혁하였다는 일본 당국자의 자랑의 이면에는 농촌에는 떼거지가 만주로 떠나가고 한 채의 큰 벽돌집이 생기려면 원주민 몇 십 호는 이산과 유랑으로 몰락하며, 생도가 스승의 따귀를 때리며, 며느리가 시아비에게 짐을 지워가지고 나들이를 가고, 일본인과 함께 연회에 참석하기 위해서는 집을 저당해서 연회비를 마련하는 조선인의 실정…… 그것이 나날이 더해가고 심각해가는 조선에 그래도 도시에는 칠팔 층의 큰 빌딩이 서고, 양복쟁이가 나날이 더 많아가고 이러한 현황을…….

이러한 것을 소설화함에 아무리 교묘하게 카무플라주할지라도 총독부의 검열을 패스하기는 지난할 것이오. 그러나 패스가 못 된다 하면 단지 문헌으로라도 한 벌 남겨둘 필요는 꼭 있소. 그것을 쓰고자 하는 것은 수십 년래의 오랜 숙망이었소.

표면으로는 피상적으로는 이러한 길을 밟아왔지만 이 이면으로는 가지가지의 뚜껑과 껍질 밑에서 민족으로서의 생명의 촛불만은 그래도 꺼지지 않고 깜틀깜틀 살아와서 제아무리 폭력과 교묘한 수단을 다할지라도 한 개의 다른 말을 가진 민족은 아주 없이할 수 없다는 암시가 이 작품의 큰 안목이니만치 공공히 내놓지는 못할 작품이오.

1945년 8월 보름날, 연합군의 승리로써 조선은 일본에서는 해방이 되었소. 수십 년간 머릿속에서 벼르기만 하던 작품은 여기 큰 수정을 가해서 공포할 수 있는 자유가 생겼소. 조선이 일본에게 삼키운 때부터 다시 해방되는 때까지의 40년간의 세월을 배경으로 그 40년에 조선이 걸어온 자취.

그 작품의 주인공이 당시 스무 살이라 하면 스무 살부터 근 60살까지의 생애, 그 주인공이 자식을 낳고 손주를 낳고 며느리를 맞고…… 이러한 인생 노정을 밟는 동안, 그와 평행하여 혹은 교착하여 걸어 나아가는 '조선'이라는 지역.

40년의 가시의 길을 걸은 뒤에 홀연히 조선이 일본에서 해방된다. 어제까지는 국가의 유공한 사람이노라고 큰 머리 들고 다니던 사돈이며 '호국의 신'이라고 명성이 자자하던 조카며가 모두 몰락되는 반면에 세상은 한번 거꾸러진다.

그 40년간과 오늘날의 조선이 밟는 형태를 소설화해보자는 욕망이오.

그 소설의 큰 배역 혹은 부주인공으로 임시정부 주석 김구 씨를 이용하기로 생각했소. 김 주석의 70년 생애의 공적 반면은 즉 조선 독립 측면사요. 사심이라는 것은 전연 모르고 오직 조선 독립의 순일한 마음으로 '임시정부'라는 보따리를 등에 지고, 상해로 한구[2]로 중경으로 유랑한 40년간의 표박 생활…… 거기는 혹은 실수도 있었겠고, 착오도 있었겠으며, 그 실수가 혹은 민족이나 독립운동에 해로운 것도 있었는지도 모를 바이나, 오직 잠시 한때 사사에 곁눈질 않고 곧추 신념대로만 행하여 나와서 오늘날 일본에서의 해방까지 본 것이오.

더욱이 김 주석의 일대는 소설적으로도 파란중첩하여서 탐정소설에 흡사한 장면도 비일비재요. 그 김 주석의 일대기를 소설화하여 약간의 고기를 붙이면 그것이 즉 '조선 독립사' 가 될 것이오.

오랜 숙망이던 '병합 이후의 조선의 걸어온 길의 소설화' 와 김주석의 일대기를 교묘히 엮으면, 흥미와 사실을 아우른 기록이 될 것이오.

글 쓰기에 좋은 방이 생겼고 기색 또한 절호의 기회이니 봄부터 그것을 착수하기로 하였소. 그 필요상 김 주석과 누차 만나기도 했고 공주며 마곡사 등지에 함께 여행도 하였소.

꼭…… 더욱이 내 손으로 쓰고 싶었소.

수십 년 벼른 바라 그 점으로도 내 손으로 쓰고 싶었지만, 사실 마음 놓고 이런 글을 맡길 만한 사람이 언뜻 생각나지 않소.

조선에 문사가 수효는 꽤 많지만, 조선이 일본에게 합병된 36년의 전 기간을 몸소 보고 경험한 사람은 몇이 못 되오. 오랜 일이 아니니 남에게 물어서라도 알아볼 수는 있지만 몸소 본 것과 귀로 들은 것의 사이에는 아무래도 차이가 있을 것이오.

그도 그러려니와 이 대 파노라마를 적절하고 정확하게 붓으로 재현시킬 만한 사람이 또한 언뜻 생각 안 나오.

얼마나 인재가 나지 않는 땅인지 문학의 씨가 뿌려진 지 30년, 그 사이 배출한 문사 무려 수백 명이 되나 나(30년 전의 옛사람인)를 능가할 만한 사람도 아직 못 보니 한심한 처지요.

혹은 김구 주석의 전기를 꾸미라며 용하게 꾸밀 만한 사람은 있을 것이오. 또는 독립운동사를 꾸미라며 용히 꾸밀 사람이 있을 것이오. 내지 그 40년간의 조선 사회의 변천을 그리라면 그도 그릴 사람이 있을 것이오. 그러나 '김구' 라는 한 노인의 일대기에 배배하기를 40년간의 조선의 동태로 하고 이면으로 민족 운동사를 엮어넣으라 하면 언뜻 나설 사람이 없을 것이오.

낸들 그 자신까지야 있으리오만 그래도 이렁저렁 흉내쯤은 낼 것 같은데 나만한 사람도 생각이 안 나는 형편이오.

남녀의 정사로 혹은 회고적 센티멘털리즘으로, 또는 한때 한때의 기지로 독자를 미혹할 비술을 농락하는 수완이 용한 작가는 꽤 여럿 꼽을 수 있으나 스케일이 크고 선이 굵은 작가는 왜 그렇게도 나지를 않소?

맡길 만한 작가도 생각나지 않거니와 내 욕심으로도 꼭 내 손으로 만들어놓고 싶소.

내가 세상에 다녀갔다는 표적을 남기기 위해서라도 한 개의 대작은 써야겠는데, 나이가 쉰이 내일모레고 게다가 맨날 몸이 약하여 언제 죽을지 모르는 위태로운 삶을 살아가는지라, 조급한 생각이 날 때도 있소. 쓸 만한 적임자도 얼른 생각나지 않거니와 그런 일을 소설화할 의도나 흥미를 가진 작가가 대체 있기나 한지.

그런지라 민족적 대기록으로 남겨야 할 1910~1945년간의 사실은 내가 남기지 않으면 혹은 조선총독부의 공문서거나 수필식 기록은 있을지나 소설화된 기록으로는 남지 못하는지도 모르오. 그 시대를 몸소 겪은 한 작가로서, 이 대사실을 소설화하지 못하는 것은 작가적 양심이 허락하지 않는 바요.

이것과 또 한 개 꼭 내 손으로 만들고 싶은 그리고 또 만들어야 할 소설은……

진역震域[3] 삼국지요. 위와 촉과 오의 세 나라가 일어난 데서 비롯하여 망할 데까지를 엮은 것이 한토漢土의 삼국지요 사마씨의 역사 「삼국지」와 함께 소설 「삼국지연의」가 있는 것쯤은 조선 사람 누구나 다 아는 바요.

그 지나의 「삼국지」에 대하는 고구려·백제·신라 세 나라의 진역 삼국지를 꾸며보자는 것이오. 고구려 800년, 백제 700년, 신라 1,000년⋯⋯ 그 기나긴 세월 동안에 이 지역 위에서 활약한 많은 영웅들의 활약상을 얽어넣어 엮어 내려가면 유례없는 위대한 이야기가 될 것이오. 나의 요만한 미약한 힘이 도저히 감당하기는 힘든 일이지만, 늘 욕심은 동하는 일이오.

연일월延日月 2,500년이 넘는 세월 동안에 한토에 기복[4]한 국가가 무려 수백⋯⋯ 그를 상대로 단군 후손 부여 민족이 살아온 역사⋯⋯ 역사적 서술을 피하고 전혀 소설화하여 꾸며놓으면 위대한 소설인 동시에 위대한 역사 기록이 될 것이오.

만난을 극복하고라도 만들어보고 싶소. 또한 만들지 않으면 안 될 것이오.

여상의 두 가지 소설⋯⋯. 꼭 만들어야겠지만, 누구나 생각하지도 않고 있는 형편이니 나만 손 붙이지 않으며 그런 작품은 나와보지도 못할 것이오.

지금 글 쓰기 좋은 집이 생겼으니 이 기회에⋯⋯ 그리고 죽기 전에⋯⋯.

어서 날만 다사로워져서 마음에 맞는 방에 나앉아 여상의 작품을⋯⋯.

혹은 원고지라 혹은 잉크라, 글 쓸 준비를 착착 진행하며 마음은 가속도로 긴장되어갔소.

그러나 기대하던 봄에 들어서면서부터 우리 집 근처 일대에는 불길한 소식이 들리기 시작하고 그 소문은 나날이 커가고 나날이 농후해갔소.

즉 이 근처의 일인 가옥은 다 빼앗는다. 일본인에게서 양도를 받은 집이건 또는 군정청에서 제정한 양식 수속(그 법령은 다시 없이했지만)을 밟은 집이건 또는 일인에게서 빼앗은 집이건을 막론하고 본시 일인의 집이던 집은 빼앗는다 하는 것이오.

매일 이른 아침부터 밤까지 미 군용차는 이 일대를 요란스럽게 드나들며 시민들의 안돈을 위협하고 있었소. 뉘 집도 내란다 뉘 집도 내란다, 앞집 뒷집 차례차례로 명령을 받았소.

군정청 발포의 법령에 의지하여 집값을 은행에 공탁하고 인젠 내 집이거니 안심하고 있던 사람, 군정청 법령에 의지하여 은행에 임대차 계약을 하고 있던 사람, 누구누구 할 것 없이 합법적과 비합법적을 막론하고 일단 명도령이 내리기만 하면 거기는 인젠 더 무슨 용서할 틈새는 절대로 없소.

"군에서 쓴다는데 무슨 잔말이냐."

"조선 해방을 위해서 많은 피를 흘린 은인이로다."

전혀 조선 해방을 목표로 한 전쟁이었던 듯……. 합법적으로 손에 넣었던 집을 빼앗기고 억울하여 모 부장, 모 국장(조선인들)께 진정 갔던 사람들은 도리어 배은한背恩漢이라는 꾸중만 듣고 쫓겨오고, 경찰에 억류된 사람까지 있었소.

내 민족을 보호해줄 정부를 못 가진 가련한 망국인. 이 너른 우주에서 '유태' 민족과 함께 정부 없는 인생이 된 우리는 다만 실력자의 하라는 대로만 움직일밖에는 없었소.

이러한 가운데서 '나' 만은 뱃심 좋게 안심하고 있었소. 왜?

아무리 군정하라 하기로서니 그래도 부장이 처리한 일이다. 공식

증여가 아니요 비공식 대여라 할지라도 그래도 '부장'의 낯을 보아서라도……. 이것이 한 가지의 이유이고, 그 위에 또한 아메리카의 문화에도 희망을 두었소.

나의 30년간의 문화 공적에 대한 상여라는 의미로 준 집이니 문화를 존경할 줄 아는 인종이면 무슨 생각이 있으리라…… 이런 뻔뻔스러운 생각이었소.

뻔뻔스러운 기대를 가지고 그래도 전전긍긍 그 소위 지프라나 하는 소형차가 내 집 근처에 정거할 때마다(매일 수십 번씩이오) 깜짝깜짝 놀라면서 불길한 날을 보내고 있었는데, 어떤 날 외출하였다가 돌아오니 우리 집 대문간에도 '○○숙사'라는 커다란 나무판이 걸렸소.

참으로 기분 나쁜 나무쪽이오. 현재 사람이 거주하고 있는 집에 일언반구의 말도 없이 이런 나무쪽을 갖다 걸고 이로써 너희 집도 내놓으라는 통고를 대신하는 것이 즉 '결정적 통고'나 일반이다 하니 기가 막히오.

그러나 ○씨라는 적잖은 배경을 가지고 있는 나라 이를 호소하려 ○씨를 찾아갔소.

내 이야기와 사정과 호소를 다 들은 ○씨는 천장을 우러르며 긴 한숨 한번을 쉰 뒤에,

"일껏 김 선생의 편의를 보아드렸지만 군에서 쓴다면 할 수 없지요."

하며 이어 저 사람들의 비위를 거슬리지 말고 어서 이사갈 집이나 물색하라는 것이오.

나는 ○씨에게 더 무슨 요구나 희망이나 불평을 말하지 아니하였

소. 한댔자 쓸데없을뿐더러, ○씨를 괴롭게 하는 데 지나지 못할 것이므로…….

1945년 8월 15일에 느꼈던 감격과 감사는 모두가 헛것이었소. 다만 '망국인'이라는 커다란 그림자가 우리를 지배할 뿐이오. 광공국장으로도 집 한 채 좌우할 실권을 못 가진 가련한 인종임이 스스로 울 뿐이오. 그로부터 며칠 뒤, 그래도 집을 거저 내놓기는 차마 어려워서 한 장의 진정서를 초하여 이 지정의 최고 권력자에게 사정하고자 그의 비서관 L씨에게 이를 부탁하였소.

"되고 안 되는 건 모르지만 이 진정서를 그(최고 권위자)에게까지 제출이나 해달라."

고 다짐다짐을 비서관에게 하였소. 한 주일쯤 뒤에 그 결과를 알려 비서관을 찾았던 나는 여기서 한 전형적 '망국인'을 발견하였을 뿐이오. 그(비서관)는 내 진정서를 자기 혼자서 보고 자기의 뜻으로 그냥 삭여버리고 내게 대해서는 상관께 보였지만 머리를 가로젓더라는 대답을 한 것이었소. 자기에게 이해관계가 없는 일에 추호만치라도 상관을 시끄럽게 하지 않으려는 비서관의 충성이오.

이리하여 서로 말이 통하지 못하는 행정자와 민중의 사이에 끼여 있는 비서관의 충성으로 행정자와 민중 사이의 오해는 생기고 커가는 것이오.

전쟁 잉여물자가 많고 많을 터인데 하필 칠면조와 버터, 잼 등을 빚낸 돈으로 사들인다는 희극도 이런 데서 생겨났을 게요.

"쌀이 부족하거든 고기나 과일, 채소 등을 먹으면 좋을 터인데 쌀만 부족하다고 야단하는 조선인의 심리를 모르겠다."

는 말의 원인은 여기 있을 게요.

그저 그렇습니다, 옳습니다로 상관의 비위만을 맞추려는 통역자가 가운데 끼여 있으니 민중의 하소연은 위에까지 가보지도 못하는 형편이오. '조선 인민은 군정에 열복5)해 있다'는 맥아더 원수의 국무성으로의 보고도 이 통역자들의 '그렇습니다, 옳습니다'에서 나온 결론에서 생겨났을 것이오.

일제 시절에는 그래도 서로 말, 언어가 통하여 이쪽 의사를 저쪽에 알릴 수 있고 저쪽 의사를 이쪽이 알 수 있었으니 서로 오해는 없이 살아왔으나, 지금은 다만 저들의 눈에는 우리는 미개인일 따름이요 우리의 눈에는 저들은 다만 군인일 따름이오.

'돼지에게 진주를 던지지 말라. 돼지는 진주의 무엇임을 알지 못하나니'라는 격언을 가지고 있는 저들의 눈에는, '문학 돼지', '기술 돼지', '거지 돼지' 등의 우열의 구별이 안 보일지라, 무슨 협회 무슨 동맹의 총재며 위원장이라는 이들의 쟁쟁한 부류의 사람일지라도 사소한 일로 수감, 구류 등 처분을 하기가 일쑤요 좀 우수한 돼지라고 대접해준다는 일 등은 꿈에도 생각하지 않을 것이오.

30년간의 조선 문학에 대한 공로로 운운은 저들에게는 다만 아니꼽고 구역나는 수작일 뿐일 것이오. 그와 마찬가지로 우리의 눈에는 저들은 다만 총질할 줄 아는 사람일 뿐이라 역사도 전통도 문화도 못 가진 갑작부자일 뿐이오.

이 중간에 끼여 있는 통역자란 사람들이 또한 다만 망국인 근성을 가진 뿐이지, 이쪽으로의 민족애도 저쪽으로의 진실한 충심도 없는 사람이라, 지금의 우리의 형태는 다만 뒤죽박죽일 뿐이오.

이 문제는 이만치 걷어치우고 과거 일제 시대보다도 글 쓰는 관문은 어떤 방면으로는 더 좁아져서 걸핏하면 처벌이오. 이 글도 더 진전하다가는 처벌받을 근심이 있으니 이만치 하고 과거에는 그래도 이모저모로 어떤 정도까지 대접도 있고 보는 데도 있었거니와 지금은 김 주석일지라도 이 박사일지라도 또는 앞집 김 서방 뒷집 이 서방 모두 일시동인하의 공평무사한 세상이라, 김 주석 이 박사일지라도 '무허가 집회'라는 사소한 죄목으로라도 수감당하기를 면하지 못하는 세상이니 김동인이 붓쯤 경솔히 놀렸다고 군정 비방에 참작이 있을 까닭이 없으니 쉬쉬해두고.

좌우간 숱한 기대와 희망과 계획을 가졌던 그 집에서도 '그 일'에는 착수도 못해보고 전전긍긍한 1년을 보내다가 쫓겨나왔소.

얌전한 서재가 있는 주택을 대신으로 구해주마는 조건으로 명도 승낙을 받은 뒤에는 전언前言은 곱다랗게 식언하고, '네가 한 채(이중 점유한 적산)를 골라내면 그 집을 비워주마' 하는 두 번째의 제의에 또 속아서(이것이, 즉 이 점진적 정책이 그들의 특기요) 이리저리 물색하여 집 한 채 골라내더니 이번은 또 네가 경기도 주택과에 가서 그것을 얻도록 수속해보라는 것이오.

집 문제로 빙빙 돌아다니는 두 달 동안, 그들의 정책의 교묘하고 용함에 절실히 감복하였소. 따질 듯 따질 듯 미끼는 곧 코앞에 달려 있는 듯하지만 막상 따려면 쑥 미끼는 물러가고…… 그래서 아주 실망도 주지 않고 그냥 희망을 계속하면서 절망의 최후 장소까지 끌려가게 하는 교묘한 수단.

그 수단에 밀려서 나는 지금 그 숱한 기대와 희망과 계획을 가지고 들었던 집에서 쫓겨나서, 한 오막살이를 구해 들었소.

너 나 할 것 없이 모두 망국인…… 망국인에게는 이 오막살이나

마 과람할지 모르나 적어도 내 있던 집을 빼앗은 사람에게는 그렇게 보일 것이오.

망국인에게는 수[雄]와 암[雌]의 구별은 있을지언정 다른 구별이 있을 까닭이 없으니 우수한 인종이 입주하려면 마땅히 물러서는 것이 당연할 것이오.

그들이 가까이 사귀고 고문 삼아 의논하는 이 나라 사람들로 미루어 보아서 짐작할 수 있는 세계의 가장 열등의 민족에게는 오막살이일지라도 너무 거룩할지도 모르오.

무슨무슨 처장, 무슨무슨 장…….

그들이 마주 사귀고 의견 교환을 할 수 있는 이 나라 인종은 민족적으로는 아메리카 토인보다도 민족애에 결핍되고 단결력이 없고 서로 깎고 할퀴기만 위주하는 유례없는 망종임을 영리한 그들은 인젠 너무도 명료히 알았을 것이다.

'그대들은 이 땅에 와서 왜 가장 이 땅의 열등 인종과만 사귀고 그 국부적인 좁다란 지식으로서 이 땅 이 민속을 율律하려 하는가.'

이런 질문이나 항의는 그들에게는 무의미한 것이오. 그들은 이 땅과 이 민족을 속속들이 다 알았노라 스스로 굳게 믿고 있소. 과일이나 고기나 우유 등속도 좀 혼식하지 않고 쌀 부족하다는 앙탈만 한다는 그만한 지식으로.

다만 내게 있어서 그냥 아깝고 애석한 것은 조용히 글 쓸 방을 잃고 그 때문에 수십 년 숙망을 그냥 보류해두지 않을 수 없는 일이오.

내 나이 벌써 마흔여덟, 평소에 병 많고 약하여 언제 죽을지 모를 몸이 평생 벼르던 글을 쓸 기회를 또 잃은 일이오.

그러나 엎어져도 망국인, 자빠져도 망국인…… 이 망국인이 망국

기록 하나를 더 쓰면 무얼 하고, 이 망국이 호화롭던 예전의 꿈 이야기 한 토막을 쓰면 무얼하리오.

다만 망국한을 그냥 홀로 울고 있을밖에는 없을 것이오.

─주

1) 천수泉水 : 샘물.
2) 한구漢口 : 한커우. 중국 중부 후베이 성 우한 시에 속해 있는 대도시이자 하항河港.
3) 진역震域 : '동쪽에 있는 나라' 라는 뜻으로, 우리나라를 달리 이르는 말.
4) 기복起伏 : 세력이나 기세 따위가 성하였다 쇠하였다 함.
5) 열복悅服 : 기쁜 마음으로 복종함.

주춧돌

한바탕 무리매[1]를 친 뒤에, 이 무리매에 대해서도 아무 저항 없이 잠자코 맞고 있는 한 서방에게 더 칠 흥미는 없는지 젊은이들은 그곳에 쓰러져 있는 한 서방을 그대로 버려두고 모두들 우르르 나가버렸다.

나감에 임하여 한 젊은이가 여를 향하여,

"목사님도 가시지요? 저깟 늙은이는 죽으라고 버려두고……."

하고 같이 가기를 권하였다.

"먼저들 가오. 나는 좀 뒤에……."

하며 여는 젊은이들만 먼저 돌려보냈다.

이곳은 국제도시 상해. 오늘 우리 한교韓僑 한 서방에 대한 사문회査問會[2]가 이 빈 빌딩 3층에서 열렸던 것이다.

한 서방은 그 근본은 알 수 없지만 이 상해의 중국인 시가의 한 추녀 끝을 빌어서 노동자 상대로 이발을 해먹는 늙은 한교였다.

그 한 서방이 같은 한교로서 이 상해를 근거로 대규모로 부정 약 장사를 하는 사람을 일본 영사관 경찰에 밀고를 하여 그 부정 업자는 일경의 손에 붙들렸다. 이것이 한 서방이 사문받는 죄상이었다.

이곳을 관할하는 중국 경찰에 밀고한다 할지라도 우리 동포의 수치를 외국인에게 알리는 것이니 못할 일이거늘, 하필 우리의 불구대천의 원수 왜경찰에게 알려서 우리의 수치를 왜인에게 폭로하고 우리 동포를 왜인에게 처벌받게 하고 적잖은 가격의 부정 약품을 왜인에게 몰수당하게 했느냐 하는 데 대하여 젊은이들의 노염이 폭발되어 한 서방을 법조계法租界[3] 어떤 빈 빌딩으로 끌어다가 사문을 하고 응징 수단으로 무리매를 친 것이었다.

여는 한 서방과 아무런 인연이나 관계가 없는 사람이지만 같이 늙어가는 처지라 그 늙은 몸이 젊은이들의 억센 주먹과 발길에 맞고 차이고 한 것이 가긍하여 그 매 맞은 자리에 그냥 쓰러져 있는 그에게 한 걸음 발을 뗄 때에 쓰러져 있던 한 서방이 비틀비틀 일어섰다. 그리고 거기 그냥 있는 여를 보고 한 서방 특유의 웃음을 얼굴 전면에 나타냈다.

"허어, 목사…… 그래 목사가 더 좋군. 나 운명할 때 염불이 아니라 기도 올려주려 기다리시우?"

"한 노인, 어디 다친 데나 없으시우?"

"다친 데? 위아래 발바닥까지 모조리 맞았으니, 모두 다쳤지. 그러나 이 몸은(차차 노랫조가 되어가며) 하늘이 주신 쇠 몸뚱이. 내 몸뚱이 때리다가는 때린 주먹이 부서지지. 어어 목사, 나 때린 주먹 앓지 않도록 기도나 드려주우."

하면서 덩실덩실 춤을 추기 시작하였다. 여는, 여의 앞에서 허연 머리카락을 휘날리며 춤추는 한 서방의 모양을 망연히 바라보았다.
 부양하는 자손이나 친척도 없이 늙은 몸을 남의 나라에서 외국 노동자를 상대로…… 아아, 기박하고 가긍한 신세가 아닌가.
 "여보, 한 노인. 왜 하필 왜경에게 밀고하고 욕을 보오?"
 한 서방은 춤을 멈추고 여를 향하여 돌아섰다.
 "그럼, 어디다 고발하오? 중국 경찰은 벌써 많이 먹은 판이라 고발해야 쓸데없고……."
 "우리 사찰 기관."
 "아까 나를 친 젊은이들도 모두 (목소리를 낮추면서) 먹었어요, 먹었어요. 목사는 못 자셨소?"
 "예끼!"
 "허허! 못 자신 모양이군. 그러니 그런 악질 인생이 우리 한교에 있기 때문에 중국인 사이에는 한교 배척심이 날로 자라는구려. 그러나 모두 먹은 판이라 호소무처구려. 그러니까 우리 상전 대일본 경찰에 호소할밖에."
 이런 소리를 예사로이 하기 때문에 밀정이라는 혐의를 받아 문초 받은 일도 여러 번 있었지만 밀정의 형적은 없기 때문에 그 문제는 늘 무사하였고, 주책없는 늙은이로 판이 박힌 한 서방이었다.
 "여보 목사, 돈 있소? 한참 매를 맞았더니 허기가 나는군. 뭘 좀 먹여주구려."
 "시장한데 춤까지 추니 더하지."
 "아 참, 춤! 잊었다."
 그는 팔을 벌려 다시 덩실덩실.
 동시에 그의 입에서는 한 가닥 노래가 울려 나왔다.

"내 몸은 기둥 아래 감추인 주춧돌. 주춧돌 없이는 집이 못 돼요."

늙은이답지 않은, 더욱이 시장한 이답지 않은, 웅장한 멜로디였다. 음악에 소양이 있는 어떤 교포가 한 서방의 우연한 노래를 한번 듣고 이는 범물이 아니라고 격찬한 일이 있는 그 웅장한 음성은 이 빈방을 더렁더렁 울렸다.

춤을 추느라고 이편으로 몸을 돌릴 때에 보니 춤추는 그의 늙은 눈에는 눈물이 가득히 괴어 있었다.

"여보, 한 노인. 점심 먹으러 갑시다."

"예, 고마워, 아이구 허기야."

과연 허기가 심한 모양으로 춤을 멈추며 몸의 중심을 잡으려는 듯 비츨비츨하다가 털썩 주저앉고 말았다.

여는 한 서방을 부축해가지고 그 빌딩을 나왔다.

한 서방의 전신을 아는 사람이 없었다.

그가 이 상해에 온 것은 국내의 삼일운동 직전이었다 한다. 따라서 현재 이곳에 있는 한교는 모두가 거의 이후의 사람이었다.

국내에 삼일사건이 일어나고 많은 망명객이 이 상해로 몰려들어 뒤끓을 동안 한 서방은 처음은 임시정부에 적을 두고 열심히 조국 광복 운동에 활동했다 한다.

그러나 일본의 무력 앞에는 열강도 감히 손을 못 대어 대한 광복 운동도 유야무야로 되어가고, 이곳에 모였던 젊은 지사들도 맥이 풀려 조국 광복보다도 구복 문제가 앞서서 조국 광복은 부업쯤으로 돌릴 때쯤부터 한 서방의 생활도 차차 영락되었다. 여가 재호在滬[4] 한교의 선교사로 상해에 온 것이 꼭 그때였다.

한 서방은 생활의 근거를 잃은 뒤에는 거의 동냥으로 살아갔다.

옷은 중국 노동자의 낡은 것을 한 벌 사가지고 춘하추동을 물론하고 단벌 옷이었다.

상해의 한교들은 이 한 서방의 생활 모양이 한교의 체면과 위신을 잃게 하다고 구박하여 한 서방은 잠자코 법조계를 떠나서 중국인 거리로 잠입해버렸다.

한 서방은 좀하면[5] 일본 영사관에까지 가서 생활비 보조를 구걸하기가 일쑤였다. 이 때문에 한동안 일본 스파이 혐의도 받은 바가 있었다.

상해의 한교들의 질이 차차 저하되어서 금제품 밀매, 싸움, 절도 행위를 하는 사람도 적지 않아 갔다. 그런데 이런 문제 때문에 시비가 생기면 그것이 한 서방의 눈에 뜨이는 한 한 서방은 그리로 달려가서 그 시비의 틈에 끼여들어 마지막에는 자기가 시비를 대代 맡아 두들겨 맞고 혹은 경찰 신세까지도 지고 하였다.

이렇게 되매 마음보 곱지 못한 한교는 자기가 범한 범죄도 시세 불리하게 되면 애꿎은 한 서방에게 둘러씌워 한 서방은 남의 죄 때문에 경찰 신세를 진 일도 여러 번이었다.

한 서방은 잠자코 모든 불행한 일을 겪고는 덩실덩실 춤 한번 추고는 잊어버리지만, 그런 범죄의 장본인은 도리어 한 서방은 여사여사한 일(장본인 자기가 행한 일)을 하여서 한교의 체면을 더럽힌다고 한 서방을 욕하였다.

합죽선을 펴들고 '이내 몸은 기둥 아래 감추인 주춧돌'을 부르며 춤 한 가닥 추면 그에게는 온갖 오뇌나 슬픔이나 아픔이 다 사라지는 듯하였다.

'미친 늙은이.'

'주책없는 늙은이.'

'시비 잘 걸고 도적질도 제법 하는 늙은이.'

'한교의 체면과 명예를 더럽히는 늙은이.'

이것이 한 서방에 대한 재호 한교의 대명사였다.

그러나 여가 가만히 생각해보면 한 서방은 재호 한교의 명예를 더럽히지 않았다. 도리어 다른 한교들이 행한 협잡이며 사기며 금제품 매매 등 비법 행위를 대 맡아 처벌받은 가련한 희생자였다.

그해 첫여름 우리의 안 박사가 상해에 왔다. 안 박사는 한국이 일본에게 먹힌 이래 30년, 꾸준히 우리 국권 회복 운동에 노력한 우리의 위대한 지도자였다.

박사를 맞아 이곳 기구의 개편 개조 등의 분망한 며칠을 지낸 뒤에 여는 어떤 날 안 박사를 박사의 호텔로 찾았다.

박사께 인사를 여쭌 뒤에 문득 보니, 박사는 한 서방의 부채(춤출 때마다 펴서 펄럭이는)를 들고 딱딱 장난하고 있었다.

"박사 선생님(우리는 박사의 꾸준한 민족적 사업에 경의를 표하여 반드시 박사 선생님이라 불러 모셨다), 그 부채는 한 서방 한○○의 것이 아니오니까? 그게 어떻게······."

"한 서방? 한○○?"

"네······."

"아니오. 이건 내 친구 김○○ 형의 것인데, 김 형이 아마 왔다가 잊어버리고 갔군요."

"김○○?"

"네, 김○○."

귀에 익은 이름이었다. 그러나 언뜻 생각나지 않아서 기억 면에서 찾아내려고 애쓰는데 박사는 뜻을 알아본 듯 설명하였다.

"혹 잊으셨으리다. 한 30년 전 이태리 오페라!"

여는 박사의 말을 채 듣지 못하고 벌떡 교자에서 일어섰다.

기억한다. 지금부터 한 30년 전, 이태리 오페라좌에 한국인 김○○라는 천재 성악가요 천재 무용가가 혜성같이 나타나서 전 세계의 악단을 놀라게 하였다.

그때는 바야흐로 한국의 운명이 일본 때문에 먹혀들어가던 비상시절이었더니만치 우리 한국인의 심정을 크게 두드려놓았다.

그 천재는 이태리에서 출발의 길을 터서 파리, 런던을 도는 동안에 '천재'의 위에다 '위대한'이라는 관사가 더 붙어서 명성明星처럼 출발한 그가 태양처럼 빛나려는 무렵에 한국은 일본에게 먹혀버리고, 그러자 그 위대한 천재는 다시 세상 표면에 나타나본 적이 없었다.

이래 30년, 다시 이름 들은 일이 없으매 잊은 것도 또한 당연하였다.

"박사 선생님, 그 김○○ 씨의 모습이 어떻습니까? 춘추는 어떻습니까?"

"나이는 나와 동갑, 키 크고, 눈 크고, 그…… 그림에서 본 미국 대통령……."

"링컨."

"그렇소, 그렇소."

"아아, 박사 선생님, 그 김○○ 씨가 이 상해에선 한○○라는 이름으로 지내십니다. 한 서방으로 불립니다."

"허어, 역시 한국을 잊지 못하는 뜻이겠지. 조, 부, 손, 3대를 녹祿 자신 한국을…… 그 김○○ 형은 즉 이조 말의 명신 ○○공의 영손[6] 이요, 김○○ 공의 영윤[7]이구려."

"그럼 명가의 자제입니까? 아아, 박사 선생님. 그 위대한 천재, 빛나는 가문의 김○○ 씨가 이 상해 한교에서는 미친 늙은이 한 서방, 주책없는 늙은이 한 서방, 정신병자요 절도 상습범 한○○로 영락됐읍니다그려. 한 떨기 들의 백합……."

"미친 늙은? 정신병자? 내가 만나본 지가 한 시간이 못 되는데, 미치긴 왜 미치고 정신병자란 무슨 말이오?"

"박사 선생님, 제 말씀을 들어보세요. 상해 한교뿐 아니라 중국인 사이에도 유명한 광인입니다."

여는 박사께 대하여 김○○ 씨인 한 서방에 관한 여의 지식을 죄 말씀드렸다.

이야기하는 두 시간 남아 동안 박사는 한 마디의 말도 끼지 않고 눈 꾹 감고 듣고 있었다.

여가 이야기를 끝내면서 박사를 보니 꾹 감고 있는 박사의 눈에서 눈물이 눈썹 밖으로 줄줄 흐르고 있었다.

여의 이야기를 다 들은 뒤에 박사는 눈을 뜨며 곁에 놓였던 손가방을 쓸어 열고 거기서 한 개의 앨범을 꺼냈다.

박사가 손가락으로 가리키는 곳을 보니 거기는 구라파의 어느 극장의 무대인 듯한 곳에 서 있는 한 서방 김○○ 씨의 예복 입은 사진이 있었다.

"한 서방 즉 이이지요, 목사님?"

"그렇습니다. 김○○ 선생님이십니다."

박사는 앨범을 쳐들었다. 그러나 그것은 결코 사진을 좀더 잘 보려는 것이 아니고 자신의 눈에서 샘솟듯 솟는 눈물을 여에게 감추기 위해서였다.

문득 박사는 더 참지 못하겠는지 앨범을 다시 펴놓으며 주먹을 들어 앨범을 내리쳤다.

"아, 한 서방아, 김○○아! 거룩하고도 황송하고 고마워라. 나는 유랑 30년에 한 개의 일도 치러놓은 것이 없는데, 자네는 이 상해 중국인 거리 한 귀퉁이에서 우리 한인의 명예를 완전히 보호했구나. 자네 보기가 부끄러울세."

박사는 여를 돌아보았다.

"목사님, 한인은 도적질 잘하고 협잡질 잘하고, 싸움 잘하고 불법 행위를 잘한다…… 우리 동포에게 돌아오는 부끄러운 불명예를 몸소 뒤집어쓰고 '한 아무개' 라는 한국인은 악질의 파락호라는 인식으로 돌려서 개인 명예를 희생해서 동족 명예를 보호한 김○○ 형의 기특한 마음을 목사님도 몰라보시고 한 광인으로 아셨구려. 민망하고 황송해라."

너도 그리 눈이 무디냐는 박사의 질책이었다. 이 질책에 여는 잠자코 끊임없이 흐르는 눈물로써 복죄하고 사죄하였다.

"박사 선생님, 얼굴 들기 힘들도록 부끄럽습니다. 전 당장 김○○ 씨께 가서 사죄할까 합니다."

"주춧돌, 주춧돌, 기둥 뒤에 감추인 주춧돌. 대리석이나 화강석의 화려하게 조각한 벽석이 안 되고 아무의 눈에도 뜨이지 않는 감추인 주춧돌로 자처하는 김○○ 형의 겸손하고 거룩한 심정을 보아

이미 아는 우리나, 알고도 그냥 모른 체하는 게 김○○ 형께 대한 대접일 게요. 망국인으로 자처해서 망국인이 두드러져 나타나면 무얼 하랴는 그 심정, 30년 전 김○○는 이미 죽고, 망국 유민 한○○이가 감추인 주춧돌로 여생을 보내려는 거룩하고 거룩한 심정. 화려한 벽석은 다 떼버려도 집은 서 있지만, 숨은 주춧돌 하나 빼면 그 집은 기울어질 게요. 주춧돌 한 서방. 아아, 거룩하고 황송해라."

여는 고요한 소리로 주춧돌 노래를 불러보았다.

"내 몸은 기둥 아래 감추인 주춧돌, 주춧돌 없이는 집이 못 서요."

스스로 부르며 뜻을 생각하니 표면으로는 주책없는 늙은이라고 수모를 받으면서도 자기 혼자서만은 '숨은 주춧돌'로 자인하던 한 서방의 긍지가 새삼스럽게 느껴지며 새삼스럽게 고맙고 황송해지는 것이다.

박사가 물었다.

"그게 주춧돌 곡조요?"

"네, 한두 번 듣는 동안 저절로 기억하게 됐습니다."

"나도 목사님 부르는 거 한 번 듣고 인젠 알겠소. 우리 한인이면 한 번 들으면 곧 기억할 수 있을, 우리의 심금의 곡조요……."

"박사 선생님, 저는 그 김○○ 선생님의 고마우신 뜻을 그냥 숨은 주춧돌로 감춰두지는 도저히 못하겠습니다. 나타난 주춧돌로 우리 한교들이 감사의 사례 한 번이라도 아니하고야 한교는 인사 모르는 인종이란 욕을 한 가지 더 사는 게 아니오니까?"

박사는 여의 말을 들었는지 못 들었는지 그의 늙은 눈을 굽이 흐르는 황포강으로 향하면서 방금 기억한 주춧돌 노래를 속으로 읊고 있었다.

한 1주일 뒤.

그날도 여는 호텔로 안 박사를 찾아서 이야기를 하는 때에 웬 한 중국 소년이 박사를 찾아왔다. 초라하고 더러운 소년이었다.

이발쟁이 한 서방이 급히 좀 만나잔다는 것이었다.

불길한 예감을 느끼는 듯 박사는 일전에 한 서방이 잊고 갔다는 합죽선을 꺼내 들고 중국 소년을 따라 허겁지겁 나갔다. 여도 박사의 뒤를 쫓았다.

중국 소년의 안내를 따라서 마차를 달려 한 서방의 냄새나고 더러운 방을 찾은 것은 약 한 시간쯤 뒤였다. 마차에서 중국 소년이 한 말에 의지하건대 무슨 독물을 그릇 먹어서 생명이 위독하다, 혹은 벌써 죽었을지도 모르겠다던 한 서방은 뜻밖에도 일어나 앉아서 앞에 박사를 기다리는 의자를 놓고 박사를 기다리고 있었다.

"김 형, 무슨 일인가?"

박사가 들어서면서 이렇게 물으매 한 서방은 몹시 기쁜 듯 박사를 손 쳐서 찾았다.

"박사, 와주어서 고마우이. 목사님도 동행이시니 더욱 고맙습니다. 박사! 나는 지금 임종이야. 박사를 못 보고 죽는가 매우 걱정했는데 빨리 와주어서 고마우이."

"김 형, 그게 무슨 말이람. 난 자네가 잊어버린 부채를 가지고 왔는데."

"박사, 부채는 내 기념품으로 박사께 드리려고 두고 온 건데. 좌우간 임종 전 와주셔서 황송하이. 고마우이, 박사를 보지 못하고 죽으면 난 눈을 못 감을 겔세."

"무얼, 내게 전하고 싶은 말이 있는가? 좌우간 의사 하나 부르세."

"아니! 아니! 의사는 벌써 늦었어. 내 지금 의지의 힘으로 버티고 있지 이미 송장일세. 박사께 마지막 보일 것이 있어서 못 죽고 있지."

"보일 게란 무엔가?"

"음, 나 좀 부축해 일어세워주게. 목사님도 거기 앉으셔요. 박사, 그렇지, 그렇게 나를 일어세워주게. 그리고……."

한 서방은 박사의 부축을 받으면서 비츨비츨 일어섰다. 직업상 많은 임종을 본 일이 있는 여의 눈에는, 한 서방의 얼굴에 분명 죽음의 그림자가 서려 있는 것을 보았다.

온 의지의 힘으로써 죽음을 잠깐이라도 연기해보려는 노력을 보았다.

"박사, 20년 전 우리 조국이 일본에게 먹힐 때 나는 망국인으로 숨어버리며 한 가지 결심한 게 있되, 장차 우리 조국이 광복되는 기꺼운 날이 있을 때 그날 조국 서울 남대문에서 육조 앞 지나 광화문까지 춤추며 들어가서 광화문 앞에서 심장마비로 쓰러지고자…… 조국 광복 만세를 부르며 춤추며 춤추며, 조국 서울에서, 조국 동포의 앞에서 이내 김○○의 마지막 춤을 보여주고자 그리 꾸민 춤, 꾸민 이래 사람의 앞에서 아직 추어보지 않은 비장의 춤…… 조국 광복의 날, 조국 서울에서 추려던 춤이었지만, 불행 광복도 보지 못하고, 조국은커녕 노예 도시 상하이에서 빈민굴 이발쟁이 한○○로 쓰러지는 이 김○○…… 이 운명, 울어주게. 그러나 조국의 운명을 짊어진 박사의 앞에서 박사께나마 보일 수 있는 게 그래도 약간 만족일세. 또 요행 목사님도 계시니 내 크리스천은 아니지만 나 넘어지거든 이 죄 없는 불쌍한 영혼 받아달라고 여호와께 기도나 드려 줍시오. 나는 조국 광복날 조국에서 추려던 춤을 마지막 선사로 나 자신을 위해 추고 그러고서 넘어지겠네…… 자, 박사, 내 하나 둘 셋 부를 테니 그 셋을 부를 때 나를 놓아주게."

한 서방의 옷은 이 종족이 가장 강하고 화려하던 시절인 고구려의 무사의 옷을 본뜬 것이었다. 그가 손을 움직여 양 소매에서 꺼낸 것은 우리 민족의 심금을 떨리우는 아름다운 태극기였다. 그 태극기를 양손에 갈라 쥐고 한 서방은 불렀다. 하나, 둘, 셋…….

이 군호로 박사의 부축에서 벗어난 한 서방은, 양손의 태극기 아름답게 펄럭이며, 임종의 사람답지 않게 얼굴에는 홍조를 띠고, 눈은 정열로 빛나며 힘 있게 발을 내짚었다.

이 가운데서 추어지는 '조국광복지무祖國光復之舞'!

위대한 음악가요, 위대한 무용가 김○○ 씨가 과거 30년간 닦고 갈고 하여서 임종의 자리에서 비로소 조국 광복의 책임자 앞에서 피력하는 감격의 춤이었다.

빨갛게 비치는 황혼의 방 안에서 죽음과 싸우며 춤추는 한 서방의 모양은 진실로 숭엄하였다.

박사와 여의 입에서는 서로 의논한 바 없이 저절로, 이 애처로운 혼을 위로하는 노래가 흘러나왔다.

"이 몸은 기둥 아래 감추인 주춧돌, 주춧돌 없이는 집이 못 서요."

__주

1) 무리매 : '뭇매'의 방언.
2) 사문회査問會 : 조사하여 캐묻기 위한 모임.
3) 법조계法租界 : 프랑스 조계를 말함. '법法'은 '프랑스'의 음역어. '조계租界'는 19세기 후반에 영국, 미국, 일본 등 8개국이 중국을 침략하는 근거지로 삼았던 개항 도시의 외국인 거주지로서, 외국이 행정권과 경찰권을 행사하였다.
4) 재호在滬 : '호滬'는 강소성 상해현의 동북을 흐르는 강 이름으로, 결국 '상해에 거주하는' 이란 뜻.
5) 좀하면 : 어지간하고 웬만하면.
6) 영손令孫 : 남의 손자를 높여 이르는 말.
7) 영윤令胤 : 남의 아들을 높여 이르는 말.

환가

 송은주가 자기의 가정과 남편 및 소생 자식 남매를 버리고 집을 뛰쳐나온 것은 해방 1년 뒤였다.
 남편 고광호와 내외가 된 지 10년, 일본 정치의 제약 많은 생활을 내외가 서로 돕고 격려하며 잘 겪어왔다. 이리하여 1945년 8월 15일 국가 해방에까지 이른 것이었다. 국가 해방으로 과거의 권력자요 세도자이던 일본이 이 땅에서 물러가자, 일본인이 차지하고 있던 자리는 모두 이 땅 본토인에게 개방되었다. 보통 사원은 과장이나 혹은 껑충 뛰어서 사장으로, 관리는 부장으로, 중학 교원은 대학교수나 중학 교장으로…… 이렇듯 과거에는 이 땅 본토인(주인)에게는 폐쇄되어 있던 지위가 모두 주인에게로 돌아왔다.
 은주가 광호와 결혼할 때는 광호는 갓 대학을 나와서 어느 중학 교원이 되어 있던 때였다. 그 이래 10년, 정치적 구속과 경제적 부자유의 아래서 젊은 내외는 용히 싸우며 겪어왔다.

이리하여 국가 해방의 날을 맞은 것인데, 한 10년 중학 교원을 지낸 사람은 모두 교장이나 대학교수로 쑥쑥 자리가 변동되는 이 경기 좋은 시기를 만나서도 남편 광호는 마치 그 자리에 못 박힌 듯이 움직일 줄을 몰랐다.

  은주의 동창 동무들의 남편은 모두 활발하게 움직여 혹은 고관 혹은 신흥 부호로 전환하여 그들의 아내인 은주의 동무들은 모두 출입에는 자동차요 손가락에는 반지를 번쩍이는 호화로운 신분으로 승차하였는데도 불구하고, 오직 꿍하고 주변성 없는 남편의 아내인 은주는 여전히 이 호화로운 날에도 한 가난한 중학 교원의 아내로 밤낮 가난에 시달리며 놀랍게 올라가는 물가에 위협되며 움직임 없는 생활을 계속하고 있었다.

  남보다 자존심이 세고 남보다 야심이 많고 남보다 호화욕이 센 은주는 참기 힘든 노릇이었다. 그래서 은주는 남편에게 바가지를 긁고 격려하고 충동하고 별별 수단을 다 써보았다. 그러나 원래 주변성 없고 꿍한 선비의 타입인 남편 광호는 10년 일색인 중학 교원 생활을 싫어할 줄도 모르고 여전히 그 자리에 그 모양대로 주저앉아 있는 것이었다. 여기서 은주는 그의 결심을 한 것이었다. 자립하기로.

  은주의 동창 동무로 과부 혹은 노처녀로 있는 사람들도 그래도 무슨 활동을 하여 무슨 회의 회장이거나 간사로 활약하여 신문지상에 그 이름이 오르내리고 실업계에 활동하여 성공한 사람도 있었다.

  이런 경황을 볼 때에 비교적 야심 많고 욕심 많은 은주는 잠자코 보고만 있을 수 없어서 남편을 충동하고 격려하고 하다못해서 종내 이 무능한 남편의 집에서 뛰쳐나와 스스로 제 길을 개척해보기로 한 것이었다. 야심과 허영심의 앞에는 남편과의 10년간의 성애도, 한 쌍 소생에게 대한 모성애도 그림자를 감추었다.

국가의 해방과 동시에 나도 부부 관계에서 해방된다는 일종의 비장한 결심으로써 은주는 '가정'이라는 사슬을 끊어버리고 집을 뛰쳐나온 것이었다.

은주는 남편의 집을 뛰쳐나와서 당분간(장래 방침이 확립될 때까지)의 몸을 고녀 시절에 가장 가깝게 지내던 헤라의 집에 의지하기로 하였다. 해방 후 수천만 원의 재산을 쌓아올린 새 부자 남편을 가진 행복된 동무 헤라는 손가락에 몇 캐럿이라는 커다란 금강석 반지를 낀 손을 두르며 반가이 은주를 맞아주었다.

결혼한 이래 10년, 단 하루를 남편과 아이 없이 자본 일이 없는 은주는 첫날 밤은 헤라의 집 널따란 방에서 홀로 지내기가 무한 고적하고 괴로웠다. 고적하고 가지가지의 생각 때문에 잠 못 드는 한밤을 은주는 헤라의 행복된 생활을 부러워 여기면서 지냈다.

학생 시대에는 같은 계급의 딸로 똑같은 지위로 지내던 헤라가 오늘날은 은주와는 천양의 차이로 식모라 침모라 찻집이라 찬모라 별별 명색의 하인을 턱으로 부리며 호화스러운 양옥의 여왕으로 호강하는 모양을 볼 때에 남편 광호의 10년이 하루 같은 꾀죄죄한 꼴과 그것을 개척해보려는 아무 노력이나 활동도 없는 무력한 꼴과 대조되어 은주의 마음을 괴롭게 했다. 자기도 장차 무슨 활동을 하여서 무슨 성공을 하여, 성공의 호화로운 날에, 자랑스러운 얼굴로 예전 버렸던 남편을 다시 품에 불러, 그때 다시 이룰 가지가지의 공상을 해가면서 밤을 보냈다.

남편 광호는 역시 소극적인 사람이었다. 아내가 자기를 버리고 간 것을 안 뒤에 한두 번 스스로 아내를 찾아와서 같이 돌아가기를 종용해보았고 함께 가자고 조르기도 해보았다. 사람을 보내서 권고도 해보았다. 그리고는 그만 은주에게 거절당하고는 그만 단념한 모양이었다.

 은주로도 10년 산 정이 있고 지금도 남편이 미운 사람은 아닌지라, 만약 남편이 와서 적극적으로 데려가면 마지못하는 체하고 끌려갈 은주의 배짱이었다. 그런데 남편이 몇 번 소극적으로 권고해보다가 단념해버릴 때에 은주는 도리어 내심 통곡하면서 자기도 아주 단념해버리기로 결심하였다.

 이리하여 자기의 장래 방침이 확립될 때까지 혜라의 집에 기류하고 있는 동안 은주는 표면 몹시 호화롭고 아무 부족 없는 혜라의 속살림에 커다란 결함이 있는 것을 발견하였다. 생활에는 아무 부족 없고 호화롭고 자유로운 혜라였다. 그러나 은주가 묵고 있던 두석 달 혜라의 남편 되는 사람을 본 적이 댓 번 못 되었다. 혜라는 자기의 자존심과 체면상 그런 내색은 보이기를 피하였지만 혜라의 남편은 첩을 두고 있는 모양이었다.

 얼굴 생김이며 지식이며 모양이며 아무 나무랄 데가 없는 혜라는, 아내를 두고 따로 첩을 둔 혜라의 남편의 심리도 은주로서는 이해하기 어려운 일이지만 남편을 두고도 과부 생활을 하는 혜라의 사정도 동정할 만하였다. 남편을 버리고 나온 은주와 남편을 두고 그러면서도 첩에게 빼앗긴 혜라의 두 여인은 좋은 대조였다.

 수십 명 남녀 비복에게 둘러싸여 매우 호화스러운 여성 혜라였지만 혜라에게는 아내로서의 불만이 있었다. 혜라의 불구적인 생활을 볼 때에 은주는 자기가 벅찬 가정의 옛 남편, 결혼 이래 단 하루를 아내와 따로이 지낸 일이 없는 남편을 회상하고는 일종의 긍지를 느끼는 일도 간간 있었다. 그리고 사람으로서의 행복(경제상의)은 헤라가 나을지 모르나 아내로서의 행복은 지난날의 자기가 훨씬 나았음을 때때로 흥분 섞인 마음으로 느꼈다. 그것은 비록 초라한(경제적으로) 생활이요 초라한 의식주였지만…….

그 헤라가 어떤 날 은주에게 조용히 무슨 의논을 하기를 요구했다. 그사이 수십 일 헤라의 얼굴에는 분명 무슨 당황한 기색이 있었다.

헤라의 남편 되는 사람이 무슨 혐의로 형무소에 수감되었다는 것이었다. 헤라는 누차 무슨 오해에서 생긴 일이라고 변명했지만 소위 악질 모리배로 인정되어 악질 모리 사건으로 기소가 된 모양이었다.

헤라와 은주의 동창 동무의 남편 되는 사람이 그 모리 사건을 맡아보는 고관이었다. 헤라는 은주더러 그 동창 동무(고관 부인)를 찾아서 사정을 잘 말하고 돈은 몇 천만 원이 들고 간에 사건이 무사히 결말짓도록 해주기를 부탁해달라고 당부하였다. 헤라의 집에 몸을 의탁하고 있는 처지라 더욱이 장차의 재생 출발을 위해서는 여러 방면에 교제가 있어야 할 은주는 이 책임을 지고 옛날 동창의 남편인 고관의 집을 찾아갔다.

은주가 찾아간 그 집에도 한 비극이 전개되고 있었다. 그 고관도 어떤 수회 사건으로 그사이 문초를 받다가 오늘 아침 수감이 되었다는 것이었다.

헤라는 곳곳에 냉철한 태도를 유지하였지만 헤라와 성격이 다른 그 집 주부는 당황 낭패하여 은주를 맞아 울며불며 하소연하였다.

월급 사오천 원으로 어떻게 생활을 유지하며 더욱이 고관으로서의 체면과 체재를 유지하느냐. 현 정부의 고관의 체면을 유지하기 위하여 월급 이외의 수입이 절대로 필요하다. 그러기 위해서 모리배의 돈 좀 먹었으면 어떠냐는 것이 그 동무의 하소연의 주지였다.

소위 박봉 생활자답지 않은 그 집 굉장한 저택이며 호화로운 가구며 그 동무의 차림차림을 보며, 해방 이래 얼마나 먹었으면 옛날 가난하고 가난하던 이 집이 이다지 굉장하고 우렁차게 되었을까 속으로 혀를 둘렀다.

은주는 비로소 느꼈다. 해방 이후 갑작양반(고관) 갑작부자들이, 그것이 부럽다 볼 때에는 다만 부럽기만 하더니 그들의 속살을 들여다보니 그것은 바늘방석에 앉은 살림이요 모래 위에 세운 집의 살림으로서 늘 전전긍긍하고 언제 무너질지 모르는 위태로운 살림이었던 것을.

그리고 은주 자기의 지난 생활(부부 시절의)을 회고하건대 그것은 비록 가난하여 금강석 반지에 자동차 생활은 못 되나마 누구에게든 버젓하고 어디를 내놓아도 부끄럼 없는 살림이었던 것을 알았다. 그렇게 생각하고 보니 옛날 살림의 고결한 인격이 새삼스레 그리워졌다. 무능하고 주변성 없다고 한때 경멸하고 박차기는 하였지만 10년을 하루같이 교육에만 전념하고 다른 데 눈 거들떠보지 않는 그 신념과 충성.

가정에서는 아내와 자식밖에 모르고, 사회에서는 충실한 교육자로, 국가에서는 바른 국민으로 오직 내 길에만 충실하던 남편의 고결한 인격은 금강석으로 바꿀 것이 아니었다.

호화롭게 호강하던 동무들이 혹은 몰락의 비경에 떨어지고, 혹은 몰락을 전전긍긍히 겁내며 겁내는 동안, 자기는 그 남편 앞에 서면 비록 물질상의 부자유는 있을지나 마음만은 언제까지든 여유와 긍지를 느끼며 지낼 수가 있을 것이었다.

  헤라에게는 대강의 사정을 편지로 알리고 은주는 어떤 여관에 투숙하여 20여 일간 생각한 뒤에, 머리를 숙이고 남편에게 사죄하고 다시 새 가정으로 돌아가기로 결심하였다.

  자존심이 센 은주로서는 좀 괴로운 일이었으나 정의와 진리 앞에 숙이는 머리는 결코 부끄럽지 않다는 결의로써 남편의 집으로 다시 돌아간 것이었다.

  남편은 아무 나무람 없이 한때 자기를 박찼던 아내를 달가이 다시 받았다.

부록

본의 기쁨이 가중하오, 내서 위로 있으시오, 는데까지

東伯

어휘 풀이

가가 → '가게'의 원말.
가리 → '어리'의 방언. 병아리 따위를 가두어 기르는 물건.
가멸고 → 재산이 넉넉하고.
가미사마 → 일어로 '신神'을 높여 부르는 말.
가버나움Capernaum → 이스라엘 갈릴리 호수 북서부 연안에 있는 고대 도시. 예수의 제2의 고향으로, 그는 이곳에서 이 지역 출신인 베드로·안드레아·마태오를 제자로 삼고 많은 기적을 일으켰다(=카페르나움).
가와세(爲替) → '환換'을 뜻하는 일어. 멀리 있는 사람에게 현금 대신에 어음, 수표, 증서 따위를 보내어 결제하는 방식. 우편환·은행환·전신환·내국환·외국환 따위가 있다.
가인嘉仁 → 일본의 제123대 천황 요시히토(嘉仁)를 말함(재위 1912~1926). 전임자인 메이지 천황과는 달리 어려서부터 병약했기 때문에 실질적인 정무는 담당하지 못했다. 말년에는 정신착란을 일으켜 결국 1921년 아들 히로히토(裕仁) 황태자(뒤에 히로히토 왕)가 섭정으로 임명되었다.
가쿠히키 → '호객 행위를 하는 사람'을 가리키는 일어.
각수角數 → 돈을 '원' 단위로 셀 때, '원' 단위 아래에 남는 몇 전이나 몇 십 전을 이르는 말.
각일각刻一刻 → 시간이 지나감.
각전角錢 → 예전에, 1전이나 10전 따위의 잔돈을 이르던 말.
간스메 → '통조림'을 뜻하는 일어.
갖신 → 가죽으로 만든 우리 고유의 신을 통틀어 이르는 말.
건락乾酪 → 치즈
검분檢分 → 참관하여 검사함.
견우牽牛 → 견우직녀 설화에 나오는 남자 주인공.
결 → 못마땅한 것을 참지 못하고 성을 내거나 왈칵 행동하는 성미.
경부보警部補 → 대한제국 때에, 경

부의 아래, 순사 부장의 위에 있던 판임 경찰관.
곤돈困頓 → 몹시 지치고 고단함.
공규空閨 → 오랫동안 남편이 없이 아내 혼자서 사는 방.
공기침空氣枕 → 공기베개.
공축恐縮 → 두려워서 몸을 움츠림.
과동過冬 → 월동.
과세過歲 → 설을 쇰.
과즉過則 → 기껏해야.
교주만膠州灣 → '자오저우 만'의 잘못. 중국 산둥 반도 남쪽, 황해에 접하여 있는 만. 제1차 세계대전 때에 일본이 점령하였으나, 1922년 중국에 반환하였다.
구두질 → 방고래에 모인 재를 구둣대로 쑤시어 그러내는 일.
구복口腹 → 먹고살기 위하여 음식물을 섭취하는 입과 배.
구조口調 → '어조語調'의 방언.
구주전쟁歐洲戰爭 → 제1차 세계대전을 가리킴.
군호軍號 → 서로 눈짓이나 말 따위로 몰래 연락함. 또는 그런 신호.
궁진窮盡 → 그 이상 더할 나위가 없음.
권연卷煙 → '궐련'의 원말. 얇은 종이로 가늘고 길게 말아놓은 담배.
궐厥 → '그'를 낮잡아 이르는 말(=

궐자厥者).
금계랍金鷄蠟 → '염산키니네'를 달리 이르는 말. 해열 진통제.
기복起伏 → 세력이나 기세 따위가 성하였다 쇠하였다 함.
기수幾數 → 낌새.
기위旣爲 → 이미.
기이지를 → 숨기고 피하지를.
길만성 → '참을성'의 방언.
깃부[衿付] → 친족에게 유산을 나누어주는 것.
나무그루 → 나무의 밑동이나 그루터기.
나무새기 → '나물'의 방언.
나카이 → '접대부'라는 뜻의 일어.
납함吶喊 → 여러 사람이 다 함께 큰 소리를 지름.
내락內諾 → 둘 사이에만 은밀히 약속함.
내외법內外法 → 남녀 사이에 서로 얼굴을 마주 대하지 않고 피하는 것.
내외술집 → 접대부가 술자리에 나오지 않고 술을 순배로 파는 술집.
네마키 → '잠옷'을 뜻하는 일어.
노리아이 → '합승 버스'란 뜻의 일어.
다울런드(John Dowland, 1562~1626) → 영국의 유명한 작곡가,

류트 연주의 대가, 뛰어난 가수.
다치키리 → 신문 등의 조판에서 일정한 단수를 정하여 한곳에 갈라 붙인 기사.
단가살림 → 단가살이. 식구가 적어 단출한 살림.
단경기端境期 → '경계의 끝이 되는 시기'라는 뜻으로, 철이 바뀌어 묵은쌀이 떨어지고 햅쌀이 나올 무렵을 이르는 말.
당주當主 → 당대의 호주.
대과大科 → 여기서는 과거에 급제한 사람을 가리킴.
대정大正 → 일본 다이쇼 천황의 연호(1912~1926).
대척 → 말대꾸.
더가딤 → '덤'을 뜻하는 방언.
덕국德國 → 예전에, '독일'을 이르던 말.
도광道光 → 중국 청나라 선종 때의 연호(1821~1850).
도리우치 → '헌팅캡'의 일어. 차양이 아주 짧고 둥글넓적하게 만든 모자.
도장관道長官 → 예전에, '도지사'를 이르던 말.
돌물 → 소용돌이치는 물의 흐름.
동자 → 밥 짓는 일.
동지사冬至使 → 조선 시대에, 해마다 동짓달에 중국으로 보내던 사신.
동척東拓 → '동양척식주식회사'를 줄여 이르는 말.
된바람 → 빠르고 세차게 부는 바람.
두선두선 → 겨우 알아들을 수 있는 낮은 목소리로 계속 말을 주고받는 소리. 또는 그 모양.
둘 → 둔하고 미련스러움.
드렁 → 예전에, 장사치들이 물건을 사라고 외칠 때 물건 이름 뒤에 복수의 뜻으로 붙이던 말.
득달得達 → 목적한 곳에 도달함. 또는 목적을 이룸.
딱선 → 살이 몇 개 안 되는 쥘부채.
뚝하고 → 무뚝뚝하고.
뚱깃걸음 → 뚱기적거리며 걷는 걸음.
마장 → '마작麻雀'의 방언. 중국의 실내 오락. 네 사람의 경기자가 글씨나 숫자가 새겨진 136개의 패를 가지고 짝을 맞추며 진행한다.
마코 → 일제 강점기 때 담배 이름.
막달라Magdala → 유대교 4대 성도 가운데 하나인 티베리아스 북쪽 5킬로 지점에 있는 신약 시대의 어촌.
만록총중萬綠叢中 → 여름철의 온갖 숲이 푸른 모양 가운데.
말눈치 → 말하는 가운데에 은근히

드러나는 어떤 태도.
망지소조罔知所措 → 너무 당황하거나 급하여 어찌할 줄을 모르고 갈팡질팡함.
멧산자 보따리 → 뫼 산山 자 모양의 보따리.
면분面分 → 얼굴이나 알 정도로 사귄 교분.
명실名實 → 겉에 드러난 이름과 속에 있는 실상.
모리손毛利遜 → '모리슨'의 음역어.
모시류毛翅類 → 날도랫과의 곤충을 통틀어 이르는 말.
모피謀避 → 피하려고 꾀를 냄.
목인睦仁 → 일본의 제122대 천황 무츠히토(睦仁)를 말함(재위 1867~1912). 메이지 유신을 거쳐 도쿠가와 막부로부터 정권을 넘겨받았다.
몬츠키 → 가문家紋을 넣은 일본식 예복.
몰나르(Ferenc Molnár, 1878~1952) → 헝가리의 극작가·소설가. 부다페스트 사교계를 다룬 희곡과 감동적인 단편소설로 유명함.
몰서沒書 → 기고한 글을 싣지 않고 버림.
뭉치 → 짤막하고 단단한 몽둥이. 주로 사람이나 동물을 때리는 데에 쓰며, 예전에는 무기로도 썼다.
무가내하無可奈何 → 막무가내.
무류無類 → 뛰어나서 견줄 데가 없음.
무리매 → '뭇매'의 방언.
물론物論 → 물의物議. 어떤 사람 또는 단체의 처사에 대하여 많은 사람이 이러쿵저러쿵 논평하는 상태.
미금앙천대소未禁仰天大笑 → 터져 나오는 웃음을 참을 수 없음.
미나리 → 농부들이 논에서 일을 하며 부르는 농부가의 한 가지(=메나리).
미쓰코시(三越), 마쓰자카(松坂) → 일본의 유명 백화점 이름.
미에를 기루 → 일어로 '배우가 유다른 제스처를 취하다'라는 뜻.
밀화蜜花 → 밀랍 같은 누런빛이 나고 젖송이 같은 무늬가 있는 호박琥珀.
바재고 → '바장이고'의 방언. 마음에 걸리는 것이 있어서 자꾸 머뭇머뭇거리고.
박죽 → '밥주걱'의 방언.
반자이 → '만세'라는 뜻의 일어.
발렌티노(Rudolph Vallentino, 1895~1926) → 무성 영화 시대 이탈리아 태생의 미국 영화배우. 미남 배우로 유명하였으며, 출연작에 〈묵시록의 네 기사〉, 〈피와 모래〉, 〈독수리〉 따위가 있다.

방기몽야~각이후지기몽야 → '꿈을 꿀 때에는 그것이 꿈인 줄 모른다. 꿈속에서 또 꿈을 꾸기도 하는데, 깨고 나서야 그것이 꿈이었다는 것을 알게 된다'라는 뜻. 『장자』「제물론」에 나오는 말.

방축放逐 → 자리에서 쫓아냄.

방휼蚌鷸 → 조개와 도요새.

배따라기 → 서도(황해도와 평안도) 민요의 하나. 이선가離船歌·이선離船이라고도 한다. 배따라기는 원래 '배떠나기'가 와전된 것으로 알려져 있는데, 모진 풍랑을 만나 뱃사람 모두 죽고 혼자만 살아남은 기구한 사연을 가사에 담았다.

배종陪從 → 임금이나 높은 사람을 모시고 따라가는 일.

백림伯林 → '베를린'의 음역어.

백발백염白髮白髥 → 흰 머리 흰 수염.

법조계法租界 → 프랑스 조계를 말함. '법法'은 '프랑스'의 음역어. '조계租界'는 19세기 후반에 영국, 미국, 일본 등 8개국이 중국을 침략하는 근거지로 삼았던 개항 도시의 외국인 거주지로서, 외국이 행정권과 경찰권을 행사하였다.

복멸覆滅 → 어떤 단체나 세력이 뒤집히어 망함. 또는 그렇게 망하게 함.

복선생 → '복어'를 가리킴.

복심법원覆審法院 → 일제 강점기에, 지방법원의 재판에 대한 공소 및 항고에 대하여 재판을 행하던 곳. 고등법원보다는 아래이고 지방법원보다는 위에 해당하는 재판소로 서울, 평양, 대구에 있었다.

분만憤懣 → 분하고 답답함.

불물 → 쇠붙이 따위가 높은 온도에서 녹아 이글거리는 상태로 된 액체.

비상천飛上天 → 하늘로 날아 올라감.

사관舍館 → 하숙.

사도코 → '양자養子'를 뜻하는 일어.

사루소바 → 네모진 어레미나 대발에 담은 면 위에 채 썰은 김을 뿌린 것을 양념국물 소스에 적셔 먹는 메밀국수.

사문회査問會 → 조사하여 캐묻기 위한 모임.

사음舍音 → 마름.

산약散藥 → 가루약.

산제사 → 하나님께 헌신하며 섬

기는 일.

산천후토山川后土 일월성신日月星辰 → 하늘과 땅, 온 우주를 말함.

상거相距 → 떨어져 있는 두 곳의 거리.

상학上學 → 학교에서 그날의 공부를 시작함.

새꾼 → '나무꾼'의 방언.

생生 → (인명의 성姓을 나타내는 명사 뒤에 붙어) '젊은 사람'의 뜻을 더하는 접미사.

생어(Margaret Sanger, 1883~1966) → 미국 산아제한운동의 창설자.

서양목西洋木 → 두 가닥 이상의 가는 실을 되게 한 가닥으로 꼰 무명실로 나비가 넓고 발이 곱게 짠 피륙. 광목보다 실이 가늘고 하얗다. 서양에서 발달하여 서양목이라고 하는데, 중국을 거쳐 우리나라에 들어왔으므로 당목唐木이라고도 한다.

성종成腫 → 곪아 부스럼이 됨.

세루 → serge. 모직물의 한 가지.

세비로 → 신사복. 영국 런던의 고급 양복점 거리 이름인 새빌로(Savile Row)에서 유래된 말.

셋샤 → '졸렬한 사람'이라는 뜻의 일어. 말하는 이가 자기를 낮추어 이르는 1인칭 대명사.

소사召史 → (성姓을 나타내는 명사 뒤에 쓰여) '과부'의 뜻을 나타내는 말.

소심익익小心翼翼 → 조심스럽고 겸손함.

속량贖良 → 노비의 신분을 풀어주어서 양민이 되게 하던 일.

손숫물 → 손을 씻는 물.

송초松梢 → 소나무 가지.

쇠뭉치 → 쇠로 만든 짤막하고 단단한 몽둥이.

쇠아들 → 은정도 모르고 인정도 없는 미련하고 우둔한 사람을 속되게 이르는 말.

수토불복水土不服 → 물이나 풍토가 몸에 맞지 않아 위장이 나빠짐.

수회收賄 → 수뢰受賂. 뇌물을 받음.

숙수熟睡 → 잠이 깊이 듦. 또는 그 잠.

순영적瞬影的 → 짧은 그림자로서.

숫밥 → 손대지 않은 깨끗한 밥.

승강이 → 서로 자기 주장을 고집하며 옥신각신하는 일.

시병時病 → 때에 따라 유행하는 상한병傷寒病이나 전염성 질환.

시재時在 → 현재.

시하侍下 → 부모나 조부모를 모시고 있는 처지. 또는 그런 처지의 사람.

신입申込 → 특정한 내용의 계약을 체결시킬 것을 목적으로 하는 의

사 표시. '신청', '청약' 으로 순화됨.

심규深閨 → 여자가 거처하는, 깊이 들어앉은 집이나 방.

쌔여 → 싸여.

쓰메에리 → 옷깃을 접지 않고 세운 것 또는 그러한 옷을 가리키는 일어.

아부용阿芙蓉 → 양귀비.

아비산亞砒酸 → '삼산화비소' 를 흔히 이르는 말. 맛과 냄새가 없는 흰 빛깔의 독약이며, 공업용·의약용 등으로 쓰임.

아이보개 → '애보개' 의 본말. 아이를 돌보는 일을 맡아 하는 사람.

악구惡口 → 험구.

안돈安頓 → 마음이나 생각 따위를 정리하여 안정되게 함.

안잠 → 여자가 남의 집에서 먹고 자며 그 집의 일을 도와주는 일.

안접安接 → 편안히 마음을 먹고 머물러 삶.

암굴暗窟 → 바위에 뚫린 굴.

앙꼬모찌 → '팥소 넣은 떡' 을 가리키는 일어.

앞재 → 집이나 마을 앞에 있는 산이나 산마루.

애신각라愛新覺羅 → 청나라 황실을 뜻함.

앵속罌粟 → 양귀비.

야앵夜櫻 → 밤 벚꽃.

양간한 → 세련되고 맵시가 있는.

어음 → '움', '싹' 의 옛말.

얼럭 → 본바탕에 다른 빛깔의 점이나 줄 따위가 섞인 모양.

얼혼 → 얼과 혼을 아울러 이르는 말.

에리 → '옷깃' 을 뜻하는 일어.

여余 → '나' 라는 뜻의 한자어 1인칭 대명사.

연곡蜒曲 → 비뚤어짐.

연락부절連絡不絶 → 왕래가 잦아 소식이 끊이지 아니함.

연래年來 → 여러 해 전부터.

열복悅服 → 기쁜 마음으로 복종함.

영분領分 → 세력의 범위.

영손令孫 → 남의 손자를 높여 이르는 말.

영윤令胤 → 남의 아들을 높여 이르는 말.

오랍동생 → '오라비' 의 방언. 여자가 남에게 자기의 남동생을 이르는 말.

옥도정기沃度丁幾 → 요오드, 요오드화칼륨 따위를 알코올에 녹인 용액. 어두운 붉은 갈색으로 소독에 쓰거나 진통, 소염 따위에 쓰는 약품.

온공溫恭 → 성격, 태도 따위가 온화하고 공손함.

왁작 → 여럿이 매우 어수선하게 떠

들거나 웃는 소리. 또는 그 모양.
완서조緩徐調 → 느린 곡조.
완장頑丈 → 견고하고 튼튼함.
왕후친잠王后親蠶 → 양잠을 장려하기 위하여 왕비가 몸소 누에를 치던 일.
왜떡 → 밀가루나 쌀가루를 반죽하여 얇게 늘여서 구운 과자.
외누다리 → 넛두리.
외편外便 → 어머니 쪽의 일가. 외족.
요보 → 일제 강점기 때 일본인들이 한국인을 멸시하여 부른 호칭. '야만인' 내지 '미개인' 이라는 뜻.
용신容身 → 이 세상에 겨우 몸을 붙이고 살아감.
우쩍 → 단번에 거침없이 나아가거나 갑자기 늘거나 줄어드는 모양.
우티 → '옷' 의 방언.
움 → 땅을 파고 위에 거적 따위를 얹어 비바람이나 추위를 막아 겨울에 화초나 채소를 넣어두는 곳.
움찍 → 몸이나 몸의 일부를 한 번 움직이는 모양.
원員 → 고을의 수령.
월수月水 → '월경月經' 을 완곡하게 이르는 말.
월자 → 예전에, 여자들의 머리숱이 많아 보이라고 덧넣었던 딴머리.

위연威然히 → 위엄이 있고 늠름하게.
유고遺孤 → 부모가 다 죽은 외로운 아이.
유구琉球 → 일본 '오키나와' 지방을 가리키는 말.
유명幽明 → 어둠과 밝음. 저승과 이승.
유월절逾越節 → 이스라엘 민족이 이집트에서 탈출한 날을 기념하는 유대교의 축제일. 하늘의 천사가 밤중에 이집트의 각 집의 맏아들을 죽일 때, 이스라엘 사람들의 집에는 어린 양의 피를 문설주에 발랐기 때문에 그대로 지나가서 재앙을 받지 않은 일을 기념한 데서 유래한다.
유인裕仁 → 일본의 제124대 천황 히로히토(裕仁)를 말함(재위 1926~1989). 일본 역사상 가장 오랜 기간 재위한 군주였다.
유출유기愈出愈奇 → 점점 더 기이함.
육둔肉鈍 → 덩어리가 크고 둔함.
은오절류隱五節類 → 화살대 다섯 마디 가운데 화살대 아래의 대통으로 싼 부분에 감추어진 맨 끝마디.
음신音信 → 먼 곳에서 전하는 소식이나 편지.

이고주李古周 → 소설가 춘원 이광수를 가리킴. 그는 '고주孤舟'라는 호도 썼다.

이스카리엇 유다(Iscariot Judas, ?~30경) → 예수의 12사도 가운데 한 사람으로 예수를 배반한 사람. '이스카리엇Iscariot'은 성姓을 가리킨다기보다는 라틴어 '시카리우스sicarius(살인자·암살자)'의 변형태일 가능성이 많다고 한다.

인리제인隣里諸人 → 가까운 동네의 여러 사람들.

일독전쟁日獨戰爭 → 제1차 세계대전 때, 독일과 일본이 벌인 싸움. 일본은 1914년 8월 23일에 독일에 선전포고를 한 뒤, 남양南洋에서 독일 영토인 모든 섬을 점령하고 중국 산동 성의 독일 조차지인 칭다오를 함락시켰다.

일록일청一綠一靑 → 푸른 듯 파란 듯.

일삭一朔 → 한 달.

일시동인一視同仁 → 멀고 가까운 사람을 친함에 관계없이 똑같이 대하여 준다는 뜻으로, 성인이 누구나 평등하게 똑같이 사랑함을 이르는 말.

일지사변日支事變 → 만주사변을 가리킴. 1931년 류탸오후(柳條湖) 사건을 계기로 시작한 일본군의 중국 둥베이 지방에 대한 침략 전쟁. 중일전쟁의 발단이 되었다.

자격刺激 → 자극을 받아 급하고 세차게 움직임.

자독自瀆 → '수음手淫'을 달리 이르는 말.

자세藉勢 → 어떤 권력이나 세력 또는 특수한 조건을 믿고 세도를 부림.

자작지얼自作之孽 → 자기가 저지른 일 때문에 생긴 재앙.

장렬葬列 → 영구靈柩를 따라 장사 지내러 가는 행렬.

장방호長房壺 → 평양 부벽루와 영명사 사이의 커다란 바위에 새겨진 글씨. 마음씨 착한 엿장수 노인과 선녀와의 전설이 서린 곳이다.

장태식長太息 → 장탄식.

재번再番 → 재차.

재호在滬 → '호滬'는 강소성 상해현의 동북을 흐르는 강 이름으로, 결국 '상해에 거주하는' 이란 뜻.

저품 → '두려움'의 옛말.

전차前借 → 뒷날에 받을 돈을 기일 전에 당겨 씀.

절무絶無 → 아주 없음.

좀하면 → 어지간하고 웬만하면.

주막쟁이 → 주막을 경영하는 사람을 낮잡아 이르는 말.

쥐통 → 콜레라.

지나사변支那事變 → 일본에서 중일전쟁을 이르던 말.

지벌地閥 → 지체와 문벌을 아울러 이르는 말.

지부地府 → 저승.

진새벽 → '어둑새벽'의 방언. 날이 밝기 전 어둑어둑한 새벽.

진역震域 → '동쪽에 있는 나라'라는 뜻으로, 우리나라를 달리 이르는 말.

진일盡日 → 온종일.

진토제鎭吐劑 → 구역질이나 구토를 멈추게 하는 약.

질구質舊하고 → 수수하고 예스럽고.

질병 → 질흙으로 만든 병.

집달리執達吏 → '집달관'의 옛 용어.

집주릅 → 집 흥정을 붙이는 일을 직업으로 가진 사람.

찌께 → '회충'의 방언.

차간일행략야此間一行略也 → '다음 칸 1행은 생략한다'는 뜻.

차인差人 → '차인꾼'의 준말. 임시 심부름꾼으로 부리는 사람.

참 → (주로 어미 '-은', '-던' 뒤에 쓰여) 무엇을 하는 경우나 때.

참령參領 → 대한 제국 때에 둔 영관 계급의 하나. 부령의 아래, 정위의 위이다.

채귀債鬼 → 악착같이 이자를 받고 빚 갚기를 몹시 졸라대는 빚쟁이를 비유적으로 이르는 말.

천수泉水 → 샘물.

철요凸凹 → 오목함과 볼록함. 여기서는 곰보를 뜻함.

청간廳間 → 대청.

초열지옥焦熱地獄 → 죄 지은 사람을 불에 단 철판 위에 눕히고 벌겋게 단 쇠몽둥이로 치거나, 큰 석쇠 위에 얹어서 지지거나, 쇠꼬챙이로 몸을 꿰어 불에 굽는 따위의 형벌을 준다는 지옥.

취체取締 → 규칙, 법령, 명령 따위를 지키도록 통제함. '단속'으로 순화.

치룽 → 싸리로 가로 퍼지게 둥긋이 결어 만든 그릇.

케드론Cedron → 예루살렘 근처에 있는 시내.

토이기土耳其 → '터키'의 음역어.

통양痛癢 → 자신에게 직접 미치는 이해관계를 비유적으로 이르는 말.

퉁방울 → 품질이 낮은 놋쇠로 만든 방울.

패통 → 교도소에서, 재소자가 용무가 있을 때에 담당 교도관을 부를 수 있도록 벽에 마련한 장치.
폄 → 남을 나쁘게 말함.
폰티우스 필라투스(Pontior Pilatos, ?~?) → 로마의 티베리우스 황제 때의 사마리아·이도메아·유대의 제5대 총독(재임 26~36) 빌라도의 라틴식 이름. 성격이 잔인해서 유대인들을 탄압하였다. 예수가 유대인들의 고소로 그에게 잡혀오자, 예수의 무죄를 인정하면서도 민중의 강요에 굴복해 예수 대신에 강도 바라바를 석방하고 예수에게 사형을 선고하였다.
풀대님 → 한복 바지를 입고 대님을 매지 않은 채 그대로 터놓는 일.
품청稟請 → 윗사람이나 관청 따위에 여쭈어 청함.
풍헌風憲 → 조선 시대에, 유향소에서 면面이나 이里의 일을 맡아보던 사람.
피로披露 → 문서 따위를 펴 보임. 일반에게 널리 알림.
하다모치 → '선전 깃발을 드는 하급 일꾼'을 가리키는 일어.
하오리 → 일본인의 전통 의상 가운데 하나로, 옷 위에 입는 짧은 겉옷.
학슬鶴膝 → 가운데를 꺾어 접을 수 있는 안경다리.

한구漢口 → 한커우. 중국 중부 후베이 성 우한 시에 속해 있는 대도시이자 하항河港.
해우채 → 기생, 창기 따위와 관계를 가지고 그 대가로 주는 돈(=해웃값). '해의채解衣債(치마를 벗음)'에서 비롯되었다고 한다.
행화杏花 → 살구꽃.
협위脅威 → 위협.
호아 → 헝겊을 겹쳐 바늘땀을 성기게 꿰매어.
호열자虎列剌 → '콜레라'의 음역어.
호천망극昊天罔極 → 어버이의 은혜가 넓고 큰 하늘과 같이 다함이 없음을 이르는 말.
화복和服 → 일본의 전통 옷 '기모노'를 말함.
화성돈華盛頓 → '워싱턴'의 음역어.
화환 모치 → '장의 행렬에서 화환을 들고 따라가는 일꾼'을 가리키는 일어.
후치 → '극쟁이'의 방언. 땅을 가는 데 쓰는 농기구.
흥그럽지만 → 흥이 나서 마음이 들뜬 상태에 있지만.

작품 연보

● 소설

약한 자의 슬픔(『창조』, 1919. 2~3)
마음이 옅은 자여(『창조』, 1919. 12~1920. 5)
목숨(『창조』, 1921. 1)
음악 공부(『창조』, 1921. 1. 필명 김만덕으로 발표되었으며, 나중에 「유성기」로 개제)
전제자(『개벽』, 1921. 3. 나중에 「폭군」으로 개제)
배따라기(『창조』, 1921. 5)
태형(『동명』, 1922. 12. 17~1923. 4. 22)
이 잔을(『개벽』, 1923. 1)
눈을 겨우 뜰 때(『개벽』, 1923. 7~11)
거치른 터(『개벽』, 1924. 2)
피고(『시대일보』, 1924. 3. 21~4. 1)
유서(『영대』, 1924. 8~1925. 1)
감자(『조선문단』, 1925. 1)
명문(『개벽』, 1925. 1)
○씨(『동아일보』, 1925. 1. 1)
정희(『조선문단』, 1925. 5~10. 미완)
시골 황 서방(『개벽』, 1925. 6)
원보 부처(『신민』, 1926. 3)
명화 리디아(『동광』, 1927. 3)
딸의 업을 이으려(『조선문단』, 1927. 3)
태평행(『문예공론』, 1929. 6 / 『중외일보』, 1930. 5. 30~9. 23. 폐간으로

중단)
동업자(『동아일보』, 1929. 9. 21~10. 1. 나중에 「눈보라」로 개제)
K 박사의 연구(『신소설』, 1929. 12)
송동이(『동아일보』, 1929. 12. 25~1930. 1. 11)
여인(『별건곤』, 1929. 12~1930. 12 / 『혜성』, 1931. 4~11)
구두(『삼천리』, 1930. 1)
아라삿버들(『신소설』, 1930. 1. 나중에 「포플러」로 개제)
광염 소나타(『중외일보』, 1930. 1. 1~1. 12)
순정(연애 편, 『조선일보』, 1930. 1. 1~2 / 부부애 편, 『매일신보』, 1930. 1. 1
 / 우애 편, 『동아일보』, 1930. 1. 23~24)
배회(『대조』, 1930. 3~7)
벗기운 대금업자(『신민』, 1930. 4)
수정 비둘기(『매일신보』, 1930. 4. 22~26)
소녀의 노래(『매일신보』, 1930. 4. 27)
수녀(『매일신보』, 1930. 4. 29~5. 4)
화환(『신소설』, 1930. 5)
죽음(『매일신보』, 1930. 6. 9~19)
무능자의 아내(『조선일보』, 1930. 7. 30~8. 8)
약혼자에게(『여성시대』, 1930. 9)
증거(『대조』, 1930. 9)
젊은 그들(『동아일보』, 1930. 9. 2~1931. 11. 10)
대동강(『매일신보』, 1930. 9. 6)
무지개(『매일신보』, 1930. 9. 7~17)
죄와 벌(『해방』, 1930. 12)
신앙으로(『조선일보』, 1930. 12. 17~28)
큰 수수께끼(『매일신보』, 1931. 4. 25~5. 5. 『야담』(1939. 2)에 「여인담」으로
 개제 수록)
거지(『삼천리』, 1931. 7)
결혼식(『동광』, 1931. 8)
박 첨지의 죽음(『삼천리』, 1931. 10. 미완)

발가락이 닮았다(『동광』, 1932. 1)
아기네(『동아일보』, 1932. 3. 1~6. 28. 나중에 「화랑도」로 개제)
붉은 산(『삼천리』, 1932. 4)
잡초(『신동아』, 1932. 4~5. 미완)
논개의 환생(『동광』, 1932. 5~8. 미완. 나중에 『부인』(1946. 4~9)에 다시 발표)
떠오르는 해(『동아일보』, 1932. 8. 13~9. 14)
해는 지평선에(『매일신보』, 1932. 9. 30~1933. 5. 14)
적막한 저녁(『삼천리』, 1932. 10. 1회분만 현존)
사기사(『신생』, 1932. 10)
소설 급고(『제일선』, 1933. 3)
사진과 편지(『월간 매신』, 1933. 4)
운현궁의 봄(『조선일보』, 1933. 4. 26~1934. 2. 5)
수평선 너머로(『매일신보』, 1934. 7. 10~12. 19)
대동강은 속삭인다(『삼천리』, 1934. 9)
최 선생(『개벽』, 1934. 11)
몽상록(『조선중앙일보』, 1934. 11. 5~12. 16)
어떤 날 밤(『신인문학』, 1934. 12)
낙왕성 추야담(『중앙』, 1935. 1. 나중에 「왕부의 낙조」로 개제)
거인은 움직인다(『개벽』, 1935. 1·3. 미완, 나중에 「대수양」으로 개제)
광화사(『야담』, 1935. 12)
거목이 넘어질 때(『매일신보』, 1936. 1. 1~2. 29)
시들은 서총(『만선일보』, 1937. 1. 1~1939. 2. 20. 나중에 「연산군」으로 개제. 화재로 작품이 소실된 후 현재까지 발굴되지 못함)
가두(『삼천리 문학』, 1938. 1)
가신 어머님(『조광』, 1938. 3)
제성대(『조광』, 1938. 5~1939. 4. 나중에 「견훤」으로 개제)
대탕지 아주머니(『여성』, 1938. 10~11)
김연실전(『문장』, 1939. 3)
정열은 병인가(『조선일보』, 1939. 3. 14~4. 18. 미완, 『대조』(1946. 1~7)에

「정열」로 개제해 다시 연재)
선구녀(『문장』, 1939. 5)
젊은 용사들(『소년』, 1939. 7~12. 미완)
집주릅(『문장』, 1941. 2)
잔촉(『신시대』, 1941. 2~10)
대수양(『조광』, 1941. 2~12)
어머니(『춘추』, 1941. 4. 나중에 「곰네」로 개제)
백마강(『매일신보』, 1941. 7. 24~1942. 1. 30)
아부용(『조광』, 1942. 2)
분토의 주인(『조광』, 1944. 7. 총독부 검열로 중단. 『신천지』(1946. 5~10)에 「분토」로 개제해 발표한 후, 다시 『태양신문』(1948. 10. 1~1949. 7. 14)에 「을지문덕」으로 개제해 발표)
성암의 길(『조광』, 1944. 8~1944. 12. 미완)
송 첨지(『백민』, 1946. 1)
석방(『민성』, 1946. 3)
학병 수첩(『태양』, 1946. 3)
김덕수(『대조』, 1946. 8)
반역자(『백민』, 1946. 10)
망국인기(『백민』, 1947. 3)
속 망국인기(『백민』, 1948. 3)
주춧돌(『평화일보』, 1948. 7. 6~11)
환가(『서울신문』, 1948. 8. 9~12)
서라벌(태극사, 1953)

● 수필
금강산 일기(『서광』, 1919. 11)
신시대를 영함(『서광』, 1919. 11)
생존권과 직업(『서광』, 1920. 1)
개조의 제일보(『서광』, 1920. 2)
마감 남은 말(『창조』, 1920. 3)

학문의 근본의(『서광』, 1920. 3)
교육계 현상에 대하여(『서광』, 1920. 6)
사람의 참 모양(『창조』, 1921. 1)
영혼(『창조』, 1921. 5)
우리의 예의라는 것(『신민공론』, 1921. 7)
몽역몽(『청년』, 1922. 6)
나빈(문인인상호기 중)(『개벽』, 1924. 2)
우리의 글자(『영대』, 1924. 8. 14)
하느님의 실수(『개벽』, 1924. 10)
법률(『영대』, 1924. 12)
겨울과 김동인(『동아일보』, 1925. 3. 16)
따뜻한 세상(『조선문단』, 1925. 3)
범의 꼬리와 연애(『조선문단』, 1925. 7)
행복(『조선문단』, 1925. 10)
소설 소멸(『조선문단』, 1926. 6)
변능 성욕(『현대평론』, 1927. 9)
분실 물어(『중외일보』, 1929. 10. 4~8)
죽음(『매일신보』, 1930. 6. 9~19)
대동강(『매일신보』, 1930. 9. 6)
김삿갓의 설움(『삼천리』, 1930. 9)
대동강의 악몽(『개벽』, 1930. 12)
몽상만록(『매일신보』, 1931. 6. 7~18)
선인장 꽃(『동광』, 1931. 7)
성지식·성교육·남녀 교제-학교는 성지식 교환소(『동광』, 1931. 12)
병과 빈(『매일신보』, 1932. 2. 7~18)
순서 없는 글(『신생』, 1932. 3)
20세의 야망가(『삼천리』, 1932. 3)
의사 원망기(『동광』, 1932. 4)
지급전보(『동광』, 1932. 5)
행촌에서·1(영웅 숭배)(『매일신보』, 1932. 9. 3~8)

행촌에서 · 2(문사 3제)(『매일신보』, 1932. 9. 11~14)
대동강의 평양(『신동아』, 1932. 9)
논개를 중단하는 까닭(『동광』, 1932. 9)
새해가 될 적마다 드는 생각(『신동아』, 1933. 1)
도둑맞았던 물부리(『신동아』, 1933. 2)
싱거운 봄의 추억(『동아일보』, 1933. 4. 16)
장편소설과 작가 심경(『삼천리』, 1933. 9)
춘원의 편지(『신동아』, 1933. 10)
괴물 행장록(『월간 매신』, 1934. 1)
송양지인(『조선중앙일보』, 1934. 5. 9)
맥고 만담(『중앙조선일보』, 1934. 6. 11)
주암의 어부(『월간 매신』, 1934. 7)
나의 넥타이(『월간 매신』, 1934. 9)
유서 광풍에 춤추는 대동강의 악몽(『개벽』, 1934. 12)
먼저 조선문의 보급(『매일신보』, 1935. 1. 3)
작가 생활이 보장된 뒤에(『매일신보』, 1935. 1. 5)
제각기 제멋대로(『매일신보』, 1935. 1. 9)
별(『조선문단』, 1935. 2)
중앙 문답록(『중앙』, 1935. 2)
'상구 고독' 현 민간 신문(『개벽』, 1935. 3)
소인 거유(『매일신보』, 1935. 4. 7)
홀족왕 개청(『매일신보』, 1935. 4. 12)
초두 난액(『매일신보』, 1935. 4. 14)
소매비정(『매일신보』, 1935. 4. 24)
왜 벌써 갔는가(『매일신보』, 1935. 4. 26)
전차 소견(『매일신보』, 1935. 4. 28)
선로벽(『학등』, 1935. 4)
와전과 옥쇄(『매일신보』, 1935. 5. 11)
30년 전후(『매일신보』, 1935. 5. 17)
선생(『매일신보』, 1935. 5. 17)

문장과 문학(『매일신보』, 1935. 5. 29)
기개(『매일신보』, 1935. 6. 2)
시각도(『매일신보』, 1935. 6. 6)
망양탄(『매일신보』, 1935. 6. 14)
맥주 만담(『매일신보』, 1935. 6. 19~25)
정책문(『매일신보』, 1935. 6. 27)
하일 예찬(『매일신보』, 1935. 7. 4)
해양 잡초(『매일신보』, 1935. 7. 4~19)
연초의 효용(『매일신보』, 1935. 7. 9)
자식의 덕(『매일신보』, 1935. 7. 18)
영웅 숭배(『매일신보』, 1935. 7. 24)
우행과 일화(『매일신보』, 1935. 7. 30)
식모난(『매일신보』, 1935. 8. 2)
실험실 의견(『매일신보』, 1935. 8. 8)
사혐과 문필(『매일신보』, 1935. 8. 17)
안동의 통각(『매일신보』, 1935. 8. 27)
번역문학(『매일신보』, 1935. 8. 31)
성심과 성공(『매일신보』, 1935. 9. 10)
시험관의 경험(『매일신보』, 1935. 9. 17)
신비한 시각(『매일신보』, 1935. 9. 26)
조선문의 사자(『매일신보』, 1935. 10. 5)
화초(『매일신보』, 1935. 10. 16)
근감 하나(『매일신보』, 1935. 10. 29)
머리를 숙일 뿐(『매일신보』, 1935. 11. 20)
신용 편감(『매일신보』, 1935. 11. 22)
최면제(『매일신보』, 1935. 11. 22)
주요한 씨(『매일신보』, 1936. 1. 1)
이은상 씨(『매일신보』, 1936. 1. 4)
친절(『매일신보』, 1936. 4. 5)
쌀값 시비(『야담』, 1936. 7)

후기(『야담』, 1936. 11)
시간(『매일신보』, 1937. 1. 22)
특고(『야담』, 1937. 2・8・10)
3전의 위협(『매일신보』, 1937. 11. 17)
절약(『매일신보』, 1937. 12. 2)
결혼과 유전(『매일신보』, 1937. 12. 5)
광년(『매일신보』, 1937. 12. 10)
명군과 명신(『매일신보』, 1937. 12. 13)
조선의 금(『매일신보』, 1937. 12. 18)
결혼 축전(『매일신보』, 1937. 12. 22)
경성 전차(『매일신보』, 1937. 12. 28)
잠(『매일신보』, 1937. 12. 31)
수(『매일신보』, 1938. 1. 7)
화재(『매일신보』, 1938. 1. 10)
삼국 통일(『매일신보』, 1938. 1. 14)
작품의 2형(『매일신보』, 1938. 1. 18)
신돈 재인식(『매일신보』, 1938. 1. 26)
최근 소설의 독후감(『매일신보』, 1938. 1. 30)
한 가지 제의(『매일신보』, 1938. 2. 9)
문장과 인쇄(『매일신보』, 1938. 3. 19)
애용하는 최면약(『매일신보』, 1938. 4. 16)
소설가 남효온(『매일신보』, 1938. 6. 1)
혼수 5일 반(『조광』, 1938. 7)
문단적 자서전(『사해공론』, 1938. 7)
방송과 문예(『매일신보』, 1938. 8. 9)
한자 우감(『매일신보』, 1938. 8. 25)
인정(『매일신보』, 1938. 10. 2)
낙상(『매일신보』, 1938. 10. 15)
진리(『매일신보』, 1938. 11. 8)
불면증 치료기(『매일신보』, 1938. 12. 13)

문학과 나(『신문예』, 1938. 12)
군맹 무상(『박문』, 1939. 2)
신변잡기(『문장』, 1939. 2)
고물(『문장』, 1939. 4)
뜯어낸 글(『문장』, 1939. 5)
영화 '무정'의 밤(『삼천리』, 1939. 7)
춘원의 소설(『박문』, 1939. 11)
춘원과 사랑(『박문』, 1939. 12)
정필변(『박문』, 1940. 1)
감격과 긴장(『매일신보』, 1942. 1. 23)
일장기 물결(『매일신보』, 1944. 1. 20)
출정하는 자제에게 주는 말(『신시대』, 1944. 2)
전시 생활 수감(『매일신보』, 1945. 3. 8)
동해물과(『중앙신문』, 1945. 11. 14~17)
역전 감상(『선봉』, 1946. 1)
3・1에서 8・15(『신천지』, 1946. 3)
지난 시절의 출판물 검열(『해동공론』, 1946. 12)
아동물 출판업자(『중앙신문』, 1947. 5. 4)
먹이는 진리(『대동신문』, 1947. 6. 14)
문필가의 고통(『민성』, 1947. 10)
수감(『신천지』, 1947. 10)
전화 도난(『신세대』, 1949. 5)

● 평론

소설에 대한 조선 사람의 사상을(『학지광』, 1919. 1)
글동산의 거둠(『창조』, 1920. 3)
제월 씨의 평자적 가치(『창조』, 1920. 5)
제월 씨에게 대답함(『동아일보』, 1920. 6. 12~13)
자기의 창조한 세계(『창조』, 1920. 7)
비평에 대하여(『창조』, 1921. 5)

예술가 자신의 막지 못할 예술욕에서(「계급문학 시비론」 중)(『개벽』, 1925. 2)
소설 작법(『조선문단』, 1925. 4~7)
합평회(『조선문단』, 1925. 8)
육당의 「백팔 번뇌」를 봄(『조선문단』, 1927. 3)
소설가의 시인평(『현대평론』, 1927. 5)
박약한 차이점과 양 문학의 합치점(「민족문학과 무산문학의 합치점과 차이점」 중)(『삼천리』, 1929. 6)
조선근대소설고(『조선일보』, 1929. 7. 28~8. 16)
내가 본 시인-주요한 군을 논함(『조선일보』, 1929. 11. 29~12. 3)
내가 본 시인-김소월 군을 논함(『조선일보』, 1929. 12. 11~12)
불가예측(「조선의 문예이론은 어디로 귀결될까?」 중)(『대조』, 1930. 5)
작가 4인(『매일신보』, 1931. 1. 1~8)
문단 회고(『매일신보』, 1931. 8. 23~9. 2)
속 문단 회고(『매일신보』, 1931. 11. 11~22)
명과 암(『매일신보』, 1931. 12. 18~30)
나의 변명-「발가락이 닮았다」에 대하여(『조선일보』, 1932. 2. 6~10)
부진한 문단의 타개책은?-문인 측의 견지에서(『매일신보』, 1932. 4. 7~12)
여름날 만평-잡지계에 대한(『매일신보』, 1932. 7. 12~22)
소설가로서의 서해(『동광』, 1932. 8)
적막한 예원-조선 예술에 생각나는 사람들(『매일신보』, 1932. 9. 21~10. 6)
신문소설은 어떻게 써야 하나(『조선일보』, 1933. 5. 14)
소설계의 동향(『매일신보』, 1933. 12. 21~27)
감상적 기분 잊은 비애(「1934년 문학 건설」 중)(『조선일보』, 1934. 1. 18)
문예비평가론-문예비평과 이데올로기(「작가로서 평론을 평론」 중)(『조선일보』, 1934. 1. 31~2. 2)
소설에 관한 관견 2·3(『매일신보』, 1934. 3. 15~24)
근대소설의 승리(『조선중앙일보』, 1934. 7. 15~24)
한글의 지지와 수정-조선어학회 한글맞춤법 통일안에 대하여(『조선중앙

일보』, 1934. 8. 18~24)
역사와 사실과 분단과 사료에 대한 작자의 입장을 논함(『조선중앙일보』, 1934. 10. 26~31)
나의 문단 생활 20년 회고기(『신인문학』, 1934. 12)
춘원 연구(『삼천리』, 1934. ?~1935. 9 / 1938. 1·4 / 1938. 10~1939. 6)
조선문학을 위하여 — 생활과 문학(『매일신보』, 1935. 1. 1)
단편소설 선후감(『조선중앙일보』, 1935. 1. 2~8)
2월 창작평(『매일신보』, 1935. 2. 9~19)
3월 창작평(『매일신보』, 1935. 3. 24~4. 3)
4월 창작평(『매일신보』, 1935. 5. 16~22)
「무정」 수준에서 재출발해야 한다(『조선중앙일보』, 1935. 5. 9)
문예 시평(『조선중앙일보』, 1935. 5. 14~25)
문예가협회에 대하여(『조선일보』, 1935. 9. 3~6)
예술의 사실성(『매일신보』, 1935. 10. 23)
조선의 작가와 톨스토이(『매일신보』, 1935. 11. 20)
극연의 10회 공연을 보고(『조선중앙일보』, 1936. 4. 15~16)
신문소설은 어떻게 쓰여지나(『조선일보』, 1937. 5. 18~20)
야담이라는 것(『매일신보』, 1938. 1. 22)
을묘사화 재검토(『야담』, 1938. 2)
조선문학의 여명 — 『창조』 회고(『조광』, 1938. 6)
내 작품의 여주인공(『조광』, 1939. 4)
문자 우상(『조광』, 1939. 4)
소설가 지원자에게 주는 당부(『조광』, 1939. 5)
처녀 장편을 쓰던 시절 — 「젊은 그들」의 자취(『조광』, 1939. 12)
작품과 제재 문제(『매일신보』, 1941. 3. 23~29)
창작 수첩(『매일신보』, 1941. 5. 25~31)
계유·병자·정축(『조광』, 1941. 12~1942. 1)
결전하 문단인의 결의 — 총동원 태세로(『매일신보』, 1944. 1. 1~4)
문화인의 총궐기(『매일신보』, 1944. 12. 10~11)
탁치냐 탁란이냐(『대동신문』, 1946. 1. 13~24)

해방 후 문단의 독재성(『해동공론』, 1947. 4)
조선문학을 어떻게 추진할까(『중앙신문』, 1947. 11. 1~2)
우리의 말(『대조』, 1948. 1)
조선의 소위 판권 문제(『신천지』, 1948. 1)
춘원의 「나」(『신천지』, 1948. 3)
문단 30년의 회고(『신천지』, 1948. 3~1949. 8)
계란을 세우는 방법(「조선문학 재건에 대한 제의」 중)(『백민』, 1948. 4)
힌트·수인상·표절(『민성』, 1948. 6)
여의 문학도 30년(『백민』, 1948. 10)

참고 서지

강병융, 김동인 소설 연구, 명지대 대학원(석사학위논문), 2002.
강성환, 김동인 소설 연구-인물의 행위에 대한 의미고찰, 동아대 대학원(석사학위논문), 1984.
강영규, 김동인 역사소설에 나타난 영웅숭배사상과 고구려 정통사관, 인하대 교육대학원(석사학위논문), 1989.
강영주, 김동인의 역사소설, 『논문집』(17집), pp. 113-130, 상명여대 사범대, 1986.
강인숙, 자연주의의 한국적 전개, 『현대문학』(9월), 1964.
_____, 김동인 연구-불·일 자연주의 비교 연구, 『인문과학논총』(17집), pp. 7-34, 건국대 인문과학연구소, 1985.
고광율, 김동인 역사소설에 나타난 역사의식 연구, 대전대 대학원(석사학위논문), 1996.
고석호, 김동인 소설연구-체험의 형상화와 관련하여, 성균관대 교육대학원(석사학위논문), 1992.
고선애, 김동인 단편에 나타난 기독교적 요소, 고려대 교육대학원(석사학위논문), 1986.
고영자, 예술지상주의, 『용봉논총』(26집), pp. 203-227, 전남대 인문과학연구소, 1997.
공임순, 쇄국과 양이의 근대적 이중주-김동인의 「젊은 그들」과 「흥선대원군」을 중심으로, 『한국소설연구』(5집), pp. 302-330, 한국소설학회, 2003.
구경란, 김동인 단편소설 연구-작품에 나타난 여성상을 중심으로, 계명대 교육대학원(석사학위논문), 1982.

구성애, 김동인의 비평론 연구, 효성여대 대학원(석사학위논문), 1986.
권영대, 김동인 소설에 나타난 의식과 구조 연구, 단국대 교육대학원(석사학위논문), 1991.
김경란, 김동인 단편소설의 작중인물 연구, 한국외국어대 교육대학원(석사학위논문), 1986.
김구중, 김동인 단편소설 연구, 『한남어문학』(17·18 합집), pp. 395-415, 한남대 국어국문학회, 1992.
_____, 김동인 단편소설 연구―서술자 '나'에 대한 연구, 한남대 대학원(석사학위논문), 1992.
_____, 독서를 통한 텍스트의 의미 전복과 수정, 『충남국어교육』(창간호), pp. 229-245, 충남중등교육연구회, 1993.
_____, 김동인, 염상섭, 현진건 1인칭 소설의 서술 상황 연구, 한남대 대학원(박사학위논문), 1996.
_____, 인물참여자적 서술자 '나'의 중첩된 목소리 연구, 『한국언어문학』(39집), pp. 469-487, 한국언어문학회, 1997.
_____, 김동인 단편소설「감자」의 배경 연구, 『한남어문학』(24집), pp. 147-171, 한남대국어국문학회, 2000.
김기진, 10년간 조선 문예 변천 과정·6, 『조선일보』, 1929. 1. 8.
김기환, 김동인 소설연구, 서원대 교육대학원(석사학위논문), 1997.
김동리, 자연주의의 구경―김동인론, 『신천지』(6월), 1948.
김동환, 김동인 소설의 창작방법과 그 의미―'인형조종술'을 중심으로, 『한성어문학』(14집), pp. 115-137, 한성대 국어국문학과, 1995.
김두응, 김동인 비평에 관한 한 연구―초기 비평활동과 소설론을 중심으로, 『논문집』(20집), pp. 625-634, 인하공업전문대, 1995.
김문수, 김동인의 액자소설에 있어서 서술자의 기능에 관한 고찰, 『대구어문론총』(9집), pp. 119-143, 대구어문학회, 1991.
김미하, 김동인 작품 속의 '죽음' 고찰, 『국어교육논지』(17집), pp. 98-114, 대구교육대 국어교육과, 1991.
김병걸, 20년대의 리얼리즘 문학 비판―서구의 리얼리즘과 김동인·염상섭의 초기작들, 『창작과비평』(6월), pp. 321-339, 창작과비평사, 1974.

김병욱, 『창조』의 어문학적 연구, 『논문집』(4권 2호), pp. 103-114, 충남대 인문과학연구소, 1977.
김봉군, 이광수와 김동인 문학의 대비 연구, 『국어교육』(112호), pp. 495-530, 한국국어교육연구학회, 2004.
김봉진, 김동인의 소설론 연구, 한양대 대학원(석사학위논문), 1984.
_____, 김동인 소설의 특징, 『한민족문화연구』(3집), pp. 177-204, 한민족문화학회, 1998.
김상균, 김동인의 작품 연구, 동아대 대학원(석사학위논문), 1985.
김상일, 자연주의와 그 유산, 『현대문학』, 1957. 9~10.
김수화, 김동인 소설 연구―김동인 문학의 인정주의적 요소에 관하여, 원광대 교육대학원(석사학위논문), 1988.
김안서, 김동인, 『조선문단』(6월), 1925.
_____, 김동인론―문단인 종횡기 · 1, 『동광』, 1931. 11. 10.
김영견, 김동인 문학의 원천 연구―「광화사」와 「지옥변」을 중심으로, 경남대 대학원(석사학위논문), 1989.
김영순, 김동인 소설의 문체 연구, 『논문집』(21집), pp. 343-362, 시립인천전문대, 1994.
_____, 염상섭과 김동인 소설의 문체 비교 연구, 『논문집』(29집), pp. 133-147, 시립인천전문대, 1998.
김영화, 「배따라기」와 「운명론자」의 비교, 『한국언어문학』(22집), pp. 295-304, 형설출판사, 1983.
_____, 김동인 소설의 시점―일본 근대문학의 영향을 중심으로, 『논문집』(16집), pp. 15-44, 제주대, 1983.
김용근, 김동인 단편소설 연구, 전주대 교육대학원(석사학위논문), 1997.
김용재, 김동인 초기 단편소설의 서사적 특징―그의 창작관과 관련하여, 『한국언어문학』(28집), pp. 1-19, 한국언어문학회, 1990.
김윤식, 김동인 · 도스토예프스키 · 바흐친―메타포의 기원 · I, 『현대문학』(457호), pp. 274-286, 현대문학사, 1993.
_____, 「전선 기행」 속의 김동인―김동인의 두 가지 모험(김동인 탄생 100주년에 부쳐), 『문예중앙』(8월), pp. 254-277, 중앙M&B, 2000.

김윤자, 김동인의 위장된 유미주의를 통한 민족애 연구, 『백양인문논집』(9
   집), pp. 55-73, 신라대 인문과학연구소, 2004.
김윤정, 김동인 소설론 연구, 가톨릭대 대학원(석사학위논문), 2000.
김은환, 김동인의 단편소설 연구, 이화여대 교육대학원(석사학위논문),
   1985.
김재만, 김동인 단편소설의 여인상 연구, 국민대 교육대학원(석사학위논
   문), 1989.
김정근, 김동인 문학의 심리적 연구, 성균관대 교육대학원(석사학위논문),
   1993.
김정배, 김동인 문학의 죽음에 대한 연구, 경남대 교육대학원(석사학위논
   문), 1986.
김정자, 시간과 문체, 『인문논총』(25집), pp. 31-55, 부산대, 1984.
김정하, 김동인의 예술관과 초기 작품을 통해 본 근대문학적 자아의식에 관
   한 소론, 『서강어문』(8집), pp. 153-186, 서강어문학회, 1992.
김종후, 작가의 패기 – 김동인론, 『현대문학』(1월), 1956.
김지은, 김동인 단편 연구 – 여성인물 분석을 중심으로, 연세대 대학원(석사
   학위논문), 1991.
김진석, 김동인 소설 연구, 『인문과학연구』, pp. 3-30, 서원대 인문과학연구
   소, 1999.
_____, 김동인 소설과 미의식의 문제, 『현대문학이론연구』(14집), pp. 73-
   102, 현대문학이론학회, 2000.
김창용, 김동인 여성관의 새로운 방법론적 모색, 『논문집』(7집), pp. 109-
   125, 한성대, 1983.
김춘미, 김동인 연구 – 비교문학적 고찰, 고려대 대학원(박사학위논문),
   1984.
김치홍, 김동인의 「대수양」 연구, 『명지어문학』(9호), pp. 201-232, 명지대
   국어국문학과, 1977.
_____, 김동인의 역사소설론 연구, 『국어국문학』(88호), pp. 79-105, 국어
   국문학회, 1982.
김태준, 신흥문학의 발전, 『조선소설사』, 청진서관, 1933.

김팔봉, 한국문단측면사, 『사상계』, 1956. 8~12.
김필주, 김동인 문학에 나타난 기독교 수용 양상, 『대전어문학』(4집), pp. 69-88, 대전대 국어국문학회, 1987.
김해덕, 김동인의 순수예술론 연구, 동국대 대학원(석사학위논문), 2002.
김현영, 김동인 단편에 나타난 여성 연구-매춘 여성을 중심으로, 영남대 대학원(석사학위논문), 2000.
김형민, 김동인 소설의 미적거리 분석 연구, 부산대 대학원(석사학위논문),.
김혜정, 김동인의 유미주의 연구, 건국대 교육대학원(석사학위논문), 2003.
김홍식, 1920년대 초기 문학관의 두 유형 고찰, 『관악어문연구』(10집), pp. 231-260, 서울대 국어국문학과, 1985.
김희중, 김동인과 시마자키 도손, 『성균어문연구』(39집), pp. 35-62, 성균관대 성균어문학회, 2004.
남무환, 김동인 연구, 영남대 교육대학원(석사학위논문), 1984.
남은미, 아쿠타가와 류노스케와 김동인의 예술지상주의 대비 고찰, 『일본학보』(32집), pp. 249-272, 한국일본학회, 1994.
류수경, 김동인 단편소설에 나타난 죽음에 대한 고찰, 『국어교육연구』(9집), pp. 157-170, 광주교육대 국어교육과, 1997.
명형대, 김동인 소설에 나타난 '죽음'에 대한 고찰, 부산대 대학원(석사학위논문), 1977.
문덕용, 김동인 소설 연구-문학적 경향의 특징을 중심으로, 성균관대 교육대학원(석사학위논문), 1990.
문성숙, 김동인의 초기 소설론, 『백록어문』(12집), pp. 63-88, 백록어문학회, 1996.
문혜수, 한일 근대 문학에 있어서의 탐미성-김동인과 다니자키 준이치로의 비교 고찰을 통해, 『논문집』(7집), pp. 267-286, 군장대, 2000.
민병준, 김동인 소설의 원형 연구-「배따라기」, 「광염 소나타」, 「광화사」를 중심으로, 충북대 교육대학원(석사학위논문), 1987.
민병휘, 동인 군의 「흘노리」를 읽고, 『시대일보』, 1926. 1. 1.
민촌학인, 「적막한 예원」을 읽고-김동인 군을 박함, 『문학건설』(12월), 1932.

박경균, 김동인 소설 연구, 전북대 교육대학원(석사학위논문), 1986.
박광규, 김동인 단편소설의 탐미의식 연구, 국민대 대학원(석사학위논문), 2000.
박귀송, 김동인에게 '야담'을 듣는다, 『신인문학』(3권 2호), pp. 93-97, 청조사, 1936.
박배식, 김동인의 「감자」 분석, 『논문집』(10집), pp. 131-147, 동신실업전문대, 1987.
박석현, 김동인 소설의 작중인물 연구, 단국대 교육대학원(석사학위논문), 1987.
박승극, 김동인 씨의 난평을 박함, 『조선문단』(4월), 1935.
박영희, 현대 한국문학사·4, 『사상계』(10월), 1958.
박재원, 김동인 단편에 나타난 1인칭고, 동국대 교육대학원(석사학위논문), 1982.
박제덕, 김동인의 단편소설에 관한 연구, 연세대 교육대학원(석사학위논문), 1985.
박종홍, 김동인연구, 서울대 대학원(석사학위논문), 1982.
_____, 김동인의 창작관고, 『논문집』(20집), pp. 85-97, 대구교육대, 1984.
_____, 김동인의 「운현궁의 봄」론, 『영남국어교육』(7호), pp. 12-26, 영남대 사범대 국어교육과, 2001.
_____, 『창조』 소재 김동인 소설의 '일원 묘사' 고찰, 『현대소설연구』(25호), pp. 195-212, 한국현대소설학회, 2005.
박종화, 오호아문단, 『백조』(5월), 1922.
_____, 문단의 1년을 추억하며, 『개벽』(1월), 1923.
_____, 신춘 창작평, 『개벽』(3월), 1924.
_____, 갑자 문단 종횡관, 『개벽』(12월), 1924.
_____, 3월 창작평, 『개벽』(4월), 1925.
박종홍, 김동인의 삶과 욕망의 경쟁구조, 『국어국문학연구』(25집), pp. 377-396, 도서출판 그루, 1997.
박지호·신승행, 김동인과 염상섭 문학의 비교 연구, 『논문집』(11집), pp. 39-62, 제주전문대, 1990.

박태원, 선배에게-김동인 씨에게, 『조선중앙일보』, 1934. 6. 24.
박헌호, 한국 근대 단편 양식과 김동인·I-김동인의 소설관을 중심으로, 『작가연구』(2호), pp. 280-303, 새미, 1996.
_____, 한국 근대 단편 양식과 김동인·II-소설관의 표출양상을 중심으로, 『기전어문학』(10·11 합집), pp. 175-195, 수원대 국어국문학회, 1996.
방인근, 김동인은 어떠한 사람인가, 『조선문단』(6월), 1925.
_____, 문단의 그 시절을 회상한다, 『조선일보』, 1933. 10. 12~15.
방희경, 김동인 초기일일청소설에 미친 일본근대소설의 영향, 충북대 대학원(석사학위논문), 1999.
배병선, 김동인의 「젊은 그들」 연구, 충남대 교육대학원(석사학위논문), 1994.
백대윤, 김동인과 김동리의 액자소설 연구, 한남대 대학원(석사학위논문), 2002.
백천풍, 한국근대문학 초창기의 일본적 영향, 『동악어문논집』(16집), pp. 83-184, 동악어문학회, 1982.
백 철, 문예사조의 혼류와 순문학운동, 『조선신문학사조사』, 수선사, 1948.
_____, 고 김동인 선생의 인간과 예술, 『신천지』(6월), pp. 266-273, 서울신문사, 1953.
_____, 『개벽』 전후의 문단사조, 『현대공론』(1월), 1955.
_____, 가난한 대로의 우리 유산, 『사상계』(9월), 1962.
서정섭, 김동인 소설 언어 연구, 『텍스트 언어학』(8집), pp. 135-159, 한국텍스트언어학회, 2000.
설춘광, 김동인 역사소설 연구-「대수양」을 중심으로 한 역사소설관, 성균관대 교육대학원(석사학위논문), 1991.
성하익, 김동인의 탐미주의 문학연구, 원광대 교육대학원(석사학위논문), 1986.
성현자, 김동인의 「붉은 산」과 보코르 후타수의 「총검」의 비교 연구, 『비교문학』(26집), pp. 153-181, 한국비교문학회, 2001.
송백헌, 김동인 역사소설 「젊은 그들」 연구, 『논문집』(26권 2호), pp. 1-16,

충남대 인문과학연구소, 1999.
송준호, 김동인 소설의 원형에 관한 일고찰, 『한국언어문학』(30집), pp. 349-365, 한국언어문학회, 1992.
송지현, 여권론의 입장에서 본 김동인 소설, 『한국언어문학』(27집), pp. 313-334, 형설출판사, 1989.
송현호, 위다푸와 김동인의 소설 비교 연구, 『중한인문과학연구』(1집), pp. 7-29, 중한인문과학연구회, 1996.
신규철, 김동인 작품연구, 고려대 교육대학원(석사학위논문), 1978.
신동욱, 민족주의 문학과 사상의 구현, 『월간조선』(3월), pp. 610-612, 조선일보사, 1989.
신성원, 김동인의 「광염 소나타」론, 이화여대 교육대학원(석사학위논문), 1980.
신순철, 김동인의 액자소설 연구, 『논문집』(1집), pp. 5-20, 경주실업전문대, 1983.
신영희, 김동인의 역사소설 연구-「젊은 그들」, 「운현궁의 봄」, 「대수양」을 중심으로, 국민대 교육대학원(석사학위논문), 1994.
안미영, 김동인 소설의 죽음 양상 연구, 숙명여대 교육대학원(석사학위논문), 1998.
안석주, 패수에 한 담은 시어딤 김동인 씨, 『조선일보』, 1933. 1. 20.
안영희, 이와노 호메이와 김동인의 '일원묘사', 『일본어문학』(7집), pp. 207-225, 일본어문학회, 1999.
안윤자, 김동인 단편소설에 나타난 여성인물 유형 연구, 목포대 교육대학원(석사학위논문), 2001.
안인배, 아리시마다케오의 「카인의 후예」와 김동인의 「붉은 산」 비교 연구, 『일본연구』(4호), pp. 123-140, 경남대 일본문제연구소, 1993.
안진태·조남철, 김동인과 Gerhart Hauptmann 문학의 비교 연구, 『인문학보』(2집), pp. 247-284, 강릉대 인문과학연구소, 1986.
안한상, 김동인의 창작관과 작품과의 상관양상고, 서울대 대학원(석사학위논문), 1983.
_____, 우상과 삶과 문학-김동인 연구, 『인문과학연구논총』(17집), pp.

79-114, 명지대 인문과학연구소, 1998.
엄해영, 김동인 초기 평론에 나타난 소설관, 『논문집』(24집), pp. 133-146, 서울교육대, 1991.
염상섭, 올해의 소설계, 『개벽』(12월), 1923.
오오타 아츠시, 김동인 문학에 미친『제국물어』의 영향, 경북대 대학원(석사학위논문), 1999.
왕 명, 김동인론-「붉은 산」을 중심으로, 『백민』(12월), 1946.
왕유정, 김동인소설의 탐미주의 연구, 명지대 사회교육대학원(석사학위논문), 1994
용석인, 탐미주의적 교차-김동인·다니자키 준이치로, 『관대논문집』(25집), pp. 227-242, 관동대, 1997.
유국환, 김동인 소설의 기법 연구, 서울대 대학원(석사학위논문), 1987.
유남옥, 김동인 소설의 페미니즘적 분석 시고, 『국어국문학』(113호), pp. 267-293, 국어국문학회, 1995.
유대근, 김동인 역사소설 연구-영웅숭배사상을 중심으로, 성균관대 교육대학원(석사학위논문), 1993.
유 란, 김동인의 단편소설 연구, 명지대 교육대학원(석사학위논문), 2001.
유지영, 김동인 인상기, 『조선문단』(6월), 1925.
윤명구, 김동인 소설 연구, 서울대 대학원(박사학위논문), 1984.
_____, 김동인의 생애와 문학, 『한국학연구』(2집), pp. 93-116, 인하대 한국학연구소, 1990.
윤병로, 한국 근대문학에 영향한 일본 근대문학-『창조』파의 김동인을 중심으로, 『대동문화연구』(14집), pp. 23-42, 성균관대 대동문화연구원, 1981.
_____, 김동인 단편의 이원적 요소, 『대동문화연구』(22집), pp. 123-140, 성균관대 출판부, 1988.
윤정헌, 김동인 단편소설 연구, 영남대 대학원(석사학위논문), 1985.
_____, 김동인 액자소설 연구, 『국어국문학』(97호), pp. 89-106, 국어국문학회, 1987.
_____, 김동인 소설의 통속성 고찰-「수평선 너머로」를 중심으로, 『영남어

문학』(29집), pp. 211-225, 영남어문학회, 1996.
이강언, 김동인과 리얼리즘 문학의 한계-작품 「감자」의 분석, 『영남어문학』(2집), pp. 108-121, 영남어문학회, 1975.
이금숙, 김동인 1인칭 소설의 기능 연구-「마음이 옅은 자여」, 「배따라기」, 「태형」을 중심으로, 부산대 교육대학원(석사학위논문), 1983.
이대규, 김동인의 단편소설 「감자」와 「붉은 산」 해석, 『국어교육』(73·74 합집), pp. 223-248, 한국국어교육연구회, 1991.
이동길, 김동인 소설의 인식변화와 창작태도, 『국어국문학연구』(25집), pp. 341-376, 영남대국어국문학회, 1997.
_____, 김동인 초기소설의 근대성 연구, 『영남어문학』(31집), pp. 97-121, 영남어문학회, 1997.
_____, 김동인 소설의 인식적 기반과 부정의 미학, 『한민족어문학』(38집), pp. 341-359, 한민족어문학회, 2001.
이동주, 김동인, 『현대문학』(10월), pp. 185-195, 현대문학사, 1967.
이문구, 김동인의 미의식 연구, 연세대 교육대학원(석사학위논문), 1985.
_____, 김동인 소설의 심미의식 연구, 단국대 대학원(박사학위논문), 1994.
이병기·백철, 근대 문예사조의 도입기, 『국문학 전사』, 신구문화사, 1957.
이상구, 김동인 문학 연구, 연세대 교육대학원(석사학위논문), 1980.
이선영, 도덕과 미학-이광수와 김동인을 중심으로, 『현대문학』(3월), pp. 327-335, 현대문학사, 1969.
이승우, 김동인 소설 연구-남주인공 중심으로, 한남대 교육대학원(석사학위논문), 2001.
이완익, 김동인 작품 연구, 연세대 교육대학원(석사학위논문), 1974.
이용남, 김동인과 오스카 와일드의 유미주의, 『비교문학』(20집), pp. 5-27, 한국비교문학회, 1995.
이은애, 김동인 초기 단편에 나타난 창작방법 연구-사소설과의 관련을 중심으로, 『사회과학연구』(4집), pp. 315-327, 덕성여대 사회과학연구소, 1996.
이인모, 감각적 표현과 작가의 성격-김동인 씨와 염상섭 씨의 작품을 중심하여, 『학원』(15호), pp. 33-43, 경복고등학교, 1957.

_____, 문장 형성법과 작가의 성격-김동인과 염상섭의 작품을 통한·1, 『현대문학』(1월), pp. 97-105, 현대문학사, 1957.

_____, 문장 형성법과 작가의 성격-김동인과 염상섭의 작품을 통한·2, 『현대문학』(3월), pp. 116-122, 현대문학사, 1957.

이인복, 한국 소설문학에 수용된 기독교사상 연구-안국선·이광수·김동인을 중심으로, 『논문집』(23집), pp. 175-204, 숙명여대, 1983.

이재순, 김동인과 염상섭의 단편 비교 연구, 연세대 대학원(석사학위논문), 1983.

이정희, 김동인 단편소설에 나타난 여성인물 연구, 한남대 교육대학원(석사학위논문), 2003.

이주형, 김동인 소설에서의 허무주의적 인간 운명관과 인간 경멸·혐오 의식, 『국어교육연구』(26집), pp. 35-59, 경북대 사범대 국어교육연구회, 1994.

이혜경, 김동인소설에 나타난 '신체 이미지' 연구, 충남대 대학원(석사학위논문), 1991.

_____, 김동인 소설에서 '자기' 보존과 반영 양상 연구, 『한국언어문학』(49집), pp. 385-403, 한국언어문학회, 2002.

이혜령, 김동인 소설 연구, 새종대 대학원(석사학위논문), 1986.

임규찬, 3·1운동 전후의 작가와 문학적 근대성-이광수·김동인·염상섭의 비평을 중심으로, 『민족문학사연구』(24호), pp. 281-304, 민족문학사학회 민족문학사연구소, 2004.

임긍재, 1948년도 창작계 총평-본격문학의 인간성과 시류문학의 목적성, 『백민』(1월), 1949.

임노월, 최근의 예술운동, 『개벽』(10월), 1922.

임승연, 김동인 소설의 여성인물론-페미니즘 비평적 접근, 강원대 교육대학원(석사학위논문), 2002.

임은희, 김동인의 초기 단편소설에 나타난 '성' 연구, 『국제어문』(22집), pp. 223-244, 서경대 출판부, 2000.

임장화, 예술지상주의의 자연관, 『영대』(8월), 1924.

임종수, 김동인 소설의 문체 고찰, 『논문집』(30집), pp. 67-88, 삼척산업대,

1997.
임　화, 조선신문학사론 서설,『조선중앙일보』, 1935. 10. 9.
장광덕, 김동인의 단편소설에 관한 연구, 명지대 대학원(석사학위논문), 1973.
장미영, 김동인의「감자」에 나타난 가족의 의미,『국어문학』(29집), pp. 17-37, 국어문학회, 1994.
장병희, 김동인 단편소설 연구, 연세대 대학원(박사학위논문), 1984.
_____, 김동인 문학의 폭력적 죽음에 관한 연구,『어문학논총』(3집), pp. 107-136, 국민대 출판부, 1984.
_____, 김동인 역사소설 연구,『어문학논총』(4집), pp. 51-79, 국민대 출판부, 1985.
_____, 김동인 문학비평 연구,『어문학논총』(5집), pp. 85-110, 국민대 어문학연구소, 1986.
장수익, 한국 근대소설의 형성과 시점에 관한 시론—김동인 초기 소설을 중심으로,『문학사와 비평』(4집), pp. 63-82, 새미, 1997.
장정줄,「감자」에 비친 김동인의 문체,『어문학교육』(7집), pp. 251-272, 보고사, 1984.
전영택, 김동인론,『조선문단』(6월), 1925.
_____, 문단의 그 시절을 회고함—『창조』시대,『조선일보』, 1933. 9. 20~22.
_____,『창조』로부터『조선문단』까지,『서울신문』, 1945. 9. 24.
_____,『창조』시대 회고,『문예』(12월), 1949.
_____, 나의 문학 수업,『문학예술』(5월), 1956.
_____, 나의 문단 자서전,『자유문학』(6월), 1956.
_____,『창조』를 중심한 그 전후,『문학춘추』(4월), 1964.
전은경, 김동인 장편역사소설 연구, 연세대 교육대학원(석사학위논문), 1987.
전홍남, 김동인의 역사소설 연구—「젊은 그들」과「운현궁의 봄」을 중심으로, 전북대 대학원(석사학위논문), 1987.
정경운, 역사 서사물에서 보여지는 '시간'의 운용 고찰,『한국언어문학』(34

집), pp. 279-293, 형설출판사, 1995.
정경희, 김동인 단편소설의 근대성 연구, 연세대 대학원(석사학위논문), 1999.
정비석, 김동인의 예술과 생애,『자유세계』(8월), 1952.
_____, 김동인 선생-새해에 생각나는 사람들,『신천지』(1월), pp. 185-187, 서울신문사, 1954.
정상균, 김동인론,『국어교육』(37호), pp. 37-60, 한국국어교육연구회, 1980.
정승호, 김동인 소설의 인물고, 성균관대 교육대학원(석사학위논문), 1987.
정신재, 김동인 소설의 정신분석적 연구,『국민어문연구』(2집), pp. 60-95, 국민대 국어국문학연구회, 1989.
_____, 김동인 소설에 나타난 영웅의 원형 연구,『국민어문연구』(3집), pp. 40-71, 국민대 국어국문학연구회, 1991.
_____, 김동인 소설 연구-창작심리와 무의식을 중심으로, 국민대 대학원(박사학위논문), 1992.
정   양, 김동인의「젊은 그들」소고,『한국언어문학』(49집), pp. 449-470, 한국언어문학회, 2002.
정연희, 김동인 전반기 소설의 서술기법 연구,『국어국문학』(126호), pp. 375-398, 국어국문학회, 2000.
_____, 김동인과 이태준의 서술기법 비교 연구-「감자」와「오몽녀」를 중심으로,『현대문학이론연구』(15집), pp. 291-313, 현대문학이론학회, 2001.
_____, 김동인 소설의 서술자 연구, 고려대 대학원(박사학위논문), 2002.
_____, 김동인의 시점론과 언문일치,『현대소설연구』(23호), pp. 207-226, 한국현대소설학회, 2004.
정영문, 김동인과 아쿠타가와 류노스케 문학의 죽음의 문제,『논문집』(8집), pp. 25-40, 부산여자전문대, 1987.
정은경, 김동인 소설에 나타난 '악'의 의미와 미적 수용에 관한 연구-「감자」와「광염 소나타」를 중심으로,『어문논집』(50집), pp. 251-286, 민족어문학회, 2004.
정은혜, 김동인의 역사소설 연구-「젊은 그들」,「운현궁의 봄」,「대수양」을 중심으로, 계명대 교육대학원(석사학위논문), 1991.
정인문, 김동인과 일본문학과의 외부적 영향 관계, 『국어국문학』(12집), pp. 65-77, 동아대 국어국문학과, 1993.
_____, 김동인의 일본 근대문학 수용 연구, 동아대 대학원(박사학위논문), 1995.
_____, 한일 근대문학 기법의 관련양상, 『국어국문학』(14집), pp. 117-130, 동아대 국어국문학과, 1995.
_____, 김동인 역사소설과 일본 시대물과의 공유성, 『월간문학』(408호), pp. 525-535, 한국문인협회, 월간문학사, 2003.
정재원, 김동인 문학에서 '여'의 의미, 『상허학보』(7집), pp. 199-230, 깊은샘, 2001.
정창범, 신문학 초창기와 기독교-이광수와 김동인을 중심으로, 『한국문학』(3월), pp. 168-174, 한국문학사, 1976.
정춘만, 김동인 소설 연구-단편소설을 중심으로, 영남대 대학원(석사학위논문), 1986.
정한모, 김동인과 이효석-문체를 중심으로, 『문학예술』(5월), 1956.
_____, 리얼리즘 문학의 한국적 양상, 『사조』(10월), 1958.
_____, 김동인론-거오와 고독의 인간상, 『현대작가연구』, 범조사, 1960.
정형기, 김동인 문학의 비교문학적 고구, 『동악어문논집』(14집), pp. 259-302, 동악어문학회, 1981.
정혜영, 고백의 형식과 자아의 발견-김동인 소설 연구, 『문학과언어』(20집), pp. 263-273, 문학과언어학회, 1998.
_____, 기생과 문학, 『한국문학논총』(30집), pp. 247-264, 한국문학회, 2002.
조경자, 김동인 소설에 나타난 여성상 연구-일제 강점기의 단편을 중심으로, 중앙대 교육대학원(석사학위논문), 1997.
조낙현, 김동인의「광화사」연구, 『관대논문집』(27집), pp. 35-44 관동대, 1999.
조미숙, 한국 현대소설에 나타난 인물묘사 연구, 『건국어문학』(13·14 합집), pp. 179-202, 건국대 국어국문학연구회, 1989.

조연현, 현대한국작가론, 문예사, 1953.
_____, 김동인 편―한국 현대작가론·3,『새벽』(5월), 1957.
_____, 현대문학의 전개,『한국 현대문학사』, 현대문학사, 1957.
조영미, 김동인 소설에 나타난 여성인물 연구, 창원대 교육대학원(석사학위논문), 1999.
조윤제, 문학의 사조적 전개,『한국문학사』, 동국문화사, 1963.
_____, 문예사조의 혼류와 전개,『한국 현대문학사 개론』, 정음사, 1964.
주요한, 성격 파산―동인 군의「마음이 옅은 자여」를 봄,『창조』(1월), 1921.
_____, 나의『창조』시대,『신천지』(2월), 1954.
_____, 나의 문학 수업,『문학예술』(4월), 1956.
_____, 동인의 추억―『춘원 연구』를 통해 본 그의 나상,『동아일보』, 1956. 6. 1.
_____,『창조』시대의 문단, 자유문학』(6월), 1956.
_____, 동인을 말한다,『신문예』(9월), 1958.
진병도, 여성 상실과 그 보상의 미학―김동인과 다니자키의 유미주의적 경향의 비교,『현대문학』(408호), pp. 377-406, 현대문학사, 1988.
진선정, 1920년대 단편소설에 나타난 여성 이미지 연구―김동인, 현진건의 단편 중심으로,『한남어문학』(29집), pp. 287-315, 한남대 한남어문학회, 2005.
진희정, 김동인의「광화사」와 다니자키 준이치로의「자청」의 비교 연구, 부산외국어대 대학원(석사학위논문), 2001.
채 훈, 김동인론,『국어국문학』(25호), pp. 17-46, 국어국문학회, 1962.
천이두, 패기적 직선적 미학―김동인론,『문학춘추』(11월), pp. 30-37, 문학춘추사, 1964.
최경호, 역사적 진실과 서사적 진실,『어문학』(61집), pp. 291-314, 한국어문학회, 1997.
최병광, 김동인의 색채영상 연구, 경북대 교육대학원(석사학위논문), 1976.
최병우, 김동인의 초기 소설관에 대한 연구,『인문학보』(29집), pp. 84-102, 강릉대 인문과학연구소, 2000.
최정주, 김동인 단편소설 연구, 우석대 대학원(석사학위논문), 1987.
최정희, 김동인 단편선(신간평),『문장』(7월), 1939.

_____, 동인의 성격,『박문』(7월), 1939.
최희연, 김동인의「운현궁의 봄」연구,『연세어문학』(19집), pp. 263-278, 연세대 국어국문학과, 1986.
표언복, 김동인 문학의 기독교 인식,『목원어문학』(7집), pp. 60-91, 목원대 국어교육과, 1987.
하시모토 지호, 김동인 단편소설 텍스트의 개작과 문체인식 변화 연구, 서울대 대학원(석사학위논문), 2001.
하지현, 김동인의 두 단편소설에 대한 정신역동적 고찰-「광염 소나타」, 「광화사」, 서울대 대학원(석사학위논문), 1999.
한규민, 김동인 단편소설 연구, 연세대 교육대학원(석사학위논문), 1992.
한상무, 작가의 '관점'과 그 세계,『국어교육』(22호), pp. 3-32, 한국국어교육연구회, 1974.
_____, 김동인 소설의 성 이데올로기,『국어교육』(101호), pp. 239-267, 한국국어교육연구회, 2000.
한성철, 단눈치오의「사의 승리」와 김동인의「마음이 옅은 자여」의 비교 연구,『외국문학연구』(No. 1), 한국외국어대 외국문학연구소, 1996.
한승옥, 김동인론,『어문논집』(17집), pp. 229-255, 고려대 국문학연구회, 1976.
한 효, 현대조선작가론,『조선문학』(10월), 1936.
허판호, 김동인 소설 일고,『국제어문』(4집), pp. 117-126, 국제대 국어국문학과, 1983.
허형석, 김동인의「운현궁의 봄」연구,『전홍남 논문집』(17집), pp. 1-21, 군산대, 1990.
현창하, 김동인의 탐미주의-그 특성과 외적 영향에 대하여,『자유문학』(2월), 1961.
홍경표, 김동인 소설의 결말 연구-단편소설을 중심으로,『연구논문집』(43집), pp. 9-30, 효성여대, 1991.
홍영표, 김동인의 역사소설에 나타난 인물형과 역사의식 연구, 경희대 교육대학원(석사학위논문), 1983.
홍태식, 지향과 좌절의 모순성,『한국문예비평연구』(3집), pp. 233-258, 양

문각, 1998.

_____, 김동인론,『새국어교육』(64호), pp. 387-410, 한국국어교육학회, 2002.

홍효민, 유항백세지쇄담,『사조』(10월), 1958.

_____, 금동 김동인론-인물문학사·5,『현대문학』(10월), 1959.

황금주, 김동인과 염상섭의 리얼리즘 고찰, 동국대 교육대학원(석사학위논문), 1987.

황현정, 김동인 소설의 여성인물 연구, 성신여대 교육대학원(석사학위논문), 2001.

작가 연보

김동인(金東仁, 1900~1951)

1900. 10. 2

평양 진석동에서 기독교 장로이며 부호인 전주 김씨 김대윤과 후실 옥씨 사이에서 3남 1녀 중 차남으로 태어났다. 호는 금동. 장남 동원은 전실 소생이며 동인·동평·동선(여)이 옥씨 소생임.

평양의 유지였던 아버지 김대윤은 안창호·안태국·임치정·이승훈 등 애국지사를 집으로 초대하여 구국의 방법을 토론하고, 장남 김동원에게도 소개시켜 사귀도록 했다. 이처럼 집안 분위기가 사상적이었기 때문에 소년 김동인도 자연스럽게 시국의 정세에 관심을 가졌다.

1907(7세)

기독교 계통의 학교인 평양 숭덕소학교에 입학. 어린 시절엔 체구가 작고 말재주가 뛰어나 아버지는 장차 변호사가 되기를 희망하며 형제들 중에서도 특히 귀여워했다. 소학교 재학 시절에는 산술(수학)과 작문 성적이 뛰어났다.

1912(12세)

숭덕소학교 졸업과 동시에 역시 기독교 계통인 평양 숭실중학교 입학.

일제 시대의 평양 거리.

1913(13세)

숭실중학교 재학 중 성경 암송 시간에 외우지 못하고 성경을 펼쳐 보이다가 담당 교사에게 심한 꾸중을 들음. 이 일이 계기가 되어 아버지는 김동인을 중퇴시킴(훗날 김동인의 오만한 성격은 부호이자 평양의 명사였던 아버지가 조장한 측면이 컸다고 전함).
이 무렵 형 김동원이 아버지의 후원으로 가구 공장 등 여러 가지 사업에 손을 댔으나 실패를 거듭함.

1914(14세)

아버지의 희망에 따라 의학이나 법률을 공부하러 도일, 동경학원에 입학(이때 김동인은 명치학원을 택하고 싶었으나 소학교 동창인 주요한이 1년 먼저 와서 재학하고 있었으므로 자존심이 허락하지 않아 다른 학교를 택했다고 훗날 술회함).
재학 시절 영어 작문 시간에 영어 노래를 지어 일본인 교사로부터 찬사를 받는가 하면, 소년 문학 문고를 읽고 매료되어 비로소 문학에 눈뜨기 시작.

동경 유학 시절의 김동인.

1915(15세)

동경학원이 폐쇄되는 바람에 명치학원 중학부 2년에 편입. 이 무렵부터 동교 1년 상급생이었던 주요한의 영향을 받아 문학에 대한 관심이 높아지다. 한편 김동인의 학업 성적이 우수하자 일본인 동급생들이 조선인을 비하하는 발언에 격분, 그들과 격투를 벌이기도 함.

1916(16세)

명치학원 2학년 재학 중에 일본어로 단편을 써서 학년 회람지에 발표. 일본문학을 경멸하고 빅토르 위고까지 통속작가로 비난할 만큼 유아독존적 성격이 강했으나 톨스토이의 작품에는 심취. 학비가 풍족해서 문학서적을 대량으로 구입해 독서에 몰두하다(이때 주요한은 김동인에게 책을 빌려 보면서 함께 독후감을 논함).

시인 주요한(1900~1979). 김동인과 함께 동인지 『창조』를 창간하고 최초의 자유시 「불놀이」를 발표했다.

1917(17세)

명치학원 중학부 졸업. 아버지가 병환으로 사망한 소식을 듣고 황급히 귀국, 재산이 형제들에게 분배되는 바람에 어린 나이에 막대한 유산을 물려받음.
평양에서 소일하며 문학세계를 섭렵하는 한편 문학수업에 전념하다.

1918(18세)

4월, 동갑의 김혜인과 중매 결혼을 하고 금강산으로 신혼여행을 감. 신부는 평양에서 수산물 도매상을 경영하는 부유한 상인의 딸로서 소학교를 졸업한 여성이었음.
12월, 예술과 문학에 대한 동경을 버리지 못하고 홀몸으로 제2차 도일, 동경 가와바타 미술학교에 입학(미술학교를 선택한 것은 그림을 배우려는 것보다는 '미학에 대한 기초지식과 그림에 대한 개념을 얻는 것'이 목적이었다고 훗날 술회함).
주요한 · 전영택 · 김환 · 최승만 등과 함께 우리나라 최초의 문학 동인지 『창조』를 발간하기로 논의

하고, 비용 일체를 전담하기로 하다.

1919(19세)

1월, 주요한과 공동으로 2·8 동경 유학생 독립선언서 기초를 의뢰받았으나 적임자가 아니라는 이유로 사양함. 이달 1개월간 6차례에 걸쳐 동경경찰서에 연행, 검속됨.

2월 8일, 일본 요코하마의 복음인쇄소에서 『창조』(발행인 주요한) 창간호가 발행됨. 동지에 처녀작 「약한 자의 슬픔」을 발표. 이 작품에서 구어체 문장과 소설 문체의 과거사 시제가 확립되고 3인칭 '그'가 활용되다.

동인지 『창조』 창간호.

3월, 『창조』 2호 발행. 춘원 이광수가 동인으로 가입하다. 히비야 공원 유학생 집회에 참가, 하룻밤 검속당한 것이 신문에 게재되었는데 이를 보고 놀란 가족의 귀국 독촉 전보로 귀국. 돌아오는 열차 속에서 삼일운동을 알았다. 가와바타 미술학교 중퇴. 26일, 아우 김동평이 내던 등사판 지하 신문을 위해 격문을 기초한 것이 출판법 위반이 되어 6월 26일까지 3개월간 고초를 겪은 후 징역 6월, 집행유예 2년의 형을 받고 풀려남. 구치소 생활로 건강이 쇠약해지다.

『창조』를 발간할 무렵의 김동인.

7월, 의사의 만류에도 불구하고 동경 유학생 시절에 알았던 만조사萬造寺의 일본 여성 아키코를 찾아 동경에 갔으나 찾지 못하고 실의에 빠져 돌아옴.

12월, 동인들이 흩어지는 바람에 발간이 지연되었던 『창조』 3호 발행.

1920(20세)

『창조』 4호~7호 발행. 12월, 장남 일환 태어남.

1921(21세)

『창조』 8호~9호가 발행되고 폐간됨. 이 무렵『창조』를 주식회사로 등록시키려고 상경했다가 염상섭, 남궁벽, 오상순, 황석우 등『폐허』동인들과 교유하고, 동시에 명월관 기생 김옥엽을 비롯해 황경옥, 세미마루, 노산홍 등 기생들과 어울리며 방탕한 생활을 함.
김동인은 돈을 물 쓰듯 하며 유흥가를 드나들었으나 결벽증이 강해서 기생들과 동침은 하지 않았다. 다만 김옥엽만은 예외로 살림을 차리려고 평양으로 내려가 어머니의 허락을 받고 상경했지만 그녀의 외도를 보고 혐오한 나머지 단념했다.

동인지『폐허』제2호.

1922(22세)

평양과 서울을 왕래하며 지냄. 서울에서는 패밀리 호텔을 숙소로 삼아 밤이면 김찬영, 남궁벽, 유지영 등과 식도원 등 고급 요정을 드나들며 방탕한 세월을 보냈다. 이때 기생을 동반해 만주 여행을 즐기기도 했다.
6월 16일, 장녀 옥환 태어남.

1923(23세)

평양 대동강에서 낚시를 즐기며 소일.
창작집『목숨』을 자비 출판하려고 상경했다가 나도향을 만나 사귐.

1924(24세)

7월, 김안서가 평양을 방문, 김찬영과 더불어 대동강에서 즐기면서 새 동인지 발행을 논의.
8월, 『창조』의 후신으로 『영대』를 발행하면서 경비 일체를 전담. 이때 동인은 김관호(화가)·김소월·김안서·김여제·김찬영·전영택·이광수·임장화·오천석·주요한 등이었다.
10월, 방인근의 주재로 『조선문단』이 창간되자 상경해 많은 문우들과 어울렸다. 이때 자비 출판으로 『목숨』 간행.

동인지 『영대』 창간호.

1925(25세)

『영대』 판매 대금을 김안서·임장화 등이 개인적으로 탕진한 것을 알고 김찬영과 의논해 5호로써 폐간. 동인들에게 폐간 소식을 알리려고 상경했다가 이웃집 나들이하듯 동경 여행을 다녀오다. 이때부터 다시 방탕과 무질서한 생활이 시작, 가산도 기우는 데다가 건강까지 악화되는 바람에 불면증이 생겨 항상 병원을 찾는 처지가 되었다.

1926(26세)

이광수·방인근이 주재한 문예지 『조선문단』 창간호.

재정적 파탄에 직면하자 재산을 정리한 대금 1만 5,000원으로 재기를 도모, 평양 보통강 벌에 관개 수리 사업에 착수해서 100정보의 땅을 옥토로 만들어 그 수세만 해도 1,000석에 가까웠으나 뒤늦게 총독부의 불허로 실패(불허의 원인은 일본인 관리의 감정적 보복 때문이었다고 함). 원상 복구하라는 명령이 떨어진 데다가 홍수까지 겹치는 바람에 양수기 등 여러 장비마저 건지지 못하는 참혹한 지경에 이름. 이때의 차용금을 갚기 위해 조상 대대로 물려받은 전답을 매각한 후 파산하고 여동생 소유의 평양 하수구리 집으로 이사.
자포자기한 심정으로 가산 정리를 부인에게 맡기고 상경, 서울 중학동에서 6개월간 하숙하며 마작으로 괴로운 심사를 달램.

1927(27세)

대동강에서 낚시질에 몰두하던 중 나도향의 요절 소식을 듣고 애통해함. 파산의 충격으로 부인 김혜인이 남겨 있던 유일한 토지(훗날 서평양역 일대)를 저당 잡히고 기타 금품을 챙긴 후 딸 옥환을 데리고 동경으로 건너감. 뒤늦게 사실을 안 김동인은 일본으로 건너가 수소문 끝에 부인을 찾았으나 결국 딸만 데리고 돌아옴.

1928(28세)

영화 사업을 하던 아우 김동평의 권유로 정주 · 해주 · 선천 · 진남포 등지를 돌며 흥행에 손을 댔으나 별 성과가 없었음. 이후 아우도 사업에 실패하고 물러앉음.

1929(29세)

순수문학에 대한 결벽증으로 신문 연재소설을 기피해오던 그였지만 다급해진 생활난에 대한 해결책으로 『동아일보』에 「젊은 그들」을 연재하기 시작(이 소설은 연재 도중 신문이 무기정간되는 바람에 잠시 중단되기도 했으나 속간되자 연재를 계속하는 우여곡절을 겪었다).

「젊은 그들」 집필 당시의 김동인.

1930(30세)

점차 생활에 활력을 되찾기 시작, 20세의 김경애와 약혼함. 당시 김경애는 평양 숭의여고를 갓 졸업하고 시골 소학교에서 교사 생활을 하던 중이었다. 자전적 단편소설 「무능자의 아내」를 발표하고, 불면증이 악화되어 최면제를 상용하기 시작함.

1931(31세)

4월 18일, 김경애와 재혼. 어머니, 아우 동평, 여동생 동선과 평양에서 함께 살며 신혼기를 보냈으나 대가족의 번잡함 때문에 집필에는 많은 지장을 받음. 저장 잡혔던 토지를 되찾았으나 시세의 폭락으로 많은 손해를 봄.
11월 24일, 차녀 유환 태어남. 집필과 불면증 치료를 위해 홀몸으로 상경해 청진동에서 지내다가 잇달아 부인이 차녀를 데리고 상경하자 이사를 하기로 작정함.

김경애와의 결혼사진.

1932(32세)

1월, 단편 「발가락이 닮았다」가 염상섭을 모델로 쓰여졌다는 소문이 떠돌면서 이후 그와는 오랜 기간 불화가 지속됨.
2월, 월부로 서울에 집(서대문구 행촌동 210의 96호)을 구해 전가족이 이사함. 장편 「아기네」를 1개월 만에 집필하고 그 원고료로 900원을 일시에 받아 주택 대금을 모두 갚음. 이 무렵에는 건실한 생활인으로서 창작에도 열심이었으며, 손수 가구도 구입하는 등 생활에 애착을 보임.

7월, 최서해의 사망으로 애통해함. 『조선일보』 사회부장에 취임했으나 생활과 창작 모두 여의치 않아 40여 일 만에 그만둠(김동인의 생애를 통틀어 이것이 유일한 직장 생활이었다).

1933(33세)

4월, 『조선일보』 사장 조만식의 청탁으로 동지에 장편 「운현궁의 봄」을 연재.
9월, 어머니 옥씨가 노환으로 사망함.

1934(34세)

3월, 일제에 협조하지 않은 탓에 총독부 검열에 위축을 느끼고 잠시 창작을 멀리함. 이 기간 동안 「문단 30년사」 등 회고록을 집필.
11월, 순수문학적 입장에서 이광수 문학의 계몽성과 작가로서의 위선을 통박한 「춘원 연구」 발표.

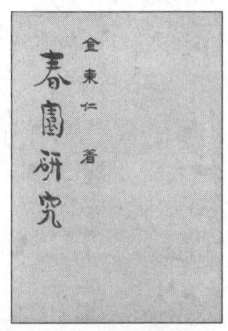

김동인이 쓴 『춘원 연구』는 오늘날에도 이광수 문학을 연구하는 데 귀중한 자료가 되고 있다.

1935(35세)

7월 25일, 3녀 연환 태어남.
12월, 월간 『야담』을 주재하고 창간함(이 잡지는 생계를 위해서 만든 것이기 때문에 지면의 거의 절반을 순수 집필한 원고로 채웠다). 소설집 『왕부의 낙조』(매일신보사) 간행.

1936(36세)

『이광수 · 김동인 소설집』(조선서관) 간행. 본격 단편을 점점 멀리하고 생활의 방편으로 사담史譚 · 수필 · 잡문 등을 집필하면서 소일함.

소설집 『왕부의 낙조』.

1937(37세)

월간 『야담』(통권 19호)을 타인에게 양도한 후 형 동원의 금광이 있는 평안남도 영원으로 휴양을 감. 이때 광산업을 하던 형 동원, 주요한 등과 수양동우회 사건으로 체포되어 서대문형무소에 수감됨.

1938(38세)

10월 8일, 4녀 은환 태어남. 장편 『운현궁의 봄』(한성도서) 출간.
12월 31일, 문단에 내려질 총독부의 탄압을 사전에 방지하려고 이태준·임화·최재서와 더불어 경무국 도서과를 방문해 황군 위문의 뜻을 전달함.

1939(39세)

박영희·임학수와 더불어 황군 위문차 만주를 다녀온 후 보고서를 쓰라는 총독부의 권유를 기억상실의 이유로 회피하고 건강 회복을 위해 여행. 이때 의치로 취식이 불편한 것을 염려한 부인이 동행해서 이듬해까지 평안북도 양덕 온천, 황해도 구미포 해수욕장, 신천 온천 등지를 돌아다님.
『김동인 단편집』(박문서관) 간행.

1940(40세)

1년여의 휴양을 마치고 귀경. 일제에 비협조적이라는 총독부의 위협을 받고 시름에 찬 세월을 보냄.

역사소설 『운현궁의 봄』.

『운현궁의 봄』을 발표할 당시의 김동인.

1941(41세)

수양동우회 사건으로 수감되었다가 보석으로 풀려난 형 동원의 청탁으로 이광수를 만나 해결책을 강구함(그후 이광수가 친일로 급전향하는 바람에 수양동우회 사건 연루자는 전원 무죄 석방됨).

수양동우회 사건으로 체포되었다가 풀려난 직후의 안창호(오른쪽). 그러나 안창호는 곧 사망했으며, 이광수는 자신의 정신적 버팀목이었던 안창호가 죽자 적극적인 친일의 길을 걷기 시작했다.

1942(42세)

1월, 김동환이 경영하던 삼천리사에서 아동문학가 최인화와 함께 '일본의 실권은 군부에 있으며 천황은 허수아비에 불과하다'는 요지의 무심코 나눈 말이 때마침 들렀던 일본 정보원의 귀에 들어가는 바람에 체포, 천황 불경죄로 4개월간 구치된 끝에 3개월의 형을 받고 옥고를 치름.
7월 31일, 차녀 유환 사망.

1943(43세)

4월, 친일어용문학단체인 조선문인보국회가 결성되었으나 병을 핑계로 참가하지 않고 낙향함.
12월 27일, 차남 광명 태어남. 징용을 피하기 위해 어쩔 수 없이 조선문인보국회의 간사로 취임함.

1944(44세)

황군 위문차 만주 등지를 다녀온 후 총독부로부터 종군 보고서를 쓰라는 강요에 시달림. 집필의 위축을 받아 대부분의 시간을 독서로 소일함.

1945(45세)

7월, 사릉에 칩거해 있던 이광수를 찾아가 생활난에 빠진 문인들의 타개책을 도모함. 이때 경제적

어려움으로 13년간 살아온 행촌동 집을 저당 잡힌 후 그 이자를 갚지 못해 결국 집을 빼앗김.

8월 15일, 해방을 서울에서 맞음.

9월, 해방 후 결성된 문학단체인 문화협의회에서 이광수의 제명을 결의하자 그 부당성을 지적하고 탈퇴, 이광수의 친일 행적을 비난하는 여론이 높은 가운데 그를 적극적으로 변호함.

11월, 서울 성동구 신당동(지금은 약수동)의 적산가옥을 얻어 이사(이 집은 대지 400평, 아래층 건평만 75평이나 되는 이층 집으로 김동인은 비로소 좋은 집필 환경을 가졌다고 기뻐했다고 함).

1946(46세)

1월, 우익단체인 전조선문필가협회 결성을 주도함.

취재 여행차 들른 부여에서.

3월, 김구의 일대기와 독립운동사를 소재로 작품을 쓰기 위해 수차례 김구를 만나고 그와 함께 공주 마곡사 등지를 여행함. 이때 김구 및 임시정부 요인이 거처하던 당시의 금광왕 최창학의 집을 드나드는 데 지나치게 검문이 심한 것이 자존심을 건드려 집필을 집어치움.

6월, 장편 「을지문덕」을 『태양신문』에 연재했으나 뇌막염이 발병하는 바람에 중단. 단편집 『태형』(대조사) 간행.

11월, 신당동 적산가옥이 미군정에 접수되어 하는 수 없이 이사(성동구 하왕십리동 110의 65번지).

단편집 「태형」.

1947(47세)

김동인을 미제국주의의 허수아비로 몰아 그의 초

상을 모욕하는 사건이 평양에서 일어남. 좌우익의 극한 대립 속에서 좌익을 규탄하는 데 앞장섬. 미군정에서 문교 책임자로 김동인을 천거하려는 교섭이 있었으나 거절함.
단편집 『광화사』(백민문화사) 간행.

1948(48세)

4월 4일, 3남 천명 태어남.
6월, 형 동원이 제헌국회의원 선거에 서울 용산구에서 출마해 당선, 국회 구성 후 부의장이 됨. 잠시 생활의 안정을 되찾는 듯했으나 갑자기 찾아온 동맥경화증으로 병석에 누움. 이때부터 자리에서 일어나지 못하는 처지가 됨.
중편 『김연실전』(금룡도서), 사담집 『동자삼』(금룡도서), 『토끼의 간』(태극도서), 단편집 『발가락이 닮았다』(수선사), 장편 『수양대군』(숭문사), 『수평선 너머로』(영창서관) 간행.

단편집 『광화사』.

역사소설 『수양대군』.

1949(49세)

장편 『젊은 그들』(상·하, 영창서관), 『화랑도』(상, 한성도서), 사담집 『동인 사담집』(한성도서) 간행.
11월 14일, 1942년 『만선일보』에 연재했던 장편 「시들은 서총」을 출판하려고 민중서관과 계약했으나 화재로 원고와 지형이 모두 소실됨(이후 이 작품은 발굴되지 못한 채 현재에 이름).

역사 이야기를 모은 『동인 사담집』.

1950(50세)

6·25 전쟁이 일어나자 가족들의 부축을 받으며 한강 나루터까지 나와 쪽배를 구했으나 기동불능

의 몸으로 배를 탈 수 없어 하룻밤을 꼬박 강가에
서 새운 후 피란을 포기하고 귀가함. 이후 적 치하
에서 병석에 누운 몸으로 인민군의 심문을 받음.
형 동원이 이광수와 함께 납북되고, 부인 김경애
여사가 대한부인회 성동지부장을 맡았다는 경력
때문에 끌려가 이틀간 고초를 겪음.

1951(51세)

장편소설 『젊은 그들』.

후퇴의 소식을 접하고 원고 뭉치와 작품집들을
땅에 묻음(서울 수복 후 가족들이 귀가해보니 인민군
에 의해 파헤쳐진 구덩이만 남았을 뿐 모두 분실되었
다고 함).
1월 5일, 새벽에 적 치하의 하왕십리동 집에서 사
망(이웃 사람들에 의해 가매장되었다가 수복 후인
1952년 1월 6일 화장됨).

* * *

김동인 묘비. 부인에게 보
낸 편지의 한 구절이 새
겨져 있다.

1955

월간 교양지 『사상계』에 의해 동인문학상 제정(이
상은 1967년 『사상계』의 간행이 중지됨에 따라 1968년
제12회 시상을 끝으로 중단됨).

1958

『동인 전집』(전10권, 정양사) 간행됨.

1976

9월, 한국소설가협회 주관으로 서울 사직공원에
김동인 문학비 건립.

『사상계』 주최 제7회 동인문학상
시상식 장면.

1979

오랜 공백 기간을 거쳐 출판사 동서문화사에 의해 동인문학상 부활(이 상은 1986년에 중단됨).

1987

조선일보사에 의해 동인문학상이 다시 부활되어 현재에 이름(1995년 11월, 김동인의 부인 김경애 여사는 노구로 혼자 살기 힘들어 차남 김광명 한양대 의대 교수와 함께 살게 되면서 자신의 집을 팔아 마련한 기금 1억 원을 동인문학상 운영위원회에 기탁함으로써 문단에 훈훈한 이야기를 남겼다).

조선일보사 주최 제19회 동인문학상 시상식 장면.

1988

10월 2일, 조선일보사 동인문학상 운영위원회에 의해 김동인 문학비와 흉상이 서울 어린이대공원 야외음악당에 건립됨.

김동인 문학비와 흉상.